Narratori

Luca D'Andrea

Il girotondo delle iene

Prima edizione nei "Narratori" settembre 2022

Stampa Grafica Veneta S.p.A. di Trebaseleghe - PD

ISBN 978-88-07-03496-1

Il girotondo delle iene

I believe them bones are me.

Alice in Chains, *Them Bones*

PARTE PRIMA: IL MOSTRO

La donna consuma l'uomo, gli taglia la testa e poi se lo mangia. Sono passato dalla paura all'odio con qualche riserva e poi all'odio più profondo e radicale: se all'inizio il valore della donna era ancora del 50 per cento, poi è passato al 10 per cento e infine allo 0 per cento, se non addirittura sottozero.

M. B.

1992

LORENA

Hey little girl, do you need a ride?

Hüsker Dü, *Diane*

7 gennaio 1992, martedì
– notte –

La ragazza ondeggiava nella notte come uno straccio lacero. Si chiamava Elizabeth, era bionda e indossava occhiali da sole. L'idea degli occhiali da sole l'aveva presa da un film di vampiri e ai clienti sembrava piacere. Pensava: tutta questa luce. Poi le parole svanivano e le toccava ricominciare da capo.

L'uomo con la 106 blu non si rivelò un chiacchierone. Solita rapida contrattazione seguita dall'invito a salire e nient'altro. In strada c'erano meno sette gradi: cattivo odore a parte, il tepore della Peugeot era qualcosa di molto simile al Paradiso.

La ragazza con gli occhiali da sole, tuttavia, non fece in tempo a godersi la sensazione del sangue che tornava a fluire nel corpo intirizzito che il maledetto prurito riprese a tormentarla. Tentennò. Non voleva che il cliente pensasse ai pidocchi. O all'Aids. Il maledetto prurito era colpa della stronza astinenza, lo sapeva, e il cliente significava la fine della stronza. Elizabeth sapeva anche questo. Perciò: ignoralo.

Non funzionò.

Quando il prurito si fece insopportabile, Elizabeth controllò il tizio alla guida e pensò: ora o mai più. Fingendo un gesto civettuolo, affondò la mano fra i capelli, le dita andarono a colpo sicuro, le unghie trovarono le ferite, le riaprirono e il prurito si attenuò. Sanguinare non risolveva il problema, ma, se non altro, dava una parvenza di sollievo ed

Elizabeth aveva imparato da un pezzo ad accontentarsi delle briciole.

Ormai in vista della funivia in fondo a via Renon, a quell'ora fuori servizio, la ragazza ripose gli occhiali da sole nella borsetta e, come da copione, sfoggiò il suo miglior sorriso perché i clienti lo consideravano compreso nel prezzo.

– Vediamo se c'è posto laggiù, – disse, indicando il distributore della Mobil.

La Peugeot 106 parcheggiò nello spiazzo sgombro, ma l'uomo al volante non spense il motore e non cercò di sfilarle i vestiti. Mano sulla chiave d'accensione, espressione fra l'accigliato e il perplesso, si piegò fino a premere il torace contro lo sterzo ed Elizabeth non poté fare a meno di seguire il suo sguardo.

Vide: un mucchio di immondizia coperto da un panno. Forse rosso, forse nero. Difficile capirlo, il lampione non funzionava.

Il cliente sembrava ipnotizzato. Elizabeth, invece, aveva bisogno di una dose.

– Tesoro?

L'uomo sobbalzò.

Puro: panico.

Pupille dilatate, respiro mozzo. Si allungò di lato, raggiunse la portiera del passeggero, fece scattare la sicura e diede una spinta.

– Vattene, – mitragliò, – fuori, fuori, *fuori*.

Inutile protestare.

Elizabeth si ritrovò, di nuovo, sola, a ondeggiare nella notte come uno straccio lacero. Ancora: al freddo. Come sempre: senza sapere dove avesse sbagliato. O quando. Oppure: perché.

Sconsolata, guardò le montagne coperte di neve che facevano da specchio alla luna e capì che quella non era vera luce, ma il riflesso di un riflesso. Nei fatti, il mondo attorno a lei era tenebra e così, all'improvviso, finalmente, Elizabeth concluse la frase che l'aveva perseguitata fino a quel momento.

Tutta questa luce è: sbagliata.

Fu allora che vide quanto, a causa del miraggio della dose imminente, le era sfuggito. Lo straccio non era uno straccio, e il mucchio di immondizia non era immondizia. Lo straccio era una mantellina come quella di Cappuccetto Rosso e sotto la mantellina c'era un corpo. Il corpo era privo di vita: un cadavere.

Le grida di Elizabeth furono come le sirene della polizia. Non scacciarono il terrore, non riportarono in vita i morti, ma attirarono l'attenzione. Da uno dei palazzi intorno, una voce maschile, resa stridula dalla collera, rispose alle sue urla con un "Andate a crepare da un'altra parte, puttane del cazzo!".

In qualche modo Elizabeth superò il distributore di benzina, barcollò fino al lato opposto della strada poi, come una falena, lasciò che fossero le luci a guidarla al bar Sonnenberg.

L'accolsero: termosifoni al massimo, fumo e uno strato di neve sciolta che la fece pattinare e cadere. Risero tutti: gli ubriachi, l'uomo con la camicia a scacchi dietro al bancone, le due colleghe con le gambe accavallate come le modelle delle riviste.

Le risate durarono il tempo necessario a Elizabeth per articolare poche parole.

– Hanno ammazzato la bambina.

La telefonata al 113 era arrivata alle ventidue e cinquantaquattro. Una voce femminile, isterica, strepitava di una certa Lorena uccisa. La pattuglia numero 12 raggiunse via Renon otto minuti dopo, alle ventitré e zerodue.

A bordo dell'Alfa Romeo c'erano l'agente Fabris e l'assistente Masi. Fabris era un ventenne magro e scattante, Masi di anni ne aveva una trentina, portava i baffi e siccome gravitava attorno al gruppo dei mastini di Levada, l'agente Fabris lo ammirava. Significava che Masi era uno con palle da vendere.

Masi lasciò a Fabris il compito di calmare Alois Brunner, il proprietario del Sonnenberg, infilò i guanti, accese la torcia e si diresse verso il cumulo di stracci che Brunner chiamava Lorena.

Non fu necessario controllare le pulsazioni. La ragazza era morta, non c'erano dubbi. Masi si lisciò i baffi e tornò sui propri passi facendo attenzione a dove metteva i piedi perché conosceva quel posto e sapeva che ci andavano i tossici a bucarsi.

– Lorena Haller, – fece, rivolgendosi all'agente Fabris.

– Overdose?

– Non credo proprio. Chi è di turno?

– Krupp.

Masi si incupì. – Sei sicuro?

Fabris si strinse nelle spalle. – Chiamo io?

– Tocca a me. Tu prendi il nastro, inizia a delimitare. Fra un po' qui sarà un circo.

Prima di fare rapporto alla centrale, Masi si prese un secondo per sputare a terra e maledire la sfortuna.

Krupp arrivò alle ventitré e quarantaquattro a bordo di una Thema blu. Pensò: troppa gente.

Volanti, un'infinità di auto civetta e un'ambulanza a sirene spente. Contro il muro che separava il distributore dai binari della ferrovia, tossici e prostitute si difendevano dal gelo battendo i piedi sulla neve. Una divisa li teneva d'occhio, mentre un'altra piantonava il cadavere sotto la mantellina rossa. Niente Scientifica, niente pm, niente patologo. Soltanto sbirri che andavano e venivano. Divise, ma soprattutto: mastini.

I mastini non erano mai una buona notizia, ma spiegavano perché Krupp fosse stato informato con mezz'ora di ritardo. I tempi in cui il commissario capo Levada era reperibile giorno e notte erano finiti da un pezzo e qualcuno non se l'era sentita di mandare un'auto a svegliare la *mano de Dios*. Lo stesso qualcuno che aveva trasformato la scena del delitto in un bordello: Lopez.

L'ispettore capo Lopez.

Faccia da ratto Lopez.

Vaffanculo: Lopez.

Krupp scese dall'auto e pensò: non è questione di pubbliche relazioni.

Faccia da ratto fumava insieme a due mastini. Il primo, biondo, basettoni, aria da tagliagole, lo chiamavano Ayrton Senna. L'altro, cranio rasato e cappotto di cammello, Krupp non lo ricordava. Fra i tre era Lopez a emanare le vibrazioni peggiori.

– Lorena Haller, prostituta, tossicodipendente, – disse l'ispettore capo, sbrigativo. – Coltellate multiple.

Krupp fece un cenno in direzione degli uomini e delle donne stretti gli uni agli altri a battere i denti e imprecare a gran voce.

– Quelli?

– Quando i ragazzi rastrellano, rastrellano sul serio.

– Farli crepare di freddo fa parte della procedura?

– Risparmiamo carta. Prima li interroghiamo, poi decidiamo se portarli in questura per approfondimenti. Scelta ecologica.

– La carta è l'unica cosa che non ci manca. Chi ha interrogato Brunner?

– Io dico che dovrebbe chiamare Levada.

– Non è quello che ho chiesto.

Lopez fece schioccare la lingua, infastidito. A un suo cenno, Ayrton Senna infilò i pollici nella cintura e attaccò a raccontare.

– Attorno alle ventitré una ragazza entra nel bar, gridando. Una prostituta. Bionda, fuori di testa. Il povero Brunner afferma di non sapere come si chiama. O di poterla riconoscere. Cuore di Bambi è sotto shock. A quel punto una seconda prostituta, capelli scuri, età e nome, *sorpresa-sorpresa*, imprecisati, va a controllare, trova il cadavere e ci chiama.

– Fine della storia, – si sentì in dovere di aggiungere il pelato con il cappotto cammello.

Krupp pensò: mastini del cazzo.

Indicò la donna vicino all'insegna della Mobil. Uno dei mastini le parlava fitto all'orecchio. Più lo faceva, più lei curvava le spalle.

– Perché non è con le altre?
– Nancy, – fece Lopez, – alias Ilaria Fanti. Le è sfuggito che conosceva la vittima.
– Che altro?
I mastini si guardarono l'un l'altro e scoppiarono a ridere.
Krupp ingoiò anche questa.
Ayrton Senna, il pelato e il mastino accanto alla prostituta se la squagliarono non appena lo videro muoversi. L'ispettore capo Lopez, invece, gli restò attaccato addosso come una zecca.
Nancy aveva denti guasti e spezzati.
Biascicò: – Voglio andare a casa, non so niente.
– Mi dicono che conosceva Lorena.
– Tutti la conoscevano. Quando ho iniziato a lavorare, nell'88, lei c'era già. Ha ventiquattro anni, ma noi la chiamavamo "la bambina". Si faceva. Posso tornarmene a casa?
– Che tipo era?
– Non so chi l'ha ammazzata, – cantilenò Nancy, con il mascara che non smetteva di gocciolare. – *Non. Lo. So.* Io sono soltanto la stronza che non è stata abbastanza veloce a scappare.
– E io, – rispose Krupp, – quello che vuole sapere perché Lorena non se lo meritava.
Nancy si grattò l'incavo del gomito.
Tirò su col naso.
– Il mese scorso ha fatto gli anni. Ha preso dei biscotti. Per noi. *Lebkuchen.* Avrebbe potuto tenersi i soldi per comprarsi la roba, invece ha pensato di farci un regalo. Lorena era fatta così.
Nancy non riuscì a trattenersi oltre e incasinò ancora di più il trucco cercando di arrestare le lacrime con il dorso della mano.
Il tic alla palpebra di Lopez diceva: cazzate.
Krupp controllò l'orologio di suo padre: ventitré e cinquantuno.
Al di là dei nastri, i giornalisti attendevano una dichiara-

zione. Uno di essi, barba bianca e pancia prominente, cercò di attirare la sua attenzione. Si chiamava Johann Serafini, per tutti era Jo, si firmava "J. S.", ed era il capocronista di nera e giudiziaria della "Voce delle Alpi". Krupp lo ignorò e quello scoppiò a ridere.

Niente Scientifica.

Niente pm.

Niente patologo.

Krupp pensò: prima i corpi, poi le facce.

La divisa con i baffi accese la torcia e illuminò la ragazza sull'asfalto. Krupp chiese più luce e Lopez aggiunse la sua pila al fascio del collega.

Anche se Levada l'aveva sempre tenuto in panchina, Krupp aveva già ricevuto la sua quota di cadaveri e aveva imparato che corpi e volti raccontavano la stessa storia da prospettive diverse. I corpi parlavano dell'assassino. I visi, della vittima.

Quindi: prima i corpi.

Lorena Haller era rannicchiata in posizione fetale, le gambe nude, i fuseaux neri attorcigliati all'altezza dei polpacci insieme alle mutandine. Indossava un maglione di lana, grigio. Ai piedi portava scarpe leggere marca Converse. La mantellina non la copriva abbastanza da nascondere le coltellate.

Krupp disegnò una serie di cerchi camminando attorno al cadavere.

Pensò: troppo poco sangue.

La macchia scura attorno al corpo non era abbastanza ampia, non con quello squarcio alla gola. E sulla neve sporca mancavano gli schizzi radiali e surali. Significava che scena primaria e scena secondaria si sovrapponevano e che, quindi, vista l'attività della vittima e il luogo in cui si trovavano, la maggior parte del sangue era rimasto sull'auto dell'aggressore.

Krupp pensò: l'ha caricata in macchina, si sono fermati qui, poi lui ha preso il coltello, l'ha aggredita, l'ha uccisa e l'ha abbandonata.

Si fermò.
Mai: dare per scontato qualcosa.
L'idea che l'assassino potesse aver lasciato la vittima in bella vista a mo' di sfregio era poco probabile. Non c'era nulla di artificiale o di simbolico nel modo in cui il cadavere era riverso al suolo. Krupp vide fretta, non intenzione. Perciò: sì, la uccide, poi apre la portiera, dà una spinta, Lorena finisce a terra e lui...
Un passo indietro.
Krupp sentì che gli stava sfuggendo qualcosa di terribile e ovvio che si trovava lì, proprio davanti ai suoi occhi. Ma: la sensazione svanì lasciandolo al centro di quel panorama desolante.
Niente.
Krupp si accovacciò facendo attenzione che la cravatta non sfiorasse la ragazza e guardò le ferite, studiandone ampiezza e inclinazione. In assenza del patologo non poteva stabilire se sotto gli abiti ne fossero nascoste altre, ma le otto che riuscì a contare erano tutte profonde. Inoltre, le dita della mano destra di Lorena presentavano un taglio che metteva in mostra l'osso. La vittima aveva cercato di proteggersi, ma l'aggressore era stato troppo forte, veloce e determinato perché una ragazza così minuta potesse avere una chance di fermarlo.
Lui era: forte, veloce, determinato. Che altro?
Feroce.
La sua brutalità aleggiava come un miasma maligno. Non aveva odore e non emanava calore, era impalpabile ed era invisibile, tuttavia Krupp ne avvertiva la presenza. C'erano sette gradi sotto zero, ma aveva la camicia incollata alla schiena.
Krupp pensò: non è un omicidio come gli altri.
Controllò il respiro.
Prima i corpi, poi la parte peggiore.
Le facce.
Secondo Nancy, Lorena batteva da quattro anni e quindi si faceva da almeno cinque, ma la dipendenza non l'aveva ancora devastata. La pelle era liscia, i capelli lucidi, niente

herpes. Krupp si stupì nel rendersi conto di quanto fosse bella. Capelli biondo ciliegia con la frangia voluminosa, occhi da gatta, malinconici come quei ricordi che ti fanno piangere per farti stare meglio. Una ragazza a cui regalare una risata al giorno.

Ed era *serena*.

Se ne stava lì, buttata come immondizia, uccisa nel peggiore dei modi, eppure c'era un accenno di sorriso sul suo volto. Krupp ne fu turbato più della vista del sangue e delle coltellate.

– Che sappiamo di lei? – chiese, brusco, rialzandosi di scatto.

– Solo che batteva e si faceva, – rispose Lopez. – Da qualche parte ci sarà un fascicolo. Bisognerà chiedere alla Buoncostume.

– E quando pensate di farlo?

Lopez si passò l'unghia del pollice fra gli incisivi. Ci teneva a fargli capire che del suo giudizio non gliene fregava un cazzo.

– Non vedo borse o zaini, – proseguì Krupp. – Dove teneva i soldi? I documenti? La roba?

– Forse li ha nelle tasche. Fabris e Masi non l'hanno toccata.

– Simoni e il pm?

– Il dottor Simoni è per strada. Il pm dovrebbe essere Rotter. Arriverà a momenti anche lui.

Krupp slacciò i bottoni dell'impermeabile e iniziò a impartire ordini: – Voglio le prostitute della zona, i tossici, gli spacciatori...

– Li stiamo già...

– ...I tassisti, i clienti dei bar, i netturbini, gli autisti della linea notturna, quelli della Polfer, il personale della stazione. Trovate la donna che ha scoperto il cadavere e quella che ha chiamato il 113. Voglio i nastri delle telecamere della stazione e tutte le registrazioni su cui riuscite a mettere le mani. Svuotate i bidoni nel raggio di un chilometro. Lo stesso per i tombini.

– Bidoni e tombini?

– Tu vedi l'arma del delitto, Lopez? Poi, – Krupp indicò a ventaglio le palazzine che incombevano su via Renon come una muraglia medievale, – voglio un porta-a-porta fatto come si deve.

– Non sarebbe meglio chiedere prima a Levada?

– Hai visto le dita della ragazza? Ha provato a difendersi. Ha urlato, qualcuno deve aver sentito. Voglio Mobile, Buoncostume, Investigativa, Narcotici, Anticrimine e Omicidi in riunione entro un'ora.

Il tic di Lopez si fece più pronunciato. – Per una puttana uccisa? Magari si tratta di un debito di droga, oppure ha provato a fare la furba con un pappone. Non agitiamoci per un incidente sul lavoro.

Lopez era Mario Lopez, ispettore capo della Mobile, faccia da ratto, picchiatore di ammanettati e braccio destro del commissario capo Levada, e Levada, lo sapevano tutti, era: la *mano de Dios*. Per questo Lopez credeva di essere un intoccabile.

Credeva.

– Guardati attorno, ispettore capo, – sibilò Krupp, trattenendo a stento la furia, – l'hai mai vista una scena del delitto così? Raduna gli uomini, prepara un'informativa. E convoca Lici.

Faccia da ratto inarcò un sopracciglio.

Krupp pensò: non è questione di pubbliche relazioni.

– Obiezioni?

– Nessuna.

Krupp controllò l'orologio di suo padre: martedì 7 gennaio era già storia.

8 gennaio 1992, mercoledì
– notte –

L'orologio della biglietteria scandì nove minuti dopo la mezzanotte e solo la borsa con la scritta *Nikon* lasciava intendere che Alex Milla non fosse ciò che sembrava: un tossico in caccia.

Ventuno anni appena compiuti, un cespuglio di capelli sulla testa, due maglioni sotto il bomber perché odiava il freddo e quella notte faceva davvero un freddo del cazzo, Milla era quello che in redazione chiamavano: uno spalatore di ghiaia.

La ghiaia erano i gatti salvati dai pompieri, le aperture di nuovi locali, le mostre o i ricevimenti degli stronzi del Rosengarten Club. Minuscoli sassolini d'inchiostro per gonfiare il numero delle pagine e aumentare il volume delle inserzioni.

Per un quotidiano le inserzioni erano: ossigeno.

Nei fatti, dopo dieci mesi passati a spalare ghiaia alla "Voce delle Alpi", Jo non gli aveva nemmeno dato il tesserino del giornale perché – *ipse dixit* – se lo doveva guadagnare sul campo.

Dove sono le tue cicatrici, campione?

Quindi: ghiaia.

La ragazza uccisa al distributore della Mobil, però, non era ghiaia. Lorena Haller era ciò che gli inserzionisti bramavano più di ogni altra cosa: una notizia da dibattito. Lezione numero uno: niente come i dibattiti aumentava la tiratura. Per questo Milla pregava che gli sbirri della Polfer non lo intercettassero.

Se fosse tornato a mani vuote Jo non l'avrebbe presa bene.

Tagliò la sala d'aspetto e proseguì rasente il muro che correva lungo via Renon fino a superare la funivia. Usando come riferimento il lampione rotto e giocando al piccolo scalatore, Milla avrebbe potuto assicurare alla "Voce delle Alpi" uno scatto della vittima perché, senza immagini, ormai, nessuno credeva più a niente. Una fotografia, l'aveva avvertito Jo, non troppo cruda o il direttore l'avrebbe scartata, ma abbastanza esplicita da attirare la morbosità dei lettori del giornale. Gli stessi che avrebbero inondato la redazione di lettere di protesta.

Un perfetto esempio di: segue dibattito.

Arrivato al lampione cieco Milla si rese conto che il muro sarebbe stato un problema. Non c'erano crepe o appigli che potessero sostenere il suo peso. Al terzo, inutile tentativo, arrivò l'odore.

Poi la voce.

– È per Lorena? – chiese lo smilzo.

Lo sconosciuto puzzava come un cassonetto. Viso scavato, spolverino blu e sigaretta spenta fra le dita lerce.

Milla pensò: adesso mi rapina.

– La conoscevi?

Il ragazzo fece spallucce. – Io sono Tommy, per dire.

– Alex Milla. "Voce delle Alpi."

Lo smilzo tentò di accendere la sigaretta con uno Zippo su cui Milla avrebbe giurato che fosse incisa una svastica. Scaturirono scintille, ma nessuna fiamma. Tommy non se la prese. Infilò il mozzicone fra le labbra e intrecciò le mani all'altezza delle ginocchia.

– Salta su.

Milla non se lo fece ripetere due volte. Prese la Nikon, salì sul gradino improvvisato, inquadrò la ragazza sotto la mantellina rossa e, all'improvviso, capì cosa Jo intendesse con: cicatrici.

La Nikon lo scaraventò a meno di un metro dal viso della prostituta uccisa e l'oscena realtà di quanto stava per fare gettò Milla nello stesso buco fatto di pietà, sudiciume e disgusto di quando Barbara e *No Nana sola* gli avevano straziato l'anima.

Fu un: indietro veloce.

Milla aveva conosciuto Barbara a una festa in cui entrambi avevano bevuto troppo. Ricordava poco della serata. Barbara che gli diceva di non fare rumore, i suoi seni, pesanti e con le areole scure, la pelle che aveva lo stesso profumo del detergente usato da sua madre. Il risveglio, invece, era indelebile.

Barbara che russava con il trucco sfatto e la bambina con il pigiama a pallini, il musetto incrostato di muco che l'aveva ammonito: "*Barbra* dorme". Milla aveva smorzato un verso di sorpresa e la bambina si era messa un dito sulle labbra: "*Barbra* si *arrrrabbia*". Poi gli aveva indicato la porta, dicendo: "*Coazzione*".

La cucina era un disastro. Piatti sporchi, pile di riviste, bottiglie vuote e moduli dell'assistenza sociale. La bambina con il pigiama a pois aveva battuto il pugno sul frigorifero esclamando: "Latte!". Milla l'aveva scaldato, aveva aggiunto dello zucchero e la bambina aveva ingurgitato tutto, muco compreso.

"Nana brava?"

A Milla erano salite le lacrime agli occhi.

Si era alzato con l'intenzione di cercare qualcosa da aggiungere a quella magra colazione, dei biscotti magari, ma con uno sguardo di pura angoscia la bambina gli aveva artigliato la mano.

"No Nana sola."

Milla non aveva svegliato Barbara perché era evidente che quando *Barbra* veniva svegliata si *arrrrabbiava* e toccava a Nana subirne le conseguenze. Era rimasto a osservare la bambina giocare con un cavallino con le ali chiedendosi se fosse normale che a quell'età portasse ancora il pannolino, poi, quando dalla stanza accanto era giunto il cigolio delle molle del letto, Pegaso era precipitato, Barbara aveva visto Milla a gambe incrociate sul pavimento e gli aveva proposto la sveltina del buongiorno. Milla l'aveva informata che la bambina aveva bisogno di un cambio e Barbara aveva dato in escandescenze.

La stava giudicando o era un trucco per mettere le mani nelle mutande di sua figlia?

Lorena Haller era un *No Nana sola* all'ennesima potenza e Milla pensò: no.

Non ce la faccio.

– Ancora fra noi, Alex-bello?

– Ci sono.

Pensò: un giornalista racconta i fatti.

Pensò: la ragazza uccisa è un fatto.

Decidi: prendere o lasciare.

– Era per dire. Sono due giorni che non mangio.

Prese.

Il flash fu uno sparo nel buio. Milla allargò l'inquadratura, aggiustò la messa a fuoco. Un secondo flash. Allargò ancora: Lorena, uno sbirro di spalle, Krupp. Al terzo flash Tommy cedette. Milla andò giù di schiena, si fece male, ma la Nikon si salvò.

Il tossico lo aiutò a rialzarsi e gli mostrò la svastica incisa sullo Zippo.

– È originale, sai?

– Davvero? – bofonchiò Milla riavvolgendo la pellicola. Quando sentì che il nastro era giunto a fine corsa lo infilò in un cilindro vuoto. In borsa aveva un berretto da pescatore misura extralarge, ci nascose il rullino dentro e se lo calcò sulla testa.

Trucco del mestiere.

Jo gli aveva spiegato che gli sbirri non potevano sequestrare niente senza il permesso di un magistrato, però poteva capitare che la pellicola finisse *accidentalmente* esposta alla luce, rovinandosi. E al diavolo l'articolo 21 della Costituzione.

– Gli Zippo non sono americani?

– Era per dire.

– Sarai mica nazista, Tommy?

Il tossico indicò gli agenti della Polfer che sbraitavano in loro direzione.

– Vedono la svastica e non sanno più cosa pensare. Amico o nemico?

– Sei un cazzo di ribelle, insomma.

Tommy mostrò il pugno chiuso. – Tu stai con la rivoluzione o con l'impero, Alex Milla?

– La rivoluzione sa dirmi come posso filarmela da qui?

Tommy indicò l'oscurità alle sue spalle: – Trecento metri, c'è una scaletta. Scavalchi e sei dietro alla funivia.

Quindi, cantando la *Horst Wessel Lied* e mimando il passo dell'oca, il tossico andò incontro agli sbirri.

Il patologo, il pm e la squadra della Scientifica arrivarono a mezzanotte e diciannove minuti insieme alle scuse dei colleghi della Polfer: il tizio delle foto era riuscito a darsela a gambe.

L'esame preliminare si svolse in silenzio. Lopez andava avanti e indietro dalle pattuglie, scambiava battute con i mastini e tornava a infestare l'aria con la sua presenza. Il pm, Rotter, se ne stava in disparte, cercando di darsi un tono. Era specializzato in reati finanziari e si trovava lì per via di uno scambio di turno con un collega malato. La sua faccia diceva: *non* vomitare.

Il dottor Simoni prendeva appunti e indicava a un tecnico della Scientifica cosa fotografare. Altri operatori in tuta bianca si spostavano nei paraggi, offesi dal caos della scena del crimine.

Krupp condivideva i loro sentimenti.

Trentacinque minuti dopo la mezzanotte, il patologo iniziò la sua relazione.

– Ventiquattro pugnalate. Una alla gola, le restanti a stomaco e schiena. Ritengo che lo sgozzamento sia stato inferto per ultimo e che sia stato fatale, anche se la vittima sarebbe morta in ogni caso. Arma non particolarmente affilata. Un coltello da tasca, ma sarò più preciso dopo l'autopsia. Il cuoio capelluto presenta escoriazioni, le dita della mano destra una lacerazione da difesa. Niente segni di violenza sessuale, ma non è possibile determinarlo con certezza in questa sede.

Una smorfia di dolore.

– Scusate...

Simoni tastò la giacca finché non trovò una confezione

bianca e gialla e ingoiò una pasticca. – Come ipotizzato dal commissario Krupp, l'entità delle ferite, l'assenza di schizzi radiali e surali, la quantità e la qualità del liquido ematico negli schizzi di flusso suggeriscono che ci troviamo su una scena secondaria sovrapposta a una scena primaria, ovvero, come ci indica la dinamica, l'automobile dell'assassino. A tal proposito ritengo sia pressoché impossibile per i colleghi della Scientifica indicare il modello della vettura dell'aggressore.

– Per quale motivo? – chiese Rotter.

Lopez sorrise dell'ingenuità del pm.

Simoni chiuse il taccuino. – Perché questo è un distributore di benzina. E di notte diventa una specie di bordello a cielo aperto.

Rotter si pizzicò il lobo dell'orecchio.

Krupp pensò: ventiquattro coltellate.

Guardò il cadavere riverso a terra, la frangetta biondo ciliegia, la mantellina da Cappuccetto Rosso. Guardò: quel sorriso.

Fissò il sangue sapendo che il sangue non mentiva allo stesso modo in cui i corpi parlavano degli assassini e i volti delle vittime e così, all'improvviso, la sensazione che qualcosa gli stesse sfuggendo piombò nella sua mente, ingigantì, esplose e Krupp ne fu orripilato al punto da ritrarsene. Pensò: non è possibile.

– Dottore, – chiese, – a che ora è avvenuto il decesso?

– Attorno alle ventidue.

Krupp pensò: cazzo.

Non sbagliava.

Tuttavia, ancora non voleva crederci.

Disse: – Vittima e aggressore parcheggiano qui. Lorena si inarca per sfilarsi i fuseaux e mentre è in quella posizione lui la accoltella allo stomaco. D'istinto lei si piega in avanti e lui la colpisce alla schiena più e più volte. A quel punto Lorena alza la mano per...

Un grido muto riempì lo spiazzo.

BASTA!

Krupp si schiarì la voce: – ...difendersi e lui taglia le dita fino all'osso, poi continua ad accanirsi. Quando lei ha finito le energie perché ha perso troppo sangue ed è sotto shock, lui le afferra i capelli esponendo la gola, taglia un'ultima volta, Lorena muore, lui spalanca la portiera e le dà una spinta. Giusto, dottore?

– È la ricostruzione più probabile.

– Perciò, – fece Krupp, masticando fiele, – la maggior parte del sangue si trova all'interno dell'auto dell'assassino. È corretto?

– Certo, l'ho già... – La mano di Simoni corse di nuovo alla confezione di antiacido. – Condivido il suo sgomento, commissario.

Lopez aggrottò la fronte.

Il pm guardò il patologo ingoiare la pastiglia.

Poi Krupp.

– Temo di non seguirvi.

Le parole di Krupp suonarono come un ringhio trattenuto a fatica. – L'assassino se ne va in giro con il sedile del passeggero, il finestrino e il parabrezza sporchi di sangue, alle ventidue di un normale martedì sera, e nessuno se ne accorge?

Il viso del pm assunse una tinta verdastra. Lopez spostò il peso del corpo da un piede all'altro e si accese l'ennesima sigaretta. Simoni usò la cravatta per pulire le lenti degli occhiali.

Krupp controllò lo Junkers che portava al polso e fece i conti. Dopo ventiquattro ore le possibilità di risolvere un omicidio calavano del cinquanta per cento. Le piste si raffreddavano, i testimoni si confondevano e gli sbirri perdevano lucidità. Dopo quarantotto ore: il caso si impantanava.

Le lancette indicavano cinquanta minuti dopo la mezzanotte.

Tre ore: andate.

Rotter invitò il commissario a tenerlo informato. Simoni gli promise di fargli avere i risultati dell'autopsia il più presto possibile. Krupp spedì Lopez a preparare la riunione in questura ma non lo seguì subito perché non voleva lasciare Lorena da sola. Controllò che quelli della Mortuaria la trattassero con la dovuta delicatezza e attese che la station wagon nera partisse in direzione del San Maurizio. Quando le gambe smisero di tremargli entrò nella Thema blu e accese il motore.

Pensò: non è un omicidio come gli altri.

La questura era uno zoo. C'era chi protestava, chi si lamentava in preda all'astinenza, chi invocava l'intervento di un medico. I più esagitati erano i clienti pescati in flagranza, terrorizzati dall'idea che mogli, figli e colleghi venissero a sapere il motivo per cui erano finiti al numero 1 di largo Palatucci.

Krupp superò la doppia porta che separava l'atrio dalla zona interdetta al pubblico ed entrò nella sala briefing: volti assonnati, volti spazientiti. Facce rese ancora più torve dalla luce del neon.

Krupp aveva specificato un unico nome, quello della sovrintendente capo Arianna Lici. Era seduta in prima fila, unica donna e una dei pochi presenti a non far parte del Levada Fan Club. In borghese sembrava più un'insegnante di educazione fisica che una poliziotta. Solo l'espressione, guardinga, la tradiva.

I mastini osservarono Krupp sedersi alla scrivania solitamente occupata dalla *mano de Dios* con sguardi che dicevano: Krupp non ha le palle, Krupp è un fighetto, Krupp non è Levada.

Krupp farà: un casino.

L'ispettore capo Lopez entrò in quel momento, consegnò un plico di informative di nemmeno mezza pagina a una delle divise, ordinò di farle girare e si sedette alla destra del commissario.

Krupp iniziò.

– Attorno alle ventidue di martedì 7 gennaio, Lorena Haller, ventiquattro anni, prostituta e tossicodipendente, è stata uccisa in via Renon, dietro al distributore della Mobil. Il dottor Simoni ha stabilito che è stata freddata con ventiquattro...

I mastini alzarono il volume.

– I ragazzi sono stanchi, – disse Lopez a voce abbastanza

alta da essere sentito da tutti, – bisogna capirli. Vuole che ci pensi io?

Krupp si spostò davanti alla scrivania, vi si appoggiò incrociando le caviglie e gli levò il ghigno dalla faccia. – Servono deposizioni. Si renda utile, ispettore capo. La strada la conosce.

Interpretare ciò che i mastini stavano pensando fu un gioco da ragazzi: quel coglione di Krupp si è scavato la fossa da solo.

– Voglio la prostituta che ha trovato il cadavere e quella che ci ha chiamati. Nelle tasche della vittima non sono stati trovati oggetti personali, forse aveva con sé una borsa o uno zaino. Recuperiamoli. Voglio il fascicolo personale di Lorena Haller. Era schedata, ma a quanto pare la documentazione non si trova.

I mastini se la risero: il solito casino.

Krupp strinse il bordo del tavolo.

Le nocche si fecero bianche.

– Voglio i clienti che in passato sono stati pizzicati con la vittima, gli avventori del Sonnenberg e dei bar vicini. Lorena Haller si prostituiva da almeno quattro anni, conosceva i pericoli cui andava incontro, ma è salita sulla vettura del suo assassino. Non è da escludere che fosse un cliente abituale e che potrebbe essere stato visto con lei in passato. Teniamolo a mente.

Le facce dei mastini dicevano: fatica sprecata.

Un incidente sul lavoro.

– Voglio i verbali delle sanzioni emesse in zona, con rispettive targhe e nominativi.

Un mastino, camicia scarlatta e cravatta scura, non si trattenne: – Non è roba da vigili urbani, commissario?

Krupp lo ignorò.

– Voglio sapere tutto di Lorena Haller. Dove abitava e con chi. Legami di amicizia, legami sentimentali, dove e da chi si riforniva di eroina.

– Commissario?

Krupp sospirò. – Prego.

Era il pelato con il cappotto di cammello. – Tutto questo

casino non è eccessivo? L'avrà ammazzata uno spacciatore incazzato o uno dei suoi amichetti. Due giri di domande e il caso è risolto.

Krupp lo fulminò. – Ventiquattro coltellate e una scena del crimine anomala. Vorrei poter condividere il suo ottimismo, mi creda.

Si aggiustò gli occhiali e tornò agli ordini. – Procuratevi le liste della Buoncostume. Dobbiamo controllare i clienti, i guardoni, gli esibizionisti, gli stupratori, i masturbatori compulsivi.

Le narici gli si riempirono dell'odore dello studio di suo padre quando pensò: portatemi i dannati del girone dei lussuriosi.

– Nessuno di loro, – proseguì Krupp, – ha ucciso Lorena Haller, ma potrebbero essere stati in zona in cerca di compagnia.

– Sono confuso, commissario, – lo provocò camicia scarlatta, – sta dicendo che dobbiamo trovare chi *non* ha ucciso la ragazza?

Krupp ruggì: – L'assassino se ne va in giro a bordo di un'auto zuppa di sangue, alle ventidue di un normale martedì sera, e noi non riusciamo a trovare testimoni?

Nessuno commentò.

Krupp pensò: settima bolgia dell'ottavo cerchio.

I ladri.

– La borsa o lo zaino della vittima. L'assassino potrebbe averli portati con sé in un gesto feticistico, ma non possiamo darlo per scontato. Quindi controlliamo scippatori e rapinatori, soprattutto se specializzati nel prendere di mira le prostitute.

Terzo cerchio: i golosi.

– Tossici, spacciatori, alcolizzati. Se necessario chiedete alla Narcotici.

I mastini sbuffarono. Quelli della Narcotici facevano tribù a sé. Non avrebbero collaborato nemmeno se gliel'avesse chiesto il questore in persona. Magari Levada sarebbe riuscito a convincerli, perché Levada era la *mano de Dios*, ma uno come Krupp? Krupp era solo un fighetto che si credeva un segugio. E, come diceva il commissario capo: cosa fa un segugio in mezzo ai mastini?

Cibo in scatola.

Da: sbellicarsi.

– Questo, per quanto riguarda la ricerca di eventuali testimoni. Adesso passiamo a chi potrebbe aver commesso il delitto.

Ma ficca li occhi a valle, ché s'approccia
la riviera del sangue in la qual bolle
qual che per vïolenza in altrui noccia.

– Voglio i sospetti assassini a piede libero e quelli che hanno già scontato la pena, i picchiatori per droga o per alcol, i picchiatori di figli e di mogli. I maniaci, i bastardi rabbiosi, gli psicopatici certificati e non. Voglio tutti quelli che hanno precedenti per reati contro la persona. Anche se si tratta di un pizzicotto, chiaro?

Krupp si fermò per riprendere fiato. A forza di stringere i bordi del tavolo gli facevano male le mani. I mastini interpretarono la pausa come un invito ad alzarsi, ma il commissario non aveva finito. Pensò: non è questione di pubbliche relazioni.

– Sarà la sovrintendente capo Lici, – disse, – ad aiutarmi nel coordinamento delle forze in campo.

Lo stupore dei mastini esplose in indignazione e l'indignazione si trasformò in risata quando pensarono: Levada gli farà la pelle.

– La sovrintendente capo Lici è della Buoncostume, – protestò camicia scarlatta, – non è nemmeno legale. Alle donne non è concesso far parte della Mobile o avere compiti di polizia giudiziaria al di fuori dei reati in materia di costume, donne e minori.

– Si qualifichi, prego.

– Assistente capo Bellini.

– Può considerarsi esonerato dai compiti investigativi, assistente capo Bellini. Si occuperà della trascrizione degli interrogatori.

Espressione da: scherza? Contro espressione da: prova a dire un'altra parola, stronzo.

– È sottinteso, – fece Krupp quando Bellini abbassò lo sguardo, – che l'omicidio Haller ha la priorità sui precedenti incarichi.

– Levada è al corrente delle novità, commissario?

– Buon lavoro, signori.

Le suole delle scarpe della poliziotta squittirono sul pavimento. Sembrava sulle spine, ma il suo sguardo era fermo.

– Una donna in squadra è un buon modo per lisciare il pelo alla stampa.

– Lei non è "una donna" e non è "in squadra". Lei deve aiutarmi a coordinare la squadra.

– I giornalisti non la vedranno in questo modo.

– Pensa di non essere all'altezza del compito?

La Lici si fece di porpora. – Se la sua idea è farmi fare la ragazza immagine, rinuncio all'incarico. È più chiaro così, commissario?

Krupp si attenne ai fatti.

– 11 settembre 1990. La sovrintendente capo Lici sta guidando verso la propria abitazione quando nota tre uomini aggirarsi attorno a una Fiat Uno bianca. All'interno intravede il profilo di una donna che sta lottando. La sovrintendente capo è disarmata e fuori servizio, ciononostante si qualifica mentre fa inversione, investe uno dei tre violentatori, rende inoffensivo quello che ancora stava stuprando la vittima e, dopo una breve colluttazione, immobilizza anche il terzo uomo.

– Sui giornali questa storia farebbe un figurone.

Al suo posto il commissario capo Levada avrebbe dato in escandescenze. La *mano de Dios* avrebbe interpretato quelle parole come un tentativo di mettere in discussione la propria autorità.

Per Krupp erano la conferma di aver scelto la persona giusta. – Ciò che i giornali non potrebbero mai scrivere è che la sovrintendente capo Lici aveva precedentemente scoperto una gang di stronzi che si divertiva a fare la festa alle prostitute. Aveva fatto rapporto ai superiori i quali, in mancanza di prove a loro giudizio *concrete*, avevano lasciato cadere la faccenda.

Da un cassetto della scrivania estrasse una nota scritta a mano. – La riconosce?

– Sì.

– Anziché lasciar perdere la sovrintendente capo inizia proprie indagini per individuare, identificare e rendere inoffensivi i membri del gruppo. Quando raccoglie ulteriori informazioni, scavalca i superiori della Buoncostume e va a riferire direttamente al commissario capo Levada. La sua ricostruzione, compresa la descrizione degli attori di quel teatro degli orrori e delle auto su cui viaggiavano, però, cade nel vuoto.

Entrambi sapevano perché Levada non aveva alzato un dito. Non solo la sovrintendente capo gli aveva fatto perdere tempo per le lamentele di donne che per mestiere aprivano le gambe ma, con la sua mossa, aveva messo in dubbio la gerarchia con cui lui teneva sotto controllo il numero 1 di largo Palatucci.

Lesa maestà.

Appena un gradino sotto il tradimento.

– Poi, l'11 settembre del 1990, la sovrintendente capo Li ci coglie, vogliamo dire casualmente?, la gang in flagranza di reato.

Krupp si alzò.

Non c'era niente che distinguesse il suo ufficio dagli altri. L'unica eccezione era data da un piccolo frigorifero, simile ai modelli degli alberghi. Il commissario l'aveva fatto installare perché non sopportava l'idea di farsi portare da bere da una divisa ogni volta che ne aveva bisogno. Quelli erano poliziotti, non camerieri.

Prese una bottiglietta di acqua minerale e la tese verso la collega.

– No, grazie.

Krupp la scolò in un unico sorso.

– Lei ha dimostrato fiuto, tenacia, intraprendenza, fegato e freddezza. Esattamente ciò che mi serve per arrestare l'assassino di Lorena Haller e, contemporaneamente, tenere al loro posto i mastini. Perciò, è ancora dell'idea di rinunciare all'incarico?

La sovrintendente capo Lici aggiustò l'elastico che teneva unita la coda dietro alla nuca.

– No, commissario.

– Diamoci del tu, d'accordo?

Arianna sorrise, sollevata. – Levada non sarebbe d'accordo.

– Levada può anche andare a farsi fottere, non credi?

Vedendolo uscire dalla camera oscura con solo tre fotografie, Jo storse il naso.

– Tutto qui?

– Tutto qui.

– Cacasotto.

Anziché lasciarlo libero di tornare a casa, il capocronista costrinse Milla dietro un'Olivetti, appoggiando sulla scrivania una pagina che iniziava con la dicitura "di A. M.". La storia del libro del prete che puzzava d'aglio, ricordò Milla dopo una rapida scorsa.

Ghiaia vecchia di un mese: più che defunta.

Jo gli ordinò di tagliare. Da quattromila a duemila battute.

– Anche meno, – disse, – per subito, campione.

Era l'una e trenta.

Milla guardò la ghiaia ammuffita e domandò: – Sicuro?

– Il sole sorgerà domani?

Milla ridusse il pezzo a millesettecento battute e attirò l'attenzione di Jo.

Il capocronista si accese una sigaretta, strappò il foglio dalla macchina da scrivere e, con la fronte aggrottata, iniziò la lettura.

– Non male, – borbottò.

Impugnò una Bic e sorrise.

– Prendi appunti, – grugnì, – e ammira il maestro all'opera.

Scarabocchiò il titolo e glielo mostrò.

Milla lesse, fece due più due, capì perché Jo aveva riesumato quell'articolo antico come Nefertiti e avvertì una morsa allo stomaco.

– Non puoi farlo.

Jo alzò gli occhi al cielo, tossì e pronunciò le parole che ogni reporter sognava di sentirsi rivolgere dal proprio superiore. – La mettiamo in prima. Sotto l'apertura. E adesso fuori dalle palle.

– Non con quel titolo, Jo.

– Sei tu John Wayne? – esclamò ad alta voce il capocronista, sparendo nell'ufficio del direttore. – E io chi sarei?

Rizzi, uno degli insonni della vecchia guardia, alzò il pollice. – Complimenti, Scoop. Prima volta, giusto?

– Già.

– E allora perché quella faccia? Su con la vita.

Milla sorrise, mesto.

La sua firma in prima pagina. L'aveva immaginata in mille modi, ma mai così.

Pensò: *no Nana sola*.

La morsa allo stomaco s'intensificò.

Milla si era messo in testa di fare il reporter per colpa di Oriana Fallaci. Aveva letto *Un uomo* e ne era rimasto folgorato. Se l'avesse confessato al capocronista della "Voce delle Alpi" sarebbe stato da morire dal ridere, ma Milla non era *così* ingenuo.

Adesso, sforzandosi di non mettersi a vomitare, pensò a Oriana Fallaci, Vietnam 1967: traccianti nella notte e soldati con le budella di fuori. Orribile, crudele, ma: un fatto. Oriana Fallaci, 26 settembre 1979: lo chador che finisce a terra di fronte all'ayatollah Khomeini. *Questo stupido cencio da Medioevo.* Violento, provocatorio ma: un fatto. Oriana Fallaci e l'obitorio di Città del Messico: 2 ottobre 1968. Fatti, fatti, fatti.

La foto di Lorena Haller sbattuta in prima pagina era oscena, ma raccontava un fatto. Milla poteva aggrapparsi a quel dettaglio per tentare di placare i sensi di colpa. Invece, il titolo scelto da Jo per la ghiaia del prete che puzzava d'aglio era: uno scherzo.

Crudele.

Anzi: spietato.

Quel prete Milla l'aveva intervistato ai primi di dicembre, perché aveva pubblicato un libro di memorie e Jo aveva deciso che era il genere di ghiaia di cui beghine e svalvolati erano ghiotti. Milla aveva sopportato il fetore d'aglio, spalato, consegnato, per poi vedere, come spesso accadeva, il risultato dei suoi sforzi finire nel dimenticatoio. Del libro e del suo autore nessuno avrebbe mai saputo niente se non fosse stato per l'omicidio al distributore e per la perversa memoria di ferro di Jo.

Infilò il bomber e si diresse verso le scale.

Aveva bisogno di aria.

La redazione della "Voce delle Alpi" occupava tre piani di uno stabile di costruzione asburgica, in via Dante, una strada alberata che portava alla caserma dei carabinieri e, dopo l'incrocio con via Marconi, alla questura. Era un edificio non privo di eleganza, ma trovare parcheggio era sempre un casino.

Milla camminò fino al negozio di articoli musicali dove aveva lasciato la Renault 5. Il serbatoio era quasi vuoto, il lamento della frizione gli fece digrignare i denti ma il vecchio macinino riuscì a compiere il proprio dovere riportandolo nel seminterrato gonfio di umidità che da qualche tempo Milla chiamava casa.

Quando arrivò si gettò sul letto, affondò la faccia nel cuscino e: urlò.

Non ci voleva un genio per intuire il titolo di testa del quotidiano che, di lì a poche ore, sarebbe apparso nelle edicole. Qualcosa come:

PROSTITUTA UCCISA

A quel punto, indovinare perché Jo avesse dissotterrato la ghiaia del prete che puzzava d'aglio e il motivo per cui l'avrebbe messa in prima pagina era un gioco da ragazzi, bastava pensare al titolo che il capocronista aveva scelto per il pezzo:

L'ESORCISTA DICE:
IL DIAVOLO NON SMETTE MAI DI TORNARE

Segue dibattito, campione.

8 gennaio 1992, mercoledì
– mattina –

Krupp aveva passato la notte a convincere i colleghi dell'Arma a prestargli un po' di uomini e leggere verbali. Il fascicolo di Lorena era saltato fuori alle sei, quando l'eccesso di caffeina iniziava a mescolarsi pericolosamente alla frustrazione.

Il primo fermo risaliva al 3 settembre 1986. All'epoca Lorena Haller aveva diciannove anni, quindi la dipendenza doveva essere iniziata nei dodici mesi precedenti. Sei anni sulla strada e non quattro, come aveva detto Nancy. Nell'ultima foto segnaletica, 8 maggio 1990, Lorena sembrava divertita.

Nessun'altra informazione.

Ri-di-co-lo.

Dai dettagli emersi dalle deposizioni degli individui che avevano ammesso contatti con la vittima, emergeva un ritratto coerente di Lorena. "La bambina" non dava problemi, non litigava, non faceva cazzate. Nulla che potesse aiutarlo a risalire all'identità dell'assassino se non cementare nella sua mente l'idea che fra Lorena e il suo carnefice non esistesse legame e che, quindi, non esistesse alcun movente. E questo, sommato alla brutalità dell'aggressore e alla modalità con cui si era sbarazzato del cadavere, priva di pietà o segni di rimorso, significava che lui aveva ucciso perché *voleva* farlo. Il passaggio successivo era terrificante: all'omicida uccidere *piaceva*.

Krupp sapeva che anche alcuni mastini l'avevano intuito

perché non tutti erano degli idioti, e per questo il loro astio nei suoi confronti era stato così veemente. Meglio fingere che certe cose non esistessero. C'era persino una parte di lui che rifiutava quanto la logica gli indicava: quello di Lorena non era un omicidio come gli altri. Era qualcosa di molto, molto, più spaventoso.

In ogni caso, in assenza di movente e indizi, l'unico modo per fermare quella specie di animale era trovare testimoni. Impossibile che a quell'ora e in quella specifica zona della città non ce ne fossero. Krupp l'aveva anche scritto sul suo rapporto.

I testimoni erano la chiave.

Le prostitute e i tossici di zona Dodiciville, però, non solo temevano di farsi la nomea di amici degli sbirri, ma non vedevano l'ora che quel casino finisse. Le indagini significavano troppi sbirri in giro e troppi sbirri significavano niente clienti.

Ovvero: niente eroina.

Qualche prostituta affermava che Lorena avesse un fidanzato, forse un protettore, ma quando le domande si facevano più precise, scantonavano. Non si riusciva neppure a capire dove la vittima passasse le giornate. C'era chi diceva in una roulotte nei pressi di ponte Sant'Antonio, a pochi metri dal torrente Talvera, altri in qualche buco a Don Bosco oppure, come tante altre, sulle panchine della stazione. Nessuno indicava la baraccopoli lungo l'Isarco, quella di via Roma, vicino al ponte omonimo, perché lì c'erano solo immigrati.

D: *Lorena Haller era solita accompagnarsi a extracomunitari?*

R: *Io le dicevo di non farlo. Ma non lo so. Non faccio la babysitter.*

D: *La signorina Haller si era mai lamentata con lei di clienti nervosi o cattivi?*

D: *Che significa "cattivi"?*

R: *Qualcuno che aveva alzato le mani, che l'aveva minacciata...*

R: *Ve l'ho detto. Sono stati i marocchini. I negri. Quella gente lì. Trattano le donne come puttane e le puttane peggio dell'immondizia. State importunando le persone sbagliate.*
D: *Ha detto che la signorina Haller non era solita intrattenere rapporti professionali con gli immigrati. Desidera rettificare la precedente affermazione?*
R: *Perché non vai a domandarlo ai negri del cazzo?*
D: *Le mostrerò alcune foto. Si tratta di persone d'interesse. Ci piacerebbe sapere se ha visto uno o più di questi individui in compagnia della signorina Haller.*
R: *Non ho diritto a un avvocato?*

– Luther.

Levada non bussò perché non doveva farlo. Levada era il maschio alfa. Persino l'aria che Krupp stava respirando era roba sua.

Appoggiò i suoi cento chili di peso sulla scrivania e gli sorrise. Baffi folti, odore di acqua di colonia e aria bonaria: il ritratto del buon padre di famiglia che risolve i problemi a ceffoni.

– Ho sentito Rotter e Biagi, – disse, picchiettando una sigaretta sulla pila dei dossier, – l'ufficiale dei carabinieri che hai buttato giù dal letto. Sono entrambi stupiti da tutta questa agitazione.

– Ha parlato anche con i mastini?

– Hanno sollevato qualche obiezione, in effetti. Soprattutto Lopez. Non dovresti trattarlo così, non davanti ai ragazzi. Merita rispetto.

– Condivide le obiezioni?

Levada infilò il mignolo nell'orecchio. – Ti dirò la stessa cosa che ho detto a tutti, Lopez compreso. Il caso è tuo e puoi contare sul mio appoggio. Tuttavia, in qualità di tuo superiore, non posso fare a meno di condividere con te alcune mie considerazioni.

Levada accese la sigaretta.

Krupp si alzò per spalancare la finestra e si preparò alla battaglia.

– Dopo i funerali, – disse la *mano de Dios*, – a nessuno fregherà più niente di questa storia. Sei giovane, vuoi metterti in luce. È giusto. Ma sappi che una puttana uccisa non ti farà spiccare il volo.

– Ventiquattro coltellate, nessun legame con la vittima, niente segni di rimorso o di panico. Non è un omicidio come gli altri.

Levada spazzò via un frammento di cenere dalla cravatta. – Hai trovato gli spacciatori che la rifornivano?

– Ci stiamo lavorando, ma la Narcotici...

– Un fidanzato?

– Non è un omicidio come gli altri.

– Non esistono omicidi come gli altri, Luther.

Levada aveva visto le foto, aveva letto il rapporto, forse si era persino spinto a telefonare a Simoni. Non poteva essergli sfuggito ciò che agli occhi di Krupp era così evidente. Se parlava così era solo perché voleva provocarlo. E al numero 1 di largo Palatucci a provocazione si rispondeva sempre con un'altra provocazione. Oppure ti toccava la parte del cibo in scatola.

– Quindicimila, – disse Krupp. – Quindicimilacentotrentuno, se vogliamo essere precisi. Sono i reati denunciati l'anno scorso. Ne sono stati risolti milleseicentodue.

– Mai stato bravo in matematica, quanti sono i furti di bicicletta?

– Bisognerebbe cercare fra quelli risolti, spero.

Levada scoppiò a ridere e gettò il mozzicone di sigaretta fuori dalla finestra.

– Che ne dici di un numero verde? Una segreteria telefonica, per garantire l'anonimato.

– È uno scherzo?

– Hai bisogno di testimoni.

– Non così.
– Ci sono clienti che potrebbero aver visto qualcosa ma che non hanno alcuna intenzione di finire sui giornali per una scopata.
– È una pessima idea.
Levada lo fissò negli occhi. – Pensi di avere abbastanza palle per reggere questa indagine?
Era un: o con me o te ne torni in panchina.
– Sissignore.
– Discorso chiuso, allora. Per quanto riguarda la presenza della sovrintendente capo della Buoncostume, come si chiama?
– Arianna Lici.
– Devo dire che mi sembra un'ottima idea. Avrei scelto qualcuna più carina, ma si fa quel che si può con quello che si ha. E non mi pare di aver visto una Miss Italia in incognito fra le colleghe.
– La Lici è un'ottima poliziotta.
– Come dici tu, Luther. Adesso datti una rinfrescata. Ci aspettano in sala stampa. Hai dato un'occhiata ai giornali di oggi?
– Non ne ho avuto il tempo.
– Peccato. I giornalisti, – disse Levada, – ricordati di farli sentire importanti. Ne hanno bisogno, poveretti.

Erano le sette e dodici quando Krupp, Levada, Lopez e la sovrintendente capo Lici entrarono nella sala stampa della questura.
Ad attenderli c'erano tutti i responsabili della nera e della giudiziaria di provincia e regione, sia italiani che tedeschi. C'erano anche radio e televisione. Era raro vedere quelli della tv: la cronaca nera non era ben vista dalla politica. Spaventava i turisti.
Jo, della "Voce delle Alpi". Sembrava reduce da una sbronza. Quando si accorse dell'occhiata di Krupp gli fece ciao con la mano.
Levada ringraziò i presenti, si scusò per l'orario "dettato

da necessità operative”, diede un quadro generale della situazione e arrivò al punto.

– Data l’efferatezza del delitto, su mia iniziativa e con il pieno sostegno del questore dottor Comi, del colonnello Biagi della legione carabinieri Trentino-Alto Adige e del pubblico ministero, è stata costituita una task force interforze il cui scopo è quello di conseguire all’arresto del colpevole nel minor tempo possibile.

Krupp si chiese da chi Levada avesse imparato l’espressione “task force”.

– Vi informiamo, inoltre, che è stato istituito un numero verde per raccogliere quante più informazioni possibili al fine di assicurare alla giustizia l’assassino di... – Levada dovette cercare il nome sugli appunti. – Lorena Haller.

Uno dei reporter non si trattenne. – Qual è il numero, commissario capo?

– 97-35-03. Si tratta di una linea dedicata e assolutamente anonima.

Gli scribacchini chinarono la testa.

Nove-sette.

Tre-cinque.

Zero-tre.

– Vi chiediamo di divulgare il più possibile questa iniziativa. Per fermare il bruto che si è macchiato del sangue di quella sfortunata ragazza è necessario l’aiuto di tutta la cittadinanza.

Le penne scattarono: era una di quelle dichiarazioni che finivano nei titoli.

– Voglio approfittare del nostro incontro anche per annunciare che il responsabile delle indagini a capo della task force sarà il commissario Luther Krupp. Il commissario ha già dato dimostrazione di essere un elemento indispensabile e permettetemi di aggiungere che è motivato dal fatto di essere nato in Alto Adige. Conosce il territorio, la popolazione. Come tutti noi sa che la nostra terra non può finire preda del degrado.

Krupp sentì l’ombra del Partito allungarsi sulle indagini e si diede dell’idiota per non averci pensato prima. Levada era a un passo dalla pensione. Due anni al massimo. Forse il Partito aveva lasciato trapelare l'ipotesi di una proposta: la direzione di una partecipata o magari la presidenza di una fondazione.

– Da un punto di vista investigativo, commissario capo, può fornirci qualche dettaglio in più? – chiese l'unica reporter donna in sala.

– Seguiamo tutte le piste, nessuna esclusa. Droga, prostituzione. Naturalmente, immigrazione.

Algerini, tunisini, marocchini, zingari, macedoni, rumeni, albanesi. Gente con la nomea del coltello facile che la cittadinanza detestava. Altri titoli a caratteri cubitali si profilarono all'orizzonte. Il commissario capo sapeva come dirigere le danze.

– Il commissario Krupp, – chiese Jo, alzandosi in piedi, – non è un po' troppo giovane per seguire un caso così complesso?

Johann "Jo" Serafini non era uno scribacchino qualsiasi. Jo era il re delle carogne nonché uno dei leccaculo del commissario capo della prima ora. La sua parola era la parola della *mano de Dios* e solo a quel punto Krupp capì di essere finito in trappola.

Levada drizzò la schiena.

– Non condivido la sua preoccupazione, ma ne comprendo la logica. L'esperienza è un fattore importante e, se lei mi avesse lasciato concludere, avrei aggiunto che il commissario Krupp potrà contare sull'appoggio di uno dei nostri uomini migliori, che lo affiancherà per l'intera durata delle indagini, cioè...

Krupp pensò: cazzo, cazzo, cazzo.

– ...l'ispettore capo Mario Lopez.

Un capolavoro.

Levada si era sfilato da un'indagine che si prospettava lunga e difficile piazzando il proprio braccio destro a prendere appunti sugli errori che Krupp avrebbe potuto commettere, così, se la vicenda non fosse giunta all'epilogo promesso, la sua testa sarebbe stata l'unica a saltare. In caso contrario, ovviamente, il commissario capo sarebbe stato ben felice di ricordare a tutti chi aveva partorito l'idea della task force.

Jo, però, non aveva ancora finito. – Permette una domanda, commissario Krupp?

Un colpo di tosse. – Trovo che sia prematuro da parte mia...

– Commissario Krupp, – scandì Jo, sollevando una copia della "Voce delle Alpi", – non la imbarazza che i genitori di Lorena Haller siano venuti a sapere della morte della figlia dai media e non da voi?

Krupp pensò: il fascicolo della Buoncostume. Sciatto. Penoso. *Ri-di-co-lo*. L'aveva letto e riletto. Nessuna menzione riguardo a una famiglia. Quindi: qualcuno aveva omesso quell'informazione. Perché: qualcuno aveva deciso di pareggiare i conti.

L'orologio di suo padre segnava le otto e dieci e la faccia scandalizzata di Levada avrebbe meritato un Oscar. Arianna era livida di rabbia.

Lopez, invece, era raggiante.

La madre di Lorena condivideva con la figlia la forma del viso e degli occhi. Il padre, seduto su una poltrona, non alzò lo sguardo dalla foto che stringeva in mano neppure quando Krupp porse le sue scuse per il modo in cui avevano ricevuto la notizia dell'omicidio. Scuse che pronunciò pensando a Lopez e a Levada.

Fu dura mettere da parte la rabbia e cominciare.

– Parlatemi di Lorena.

– L'abbiamo avuta tardi, – cominciò Marion Haller, gli occhi rossi di pianto. – Non ci speravamo più. Era una bambina felice che si è trasformata in una ragazzina altrettanto serena. Fino ai sedici anni non ci ha mai creato problemi.

– Poi cos'è successo?

– Sergio Giuliani. Lorena diceva che somigliava a Jim Morrison. Sergio di anni ne aveva ventitré, sette più di lei. Era un tossico, glielo disse subito. Le spiegò che era in cura e che stava smettendo.

– Voi come reagiste?

– Sapevamo che l'aveva incontrato su un treno, quindi pensammo che si sarebbero scritti qualche lettera, che si sarebbero sentiti per telefono e che poi si sarebbero persi di vista.

– Non fu così?

– Sergio abitava a Bolzano. Con Lorena si vedevano quasi ogni giorno. Quando lo capimmo cercammo di farla ragionare. Avevano troppi anni di differenza, lui era un tossico, mentre lei...

– Una ragazzina.

– Sergio iniziò a farle il lavaggio del cervello: i tuoi genitori ti stanno tarpando le ali, non vogliono che tu abbia la tua vita. Cose così.

Krupp non faticò a immaginarlo. Lui che le prometteva la luna e le stelle e lei che se le sentiva già in tasca.

– Giuliani era riuscito davvero a smettere con l'eroina?

La risposta era scontata, ma Marion Haller aveva lo sguardo perso e Krupp non voleva che pensasse al cadavere della figlia.

– Il metadone è una cosa, ma non *la* cosa. Lorena non lo sapeva, ma era la terza volta che Sergio ci ricascava. Qualche mese dopo che avevano iniziato a frequentarsi, la trovai sul divano, gli occhi vacui. Mi disse che era solo influenza e io le credetti. Un'innocenza che persi in fretta, mi creda. Quando fu chiaro che aveva iniziato a bucarsi, ci informammo, trovammo delle comunità terapeutiche disposte ad accoglierla, ma Lorena non ne voleva sapere. Diceva che non ci era davvero dentro, ma non è quello che dicono tutti, commissario?

– È così.

Marion Haller si tormentò la fede. – Ormai era una tossica e cominciò a chiederci soldi. Poi, un anno dopo il primo buco, se ne andò.

Sfilò la fotografia dalle mani del marito. Ritraeva Lorena, Marion e Hansi davanti all'albero di Natale. Lorena era l'unica a sorridere.

– Legga sul retro.

23 dicembre 1985.
Non siate arrabbiati con me.

Al posto della firma, un cuore.

Le stelle si erano trasformate in macigni e la parabola che avrebbe portato Lorena al distributore della Mobil di via Renon aveva cominciato il suo cammino.

– Era andata a vivere con Giuliani?

– All'epoca non ne eravamo sicuri. Deve capirci, non sapevamo cosa fare. E poi Lorena ogni tanto tornava. Vedevamo le tracce del suo passaggio. La lavatrice umida, cibo che mancava dal frigorifero. Questo ci dava speranza. Aveva le chiavi di casa e le lasciavamo del denaro. Non molto, cinquantamila lire al massimo. Sapevamo come li avrebbe usati, ma lo facevamo lo stesso perché...

Marion tentennò.

– Era vostra figlia.

– Sì, – mormorò la donna. – Era nostra figlia.

La casa natale di Lorena si trovava in via Cassa di Risparmio. Il rumore del traffico sottostante non arrivava. Un'oasi di tranquillità. Si vedeva che i coniugi Haller non navigavano nell'oro, ma era un luogo in cui ci si sentiva subito i benvenuti.

L'esatto opposto della casa in cui Krupp era cresciuto.

– Poco dopo, nel marzo del 1986, Hansi stava tornando dal lavoro, in macchina, e la vide.

La donna guardò il marito, quasi si aspettasse che fosse lui a proseguire, ma il padre di Lorena non reagì.

– Hansi fa l'operaio da quando aveva sedici anni. Lavora in una falegnameria. Per arrivarci bisogna passare per la zona di Dodiciville. – Marion si portò la mano al petto. – L'ha vista salire su un'auto. Con un uomo. Un cliente. Hansi... ha avuto un malore.

I poeti e i musicisti chiamavano le ragazze come Lorena "bocca di rosa", "belle di notte". I giornali: "lucciole". Hansi Haller piallava travi da tutta una vita. L'unica poesia che uno come lui conosceva era la soddisfazione di portare a casa pane, vino e soldi per la benzina. Quel giorno Hansi Haller non aveva visto bocche di rosa, belle di notte o lucciole. Niente poesia. Soltanto la sua bambina che si vendeva in cambio di eroina.

– Non potevamo arrenderci, – proseguì Marion. – Così iniziai a girare notte e giorno. Via Crispi, via Bottai, via Laurino, via Garibaldi, via Brennero, via Mayr Nusser, via Alto Adige, via Raiffeisen…

Piazza Perathoner.

Piazza Stazione.

Piazza Verdi.

Le vie del mercato della carne, avvolte su se stesse come le spire di un serpente. Secondo la Buoncostume, con il fiume di eroina che inondava le strade, il numero di prostitute a Bolzano non era solo un record: rappresentava una vera e propria anomalia statistica. E questo, dicevano, senza contare tutte quelle che confluivano dalle valli per vendersi nel capoluogo.

– Voleva convincere Lorena a farsi aiutare?

– Se l'avessi fatto l'avrei persa. Non sarebbe tornata a casa nemmeno per lavare i vestiti o cercare qualcosa da mangiare. No, mi resi conto che Lorena non era la sola ad aver bisogno di aiuto. Ce n'erano tante come lei. Io portavo alle ragazze un panino, una Coca. Sigarette. Preservativi, siringhe e aghi sterili. Mi fermavo a parlare di stupidaggini per farle sentire meno sole. Quando erano loro a tirare fuori l'argomento gli davo i dépliant dei centri di disintossicazione. Il giorno dopo magari li trovavo accartocciati per terra, ma non aveva importanza.

Krupp pensò: le prostitute che diventavano figlie. Il dolore di Marion Haller moltiplicato per dieci, cento, mille. Non riuscì a immaginarlo.

Nessuno avrebbe potuto.

– Le capitava di incontrare Lorena?

– Anche a lei davo qualche spicciolo, siringhe, preservativi. Se non era troppo fatta le offrivo qualcosa di caldo in un bar. Altrimenti era difficile convincerla. Credo si vergognasse.

– Di cosa?

– Non voleva che tutti sapessero che ero la madre di una tossica.

– E Giuliani?

Gli occhi di Marion si riempirono d'odio. – Arrivò a telefonarmi: se non lasci in pace Lorena ti ammazzo.
Krupp trasalì. – Ha detto "ti ammazzo"?
– Per telefono, mai di persona. Sergio è un vigliacco.
– Quando?
– L'ultima volta? Sei mesi fa, forse cinque.
– Non ha...
– So badare a me stessa, commissario.
Marion Haller uscì dal salottino e al suo ritorno mostrò a Krupp il contenuto di una borsa, una di quelle grandi, in finta pelle. C'erano pacchetti di sigarette, confezioni di preservativi, fazzoletti, una siringa da insulina, un portafogli e un coltello.
Krupp lo prese fra le dita e provò: una pena infinita.
– Tutto questo, – disse, – dal 1986?
– Ogni giorno.
Da sei anni Marion Haller metteva quella borsa in spalla e usciva per strada. Via Crispi, via Bottai, via Laurino, via Garibaldi, via Brennero, via Mayr Nusser, via Alto Adige, via Raiffeisen, piazza Perathoner, piazza Stazione, piazza Verdi...
Sei anni.
Sei anni di Golgota.
– Sergio è solo un vigliacco, – ripeté Marion Haller, – non è certo la prima persona che cerca di mettermi paura. Ma Lorena è... era mia figlia. Abbiamo venduto la macchina e chiesto un prestito alla banca per comprarle una roulotte. Avevo scoperto dove abitava. Ponte Sant'Antonio. Uno schifo. La roulotte durò tre anni, poi andò a fuoco, nel giugno del '90. Lorena non mi disse mai il motivo e chiedere a Sergio...
– Sarebbe stato inutile.
– Elemosinammo altri soldi da qualche amico, i pochi che ci erano rimasti, mi disfai dei gioielli che ci avevano regalato al matrimonio e comprammo una seconda roulotte. Se qualcuno avesse bruciato anche quella, mi creda, mi sarei dovuta rivolgere agli strozzini. Ma l'avrei fatto senza pensarci.

– Ricorda l'ultima volta che ha visto Lorena?

– Per il suo compleanno, il 23 dicembre. Ci ha regalato un pacchetto di Lebkuchen, erano i suoi preferiti, ma non ha voluto restare a pranzo. Da allora...

Il duomo batté le nove.

Krupp aprì il taccuino. – Avrei bisogno di qualche nome, signora Haller.

– Marion, la prego.

– D'accordo, Marion. Tutti quelli che le vengono in mente.

La donna iniziò a elencarli spiegando al commissario chi fossero e quali rapporti intrattenessero con la figlia.

Uno, fra i tanti, attirò l'attenzione di Krupp. – Vivian come?

– Non lo so. È bella, bionda. Affascinante. È una prostituta, ma non lavora per strada, ha un appartamento dove riceve i clienti. Ogni volta che l'ho incontrata era vestita bene, con un filo di perle al collo. Una bianca e una nera, capisce come?

– Pensa che questa Vivian sia una sorta di protettrice?

– No, non era la protettrice di Lorena. O di altre ragazze. Non credo sia nemmeno una tossica. Voleva bene a Lorena. Si vedeva.

– Per quanto riguarda l'eroina, sa dove Lorena o Sergio si rifornivano?

– Sergio... – sputò Marion. – È stato lui, commissario.

– Pensa sia stato il fidanzato di sua figlia a ucciderla?

– Quella parola, – sibilò Marion Haller. – *Fidanzato*. La usava per procurarsi i soldi per la roba. È amore secondo lei?

– Perché pensa sia stato lui?

Marion Haller fu lapidaria.

– Chi altri?

Krupp fu tentato di crederle, ma era un'ipotesi priva di senso. Lorena era stata uccisa in auto. Giuliani era un tossico, viveva in una roulotte pagata dai genitori della ragazza che faceva battere per procurarsi l'eroina. Era escluso che possedesse un'automobile. Un prestito? Impossibile. Un furto? L'auto sarebbe già saltata fuori.

E: nessun legame con la vittima.

Nessun movente.

Non era un omicidio come gli altri.

– Marion, – disse, – mi prometta che per qualche giorno non andrà dalle ragazze. Mi lasci fare il mio lavoro. E niente colpi di testa.

Krupp infilò in tasca il coltello e si alzò.

Non fu Marion a rispondere.

Fu Hansi.

– Lo tenga pure, – disse, – quegli aggeggi costano poco.

Krupp non avrebbe mai voluto trovarsi nel luogo da cui proveniva quella voce.

Jo l'aveva chiamato alle sei e mezza, strappandolo a un dormiveglia agitato in cui il corpo di Lorena e lo sguardo di Nana lo stritolavano impedendogli di respirare. Gli aveva dettato un indirizzo, gli aveva intimato di farsi trovare lì alle otto in punto e di aspettare con la Nikon pronta allo scatto.

– È la casa dell'assassino? – aveva chiesto Milla, ancora intontito. – L'hanno arrestato?

– Prendi appunti: non ce la faranno mai. Aggiungilo alla lista degli omicidi irrisolti. In via Cassa di Risparmio abita Marion Haller, la madre della ragazza uccisa. Aspetta di vedere Krupp uscire e poi azzanna.

– La madre?

– Anche le troie hanno una madre, campione.

– Vuoi un'intervista?

– Non li leggi i giornali?

– Mi sono, – aveva farfugliato Milla, – appena svegliato.

– Voglio una foto con gli orsacchiotti per l'edizione di domani.

– Aspetta. Come fai a sapere che Krupp…

– Leggi il giornale, campione. È nero su bianco. Fai come ti dico. Aspetta che Krupp sgombri il campo e poi procurami la foto della madre. Ripetilo.

– Aspetto Krupp e poi scatto la foto.

– A che ora?

– Le otto. Quanto dovrò aspettare?

– A chi scatterai la foto?

– Alla madre della ragazza. Mi stai facendo uscire di testa, Jo. Che significa una foto con gli orsacchiotti?

All'altro capo della cornetta, Jo sospirò. – Muore un bravo ragazzo, mi segui? Tu vai dai genitori, gli dici che è una cosa terribile, che sono tragedie inspiegabili e intanto ti fai portare nella stanza in cui il poveretto è cresciuto, li piazzi in mezzo ai giocattoli e scatti. Mettici cuore, campione. Voglio sentire i violini.

– Potrebbe essere un problema.

– Metterci i violini?

– Che faccio se Marion Haller non vuole farsi fotografare?

Jo aveva attaccato.

Milla era uscito alle sette e mezza e aveva acquistato una copia del giornale. Il direttorc aveva scelto la meno cruda fra le tre istantanee che aveva scattato, ma il risultato era ugualmente disturbante. Più sotto, la ghiaia del prete e il titolo di Jo:

L'ESORCISTA DICE:
IL DIAVOLO NON SMETTE MAI DI TORNARE

Con sgomento, Milla aveva appreso che era stato Jo, al telefono, a dare la notizia della morte di Lorena ai genitori battezzando quella carognata: intervista esclusiva. A quel punto, avviandosi verso via Cassa di Risparmio, Milla aveva capito perché Jo gli avesse ordinato di aspettare l'uscita di Krupp: voleva la faccia di Marion Haller ancora più segnata dal dolore.

Mettici cuore, campione.

Alle otto meno cinque Milla si ritagliò uno spazio al riparo dal vento e lasciò che il tempo scorresse. Krupp arrivò alle otto e ventisette, entrò nella palazzina e ne uscì un'ora dopo, lasciandogli pochi secondi per obbedire agli ordini del capocronista.

Urtò un operatore che teneva in spalla un'ingombrante telecamera, si infilò fra due reporter che strillavano domande e inserì la mano fra il battente e lo stipite del portone esattamente un soffio prima che si chiudesse, rischiando ossa e tendini.

Attraverso i vetri smerigliati che davano sull'esterno, Milla guardò la Thema blu di Krupp partire a tutta velocità e i giornalisti, stagliati come figure cubiste, recuperare il marciapiede, imprecando.

Trafelato, salì le scale controllando le targhette a ogni porta. Al secondo piano: Haller.

Pensò: *no Nana sola.*

Tirò fuori la Nikon e capì che quello che era accaduto a Lorena non era *no, Nana sola.*

Era: peggio.

Nana sarebbe cresciuta. Forse i servizi sociali l'avrebbero sottratta alle paturnie di *Barbra*, affidandola a una famiglia che non si *arrrrabbiasse* quando Nana aveva bisogno della *coazzione*. Magari Barbara avrebbe capito di aver bisogno di aiuto e sarebbe riuscita a diventare una madre di cui Nana non dovesse temere le ire. Oppure, crescendo, Nana sarebbe diventata una nuova versione di *Barbra* riproponendo all'infinito quel circolo vizioso. Milla non poteva saperlo. Però, ed ecco la differenza fra Nana e Lorena Haller, niente gli impediva di nutrire speranza per il destino della bambina perché: Nana aveva tempo. Lorena invece era destinata a rimanere prigioniera del bianco e nero della prima pagina della "Voce".

Prostituta, tossica. *Per sempre.*

Tornò il magone. Tornò il disgusto.

Pensò: non posso.

Pensò: devi.

Si lisciò i capelli, cercando di domarne la massa informe. Si aggiustò il bomber e si maledisse per non aver indossato un abito più decoroso. Suonare il campanello gli sembrava un gesto troppo violento. Bussare indicava più discrezione. Non riusciva a decidersi.

Fu il destino a farlo per lui.

La porta si aprì e Milla si trovò faccia a faccia con Marion Haller. Pensò: ho visto la figlia di questa donna, morta. L'ho vista come nessuno avrebbe mai dovuto vederla. Ho preso la figlia di questa donna e l'ho crocifissa al momento peggiore della sua vita.

– Posso aiutarla?

La risposta di Milla si infranse in un singhiozzo.

Marion Haller lo abbracciò. – Era una brava ragazza, la mia Lorena.

Faceva male. Un male del diavolo.

Marion Haller gli deterse una lacrima dalla guancia. – Anche tu sei un bravo ragazzo.

Milla pensò: vaffanculo, Jo.

Vaffanculo.

Non la voglio questa cicatrice.

Giù per le scale. Senza una parola.

Veloce.

Due pattuglie, un'Alfa 75 senza insegne e la Thema di Krupp ostruirono le uscite del parcheggio su cui aleggiava un odore di fognatura. D'estate le esalazioni dovevano essere insostenibili. A meno di non volersi buttare nei flutti gelidi del Talvera o scalare un muraglione di quattro metri, la fuga era impossibile.

Il commissario diede tre colpi alla porta della roulotte. Non si era aspettato risposta e non la ottenne. Aprì. L'interno puzzava come la gabbia di un animale. C'era un materasso gettato a terra e dalle coperte lerce sbucò la testa di una ragazza.

Giovane, capelli corti, mora. Fatta.

– Polizia, – fece Krupp.

– Dove? – chiese lei, allarmata.

Giuliani si sollevò facendo leva sui gomiti. Non somigliava a Jim Morrison. Non a quello che le case discografiche mostravano al pubblico.

– Chi siete? – biascicò.

– Sbirri, – rispose la ragazza, – sbirri del cazzo.

Giuliani sgranò gli occhi e cominciò a tremare: stava pensando al Metodo Levada, alla Cella X. Doveva esserci già passato.

Il commissario strinse i pugni.

– Prendiamo un po' d'aria, – disse.

Giuliani lo seguì alla luce del sole.

– Pensavo stessi con Lorena, – fece Krupp.

– Mi hai svegliato per chiedermi questo?

– Vi siete lasciati, ma Lorena vive ancora qui.

Il tossico si passò la mano fra i capelli. – Siamo rimasti amici.

– Cioè continui a sfruttarla per comprarti la roba.

– No, no, no, – tartagliò Giuliani, – io non sfrutto nessuno. Proprio nessuno.

– Lorena è morta. Accoltellata.

L'eroina non impedì a Giuliani di avvertire lo shock. – Uccisa?

– Quando l'hai vista l'ultima volta?

– Ieri… Ieri sera. Lorena?

– A che ora? Le otto, le nove? Quando?

– U-uccisa?

– Era buio o era ancora giorno?

– Oh cazzo, cazzo, *caaaa*…

– Eravate fatti?

– Siamo sempre fatti! – strillò il Jim Morrison di ponte Sant'Antonio. – Mi vuoi incastrare, sbirro?

– Lorena è all'obitorio da nove ore, e tu te ne stai qui al caldo e in buona compagnia. Cosa dovrei pensare?

– Abbiamo rotto, ma la lasciavo vivere con noi. Non è facile, sai?

– A me risulta che la roulotte sia di Lorena, non tua.

Giuliani cominciò a sbraitare. – È stata la stronza a dirvi di cercarmi, vero? Non accetta che sua figlia sia innamorata di me. Perché non l'arresti? Lo sai che gira con un coltello nella borsa?

– Non è stata Marion Haller a uccidere Lorena.

– E tu come lo sai che non è stata la stronza?

– Perché la stronza avrebbe ucciso te, non sua figlia.

Giuliani tornò a scuotere la testa.
– Mi volete incastrare.
– L'ultima volta che hai visto Lorena era buio?
– Buio. Sì, non so a che ora.
– Qualcuno ce l'aveva con lei?
– Tutti volevano bene a Lorena.
– Avevate debiti?
– Lorena era bella.
Significava: i clienti non mancavano.
Krupp digrignò i denti. – Perché ieri sera non eravate insieme? Facevate così, di solito, giusto? Lei batteva e tu le guardavi le spalle.
– Era freddo, sbirro, – piagnucolò il tossico.
Krupp pensò: freddo.
Krupp pensò: mantellina, fuseaux, scarpe di tela.
Meno sette gradi.
– Hai idea di chi possa averla uccisa?
– Immigrati. Rapiscono le donne. Le portano alla baraccopoli, le stuprano a turno. Poi le vendono. O loro o il biondino.
Krupp studiò il viso di Giuliani. – Parlami del biondino.
– Era un cliente. Lorena diceva che le faceva paura.
– La picchiava?
– Voleva parlare e ogni tanto scopare. Però, sai, le stava addosso.
– L'hai mai visto?
– Una volta. – Giuliani iniziò a scavare fra i segni dell'acne. – Mento appuntito. Occhi azzurri. Come i tuoi, un po' più chiari però.
– Giovane? Vecchio?
– La mia età.
– Altezza? Peso?
– Non lo so, era in macchina quando l'ho visto. Come faccio a saperlo?
Krupp lo maledisse. – Che tipo di macchina?
– Una Fiat. Rossa.
– Modello?
– Lo sai, no?

– Come faccio a saperlo, Sergio? – ringhiò Krupp. – È la prima volta che ne sento parlare.

– Perché non avete controllato sul quaderno? Quello blu. Lorena lo teneva in borsa, segnava sempre i numeri di targa dei clienti.

La foto in prima ritraeva il cadavere sull'asfalto, ripreso dal muro della stazione.

LUCCIOLA UCCISA

L'intervista a Marion Haller gli fece ribollire il sangue, mentre la fotografia di Lorena a pagina tre veniva direttamente dal fascicolo azzurro della Buoncostume. Quello: completo.

Lorena sorrideva. Sguardo allegro, frangia folta e occhi da gatta. Di sicuro c'erano un sacco di lettori che si stavano chiedendo come mai una ragazza tanto carina fosse finita a battere.

LUCCIOLA UCCISA

Le lucciole erano: insetti.

A chi interessava la morte di un insetto?

Gli articoli dicevano troppo. Ventiquattro coltellate, il tentativo di difesa, gli abiti. Sarebbe stato un casino distinguere i mitomani dal vero assassino. Krupp gettò a terra la pila di quotidiani e si rimise al lavoro. Incartamenti, verbali, appunti.

La mora trovata nella roulotte, Sabine Bombaci, giurava che Giuliani non si fosse mai allontanato se non una volta, per pisciare: faceva freddo, avevano la roba, perché muoversi? I tossici della baraccopoli confermavano la versione e dalla perquisizione non era saltato fuori nulla di compromettente. Arianna aveva riconvocato le colleghe della ragazza uccisa le quali, non rischiando più di essere additate come spie, avevano recuperato la memoria. Conoscevano

Sergio Giuliani e sapevano della relazione, ma non avevano mai assistito a un litigio. Il tossico era uno stronzo, ma non uno stronzo violento. Altra notizia: non risultava alcuna auto intestata al Jim Morrison di ponte Sant'Antonio. Krupp ordinò un pedinamento, ma per come la vedeva, il tossico era fuori dalla rosa dei sospettati.

Vuota, al momento.

Alle dieci e venti un laconico ispettore della Narcotici gli riferì dell'incendio alla roulotte del '90. Una storia facile: un debito non pagato, un po' di benzina e un fiammifero. Il tizio che aveva appiccato l'incendio era morto l'anno successivo. Overdose. Nessuna sorpresa. E comunque era un pesce piccolo.

Krupp chiese i nomi degli spacciatori attorno a cui gravitavano i disperati di ponte Sant'Antonio e le prostitute di zona Dodiciville e piazza Stazione, ma l'ispettore della Narcotici nicchiò: informazioni riservate. Serviva il permesso di un magistrato, e siccome non c'era niente che collegasse la morte di Lorena allo spaccio sarebbe stata solo fatica sprecata.

Da parte di Simoni: niente. La Scientifica taceva. Dalle telecamere di via Renon, piazza Stazione e zona Dodiciville: niente. Dal porta-a-porta: niente. Niente neppure dalle auto civetta e dagli agenti in borghese. Il numero verde stava scoppiando.

Alle undici Rotter gli comunicò di aver rimesso l'indagine alla procura e che presto sarebbe stato nominato un nuovo pm.

Quale: impossibile saperlo.

Alle undici e tre l'ispettore capo Lopez spalancò la porta e disse: – Ci sono due tizie che vogliono parlare con chi comanda e siccome Levada non c'è…

– Interrogale, – rispose Krupp, – e se…

– Una delle due è la puttana che ha trovato il cadavere. L'altra si chiama Vivian qualcosa.

– Chiama la sovrintendente capo Lici.

Le due donne non potevano essere più diverse. La più giovane si grattava la testa come avesse i pidocchi. Indossava pantaloni chiari, camicia bianca con un maglione a strisce, giacca di jeans. Dal taschino sbucavano un paio di occhiali da sole. I documenti dicevano: Elizabeth Torcher. La bionda, invece, era Vivian Pickmann. Trentacinque anni, viso triangolare, grandi occhi blu, sguardo di sfida. Trucco perfetto. Fuseaux sotto un abito turchese in stile anni Sessanta, pelliccia sintetica azzurro elettrico e una collana di perle. Come aveva detto Marion Haller: bianche e nere, alternate.

Arianna si sedette in un angolo, bloc-notes e penna pronti. Vivian Pickmann accese una Gauloises senza chiedere il permesso..

Fu Elizabeth la prima a parlare e ci volle parecchio perché terminasse. Ogni frase del suo racconto era seguita da sbirciate alla bionda che fumava in silenzio. Raccontò del Sonnenberg, della collega, di cui non ricordava nulla, che aveva chiamato il 113 quando lei era tornata al cadavere di Lorena.

– Non mi andava di lasciarla da sola in quello schifo. Era, non so, sbagliato? Ho visto la borsetta e mi è venuto in mente il quaderno, l'ho presa, sono scappata e ho chiamato Vivian. Per un consiglio.

Vivian Pickmann appoggiò sulla scrivania una *pochette*, piccola, rossa, macchiata di sangue e infilata in un sacchetto della spesa.

– C'è tutto. – Aveva la voce di una cantante di fado. - Soldi, documenti, l'astuccio con la siringa e un po' di eroina. E questo.

Un quaderno non più grande di un'agendina telefonica.

– Non sarebbe stato più semplice, – chiese Arianna, – buttarlo o farcelo trovare da qualche parte?

Fu Elizabeth a rispondere. – Lorena avrebbe fatto lo stesso per me. Per noi.

Krupp spostò la sua attenzione sull'altra donna. – Lei era la protettrice di Lorena?

– Sei estati fa, ero sui prati del Talvera. C'era chi giocava a pallone, chi faceva volare gli aquiloni. Lorena invece voleva buttarsi in acqua e farla finita. Le dissi: "Da lì non ce la farai, tesoro. Devi aspettare che aprano la diga, alle cinque". Dopo un po' mi si sedette accanto e mi chiese una sigaretta. In tre ore mi raccontò la sua vita. I genitori, Sergio. L'eroina. Diventammo amiche. Era ancora agli inizi e aveva bisogno di un po' di dritte.

– Gli inizi di cosa?

– Davvero non lo immagina?

Krupp indicò il quadernino. – Fu lei a suggerirle di segnare le targhe dei clienti?

– E il modo migliore per convincere un cliente a mettersi il preservativo, come legare con le altre ragazze, come evitare i protettori...

– Gente come Sergio Giuliani?

– Giuliani è solo una sanguisuga, ma Lorena era ingenua, romantica e innamorata. Se sospettate di lui siete sulla strada sbagliata.

– Per caso, – fece Arianna, – ha anche insegnato a Lorena il trucco della Motorizzazione?

Le prostitute segnavano la targa, si presentavano al P.R.A., risalivano al nome del cliente e lo ricattavano.

– C'è il rischio di prenderle, – commentò Vivian, asciutta.

– O di ricevere una coltellata, – ribatté Arianna.

Vivian schiacciò il mozzicone nel posacenere. Sul filtro era rimasto del rossetto.

– Non ventiquattro.

Krupp prese il quadernino. Riconobbe la calligrafia di Lorena, la stessa che aveva visto dietro la foto a casa Haller: *Non siate arrabbiati con me*. C'erano un sacco di numeri. Targhe, ovviamente. Ma anche liste della spesa, pensieri, versi di canzoni.

– Lorena aveva mai parlato di un biondino? Un uomo che la perseguitava. Guida una Fiat rossa.

– C'è sempre un biondino in queste storie, no? – fece Vivian, sprezzante. – Un biondino, un tizio con la barba da orco, Jack lo Squartatore.

– Lorena non aveva paura di un fantasma, ma di un biondino su una Fiat rossa.

Il viso di Vivian divenne: feroce.

Sollevò il maglione di Elizabeth e, prima che Krupp o Arianna potessero intervenire per fermarla, aveva già sbottonato la camicetta mettendo in mostra una ragnatela di cicatrici.

– 1989, – disse, – via Raiffeisen. Uno con cui andresti gratis. Elizabeth accetta di andare a casa sua. Ha una bella villa. Ballano un po'. Il ragazzo la fa spogliare, poi decide di divertirsi con un cacciavite. Ore dopo Elizabeth scappa, chiama il 113. La polizia ammanetta il ragazzo e sequestra il cacciavite. Quella notte Elizabeth se lo ritrova nella stanza dell'ospedale. Il bastardo si è portato dietro un avvocato. Le fanno firmare un foglio. "Durante un gioco sadomaso, concordato nei minimi dettagli, la signorina Torcher ha un attacco di panico dettato dall'abuso di sostanze stupefacenti di cui il cliente era ignaro." O così o sei finita. Il ragazzo del cacciavite si chiama Klaus Verna, lo stesso Verna degli impianti di risalita.

Krupp pensò: lucciole.

Pensò: insetti.

– Paura... – sputò Vivian, disgustata. – Cosa ne sai della paura, commissario? Sei mai entrato nella macchina di uno sconosciuto che crede di poterti fare tutto quello che vuole? Ci sono quelli gentili che tirano fuori il coltello, ci sono quelli che vogliono farlo senza preservativo e non ti azzardare a dire di no, ci sono quelli che vogliono salvarti dall'Inferno e si fanno succhiare il cazzo mentre recitano l'Ave Maria, ci sono quelli che ti chiedono di chiamarli papà, ci sono quelli che potrebbero essere tuo nonno. Lorena non aveva paura di un biondino.

Vivian Pickmann si protese verso Krupp e lo pugnalò con occhi da assassina.

– Lorena aveva paura di tutti.

8 gennaio 1992, mercoledì
– pomeriggio –

Due minuti alle quattordici. Il numero 1 di largo Palatucci trasudava rancore, stanchezza e frustrazione. Lopez, in prima fila, sembrava uno dei predatori sessuali che alla Buoncostume erano pane quotidiano. I mastini marcavano il territorio. Arianna appoggiò il registratore sul tavolo e si sedette.

Krupp era immerso in chissà quali pensieri. Arianna lo invidiava. Lei era sempre troppo cosciente di quello che le accadeva intorno. Il suo ex marito lo diceva in continuazione: stare con te è come camminare vicino ai cavi dell'alta tensione.

Diceva anche che...

La sovrintendente capo Lici scacciò il ricordo.

Accese il microfono.

Partì dal ritrovamento della borsetta di Lorena, riassunse la posizione di Sergio Giuliani, passò a illustrare il fiasco delle telecamere di sorveglianza e l'identico risultato del porta-a-porta. – Per quanto riguarda il biondino e la Fiat rossa, credo che Lombardi non abbia novità, giusto, viceispettore?

Il mastino, arrivato in ritardo, si stava ancora sfilando il cappotto. – Troppo vago. Persino mio nonno guida una Fiat rossa, commissario.

Si era rivolto a Krupp e non a lei.

Normale amministrazione.

– Per quanto riguarda i controlli sui soggetti schedati, le squadre stanno facendo del loro meglio, ma senza fortuna. Il team dell'ispettore capo Lopez sta esaminando gli individui con precedenti per violenza, ma ancora non ho ricevuto un rapporto e quindi non sono in grado di riferire con sufficiente chiarezza.

– Come mai, – sbottò Krupp, – ispettore capo?

– Poco tempo, – fu la risposta di Lopez, – e pochi uomini.

– Può farci un riassunto?

Faccia da ratto allungò il braccio sullo schienale della sedia accanto alla sua, vuota: – Un gran divertimento.

I mastini scoppiarono a ridere.

– Esigo un rapporto entro le quindici. C'è altro, sovrintendente capo Lici?

A parte una montagna di sospetti o presunti tali ancora da interrogare, verbali che tardavano ad arrivare e il silenzio sia da parte del dottor Simoni che della Scientifica, Arianna disse: – No.

Krupp indicò il registratore. – Ho chiesto alla sovrintendente capo di portare alla vostra attenzione un frammento delle dichiarazioni raccolte dal numero verde nel corso delle...

La porta della sala briefing si aprì e il questore Comi fece il suo ingresso. Arianna si stupì nel vederlo. Il questore Comi non si mescolava mai con gli operativi. D'altronde, non era il suo compito.

Comi si accomodò accanto a Lopez, intrecciando le mani sul ventre. Era il suo modo per dire di ignorare la sua presenza.

– Un assaggio, – riprese il commissario, – di quanto stiamo raccogliendo grazie al numero verde.

In parecchi si accorsero del sarcasmo. Forse persino Comi.

Arianna premette il tasto Play.

Sbirri di merda, ucciderò quella cagna della mia ex moglie perché è una sanguisuga puttana e non potete farci niente, sbirri di merda fate il vostro lavoro e bruciateli tutti, tutti, tutti, povera ragazza pregherò per lei anche se finirà all'Inferno perché così è scritto, immigrati di merda, negri di merda, zingari di merda, terroni di merda, io lo so chi l'ha uccisa ma non ve lo dico non ve lo dico non ve lo dico, sono stato io e non mi prenderete mai, è stato suo padre, è stata sua madre. Bruciatele tutte. Sbirri di merda. Una voce canticchiò *I Fought the Law* e scoppiò a ridere. *Sbirri di merda. Sbirri di merda. Sbirri di merda.*

Sghignazzi, qualche battuta a mezza voce. La presenza del questore impedì i commenti peggiori.

Krupp si rivolse a mastini e divise. – Se non ci sono domande, direi che possiamo tornare alle nostre attività.

Dai mastini: sospiri.

Il questore, invece, si schiarì la voce. – Commissario, vorrei sottoporre, a lei e alla task force, l'idea per un'iniziativa fuori dai soliti schemi.

Arianna vide le mani di Krupp afferrare il bordo della scrivania. Era un gesto che faceva senza rendersene conto, come se avesse bisogno di qualcosa di solido a cui aggrapparsi.

Il questore aprì un fascicolo di una quindicina di pagine, si umettò la punta del dito e lo sfogliò. – Nel suo rapporto, commissario, lei afferma che niente, nelle modalità dell'omicidio o nei pregressi della vittima, fa pensare che si tratti di un'esecuzione dovuta a faccende di droga, meretricio o a questioni, diciamo, di tipo personale. Dell'assassino sappiamo solo che è forte, determinato e brutale. Una sorta di maniaco.

– Sufficientemente razionale da non lasciare tracce.

– Proprio per la mancanza di legami fra assassino e vittima e l'apparente mancanza di movente, – disse Comi, citando parola per parola il rapporto che Krupp gli aveva fatto avere poche ore prima, – diventa fondamentale l'indagine sul contesto. In altre parole state cercando testimoni. Ne avete trovati?

– No.

Comi chiuse il fascicolo.

Di nuovo le mani sul ventre.

– La mia proposta è quella di infiltrare agenti della Buoncostume nel sottobosco criminale della zona di Dodiciville. Fingendosi prostitute, potranno annotare targhe, movimenti e controllare i clienti senza mettere in allarme nessuno.

I mastini scoppiarono a ridere.

Il questore si guardò attorno, sorpreso.

Arianna pensò: benvenuto nel mio mondo.

La stretta di Krupp sul piano di legno si intensificò. – Possiamo parlarne in privato?

– Le decisioni, quando derivano da una discussione collegiale, hanno un valore aggiunto.

– Allora sappia che sono contrario. Totalmente contrario.

Il questore non si scompose. – Se non le dispiace vorrei sapere cosa ne pensa la sovrintendente capo Lici. In riferimento alla sua esperienza alla Buoncostume.

Arianna si concentrò su Comi, cercando di ignorare sia i mastini che si davano di gomito che Krupp. – Mi sembra una buona idea.

I regolamenti affermavano che le poliziotte non potevano investigare al di fuori di una visione medievale del mondo, ma le regole si potevano cambiare. E quella era l'occasione per dimostrare che una donna poteva condurre delle indagini nonostante, come dicevano i mastini, quel *problemino* ogni ventotto giorni.

– E penso di parlare a nome di tutte le colleghe.

– La stampa, – disse Krupp, livido, – lo verrà a sapere.

– Con tutto il rispetto, – ribatté Arianna, girandosi verso di lui, – l'ipotesi di una fuga di notizie non dovrebbe essere mai d'intralcio alla pianificazione di un'indagine.

– Non abbiamo abbastanza uomini per garantire la sicurezza delle agenti sotto copertura.

– Saremo armate e abbiamo ricevuto lo stesso addestramento di tutti i presenti. Sappiamo il fatto nostro, commissario.

Krupp le lanciò un'occhiata. È arrabbiato, pensò Arianna, ma soprattutto è ferito. Le aveva dato fiducia e adesso si sentiva tradito.

Non capiva la posta in gioco.

– Un paio di auto civetta di supporto, – proseguì la sovrintendente capo Lici, – e una chiamata a intervalli regolari per avvertire il centralino che tutto fila liscio. Non servirebbe di più.

Krupp si aggiustò il cinturino dell'orologio. – E se un cliente dovesse farsi avanti? Mostriamo il tesserino e salta l'operazione?

– Dipende dal cliente.

I mastini si scompisciarono.

– Se fosse un cliente dai comportamenti sospetti, sarebbe un'opportunità per interrogarlo. Negli altri casi basterebbe tenere alto il prezzo. Cinquecentomila lire, la copertura reggerebbe.

– Signor questore, – disse Krupp, – se davvero vuole delle poliziotte travestite da prostitute sulla strada, esposte a ogni tipo di pericolo, esigo un ordine scritto per poter decidere se rimettere le indagini nelle mani del commissario capo Lcvada.

Nella sala briefing calò il silenzio.

I mastini erano un: Krupp sta per finire a dirigere il traffico.

– Ne riparleremo, – fu la risposta di Comi.

– Buon lavoro, signori.

La donna seduta di fronte a Milla, orecchini con brillanti così pacchiani che non potevano che essere veri, si chiamava Carla Rigamonte, lavorava in uno studio di commercialisti e aveva sentito la necessità di specificarne l'ubicazione: in centro.

Nonostante l'angoscia provata di fronte a Marion Haller e il silenzio carico di tempesta di Jo, era da giorni che Milla non si sentiva così bene. Era uno dei pochi, al terzo piano di via Dante, a sentirsi in quel modo. La morte di Lorena Haller aveva aperto le gabbie. Il telefono della "Voce delle Alpi" non faceva che squillare e quelli che non riuscivano a prendere la linea si presentavano di persona. Il direttore aveva detto di ascoltarli tutti.

Risultato: caos.

Jo gli aveva affidato una specie di ufficio che puzzava di varechina e lì Milla aveva scoperto di possedere ciò che Rizzi chiamava: l'istinto. E l'istinto gli suggeriva che la signorina Rigamonte stava girando intorno a qualcosa che non riusciva a esprimere ad alta voce. Per sapere cosa, doveva applicare l'ennesima massima del Vangelo secondo Jo: il trucco per una buona intervista è fare ciò che sai fare meglio. Fai l'idiota, campione.

– Quindi lei afferma di conoscere l'identità dell'assassino.

La donna lo guardò indignata. – Perché vuole mettermi in bocca parole non mie?

– Perché è qui che mi perdo. Come fa a sapere che si tratta di una assassina e non di un assassino se non ne conosce l'identità?

– Non potrei parlare con qualcuno più, – fu la risposta gonfia di veleno, – esperto?

La signorina Rigamonte lavorava in uno studio di commercialisti *in centro*, era *infastidita* dalla lentezza del mondo e aveva un *mucchio* di cose da insegnare a tutti. Era il momento di far leva su tutta quell'insicurezza per farla uscire allo scoperto.

Milla puntò l'indice sulla scrivania come faceva suo padre quando gli spiegava perché era importante impegnarsi a scuola. – Signorina Rigamonte, la prego di decidere, qui e ora, se è il caso di raccontarmi ciò che sa riguardo al delitto di via Renon o rivolgersi altrove. Ma sappia che, in ogni caso, dovrò controllare tutti i dettagli. Controllerò e, se troverò dei riscontri, pubblicherò. La invito anche a riflettere sulle conseguenze che questo mio gesto avrà sul sottoscritto. Questura e procura useranno ogni mezzo per obbligarmi a rivelare la mia fonte. Questo significa che per proteggerla io sarò costretto a mentire a un pm e a un commissario di polizia. Ma lo farò solo se sarò convinto di ciò che lei mi sta dicendo.

Milla la guardò negli occhi. – Compresi i particolari sgradevoli.

La donna si deterse una goccia di sudore con il dorso

della mano e divenne un fiume in piena. Raccontò del signor Maurizio Ferretti, ex coniuge della signorina Rigamonte, e di come il signor Ferretti andasse regolarmente a puttane. Il signor Ferretti aveva dovuto ammettere il peccato in questione dopo che una fastidiosa irritazione si era rivelata una malattia venerea. Ne erano conseguite: compresse di tetraciclina, spiegazioni imbarazzate, strepiti e le carte del divorzio.

– Non è evidente adesso che si tratta di un'assassina?

Milla stava per dirle che non gli era evidente un bel niente, ma in quel momento Jo pensò bene di fare irruzione con il suo solito stile.

– Abbiamo una confessione?

Fine dei giochi, pensò Milla.

Invece...

– È stata ammazzata perché ha l'Aids, – gridò la signorina Rigamonte, paonazza, – è *ovvio* che sia stata una donna a ucciderla.

Per poco non investì Jo, uscendo.

Il commento di Milla fu: – Che cazzo.

Quello di Jo: – Come la scriveresti, campione?

– Miss simpatia inventa storia per finire sui giornali perché il marito va a mignotte.

– E tu vorresti il tesserino? Quattromiladuecento battute. Roba buona. Voci di strada affermano che la defunta come diavolo si chiama fosse malata di Aids e che la sua morte potrebbe essere riconducibile alla vendetta della moglie di un cliente la cui vita è stata rovinata dalla scoperta della sieropositività.

– Ma, – protestò Milla, – è un cumulo di merda fumante.

– Se usi il condizionale, no.

8 gennaio 1992, mercoledì
– notte –

Per tutto il giorno il sole era rimasto nascosto dalle montagne facendo piovere sulla città una caligine che non era vera luce. La temperatura non era mai salita sopra lo zero. Alle ventuno e tredici era arrivata a meno sei e sotto la giacca così lucida da sembrare catarifrangente, la ragazza indossava un top che lasciava scoperto l'ombelico. Milla aveva i brividi per lei.

– Come hai detto che ti chiami?

– Heidi, tesoro.

Heidi teneva le mani sui fianchi e faceva roteare il bacino.

Milla avrebbe voluto che smettesse di farlo.

– Non hai freddo?

– Potresti scaldarmi tu.

Voleva essere provocante, era solo triste.

Era la vendetta di Jo: ghiaia di contorno. Vai in stazione, parla con le ragazze. Portami qualcosa per condire la portata principale.

– Da quanto fai questo mestiere?

Heidi si fece guardinga. – Sarai mica un pervertito?

– Sono un giornalista.

Heidi smise di muovere il sedere. – Sto lavorando, sparisci.

– Non hai voglia di fare due chiacchiere?

Heidi tese la mano e fece scoppiare una Big Babol. – Forse.

Milla aprì il portafogli. Le diede ventimila lire.
– Cosa ci faccio con queste?
– Due minuti. La tua storia.
– Ma mi hai visto? Per ventimila non ti faccio neanche una sega.
Milla aggiunse una banconota da dieci. – Però compra da mangiare, non…
Heidi si fece paonazza.
– Che stronzo. Pervertito del cazzo! – gridò. – Pervertito!
Milla avvampò, farfugliando delle scuse.
Heidi si ravviò i riccioli scuri e sculettò verso il posteggio dei taxi.
Milla fece per seguirla.
– Aspetta…
Heidi si voltò, indicò un punto alle sue spalle e lo minacciò. – Vuoi che chiami quelli?
C'era un'Alfa 75 marrone, parcheggiata dall'altra parte della piazza. All'interno dell'auto due sbirri in borghese ridevano.
Milla pensò: basta così.
Oltre all'incrocio c'era un *Imbiss* da cui proveniva un profumo invitante. Hamburger, *Bratwurst*, birra, patatine fritte. Tutto molto unto e molto poco igienico. Milla lo raggiunse, si sedette su uno degli sgabelli e ordinò un *Meraner* con senape.
Era l'unico avventore.
– Da bere?
Milla controllò il portafogli. – Acqua.
– Non fare il tirchio, – disse una voce, – per me un hamburger doppio formaggio e una Coca. Offre lui. E non è per dire.
Tommy il ribelle gli diede una pacca sulla schiena.
Il tizio del baracchino era alto, con il viso butterato e gli occhi che dicevano: non me ne frega un cazzo di niente, ma sbrigati a decidere.
Milla annuì.
Tommy il ribelle era su di giri. – Grandi notizie. Grandi notizie. Ti sei fatto un amico.

– Tu?

– E chi sennò? Gli sbirri nell'Alfa?

Il Meraner aveva un profumo invitante e la senape era piccante al punto giusto. Probabilmente brulicava di germi, ma riempirsi lo stomaco con meno di cinquemila lire valeva il rischio di un'intossicazione. E poi era buono. Milla mugolò di piacere.

– Quei due sono qui per la ragazza uccisa?

– Pensano che ci sia un maniaco in giro. Fanno la guardia, – sghignazzò Tommy.

– E come lo riconoscono?

– Va in giro con un cartello che dice: "Sono un maniaco, arrestatemi". Gli sbirri iniziano dove la logica finisce. Ho visto che hai conosciuto Heidi.

– Mi ha fregato trentamila lire.

– Sì, Heidi è in gamba. Sai quanti anni ha?

– Non lo so. Venti?

– Sedici, – fece il butterato, seduto accanto alla friggitrice. – Certa gente è davvero malata.

– E gli sbirri lo sanno?

Tommy e il butterato si scambiarono un'occhiata.

– Non giudicarlo male, – disse il tossico rivolto al tizio del baracchino, – è un bravo ragazzo. Un po' ingenuo. Senza offesa, è per dire. Però è uno a posto, parola mia.

Il butterato alzò una copia del "Dolomiten" fingendosi interessato agli annunci immobiliari. Tommy ingollò l'ultimo sorso di Coca.

– Scrivi delle ragazze?

– Che vita fanno, le loro storie, sai...

Tommy si accese una sigaretta, meditabondo. – Perché è morta Lorena.

– Già.

– Una roba da supermercato o qualcosa di meglio?

– Alle volte faccio fatica a seguirti, Tommy.

– Pomodori, zucchine, spazzoloni per il cesso, detersivi, ragazze che si vendono per un buco. Le incaselli, tipo supermercato. Ogni cosa pulita e ordinata e al suo posto. Una roba così?

La domanda gli uscì senza nemmeno dargli il tempo di riflettere. – Tu perché ti fai?

Tommy alzò il pugno al cielo. – Protesto contro il sistema.

– Cazzone.

– Che effetto ti hanno fatto? Per dire. Schifo? Pietà?

Milla ci pensò su.

– Tristezza. Rabbia. Diffidenza. Solitudine. Sì, parecchia solitudine. In un certo senso, mia, non loro. E un mucchio di cazzate. Non è che mi abbiano dato molto su cui lavorare. Ho avuto l'impressione che mi stessero mentendo e che allo stesso tempo mi stessero dicendo la verità. Mescolato insieme.

– Alex Milla, segnati il suo nome, – disse Tommy, trionfante, al tizio del baracchino che continuava a ostentare indifferenza, – ti hanno raccontato quello che pensavano che tu volessi sentire. La stessa merda che hanno raccontato ai tuoi colleghi. Però tu sei un grande reporter e hai capito lo stesso.

– Che avevano bisogno di soldi per una dose?

– Sì, certo, anche, – fece Tommy agitandosi sullo sgabello, – quello sempre, no? Che cazzo. Ma significa anche che sanno che a nessuno frega niente di loro. O, per dire, di me. Heidi è solo Heidi e Tommy è solo Tommy. Come Lorena era solo Lorena.

Milla si stupì della perspicacia del suo nuovo amico. – Ma Tommy e Heidi e Lorena, shakerati per bene, non sono roba che puoi mettere nel supermercato. È roba che fa partire gli allarmi. Roba sporca che devi mettere sotto chiave e tenere nascosta.

– Altrimenti le brave persone andrebbero fuori di testa. *Al fuoco! Al fuoco!* La domanda è: sai scriverla una cosa del genere, Alex Milla?

– Posso provarci.

– E puoi pubblicarla?

Milla pensò alle ragazze che avevano accettato di parlargli. Alle balle che gli avevano rifilato e ai minuscoli brandelli di verità che, loro malgrado, si erano lasciate sfuggire.

Poi: pensò a Jo.
– Forse.
– Lo vuoi il mio contributo al tuo safari?
– Vai.
Tommy si sgranchì la schiena. – Sai cosa ho sentito dire oggi da uno spacciatore? Che quel tizio fa bene a uccidere le puttane. Non cito parola per parola, ma: era ora che qualcuno ripulisse le strade dall'immondizia. Fa riflettere, no?
– E tu che gli hai detto?
– Lo stesso che sto per dire a te.
– Sono tutt'orecchi.
Tommy gli mostrò la mano aperta. – Il capitalismo è una brutta bestia, amico mio.

Krupp aspettava che il centralino gli passasse la chiamata del collega di Trento. Nel frattempo, guardava fuori dalla finestra con la cornetta incassata fra testa e spalla. Niente cielo, solo il riflesso dell'illuminazione giallastra che avvolgeva il parcheggio della questura. Sulle ginocchia, la lista dei dannati dei gironi che erano passati per il numero 1 di largo Palatucci. Nomi, cognomi, reati pregressi, ora di inizio del colloquio, sala in cui si era svolto, ora del termine, nome e grado di chi l'aveva condotto e del verbalizzatore. Tutto: inutile.

Da Simoni nessuna novità. Arianna non faceva che accumulare rapporti, verbali e "niente di nuovo". Le stanze dei colloqui erano ancora piene. Non solo per Lorena. C'era stata un'overdose in via Alessandria e bisognava trovare in fretta chi spacciava la roba tagliata male. Una rissa in piazza Erbe aveva sottratto altri uomini. Infine la chiamata da Trento.
– Krupp? Barbieri, ti ricordi?
Marcello Barbieri, cadenza romana, commissario della Mobile di Trento. Avevano fatto un corso di aggiornamento insieme.
– Che hai per le mani?
– Una prostituta uccisa, – fu la risposta del collega.

Per poco la lista dei gironi non finì per terra.

– Puoi ripetere per favore?

– I miei, – riferì Barbieri, – ti stanno mandando i dettagli via fax. Ci sono anche le foto della scena.

– Il nostro è rotto, – fece Krupp, – dammi una panoramica.

– Una coltellata, dritta al cuore. I vicini hanno sentito del trambusto e ci hanno chiamato. Nessun arresto, per il momento. Si chiamava Federica Tezzele, trentasei anni. Non esercitava per strada da un pezzo, si era fatta l'appartamento. L'ha uccisa in cucina.

– Tossicodipendente?

– Eroina.

– In cucina e non in camera da letto. Era vestita?

– In vestaglia. Si stava scaldando un toast. Anche tu lo vedi, no?

Sì, lo vedeva. L'uomo che aveva ammazzato Federica Tezzele poteva essere uno dei nominativi sulla lista che Krupp ricominciò a sfogliare senza quasi accorgersene, ma non era lo stesso che aveva ucciso Lorena Haller.

– Non sono correlati.

– Grazie a Dio no, – sospirò Barbieri lasciando trasparire stanchezza e irritazione, – ma ho un pm attaccato al culo che pensa di essere Sherlock Holmes. Ha letto del tuo omicidio e si è fatto un film tutto suo. Ti chiamo perché mi ha ordinato di farlo.

Lorena Haller era una prostituta da marciapiede, Federica Tezzele lavorava in appartamento. L'età non coincideva. Il *modus operandi* era opposto: una coltellata al cuore contro ventiquattro.

– Hai detto che non hai arrestato nessuno *per il momento.* Hai qualche indiziato?

– Vuoi la storia?

– Così saprò cosa dire quando i giornalisti avranno la stessa idea del tuo pm Sherlock Holmes.

– Ti stanno addosso?

– Li tengo a distanza.

– Devi imparare a farteli amici.

Era lo stesso discorso che faceva Levada.
Krupp pensò: non è questione di pubbliche relazioni.
Barbieri si schiarì la voce.

– Federica Tezzele aveva un fidanzato. Una specie di protettore col vizio di spiarla mentre lavorava. C'è un piccolo bagno vicino alla camera da letto, con uno sgabello. Si piazzava lì e guardava la fidanzata darsi da fare per procurarsi i soldi. Non ti parlo di spiccioli, la Tezzele si faceva pagare bene. Anche centocinquanta a prestazione. All'inizio pensavamo a una rapina, ma in casa non mancava niente, soldi e gioielli erano al loro posto e poi: una coltellata al cuore?

– Come hai scoperto la faccenda del fidanzato guardone?

– Aveva delle amiche che hanno collaborato.

– Adesso hai davvero la mia invidia.

– Tu niente?

– Zero.

– Brutta situazione, – fece Barbieri, con sincero rammarico nella voce.

– Non tenermi col fiato sospeso, – alleggerì Krupp. – Cos'è andato storto?

– La Tezzele poteva battere solo se lui era presente. Per proteggerla, diceva, ma è chiaro che la sua fosse una specie di perversione.

– E l'ha trovata con un cliente. A sua insaputa.

– Quasi. L'ha visto uscire, ma era un abituale perciò l'ha riconosciuto e ha dato di matto. Lo sto facendo seguire e, se non crolla lui, lo facciamo crollare noi. Puoi scommetterci. Fine della storia.

– Fine della storia, – ripeté Krupp, stanco.

– Davvero non hai niente in mano?

– Tonnellate di verbali.

Ci fu un attimo di silenzio da parte del collega di Trento.
– Che idea ti sei fatto?

– Ventiquattro coltellate. Scena del crimine anomala. Nessun segno di pietà o rimorso. Nessun legame fra vittima e assassino.

L'assassino di Lorena rappresentava l'anomalia. L'uno su

un milione. Quello a cui uccidere *piaceva*. Cosa gli avrebbe impedito di farlo di nuovo?

Krupp pensò: non cosa.

Chi.

E, finalmente, lo disse ad alta voce. – Se non lo fermo ne ammazzerà un'altra.

Salutò Barbieri. Tornò alla lista.

Lesse:

```
Stanza:                                  121
Inizio colloquio:                      21.45
Fine colloquio:
Verbalizzatore/i:
                            Isp. Cap. M. LOPEZ
                                Comm. L. KRUPP
```

Stanza 121, pensò Krupp.

Pensò: Lopez.

Pensò: Cella X.

Pensò: Metodo Levada.

– Figlio di puttana.

Krupp spalancò la porta, furibondo. Sudore, muffa, umidità. Calce. Negli angoli, fra schedari di metallo e vecchie scrivanie ammassate, c'erano feci di ratto. L'odore dava il voltastomaco. Mai, però, quanto lo spettacolo al centro della stanza 121.

A capo chino, ammanettato a una sedia, un uomo respirava con la bocca aperta. Spalle larghe, jeans, scarponi. Lineamenti rozzi quanto lo scarabocchio da ex galeotto al centro del petto nudo.

A troneggiare sul prigioniero, le maniche della divisa rimboccate sopra i gomiti e le mani coperte dai guanti, l'ispettore capo Lopez. Nessuna paura sul suo viso. Nessuna: sorpresa.

– *Herr Kommissar*, – lo salutò, – vuole unirsi alla festa?

Il tizio ammanettato alla sedia quasi si ribaltò nel tentativo di guardare il nuovo arrivato e Lopez gli appoggiò la mano sulla spalla.

– Tranquillo, Johann. Se ti fai male poi *Herr Kommissar* chissà cosa va a pensare.

– *Dreh dich nicht um, oh, oh, oh*, – canticchiò il prigioniero muovendo la testa a tempo. – *Der Kommissar geht um, oh, oh, oh*.

Fra quelle mura la canzone di Falco suonava ancora più beffarda.

– Le presento, – disse Lopez, – Johann Stupper, trentanove anni. Attualmente in cerca di un'occupazione. Dico bene, Johann?

Stupper continuò con la canzone. – *Alles klar Herr Kommissar?*

O era fatto o era pazzo.

– Precedenti per violenza su tre diverse prostitute, precedenti per stupro derubricati a violenza privata, resistenza all'arresto.

Lopez colpì il prigioniero al plesso solare. Johann si piegò su sé stesso.

Le manette scavarono nella carne.

Il prigioniero boccheggiò.

Poi tornò a ridacchiare.

– Visto? – fece Lopez. – A Johann piace prenderle. Pensa che dovrei cambiare strategia?

Krupp pensò: non con me al comando.

Cercò di controllarsi.

Non ce la fece.

Afferrò Lopez al collo, spingendolo contro la parete. Il cranio di faccia da ratto cozzò contro i mattoni. Il rumore fu la cosa migliore che le sue orecchie avessero sentito nelle ultime ventiquattro ore. Strinse il pugno. Lo caricò. Lopez non fece nulla per difendersi.

– Guarda quel maiale, Krupp, – disse l'ispettore capo, – guardalo bene. Pensi sia un essere umano? Pensi che abbia dei cazzo di diritti? Pensi di prenderlo con le buone maniere il maniaco?

Krupp lasciò la presa. Non per la veemenza delle parole

di Lopez, ma perché la tentazione di fargli saltare i denti era troppo forte.

– Liberalo.

Lopez fece tintinnare le chiavi delle manette. Si portò alle spalle del prigioniero e obbedì all'ordine. – Fine del divertimento, Johann.

Johann Stupper si massaggiò i polsi. Lopez uscì sbattendo la porta. Stupper si alzò fischiettando la canzone di Falco e iniziò a rivestirsi.

Sul suo corpo: niente lividi. Il Metodo Levada prevedeva di non lasciare tracce evidenti. Niente colpi al viso o dita spezzate. Plesso solare, stomaco, fegato, reni. Guanti, tubi di plastica come quelli per annaffiare i giardini oppure elenchi del telefono. C'erano molti modi per procurare dolore senza lasciare segni.

Metodo Levada: il termine locale per definire una prassi usata in quasi tutte le questure e le caserme dello Stato. Da nord a sud, senza eccezione. Ogni tanto la stampa ne parlava, ma con scarsa convinzione. Per la maggioranza degli italiani un paio di ceffoni per imparare a rigare dritti erano accettabili.

Forse: auspicabili.

Nei tre anni che aveva passato a largo Palatucci, Krupp aveva sentito parlare più volte del Metodo Levada, ma non aveva mai colto nessuno sul fatto.

– Ha ragione lui. – Stupper si stava abbottonando la camicia. – Chi ha ucciso quella poveretta è un animale. Quanti anni aveva? Ventuno? Ventidue? Non era certo una brava donna, ma ucciderla così...

– Sei stato tu?

– Ieri? Ho portato mia moglie al pronto soccorso. Alle ventuno. Siamo usciti che era l'una passata. Forse anche le due. Scommetto che registrano tutto. Una telefonata e si toglie il pensiero.

Krupp sentì una bolla di acido risalirgli lungo l'esofago. – *Tua moglie*?

Stupper gli scoccò un'occhiata di commiserazione. – Ha molto da imparare, commissario.

Krupp restò solo a respirare l'aria mefitica della Cella X.

Quanto aveva visto era abbastanza per scatenare un putiferio. Sequestro di persona. Abuso di potere, percosse con l'aggravante di aver assalito un individuo sotto la tutela dello Stato. Ma Levada avrebbe fatto capire a Stupper che sarebbe stato meglio tenere la bocca chiusa, poi avrebbe mosso le sue pedine in ospedale, in procura e nelle redazioni dei giornali. Sarebbe diventata la parola di Krupp contro quella di Lopez con Stupper a dar manforte a faccia da ratto. Il caso di Lorena Haller gli sarebbe stato sottratto, Krupp sarebbe stato trasferito in una questura dove tutti sarebbero stati informati che il nuovo commissario era uno che non si faceva scrupoli a vendere i propri uomini.

Levada: addestratore di mastini e maestro nell'arte di nascondere i propri scheletri negli armadi altrui. Il piccolo Cesare della questura di Bolzano. La maledetta e intoccabile *mano de Dios*.

Krupp non poteva farci niente e Lopez lo sapeva. Ecco perché aveva scritto il nome del commissario alla voce "verbalizzatore". Non si trattava di uno sberleffo, ma di un invito.

Una prova di forza che Krupp aveva perso.

C'era solo un modo per dare una ripulita a quel posto. Prendere l'assassino di Lorena, farsi un nome in procura, chiudere la bocca ai mastini e diventare un bersaglio ostico per i tirapiedi del commissario capo nelle redazioni. Tenere duro fino al pensionamento di Levada. Occupare la sua poltrona.

Quanto?

Due anni. Forse tre.

Krupp afferrò la sedia e la scagliò contro il pavimento.

Schegge di legno ovunque e nessun sollievo.

Si aggiustò il nodo della cravatta e uscì. Chiuse a doppia mandata e si incamminò verso le scale. Si fermò. Tornò indietro, infilò la chiave nella serratura della Cella X e la spezzò.

– Vaffanculo.

L'ufficio che puzzava di fumo era a due porte da quello del direttore. La maggior parte dello spazio era occupato dalla scrivania e da un archivio di metallo in cui Jo stipava voci, pettegolezzi, leggende urbane e storie impubblicabili. Accanto alla finestra, c'era la radio CB che il capocronista usava per intercettare le comunicazioni delle volanti. Era illegale, ma: davvero dobbiamo metterci a discutere di etica, campione?

Con lo stomaco in subbuglio Milla aspettava che Jo finisse di leggere l'articolo.

– Ne hanno trovata un'altra, – bofonchiò il capocronista, senza sollevare gli occhi dal foglio. – A Trento. Anche questa faceva la prostituta. Pare non ci siano collegamenti con la nostra.

Milla non capì se il tono fosse di sollievo o di rammarico.

Il riscaldamento era al massimo e si respirava a fatica.

Non vedeva l'ora di andarsene.

Jo mise da parte il dattiloscritto e si sfregò le mani. – Stai facendo strada, campione.

– È buono?

Jo batté il pugno sul petto. – Ci hai messo cuore.

– Ho diritto al rimborso spese? Alcune ragazze le ho dovute pagare.

– Poco professionale.

Milla sentì un'ondata di stanchezza travolgerlo. Con quello che spendeva per l'affitto del seminterrato, la benzina e il necessario per nutrirsi, lo stipendio finiva ben prima del 27 del mese.

– È un no?

Jo passò all'attacco. – Vuoi il rimborso spese? Ci vuole il tesserino. Devi far parte della squadra. Tu ce l'hai il tesserino, campione? Fai parte della squadra? Dove sono le tue cicatrici? Ma soprattutto: perché non ho le foto di Marion Haller che ti avevo chiesto?

– Non mi hanno fatto entrare, – mormorò Milla rifilandogli la balla con cui si era presentato a quella stessa scrivania, in mattinata. – Se avessi avuto il tesserino, allora...

– O mi dici la verità, – lo fulminò il capocronista, – o hai chiuso.

Le spalle di Milla si afflosciarono.
– Non se lo meritava.
– Di avere una figlia ammazzata? È un fatto. Di avere una figlia mignotta e tossica? Cazzo se è un fatto anche questo, chi se lo merita? Tu? Io? Nessuno se lo merita.
Jo si infilò una sigaretta fra le labbra.
L'accese.
– Ma, – continuò, – mi sfugge cosa c'entri tutto questo con quelle maledette fotografie.
– Non si meritava nemmeno quelle.
Jo gli soffiò una nuvoletta puzzolente dritta in faccia.
– Sai cosa c'è di peggio di una tigre senza denti? – disse. – Una tigre che ha paura di usarli.
Milla chinò il capo.
Marion Haller che l'abbracciava. *Anche tu sei un bravo ragazzo.* Lorena, sull'asfalto. *No Nana sola.* Carla Rigamonte. *È stata ammazzata perché ha l'Aids.* Heidi. *Per ventimila non ti faccio neanche una sega.* Tommy il ribelle. *Heidi è solo Heidi e Tommy è solo Tommy. Come Lorena era solo Lorena.* Era: troppo.
– Sono stanco, – disse, alzandosi, – non ce la faccio a reggere le tue cazzate. Vuoi cacciarmi? Me ne farò una ragione. Vuoi stracciare l'articolo? Nessun problema. Io me ne vado a dormire.
– Da quanto, – fece Jo, mettendo in mostra un sorriso color nicotina, – pensi che io sia uno che spara cazzate?
Milla aprì la porta.
La rabbia gli impedì di varcarla.
– I fatti, – disse, scimmiottando il capocronista, – voglio i fatti. Segue dibattito. E quel cazzo di "come la scriveresti, campione?".
Alcune teste si voltarono nella loro direzione.
Milla alzò il tono della voce. – Cosa vuoi che ti dimostri, Jo? Che sono uno che sa spalare la ghiaia? L'ho fatto, lo faccio e continuerò a farlo. Però, per favore, smettila di crederti Dio in terra.
Il chiacchiericcio in redazione era cessato.
Stavano tutti ascoltando.

– Questa è la "Voce delle Alpi", – proseguì Milla, fremendo, – 39100 Bolzano, non il "New York Times".

– 39100, campione? Ancora non l'hai capito? La cronaca locale non è fioretto e inchini. La cronaca locale non è roba da Vodka Martini agitati e non mescolati. La cronaca locale è roba da pelo sullo stomaco alto così. E sai perché? Perché il 39100 del cazzo è una ragnatela a forma di campo minato, il 39100 del cazzo è una palude con coccodrilli affamati a ogni angolo. E quando lo capirai, allora, avrai il tuo *stracazzo* di tesserino.

Milla scosse la testa, incredulo.

L'ennesima trafila di sparate alla Jo.

– Vaffanculo, – mormorò.

– Non ho sentito, ragazzo.

– Ho detto, – sbraitò Milla, – vaffanculo Jo!

Le sue parole furono accolte dalla redazione con un applauso.

– Ben detto, Scoop! – gridò Rizzi.

– Vaffanculo Jo! – fece eco qualcuno, di rimando.

Colucci della politica lasciò andare un fischio da trapanare i timpani. I giornalisti presero a dare il ritmo battendo sulla scrivania.

Vaffanculo, Jo!

Vaffanculo, Jo!

Jo rise di quell'attestazione di stima collettiva.

Milla chiuse la zip del bomber. S'infilò fra le scrivanie, diretto all'uscita.

Vaffanculo, Jo!

Vaffanculo, Jo!

Jo si affacciò all'ufficio e gridò: – Finalmente i denti, campione.

9 gennaio 1992, giovedì
– notte –

Mezzanotte e tre.

Al tetto della questura si accedeva attraverso una scaletta di metallo. L'edificio era stato costruito in un'epoca in cui gli uomini non badavano a certi dettagli, quindi non c'era parapetto. Non si godeva di una bella vista e la mole del carcere aggiungeva una nota lugubre a un paesaggio fin troppo deprimente.

Però era un buon posto in cui riprendere fiato.

Krupp aveva appena finito di chiamare Karli. Suo fratello non aveva protestato per l'ora così tarda: leggeva i giornali. A giudicare dalla voce, però, doveva averlo svegliato. Krupp aveva sperato di non aver fatto altrettanto con i bambini. Karli aveva due figli. Nives, cinque anni, e Lorenzo, tre. Dicevano che l'ultimo arrivato fosse la copia dello zio. E, quindi, del nonno perché Luther e Andreas Krupp erano come gocce d'acqua. Due spilungoni biondi, miopi, testardi, sempre arrabbiati e bravissimi a non mostrarlo. Karli, invece, era diverso.

Krupp non ricordava di averlo mai visto adirato. Triste, addolorato, ma mai arrabbiato. Inoltre Karli era un libro aperto, non aveva paura delle proprie emozioni. Forse per questo era sempre stato Luther, e non Karli, il preferito del padre.

Nonostante la sua ribellione.

Lo Junkers diceva: mezzanotte e diciotto.

Ventisei ore dalla morte di Lorena Haller. I maniaci facevano i maniaci, i tossici facevano i tossici, i clienti parlavano di diritti violati, gli avvocati minacciavano azioni legali, Klaus Verna, alias Mister cacciavite, era *desaparecido*, i mastini ribollivano, Arianna si dannava l'anima, ma l'uomo che andava in giro col sedile del passeggero e il parabrezza sporchi di sangue senza che nessuno se ne accorgesse non aveva ancora un volto.

Chi diceva che la parola "omertà" avesse senso solo da Roma in giù, non aveva idea di cosa fosse il maledetto Nord. E l'Alto Adige era Nord al massimo del suo splendore. Cinismo italiano spacciato come "realismo" e teutonica indifferenza dipinta come "autocontrollo" fusi in un unico blocco di apatia e rancore.

Per di più Krupp non riusciva a liberarsi da un'immagine terribile e ossessiva: *lui* che se ne stava rintanato da qualche parte aspettando di sentire il campanello squillare. Lui che, non sentendo il peso delle manette, iniziava a capire di averla fatta franca. La paura chc svaniva. Lui che iniziava a sentirsi: invulnerabile.

Lui che iniziava a pensare: *ne voglio un'altra.*

– Luther?

Arianna, il viso arrossato. – Forse abbiamo una pista.

Raggiunsero la sala colloqui numero due. Sulla porta c'era una finestrella e Krupp poté osservare una donna, gonna sotto il ginocchio e giacca a vento color panna in cui nascondeva le mani. La giudicò: in ansia, ma per niente fatta o ubriaca.

Elena Carpi, ventotto anni, commessa in un negozio di calzature, incensurata, disse: – Jean-François Naimi. È stato lui a ucciderla.

Jean-François Naimi si meritava una cartellina rossa della Mobile. Classe 1960, algerino, da sette anni residente in Italia, da cinque a Bolzano. Disoccupato. Precedenti per spaccio, rissa, ubriachezza molesta, resistenza a pubblico ufficiale. Aggressione a una prostituta: sfregiata con un taglierino. Permesso di soggiorno umanitario per: discriminazione sessuale. Come domicilio era indicata una parrocchia, a Oltrisarco, ma qualcuno aveva scarabocchiato un indirizzo di via Resia.

Krupp indicò "cessazione di sostanze illecite" inarcando un sopracciglio.

Arianna rispose alla domanda inespressa. – La Narcotici ha detto che non è roba loro.

Forse mentivano o forse Jean-François Naimi era un pesce troppo piccolo. In ogni caso poteva essere il motivo per cui una regolare come Elena Carpi, con un lavoro e l'aria intimorita di chi non ha mai messo piede in questura, conoscesse Naimi.

– Hashish, marijuana, – chiese Krupp, – o pasticche?

La donna si impedì di portarsi le dita alle labbra, aveva le unghie tagliate corte tipiche di chi scarica la tensione rosicchiandole. – Erba. Ne fumo un po' nel fine settimana. Per i nervi.

– Quando ha visto Naimi l'ultima volta?

– Questa mattina, più o meno alle nove. Aveva la camicia sporca di sangue, biascicava di una… di una troia che se l'era cercata. Era fuori di sé. Avevo i soldi, ma lui mi ha detto che mi avrebbe dato l'erba in cambio di… una prestazione sessuale. – Mostrò il braccio sinistro, c'era un grosso livido. – Sono riuscita a scappare e sono tornata nel mio appartamento.

– Non posso fare a meno di chiederglielo, è mezzanotte passata, perché ha aspettato così tanto per rivolgersi a noi?

– Ho telefonato al numero verde appena sono arrivata a casa. Al tg di mezzogiorno non hanno parlato di arresti ma ho pensato: Elena, datti una calmata, non è un film. Lo stesso quando anche al tg della sera non hanno detto nulla. Però non riuscivo a addormentarmi, e mi sono decisa a venire di persona.

Arianna guardò Krupp e disse: – La chiamata risulta.

– Mandiamo qualcuno a prendere Naimi.

Per prima arrivò la Fiat Tipo bianca. Il viceispettore Luca Greco non si era meritato il soprannome di Ayrton Senna per niente.

Accese una Lucky Strike e offrì il pacchetto al collega. – Alla fine Lopez aveva ragione.

Lombardi rifiutò la sigaretta. – Una storia di droga, che sorpresa.

Le luci al sodio dipingevano la notte di una tonalità marziana. Tapparelle serrate, ancora qualche addobbo natalizio sui balconi. Molte ombre, molto rumore: Tir. Gli autoarticolati sfruttavano quella via per raggiungere la superstrada che portava a Merano, alla val Venosta e poi in Svizzera. Il quartiere era parecchio popoloso e c'erano stati un bel po' di morti causati da quei bestioni. Greco, che in quella zona lavorava da cinque anni, ormai quasi non li sentiva più. Facevano parte del paesaggio come i magrebini nei bar, i ragazzini che impennavano sulle biciclette e la chiesa a forma di barca.

Due volanti parcheggiarono accanto alla Tipo bianca.

Niente lampeggianti.

Niente sirenc.

Fra un negozio di vernici e una pescheria c'era un vialetto chiuso da un cancello di ferro, basso e con la vernice scrostata. Una volta scavalcato, Ayrton Senna ordinò di tenere d'occhio le uscite secondarie e guardò i nomi sul citofono. Un adesivo dell'Msi copriva l'altoparlante. Qualcuno aveva forzato l'ingresso principale e bastò una spinta per entrare. Mastini e divise arrivarono al terzo piano: appartamento 12. Lombardi colpì la porta con forza, palmo aperto. Greco pigiò il campanello.

– Polizia, forza. Polizia.

Rumore di passi, voci concitate.

– Sveglia bambini, sveglia! – tuonò Lombardi pestando sul legno.

Un ragazzo dai lineamenti nordafricani, gli occhi impauriti, fece capolino. Lombardi gli diede una spinta, entrando.

– Documenti, documenti, *documenti*. Muoviti.

Un secondo uomo, mingherlino e con denti bianchissimi, provò a svicolare. Indossava solo un paio di pantaloncini corti, rossi.

– Ma non lo sai che è gennaio, cretino? – bofonchiò Ayrton

Senna schiacciandolo contro il muro. Poi alzò la voce. – Mi controllate questo immondezzaio, per favore?

Le divise si sparpagliarono.

Un grido seguito dal rumore di una colluttazione e da alcune proteste. Una divisa trascinò un terzo uomo, nordafricano anche lui, e lo costrinse alla parete insieme agli altri due.

– Naimi, – disse Lombardi, rivolto agli ammanettati, – chi di voi è Jean-François culo felice?

Nessuno dei tre.

I documenti confermavano. Non sembravano falsi.

– Okay, bimbi belli, – fece Greco, – dove lo troviamo?

– È andato via.

– Dove?

Sguardi a terra.

– Quando?

I tre rimasero in silenzio.

– Viceispettore? – fece una divisa, – qui c'è della droga. Eroina e...

– Le sembro stupito, agente?

Via Resia segnava il confine sud della città. I tossici ci andavano solo quando le scorte di Dodiciville e della stazione erano prosciugate. E anche allora lo facevano di malavoglia. La roba che ti ammazzava veniva da quel quartiere. Però i prezzi stracciati rappresentavano una tentazione difficile da ignorare.

– No, ma...

Un armadio, tre brandine, coperte gettate alla rinfusa. Eroina in buste pronte per lo spaccio. Siringhe. Un panetto di hashish. Un paio di confezioni di preservativi: gli spacciatori credevano che aiutasse a tenere lontani i cani antidroga. Un bilancino. Un coltello a scatto appoggiato a una copia del Corano.

E c'era una camicia che spuntava da sotto una coperta. La camicia aveva colletto e polsini zuppi di sangue. *Molto* interessante. Greco si infilò i guanti in lattice. Tornò sui propri passi. Mostrò a Lombardi la camicia, tenendola fra indice e pollice.

– Indovina?

Lombardi annuì. – Hai ancora quella sigaretta per me?

Ayrton Senna gli offrì il pacchetto.

Lo scatto dell'accendino.

– Grazie. – Lombardi fece uscire il fumo dalle narici. – Tu non hai sonno?

– Con la gastrite non posso neanche bere caffè. Non mi reggo in piedi.

– Hai provato col latte?

– Il latte funziona per l'ulcera, io ho la gastrite.

Lombardi lasciò cadere un po' di cenere sul pavimento. – Non è strano? Krupp ci manda qui per un frocio che secondo lui ha ammazzato una prostituta. Non è proprio un due più due, no?

– Krupp non è Levada.

– Una checca che ammazza una prostituta, tu ci credi?

– Non c'è sempre il sesso di mezzo.

– E quindi, magari, Jean-F. l'allegro finocchio non c'entra.

Lombardi si mise a fissare i nordafricani a capo chino. Si batté il dito sul mento, squadrandoli. Gettò la sigaretta. Infilò un paio di guanti.

Aprì e chiuse le mani.

Sorrise.

– Mi sa che siete nella merda, biondi.

Jean-François Naimi non era ospite della parrocchia del Santo Rosario, come riferito dai tre a Greco e Lombardi, e non fu scovato nemmeno nei pressi del Columbia, il cinema porno fra via Resia e via Sassari, dove l'algerino spacciava pasticche ed eroina. Lo trovarono i carabinieri, alle due e otto minuti, a bordo di un maggiolino Volkswagen, al casello autostradale di Bolzano Nord. Con lui c'era una certa Claudia Perathoner, cui era intestata l'auto. Entrambi furono portati al numero 1 di largo Palatucci nel giro di una trentina di minuti. L'algerino, ammanettato perché aveva tentato di resistere al fermo, finì nella stanza colloqui numero uno, dove trovò la sovrintendente capo Lici. Claudia Perathoner, nella tre, fu affidata all'agente Elisa Togni della Buoncostume. Elena Carpi, rimasta da sola nella due, lottava per non mordicchiarsi le unghie.

Krupp osservava tutto attraverso i monitor della sala controllo. Uno switch permetteva di passare dall'audio di una sala interrogatori all'altra.

– ...una questione di business. Quando arriva il mio avvocato?

Nelle tasche dell'algerino i carabinieri avevano trovato un blister di amfetamine. A giudicare da come Naimi si muoveva doveva aver fatto il pieno.

– Vuoi che vada a informarmi?

L'algerino si aggiustò il maglione facendo tintinnare le manette. – Arriverà.

Arianna finse di controllare degli appunti. – Azzedine Ben... Come si pronuncia?

– Benyahia. Azzedine Benyahia. Io lo chiamo Azzi.

– Per ora non salta fuori.

– Avete controllato all'ospedale? Magari l'ho tagliato troppo.

– Sicuro che esiste questo Ezzi? Non è che ti stai inventando tutto?

Naimi si piegò in avanti. – *Azzi*, non Ezzi. Volete incastrarmi per la ragazza morta, non sono un idiota, ma quel sangue è di Azzi.

– E Azzi è "la tua troia".

– Tutti sono la mia troia. Li pago, no?

Naimi stava confessando una sfilza di reati e nemmeno se ne accorgeva. D'altronde come aveva detto Arianna a Krupp, per quelli come Naimi una donna poliziotto era soltanto uno sbirro a metà.

– Se lo dici tu. – Arianna si aggiustò la coda dietro alla nuca. – Claudia Perathoner lavora per te? Anche lei è una delle tue troie?

– Claudia? – L'algerino scoppiò a ridere. – Lei è solo un'amica. Non c'entra niente.

– Da come si comporta non sembrerebbe. Ma ne parliamo quando arriva l'avvocato.

– Che significa?

– Dico che lei non sembra solo un'amica e la ragazza che hai ferito, nel... cos'era? – Arianna scompaginò gli appunti. – '88? '89? Quella l'hai accoltellata perché non ti aveva pagato la roba, di sicuro non perché ti aveva chiamato frocio.

Naimi scattò in avanti.

Si bloccò.

– Tu mi vuoi fregare, – disse. – Io sono gay. C'è scritto sui documenti. Sono discriminato.

Arianna tornò a immergersi nelle scartoffie. – E chi sono io per metterlo in dubbio?

Claudia Perathoner era una donna distrutta. Cinquantotto anni, divorziata, aveva tirato su un bambino che adesso lavorava alla Volksbank ed era a un passo dall'essere promosso a direttore di filiale. Tutta la sua preoccupazione era per lui.

– Se pubblicheranno il mio nome, come farà Federico a starne fuori?

L'agente Togni si mostrò comprensiva. – È una situazione delicata, lo capisco. Federico conosce Naimi? Gliel'ha mai presentato?

– Non capirebbe. E poi Federico ha sofferto molto per il divorzio. Per un figlio è difficile prendere le parti di un genitore. Lei ne ha?

– Uno, – rispose la Togni, – maschio. Ha quindici anni. Valerio. Cresce troppo in fretta.

Non era vero. La Togni aveva due figlie, sette e dieci anni. Quella bugia serviva a costruire un legame emotivo con l'interrogata.

– È sicura che non vuole che chiami un avvocato, signora Perathoner?

– Lei cosa mi consiglia?

– Noi stiamo indagando su un omicidio. Non ci interessano le faccende di droga, capisce?

– Jean-François non potrebbe mai...
– Non lo stiamo accusando di niente, ma Jean-François potrebbe aver visto qualcosa, data la sua *occupazione*.
Claudia Perathoner si portò il fazzoletto al naso. – Cosa vuole sapere?

– Quindi, – ghignò la sovrintendente capo, stiracchiandosi, – sei frocio. Al cento per cento? Mai un ripensamento?
– Omosessuale. Gay.
– Non attaccarti alle parole. – Arianna gli mostrò le foto segnaletiche dei tre coinquilini. – Quale di questi è il tuo fidanzatino?
Naimi indicò il primo, il più giovane. Poi il secondo. E il terzo. – Tu chi preferisci?
– E la signora Perathoner? Come funziona con lei?
– Claudia mi aiuta a sbarcare il lunario.
– Spacciando?
– L'hai vista?
– Sicuro che esista il tuo amico Ezzi?
– Si chiama Azzi.
– Azzi, Ezzi, sai quanto me ne sbatte. – Arianna incrociò le braccia e allungò le gambe sotto il tavolo. – Non mi sembri uno che fa paura.
Naimi le mostrò le manette. – Toglimi queste e ti faccio vedere.
– Anche da froci fate a gara a chi ce l'ha più lungo? Dove l'hai accoltellato?
– Al braccio. Al fianco. Non ricordo.
– Non ricordo, – ripeté Arianna, – ecco che arriva il "non ricordo". Perché pagare un avvocato se puoi fare tutto da solo? Il prossimo passo qual è? La poliziotta cattiva mi ha sculacciato, signor giudice?
– L'ho colpito al fianco e poi al braccio, – ringhiò Naimi. – Perché lo stronzo voleva fottermi.
– A quanto pare sono in tanti a farlo, – disse Arianna, indicando le segnaletiche dei tre coinquilini di Jean-F. – Dove eravate? Tu e questo Ezzi. Non a casa tua perché lì sangue non ce n'è.

Naimi si grattò la testa. – Al distributore di benzina. Quello in fondo a via Resia. C'era il casino della gente che guardava la partita. Facevano il tifo.

Arianna schizzò in piedi, imprecando.

Krupp ebbe la stessa reazione.

Afferrò un fascicolo a caso, entrò nella stanza numero tre e si rivolse all'agente Togni. – Agente, interrompa la registrazione. Devo parlare alla signora Perathoner. In privato.

Era impossibile spegnere le telecamere a circuito chiuso a meno di non scollegarle. L'agente Togni lo sapeva ma stette al gioco.

Rimasti soli Krupp ostentò un imbarazzo che non provava. – Devo porle una domanda, temo sarà sgradevole e le chiedo scusa in anticipo. Quand'è l'ultima volta che ha fatto il test dell'Hiv?

– Hiv?

– Sappiamo che Naimi ha una relazione con una donna sieropositiva e quindi...

– Una relazione?

– Clandestina. – Krupp finse di non avere il coraggio di guardarla negli occhi. – Jean-François ce l'ha appena confessato.

Claudia gridò: – Elena Carpi. È lei che vi ha chiamati, vero?

Sala colloqui due.

– Tempo, – disse Krupp. – Il tempo è la prima cosa che si modifica quando si è sotto l'effetto di sostanze. La cocaina lo comprime, l'eroina lo dilata. L'amfetamina, lo frantuma. Naimi ha confessato di aver accoltellato tale Azzedine Benyahia, detto Azzi. Azzi fa parte del gruppo di spacciatori di cui Naimi è a capo.

– La sua troia, – aggiunse Arianna, dura. – Naimi chiama così i suoi sodali.

– Jean-F., – proseguì Krupp, – ha accoltellato Azzedine Benyahia nei pressi della pompa di benzina di via Resia. Ha specificato di aver sentito la folla dei vicini campi da calcio esultare. Il 6 gennaio, nei campi di via Resia, si è disputato un torneo amatoriale. Però Lorena Haller è stata uccisa martedì 7 gennaio, in via Renon, e non ci sono impianti sportivi nelle vicinanze.

Elena Carpi provò a tenere in piedi la sua messinscena.

– Non capisco. Mi state...

– Naimi, – mitragliò Arianna, – è uno che non sa tenere la patta dei pantaloni chiusa e a lei il ruolo dell'amante sta stretto. Sa che Naimi è stato condannato per aver aggredito una prostituta, sa che è sempre strafatto e sa che ha accoltellato Azzedine. Così chiama il numero verde e lo sputtana. Però non ce la fa ad aspettare e si presenta di persona.

A Krupp tornarono in mente le parole di un insegnante della scuola superiore di polizia: il novanta per cento dei crimini viene risolto semplicemente perché i criminali sono degli emeriti imbecilli.

– Lei, – proseguì la sovrintendente capo, – sa che Naimi non ha ucciso nessuno e che Azzi non sporgerebbe mai denuncia. D'altronde il suo scopo è dare una lezione a Claudia Perathoner. Lo fa perché Naimi tiene un piede in due scarpe o perché preferisce qualcuno che ha il doppio dei suoi anni?

Elena Carpi tacque.

– In ogni caso, – terminò Arianna, – ha ottenuto quello che voleva. Naimi è in camera di sicurezza per tentato omicidio, accusa che in tribunale non reggerà. Ci aggrapperemo alle amfe e alla resistenza all'arresto, ma se la caverà. Claudia Perathoner è tornata a casa, umiliata, proprio come voleva lei. Ha vinto. Anche se, per farlo, ci ha fatto perdere tempo.

Elena Carpi fremette.

Nei suoi occhi: odio.

– Per trovare l'assassino di una troia? Non si finisce in galera per questo.

9 gennaio 1992, giovedì
– mattina –

Jo russava con una sigaretta spenta fra le labbra. Gli mancava un cappello a tesa larga per assomigliare a un giornalista da film di serie B. Milla sospettava che il capocronista avesse iniziato ad atteggiarsi in quella maniera per scherzo ma che poi, con gli anni, fosse entrato così tanto nella parte che il personaggio gli era rimasto appiccicato addosso.

Bussò allo stipite della porta.

Jo si sfregò le palpebre con i pugni. – Niente caffè?

– Niente rimborso.

– Accompagnami alla macchinetta, spilorcio.

Il capocronista camminava come un marinaio scampato a un naufragio. – Al direttore è piaciuto il tuo dossier sulla prostituzione.

Jo prendeva il caffè corto e con doppio zucchero. Non gli chiese se ne voleva uno. Il distributore automatico elargì lo sputacchio color catrame e Jo la maledisse, mancava il cucchiaino. Prese la Bic dal taschino e la usò per sciogliere lo zucchero.

Buttò giù l'intruglio. – Sei promosso sul campo. E siccome sei uno stronzetto rancoroso, te lo dico subito: niente cicatrici, niente tesserino.

– Non ho aperto bocca.

– Ma hai il dente avvelenato. Devi imparare a passare oltre. Ce l'hai un abito da cerimonia?

– Quello della prima comunione.

– Ci siamo svegliati in forma oggi. Una cravatta? No? Nemmeno quella?

Milla doveva averne una pigiata sul fondo di qualche cassetto. – A cosa mi serve?

– Ore undici, cimitero. C'è il funerale di come si chiama.

– Lorena Haller? – chiese Milla, improvvisamente attento. – Sai niente dell'autopsia?

– Ormai hai fatto il salto di qualità. Spali ghiaia, ma ghiaia *deluxe*. L'autopsia l'hanno fatta stanotte. In questo momento Krupp dovrebbe essere all'ospedale per sentire il dottor Simoni.

– Ci sono novità?

– Non starmi addosso. Come faccio a saperlo?

Dopo l'intervista con Marion Haller, Milla non si sarebbe stupito se Jo avesse ricevuto una copia del referto ancora fresca d'inchiostro.

– Ore undici, cimitero, – sospirò Milla. – Vuoi le foto?

– Sì, certo, ma...

Jo si guardò attorno. A parte un inserviente della ditta di pulizie e Colucci, già alle prese con i verbali dell'ultimo consiglio comunale, non c'era nessuno. Con fare cospiratorio, Jo prese Milla sotto braccio e lo costrinse a muoversi verso il suo ufficio.

– Ho una dritta, – sussurrò. – Una specie di *über-mignotta*, Vivian Pickmann, bionda, notevole. Non farai fatica a riconoscerla. Dicono che abbia in mente un'idea da dibattito.

– Che genere di dibattito?

– Ascolta, prendi appunti e fai foto, ma non parlarle, – rispose il capocronista che, si accorse Milla, lo stava usando per non inciampare, sbronzo com'era. – Capirai a tempo debito.

Arrivati all'ufficio, Jo si staccò da Milla e si lasciò cadere sulla poltrona.

– Chi è che ti dice tutta questa roba, Jo? Vivian Pickmann e l'intervista alla madre di Lorena Haller prima ancora che Krupp...

– Dammi retta, Krupp verrà estromesso dalle indagini, –

biascicò Jo, – è troppo giovane per una faccenda del genere e non ha ancora capito come funziona il mondo.

– Estromesso? Perché?

– Guarda che non mi hai nemmeno offerto il caffè.

– Come faccio a spalare ghiaia di qualità se non mi dici le cose?

– Non dovevo dirti dei complimenti del direttore. Ti sei montato la testa.

Milla rispose con una citazione del Vangelo di Jo. – È un fatto.

– Ti piace il cinema, campione?

– Ci vado.

– Quanto? Tanto? Poco? Preferisci le Vhs o aspetti che i film escano in tv?

– Un po' e un po'.

– Okay, – disse Jo incrociando le mani sulla pancia prominente, – qual è il genere di film che ti spinge ad aprire il portafogli?

– Quello con un buon trailer.

Jo si accese un'MS poi, con la voce di uno che si diverte a fare telefonate oscene, sussurrò: – *Coraggiosa Clarice, me lo farai sapere quando quegli agnelli smetteranno di gridare, vero?*

Milla avvertì una scossa lungo la spina dorsale. – Pensi che ci sia un serial killer in circolazione?

– Sai qual è il titolo originale del film? "Il silenzio degli agnelli." Da noi l'hanno tradotto con *Il silenzio degli innocenti* perché avevano paura che la gente pensasse a un film sulla Fiat.

– O che la famiglia Agnelli non gradisse l'accostamento con un cannibale e un transessuale fallito con l'hobby della sartoria.

– Sei sveglio. Ma io non penso, io prendo appunti. Serial killer è la voce che circola in questura. Niente legami con la vittima, niente movente e una dinamica da fuori di testa. Ti è piaciuto il film?

– L'ho visto due volte. Te l'ha detto Levada?

– "Chiedete e vi sarà dato" non ha giurisdizione qui dentro.

– Un serial killer? Non è un po' troppo... *troppo*?

– Io non so nemmeno come si scrive "serial killer", campione. Ma le voci significano sempre qualcosa. Pronto per il test? Nel 1984, abbiamo August Senoner e Aida Valle, vicino Brunico. Nel 1985, tre omicidi di fila: Fritz Musser, Giulia Nicoletti e Mirella Gatti. 1986: Walter Bosin. Oggi: Lorena Haller e Federica Tezzele. Tutti omicidi irrisolti e tutti eseguiti con armi da taglio. Escludiamo gli uomini, anche se due di loro erano omosessuali più o meno dichiarati e questo potrebbe anche voler dire qualcosa, okay? Sai cos'hanno in comune Lorena Haller, Federica Tezzele, Mirella Gatti e Aida Valle?

Milla si rabbuiò.

– Basta usare il condizionale e chiunque può essere accusato di essere qualcosa.

Fu come non l'avesse detto. – Tutte prostitute o sospettate di esserlo.

– Federica Tezzele non c'entra con Lorena. L'hai detto tu. Anche Krupp pensa che ci sia un serial killer in giro?

– In questura significa in questura. Non puoi lavorare con me se ancora non hai capito che le indagini sono un lavoro di squadra.

– Proprio come facciamo noi, – ribatté Milla, sarcastico, – tu ordini e io eseguo. Perché non hai ancora pubblicato niente sul serial killer? Lo so da me, scommetti? Perché non ci credi nemmeno un po'.

– Ecco il mio ragazzo. Ma non guardare il dito, la luna è alta e splende in cielo.

Milla intuì dove Jo stava andando a parare. – La parola magica è: irrisolti. Sei omicidi da arma bianca senza colpevole. Con Lorena Haller sono sette. Ma è tutta roba che risale a quando Krupp non c'era. Dovrebbe essere Levada a perdere il posto.

Jo alzò gli occhi al cielo. – L'errore dell'allievo è il fallimento del maestro? Ecco la lezione di oggi. Prima impari a non aver paura della strada, poi impari ad aver paura dei Palazzi. E ricordati di scriverlo con la "P" maiuscola. A che ora al cimitero?

Milla capì l'antifona.
– Ore undici, Vivian Pickmann, bionda, notevole. Un'idea da dibattito.
– Fammela seducente come la fiamma del peccato.
– Non è un'immagine un po' trita?
– Perché i cliché sono diventati cliché, campione?
Anche questa risposta arrivò dritta dal Vangelo secondo Jo. – Perché funzionano, – borbottò Milla.

Arianna smorzò uno sbadiglio mentre il display luminoso scandiva un conto alla rovescia di una lentezza esasperante. Anche Krupp teneva lo sguardo fisso alle porte dell'ascensore. Sul suo viso la sovrintendente capo Lici lesse la sua stessa stanchezza.
Pensò: Dio, quanto odio questo posto.
Per tutta la durata del viaggio da largo Palatucci al San Maurizio, Krupp non aveva aperto bocca. Mentre Arianna faceva scivolare la Thema blu nel traffico del primo mattino, sprofondato nel sedile del passeggero, il commissario si era immerso nella lettura dei giornali. Arianna l'aveva fatto prima di lui.
Roba da voltastomaco:

NESSUN ARRESTO
ORRORE IN VIA RENON
L'APPELLO DELLA POLIZIA
È CACCIA AL MANIACO
LA PISTA DEGLI IMMIGRATI
DOSSIER PROSTITUZIONE: LE STRADE DELLE LUCCIOLE
IL FIDANZATO DELLA VITTIMA: CI AMAVAMO

Se non altro la storia del prete esorcista era sparita.
L'ascensore passò dal secondo al primo piano.
– Ho sentito il commissario Barbieri, – borbottò Krupp, – da Trento. A quanto pare ha cantato vittoria troppo presto. Aveva nel mirino il protettore della Tezzele, una specie di fidanzato voyeur, ma le cose non stanno andando come sperava.

– Mal comune, mezzo gaudio, – si lasciò sfuggire Arianna.

Era un commento inopportuno, ma era riuscita a dormire meno di un'ora in ufficio e l'odore dell'ospedale la mandava fuori di testa.

Brutti ricordi.

– Che sai del pm Giordano? – le chiese Krupp.

– Ho seguito un paio di inchieste con lui. Mi sembra valido. Non uno che crea rogne. Più da...

– ...vi do abbastanza corda da impiccarvi?

Anche Krupp subiva la carenza di sonno.

Le porte dell'ascensore si aprirono. A parte un infermiere, non c'era nessuno. Era un bel ragazzo, lo giudicò Arianna. Uno che si teneva in forma senza buttarla in vanità. Il sorriso che le rivolse era promettente. Ma lei aveva addosso gli stessi vestiti da due giorni. E puzzava. E stava per fare visita al cadavere di una prostituta pugnalata ventiquattro volte. Finse indifferenza.

Ad attenderli, nello stretto corridoio che portava alla sala settoria, nelle viscere del San Maurizio, c'erano il pm Giordano e il dottor Simoni. Simoni indossava il camice, Giordano la divisa non ufficiale dei dirigenti della provincia autonoma: completo grigio topo, camicia bianca e cravatta rossa.

La camera mortuaria era ampia, illuminata dal neon, con un'intera parete occupata dai loculi refrigerati, due grossi tavoli da dissezione con gli scoli per il sangue e una miriade di strumenti di metallo che scintillavano su vassoi altrettanto sinistri.

Lorena era a malapena coperta da un telo dello stesso colore del camice del dottor Simoni. Le foto, pensò la sovrintendente capo, non le rendevano giustizia. Anche così, era bellissima.

Per un attimo provò: invidia. Se anche lei avesse avuto quelle gambe, se anche il suo viso fosse stato... L'invidia divenne vergogna.

– La Scientifica, – cominciò il patologo, – mi ha appena fatto sapere di aver trovato sulla mantella della ragazza tre capelli biondi.

– Il suo biondino, – chiosò il pm Giordano, – commissario.

Krupp non commentò.

Il dottor Simoni proseguì: – I colleghi della Scientifica mi hanno anche pregato di riferirle che riceverete il rapporto completo in mattinata. Per quanto ci riguarda, invece, confermo quasi del tutto l'esame preliminare. Posso procedere?

Arianna pensò: *quasi* del tutto?

– L'arma del delitto è una lama di diciassette centimetri, non particolarmente affilata e larga tre. Un serramanico o simili, non uno strumento professionale. L'assassino è destrimane e potrebbe avere delle ferite sulla mano, in mancanza di un'elsa è facile tagliarsi quando si imprime una grande forza al fendente.

– L'assassino, – chiese il pm, – ha familiarità con l'uso delle armi da taglio?

– Non è sicuramente un medico o un chirurgo, – rispose Simoni, – e nemmeno un veterinario o un macellaio.

– Un cacciatore?

– Un cacciatore avrebbe usato una lama più adeguata, – mormorò Krupp.

– Esatto, – fece Simoni, – non si tratta di ferite inferte da una persona esperta. Sicuramente stiamo parlando di un individuo di grande forza fisica e brutalità.

Simoni sollevò un lembo del panno che copriva il cadavere per mostrare l'incavo del gomito. C'erano lividi e segni di iniezione.

– I risultati degli esami tossicologici ci metteranno mesi per arrivare, ma non credo avremo sorprese. Per quanto concerne la dinamica dell'aggressione devo rettificare la mia prima analisi. Lo sgozzamento è, con ogni probabilità, la prima ferita inferta.

Arianna sentì una stretta allo stomaco. Anche lei, come Krupp, aveva dato per scontato che Lorena Haller avesse gridato. La nuova ricostruzione fornita da Simoni poteva significare che non ne avesse avuto la possibilità. Quindi, forse, il fatto che nessuno avesse sentito nulla era vero. Ore di lavoro: buttate.

– Tracce di rapporti sessuali? – chiese Arianna.

Simoni chinò il capo. – Non è stata stuprata. Ciò che muove l'uomo che state cercando non è il sesso. È pura volontà di morte.

Claustrofobia.

Arianna pensò: devo uscire di qui.

Brutti ricordi: Sergio, il *suo* Sergio.

E quelle parole: pura volontà di morte.

Krupp e Arianna tornarono alla Thema. Arianna accese il motore ma non il riscaldamento. Temeva di addormentarsi al volante.

– Dobbiamo controllare i vecchi fascicoli?

– Forse.

– Le persone scomparse?

– Forse.

– Pensi che sia un serial killer?

Da parte di Krupp: non una parola.

Arianna inserì la freccia e si immise in via Vittorio Veneto. La patina di ghiaccio sull'asfalto rendeva faticosa la guida. Arrivati in piazza Gries, davanti all'abbazia, Arianna si fece coraggio.

– Ho una lettera. L'abbiamo firmata tutte. L'idea di camuffarci da prostitute per raccogliere informazioni è buona.

– So che siete addestrate e preparate, ma non vi metto su una strada senza un piano operativo efficace. E dobbiamo pensare ai giornali. Hanno dimostrato di avere troppi contatti in questura.

Arianna sfilò una busta voluminosa dalla tasca del giubbino.

– Qui c'è tutto. Turni, protocolli. L'abbiamo chiamata "operazione Minotauro". Nessuna ironia, – aggiunse, con un sorriso incerto.

– Quella storia non finisce bene per Arianna.

– Limitiamoci a pensare al mostro. Dacci solo un'occhiata, d'accordo?

Krupp fece sparire la busta nell'impermeabile color crema. – Resto della mia opinione.

Alcuni cimiteri sapevano essere accoglienti, davano pace. Quello dove era sepolto suo padre era così. Lapidi semplici, fiori. Altri erano lugubri alla maniera delle favole vittoriane. A modo loro erano belli anche quelli. Il cimitero di Bolzano, invece, era semplicemente il posto in cui la città faceva sparire i cadaveri.

Krupp era riuscito a dormire solo un paio d'ore. Un sonno scomodo e agitato. Aveva sognato Lopez, la stanza 121, Lorena sul tavolo dissettorio. E una folla. Sconosciuti che volevano afferrarlo, sommergendolo di urla. Le voci del numero verde.

Uccideteli tutti i tossici del cazzo, povera ragazza prego per lei ogni giorno, sprecate soldi delle mie tasse per uno che sta togliendo l'immondizia dalle strade, vermi ebrei di merda, sono stati i negri, l'hanno ammazzata per un rito vudù, cannibali di merda, uccideteli tutti, era una troia e se l'è andata a cercare come tutte le troie del cazzo, sbirri di merda, sbirri di merda, mio marito si comporta in modo strano e ho visto che manca uno dei coltelli da cucina quello grosso dice che prima o poi lo userà per tagliarmi la gola mentre dormo e io ho paura che possa fare male alla mia bambina, nostra figlia che ha solo nove anni. I Fought the Law…

Marion avrebbe preferito esequie private, ma Krupp l'aveva convinta a fare altrimenti: alle volte gli assassini sentivano il bisogno di un ultimo contatto con la vittima. Inoltre, se l'assassino non si fosse fatto vedere, il funerale avrebbe comunque permesso di farsi un'idea dei rapporti fra i personaggi del sottobosco criminale in cui Lorena aveva vissuto.

All'inizio della cerimonia era comparso Sergio Giuliani. Aveva fatto il suo spettacolo da uomo addolorato e un paio di scribacchini ci erano cascati. Poi qualcuno l'aveva portato via prima che scoppiasse il finimondo. Precauzione inutile. Marion Haller non si era mossa. Non era lì. Hansi, non lo era da un pezzo.

C'era Vivian. In disparte, ma impossibile da ignorare. Occhiali da diva, giacca rossa, foulard scarlatto, minigonna e stivali al ginocchio. Rossi anche quelli. C'era chi aveva storto il naso vedendola in quella *mise*. Non Krupp. Marion Haller aveva detto che Vivian Pickmann voleva bene a Lorena e a Lorena il rosso piaceva. Tutto quel rosso era per lei. Accanto a Vivian, Elizabeth Torcher, occhiali da sole calcati sul viso, completamente fatta, ondeggiava nella luce opaca del mattino.

Quando la cerimonia in qualche modo finì, Krupp decise di procurarsi un'aspirina e tornare in ufficio. Faccia da ratto glielo impedì. Stringeva in pugno una Polaroid e gliela mostrò: un uomo, chino sulla lapide di Lorena. Biondo. Piangeva. Lopez allungò anche un biglietto, chiuso in una busta delle prove.

– Ha lasciato questo.

Tu mi hai chiesto aiuto ma io non l'ho capito. Ti amerò per sempre e per sempre saremo insieme in PARADISO.

– Guida una Fiat Tipo rossa. Ho dato ordine di pedinarlo. Niente scenate, come ha detto lei. Non vogliamo attirare l'attenzione, giusto?

Un biglietto. Un biondino. Una Fiat Tipo rossa.

PARADISO.

– Portatelo in questura. Non, – disse Krupp, torvo, – voglio problemi.

– Per chi mi ha preso, *Herr Kommissar*?

– C'è altro?

Mani in tasca, sguardo strafottente. L'ennesima prova di forza. – Una soffiata. L'affascinante professionista vestita di rosso ha qualcosa in mente. Dieci milioni di taglia. In diretta nazionale.

Krupp, d'istinto, iniziò a cercare Vivian con lo sguardo.

– Sicuro, – fece Lopez, – che le vuole parlare davanti ai

giornalisti? Se preferisce posso mandarla a prelevare. Sarebbe più prudente.

Krupp ripensò alla donna che fumava Gauloises. – Prima il biondino con la Fiat rossa.

Se il numero verde era uno spurgo prelevato direttamente dagli istinti più vili della città, una taglia da dieci milioni poteva rappresentare il fiotto che avrebbe mandato in pezzi la diga. Era tassativo impedire a Vivian di compiere quella follia. Doveva parlarle, convincerla. Ma: faccia a faccia e nel suo territorio, perché Vivian dava l'impressione di essere una di quelle persone che quando si sentiva messa all'angolo passava all'attacco.

Krupp rilesse il biglietto.

PARADISO.

Pensò: forse.

Milla aveva riempito un rullino da 24 prima ancora dell'inizio della cerimonia. Lacrime, Marion e Hansi Haller, prostitute in lutto, un elefantino di peluche, fiori. Un sacco di curiosi. Gli era persino sembrato di vedere Tommy il ribelle, in disparte.

Gli sbirri in borghese erano facili da riconoscere: chi andava a un funerale con una Polaroid? E questo, forse, spiegava gli omicidi irrisolti. Niente Hannibal Lecter, niente Buffalo Bill. Pura e semplice incompetenza a caccia di un capro espiatorio: Krupp. Guardandolo, Milla aveva pensato che sembrava il ritratto della solitudine: prima impari a non avere paura della strada, poi impari a temere i palazzi. "P", maiuscola.

Bello schifo.

Jo gli aveva detto: bionda, notevole. Quando Milla aveva inquadrato Vivian Pickmann aveva pensato che non serviva essere un Helmut Newton per renderla "seducente come la fiamma del peccato". Vivian Pickmann era il genere di donna nata con il potere di far nascere pensieri lussuriosi. Scattò una, due, tre, quattro fotografie. Avrebbe bruciato l'intero rullino se un tizio, pizzetto e completo scuro, non si fosse schiarito la voce per attirare la sua attenzione e scoccargli un'occhiata di disapprovazione. Il viso di Milla era andato a fuoco.

– ...*Andate in pace.*

Parte della folla sciamò verso Marion e Hansi Haller. Milla fotografò la madre di Lorena abbracciare giovani donne emaciate. Riconobbe Heidi e un paio delle ragazze che aveva intervistato la sera precedente. La famiglia allargata di Lorena.

Quando Vivian Pickmann si avvicinò alla coppia di genitori, Milla abbassò la Nikon. Accanto a Marion Haller la donna vestita di rosso sembrava artefatta, la copia sbiadita di un quadro che non sarebbe mai riuscito a splendere di luce propria.

Era la madre di Lorena a brillare, non lei.

Marion Haller si accorse della sua presenza e Milla non fu abbastanza lesto a scomparire. I loro sguardi si incrociarono. Milla alzò la mano.

Si chiese: un saluto o un gesto di scuse?

La risposta lo fece vergognare.

Si trincerò dietro alla Nikon e finse di interessarsi al ragazzo intabarrato che portava una corona di fiori verso la lapide di Lorena. La corona era piccola: rose rosse e rose bianche.

Il nastro diceva...

Da dove si trovava, Milla non riusciva a leggerlo. Aveva altre foto di corone uguali a quella, ma sentiva su di sé gli occhi di Marion Haller e non poteva sopportarlo. Si spostò e regolò lo zoom.

Il nastro recitava "Le amiche piangono". Poteva essere il titolo di una canzone dei Nirvana o degli Alice in Chains. In fondo, pensò Milla, a Jo una foto del genere non sarebbe dispiaciuta.

Il ragazzo delle consegne era alto un metro e cinquanta, indossava una giacca, verde, di due taglie di troppo con la scritta "Fiori Marilisa Blumen" e, nell'istante in cui Milla fece scattare l'otturatore, si mosse finendo dritto nell'inquadratura.

Tempismo perfetto e pellicola sprecata.

Al diavolo.

Milla riavvolse, fece per aprire lo sportello della Nikon e si scoprì arrabbiato: a chi importava se le amiche piangevano? Anzi. Davvero le amiche piangevano la morte di Lorena? Perché a leggere gli articoli di Jo sembrava che nessuna di loro avesse mosso un dito per aiutare le indagini a progredire. D'altronde le lacrime erano gratis, l'eroina no. Milla fece una smorfia.

Era un pensiero da Jo, quello.

Decise di lasciar perdere la corona di fiori e di tornare in redazione. Aveva il terrore che Marion Haller gli facesse cenno di avvicinarsi, pregandolo di condividere con lei un ricordo che mantenesse la figlia in vita per un minuto ancora, prima che venisse seppellita per sempre. Cosa avrebbe potuto dirle?

Mi spiace signora, ma non ho mai parlato con Lorena. Non sapevo neppure della sua esistenza prima che qualcuno la uccidesse. Io sono quello che l'ha sbattuta in prima pagina, morta. Non sono un cattivo ragazzo, mi creda, però sono anche quello che ha scritto il pezzo sul prete esorcista, l'ha letto? Lo so, qualcuno avrebbe potuto definirlo uno scherzo di pessimo gusto, ma ho sputato sul cadavere di sua figlia per una buona, anzi, un'ottima causa: meritarmi il tesserino del giornale. La "Voce delle Alpi", nientemeno. È un traguardo che solo pochi raggiungono, glielo assicuro. Come il tizio che pulisce i pavimenti in redazione, o quello che viene ad aggiustare la macchinetta del caffè che si rompe un giorno sì e l'altro pure.

Capisce?

39100, signora.

Non posso fare lo schizzinoso, perché…

– Dillo a qualcun altro, – mormorò.

Il biondino non aveva opposto resistenza e non aveva chiesto un avvocato. Mento affilato, occhi chiari come da descrizione fornita da Giuliani, trentatré anni, un metro e settantacinque, fisioterapista: professione che richiedeva manualità, forza e precisione. Al casellario non risultava. Unica nota a farlo emergere dall'anonimato era la targa dell'auto, schedata fra quelle dei verbali dei vigili urbani in zona Dodiciville.

Lombardi aveva sintetizzato: Giacomo Buratti è solo uno che va a mignotte.

Krupp gli aveva fatto portare un caffè. Il biondino l'aveva rifiutato. Non era aggressivo. Era: spaesato, triste, provato dal funerale. Uno innocuo. Uno che: non faceva paura. Ma era anche uno in grado di scatenare una furia da ventiquattro coltellate?

Krupp pensò di telefonare ad Arianna. Le aveva ordinato di andare a casa a riposarsi. Se ne pentiva. Avrebbe preferito avere lei al proprio fianco anziché Lopez. Faccia da ratto aveva gli occhi rossi e il tic alla palpebra fuori controllo. Krupp decise di non farlo.

Avevano già perso troppo tempo.

Aprì la porta.

– Sono il commissario Luther Krupp e lui è l'ispettore capo Mario Lopez. Non è in stato di fermo e non ci sono accuse rivolte contro di lei. È libero di interrompere il nostro incontro o di chiamare un avvocato se ne dovesse sentire la necessità.

– Non serve, mi dica come posso aiutarla.

– L'abbiamo vista al funerale di Lorena Haller. La conosceva?

Buratti si fece rosso in volto. – Lei la definirebbe una conoscenza di tipo professionale.

– Mi pare di capire, però, che lei non definirebbe i vostri rapporti come di natura unicamente lavorativa.

– Ho sempre pagato Lorena, ma solo perché lei aveva quel problema.

– L'eroina?

– Meglio che le dessi io un po' di soldi piuttosto che qualche sconosciuto. Capisce?

Krupp pensò alle parole di Giuliani.

"Voleva parlare e ogni tanto scopare. Però, sai, le stava addosso."

– Pagava Lorena Haller per prestazioni sessuali o per, diciamo, semplice compagnia?

– Non erano veri pagamenti.

– Mi riesce difficile tracciare un confine.

– La pagavo perché altrimenti Lorena non avrebbe potuto passare del tempo con me. Per via della sua dipendenza dall'eroina.

– Questa è quella che lei definisce amicizia?

– No, è amore. Ma era una situazione complicata.

Krupp mostrò il biglietto lasciato vicino alla lapide. – *"Tu mi hai chiesto aiuto ma io non l'ho capito."* Potrebbe chiarirmi questo passaggio?

– Il nostro rapporto era profondo. Comunicavamo senza parlare. Come si fa tra innamorati. E io ho capito che voleva smetterla con la vita.

– Lorena ricambiava il suo sentimento?

– Sì.

Nessuna incertezza.

Nessun dubbio.

Autoinganno, pensò Krupp. L'autoinganno era un detonatore molto, molto potente.

– Le disse di voler smettere con la prostituzione?

– Lo capii da solo. Le chiesi di venire a vivere con me, mi offrii di pagarle la riabilitazione. Un nuovo inizio. Lorena mi rispose che non voleva più sentirmi dire certe cose e io obbedii. – Buratti soffocò un singhiozzo. – Avrei dovuto insistere.

– Secondo lei perché non accettò la sua proposta?

– Non voleva farmi finire nei guai.

– Con il fidanzato, suppongo. Sergio Giuliani, – fece Krupp studiando la reazione di Buratti. – L'ha mai visto con Lorena? Immagino di sì. Giuliani era il suo fidanzato, la portava a battere e...

– Si erano lasciati!

Krupp pensò: è un'altra persona. All'improvviso tutto il corpo di Giacomo Buratti esprimeva una furia a malapena trattenuta.

– Lui non la amava! Quel bastardo ha circuito una ragazzina quando era ancora minorenne, l'ha fatta diventare una drogata e poi l'ha convinta a prostituirsi per procurargli la roba. Lei pensa che Lorena fosse davvero innamorata di una bestia del genere?

Krupp incoraggiò la furia che leggeva nello sguardo del biondino. – Eppure Lorena abitava ancora nella roulotte. Magari la loro non era una vera rottura, solo una specie di pausa. Non le dava fastidio l'idea di quei due che dormivano insieme?

– Certo che mi dava fastidio, – gridò Buratti, rigido e con i pugni serrati, – ma Lorena non voleva, proprio non voleva farsi aiutare e io...

– Hai deciso di aiutarla lo stesso, – sbraitò Lopez interrompendolo, – e l'hai ammazzata.

Krupp sbatté le palpebre, incredulo.

Faccia da ratto aveva appena mandato a puttane l'interrogatorio.

La furia di Buratti evaporò all'istante.

Di nuovo innocuo. Di nuovo un signor nessuno da cui accettare un passaggio, un signor nessuno da illudere in cambio di denaro.

– La sera in cui Lorena è stata uccisa avevamo un appuntamento. Le avevo comprato delle rose, ma non ci siamo incontrati. Se l'avessi fatto, forse... Mia madre ha una malattia cronica. Ci sono buone giornate, ma martedì è stata una di quelle brutte. Le rose che avevo preso per Lorena le ho regalate a lei. Era molto contenta. Sono stato lì tutta la notte. Dalle diciannove fino al mattino, quando sono andato al lavoro. Uso la mia vecchia stanza. Non è la prima volta che succede.

– Una madre, – fece Krupp, – non è un granché come alibi.

– C'era Elsa, l'infermiera. Come al solito.

Lopez uscì dalla sala colloqui sbattendo la porta.

Krupp fu sopraffatto dalla delusione.

Buratti era sufficientemente allenato per infliggere ventiquattro pugnalate, credeva che Lorena fosse innamorata di lui quando era lampante che si trattava di un espediente per spillargli quattrini e quando perdeva il controllo trasfigurava, ma: il suo alibi era troppo facilmente smontabile per non essere vero.

– Perché io, commissario? È perché ho lasciato il biglietto sulla sua tomba?

– Ci è stato riferito che Lorena Haller aveva paura di un biondino che guidava una Fiat rossa.

Giacomo Buratti emise un lamento.

Da animale morente.

– Lorena aveva paura *di me*?

9 gennaio 1992, giovedì
– pomeriggio –

Alle quattordici Colucci era arrivato in redazione, trafelato e trionfante. Tirava una brutta aria in consiglio comunale. Si vociferava di tangenti. Soldi mica da ridere. Entrato nell'ufficio di Jo si era chiuso la porta alle spalle: Colucci non lo faceva mai.

Milla, che aspettava di sapere cosa ne sarebbe stato delle foto scattate al funerale, ne aveva approfittato per buttare giù un boccone. Allungando le gambe sulla scrivania aveva pensato: il mio primo ufficio. Iniziava ad affezionarsi a quel posto. Avrebbe dovuto renderlo più personale, però. Magari aggiungendo libri sugli scaffali. Roba che gli conferisse un alone di professionalità. Un paio di locandine di vecchi film avrebbero nascosto le macchie sull'intonaco donando quel pizzico di carattere che mancava. Come aveva detto Jo: stava facendo strada.

– Guai in vista, Scoop.

Rizzi gli indicò il capocronista, torvo, che si dirigeva verso di lui con la grazia di un plantigrado. Milla fu lesto a far sparire i piedi dal tavolo.

Jo piazzò la foto della corona di rose sulla scrivania. L'ultima, quella rovinata, con la giacca del ragazzo dei fiori che diceva "Fiori Marilisa Blumen" al posto di "Le amiche piangono".

– Mostra contrizione. Forse, – esordì Jo, – sarò clemente.

– Lo so. Avrei dovuto procurarmi i nomi delle amiche, intervistarle, e metterle in posa davanti alla lapide.

Jo inarcò un sopracciglio. – *Ma?*
Marion Haller mi stava guardando e me la sono filata.

– Avevo già riempito tre rullini da 24. Orsacchiotti, violini. E ci sono le tue foto di Vivian Pickmann. Bionda, notevole. Fiamma del peccato. Non puoi dire che non sono venute bene.

– C'era anche la concorrenza al funerale? Un mucchio di macchine fotografiche, o sbaglio? E Polaroid.

– Poliziotti in borghese. D'accordo, ma...

– Tu sei uno di quelli che crede che quando il porcellino va al mercato, va a fare la spesa, vero?

– Non ci va?

– Gli sbirri fotografano i funerali per capire chi si abbraccia con chi, chi non saluta chi e roba del genere. Ma anche perché ai funerali si fa vedere sempre un bel po' di gente strana. – Jo batté il dito sulla foto. – Tipo i maniaci che si divertono a fare a fette le prostitute.

– Sai che divertimento, – mugugnò Milla.

Jo s'incupì. – Cosa ci trovi di divertente?

– Che questo porcellino è stufo di essere preso in giro.

– Quand'è arrivato il tuo ragazzo dei fiori che, per inciso, indossava un giaccone fino al naso e un berretto da rapinatore di banche?

– Dopo il funerale.

– Domanda: l'hai visto in faccia?

– Secondo te il maniaco va al funerale della vittima indossando un giaccone con sopra scritto l'indirizzo del luogo in cui lavora?

– Sicuro sia il suo?

– Questa si chiama paranoia.

– La paranoia è la tua nuova migliore amica. Sai come hanno preso il Night Stalker? Sai come hanno preso Jeffrey Dahmer?

Milla non sapeva nemmeno chi fossero.

– Fiori Marilisa Blumen, – scandì Jo, schioccando le dita. – Mostra un po' di intraprendenza.

– Sul serio pensi che ho fotografato l'assassino senza rendermene conto?

– Forse.

Milla guardò di sbieco il capocronista, – Come hai detto che si chiamavano quei due?

Suo padre gli aveva regalato lo Junkers dopo che Krupp l'aveva messo di fronte al fatto compiuto: si era arruolato in polizia. Aveva detto: "Adesso sei come tutti gli altri, Luther". Difficile capire se fosse stato più doloroso il disprezzo di quelle parole o il tono di sconfitta con cui erano state pronunciate.

Giacomo Buratti era tornato a casa, affranto, ma libero. Il suo alibi aveva retto ai controlli. Il viceispettore Lombardi aveva sintetizzato: il solito Cupido che si innamora di una puttana. Se il nomignolo fosse arrivato ai giornali avrebbe fatto furore.

Krupp aveva pensato: Cupido.

Cazzo.

Il palazzo era antico, a nemmeno duecento metri dal vecchio municipio. Sul citofono era scritto "V.". Vivian aprì senza chiedere nulla. O aspettava compagnia oppure l'aveva scorto dalla finestra.

L'appartamento era stato ricavato da un'abitazione di ben più ampie dimensioni. Gli stucchi raccontavano di uno splendore cui la decadenza aveva imposto il proprio pedaggio. Un odore di incenso e fumo di sigaretta aleggiava fra le pareti su cui facevano bella mostra di sé riproduzioni di quadri famosi.

Uno lo colpì per la vividezza dei dettagli. Una donna stava sgozzando un uomo dalle fattezze brutali. Un'altra, più vecchia, osservava la scena in disparte. Era Karli il patito di arte, tuttavia il nome di Artemisia Gentileschi si affacciò alla sua memoria.

Vivian indossava una vestaglia.

– Le dispiace se finisco di truccarmi? – domandò, una volta serrato il chiavistello. – Ho fatto tardi con un cliente e il prossimo non ama aspettare. I *business men* la prendono sul personale.

– *Business men?*
– In inglese suona meno triste.
Krupp la seguì fino a una stanza occupata da un letto a due piazze. Non dava l'impressione di essere l'alcova di una prostituta.
La donna si sedette su uno sgabello davanti a un grande specchio e iniziò a spazzolarsi i capelli. – Non resti in piedi, commissario.
Niente sedie o poltrone. Krupp si accomodò sul bordo del letto. Notò un pulsante, nascosto dietro un portagioie, sul comodino. Poteva sembrare un interruttore della luce, ma l'esperienza suggeriva a Krupp che in realtà fosse collegato all'impianto di sicurezza della palazzina. Era risaputo: le persone reagivano più prontamente agli allarmi antincendio che alle richieste di soccorso.
– So della taglia. I dieci milioni in cambio di informazioni.
– È illegale?
– Se è solo per cercare testimoni, no.
– Quindi, – fu la risposta, – nessun problema.
– Le false segnalazioni decuplicheranno.
– E magari una vi porterà a bussare alla porta giusta. Prima, – ribatté Vivian fissandolo dallo specchio, – che un'altra di noi finisca ammazzata.
– Non è detto.
– Non è detto che le segnalazioni possano aiutarvi o non è detto che il bastardo torni a uccidere?
– Entrambe.
La spazzola finì in un cassetto.
– Non menta.
Vivian si alzò e si fece scivolare di dosso la vestaglia. Un sussurro di seta che la lasciò con solo la biancheria intima addosso.
Krupp distolse lo sguardo.
– Ha paura di una donna in mutande?
– Ho paura delle conseguenze della sua iniziativa.
Vivian iniziò a indossare un tubino scuro facendolo salire dal pavimento. Aveva la pelle delicata, quasi trasparente. I

capelli raccolti di lato lasciavano il collo esposto. Inarcò il dorso cercando la zip

– Mi dia una mano, – disse, – per favore.

Krupp aveva le dita fredde. Vivian se ne accorse e ridacchiò come una ragazzina.

Quella donna era come il profumo che aleggiava nella stanza da letto, come i quadri, i ninnoli sui mobili. Un enigma che nascondeva un altro enigma. Quando pensavi di averne intuito la natura, d'un tratto si faceva sfuggente. Imprendibile.

Forse, incomprensibile.

– Chi sei, Vivian? – chiese Krupp, passando al "tu" e mettendo fine alle formalità.

– Il mio fascicolo non lo dice?

– I fascicoli non dicono tutto.

– Lo sai. Sono una puttana.

La zip si era incastrata. Krupp dovette imprimere un po' di forza. Vivian sospirò.

Krupp si scusò a mezza voce.

– No, – fece la donna, – mi piacciono le maniere brusche, ogni tanto.

Era una provocazione?

Krupp non capì nemmeno questo.

– Non ti fai, – proseguì il commissario, – niente ti scalfisce eppure ti prendi cura delle ragazze. Perché?

La zip si richiuse.

Krupp fece un passo indietro, sollevato. E: imbarazzato per quel sollievo.

Tornò a sedersi.

– Io sono, – disse Vivian, – quello che tu vuoi che io sia.

Aprì il cassetto del boudoir. Cocaina, amfetamine, barbiturici. Nitrito di amile in boccette, preservativi e giocattoli sessuali.

– Cosa preferisci, commissario? – fece la prostituta. – La tenera amante? La fidanzata da presentare ai genitori? La troia dominatrice o sei più tipo da schiava sottomessa?

– Lorena, Elizabeth. Cosa ci guadagni?

– Al mio posto non le avresti aiutate?

– Non così. Esistono associazioni, comunità terapeutiche. Ci sono…

Vivian chiuse il cassetto, inviperita.

– Scelte? La scelta è un lusso, – indicò la tela appesa sopra la testata del letto. Antichi romani in armatura rapivano fanciulle discinte. – Ti sembra che loro abbiano avuto scelta? Cosa ci vedi in quel quadro?

– La scena di un crimine.

Vivian scoppiò a ridere. – Una risposta da sbirro.

– È quello che sono. Tu perché l'hai appeso in camera da letto?

– Il nostro è un gioco, commissario?

– Assecondami.

– Mi ricorda qual è la differenza fra un uomo e una donna.

– Uno stupro di massa?

– Le donne capiscono i propri corpi, – fece Vivian. – Gli uomini no, si limitano a indossarli. Perciò gli uomini guardano le donne e provano rabbia. Mi segui?

– No.

– Ecco perché la taglia è necessaria. – Vivian si sedette sul bordo del letto. Krupp poteva percepire il calore emanato dal suo corpo. – Quando gli uomini non capiscono qualcosa lo vogliono, perché voi odiate non capire. È così che diventate feroci.

– E tu usi il desiderio degli uomini per…

– Soldi? – Vivian afferrò un paio di stivali e se li infilò. – Se pensi che sia desiderio, sbagli.

Nello stivale destro Vivian inserì una lima per le unghie, affilatissima. – Non si può mai sapere.

Krupp si alzò. Vivian era troppo vicina. – Lui non si farà spaventare da una taglia in televisione o da una lima per le unghie.

La prostituta si passò il polpastrello sulle labbra. Lo imbrattò di rossetto. Carminio scuro, simile a sangue. Lo mostrò a Krupp. Poi si mosse in avanti, rapida, facendo la mossa di appoggiarlo al colletto della sua camicia. Krupp le bloccò il polso.

– Vedi? – sorrise la donna. – Gli uomini hanno sempre paura. Bisogna solo capire di cosa.

Nell'ottobre precedente Jo aveva mandato Milla da un esperto di fauna alpina che aveva da poco pubblicato una guida: la solita ghiaia. Gli aveva fatto appuntare di chiedergli del *Vulpendingen*. I lettori, aveva detto, amavano il Vulpendingen. Anzi, lo adoravano. Milla si era fidato, aveva ubbidito e aveva incassato una figuraccia che ancora bruciava. Il Vulpendingen non esisteva, era una specie di yeti per allocchi.

Da allora, prima di buttarsi a capofitto Milla aveva preso l'abitudine di cercare conferme in biblioteca. Lezione imparata.

Il Night Stalker, alias Richard Ramirez, era un serial killer di Los Angeles condannato alla camera a gas nel 1989 per aver commesso quarantuno crimini, fra cui lo stupro di un'anziana e tredici omicidi. "Sai come hanno preso il Night Stalker?" Milla scoprì che in realtà Ramirez non era stato proprio preso: la polizia l'aveva *salvato* da una folla inferocita. E anche nel caso di Jeffrey Dahmer, catturato nel luglio dell'anno precedente, la polizia c'entrava poco o niente. Era stata l'ultima delle sue vittime, fuggendo, ad allertare gli sbirri. Anzi, a dirla tutta, il cannibale di Milwaukee non era stato neppure *cercato*. Solo dopo la sua cattura le forze dell'ordine si erano accorte della sparizione di *diciassette* persone.

Perciò: prendi appunti, campione. Non sono mai gli sbirri a catturare questo genere di maniaci. Era il caso a farli finire in gattabuia.

Come: una fotografia scattata per errore.

Milla aveva dato un'ultima occhiata alla foto di Dahmer, aveva pensato che somigliasse a Krupp o che quantomeno i due condividessero lo stesso gusto in fatto di occhiali, e si era dato da fare.

C'erano due "Fiori Marilisa Blumen" sull'elenco. Il primo, era un semplice punto vendita. Per le cerimonie bisognava rivolgersi a quella che il titolare aveva chiamato "la serra", al bivio che portava alla superstrada per Merano, direzione Ponte Adige.

Milla ci arrivò alle sedici e dodici.

Il parcheggio era occupato da sacchi di concime, pallet, una 126 nera e un Ducato con la scritta "Fiori Marilisa Blumen". Milla infilò alla bell'e meglio la Renault, e appena varcò la porta automatica dell'edificio iniziò a sudare. Era una serra, dopotutto.

Spiegò alla donna al registratore di cassa di essere un giornalista, di aver visto la corona di rose bianche e rosse al funerale della ragazza uccisa, e di come la dedica l'avesse commosso.

– Non hanno lasciato un numero di telefono?

– Perché avrebbero dovuto?

– Per una conferma dell'ordine. O nel caso di qualche contrattempo.

– Mai avuto uno.

Milla sorrise. – E come mai le rose sono arrivate in ritardo?

– Michele. Ha fatto casino col furgone.

Milla esultò. Il ragazzo dei fiori aveva un nome.

– Potrei parlargli?

– Oggi non era giornata. Che vuole da Michele?

– Le sto facendo perdere tempo, tolgo il disturbo.

Milla non aveva mai capito perché una persona sana di mente potesse decidere di fare il poliziotto. Adesso, mentre spalancava la portiera della Renault, poteva immaginare che, forse, il motivo era il brivido che stava provando. Il brivido della caccia.

– Era ora.

La voce, femminile, lo strappò dai suoi pensieri.

Giacca di pelle nera, un cappello a cloche trapuntato di fiori multicolori, rossetto scuro, lentiggini, una cascata di capelli corvini.

E occhi grigi come Milla non aveva mai visto.

Mai.

La ragazza indicò la 126 che la Renault 5 costringeva all'immobilità.

– Era ora.

Milla rimase a fissare la 126 per qualche secondo di troppo. La 126 non aveva nulla di speciale. Però gli occhi così grigi della ragazza con la cloche lisergica possedevano un'intensità che Milla non era pronto ad affrontare. Inoltre, sul sedile posteriore del macinino, c'era un giaccone taglia XXL: verde.

– Tu non sei il ragazzo dei fiori, – borbottò. – Tu sei *la ragazza* dei fiori.

Il grigio degli occhi della sconosciuta si fece più scuro. Milla non era pronto ad affrontarli, ma non era nemmeno pronto a vederli andare via.

– Sono un giornalista, – spiegò, – non voglio spaventarti.

– Dov'è il tesserino?

– Eri tu al funerale questa mattina?

– Sei uno svalvolato? Marilisa ha una pistola lì dentro.

– Non sono uno svalvolato, sono un giornalista. Ho visto la corona di fiori. Quella delle amiche che piangono. Sono venuto perché... – Milla trasecolò. – Davvero Marilisa ha una pistola?

La ragazza si portò una mano alla bocca, nascondendo un sorriso. – Solo se sei un maniaco. Sei un maniaco?

– Il mio capo pensava che il maniaco fossi tu.

– Un maniaco di un metro e cinquanta?

– L'ha detto il capo, – borbottò Milla. – Io spalo ghiaia.

La ragazza lo guardò da sotto in su. Una piccola ruga fra le sopracciglia, quella che sua madre chiamava "la ruga della volontà".

– Ghiaia?

Milla maledisse il gergo della redazione. – Articoli, diciamo, secondari.

– Quindi sei un giornalista, *diciamo*, secondario?

Un metro e cinquanta, ma: sapeva dove colpire.

– Lo faccio da dieci mesi, in verità non ho nemmeno il tesserino.

– E il tuo capo pensa che il maniaco lavori qui da noi?

– Ti ho fotografata. Per sbaglio. Al funerale. Sai, la corona. Eri di schiena e...

La ragazza scoppiò in una risata fragorosa. – Siete una coppia di geni, voi due.

Milla pensò: e tu sei il posto dove nascono gli arcobaleni.

– Mi chiamo Iris, – disse lei. – Niente battute, grazie.

– Alex Milla. Quali battute?

– Qual è il colmo per un fioraio? Avere la moglie che si chiama Margherita, la figlia Viola e la sorella Rosa. Iris lo puoi inserire a piacere.

Milla fece per sorridere.

Si bloccò: e se si fosse offesa?

– Alex Milla, che dici di spostare il tuo catorcio per fare passare il mio?

Milla per poco non ammaccò la fiancata del Ducato. La 126 si affiancò alla Renault e Iris gli fece segno di abbassare il finestrino.

– Non sei tu il manico, vero? Me lo diresti, giusto?

La cascata di capelli neri impedì a Milla di articolare una risposta.

Iris gli lanciò una pallina di carta.

La 126 partì.

Cuore a mille, occhi sgranati e una scritta: *"Mi devi una foto, I"*.

Cuore a mille, occhi sgranati e: un numero di telefono.

9 gennaio 1992, giovedì
– notte –

Krupp era tornato a casa attorno alle diciannove. Vista annebbiata, riflessi in *slow-motion* e mascella serrata come una tagliola. Aveva ordinato una pizza e si era buttato sotto la doccia.

Abitava in uno dei tanti investimenti immobiliari della sua famiglia, un alloggio troppo ampio per uno come lui, all'ultimo piano di una palazzina in viale Duca d'Aosta dalle cui finestre si poteva ammirare il Rosengarten in tutto il suo splendore.

Aveva i capelli ancora umidi quando il fattorino si annunciò al citofono. Gli lasciò una mancia abbondante, si accomodò sul divano e si sintonizzò sul telegiornale regionale.

Lorena era la prima notizia.

Un rapido riassunto, Marion Haller che lanciava un appello. Il maledetto numero verde che lampeggiava in sovrimpressione. Alcune prostitute, con il viso oscurato, che dicevano di avere paura. La conferenza stampa del giorno precedente. Levada che parlava di tossici e immigrati. Arianna, guardinga. Krupp, seduto al fianco della *mano de Dios*. La voce fuori campo definì il commissario "trincerato dietro il segreto istruttorio". Poi la parola passò alla politica. Una città sicura, una città dove certe cose non accadevano. La stoccata finale fu: una polizia all'altezza di un capoluogo civile. Il servizio si concludeva con l'immagine dei giornalisti che lo tampinavano all'uscita della questura facendolo sembrare un uomo in fuga.

Alle ventuno la conduttrice annunciò di essere in diretta dallo studio Rai di Bolzano. Era un volto noto, molto amato. Una brava giornalista, progressista e decisa. La telecamera allargò fino a inquadrare Vivian che indossava un abito dal taglio maschile. Le due donne erano sedute attorno a un tavolino scuro. Sul tavolino c'era un finto assegno da dieci milioni di lire.

– La vita delle prostitute...

– Lavoratrici del sesso, – la corresse la giornalista.

– Prostitute, – ribadì Vivian, – siamo *prostitute*.

Poi: il terzo settore in affanno. L'epidemia di Aids. I clienti maneschi. L'eroina. L'omicidio. Un altro breve ritratto di Lorena.

Infine: la taglia.

Al termine della spiegazione di Vivian la giornalista afferrò il finto assegno, lo mostrò al pubblico e lo strappò.

– Non pensa ci sia un modo più civile di risolvere la questione? – chiese.

La telecamera strinse sul viso di Vivian.

– No.

Due minuti dopo il telefono squillò. Krupp ridusse la conversazione al minimo. Alle ventidue e cinquantasei compose il numero di Arianna.

– Ho ricevuto un ordine, – fece Krupp. – L'operazione Minotauro è autorizzata.

Quarantotto ore: andate.

Possibilità di scovare l'assassino: zero.

Gennaio: avanti veloce

I colloqui aumentano: la taglia fa gola a molti. Overdosi richiedono indagini. Krupp perde: uomini e tempo. Milla aspetta una settimana per fare *quel* numero. Ogni tanto Iris ride e dice: cos'è questo casino? È il martellare techno dell'impianto stereo del padrone di casa, al piano di sopra, un bonus di cui l'agenzia non gli aveva parlato. Le voci al numero verde dilagano. Altre overdosi.

Gli interrogatori diminuiscono: la gente ha altro a cui pensare. Dopo una settimana Lorena non è più sui giornali. Milla e Iris: altre ore al telefono. Dopo aver riposto la cornetta sulla forcella, Milla si rende conto di non averla ancora invitata a uscire. È un idiota. Ma: un idiota felice. Le poliziotte travestite da prostitute dell'operazione Minotauro fanno furore fra i mastini: fischi e applausi. Klaus Verna si presenta in questura accompagnato dall'avvocato Grandi. Parlano di: inspiegabile persecuzione da parte delle forze dell'ordine. Klaus Verna ha un alibi. Altre overdosi. Jo usa Milla come la pallina di un flipper: da un buco di merda a un altro a vedere sempre la stessa scena. È comunque ghiaia: non interessa a nessuno.

Il 21 gennaio, martedì, viene rinvenuto un biglietto accanto alla lapide di Lorena: *"Mi spiace ma quello che ho fatto, doveva essere fatto e tu lo sapevi: ciao Lorena! Firmato L. L."*. La calligrafia è strana. Il biglietto lo ha trovato il custode del cimitero perché Krupp non ha gli uomini per pattugliare la tomba della ragazza uccisa. Il biglietto passa alla Scientifica e va a sommarsi al mucchio di altri messaggi che gli sciroccati lasciano sotto la lapide della prostituta, al distributore di via Renon o che fanno arrivare alla stampa e a quei poveretti dei genitori di Lorena Haller, ventiquattro anni, ventiquattro coltellate. Jo dice: sarà il solito testa di cazzo.

Il biglietto non è nemmeno ghiaia.

Levada procura una retata ai mastini che non vedevano l'ora di tornare a sfondare porte. Milla offre il pranzo a Tommy il ribelle e Tommy gli racconta delle poliziotte in incognito. Tommy dice: si vede lontano un chilometro che sono sbirre, hanno sempre freddo. L'eroina non protegge dal freddo, però aiuta a fregartene. Milla ne parla a Jo e Jo gli fa l'occhiolino: l'operazione Minotauro è un segreto di Pulcinella, ma teniamolo per noi. Milla e Iris: la bolletta levita. Milla ingoia l'orgoglio e si fa vedere più spesso a casa dei suoi genitori. Scrocca qualche pranzo, un paio di cene. La frizione della Renault 5 gratta, ma regge.

Quando Milla le chiede di uscire Iris ride e interrompe la comunicazione. Invece di deprimersi Milla se ne sta con la cornetta in mano e un sorriso ebete in faccia: nemmeno lui sa spiegarsi perché, ma quello della ragazza dei fiori non è un "no".

Gennaio finisce con: dodici suicidi, uno ogni tre giorni, e tre stupri. Due vengono risolti in poche ore: un ex fidanzato e un "amico" che casca dalle nuvole. *Stupro? Lui?* Il terzo la fa franca. L'ex fidanzato ottiene i domiciliari, tenta il suicidio ma non con la dovuta convinzione. L'"amico" grida la sua innocenza.

L'arresto crea dibattito: è lui lo stupratore o è lei che l'ha istigato?

Febbraio: avanti veloce

Il pm non risponde più alle chiamate di Krupp. Krupp scopre che, come Rotter, anche Giordano è passato ad altro incarico. Il fascicolo di Lorena rimbalza da un pm all'altro. È come un souvenir di Černobyl': nessuno vuole averci a che fare.

L'operazione Minotauro prosegue a ranghi ridotti. Krupp non sa se esserne sollevato oppure no.

Un'altra retata: i mastini di Levada scodinzolano felici a pagina 17 del giornale. Gli unici a ricordarsi di Lorena sono le voci al numero verde. Un uomo si uccide buttandosi nell'Adige. Lo ripescano a Verona. Indossa mutandine di pizzo e Jo va in brodo di giuggiole.

Milla invia a Iris la foto scattata al cimitero, la manda alla serra perché non sa dove Iris abiti e non vuole chiederglielo. Il terzo stupratore viene arrestato dalla Mobile mentre cerca di fare il bis: prima pagina. La politica chiede: pena di morte, castrazione, misure più severe. Jo dice: non è lui. La "Voce delle Alpi" lo mette in prima pagina intitolando: *PRESO L'ASSASSINO DELLA LUCCIOLA?* Krupp è costretto a presentarsi a una conferenza stampa e dice: non è lui.

Nottetempo un tizio cancella seni, natiche e occhi dai corpi femminili sui cartelloni pubblicitari della città. Fa notizia a livello nazionale perché se l'è presa con le labbra di una nota soubrette. L'operazione Minotauro viene sospesa. Jo dice: era un'idea del cazzo. Iris ha ricevuto la fotografia: è una buona scusa per passare tutta la notte al telefono. La musica techno è assordante, Milla batte la scopa sul soffitto, il padrone di casa è un bestione strafatto di coca, si fa aprire, lo afferra per la gola e Milla dice: c'era un ragno, scusami. Di fatto la task force è ridotta a due elementi: la sovrintendente capo Lici e il commissario Krupp.

Febbraio finisce con: sette suicidi. Il 1992 è bisestile ma, nonostante il giorno in più, febbraio 1992 non riesce a battere febbraio 1991. Nemmeno febbraio 1991 era stato un mese da record, quindi: chi se ne frega. Durante un'interminabile chiacchierata notturna Milla chiede a Iris perché non vuole uscire con lui.

Iris dice: hai fretta?

Milla non ne ha.

Marzo: avanti veloce

Ghiaia in quantità e una macchia sospetta in espansione sul soffitto. Forse una perdita. Milla si arma di coraggio e l'armadio palestrato che ascolta musica di merda e succhia coca come un aspirapolvere gli dice: cazzi tuoi. Milla fa due conti e pensa che la macchia di umidità aggiunga un non so ché di *bohémien*.

Qualcuno approfitta del Carnevale per pestare un gruppo di immigrati. Milla intercetta Tommy il ribelle. Tommy il ribelle è messo parecchio male. Occhi spenti, biascica, puzza. Milla gli offre un caffè. Tommy è arrabbiato. Dice: non l'hanno preso perché non lo vogliono prendere. Non lo vogliono prendere perché a loro va bene così. C'è in giro gente pericolosa e non tutti sono in borghese. Poi Tommy vomita sul tavolino ed entrambi vengono buttati fuori dal locale.

Qualcun altro approfitta del Carnevale per tentare una rapina in grande stile: pistola spianata in una banca di via Cassa di Risparmio e fuga a tutta velocità. L'autista di un'ambulanza di passaggio vede tutto, fa come Bruce Willis e insegue i rapinatori a sirene spiegate. Funziona. Il rapinatore finisce in manette.

Colucci non fa che calcolare tangenti, Rizzi ha dei brutti presentimenti sulla tenuta dell'Hockey Club Bolzano. Non è annata, dice. Jo si prende una brutta influenza ed è costretto a lasciare mano libera a Milla: licenziamenti alle acciaierie, licenziamenti alla fabbrica di alluminio, il mattonificio chiude, la fabbrica di vernici invoca l'amministrazione controllata. Tutta roba che con la cronaca nera c'entra poco, ma che nessun altro vuole scrivere. Il direttore gli fa i complimenti: i suoi articoli sono avvilenti al punto giusto ma con un guizzo di umanità che crea dibattito. Niente tesserino. Il prezzo degli affitti: aumenta.

Milla chiede a Iris: dimmi qualcosa che non so di te. Iris dice: odio la *Rosa Banskiae Lutea*. È così seria che a Milla tocca andare in biblioteca: *Rosa Banskiae Lutea*, chiamata anche "rosa di Bolzano" o "rosa di Merano". A forza di incroci e selezioni nasce senza spine. Milla pensa: perché diavolo Iris la odia?

La macchia *bohémien* si rivela una perdita di quelle serie. Il padrone di casa non ne vuole sapere di pagare e Milla si ritrova a elemosinare un prestito ai suoi genitori. Overdosi. Retate.

Una donna viene uccisa in valle Aurina, sul confine austriaco. Tre anni prima aveva denunciato il parroco ed era stata ostracizzata dalla comunità. Lei aveva scritto un romanzo in cui raccontava la sua versione, poi era tornata in valle ed era stata aggredita dalla folla. Infine, il 17 marzo viene trovata cadavere. Jo intitola: *IL MISTERO DELLA PERPETUA UCCISA*.

Krupp controlla: non è lui.

L'assassino non viene catturato.

Le voci al numero verde non cessano di: gracchiare, urlare, sussurrare, confidare, insultare, pregare. Almeno una volta a settimana lo spostato canterino fa sentire la sua versione di *I Fought the Law*. Marion Haller continua a passare le notti a distribuire aghi, fazzoletti, preservativi e spiccioli. Viene aggredita da uno spacciatore. Krupp l'arresta e Lopez gli chiede se lo vuole nella Cella X. Marion Haller lo prega di poter usare il ciclostile della questura: ha finito i soldi per i volantini. Krupp la lascia fare. Diventa una specie di abitudine, Krupp paga di tasca sua carta e inchiostro. Si sente sporco ogni volta che lo fa.

Spalare ghiaia porta una sorpresa: la fioreria Marilisa Blumen vince un concorso di composizione e Milla ha la scusa per una foto di gruppo. Marilisa annusa l'aria e dice: Iris, mostra ad Alex la serra. Iris è vestita come un maschiaccio, Milla invece si è pettinato i capelli, poi li ha nascosti con un cappellino da baseball dei *Riders*, poi ha lasciato il cappellino in macchina perché si sentiva un cretino. Milla dice: *Rosa Banskiae Lutea*, perché la odi? È come nelle fiabe: "scoprilo e, forse, usciremo insieme". Milla scatta un milione di foto. Jo le intercetta nella camera oscura e: c'è qualcosa che non so, campione?

Krupp comincia a pensare che il maniaco sia morto. Per questo tiene il conto dei suicidi. Per questo controlla i precedenti dei defunti. Con discrezione. Arianna lo aiuta. Krupp dovrebbe andare a visitare la tomba di suo padre ma: rimanda sempre. Karli dice: capisco, hai da fare, è una bella responsabilità la tua.

All'imbrunire Krupp si convince di essersi sbagliato. Forse non è stato un maniaco. Forse è finita. Forse non è mai nemmeno cominciata. Dorme poco e male. Al risveglio gli tornano in mente le ventiquattro coltellate. Chi uccide con ventiquattro coltellate?

Marzo *non* finisce con:

21 marzo 1992, sabato: ore 6.40

112 come posso aiutarla?
Per favore qui c'è un uomo che...

Signora?
...

Signora, c'è un uomo che la sta aggredendo?
No, lui è...

Signora?
Carabinieri? Parlo con i carabinieri?

Carabinieri. Si identifichi, prego.
Matthias. Baumgartner io... dovete venire...
Oddio. Dovete...

Signor Baumgartner è ancora lì?
Sangue, è piena di sangue...

MARLENE

"Sento che molti altri ne morranno."
"Sicuro, grande è la fornace."

Giovenale, *Satire*, X, 82-83

21 marzo 1992, sabato
– mattina –

Più due gradi: se la primavera stava arrivando, la neve ai bordi della statale 12 non se ne era ancora accorta. Alle sei e otto, radio Sarner Welle trasmise il pezzo che Matthias Baumgartner trovava irresistibile. Alzò il volume e iniziò a canticchiare.

Poco prima dell'uscita per Campodazzo i cartelli dei lavori di messa in sicurezza dell'Isarco, spumeggiante sotto lo strapiombo che la 12 costeggiava, lo indussero a rallentare. Anche perché, come ripeteva Vanilla Ice, sulla strada c'era ghiaccio-ghiaccio-baby e il ghiaccio-ghiaccio-baby era una vera carogna.

Alle sei e dieci, superato il Zum Pfau, un ibrido fra una maxi bettola e una stazione di servizio, Matthias Baumgartner gettò uno sguardo alla piazzola alla sua destra, quella su cui sorgeva la vecchia casa cantoniera in disuso e sibilò, inorridito.

C'era un corpo sull'asfalto.

Matthias sterzò, scese dalla vettura e *Ice Ice Baby* assunse tutto un altro significato. La gola gli si restrinse. Puntini neri presero a vorticargli davanti agli occhi. Dovette appoggiarsi al cofano della macchina per riuscire a estrarre l'inalatore per l'asma.

Ice Ice Baby.

Frau Amplatz era in piedi già da un po'. Vedova sessantatreenne, viveva nel maso a poca distanza dalla casa cantoniera diroccata. Aveva raccolto le *cocchele* dal pollaio e le stava riponendo nelle scatole, attenta a non romperne nemmeno una.

Dalla casa cantoniera sulla statale 12 era facile raggiungere il suo maso, bastava scavalcare la barriera di ferro galvanizzato e raggiungere lo sterrato. Due o trecento metri e si arrivava alla sua porta.

Quando bussarono, Frau Amplatz aprì senza controllare. A quell'ora non poteva che essere il portalettere, Günther, che ogni tanto allungava il suo tragitto per un caffè e due chiacchiere.

Non era Günther.

Era un uomo con le mani sporche di sangue che, ansimando come se gli fosse andato di traverso un pezzo di pane, sussurrò: – Carabinieri.

La vedova corse al telefono e compose il 112. La voce all'altro capo della linea la prese alla sprovvista. Così, dopo qualche parola impacciata, Frau Amplatz passò la cornetta allo sconosciuto.

Ascoltò e si fece il segno della croce.

Pensò: io vi mando come pecore in mezzo ai lupi.

La camionetta era partita da Ponte Gardena alle sei e ventisette. I carabinieri a bordo, una recluta e un brigadiere, avevano accertato il decesso e fatto rapporto. Il comando aveva inviato un'ambulanza e avvertito la questura di Bolzano perché il brigadiere, che aveva collaborato alle indagini su Lorena Haller, aveva chiesto di poter comunicare con Krupp.

– È simile alla ragazza di via Renon, commissario.

– Quanto?

– Troppo.

Krupp aveva convocato Arianna, impartito i primi ordini, avvertito la procura, inviato un paio di agenti a interrogare Baumgartner, in ospedale a causa di un malore, ed era schizzato sulla Thema blu sentendo un disgustoso sapore di ferro in bocca.

Arrivò allo spiazzo lungo la statale 12 che erano le sette e dodici minuti. L'odore che arrivava dal bosco non era ancora quello del disgelo. Con l'alzarsi delle temperature la neve si sarebbe sciolta, saturando l'aria del tanfo acido della decomposizione che Krupp collegava sempre alla primavera. Per ora: gas di scarico e il sentore minerale che saliva dal fiume.

La prima cosa che Krupp pensò, avvicinandosi al corpo della ragazza sull'asfalto, fu: è giovane. Quanti anni poteva avere?

Difficile dirlo. Sembrava una bambina.

Come Lorena.

Pensò: c'è troppo poco sangue. La macchia attorno al cadavere non era abbastanza ampia. Non con quel taglio alla gola. Niente schizzi surali e radiali. Scena primaria e scena secondaria si sovrapponevano. La ragazza era stata uccisa in auto.

Come Lorena.

Il commissario allargò lo sguardo. Niente lampioni e niente illuminazione nemmeno lungo la statale, di notte la piazzola di sosta era avvolta dalle tenebre. Ebbe un déjà-vu: lui la porta qui, parcheggia, la uccide. Apre la portiera. La scarica.

Come Lorena.

In quel momento arrivò il furgone della Scientifica. I tecnici indossarono le tute anticontaminazione lanciando sguardi preoccupati intorno. Gli operai usavano lo spiazzo come deposito per attrezzature e materiali di scarto. In più, ovunque, c'erano bottiglie, siringhe, preservativi abbandonati.

Krupp tornò a disegnare cerchi attorno al cadavere.

La ragazza era minuta, non più di un metro e cinquanta, quarantacinque chili al massimo. Il braccio sinistro sotto la schiena, il destro in alto, la mano all'altezza del viso. Scarpe da tennis rosa, calzini di spugna bianchi, pantaloni e giubbino di jeans azzurro chiaro, una camicia dello stesso tessuto, ma di una tonalità più scura, sotto una felpa beige. *Lui* non aveva nemmeno fatto finta di essere interessato al sesso: gli abiti erano in ordine.

Oltre a quella alla gola, Krupp contò cinque coltellate. A giudicare dal sangue sui vestiti dovevano essercene altre nascoste, ma in assenza del dottor Simoni non poteva accertarsene.

Sotto lo squarcio alla gola c'era uno strano segno, simile alle tracce mostrate dalle vittime quando denunciavano lo scippo di una catenella.

Senza allentarne il nodo, Krupp infilò la cravatta nel taschino della camicia, si accovacciò e affrontò il viso della ragazza uccisa.

Carnagione scura, occhi grandi e neri, zigomi alti. Labbra sottili, leggermente piegate all'ingiù. Lineamenti affilati. I capelli, lunghi, corvini, erano raccolti in una coda chiusa da un fiocco.

Il fiocco era grande e rosso.

La smorfia sul volto della vittima raccontava di: orrore. Ma non era l'orrore a mettere i brividi. Era la rabbia. Gli occhi della ragazza uccisa fissavano il cielo sopra la statale 12 come fosse un affronto.

L'orologio di suo padre diceva: sette e quarantanove.

Krupp si allontanò e Arianna prese il suo posto davanti al cadavere.

Lopez, Ayrton Senna e Lombardi arrivarono alle otto e tre minuti. La notizia del ritrovamento doveva essere giunta alle orecchie di Levada.

Alle otto e dodici la sovrintendente capo Lici si sfilò gli occhiali: – Non credo sia una delle ragazze che abbiamo incontrato durante l'operazione Minotauro. La sua faccia non mi dice niente.

Krupp non ci aveva sperato. – Hai sentito la Mobile?

– Nessuna scomparsa nelle ultime quarantotto ore.

– Il Zum Pfau?

– Droga, prostituzione. Qualche furto.

Il *suo* terreno di caccia.

– Forse, – disse Arianna, – era un'autostoppista.

Lui è veloce, brutale, determinato e: ha un aspetto innocuo.

Era un'ipotesi sensata.

– Come pensi sia andata?
– È la fotocopia dell'omicidio Haller.
– Non sembra una tossicodipendente.
– Nemmeno Lorena lo sembrava.
– Lorena, – fece Krupp dopo un po', – era serena. Ti faceva sentire...
– A disagio. Sì. Anche lei, ma... in maniera diversa.
– Lo vedi anche tu?
– Arrabbiata, anzi, furiosa. Con l'assassino?
– Con noi, se non lo troviamo.

Ayrton Senna e Lombardi erano seduti sul guard-rail. Fumavano come nulla fosse.

Krupp li chiamò. – Andate al Zum Pfau, controllate se ci sono telecamere. Cercate gente con strani comportamenti nelle ultime ore, un uomo che ha attaccato bottone con una ragazza dai capelli scuri alta non più di un metro e cinquanta. Ha un fiocco rosso, vistoso, potrebbe essere rimasto impresso.

– Immagino, – borbottò Lombardi, – che far girare una Polaroid del cadavere sia fuori discussione.

– E non possiamo perquisirla perché Simoni si è svegliato con la luna storta, – aggiunse Ayrton Senna, inforcando un paio di Ray-Ban.

– Quindi, – terminò il viceispettore Lombardi grattandosi la pelata, – oltre a una generica ragazza con la faccia da futura vittima di omicidio e a un uomo con l'aria del maniaco che l'ha abbordata, ci sono altre domande che potrebbe suggerirci, commissario?

Lombardi e Ayrton Senna erano due stronzi, ma: avevano ragione. Per evitare di girare a vuoto dovevano conoscere l'identità del cadavere. Non c'erano borse o zaini nei paraggi, però, forse, la ragazza aveva dei documenti addosso e quindi, alle otto e quaranta, Krupp pensò: non è questione di pubbliche relazioni.

Convocò il responsabile della Scientifica e un fotografo in tuta bianca. Infilò i guanti in lattice, si sbarazzò della cravatta schiacciandola nella tasca dell'impermeabile e cominciò la perquisizione.

La ragazza era leggera. Ogni volta che Krupp la spostava aspettava che il tecnico scattasse un'istantanea. Controllò la giacca. Niente. Nei pantaloni trovò un gettone telefonico. Lo fece imbustare. Con delicatezza sollevò la felpa, ma anche le tasche della camicia erano vuote. Niente documenti, niente nome.

Alle nove e un minuto arrivò l'ennesimo nuovo pm.

Si chiamava Schneider.

– Crede sia il suo uomo?

Krupp tenne la risposta per sé. – Simoni?

Il pm sembrò in imbarazzo. Promise a Krupp che avrebbe fatto arrivare il patologo al più presto. Tornò a bordo di un'Audi 80 e partì in direzione di Bolzano. Non un'occhiata alla vittima.

Alle nove e sette arrivò il primo giornalista: Jo Serafini. Krupp non poteva mandarlo via, ma mise due divise a tenere fuori dai piedi lui e quelli che sarebbero seguiti. Nello stesso momento Arianna ordinò: – Procuratevi dei teli. Grandi. Coprite la ragazza, fatele da paravento. Niente foto in prima pagina.

Alle nove e diciotto minuti Krupp sentì la sovrintendente capo Lici imprecare. – Perché non convochiamo i carabinieri di zona? Se la ragazza è di queste parti potrebbero riconoscerla.

Krupp si maledisse per non averci pensato prima.

Alle dieci e un quarto, quattro ore dopo il ritrovamento del corpo, al radiomobile, il pm gli diede la notizia: il dottor Simoni era malato e il patologo di Trento, purtroppo, non era disponibile. Il pm stava provando con quelli di Verona, Brescia e Padova.

Alle dieci e trenta Ayrton Senna e Lombardi fecero rapporto. Niente telecamere al Zum Pfau. I due mastini avevano mostrato i denti, annotato qualche nominativo, ma nulla di promettente.

Alle undici e dieci, cinque ore dopo il ritrovamento del cadavere, il carabiniere alzò la testa e disse: – Si chiama Marlene Wieser.

– Ne è sicuro?

Avevano già avuto un paio di false identificazioni e Krupp non voleva illudersi.

– È lei.

– È una prostituta?

– Forse.

– Una tossica?

– Forse.

Il carabiniere lesse lo sconforto sul suo viso. – Ha dei precedenti per mendicità. Chiedeva monete ai clienti di una pizzeria a Collepietra e quando il proprietario le ha detto di smetterla ha dato in escandescenze. Un anno fa, circa. Me lo ricordo perché era molto giovane e non sembrava una che aveva bisogno di fare l'elemosina. Mi aveva fatto pena, capisce?

Il fascicolo arrivò alle dodici e dieci insieme alla station wagon della Mortuaria e al commissario capo Levada. Nella foto segnaletica Marlene Wieser era imbronciata. Un grosso cerchio dorato al lobo sinistro, i capelli sparati secondo la moda dark. Nel fascicolo c'era l'indirizzo, la vittima viveva con la famiglia.

Krupp lo mostrò ad Arianna. – Blinda la zona. Nessun contatto. Voglio essere il primo a parlarci.

Arianna scattò e Krupp raggiunse Levada che stava guardando il corpo di Marlene.

– Ho sentito il pm, – disse la *mano de Dios*. – Ho l'impressione che la situazione ti stia sfuggendo di mano. Hai visto il segno sul collo?

– Ho avuto sei ore per farlo.

– Una rapina andata male?

– L'ha portata qui, l'ha pugnalata, le ha tagliato la gola ed è scappato. Per una catenina. Lo trovo plausibile, commissario capo.

– Non ti starai facendo strane idee?

– Non posso permettermelo, – fece Krupp, inviperito, – perché ancora non ho il cazzo di referto del patologo.

Levada gli diede una pacca sulla spalla e tornò a Bolzano.

Krupp pensò: sei ore. Sei lunghissime ore che Marlene

Wieser, diciannove anni, mora, grandi occhi scuri, jeans e fiocco rosso, furiosa con il cielo, aveva dovuto passare sull'asfalto.

Come immondizia.

Il dottor Simoni arrivò alle dodici e trenta, gli occhi più rossi del solito, accompagnato dal pm Schneider. Indossava un cappotto di lana e una sciarpa. Ci mise una ventina di minuti per completare l'esame preliminare. Le divise che tenevano alto il paravento fissavano un punto imprecisato all'orizzonte.

Marlene non era un bello spettacolo.

– Conto quattordici coltellate di cui una alla gola, – sentenziò il patologo. – Scannamento.

Il pm Schneider si schiarì la gola. Simoni era al secondo Maalox. Il tic di Lopez andò su di giri e anche Krupp avvertì la ferocia di quella parola.

– Le ferite al torace sono state inferte in rapidissima successione. Lo stesso si può dire di quelle alla parte alta della schiena. Il primo colpo inferto è stato quello che ha determinato lo scannamento, fatale. Gli altri mentre già stava agonizzando.

– Ne è certo? – chiese Krupp.

Simoni teneva lo sguardo a terra. – Sì.

– Scena primaria e scena secondaria si sovrappongono?

– Lo sa.

Krupp indicò il segno sulla gola. – Questo?

– Sembrerebbe un tentativo di strangolamento effettuato con un cordino sottile. Cinque o forse sei millimetri di diametro.

– Levada, – si intromise Lopez, – ha ipotizzato potesse essere una catenella. Una specie di...

– Furto finito in tragedia? – rispose Simoni. – Bisognerà approfondire, ma non credo. La lama usata dall'assassino è lunga dieci o dodici centimetri. Più avanti potrò fornire dati più precisi, ma non è un serramanico. Si tratta di un pugnale a doppio filo.

– È stata, – cshiese Schneider, – violentata?

– Non è possibile determinarlo in questa sede, ma a giudicare dagli abiti posso sbilanciarmi nel dire di no. Non vedo tracce di iniezioni. In ogni caso effettueremo gli esami tossicologici.

Simoni estrasse un fazzoletto di stoffa dal cappotto e si deterse la fronte e il mento. Ingoiò una terza pillola e proseguì: – Come già affermato dal commissario Krupp, l'entità e la profondità delle ferite, l'assenza dei conseguenti schizzi radiali e surali *in loco* e la quantità e la qualità del liquido ematico negli schizzi di flusso suggeriscono che ci troviamo su una scena secondaria sovrapposta alla primaria, cioè l'auto dell'aggressore.

Fu Schneider a dirlo. – Si tratta dell'assassino di Lorena Haller?

– Oppure, – fu la risposta, – di una persona mossa dalla stessa volontà di morte.

– C'è altro, dottore?

Simoni scosse la testa. – Può dare ordine alla Mortuaria di portare via il corpo. Permette una parola in privato, commissario?

Krupp lo seguì fin sotto la casa cantoniera. Dall'edificio proveniva un odore rancido.

– La prossima volta, – disse il patologo, – non si prenda il disturbo di chiamarmi.

"La prossima volta" fu: un pugno in faccia.

– Non ci sarà, – rispose Krupp, – una prossima volta.

– Ha qualche indizio? Un identikit? Una targa? Un modello di auto?

– Non è un motivo per alzare bandiera bianca.

– Ho una figlia dell'età di queste ragazze. Non voglio più averci niente a che fare.

– Nemmeno questo lo è.

– Pura volontà di morte significa che non si fermerà mai, – ripeté Simoni, l'alito che sapeva di bile. – E finché non andrà così fuori di testa da fare una cazzata, lei, commissario, non avrà niente in mano per riuscire a prenderlo. E io, qui, di cazzate non ne ho viste. Perciò ci sarà una prossima volta, mi creda.

Simoni spostò lo sguardo da Krupp al bosco.

– Mi spiace.
– Ora probabile del decesso?
Simoni sussultò. Se ne era dimenticato.
– Fra le cinque e le sei.
Matthias Baumgartner aveva trovato Marlene alle sei e dieci con il sangue ancora abbastanza fresco da imbrattargli mani e abiti. L'orario era preciso perché il testimone ricordava la canzone alla radio e i carabinieri avevano contattato l'emittente per un riscontro: Vanilla Ice confermava che, per poco, Baumgartner non aveva incrociato l'assassino.

Krupp si congedò da Simoni e dal pm. Controllò che gli agenti della Mortuaria trattassero con la dovuta attenzione i resti di Marlene Wieser, diciannove anni, quattordici coltellate.

Che ci facevi in giro alle cinque del mattino, Marlene? Perché infastidisci i clienti delle pizzerie? Hai bisogno di soldi? Per cosa? Droga? Ti prostituisci ogni tanto? Hai iniziato da poco? L'hai incontrato così o hai solo mostrato il pollice e lui ti ha dato un passaggio? Dove stavi andando? Tornavi a casa?

Dove sei stata?

Con chi?

Con lui?

Infine: non avevi freddo vestita così leggera?

Marlene Wieser abitava a Colma, una piccola frazione lungo la statale 12 fra Campodazzo e Ponte Gardena. Uno dei tanti paesini della val d'Isarco che, tagliati fuori dall'espansione del turismo, si erano convertiti in centri artigianali.

Era una zona depressa e bastava poco per capirlo.

La casa della famiglia Wieser faceva parte di un complesso di abitazioni di edilizia agevolata. Fu una donna, giovane, ad aprire la porta. Dai documenti risultava che Marlene avesse una sorella, Adele, ventiquattro anni. Le due si somigliavano. Capelli scuri, carnagione olivastra, grandi occhi neri e stessa espressione dura.

Krupp e Arianna mostrarono il tesserino.

– Cosa ha combinato Marlene?
– Possiamo entrare?
Adele li condusse in cucina. Le tende erano abbassate. Su una mensola c'era il telefono. Accanto, una rosa in un vaso di vetro e la foto di un uomo dal viso affilato. Sulla cornice, un fiocco di velluto nero. Un tavolo con la cassapanca e sedie con dei cuori intagliati. Sulla panca una donna anziana cullava un neonato. Rughe e occhiaie scure raccontavano di una vita difficile.
– Lei è mia madre Elsa e, – disse Adele, – lei è mia figlia, Michaela. Mamma, loro sono…
– Polizia, – sussurrò Elsa.
Nessuno poteva insegnarti a riferire notizie come quella che Krupp stava per dare alla madre e alla sorella di Marlene. L'unico modo, aveva imparato, era non lasciare spazio alle interpretazioni.
– Sono il commissario Luther Krupp e questa è la sovrintendente capo Arianna Lici. Siamo spiacenti di comunicarvi che questa mattina Marlene è stata trovata uccisa.
La sorella di Marlene si sedette. – Dove?
– Lungo la statale 12.
Adele diede una manata al tavolo. – Uccisa.
La neonata, Michaela, scoppiò a piangere. Adele la prese dalle braccia della nonna. Ci mise poco a calmarla. Elsa si stringeva i gomiti.
– Chi? – gli occhi di Adele emanavano scintille.
Krupp pensò: un uomo forte, veloce e determinato.
Indicò una fotografia listata a lutto. – Suo padre è deceduto di recente?
– Si è impiccato, un anno fa, – fece Adele, infastidita. – Era un alcolizzato. Ha provato a uscirne, ha chiesto aiuto, ma era un debole. Se Marlene è morta è colpa sua. Gliele lasciava vincere tutte, così Marlene si metteva nei guai. E adesso, guarda.
Tutti avevano un modo diverso di esprimere il proprio dolore. C'era chi ammutoliva, chi minacciava di togliersi la vita, chi sveniva, chi pregava e chi aggrediva il messaggero di sventura.
Adele si aggrappava alla rabbia.

– Marlene aveva un lavoro?

La frequenza con cui Adele dondolava la neonata si fece un po' più rapida. – Faceva la barista. All'Arkadia, a Bressanone. Guadagnava bene, ma a mia sorella non bastava mai niente. Si è licenziata un anno fa. Voleva vedere New York, Parigi, Londra. Ha i poster in camera.

– Le dispiace se la mia collega va a dare un'occhiata?

Adele scrollò le spalle.

– Abbiamo il vostro permesso per prelevare eventuali oggetti personali che ci possano aiutare nelle indagini?

– Tanto, – fu la risposta, – a chi servono, ormai?

Le unghie di Elsa trovarono una scanalatura nel tavolo di legno e iniziarono a scavare.

Arianna chiamò una divisa. L'agente aveva già gli scatoloni pronti e il modulo che testimoniava che la famiglia Wieser accettava la perquisizione in assenza del permesso del magistrato.

Krupp rimase solo al cospetto di quella trinità al femminile che lo fissava in tre modi diversi: l'addolorata, l'innocente, l'irata.

– Marlene non aveva la patente, – disse.

– Usava l'autobus oppure faceva l'autostop.

– Sapete dove andava?

– Bressanone, Bolzano... – fu la risposta, vaga, – le piaceva divertirsi.

Krupp pensò: Marlene alza il pollice, lui la vede, accosta, lui ha la faccia di quello che non farebbe male a una mosca, Marlene si fida.

– Marlene aveva degli amici?

– Anche troppi.

Krupp allungò il taccuino. – Può segnare i nomi di quelli che ricorda?

Adele iniziò a scrivere. – Non è stato nessuno di loro.

– Marlene aveva un precedente, – disse Krupp, – per mendicità.

– Che vergogna, – sussurrò Elsa.

La voce di Adele si fece ancora più dura. – Era una drogata. Per questo i soldi non le bastavano mai.

– Eroina?

Elsa sgranò gli occhi. – Quella roba non entra in casa mia.

– Come fa a sapere che sua sorella era una tossicodipendente?

– Basta guardarli e lo capisci. Forse, – aggiunse, anticipando la domanda di Krupp, – andava con gli uomini per denaro. Come possiamo saperlo? Non è una cosa che racconti in famiglia.

Elsa lanciò un gemito. Michaela iniziò ad agitarsi, Adele sollevò il pullover, abbassò il reggiseno e l'avvicinò al capezzolo.

Krupp pensò: Marlene si prostituisce, lui la vede, lui ha la faccia di uno innocuo, uno che non crea problemi. E Marlene si fida.

– Quand'è l'ultima volta che l'avete vista?

– Vista, ieri sera alle sette. Sentita, alle tre di notte.

– Ha telefonato?

– Ha bussato.

– E a che ora è uscita di nuovo?

– Non abbiamo aperto. Marlene deve capire che ci sono delle regole. Che non può fare quello che vuole. Non è così che funziona il mondo.

Adele cercò di calmare il respiro.

Non ci riuscì.

– Mia sorella ha detto che andava a mangiare una pizza con gli amici. – Afferrò la penna e vergò una X accanto ad alcuni nomi. – Questi. Mamma è andata a dormire alle nove, io ho aspettato le dieci per l'ultima poppata. Alle tre ho sentito la voce di Marlene.

– Bussava, – sussurrò Elsa.

– *Imprecava*, – la corresse Adele. – Mamma voleva aprire perché ha il cuore tenero come papà, ma il dottore è stato categorico. Marlene deve imparare che esistono delle regole e che le regole si rispettano. Dopo dieci minuti si è stufata e ha smesso. Ho pensato che sarebbe andata a dormire in soffitta perché mamma lascia la porta aperta. Evidentemente non le andava bene nemmeno quello.

– Può dirmi il nome del dottore?

– Georg Falkenbach. È uno che aiuta tossici, teppisti, gentaglia così. Ha uno studio, ma non so dove. Era Marlene ad andarci, non io.

– È stato lui a suggerirvi di non aprire la porta?

– E di non darle le chiavi di casa, doveva meritarsele. Dimostrare di essere matura. L'unico modo per aiutare Marlene era farle capire che bisogna prendersi le proprie responsabilità. Con le buone o con le cattive. Non si torna a casa dopo mezzanotte. Se c'è un imprevisto bisogna telefonare e avvertire.

Krupp pensò al gettone trovato nei pantaloni della ragazza uccisa.

Arianna e l'agente avevano riempito gli scatoloni.

– Li riporterete? – chiese Elsa con un filo di voce.

– Così li possiamo buttare, – aggiunse Adele.

Elsa singhiozzò.

Adele restituì il taccuino a Krupp. – Questo è suo.

Era un congedo.

Krupp lo capì e si diresse verso l'uscita. – Ci rivedremo presto. Nel frattempo vi chiedo la cortesia di non parlare con la stampa.

Adele consegnò la neonata alla madre. – È un ordine?

– Un consiglio. Ci aiuterebbe a trovare l'assassino.

– Come per la puttana di Bolzano?

– Servirà qualcuno per il riconoscimento della salma.

– L'avete preso quello?

– Prima ci sarà il riconoscimento, prima potremo eseguire l'autopsia. Così potrete seppellirla.

– Quel porco ha ucciso mia sorella perché Marlene era una puttana?

Krupp si piantò le unghie nel palmo della mano. – Al momento non possiamo saperlo.

Adele gli sbatté la porta in faccia.

Elsa strillò.

Michaela strillò.

Adele lanciò un urlo terribile.

La trinità stava dando sfogo a tre diverse declinazioni del dolore.

21 marzo 1992, sabato
– pomeriggio –

Jo non era un fan del codice della strada e la Renault 5 non era una Ferrari. Arrivato allo spiazzo lungo la statale 12, il capocronista non aveva segnalato la svolta e a Milla era toccato proseguire fino a Campodazzo per fare inversione e tornare indietro. Aveva raggiunto la scena del crimine che già tre o quattro auto della concorrenza erano affiancate alla Golf GTD di Jo.

Il capocronista gli aveva ordinato di fotografare il cadavere e Milla aveva benedetto il paravento improvvisato degli sbirri. Grazie a un refolo di vento era riuscito soltanto a inquadrare un paio di scarpe da ginnastica rosa, jeans, capelli scuri e *no Nana sola*, ma aveva fatto finta di aver perso l'attimo. Jo, forse, ci era cascato sul serio, poi con un sorriso sghembo gli aveva indicato Krupp che si aggirava come un animale in gabbia: – Anche a te ricorda quel coyote dei cartoni animati?

Alle nove e mezza, quando era iniziata la processione dei carabinieri, il capocronista l'aveva fatto sedere al posto di guida della Renault 5 e si era accomodato su quello del passeggero.

– Lei.

L'agente indicata da Jo indossava un giubbino color mattone. Occhiali da sole e capelli ramati raccolti in una coda. Il colore dei capelli non doveva essere il suo, c'era una vistosa ricrescita scura.

Milla la riconobbe dalle immagini in tv. – Sovrintendente capo Lici?

– Quando i morti di sonno in divisa capiranno chi è la ragazza uccisa, sarà lei a partire per prima. Ci scommetto la testa. Tu la segui, le fai fare il suo lavoro, aspetti che arrivi Krupp, lo lasci...

Mettici cuore, campione.

– Non mi è riuscito con Marion Haller, figurati se...

Jo aveva aperto il portafogli e fatto apparire Excalibur. Il logo della "Voce delle Alpi". La dicitura, al centro: "Cronaca nera & giudiziaria".

E: il suo nome.

– Voglio foto e intervista. Il tesserino è un prestito, non farmene pentire. – Jo aveva aggiunto due banconote da cinquantamila. – Queste perché non si sa mai, ma se fai il furbo me ne accorgo.

– So che domani intitoleremo...

– *Jack è tornato.*

– ...Ma tu pensi che sia davvero lo stesso tizio?

Jo non aveva risposto.

La sovrintendente capo Lici era partita a bordo di un'Alfa 75 attorno a mezzogiorno. Dopo pochi chilometri Milla si era reso conto di averne perso le tracce e di avere il serbatoio vuoto. Per fortuna, a un distributore, aveva sentito parlare del trambusto a Colma e si era fatto indicare la strada più rapida per arrivarci. Aveva lasciato la Renault 5 fuori dal paese, raggiungendolo a piedi e osservando carabinieri e sbirri respingere i colleghi della concorrenza. Ne aveva preso nota perché era un'ottima scusa. Alle tredici e quarantadue, aveva visto i giornalisti sciamare verso Bolzano. Era stato il commissario a mandarli via o era successo qualcosa? Ci pensò finché non vide la Thema blu di Krupp filare in direzione sud a tutta velocità.

Alle quattordici e ventitré, bussò alla porta dei Wieser.

Il motivo della scomparsa dei giornalisti Krupp lo scoprì dalla radio, una volta in macchina: una retata in grande stile nella bidonville lungo l'Isarco, nei pressi di ponte Roma. I bolzanini chiamavano quel posto: Calcutta. Dai microfoni dei corrispondenti si sentiva il rombo di un elicottero a bassa quota.

Quel blitz a poche ore dal ritrovamento del cadavere di Marlene era un messaggio. La *mano de Dios* mostrava all'opinione pubblica di essere pronto a punire chi turbava il sonno della cittadinanza e indicava un capro espiatorio contro cui scagliarsi. La baraccopoli di ponte Roma era abitata da clandestini: stagionali impiegati nell'agricoltura, ma anche spacciatori, topi d'appartamento, ladri d'auto, borseggiatori.

Il servizio alla radio proseguì con un'intervista alla *mano de Dios* in persona. – Ci sono legami con la ragazza uccisa lungo la statale 12?

– Probabilmente no.

– È vero che le indagini sono state affidate al commissario Krupp?

– È uno dei nostri uomini migliori.

– Significa che quest'ultimo omicidio è legato a quello di Lorena Haller?

– È solo un'ipotesi fra tante.

Krupp colpì il volante con un pugno e diede gas.

Arrivò a spettacolo finito.

Lopez, accanto alle transenne, gongolava. I mastini stringevano i manganelli e trascinavano nel fango gli scudi in policarbonato. Alcuni portavano soltanto la pettorina con la scritta POLIZIA, altri indossavano la tenuta antisommossa, i caschi agganciati in vita come i trofei di una tribù di cacciatori di teste.

– Dov'è Levada?

– Le faccio strada, commissario, – disse Lopez, – vuole i dettagli?

– No.

Faccia da ratto ghignò. – Abbiamo sequestrato coltelli, pugnali, tre pistole e un fucile a canne mozze. E un bel po' di droga. Eroina… – Le roulotte erano spalancate, le baracche, costruite con vecchie lamiere di Eternit, non avevano porte o erano state divelte. – …Cocaina pronta per lo spaccio al dettaglio… – Lombardi teneva d'occhio i fermati e da come stringeva lo sfollagente stava sperando che qualcuno facesse una cazzata. – ...Naturalmente erba, hashish... – Ayrton Senna stava fumando insieme all'assistente capo Bellini. – ...Tutte le macchine che vede risultano rubate, come la metà delle roulotte.

Krupp accelerò il passo. Calcutta non finiva *mai*.

Finalmente: Levada. Circondato da cronisti e fotografi sorridenti.

– Possiamo parlare in privato, commissario capo?

Gli scribacchini sparirono. Lopez: no.

– A cosa serve questa messinscena?

Faccia da ratto sospirò. – Armi. Droga. Refurtiva.

– Era prevista da tempo, – fece Levada. – Operazione congiunta con la Narcotici.

– Deve essermi sfuggita l'informativa.

– Ultimamente, – lo punzecchiò Lopez, – le sfuggono un sacco di cose.

Levada si sfregò i baffi. – Sai come sono quelli della Narcotici.

– No, – rispose Krupp, – non ho il piacere. Sono mesi che aspetto i loro rapporti.

– Vuoi che faccia un paio di telefonate per te?

– Questo blitz non farà altro che incasinare le indagini.

– Perché? Hai qualche pista?

– Vuole il caso, – attaccò di rimando Krupp, – commissario capo?

Levada sembrò addolorato. Era incredibile come l'aspetto da buon padre di famiglia riuscisse a nascondere la sua reale natura.

– Hai tutta la mia fiducia. E non è nemmeno detto che le due ragazze siano vittime dello stesso assassino.

– È lui.

– Simoni è d'accordo?

– Simoni... – Krupp si aggiustò gli occhiali. – Sì, è d'accordo.

– Ti è toccata una brutta rogna, ragazzo.

Il sapore di ferro in bocca non se ne voleva andare.

Adele Wieser sibilò: – La polizia ha detto di non parlare con voi.

E gli sbatté la porta in faccia.

Milla ne fu sollevato. Aveva fatto il suo dovere e poteva tornare in redazione. E: non si era trovato di fronte a un'altra Marion Haller.

Scese una rampa di scale e fu quasi investito da una donna in tuta, che sbucò da uno degli appartamenti con un neonato fra le braccia.

– Sa cos'è successo? – chiese.

– Hanno ucciso Marlene. Marlene Wieser.

La donna si fece il segno della croce. – Lei chi è?

– "Voce delle Alpi." La conosceva?

– Mi spiace dirlo, ma c'era da aspettarselo. Andava sempre in giro di notte. Le piacevano i ragazzi.

Milla gelò.

Pensò: c'era da aspettarselo.

Pensò: le piacevano i ragazzi.

– Ne ha conosciuto qualcuno?

– Elsa non le avrebbe mai permesso di portarli in casa. Adele è una che si crede chissà chi, ma Elsa è una brava donna. Dopo la morte di Michael non esce più, ha dovuto... – La donna vide l'espressione confusa sul viso di Milla e spiegò: – Si è impiccato.

– Il padre di Marlene?

La donna passò il neonato da un braccio all'altro. – E Adele. Il marito di Elsa. Che donna sfortunata.

– Marlene...

– Marlene l'ho sentita ieri alle tre di notte. Strillava e batteva sulla porta come dovesse...

Un rumore la interruppe: il suono di un chiavistello seguito dalla voce di Adele Wieser che cantava una ninna nanna. La donna in tuta da ginnastica sparì: le apparenze prima di tutto.

Milla udì l'ascensore salire al piano, tornare ad attivarsi e raggiungere il piano terra. Si sporse dalla tromba delle scale e vide la sorella di Marlene prendere l'uscita spingendo una carrozzina.

Pensò: *dopo la morte di Michael, Elsa non esce più.*

Provò l'impulso di scappare. Non lo fece perché immaginò di aprire il giornale, di vedere la foto del cadavere della ragazza dei fiori che odiava la *Rosa Banskiae Lutea*, la rosa senza spine, sull'asfalto, in mezzo ai rifiuti, nascosta da due poliziotti che reggevano un telo e leggere: "C'era da aspettarselo".

Salì le scale.

Bussò.

La madre di Marlene gli ricordò Roby il pazzo. Roby il pazzo abitava a un paio di civici dalla palazzina in cui Milla era cresciuto. Roby il pazzo custodiva nello zainetto un vero e proprio kit di tortura che usava per cacciare lucertole, salamandre e, quando gli riusciva, topi e persino gatti randagi. Passava pomeriggi interi a infliggere dolore e non capiva perché gli altri bambini del circondario evitassero la sua compagnia.

Il volto di Elsa Wieser si contorceva come uno di quegli animaletti.

– Mi chiamo Alex Milla, vorrei parlarle di...

– Il commissario…

– Non voglio intralciare il lavoro della polizia. Voglio scrivere di Marlene. In maniera sincera.

– Perché dovrebbe scrivere delle… – la voce di Elsa Wieser si spezzò, – cattiverie?

Milla pensò: c'era da aspettarselo.

Pensò: le piacevano i ragazzi.

Andava sempre in giro di notte.

– Perché voglio che i lettori capiscano chi era davvero sua figlia.

– La mia bambina.

A Milla sarebbe bastata questa risposta.

A Jo: no.

Entrando, Milla sentì le lacrime pizzicargli gli occhi. Invece aprì la borsa della Nikon.

– Marlene abitava qui?

– Certo.

– Posso fotografare la sua, – *mettici cuore, campione*, – stanza?

Un piccolo letto addossato alla parete. Una trapunta a

quadrettoni. Un comodino. Un souvenir a forma di conchiglia. Pupazzi. Una foto della vittima: quando sorrideva era irresistibile.

– Marlene è, – disse Elsa Wieser, – speciale. Una madre lo capisce subito. Adele era forte, quando è nata ho detto al mio Michael, questa ragazza sa già quello che deve sapere. Marlene invece era…

– Fragile?

Elsa si avvicinò al letto. Milla provò: nausea, gelo, dolore.

La Nikon scattò.

– Marlene cambia umore di continuo. Come Michael. Anche lui era così. Ma erano tutti e due dolci. Avrebbero fatto qualsiasi cosa per aiutare chi era in difficoltà, però erano pezzi di vetro. Si rompevano e… – La donna tese le braccia verso di lui, come una bambina. – Ho bisogno di un po' d'acqua, può…

Elsa Wieser non era Marion Haller.

Era: peggio.

– Certo.

In qualche modo raggiunsero la cucina. La signora Wieser si appoggiò al lavello, aprendo il rubinetto. Milla scattò una foto a un'istantanea che ritraeva la famiglia al completo. Mancava la neonata, ma c'era Michael. Aveva gli stessi occhi di Marlene.

Scuri, profondi.

– Signora? – Milla aveva la voce rotta.

Elsa lo guardò.

– Mi spiace, – mormorò Milla.

– Sei un bravo ragazzo, Alex? – Un sorriso, tenero, sul viso della donna. – Forse, se Marlene avesse incontrato…

Milla pensò: no.

Pensò: non di nuovo.

I fatti, campione. Voglio i fatti.

Gracchiò: – Qualcuno ha sentito Marlene gridare, questa notte. Bussava e gridava.

– Il dottore ci ha detto di non aprire. Marlene deve imparare che esistono delle regole. Così non le abbiamo aperto perché…

Elsa Wieser sgranò gli occhi. – Ho ucciso io la mia bambina?

Milla vide: Iris a terra, con Roby il pazzo che la trafiggeva con un bastoncino acuminato urlando *"C'era da aspettarselo, questo è quello che succede alle ragazze che vanno in giro di notte..."*

Il telefono fece sobbalzare entrambi.

Elsa si asciugò il viso con il grembiule e alzò la cornetta. L'istinto prese il sopravvento. La Nikon scattò: una madre alle prese con ciò che succedeva quando i poliziotti se ne andavano e restavano ricordi felici diventati terribili, voci di paese rapide come epidemie, telefonate che cercavano di attutire ciò che era impossibile guarire. E sensi di colpa come ergastoli.

Ho ucciso io la mia bambina?

Elsa al telefono diceva: grazie. Diceva: un dolore che. Diceva: sì. Diceva: una brava ragazza. Con la mano libera accarezzava una rosa in un vaso di vetro. Diceva: la polizia. Diceva: non.

Le dita della donna trovarono le spine, Elsa Wieser si punse, ma dopo la smorfia di dolore, Milla vide comparire sul suo viso qualcosa di inaspettato: sollievo. E, all'improvviso, capì perché Iris odiasse la *Rosa Banskiae Lutea.* Fu questo a farlo crollare.

Pensò: esci di qui.

Esci di qui o inizierai a gridare.

Arianna si sedette al posto di Levada e le occhiate dei mastini le ricordarono il suo primo caso, due tossici che chiudevano nell'armadio il figlio di otto anni e lo lasciavano lì per ore a strillare. Non aveva dimenticato la reazione del bambino quando l'avevano liberato: Kevin si era avventato sulle agenti come una furia. I mastini facevano lo stesso. Difendevano l'armadio in cui Levada li aveva imprigionati perché non conoscevano che quello. Si chiese quanti se ne rendessero conto e cosa sarebbe successo quando l'avessero fatto.

Se l'avessero fatto. Lei ci aveva messo anni a...

Pensò: vaffanculo.

– Marlene Wieser, diciannove anni, quattordici coltellate. Ritrovata alle sei di questa mattina lungo la statale 12, l'area di sosta fra il Zum Pfau e l'uscita per Campodazzo. Il dottor Simoni...

Risate: tutti sapevano delle ore perse ad aspettare il patologo.

Arianna pensò: è comodo l'armadio?

– Oltre alle ferite da arma bianca, di cui una alla gola, Simoni ha rinvenuto tracce di un tentativo di strangolamento effettuato con un cordino dal diametro di 5 o 6 millimetri. Tuttavia la causa di morte è dovuta alle ferite multiple inflitte da un coltello a doppio filo con lama di dieci o dodici centimetri.

– È una puttana anche questa, sovrintendente capo?

A parlare era stato l'assistente Masi, una nullità sempre in cerca di approvazione da parte della cucciolata della *mano de Dios*.

– Assistente Masi, so che lei non è abituato a lavorare in un'unità investigativa e che questo le provoca un'erezione, ma se quelli sono venti centimetri la sottoscritta è Marilyn Monroe. Perciò, d'ora in poi, la prego di usare un linguaggio più consono.

Masi si fece porpora.

Ayrton Senna mimò un applauso.

– La Wieser non aveva precedenti per adescamento. Faremo girare la foto, ma in assenza di riscontri teniamo aperte tutte le piste. La sorella della vittima ha fornito una lista di conoscenti. Controlliamoli. Torniamo anche sugli individui interrogati per l'omicidio Haller i cui alibi zoppicavano.

I mastini rumoreggiarono.

– Sappiamo che Marlene Wieser era abituata a girare di notte e che scendeva a Bolzano per divertirsi. Pare che usasse muoversi tramite autostop. La famiglia si dice convinta che la vittima si drogasse. Simoni non ha rinvenuto tracce di uso di eroina e quindi bisogna aspettare gli esami tossicologici, ma non possiamo prendere alla leggera questo tipo di informazione. Dobbiamo capire da chi si riforniva, ammesso che...

– Perché non lo chiediamo alla Narcotici? – bofonchiò Lombardi.

Certo, pensò Arianna, hanno collaborato così volentieri l'ultima volta. – Lo faremo, ma muoviamoci per conto nostro. La vittima era seguita da un esperto di devianze giovanili, tale dottor Georg Falkenbach. Alle diciannove di ieri Marlene Wieser era a cena con alcuni amici che stiamo cercando di ritracciare, alle tre ha bussato alla porta di casa. I famigliari non le hanno aperto, come suggerito dal dottor Falkenbach.

I mastini scossero la testa: strizzacervelli del cazzo.

Tra fumo di sigaretta e riscaldamento troppo alto nella sala briefing si soffocava.

– Dobbiamo capire cosa ha fatto la vittima fra le tre e le sei del mattino, ora del decesso. Vi comunico inoltre che il commissario Krupp ha ripristinato il servizio di auto civetta ventiquattro ore su...

– Qui c'è scritto che la ragazza è di Colma, – fece un mastino che indossava un gilet di pelle.

– Arrivi al dunque, viceispettore Calvi.

Il viceispettore Stefano Calvi era uno dei mastini della prima ora, a un passo dalla pensione. Si divideva fra l'Immigrazione e l'Anticrimine. Era stato Lopez a volerlo nella task force.

– Perché dobbiamo ricominciare con i pattugliamenti? Colma non è roba nostra.

Fu Ayrton Senna a rispondere, con malcelato fastidio. – Quello spiazzo è praticamente dentro i confini comunali. Il luogo in cui abbiamo trovato Lorena Haller dista otto chilometri da quello della Wieser. Meno di un quarto d'ora d'auto.

– E allora?

– Bolzano è il suo terreno di caccia, idiota.

– "Suo" di chi? – ribatté Calvi, bellicoso.

– I due delitti, – disse Arianna, – sono collegati.

– Cristo, – esclamò a voce alta Lombardi esternando il

timore su cui tutti discutevano da mesi, – questo stronzo è un serial killer?

La risposta di Arianna fu: – Non è un omicidio come gli altri.

Mastini e divise si incupirono. Di donne accoltellate ce n'erano state parecchie a Bolzano, ma ogni volta Levada aveva avuto nel mirino ex mariti, vicini di casa fuori di testa, clienti maneschi. Alle volte li riusciva a incastrare, alle volte no. Però un conto è un uxoricidio o un litigio finito male, un altro un maniaco seriale.

Arrestare un serial killer era come andare a caccia di un unicorno. Non esistevano manuali da studiare, unità specializzate a cui scaricare l'indagine. I colleghi toscani ci avevano messo diciassette anni per catturare il cosiddetto Mostro di Firenze e non tutti erano convinti che avessero preso il vero responsabile. Marco Furlan e Wolfgang Abel, che si firmavano Ludwig, avevano ucciso ventotto persone fra il 1977 e il 1984, mescolando terrorismo neonazista a dinamiche da serial killer: sette anni a caccia di fantasmi. Per non parlare di Roberto Succo o di Giancarlo Giudice, il camionista di Torino. Tutte queste storie avevano un unico comune denominatore: gli sbirri ne uscivano sempre con le ossa rotte.

– La Scientifica? – chiese Ayrton Senna.

– Non si sbilancia. Sappiamo solo che, come per Lorena Haller, anche Marlene Wieser è stata freddata in auto.

– L'operazione Minotauro?

– Ripristinata per ordini superiori.

La battuta di Calvi uscì fiacca. – Pronta la minigonna, sovrintendente capo?

Nessuno reagì.

Arianna lo lesse negli occhi di tutti i presenti: la squadra che *non* aveva preso l'assassino di Lorena Haller era già pronta a *non* prendere nemmeno l'assassino di Marlene Wieser.

Senza rendersene conto, chiuse la sessione come faceva Krupp.

– Buon lavoro, signori.

Sandro Resch era il proprietario dell'Arkadia, il pub in cui Marlene aveva lavorato fino a un anno prima dell'omicidio. Cravatta country in tono con la camicia, cinquantadue anni, occhiali da lettura. La sua stazza riempiva la sala colloqui numero due.

– Da quanto la conosceva?

– Un giorno, si presenta questa ragazzina con i capelli sparati, una specie di punk pelle e ossa e mi dice che è stufa di servire birra nelle bettole di Colma. Era il dicembre del 1988. Mi piacque subito.

Resch si ricordò il motivo per cui si trovava in questura e il sorriso svanì.

– Marlene ha lavorato nel suo locale per tre anni, è corretto? – chiese Krupp.

– Poco più di due anni. I primi tempi sono filati lisci. Poi ha iniziato a sparire. Una settimana, dieci giorni. Durante l'ultimo periodo era diventata più…

– Inaffidabile?

– Inquieta.

– Però non l'ha cacciata. È stata Marlene a licenziarsi.

– Nel febbraio del '91, sì.

– Le spiegò il motivo?

Resch scrollò le spalle. – Era fatta così.

– Ha mai incontrato Adele o il resto della famiglia Wieser?

– I genitori non li ho mai visti. Sua sorella, Adele, un paio di volte. Quelle due erano troppo diverse per poter essere amiche, ma si vedeva che si volevano bene. Capisce cosa intendo?

– Temo di no.

Resch giocherellò con la cordicella con cui teneva appesi gli occhiali da lettura. – Io ho tre fratelli. È naturale essere protettivi quando, come me o Adele, sei il maggiore. Ed è naturale anche una certa competizione, capisce? Ma si volevano bene.

Krupp pensò a Karli. L'aveva mai difeso dalle ire di loro padre? Desiderò averlo fatto più spesso. Però non era mai stato in competizione con lui. Si chiese se lo stesso valesse per Karli. Suo fratello era un enigma come probabilmente lui lo era per Karli. Da questo punto di vista Andreas Krupp era riuscito nell'intento.

Luther e Karli erano due estranei.

– Marlene aveva un fidanzato?

– Ragazzi che le ronzavano attorno ce n'erano, ma niente di importante.

– Ricorda qualche cliente che le faceva il filo? Magari qualcuno che si era spinto un po' oltre e di cui si era lamentata?

Il proprietario dell'Arkadia reagì come se Krupp l'avesse insultato. – Quello che prova ad allungare le mani c'è sempre, ma le posso assicurare che non è mai accaduto due volte. Mai.

– Che tipo di persona era Marlene?

– Complessa. Sembrava una piantagrane piena di sé, ma non era così. Era timida, soprattutto quando cercava di mostrare i suoi sentimenti.

– Le ha mai parlato del suicidio del padre?

Resch si tormentò i baffi. – Disse che era stato un egoista.

– Era arrabbiata?

– Marlene era nata arrabbiata.

La telecamera ronzava, gelida come la domanda che Krupp dovette porre. – Le ha mai dato l'impressione di essere stata vittima di abusi?

– Suo padre era solo un disgraziato. Non penso abbia mai alzato le mani su Marlene, su Adele o sulla moglie. E anche se la morte di suo padre l'aveva ferita, Marlene aveva iniziato già da un po' di tempo a comportarsi in maniera, diciamo, *eccessiva*.

Strana scelta di parole.

– Mi faccia un esempio, la prego.

– Alle volte beveva troppo e restava a dormire all'Arkadia. Ho un divanetto sul retro, si metteva lì. Non sto dicendo che della morte del padre se ne fregasse, dico solo che il suicidio ha, in qualche modo…

– Peggiorato la situazione?

Un cenno affermativo.

– Secondo Adele, – disse Krupp, – Marlene faceva uso di sostanze.

Gli occhi di Resch si fecero liquidi, pieni di dolore. – Non lo so.

– Si prostituiva?

– Pensate lo facesse?

– È un'ipotesi sollevata da Adele.

Il proprietario dell'Arkadia tacque.

– Quand'è stata l'ultima volta che l'ha vista?

– Una settimana fa. Ogni tanto veniva a trovarci. Mi parlò di un'offerta di lavoro a Bolzano, ma Marlene non era una brava bugiarda.

– Sapeva della denuncia per mendicità?

Resch abbassò la voce. – L'ho vista. Proprio all'Arkadia. Chiedeva monete ai clienti, con la scusa che le servivano per telefonare. Le dissi che se aveva bisogno di soldi le avrei restituito il lavoro.

Krupp pensò: se non le hai dato soldi è perché sospettavi che si facesse.

Resch si portò le mani al viso.

– Quando… – mormorò, – quando Marlene credeva che nessuno la vedesse svuotava i bicchieri che rimanevano sui tavolini. Era fragile quella ragazza. Troppo, per questo mondo di merda.

Rizzi fu un lampo. Entrò nella camera oscura e Milla non fece in tempo ad alzarsi. – Non è un'idea furba farsi vedere così, Scoop. Hai decisamente la faccia di uno che ha vomitato. Hai vomitato?

Milla era rannicchiato contro il termosifone. Si passò il maglione sul viso, cercando di cancellare le lacrime. – Dicono aiuti.

Rizzi appoggiò un rullino accanto alla vaschetta degli acidi. Aveva mani come uncini.

– Butta male per l'H.C.B.

Milla si sollevò a fatica. – Butta male un po' per tutti.

Il vecchio reporter guardò le foto appese ad asciugare.

Indicò quella di Elsa Wieser al telefono. – È bella.

– Dovrei strapparla.

– Vai a controllare l'etimologia del termine "mostro". Significa sia bello che terribile. Alle volte le due cose vanno a braccetto. Sai che lavoravo alla nera? Sono stato io a insegnare il mestiere a Jo. – Una risata catarrosa. – Era un ragazzetto che si sparava le pose come Jack Nicholson in *Chinatown*. L'hai visto?

– No.

– Nicholson fa l'investigatore. Metà del film lo passa con una fasciatura enorme sul naso. Una storia di appalti, tradimenti e schifezze come piacciono al nostro comune amico.

– A te no?

– Sono passato alla sportiva, Scoop.

– Chiamavi anche lui così?

– Lui era e sempre sarà: Jo. Quando ha imparato a volare gli ho lasciato il posto. La sportiva ti fa soffrire, ma non in quella maniera.

– Non lo sopporto. Non sopporto come Jo tratta le notizie. Questi omicidi. Cosa c'è di sbagliato nel raccontare la verità?

– E qual è la verità, Scoop? Tu lo sai?

– So che domani Jo intitolerà "Prostituta uccisa".

– Non lo era?

Dopo l'incontro con Elsa Wieser, Milla si era trattenuto a Colma e aveva ascoltato parecchie storie su Marlene. Soprattutto: insinuazioni.

Non rispose e Rizzi annuì. – Ti piace l'hockey?

– Il giusto, credo.

– La verità è un tre a zero, mi segui? Sconfitta secca e per di più in casa. Però, alla fine del terzo *drittel*, i tifosi si mettono ad applaudire. Non fischiano, non insultano. *Standing ovation*. Come la scriveresti?

Ecco da chi aveva imparato Jo.

– Direi che la squadra ha giocato bene.

– Allora ti chiedo: è davvero una sconfitta?

– Tu stai parlando di punti di vista, di opinioni, ma quelle ragazze sono state uccise. Sono morte.

– È un fatto.

– Scrivere che Lorena Haller è stata uccisa perché aveva l'Aids...

– Voci di strada dicono che, – lo corresse Rizzi.

– È comunque una balla.

Alla luce rossa della camera oscura il viso del vecchio reporter era quello di un grosso rettile. Un'iguana, o una tartaruga. Occhi di chi ha visto troppo e non vede l'ora che arrivi il prossimo asteroide per levare le tende. Anche Milla si sentiva così.

Pensava: *Rosa Banskiae Lutea.*

Rizzi prese la foto della madre di Marlene fra le dita, con delicatezza. – A Jo dissi che doveva farsela scivolare di dosso. La verità è che impari solo a conviverci. E anche se in questo momento vorresti mollare tutto, lascia che ti dica una cosa: non farlo. Jo è bravo. Migliore di come ero io quando l'ufficio della nera era mio. Puoi imparare molto da lui e fare un bel po' di strada.

– E se non volessi?

– Odio doverlo dire in questo modo perché mi fa sembrare Matusalemme, ma un giorno capirai che c'è parecchia verità in un condizionale che sputa sul cadavere di una ragazza assassinata. Solo che non il genere di verità che credi di volere.

– Non esistono tante verità, ne esiste una sola. I fatti, sono i fatti a...

Rizzi lo interruppe.

Un sorriso tenero sul viso da mummia.

– La verità, Scoop, è che una storia racconta di chi ne è protagonista, di chi la scrive ma, soprattutto, di chi la legge.

Alexander Auer, diciannove anni, non reggeva lo sguardo della sovrintendente capo Lici. Un misto fra sofferenza, timidezza e shock.

– Qualcuno ha detto che Marlene ultimamente sembrava disperata.

– Non era d-disperata. Era triste. E arrabbiata.

– La morte di suo padre deve essere stata dura da digerire.

– Quella, sì, è stata una bella botta. Ma Marlene era arrabbiata già da prima. Era il suo carattere. P-però era anche molto dolce.

– Si drogava?

– Solo alcol. E pillole. Diceva che erano vitamine, ma una volta ho letto l'etichetta. Prozac. Era fatta a mano, non quelle della farmacia. Mi sono p-preoccupato, ma lei ha detto che non dovevo pensarci.

Era un'informazione interessante. Il mercato degli psicofarmaci illegali era grande, ma non come quello dell'eroina.

– Sai dove se le procurava?

– A Bolzano. Certa gente, non lo so.

– Ci veniva spesso?

– Abbastanza.

– In autostop?

– O in autobus. Ma se p-poteva risparmiare…

– Dopo la pizzeria dove siete andati?

– In discoteca. A Collepietra. Nessuno aveva voglia di ballare, solo Marlene, ma era da tanto che non la vedevamo così allegra, e c-così...

– Era fatta?

– Era la Marlene dei vecchi tempi.

A diciannove anni nessuno doveva parlare di "vecchi tempi".

– Verso mezzanotte, – proseguì Alexander, – ha detto che aveva un appuntamento. Ci chiese di aspettarla. Non so con chi, non so d-dove, ma ci ha messo poco. Mezz'ora, quaranta minuti.

Questo spiegava perché Marlene aveva tirato fuori quell'improvvisa voglia di ballare. In realtà, pensò la sovrintendente capo Lici, aveva usato gli amici per ottenere un passaggio. Bisognava scoprire con chi si era incontrata. E perché.

– Quando è tornata era ancora allegra?

– Più come si fosse tolta un peso. Ha b-bevuto, ma senza esagerare.

Alexander stava per dire: come al solito.

– A che ora ve ne siete andati?

– Due e un quarto. L'ho accompagnata a Colma. Marlene non voleva, ma ho insistito.

– Perché non voleva?

– Avrei allungato la strada. Non abito più in paese, vivo a Bressanone. Marlene voleva fare l'autostop, ma non mi è mai piaciuto che lo facesse. È... – Alexander si bloccò, – p-pericoloso.

– L'hai accompagnata sotto casa?

– No, non voleva che Adele sentisse la macchina e si svegliasse. Per via della bambina.

Forse il ragazzo ci credeva, a diciannove anni si crede a tutto, soprattutto se, come lui, si era innamorati. Era evidente: Alexander Auer era innamorato di Marlene e forse era stato proprio questo ad averla spinta a raccontargli quella menzogna. Marlene sapeva che sua sorella non le avrebbe aperto la porta e voleva risparmiare all'amico la scenata che ne sarebbe seguita. E non voleva nemmeno che il ragazzo la invitasse a passare la notte a casa sua, cosa che avrebbe di certo fatto. Non per paura di essere aggredita, lui sarebbe stato capace di dormire in macchina e cederle l'appartamento, ma perché sapeva che se Alexander avesse tentato qualche approccio, la loro amicizia sarebbe andata in frantumi.

Era sveglia, Marlene.

Arrabbiata, dolce, incasinata Marlene.

– Non vergognarti, – fece Arianna.

Finalmente Alexander Auer trovò il coraggio di guardarla in faccia.

– Di c-cosa?

– Di piangere.

– Pensi l'avesse provata?

– Un buco tanto per sentire com'è? Possibile.

– Ma niente scimmia.

Krupp scosse la testa. – Non ancora, almeno.

– Il Prozac è una buona pista. Chiediamo al pm di fare pressioni sulla Narcotici.

– Usano la scusa delle indagini riservate. Dalla Buoncostume ci sono novità?

– Indovina?

Krupp sospirò.

– L'alcol rende più disinibiti, – disse, – qualcuno diventa aggressivo, altri si rilassano. Pensi sia il caso di Marlene?

– Arrabbiata, inquieta. Lo dicono tutti. È plausibile che lo usasse per allentare la tensione.

– Falkenbach?

– Ai servizi sociali non risulta. Non ha uno studio o, se lo ha, non è a suo nome. Sull'elenco del telefono ce ne sono un paio. Uno è un manager e non c'entra niente, l'altro numero squilla a vuoto. Prima o poi qualcuno risponderà e capiremo.

– L'ordine che dice?

– Non risulta iscritto a quello di Bolzano, ma non significa niente. Ho fatto richiesta all'ufficio nazionale, hanno promesso di farci sapere, ma al telefono non hanno voluto dirmi nulla. Dati sensibili.

– Parlami dei servizi sociali.

– Fanno quello che possono, cioè poco. Michael Wieser aveva chiesto aiuto per uscire dalla dipendenza dall'alcol, ma non potevano garantirgli più di una seduta al mese. Aveva avuto un incidente sul lavoro e percepiva una piccola pensione di invalidità. Faceva dei lavoretti saltuari, ma la famiglia viveva di sussidi e l'affitto dell'appartamento è a canone agevolato.

Krupp conosceva la trafila: prendi questi spiccioli e non farti vedere dai turisti.

– Ho parlato con lo psicologo dello sportello, – aggiunse Arianna, – si ricordava di Michael. Mi ha detto che era pieno di sensi di colpa, che ci provava davvero, ma che non ce l'aveva fatta a smettere. Ha escluso fosse un genitore violento o abusante.

– Simoni?

– Niente. La Scientifica idem, però… – Arianna gli porse

una teca trasparente. – Era fra le cose che abbiamo sequestrato a casa Wieser.

Nella teca c'erano quattro fogli strappati da un quaderno a quadretti. La scrittura era aggraziata, ma diventava più nervosa man mano che andava avanti. Alla fine era quasi illeggibile.

Non c'era destinatario anche se iniziava con le parole "Mio amato TU".

Krupp la lesse due volte.

Marlene conosce TU a tredici anni, in estate. Si innamora. Lui è più grande e non la vede nemmeno. A lei non importa. *Amor, c'ha nullo amato...* A settembre TU va via. Si rincontrano anni dopo. Francesca non è più una bambina e Paolo non se la fa scappare. Fuochi d'artificio: *Quel giorno più non vi leggemmo avante.* Poi, un giorno, Marlene lo vede con la TROIA.

A quel punto: rabbia.

La rabbia di Marlene era così tangibile che portò con sé l'immagine del volto di Andreas Krupp, seduto nello studio che sapeva di tabacco da pipa, cenere e liquirizia, mentre lo ascoltava recitare a memoria: *Stavvi Minòs orribilmente, e ringhia.*

La firma al termine della lettera era: "mai più tua, M".

– Temo, – fece Krupp, – che "tu" non sia il nostro uomo. Marlene, come Lorena, non conosceva il suo assassino se non, forse, di vista. Di certo, non così bene da scrivergli una lettera.

– E se fossero "tu" o "la troia" ad aver chiesto un appuntamento a Marlene a Collepietra? Gli amici hanno testimoniato che dopo l'incontro sembrava sollevata. Alexander Auer ha detto "come si fosse tolta un peso". – Arianna indicò la lettera. – Un macigno bello grosso, non credi? "Tu" e "la troia" non sono il nostro assassino, ma chiunque fosse stato presente all'incontro potrebbe aver notato qualcosa.

Era un'ipotesi sensata

– Proviamoci.

Arianna si sgranchì il collo. – Come si fa a prendere un serial killer, Luther?

Quando Krupp frequentava la scuola superiore di polizia, Karli gli aveva regalato il libro di un certo John Douglas il quale, insieme a Robert K. Ressler, aveva inventato le tecniche per la profilazione e la cattura dei serial killer in uso all'Fbi. Per Karli si era trattato di una specie di scherzo, ma Krupp l'aveva trovata una lettura affascinante. Si domandò se non sarebbe stato possibile chiedere al Federal Bureau una copia dei loro manuali interni.

Poi immaginò la reazione di Levada.

– Sto cercando di capirlo.

Arianna tentò di alleggerire l'atmosfera con una battuta: – I mastini mi hanno suggerito di indossare una minigonna. Come sto?

Ecco cosa c'era di diverso in Arianna: gli abiti.

– Un appuntamento galante?

– Operazione Minotauro.

Krupp arrossì. – Avresti potuto saltare il turno. Abbiamo un sacco di lavoro da fare e...

Arianna si accorse del maldestro tentativo di nascondere l'errore e sorrise. – Alla gatta pensa la vicina. Siamo ancora nelle ventiquattro ore. Pensa che fortuna: se lo arresto entro mezzanotte per domattina l'abbiamo impacchettato e possiamo...

Bussarono.

Una divisa si scusò e consegnò al commissario un biglietto.

Conosci la strada,
V.

– Vivian Pickmann, – fece Krupp passando il messaggio ad Arianna, prima di rivolgersi all'agente. – C'è altro?

– Il commissario capo mi ha chiesto di ricordarle della conferenza stampa di questa sera.

– Quale conferenza stampa?

– Non le è arrivata la circolare?

"Mamma Elsa appena appresa la notizia della morte della vittima." Questa sarebbe stata la didascalia che avrebbe accompagnato la foto della madre di Marlene.

– È o non è vero che gliel'avevano appena comunicato?

– Sì, ma…

– È o non è vero che è la madre di come si chiama?

Milla aveva digrignato i denti. – Marlene Wieser.

– Questa è sua madre, campione?

– La didascalia suggerisce che…

Jo gli aveva puntato il dito contro. – Suggerisce. Non afferma. C'è una differenza enorme. Prendi il telefono. Chiama l'ufficio legale. Offro io.

– Non è questione di legalità.

– E allora?

– È una porcata.

– Peggio di non aprirle la porta alle tre di notte?

Ho ucciso io la mia bambina?

Milla non rispose.

– Il tesserino, – continuò Jo, – puoi tenerlo. Noto una cicatrice piuttosto vistosa. Adesso leggi qui e dimmi se ti piace.

Era la lista degli omicidi avvenuti prima della morte di Lorena Haller. Ottocento battute, ma il titolo era pesante come un macigno.

LE LAME INSANGUINATE ANCORA IMPUNITE

– Ci vediamo domani, Jo.

Bomber, berretto. Renault 5.

Casa.

Milla rimase sotto la doccia finché il boiler dell'acqua calda non fu del tutto svuotato. A quel punto, rabbrividendo, si era rivestito, aveva cenato e aveva cercato di distrarsi guardando un po' di televisione. Era sabato sera e tutto quel profluvio di applausi scroscianti e risate preregistrate lo mise prima a disagio e poi in ansia.

Noto una cicatrice piuttosto vistosa. Mamma Elsa appena appresa la notizia della morte della vittima. C'era da aspettar-

selo. Le piacevano i ragazzi. Lucertole agonizzanti. Lorena Haller, Heidi, Tommy il ribelle, Marlene. *Ho ucciso io la mia bambina?*

Il mistero della *Rosa Banskiae Lutea* svelato: subito dopo che si era punta con la rosa, dopo il dolore, Milla aveva scorto sul viso di Elsa Wieser un'espressione di *sollievo*. Era così che aveva capito perché Iris odiava la *Rosa Banskiae Lutea*. Le spine della rosa insegnavano che il dolore non era eterno. Il dolore poteva svanire. Ma se la rosa di casa Wieser fosse stata una *Rosa Banskiae Lutea* quel sollievo non sarebbe mai arrivato.

Perché la *Rosa Banskiae Lutea* non aveva spine.

Mentiva.

Mi piaci, questo era il messaggio di Iris, ma non dovrai mai mentirmi e finché non arriverai a comprenderlo non ti darò la possibilità di farmi innamorare di te. Perché non so ancora se posso fidarmi. Non come vorrei. Però: non era così che funzionavano le cose.

Non nel mondo di Milla.

Alzò il telefono e compose il numero della ragazza dei fiori. Aveva bisogno della sua voce.

In quel momento il padrone di casa decise di accendere lo stereo. Doveva aver acquistato delle casse nuove perché, quando Iris rispose, Milla non riuscì a sentire nulla se non la hit che sembrava aver contagiato tutti: Snap! *Rhythm Is a Dancer.* Cassa in quarti e bassi al massimo che facevano vibrare i denti negli alveoli.

Oh-oh, it's a passion.

Oh-oh, oh, oh, oh.

Oh-oh.

OH.

Il tempo andò in frantumi, come la pellicola di un film montata male. In un fotogramma Milla strappava il telefono dal muro e lo scagliava contro la parete, nel fotogramma successivo colpiva la porta del padrone di casa come un forsennato.

Il tizio aprì, muscoli e occhi a palla da cocainomane.

– Che cazzo v…

Il primo pugno colpì il padrone di casa all'orecchio. Un colpo goffo che lo sbilanciò, ma che ebbe il suo effetto. Il tizio si portò la mano sulla parte offesa e lo guardò, incredulo. Poi Milla si beccò una ginocchiata nello stomaco. Il tizio lo afferrò per i capelli e lo mandò a sbattere contro la parete. Milla vide: nero.

Il palestrato grugnì.

Destro-sinistro, ai fianchi.

Milla caracollò dentro l'appartamento. Per non cadere si afferrò a un mobiletto e lo vide: un taglierino. Quando lo prese il mondo si scardinò ancora di più. Non era solo il proprietario di casa quello che Milla voleva annientare. Era Jo. Era Krupp che non si sbrigava a prendere il figlio di puttana col coltello insanguinato. Erano i tossici con gli occhi spenti. Erano gli spacciatori che palpavano il culo alle ragazze ed erano le risate delle ragazze che stavano al gioco pur di ricevere una dose. Era Carla Rigamonte. Era il fantasma senza volto che non era e non sarebbe mai stato carismatico come il dottor Lecter o folle come Buffalo Bill, ma un tizio qualsiasi, non un alieno piovuto dall'Inferno, ma uno come tanti.

Uno come: *lui*.

Il tempo tornò a scorrere alla velocità normale. Il velo rosso scivolò lontano. La prima cosa che Milla vide furono gli occhi del palestrato. Enormi. Terrorizzati. Poi le nocche delle proprie mani, scartavetrate, con l'indice della destra nero e gonfio.

Infine: la lama sul collo dell'armadio.

Desiderosa di: tagliare.

– Okay, – fece. – Okay…

Lasciò cadere l'arma.

– Tu sei… – farfugliò il tizio. – Tu sei...

La *Rosa Banskiae Lutea* diceva: ce l'hai dentro.

Lui.

Ce l'hai dentro. Anche tu.

Milla gridò con quanto fiato aveva in gola.

– C'è il branco al completo, – annunciò Levada, mentre scendevano le scale. – Tv e testate nazionali. "Corriere della Sera", "Repubblica", "la Stampa". C'è persino una tizia dell'"Unità", ci credi? È andata a rompere le scatole ai pezzi grossi del partito.

– Testate nazionali?

Un cenno affermativo. – Sono convinti che ci sia un serial killer in giro.

– Non è così?

– Non dargli troppa corda e rilassati. Non mordono. Ricordati...

– Di farli sentire importanti.

– Mi sembra di aver capito che hai dei problemi con la Narcotici, – fece Levada, conciliante.

– Non collaborano.

– È così importante? Nel tuo rapporto c'è scritto che la vittima non era una tossica.

– *Probabilmente*, – lo corresse Krupp, – non era una tossica. Pare che ogni tanto usasse del Prozac. Per questo serve la Narcotici.

– Ma se gli omicidi non sono legati allo spaccio...

– Non lo sono, ma l'unico modo per prendere questo stronzo è trovare testimoni e se Marlene...

Erano arrivati al piano terra. Il numero 1 di largo Palatucci era tutto un mormorio.

Il commissario capo lo zittì. – Il nemico ti ascolta, Luther. Parliamone dopo, okay?

Levada gli diede una pacca d'incoraggiamento. Le divise, due uomini e due donne, erano già pronti a fare da scenografia per quella immane perdita di tempo. Krupp cercò di nascondere l'irritazione. La litania che gli uscì di bocca comprendeva: sono in corso accertamenti, attendiamo il referto autoptico, le indagini proseguono senza tralasciare alcuna pista.

Il primo a prendere la parola fu un cronista dall'aspetto elegante, giovane. – Questa mattina, sul luogo del delitto, abbiamo assistito a una scena che non posso fare a meno di definire pietosa e...

– Temo che lei, – fece Levada, con condiscendenza, – non sia al corrente delle attuali procedure di investigazione. Il lavoro dei tecnici della Scientifica richiede molto tempo. Sei ore indicano semplicemente una rigorosa e accurata ricerca di elementi.

Il giornalista avvampò.

– Sono certo, – concluse il commissario capo, – che l'ufficio relazioni con il pubblico sarà felice di fornirle materiale illustrativo in abbondanza. Non vorrei incappasse in imprecisioni, correrebbe il rischio di mettere in cattiva luce la sua, sicuramente provata, professionalità e quella della testata per cui lavora.

La *mano de Dios* in tutto il suo splendore.

– Marlene Wieser, – chiese uno spilungone in camicia scura, – era una tossicodipendente?

– No, – fu la risposta di Krupp, – Marlene Wieser non era una tossicodipendente.

– Dicono anche avesse la tendenza a bere un po' troppo.

– Non penso abbia attinenza con il caso.

– Era una prostituta, commissario?

– Non risulta.

– Però, – lo incalzò un terzo cronista, tracagnotto e con baffi sottili, – aveva dei precedenti.

– Era stata segnalata per mendicità. Questo non fa di lei una prostituta.

– Aveva un lavoro stabile?

– No.

– Possiamo definirla una sbandata?

Krupp avvicinò le mani al bordo del tavolo.

Iniziò a stringere.

– Marlene Wieser era una ragazza di diciannove anni che qualcuno ha ucciso con quattordici coltellate, non è abbastanza?

Dalla terza fila si alzò una reporter, jeans e maglione a righe. – Ci sono collegamenti fra la morte di Marlene Wieser e la presenza di immigrati in città?

– No.

– Ma gli immigrati sono una delle maggiori fonti di eroina ed entrambe le vittime pare ne facessero uso. Il blitz di questa mattina...

– Non ci sono evidenze, – la interruppe Krupp, – che dimostrino che Marlene Wieser facesse uso di eroina. L'operazione di questa mattina alla baraccopoli era programmata da tempo e non ha attinenza con l'indagine in questione.

I volti dei giornalisti dicevano: vallo a raccontare a un altro.

Baffetto riprese la parola. – È vero che il padre della vittima si è suicidato? Potrebbe esserci una correlazione con il comportamento della Wieser? Mi riferisco alla mendicità o a una sua possibile dipendenza.

Krupp controllò l'orologio di suo padre.

Quattordici ore: andate.

– Non penso abbia attinenza con il caso.

– Il Killer delle Lucciole, – chiese Jo,– potrebbe aver colpito in precedenza?

– Se per lucciole intende prostitute, temo che...

– Ci sono un bel po' di omicidi irrisolti in provincia.

Andreas Krupp, proprio come il commissario capo Levada, fedele al motto che gli affari e la vita in generale non erano che una questione di pubbliche relazioni, sarebbe riuscito a mantenere il sorriso.

Krupp non ci provò nemmeno.

– Cosa sta cercando di farmi dire?

– Voglio semplicemente capire come stanno andando le indagini. Se state rispolverando i vecchi fascicoli oppure no.

– Per ora, – sbottò Krupp, – siamo concentrati solo sugli omicidi Haller e Wieser.

Il viso di Jo si aprì in un sorriso da squalo e Krupp si maledisse: aveva appena messo in correlazione i due casi. Pubblicamente.

La sala stampa divenne un'unica voce. – Quindi la mano è la stessa? Si tratta di un omicida seriale? State cercando un serial killer? Si tratta di questo? C'è un serial killer in circolazione? Ci sono delle prove? La cosiddetta task force è stata ricostituita?

– La task force non è stata ricostituita, – disse Levada, con la sua voce profonda e pacata, – perché non è mai stata sciolta. Ma, come ha detto il commissario Krupp, non sappiamo se i due omicidi sono correlati. Stiamo vagliando tutte le ipotesi. Come facciamo sempre.

– Il numero verde è tornato attivo?

– Lo è sempre stato.

– Commissario Krupp, – fece Jo, – è corretto scrivere che la polizia sta brancolando nel buio o preferisce suggerirci una formula migliore?

21 marzo 1992, sabato
– notte –

Vivian indossava jeans aderenti, una blusa turchese senza maniche e il filo di perle bianche e nere al collo. Aveva i capelli un po' più lunghi rispetto all'ultima volta in cui si erano incontrati.

Lo fece accomodare in camera da letto. Krupp si sedette mentre lei restò in piedi, appoggiata al boudoir dal grande specchio.

Avvicinò l'accendino alla Gauloises. – Che le ha fatto?

– Quattordici coltellate.

– È lui?

– Non ha nemmeno finto di volerla violentare.

– Era una di noi?

– Era troppo giovane per…

A Vivian scappò quella sua risata da Janis Joplin. – Io ho iniziato a otto anni.

– Tu…

– Il mio patrigno mi regalava delle caramelle. Dopo.

Una fitta allo stomaco.

– A sedici, – proseguì Vivian, – ho capito che tanto valeva guadagnarci qualcosa.

– Perché mi hai voluto qui?

– A meno che tu non abbia intenzione di rilassarti un po', – sorrise Vivian, – per darti questo.

Un album. Copertina rossa. Del genere che si usava per le foto delle vacanze. Krupp lo afferrò, ma Vivian oppose resistenza.

– Come fai a essere certo che sia lui?
– Lo sento.
Vivian mollò la presa.
Nell'album: Polaroid, due per ogni donna. Niente di professionale, solo un tizio che diceva di metterti in posa e scattava: smorfia provocante e via. Corpi. Giovani, meno giovani. Alte, basse. Sotto ogni fotografia, in stampatello, era segnato un nome. *Sue Ellen. Kelly. Ivanka. Lucy. Stephanie. Pamela. Nancy.* Nomi da soap opera o da porno di quarta categoria.
– Chi sono?
Vivian spense la sigaretta e versò due dita di Absolut in un bicchiere. Aprì il cassetto. Mostrò a Krupp una bustina di coca e un blister di pillole.
– Vuoi?
Krupp scosse la testa.
Vivian ingoiò una compressa. – Il segreto del mio successo.
– Sono colleghe? – chiese Krupp.
– Solo part-time. Casalinghe, operaie, impiegate. Kelly insegna in un asilo. Hai figli, commissario?
– Perché sono in quest'album?
Vivian buttò giù quanto restava della vodka e, in quel gesto, Krupp non poté fare a meno di vedere Marlene che svuotava i bicchieri rimasti sui tavoli dei locali. – Crisi economica. Ognuno fa quel che può con quello che ha. E a loro non resta che vendere il proprio corpo. È il capitale dei poveri. Lo fanno una o due volte al mese. Ogni volta si dicono: è l'ultima.
– Lo è?
– Le Polaroid cambiano con una certa frequenza, quindi immagino di sì. Ripagano i debiti, chiudono il mutuo e smettono. Almeno per un po'. Tu sei uno con i soldi, vero? Certe cose non le capisci.
Krupp bruciava dalla voglia di chiamare Arianna, di mettersi a scavare.
– Come funziona?
– C'è un numero di telefono collegato a una segreteria.

Come il vostro numero verde. Anonimato garantito. – Gli occhi di Vivian brillavano di un divertimento perfido. – Dici il nome della ragazza che preferisci, Nancy, Kelly, poi lasci un numero a cui farti richiamare. Se la ragazza è disponibile ti metti d'accordo con lei. C'è chi non si fida delle professioniste di strada. Pensano che così sia meno pericoloso. O magari l'idea di scoparsi una donna che si vergogna di quello che fa li eccita più.

Il cinismo di quelle parole lo fece esplodere. Krupp scattò in piedi e le afferrò il polso.

– Chi gestisce il giro? Perché me ne parli solo adesso? Questa è una pista. Io ti sbatto dentro per intralcio alla giustizia, cazzo.

La lima per le unghie comparve dal nulla. Vivian la premette sotto al mento del commissario.

– *Siediti.*

Krupp obbedì.

– Queste, – spiegò la prostituta, – sono madri di famiglia, impiegate, studentesse, operaie. Regolari. C'è solo qualcuno che scatta delle foto, fa il centralinista e intasca una percentuale. Lorena era una di noi, a gennaio quest'album non ti sarebbe servito a niente.

– C'è Marlene, qui dentro?

– No, – gli occhi di Vivian divennero più affilati della lima, – Marlene non è nell'album, ma l'ho vista parlare con chi gestisce il centralino.

– L'hai vista tu o stai coprendo qualcuno?

– A te la scelta.

– Dove?

– Bolzano, piazza Dodiciville.

– *Quando?*

– 17 marzo.

Quattro giorni prima dell'omicidio. Finalmente qualcosa tornava. Marlene frequentava la stessa zona in cui Lorena batteva ed era stata vista con qualcuno legato al mondo della prostituzione. Si trattava del posto di lavoro a Bolzano di cui aveva accennato a Resch? Forse Marlene non gli aveva mentito.

Non del tutto, almeno.
– Dammi un nome. Non te lo chiedo per favore.
– Zeno Costantini.
Zeno Costantini significava Night Club Red, via del Macello, Bolzano. Un posto dove andare in cerca di una sniffata e una scopata.
– Cos'altro mi stai nascondendo?
– Una signora deve sempre avere dei segreti. Altrimenti, – fece Vivian fra il civettuolo e il bambinesco, – non verresti mai a trovarmi. E io come farei senza il mio...
Krupp non aveva voglia di scherzare. – Casalinghe, operaie. Madri, sorelle. Cos'altro sai?
Vivian lo afferrò alla gola. Era forte.
Portò il viso a un centimetro da quello di Krupp.
– Ti piacerebbe mettermi le manette, commissario? Vorresti *punirmi*?
Krupp le scostò la mano. Prese l'album. – Sei solo una...
– Troia?
Sabato 21 marzo 1992 terminò con Krupp che disse: – Bugiarda.

22 marzo 1992, domenica
– notte –

L'auto di Krupp fu l'ultima ad arrivare. Vide alcuni agenti inseguire degli spacciatori e un mastino ammanettare un trans che ruggiva come un leone. Divise requisivano i documenti di clienti e buttafuori. Niente curiosi perché in via del Macello c'erano solo laboratori artigianali che al tramonto si svuotavano. I mastini erano: adrenalina a mille e testosterone a volontà. Due blitz uno dietro l'altro, praticamente Natale.

In tasca Krupp aveva il mandato di perquisizione. Schneider non aveva fatto domande e Krupp non gli aveva detto dell'album delle Polaroid. Non voleva fughe di notizie: quanto accaduto ai genitori di Lorena bruciava ancora. L'ispettore capo Lopez sapeva che il blitz al Red era una manovra diversiva, Krupp glielo leggeva in faccia, perciò lo sapeva anche Levada. Ma entrambi ne ignoravano il vero scopo.

Per una volta le regole del numero 1 di largo Palatucci volgevano a suo favore: chiedere avrebbe significato mostrarsi vulnerabili e la *mano de Dios* doveva sembrare sempre infallibile e onnisciente. Quindi: niente domande. Krupp sorrise: che fa un *vecchio* mastino in mezzo a mastini assetati di sangue?

La musica all'interno del Red era assordante. Double You: *Please Don't Go.* Krupp fece segno al DJ di spegnere l'impianto. Il tizio non lo vide, o se ne fregò. Quando due energumeni gli si pararono davanti Lombardi e Ayrton Senna gli fecero da scudo, mostrando il tesserino col tricolore.

Krupp strappò le cuffie al DJ e la musica cessò. Le strobo lasciarono posto alle luci al neon.

Zeno Costantini fece la sua comparsa mentre Krupp imboccava le scale verso il privé. C'erano luci rossastre sul corrimano.

Krupp gli mostrò il decreto del pm.

– Ha un ufficio?

Costantini fece strada. Una delle ballerine aveva un livido sulla faccia. Krupp pregò non fosse opera loro. Costantini spalancò una porta con un calcio. Forse voleva intimidirlo. Krupp diede ordine ad Ayrton Senna di non far entrare nessuno e a Lombardi di portare del ghiaccio alla ragazza ferita.

Mostrò la foto di Marlene.

La risposta di Costantini fu: – La tizia morta. E allora?

– Una delle tue?

Costantini continuò con la carta del duro. – Adesso minaccerà di chiudere il locale, giusto?

Krupp pensò: *spaventa e colpisci.*

– Io, – disse, – fornisco supporto ai colleghi della Narcotici. Naturalmente, se dovesse saltar fuori un certo album di Polaroid...

Costantini sbiancò.

– ...Del tutto innocente sia chiaro. Semplici modelle per un suo hobby. In tal caso che potrei fare? Nulla. Sono certo che siano tutte maggiorenni e scattare foto artistiche non è certo un reato.

– No, – disse Costantini, accendendosi un sigarillo puzzolente. – Non lo è.

Colpisci: *con forza.*

– Ma potrei parlarne con la stampa. E scommetto che non tutti i mariti, i fidanzati, i padri e i fratelli sarebbero contenti di scoprire che le rispettive mogli, fidanzate, sorelle e figlie hanno posato per uno come lei. La gente, purtroppo, non capisce l'arte.

– Non costringo nessuno, – balbettò Costantini, – se vogliono smettere io strappo le foto e amici come prima, chiaro? Niente ricatti o stronzate. Hanno bisogno di soldi per arrivare a fine mese e io le aiuto a non finire nelle mani di qualche maniaco.

– Come quello che ha ucciso Marlene.

– Come quello che lei dovrebbe arrestare, commissario.

Se non sono abbastanza spaventati: colpisci sotto la cintura.

Krupp pensò: *Alles klar Herr Kommissar?*

Indicò i monitor sulla scrivania che controllavano ogni metro del night club. – Sembra che Lopez si stia divertendo un mondo.

Da come le spalle gli si afflosciarono, Zeno Costantini doveva conoscere sia Lopez che la Cella X.

Krupp sentì una fitta.

Costantini vuotò il sacco.

– Marlene voleva un lavoro. È stata lei a chiamarmi. Non so da chi abbia avuto il mio numero. Ci siamo dati appuntamento. Il 17 marzo. Non se ne è fatto niente. Ognuno per la sua strada.

– Perché?

– Era fatta.

– Nessuna delle sue ballerine fa uso di sostanze stupefacenti? Davvero pensa che io ci creda?

– Certo che si fanno, – tuonò Costantini. – Ti serve un po' di bamba anche solo per ballare su quei tacchi del cazzo, io stesso non riuscirei ad alzarmi la mattina senza una striscia di coca, ma non devi avere la scimmia. Se hai la scimmia sei fuori.

– E con le minorenni come la mettiamo?

Era uno dei capi d'imputazione sulla testa di Costantini, ma Krupp non aveva alcun dubbio. L'avrebbe fatta franca. Era impossibile per l'accusa dimostrare che conoscesse l'età delle ragazze. Molte erano dell'Est e quasi sempre esibivano documenti falsi.

Costantini indossò la maschera da banco degli imputati.

– Sono innocente fino a prova contraria.

– Marlene era bella, era giovane e non aveva la scimmia. Avrebbe potuto farci bei quattrini.

– Marlene voleva fare la cameriera, non la ballerina. Aveva esperienza e aveva la presenza. Voleva trasferirsi in città. Ma con quegli occhi? Non se ne parla. Lei dice che non aveva la scimmia. Può essere. Ma io so che il tizio che l'ha ammazzata le ha risparmiato un sacco di dolore. Una così, con quella disperazione negli occhi, in strada, non sarebbe durata nemmeno due mesi. E prima o poi in strada ci sarebbe finita, commissario.

Krupp pensò: fottiti.

– Adesso, – disse, scegliendo bene le parole, – lei viene in questura e dichiara di avermi contattato per, aperte le virgolette, contrastare lo spaccio di droga che suo malgrado ha visto nel locale. Per quanto riguarda l'album sono certo che non dirà una parola.

– Cosa me lo impedisce?

Spaventa e colpisci.

– Il Metodo Levada.

Krupp provò disgusto. Ma non rimorso.

Poi si sentì in colpa per non aver provato altro che soddisfazione.

22 marzo 1992, domenica
– mattina –

Alle sei e dieci minuti lo Junkers ridusse del cinquanta per cento le possibilità di risolvere il caso. A ventiquattro ore dalla morte di Marlene: nessun sospettato. Era di nuovo gennaio. Krupp uscì dal numero 1 di largo Palatucci, attraversò il centro storico e, sotto un cielo che prometteva pioggia, passò attraverso il vicoletto in cui Pasolini aveva ambientato una scena del *Decameron*. Trovò un locale in cui il barista non parve riconoscerlo e diede una scorsa ai quotidiani:

UN'ALTRA VITTIMA
IL KILLER DELLE LUCCIOLE COLPISCE ANCORA
LA VITA SBANDATA DI MARLENE
ORRORE SULLA STATALE
NON SO SE MIA FIGLIA SI PROSTITUIVA
DROGA E ALCOL NELLA VITA DELLA LUCCIOLA
LE LAME INSANGUINATE ANCORA IMPUNITE

Jo Serafini inanellava le percentuali da Terzo Mondo che Krupp conosceva a memoria lasciando però a intendere che la colpa fosse sua e non di Levada. Gli articoli in prima dicevano: Marlene non era una prostituta se non *forse* saltuaria. Marlene non era una tossicodipendente se non *forse* saltuaria.

Le foto non le rendevano giustizia. Se i giornalisti avevano sfruttato l'aria innocente di Lorena per attirare i lettori, di Marlene avevano preferito le immagini peggiori. Capelli sparati, sguardo di sfida. Seguivano l'esempio di Levada con quel suo blitz alla baraccopoli lungo l'Isarco: tranquillizzavano la popolazione. Una così, con quell'espressione, non poteva che essere una tossica e una prostituita.

Non una di noi.

Nelle pagine interne della "Voce delle Alpi" andava peggio. La foto: Elsa Wieser al telefono. La didascalia: *"Mamma Elsa appena appresa la notizia della morte della vittima"*.

Una posa.

Per soldi o perché non aveva saputo dire di no?

Krupp si chiese come gli fosse venuta in mente la prima ipotesi. Facile: perché era uno sbirro. E gli sbirri erano pagati per pensare male delle persone. Anche delle diciannovenni uccise con quattordici coltellate, scannate e abbandonate per strada.

E delle loro madri.

Negli articoli interni i *forse* era una tossicodipendente, *forse* era una prostituta sparivano. Anche questa volta Krupp trovò tutti i particolari riguardo al delitto: luogo del ritrovamento, posizione del corpo, abiti. Un invito a nozze per i mitomani.

Inoltre si parlava della retata alla baraccopoli perché:

NON SI ESCLUDE UN COLLEGAMENTO

Senza dire nulla, il barista gli allungò un altro paio di giornali. Krupp ordinò un secondo caffè. Il primo non si era nemmeno reso conto di averlo bevuto.

IL MOSTRO DI BOLZANO
IL KILLER DELLE LUCCIOLE
UN'ALTRA PROSTITUTA STRAZIATA
PAURA A BOLZANO

Una giornalista di una testata nazionale aveva osato l'inosabile. Aveva intervistato l'ex presidente della provincia autonoma, il padrino, padrone e padre spirituale del Partito. "Due omicidi efferati nel giro di tre mesi, che idea si è fatto, presidente?" La risposta era stata lapidaria perché non eri padrino, padrone e padre spirituale del Partito se avevi parole da sprecare.

"Colpa del benessere."

Benessere: due suicidi a settimana, overdosi, fabbriche che chiudevano, tensione etnica strisciante, eroina a fiumi, cocaina a far girare l'economia nei cantieri o nei campi e a far sballare anime che passavano la settimana in fila ad aspettare Caronte. Alcol, alcol, alcol. Alberghi che andavano a fuoco per intascare gli indennizzi. Politici che sentivano avvicinarsi le manette in quella che veniva chiamata la piccola Tangentopoli fra le Alpi.

Il presidente tratteggiava il paesaggio di un mondo inesistente e chi accettava di vivere in quella simulazione passava un'esistenza fatata, dorata e perfetta: sordi, ciechi e pronti a mettere ai ceppi chi avesse osato indicare la nudità del re.

Andreas Krupp avrebbe approvato le parole del presidente: il mondo era una gigantesca questione di pubbliche relazioni.

Fuori aveva cominciato a piovere.

Il dottor Falkenbach era alto, calvo. La carnagione di chi ama la vita all'aperto. Era più giovane di come Krupp se l'era immaginato. Arianna era appoggiata al muro, alle spalle del dottore. Reduce dall'operazione Minotauro era tornata al solito abbigliamento jeans e felpa, ma non si era struccata. Forse se n'era dimenticata o forse era solo troppo stanca per farlo.

– Mi chiami Georg, commissario, la prego. Sarei venuto prima, ma ero in baita con mia moglie. Non c'è telefono e non ci sono né radio né televisione. Ho saputo di Marlene questa mattina e mi sono precipitato.

– Cercheremo di farle perdere poco tempo. Da quanto conosce la famiglia Wieser?

– Circa sette anni. Per via di Michael. È stata Elsa a chiedermi di aiutarlo. Le ore concesse dallo sportello psicologico erano troppo poche e Michael aveva avuto una ricaduta. Purtroppo, come sa, alla lunga non ha retto alla pressione.

– Che tipo era?

– Aveva la sbronza triste. E adorava le figlie. Anzi, era per loro che ha resistito così tanto.

– Da come ne parla sembra quasi che lei si aspettasse il suicidio del signor Wieser.

– Gli alcolisti, come i tossicodipendenti o i fumatori, non smettono mai del tutto. È importante che lo capiscano. Se resti sobrio per vent'anni non significa che hai smesso di bere, ma solo che ti sei preso vent'anni fra un bicchiere e l'altro. Che, ovviamente, potrebbe non arrivare mai. Purtroppo Michael vedeva in ogni ricaduta un fallimento. Non mi aspettavo il suicidio, nel caso avrei consigliato un ricovero, ma devo ammettere che la notizia non mi ha sorpreso. Bisogna essere realistici.

Una divisa consegnò un appunto ad Arianna e sparì. Krupp le indirizzò uno sguardo. Arianna scosse la testa. Vai avanti, diceva quel gesto.

– Cosa mi può dire delle figlie?

– Adele era la dominante. Aveva un rapporto conflittuale col padre perché, essendo più vecchia di Marlene, aveva più cose da perdonargli. Oggi ha un matrimonio solido, ha incontrato suo marito?

Era stata una delle prime cose che Krupp aveva controllato. – È in Germania, per lavoro.

– Un bravo ragazzo. Testa sulle spalle.

– Marlene?

– Marlene era un vero guaio... – Falkenbach lo disse col sorriso. – Genetica, pare. Sa che secondo alcuni fra i più recenti studi i geni sono responsabili di buona parte delle dipendenze?

Benessere e genetica, pensò Krupp, così nessuno è colpevole. Era una teoria che doveva avere parecchi proseliti.

– Come è avvenuto il suo primo contatto con Marlene?

– Fu Michael a portarla da me, pochi mesi prima del suo tragico gesto. L'aveva trovata in stato confusionale, forse fatta. Temo che vedere la propria debolezza rispecchiata nella figlia abbia influito sulla sua morte. Almeno in parte.

– Fatta di cosa?

– Alcol. Pillole, analgesici, barbiturici. Me lo confessò lei, successivamente.

– Come se li procurava?

– Ho paura di non saperle rispondere.

– Com'era il suo rapporto con Marlene?

– Mi parlava del suo disagio, capiva i rischi che stava correndo. Avevamo stilato insieme una lista di regole a cui attenersi.

– Marlene, – chiese Krupp, – aveva un fidanzato?

– Sta parlando della lettera? In verità non ne conosco il contenuto, ma l'idea fu mia. Le dissi di indirizzarla a chi più le aveva fatto male. Per dire addio alla rabbia.

– Un amore finito?

– Un amore adolescenziale, – specificò Falkenbach. – Mai saputo il nome del ragazzo. Quando Marlene me ne parlava diceva sempre *lui*.

– E la *troia*?

– Certo, – sorrise Falkenbach, – Anna Klotzner. Si sono conosciute in un bar dove Marlene lavorava. Erano diventate amiche, poi... Amori adolescenziali, vanno e vengono, lo sappiamo tutti. Marlene aveva bisogno di elaborare la sua rabbia, di...

– Non parli di elaborazioni, dottore, – esplose Arianna. – Non è un termine di sua competenza.

– Prego?

– Il suo nome non compare fra quelli dei professionisti dell'azienda sanitaria locale. Inoltre lei non appartiene all'ordine degli psicologi di Bolzano e ho appena saputo che non è iscritto neppure all'ordine nazionale. Com'è possibile?

Negli occhi della sovrintendente capo Lici, Krupp vide la trinità di casa Wieser: l'addolorata, l'innocente, l'irata. La lista di quelli che avevano fatto soffrire Marlene si allungava di ora in ora.

– Capisco la confusione. Le persone mi chiamano dottore, e in un certo senso lo sono, ma in teologia. Non lavoro per nessuna associazione, sono un semplice volontario presso l'Assemblea cattolica maschile.

– Perché non ha convinto la famiglia Wieser a rivolgersi a un vero psicologo?

– Con quali soldi?

– Esiste il servizio pubblico.

Falkenbach la fissò, sbalordito. – Ha idea della sciocchezza che sta dicendo?

– La famiglia Wieser sapeva che lei non è uno psicologo?

Anche se era domenica, Jo gli aveva chiesto di passare in redazione: la solita ghiaia spacciata come urgente. Milla si era presentato con un'ora di ritardo. Aveva perso tempo a cercare una farmacia aperta per via delle mani. Pulsavano come denti cariati.

– Che hai fatto?

– Niente.

Il capocronista lo trascinò fino in bagno, dove si trovava l'armadietto del pronto soccorso, gli intimò di disfarsi dei bendaggi e scosse la testa, disgustato. – Non eri nei boyscout, vero, campione?

– Ho sentito che Krupp ha fatto una retata al Red.

Jo gli fece mettere le mani sotto l'acqua gelida. L'indice della destra era messo male, quasi non riusciva a muoverlo. Quando Jo forzò l'articolazione, Milla si lasciò sfuggire un lamento.

– Almeno non è rotto, – commentò il capocronista. – È colpa della ragazza dei fiori? Qualcuno te l'ha soffiata e hai fatto alla vecchia maniera? Non dovresti prenderla sul personale. Guarda che prima di suonare il rock bisogna imparare il blues.

– Grazie dell'informazione. Sai niente del Red?

– Non ne vuoi parlare. Molto macho. – Jo spremette mezzo tubetto di crema antinfiammatoria. – Lo show al Red era un favore alla Narcotici.

– Una ragazza viene assassinata, Levada fa a pezzi la baraccopoli sull'Isarco e Krupp mette sottosopra un locale dalla nomea ambigua. Non puoi dire che non sia strano.

– Sai come funziona una questura?

– Vagamente.

– Ogni territorio ha una sua specificità e le questure devono organizzarsi in base ai reati più comuni della zona di competenza. Inutile avere un'Antisequestri se non ci sono mai stati dei sequestri nella tua giurisdizione, giusto?

– Così in pratica ognuno fa quel che gli pare.

– Più o meno, – borbottò Jo. – Ogni gruppo è un clan a sé stante. Da noi ce ne sono due. La grande famiglia dell'Anticrimine, di cui fanno parte la Omicidi, l'Antirapine e via così, e poi la Narcotici. Al comando, se lasci perdere il questore che conta poco o niente, c'è sua maestà il commissario capo Levada, ma Levada ha sempre lasciato molta autonomia alla Narcotici.

– Come mai?

– Hai fatto il classico?

Mai una volta che Jo rispondesse in maniera lineare. – Sono diplomato alle magistrali.

Jo lo fissò, stupito. – Sei un cazzo di maestrino, campione?

– E allora?

Jo tornò a concentrarsi sulle bende. – *Divide et impera.* Levada lascia che fra Narcotici e Anticrimine ci sia una certa animosità. Come due tribù che hanno i territori confinanti e ogni tanto se le danno di santa ragione. Perché lo fa? Perché Levada sa che chi lavora alla Narcotici è più ambizioso di chi preferisce l'Anticrimine e che, quindi, è meno propenso a mettere radici.

– Non ti seguo.

– Se sei uno sbirro e vuoi fare carriera non puoi restare a Bolzano. Chi vuoi che ti noti a Bolzano? Devi cercare la tribù che ti dia più possibilità di metterti in luce e andartene. E sono tre le cose che ti permettono di farlo. Narcotici, Antimafia e Antiterrorismo.

Jo tastò l'indice e Milla vide le stelle.

– L'Antimafia, – proseguì Jo, – ha delle controindicazioni.

Rischi di fare una brutta fine o, peggio, di non riuscire mai a fare davvero il tuo lavoro. Hai presente il giudice Falcone? Non riuscirà mai a decapitare Cosa Nostra. Mafia e politica vanno a braccetto. Alla fine arresterà sempre i numeri due o i rami secchi. Ma dobbiamo immaginare Sisifo felice, giusto? Fletti la mano.

Milla obbedì.

Chiuderla era impossibile, ma la fasciatura era ottima.

– Rimangono Narcotici e Antiterrorismo.

Jo passò a medicare la sinistra. – L'Antiterrorismo è una rogna quasi peggiore dell'Antimafia. Politica e servizi segreti. Pessimo per la carriera. A meno che tu non voglia far parte di quelli che stanno con un piede in due scarpe, ma ci vuole talento e uno stomaco notevole e non tutti ce l'hanno. Quindi, la Narcotici.

– Anche la Narcotici ha a che fare con le organizzazioni criminali.

– Le basi, Milla, le basi... – sospirò Jo. – Cosa facciamo noi?

– Creiamo dibattito.

– Cosa fanno gli sbirri?

– Prendono i cattivi?

– *Cercano* il dibattito, – lo corresse Jo con un gran sorriso. – Se sventi un attentato cosa fai vedere? Le macerie che non ci sono? Se arresti un mafioso? Un tizio ingrugnito con le manette? Non ha impatto, non colpisce. Invece, hai idea di quanto siano fotogenici i panetti di eroina uno sopra l'altro?

Rosa Banskiae Lutea. Non un fiore, pensò Milla, ma una maledetta pianta infestante.

– Perciò blitz e omicidi non sono correlati? Un favore fra tribù o Krupp che vuole fare carriera per andarsene prima che Levada lo faccia fuori?

Jo ripose garze e cerotti nell'armadietto. – Per chi mi hai preso, campione? Certo che sono correlati, solo che ancora non sappiamo come. Ma non è roba per te. E adesso, ghiaia.

22 marzo 1992, domenica
– pomeriggio –

Al numero 1 di largo Palatucci era iniziata una processione. Erano: madri, padri, sorelle, fratelli. Amanti. Stringevano foto e raccontavano storie che non permettevano loro di respirare.

Dicevano: il Killer delle Lucciole potrebbe aver ucciso la mia fidanzata, ci facevamo e quando sono tornato dalla comunità lei non c'era più. Dicevano: mia figlia faceva la vita, offriva sesso agli sconosciuti per procurarsi i soldi per l'eroina, giurava di voler smettere, poi è scomparsa e nessuno l'ha cercata.

Dicevano...

Per quelle persone, si rese conto con orrore Krupp, il Killer delle Lucciole era diventato un simbolo di speranza. Trovare un cadavere significava affrontare il lutto, poter uscire dal limbo e riprendere in mano la propria vita. Per questo ci vollero una telefonata, ad Anna Klotzner, e ben sette ore per rintracciare "tu", ovvero l'uomo che aveva spezzato il cuore a Marlene.

Si chiamava Peter Gufler e non era solo il titolare di una ditta di trasporti, ma anche un artista. Secondo i mastini possedeva una specie di atelier in una vecchia costruzione nei pressi dei mercati generali, in via del Macello, a due passi dal Red.

Krupp ci andò da solo, a piedi, nonostante la pioggia.

L'uomo che aprì la porta era di altezza media, sulla trentina. Maglia acetata, figura longilinea. Nell'aria c'era odore di trementina.

– Marlene Wieser, – disse Krupp.

– Ho letto, mi spiace molto.
– Ma non è venuto in questura.
– Non pensavo fosse importante.
– Come vi siete conosciuti?
– L'estate prima di Berlino. Avevo diciotto anni e Marlene tredici. Era una bambina che mi faceva gli occhi dolci. Poi mi sono trasferito. Ho frequentato per quattro anni l'*Universität der Künste*, – Gufler aprì un frigorifero e stappò una Forst, – ne vuole una?
Krupp gliela sfilò di mano. – L'Udk è un'istituzione seria. Non mi prenda in giro.
Il contenuto della lattina finì sul pavimento.
Il pomo d'Adamo di Gufler andò su e giù come uno yoyo.
– Non ho passato l'esame d'ammissione, ma ho seguito i corsi di un'accademia che…
– Ha passato quattro anni a fingere di essere Picasso, poi è tornato e Marlene non era più una bambina, anche se dietro alle sbarre è in atto un acceso dibattito sull'età del consenso.
– All'inizio, – fece Gufler, sempre agitato, – non volevo saperne, ma Marlene capiva la mia arte, era una ragazza intelligente, curiosa.
– E Anna Klotzner?
Ogni volta che Krupp parlava, Gufler arretrava di un passo.
– Un'avventura.
Krupp ne aveva abbastanza. – Vi siete incontrati a Collepietra, la notte fra il 20 e il 21 marzo?
– Marlene voleva, credo, perdonarmi.
– Era fatta?
– No. – Gufler riuscì a spillare un paio di lacrime. – Se penso a quello che le è successo…
– Le ha parlato di qualcuno che doveva incontrare?
– No.
– Ha notato persone sospette che si aggiravano nei paraggi?
– Che significa "sospette"?

– Dov'era ieri mattina fra le cinque e le sei?

Negli occhi di Gufler: sollievo. – Si è rotto un tubo del magazzino e sono stato dalle quattro alle nove con i pompieri, poi...

Alle diciassette Jo l'aveva strappato a un articolo riguardante semafori mal funzionanti e illuminazione stradale disastrata. – Via Vittorio Veneto, campione. Il posto lo riconoscerai per le lucine blu. Niente ghiaia, questa volta. Hanno ucciso il dottor Zuliani. Lo *psicoqualcosa*. Pare sia stato il figlio.

– Prendiamo la mia macchina?

– È roba tua. Fammi vedere di che pasta sei fatto.

Via Vittorio Veneto era uno stradone che collegava il quartiere di Gries all'ospedale, passando per il complesso militare da cui prendeva il nome. L'abitazione del dottor Zuliani faceva parte di un blocco di palazzine al centro di un dedalo di sensi unici.

I paramedici non si lasciarono avvicinare, il carabiniere al portone gli disse di smammare. La pioggia era fredda e Milla non aveva l'ombrello. Tagliaferro, un giornalista della concorrenza, seduto su un muricciolo, gli fece cenno di avvicinarsi.

Anche lui era senza ombrello e anche lui sembrava spaesato.

– Che fine ha fatto Jo?

– Ha deciso che dovevo farmi le ossa.

– Da quanto lavori con lui?

– Un anno, più o meno.

– Io ho resistito sei mesi. Ero "fusto", tu?

– Campione. Va contro le leggi del libero mercato se ti chiedo che sta succedendo?

– Il dottor Zuliani non se lo meritava. Andavamo a scuola insieme.

– È stato il figlio?

– Sono contento che Jo non ci sia. Non l'avrei sopportato. – Tagliaferro si sfregò le labbra. – Zuliani era specializzato in ragazzini problematici. C'è dell'ironia, suppongo. Ma se c'è, fa davvero schifo.

– Suo figlio lo era?

– Problematico?

Milla annuì.

– Hai presente la famiglia perfetta? La moglie è un'insegnante. Sarà distrutta. Cazzo, io ho un figlio che ha la stessa età di Stefano. Hanno avuto un diverbio e lui l'ha... sai... l'ha accoltellato.

Tagliaferro era a chilometri da lì.

– Stefano è un musicista, – mormorò. – A sedici anni sei un musicista?

– Mozart lo era.

– Stefano era iscritto al conservatorio. Violoncello. Era bravo, ma non so se fosse Mozart. E non lo pagavano. – Tagliaferro si scompigliò i capelli. – Secondo Mark Twain puoi dire di essere un artista se ti ci paghi le bollette, altrimenti si chiama hobby. Secondo te come dovremmo scrivere? Musicista o studente?

Milla provò pena, tuttavia non poté fare a meno di ricordare che il collega era stato il primo a rilanciare la storia di Lorena malata di Aids e a bollare Marlene come una tossica.

Siamo, pensò, tutti figli della *Rosa Banskiae Lutea*.

– Musicista andrà più che bene, – lo rassicurò. – Stefano si faceva?

Tagliaferro lo guardò, in tralice. – Si faceva?

– Magari era in astinenza e ha dato di matto.

Tagliaferro gli diede uno spintone. – Pura scuola Jo, cazzo. Ho visto il cadavere di un mio amico e tu ti metti a fare insinuazioni? Gesù, ma che hai per la testa? C'era tanto di quel sangue che sembrava un film dell'orrore. L'ha ridotto come una di quelle troie.

– Hanno un nome, – sibilò Milla. – Si chiamavano Lorena Haller e Marlene Wieser.

Tagliaferro scoppiò a piangere.

– Che modo del cazzo di guadagnarsi il pane.

Il briefing con la task force era stato snervante: niente, niente, niente.

Dal numero verde:

sono stato io, le ho uccise tutte e due, le ho uccise con la mia ascia, le ho fatte a pezzi e le ho cavato gli occhi. Ho visto un uomo con un passamontagna che andava verso Campodazzo. Conoscevo quella ragazza era una TROIAAAAAA. *Ragazzini che ridevano. Se l'è meritata. Era ora che qualcuno ripulisse questa città. Povera ragazza povera madre. La droga, dovete smettere di lasciare gli spacciatori liberi, è tutta colpa vostra, marocchini di merda, algerini di merda, negri di merda, prendete quel bastardo e tagliategli le palle, tagliategli la testa, bruciatelo vivo. Qui. Parla... Zodiac.* Risate ubriache. Il tizio che fischiettava: *I Fought the Law.*

Al telefono, alle diciotto e tre, l'ennesimo nuovo pm, Manfredi, lo pregò di raggiungerlo all'obitorio del San Maurizio.

Krupp trovò Arianna pronta ad accompagnarlo, appoggiata alla Thema blu. Indossava la tenuta da operazione Minotauro. *Di nuovo.* Notò che aveva cambiato pettinatura, adesso portava la frangia e i suoi capelli avevano un colore diverso, carota scuro. Le stava bene. Fra le spille appuntate sulla sua borsa ne spiccava una a forma di testa di toro.

Manfredi aveva fama di uomo ambizioso. Era sulla trentina, elegante, fronte alta e capelli lunghi. Un accenno di barba, occhiali.

– Marlene, – esordì, stringendo la mano a Krupp, – è l'ultima. Siamo d'accordo, commissario? E diamoci del tu. Lo preferisco.

Krupp non capì se il pm intendesse l'ultima su cui lui avrebbe indagato o l'ultima per l'assassino.

– Sovrintendente capo Lici, – proseguì Manfredi, con un sorriso, – spero che il suo operato sia da esempio per le future generazioni. Se anche a lei sta bene, può chiamarmi solo Jakob. E io...

– Arianna.

– Il dottor Egger, – spiegò il pm prima di entrare nella camera mortuaria, – è un asso. Non so perché il tribunale si ostini a preferirgli Simoni. Lo dico con tutto il rispetto, ma credetemi, se il soggetto ha lasciato una traccia, il dottor Egger la troverà.

Nell'obitorio c'era musica: Bach. Egger era un ometto tarchiato, baffi spioventi e mani troppo grandi per il suo corpo.

Il patologo sfilò il telo dal cadavere di Marlene. Il *rigor mortis* era stato impietoso, scolpendo per sempre quella sua espressione furibonda. Krupp studiò la reazione del pm Manfredi.

Non sembrava a disagio.

– Quattordici coltellate, compresa quella alla gola. – Egger aveva una voce nasale, ronzante. – Lama di dodici centimetri, affilata su entrambi i lati. L'omicida è sicuramente destrimane. Nessuna traccia biologica rilevata sul corpo o sui vestiti.

Egger aspettò.

Non ci furono domande.

– Per gli esami tossicologici bisognerà attendere mesi. Non ho trovato segni di iniezione. Se c'è il sospetto che la vittima facesse uso di psicofarmaci, non posso fornire alcun aiuto. È altresì difficile, dato l'ottimo stato del fegato, dimostrare che la vittima fosse un'alcolista. Niente malattie, il corpo era sano e funzionante. Nessun segno di abuso sessuale.

Ancora una volta il patologo tacque.

Ancora una volta nessuno ebbe domande da porre.

Egger indicò il segno sulla gola.

– Un cordino dal diametro di cinque o forse sei millimetri è stato usato per tentare uno strangolamento, senza efficacia. Non essendo lo strangolamento la causa della morte, è mia ipotesi che il cordino si sia spezzato durante l'aggressione. Ipotizzo una fibra sintetica. Una corda in fibra naturale avrebbe lasciato frammenti creando abrasioni più vistose.

Nessuno fiatò.

Egger passò alle ferite sul busto.

– La cassa toracica presenta microfratture. L'assassino ha impresso una notevole forza e ha colpito in rapida successione.

Veloce.

Determinato.

Brutale.

– Purtroppo non ero presente sulla scena del crimine, – si rammaricò il patologo, – ma dalle fotografie della Scientifica non posso che concordare con le conclusioni dell'ispezione preliminare eseguita dal dottor Simoni. L'assassino l'ha aggredita e uccisa in macchina. Mi sono preso la libertà di studiare il fascicolo della possibile precedente vittima, Lorena Haller. Ho trovato notevoli somiglianze nel *modus operandi*. A differenza di Lorena Haller, però, che ha tentato di parare il colpo, su Marlene Wieser non ho trovato evidenze che indichino una difesa.

– L'ha presa alla sprovvista? – chiese Manfredi.

– Molto probabile.

– Perciò, – chiese Krupp, – qual è la successione dei colpi inferti, dottore?

Egger indicò la gola di Marlene. – Ha provato a strangolarla, poi l'ha colpita al petto e allo stomaco. Quando la ragazza si è chinata in avanti, l'ha ferita alla schiena. A quel punto ha reciso la gola. Una mossa inutile, cuore e polmoni erano già stati trafitti.

– Il dottor Simoni, – disse Krupp, – aveva fornito un'altra ricostruzione.

– Ne sono consapevole, – rispose Egger, senza battere ciglio. – Temo che l'analisi del collega non sia stata eseguita con la sua consueta attenzione. È altamente improbabile che, dopo il tentativo di strangolamento, l'assassino abbia colpito alla gola. Io credo che, invece, l'abbia pugnalata al petto e alla schiena per impedirle la fuga e, una volta sopraffatta, abbia inferto il colpo fatale.

Krupp pensò: lui cerca di strangolarla, la corda si rompe oppure Marlene ci mette troppo a morire oppure lo strangolamento non lo appaga come aveva immaginato, lascia perdere la corda, prende il pugnale e mentre Marlene cerca di scappare la colpisce alla schiena, poi al petto, infine: le taglia la gola.

Aveva senso.

Di più. Per la prima volta Krupp provò la sensazione di riuscire a *capire*. – A lui il sesso non interessa, lo sappiamo. Ma non è nemmeno la morte ciò che cerca. La mia è solo un'idea, ma...

– Ma? – lo esortò Manfredi.

– Confrontando gli omicidi e le rispettive dinamiche, penso che quello di Lorena non fosse pianificato. A gennaio lui voleva ottenere una prestazione sessuale e ha abbordato una prostituta. Però, mentre lei si stava spogliando un impulso l'ha spinto a colpirla.

– La presenza dell'arma, – obbiettò il pm, – non dà invece credito all'ipotesi della premeditazione?

– Sai quante persone troviamo con un serramanico in tasca, Jakob? Semplicemente l'assassino ce l'aveva a portata di mano e l'ha usato per uccidere Lorena. Dopodiché è stato *bene*. Altrimenti, – aggiunse Krupp senza rendersi conto di quanto orribili suonassero le sue parole, – poi non sarebbe toccato a Marlene. E con Marlene la dinamica si fa più complessa. Le ferite sul suo corpo sono state causate da una lama a doppio filo, molto meno diffusa rispetto a un serramanico.

– Ciò significa, – fece Manfredi, – che ha stabilito quale arma portare con sé. Compreso il cordino per tentare di strangolarla.

– E questa è *decisamente* premeditazione. Ma c'è di più. A gennaio è stata Lorena a scegliere di recarsi al distributore, non lui. È uno dei posti preferiti dalle prostitute. È riservato, ma è anche a poca distanza dal Sonnenberg, in una zona abitata. Invece, nella piazzola sulla 12 il rischio di essere scoperti era minimo. Con Marlene, quindi, lui ha scelto arma, luogo e vittima.

Arianna aveva la pelle d'oca. – La colpa di Marlene e Lorena è stata quella di aver attirato la sua attenzione. Erano il suo tipo, minute e belle.

– La bellezza, – disse Krupp, lugubre, – forse appaga la sua vanità, ma visto che lui è un uomo forte, perché le sceglie così gracili?

– Per poterle uccidere con facilità, – fece Arianna. – Pura volontà di morte.

La risposta di Krupp fu: – Sì e no. E forse nemmeno lui lo ha capito. Come non è interessato al sesso, così non è la morte ad appagarlo. Uccidere è un mezzo, non un fine. Per lui l'omicidio è un modo di esercitare *controllo*. Sceglie i luoghi, sceglie le armi e sceglie ragazze gracili non perché sia più facile ucciderle, ma per essere sicuro che non possano sfuggire al suo controllo. Pensateci. Devono essere le ragazze a decidere di salire in macchina con lui, anche se quasi certamente le potrebbe trascinare dentro con la forza, giusto? Ma non lo fa. Perché? Perché la loro decisione gli dà l'idea di averle sotto controllo sin dall'inizio. È il controllo che lo fa stare bene.

Krupp sfiorò lo Junkers che portava al polso.

Pensò a suo padre.

Suo malgrado, sorrise. – E da cosa ci protegge il controllo? Dalla paura.

– Stai dicendo, – disse Arianna, scostandosi nervosamente la frangia dalla fronte, – che stiamo cercando un uomo spaventato?

– Stiamo cercando un uomo che ha fatto della propria paura qualcosa di spaventoso.

– Paura, – domandò il pm, – di cosa? Delle donne?

Krupp si aggiustò il nodo della cravatta. – Scopriremo cosa lo spaventa solo quando lo prenderemo. Purtroppo, però, questi ragionamenti non portano avanti le indagini di un millimetro. Per poterlo…

Manfredi lo interruppe. – Cosa sappiamo di lui? In concreto, intendo.

Krupp non esitò. – Che è di Bolzano, perché conosce bene le strade e chi le frequenta. Che possiede una macchina, e le auto costano. Benzina, bollo, assicurazione. Perciò ha delle entrate. Un lavoro. E deve avere accesso a un garage o qualcosa di simile. Per via del sangue sull'auto e sui vestiti. Deve lavarlo senza che nessuno lo veda e ci vuole tempo per farlo. Questo ci autorizza anche a ipotizzare che non sia sposato e non conviva. Troppe domande a cui rispondere, altrimenti. Però…

Krupp ammutolì sentendosi a un passo dall'esplosione.

Tre mesi di: frustrazione.

Cercò di chetarli con un lungo respiro.

Poi: – Finora lui è stato fortunato. Ma più gli concediamo tempo, più rischiamo che diventi anche bravo. L'abbiamo visto, no?

– Impara in fretta, – disse Arianna.

La frustrazione divenne rabbia e Krupp ripeté a Manfredi quello che da gennaio non faceva che ribadire a Levada, ai mastini, alle divise e a tutti i pm che si erano succeduti prima di lui.

– Abbiamo bisogno di *testimoni*. Sono certo che c'è chi l'ha notato, anche inconsapevolmente. Le probabilità che si tratti di un tossico o di uno spacciatore sono alte perché lui caccia di notte muovendosi nell'ambiente della prostituzione e, quindi, degli stupefacenti. Le prostitute sono in allarme e continuiamo a tenerle d'occhio, ma lo spaccio è roba della Narcotici e…

– Sto provando a convincerli a collaborare, ma, – disse, con disappunto, Manfredi, – non è così semplice come pensavo.

Krupp inghiottì amaro. Guardò il cadavere di Marlene e pensò: bisogna mandare un messaggio. Capì: *io* devo mandare un messaggio.

Doveva incontrare il cieco.

22 marzo 1992, domenica
– notte –

Dopo qualche tentativo di leggere l'articolo sul parricidio di via Vittorio Veneto, Jo lasciò da parte il dattiloscritto e giunse le mani sul ventre. Faticava a tenere gli occhi aperti. Allergia, diceva.

– Fammi un riassunto, campione.

– Stefano Zuliani, sedici anni, iscritto al conservatorio, ha accoltellato il padre, il dottor Massimo Zuliani, psicologo dell'età evolutiva, quarantuno anni, durante una lite.

– Un musicista?

– Suona il violoncello, ho intervistato il suo insegnante del Monteverdi. Ha detto che ha un grande talento e molta passione. Un bravo ragazzo, sempre sorridente. Nel tempo libero giocava a calcio e faceva parte di una squadra dilettantistica di sci. Fondo.

– Tua madre non avrebbe voluto un figlio così?

– Hanno avuto un diverbio. Il padre era nel soggiorno, stava leggendo il giornale mentre Stefano si stava esercitando in cucina.

– Fonte? – chiese Jo, con gli occhi chiusi.

– Una vicina. Ha sentito una conversazione fra la signora Zuliani e un'agente della Minorile.

Parlare con la vicina era stato terribile. La donna gli si era aggrappata continuando a chiedere "Perché? Perché?".

– A quanto sembra Zuliani ha chiesto a Stefano di sospendere le prove, aveva un'emicrania.

– E il ragazzino ha preso il coltello?

– Raptus.

Jo aprì gli occhi. Erano rossi come quelli del demonio. Forse la storia dell'allergia era vera.

– Che diavolo significa "raptus", campione?

– Non ne ho idea, ma è quello che avresti scritto tu.

Jo scoppiò a ridere. – Tu cosa pensi?

– Non si ammazza qualcuno senza un motivo.

– E il Killer delle Lucciole? Lui ce l'ha un motivo?

– È diverso.

– Pensi che il ragazzino si drogasse?

– Niente lo fa pensare. E non l'ho scritto nell'articolo, – puntualizzò Milla, torvo.

– La madre l'hai intervistata?

– Solo la vicina, l'insegnante del Monteverdi e un amico di famiglia. Tutti dicono che le cose andavano bene. Nessuno sa dare una spiegazione.

– Il ragazzo è in carcere?

Milla l'aveva visto, per un breve istante, sul sedile posteriore di una volante. La madre, accanto, gli teneva la testa coperta da una giacca. Milla era riuscito a cogliere uno sguardo, da sotto il camuffamento. Non l'avrebbe mai dimenticato.

Stefano Zuliani era smarrito.

Perso.

– L'hanno portato alla procura dei minori e poi con la madre a casa dei nonni. Per ora è solo indagato.

– Sbirri?

– Abbottonati.

– Sei andato lì, hai fatto vedere il tesserino nuovo di pacca e loro hanno detto di levarti dalle palle.

Erano stati più educati, ma il sunto era quello. – Già.

Jo spremette gocce di collirio negli occhi. – Odio questa merda. Cosa hai imparato, campione?

– Che il mondo fa schifo?

– Che devi farti amici gli sbirri. Non vedono l'ora di farsi belli con quelli come noi, ma non devi ferire i loro sentimenti da orsacchiotti col distintivo.

Milla si adagiò allo schienale della poltroncina. Non vedeva l'ora di mettersi sotto le coperte ma per farlo doveva stare al gioco di Jo. Inoltre, doveva una spiegazione a Iris per non averla più chiamata. Sarebbe stato uno schifo anche peggiore. Non sapeva che dirle.

La verità, gli suggerì una voce nella testa.

Anche se era piena di spine.

– Sei mai andato a pesca, campione?

– No.

– Non vai a pesca, non vai a donne, non bevi e non ti pago abbastanza per un abbonamento al cinema. Che diavolo fai quando non sei qui?

– Leggo.

Jo si costrinse a spalancare le palpebre. – Leggi.

Milla incrociò le braccia. – Le biblioteche sono gratis.

– D'accordo, prendi appunti. Per farsi amici gli sbirri bisogna fare come i pescatori. Quelli seri, la pesca è un'arte. Non puoi semplicemente buttare l'esca e sperare che abbocchi qualcosa, mi segui? In questo modo potrai farti amico qualche sbarbatello ai primi mesi di servizio, ma che te ne faresti? A te non interessano le trote, tu vuoi prendere un pesce spada.

– O una balena come Levada. Tu ci sei riuscito.

Jo ridacchiò: – Levada è la balena bianca e io non sono Achab. I veri pescatori preparano il terreno. Si chiama "pasturare". Trovano un posto promettente e iniziano a lanciare in acqua briciole di pane. O insetti. Insomma, hai capito. Tutti i giorni e sempre allo stesso orario. Così i pesci imparano che lì c'è un fesso che offre cibo gratis. Poi, quando quelli si sono abituati, in mezzo al pane...

– Buttano l'esca.

– *Timeo Danaos et dona ferentes.*

– Sono un maestrino del cazzo, ricordi? Fuori di metafora, per favore.

Jo schioccò la lingua disgustato. – Dove pensi di andare se non conosci i classici?

– Se fai così mi incasini gli appunti.

– Oggi avresti dovuto limitarti a un paio di domande stupide. Farti vedere. Nel frattempo avresti dovuto studiarli.

Capire chi è quello che comanda, e non parlo di gradi, quelli contano poco, ma di personalità. Capire chi avvicinare e come. Ascoltarli mentre parlano. Non del caso, di loro. Chi segue l'hockey, chi il calcio. Chi ha una moglie rompipalle e a chi piace farsi una bevuta.

– Pasturare.

– Bada bene, loro sanno che lo stai facendo e ne approfitteranno. Quando tu dirai che Rizzi ha i biglietti per la partita dell'H.C.B. e tu non sai che fartene, loro sapranno perché glieli stai offrendo, ma ti lasceranno fare perché li inviti a un gioco che adorano. E quando avrai allacciato un legame...

– ...cioè quando li avrò presi all'amo...

– ...allora parlerete dei casi. Loro ti passeranno informazioni e, in cambio, darai la tua parola che non le pubblicherai. E, – sottolineò Jo, – sarà esattamente così.

– Tutta questa fatica per soffiate impubblicabili?

Jo indicò lo schedario di metallo. – Sapere è potere.

– È con quello che si va a caccia della balena bianca?

– Guarda che Moby Dick non l'ha mai presa nessuno.

– È ancora lì fuori a solcare gli oceani? Non ti facevo così poetico.

– Moby Dick l'ha fatta fuori una balena ancora più cattiva di lei mentre Melville guardava da un'altra parte. E adesso sparisci che la tua faccia mi peggiora l'allergia.

Milla si alzò, lo stomaco che brontolava. – Alle volte penso che tu stia dalla parte di Krupp.

– Levada è la *mano de Dios*, ma prima o poi i dinosauri devono estinguersi. Se me lo chiedi è lo stesso motivo per cui faccio il tifo per te, campione.

23 marzo 1992, lunedì
– notte –

Krupp si addormentò mentre pensava a un sistema per stanare il cieco e la logica dei sogni lo fagocitò spingendolo in un incubo.

La sua mente riprodusse la sala autoptica del San Maurizio nei minimi dettagli. I tavoli di metallo con gli scoli per il sangue. Gli scalpelli, le forbici da incisione, le seghe, i frangicostole.

Una moltitudine scintillante di lame di ogni misura e dimensione. Riuscì persino ad avvertire la solitudine di quel luogo gelido.

Spinto da una mano invisibile si avvicinò alla figura nascosta dal telo, consapevole che se ne sarebbe pentito e allo stesso tempo impossibilitato dal fare altrimenti perché, quando si tratta di tormentare i vivi, il sonno non conosce pietà.

Il corpo di Marlene era bluastro, gli occhi completamente neri. Si strappò il drappo di dosso e si mise a sedere. Nel sogno la ragazza della statale 12 gli parlò e così fecero anche le sue ferite.

Gli raccontò dell'assassino. Dove poteva trovarlo, come era fatto, cosa faceva nella vita, chi conosceva, su quale auto si muoveva. Ma Marlene parlava la lingua dei morti e quando capì che Krupp non aveva compreso una sola parola, furibonda, *strillò*.

Il suo grido si fuse con quello delle volanti che partivano lasciando porzioni di pneumatico sull'asfalto e Krupp si svegliò di soprassalto facendo cadere il fascicolo su cui si era assopito.

Alle tre e trentasette minuti arrivò alla bidonville lungo l'Isarco, quella del blitz di Levada. Il fulmine non colpiva mai due volte sullo stesso luogo, si diceva, e probabilmente era davvero così perché quanto accaduto non era frutto del destino.

La baraccopoli era avvolta da una nuvola pestilenziale e uno dei pompieri gli chiese di allontanarsi. Krupp gli mostrò il tesserino.

– Ci sono vittime?

– Qualche intossicato, ma abbiamo rischiato la strage. Ci sono bombole del gas, benzina, gasolio.

Krupp respirò plastica bruciata, cenere e rabbia mentre guardava i getti degli idranti spazzare via le baracche di Eternit.

– È doloso?

– Qualcuno ha lanciato una molotov.

E aveva lasciato una firma.

Una svastica tracciata con una bomboletta spray.

Krupp pensò: è corretto scrivere che la polizia sta brancolando nel buio?

23 marzo 1992, lunedì
– mattina –

Mezzogiorno e sedici. Le quarantotto ore dalla morte di Marlene Wieser erano scadute da un pezzo.

– Ho dovuto cedere uomini per indagare sulla molotov, – protestò Krupp, non appena entrato nell'ufficio di Levada, – altri per i cortei.

La notizia dell'attentato aveva scaldato gli animi. I giornali ci erano andati a nozze: la svastica era un buon sistema per vendere copie. La sinistra ci era andata a nozze: la svastica metteva in secondo piano i licenziamenti, la struttura sociale allo sfascio, l'eroina, l'alcol, la delinquenza e l'impotenza della sinistra stessa. La destra ci era andata a nozze: la svastica metteva in secondo piano i licenziamenti, la struttura sociale allo sfascio, l'eroina, l'alcol, la delinquenza e l'impotenza della destra in tutto il suo splendore. Il centro ci era andato a nozze: la svastica metteva in secondo piano i licenziamenti, la struttura sociale che si sfaldava, l'eroina, l'alcol, la delinquenza, l'impotenza del centro e la storia delle tangenti che montava di giorno in giorno. La gente pensava: *quelli* se la sono meritata.

Krupp lo sapeva perché glielo diceva il numero verde.

Era stata una giornata infernale.

Alle dieci era stato convocato un corteo antirazzista in piazza Walther. Lopez aveva portato i mastini a insegnare le buone maniere alle teste calde. Krupp aveva dovuto mettere da parte la sua ricerca del cieco e indossare la pettorina con la scritta POLIZIA. Il corteo antirazzista scandiva: *basta discri-*

minazioni! Nel frattempo, in piazza Stazione, un secondo corteo contro gli spacciatori rispondeva con: *basta degrado!* Lungo viale Trento una terza manifestazione, composta da clandestini e immigrati, chiedeva documenti per tutti: *basta invisibili!*

– Così è la vita, Luther.

– Fra persone scomparse, false testimonianze e fuori di testa la task force è ridotta a zero. Come faccio ad arrestare qualcuno?

Levada non perse il sorriso. – È così che funzionano le cose.

– La Narcotici non collabora.

La faccia di Levada diceva: e allora?

Krupp pensò: devo trovare il cieco.

Pensò: come?

23 marzo 1992, lunedì
– notte –

Milla arrivò sotto casa che erano le ventuno passate. Era coperto di sudore e non si reggeva in piedi. Per poco non si era preso una manganellata in testa quando si era messo a scattare foto allo schieramento degli sbirri, in piazza Stazione. Poi, terminate le manifestazioni, Jo l'aveva spedito al tribunale dei minori. Novità sul caso Zuliani: non era stato un raptus ad aver trasformato Stefano in un parricida. C'era di peggio, sotto. A quel punto Milla, con i piedi doloranti, sfinito e affamato, era tornato in redazione, aveva scritto l'articolo e se l'era filata prima che il capocronista gli trovasse altra ghiaia da spalare.

Ora si preparava a spiegare a Iris il motivo della sua scomparsa. E, visto che aveva rimandato la telefonata di quasi un giorno, a prepararsi a non vederla mai più. Era un pensiero che lo atterriva.

Spense il motore della Renault 5 e quando spalancò la portiera la ragazza dei fiori sbucò dalla 126, posteggiata a pochi metri.

Il cuore di Milla perse un colpo.

Iris disse: – Ciao.

Era vestita di scuro, scaldamuscoli sopra gli anfibi, un abito in stile swing, giacca di lana e cappello all'Lsd. C'era un termine per definire quel look, Milla l'aveva letto su una rivista: grunge.

– Come fai a sapere dove abito?

– Me l'hai detto tu. Che hai fatto alle mani?

Milla tirò su col naso.
Pensò: *Rosa Banskiae Lutea.*
– Ho preso a pugni il padrone di casa. Non avevo mai fatto a botte con qualcuno. Invece…
– Ti ha aggredito?
– *Io* l'ho aggredito. – Milla deglutì. – E non ho mai avuto tanta paura in vita mia. Ero spaventato da me stesso, non da lui. Per questo non ti ho più chiamata. Io… sì. Sono sparito perché...
Gli occhi grigi di Iris erano: indecifrabili.
– Perché?
– *Rosa Banskiae Lutea.* Mente. Per questo la odi, – rispose Milla, senza avere il coraggio di guardarla. – Ma tutto il mondo è una rosa senza spine. Come si fa a uscirne, Iris, tu lo sai? Perché io…
La ragazza dei fiori spostò il peso da una gamba all'altra.
Intuire cosa le stesse passando per la testa era impossibile.
– Come l'hai capito? – chiese.
– Ho parlato con una donna a cui hanno ucciso la figlia.
Iris continuava a fissarlo in silenzio.
Scrutandolo.
Milla pensò: non sono pronto.
Non posso lasciarti andare via.
Non così.
– Io sono affamato, – provò a dire. – Mangiamo qualcosa insieme? Una pizza, magari.
– Ho già cenato, mi sveglio presto la mattina.
– Allora possiamo fare due passi.
Iris gli tese una cassetta.
– Ti ho portato un regalo.
My Funny Valentine, Chet Baker.
Milla non l'aveva mai sentito nominare. Forse era uno di quegli artisti di Seattle.
Iris si portò un ciuffo di capelli alle labbra.
Studiandolo.
Milla non resse. – È un regalo d'addio o una cosa del genere?

Iris lasciò andare un sospiro.
Infine: sorrise.
– Cos'è? A casa ci sono una moglie e un paio di marmocchi che ti aspettano?
Milla e: un tuffo al cuore.
Milla e: sollievo.
L'appartamento non gli era mai sembrato tanto squallido come quando aprì la porta per farci entrare Iris. Allo stesso tempo: gli sembrò un castello. Era la ragazza dei fiori a farlo sembrare tale.
Iris si accomodò sul divanetto. – Da quanto non mangi?
– Ieri. Ti dispiace se...
– Gnam, gnam... – fece lei.
Milla si preparò un panino al tonno e, ancora in piedi come il soldatino di stagno, iniziò a addentarlo. Con la coda dell'occhio scrutava la ragazza dei fiori che si guardava attorno, curiosa.
– Non è divertente?
Milla buttò giù un bicchier d'acqua. – Cosa?
– Sai già come sarà il giornale di domani. È come viaggiare nel tempo.
– Non tanto.
– Dammi un'anticipazione.
– Lavoro alla nera. Non sono mai buone notizie.
– Non farti pregare.
Milla si sedette al tavolo. Distanza di sicurezza. Non voleva che Iris pensasse che, oltre a essere uno da rissa, fosse anche uno da "prometto che non allungherò le mani".
– Il ragazzo che ha accoltellato il padre, Stefano Zuliani, hai presente? Vicini e insegnanti in lacrime e persino un collega, uno con lo stomaco d'acciaio, che mi manda al diavolo perché ho fatto il mio lavoro. Famiglia felice, nessun problema. Questo, *ieri*.
– Tu non ce l'hai lo stomaco d'acciaio, – fece Iris indicando le fasciature, – giusto?
Milla avvampò. – Temo di no.
– Non esistono famiglie felici?
A Milla passò la fame.

– Erano anni che il dottor Zuliani picchiava il figlio. Ieri l'ha fatto per l'ultima volta.

Iris si sfilò gli anfibi e si stese sul divano, mani dietro alla testa.

Assorta.

– Questione di terreno, – mormorò, – come per i fiori.

Milla cincischiò con quanto restava della cena. Poche briciole, in verità.

– Spiegami.

– Anche solo variando il PH del terreno i fiori cambiano. Basta poco. Il terreno di quella famiglia era incasinato e lui è venuto su ancora più incasinato.

Milla ci rifletté.

Aveva senso.

– Vuoi sapere un segreto? – chiese Iris.

– Sarebbe la cosa migliore della giornata.

Quando la ragazza dei fiori si emozionava muoveva i piedi, notò Milla. Come i bambini.

– Sto lavorando alla *Rosa Banskiae Lutea*. Nel tempo libero. Voglio farle tornare le spine.

Milla scoppiò a ridere.

– Ti offendi se dico che è la cosa più folle, poetica e stupida che abbia mai sentito?

Iris si unì alla sua risata e si mise a gambe incrociate. – Perché hai deciso di fare il giornalista? Non me l'hai mai detto.

– Non lo racconterai a Jo, vero?

Iris scosse la testa. Milla avrebbe voluto affondare le mani in quei capelli corvini. Invece sfilò un volume dallo scaffale dei libri e glielo porse.

– *Un uomo*, Oriana Fallaci. È solo carta e inchiostro, ma qui dentro c'è l'anima di un essere umano. E quindi di tutti gli esseri umani. Forse non ne sarò mai capace, ma è quello che mi ha fatto...

– Innamorare?

Forza campione, disse la voce di Jo nella sua testa, cosa aspetti ad andare all'attacco?

Non con quelle fasciature alle mani.

Lo facevano sentire sporco.

Si schiarì la voce. – Mettiamo un po' di musica?

Inserì la cassetta nello stereo e regolò il volume. Era un live. Una voce introdusse il pezzo. Ci furono degli applausi. Poi il suono malinconico di una tromba riempì il seminterrato. Era la prima volta che Milla ascoltava del jazz.

– Vieni qui, – fece Iris.

Milla si sedette all'estremità opposta del divano: *non sono uno di quelli*.

Iris ridacchiò. – Stupido.

Allungò le braccia e lo fece prima voltare e poi stendere, la nuca adagiata sul suo grembo. Portò le punte delle dita alle tempie e iniziò a massaggiarlo, piano. Il profumo di Iris divenne l'universo intero.

– E tu? – chiese Milla. – Non mi hai mai detto perché lavori da Fiori Marilisa Blumen.

– Mi piacciono le cose che crescono.

Milla chiuse gli occhi.

Quando *My Funny Valentine* si concluse, Iris gli sfiorò la fronte con un bacio, ma Milla non se ne accorse. Si era addormentato.

Jo avrebbe detto: che fesso.

Ventitré e undici minuti. La piazza del vecchio municipio era deserta.

Vivian lo accolse a piedi nudi, in vestaglia e con un occhio pesto. Krupp non l'aveva mai vista così. Stanca, spenta. Vulnerabile.

Fu però lei a dire: – Hai un aspetto di merda.

– Chi è stato?

Vivian fece la voce in falsetto. – Ho sbattuto contro uno spigolo, sono caduta dalle scale. Mio marito è innocente, signor commissario.

– Dimmi, – ringhiò Krupp, – chi è stato.

– Devo sentirmi lusingata?

Vivian lo sospinse verso la cucina. Piccola, arredata alla maniera new age. Cristalli e statuine bizzarre. L'illuminazione proveniva da candele profumate. Sul tavolo, un bicchiere di Absolut.

– Uno che si è già pentito, – disse la prostituta, una volta che Krupp si fu accomodato. – E comunque nessuno ha un nome quando viene qui.

Krupp si rese conto di non aver dimenticato il suo profumo. Per scacciare il pensiero indicò una statua su una mensola. Non voleva che Vivian si accorgesse del suo turbamento.

La statua raffigurava una donna con la pelle blu, quattro braccia, tre occhi, di cui uno al centro della fronte, e una lingua smisurata. Occhi e lingua erano di un rosso intenso. Come la mantellina di Lorena. Come il fiocco di Marlene. Ogni mano della statuetta stringeva un oggetto. Un teschio, una falce, una testa mozzata e una coppa per raccoglierne il sangue. Reminiscenze di vecchie letture gli suggerirono che si trattava di una divinità.

Non ne ricordava il nome, però.

– Chi è?

– Kali.

Krupp la studiò.

Pensò: l'addolorata, l'innocente, l'irata.

– Questa è la sua epoca, – spiegò Vivian, – il Kali Yuga. La fine dei tempi.

Si allungò sulle dita dei piedi mettendo in mostra gambe lunghe e snelle, afferrò la statuetta e gliela mise fra le mani. Era pesante.

Vivian recitò: – *Om Kali mahakali kalike parameshwari sarva ananda kare devi narayani namostute.*

La litania si stampò nella mente di Krupp.

Era ipnotica.

Dolorosa, ma allo stesso tempo invitava all'abbandono.

– Kali è la madre di tutti i mutamenti. I mutamenti provocano sofferenza. E sai perché? Perché hanno bisogno di distruzione. Kali è quella distruzione. – La voce della prostituta si fece carezzevole. – Ciò che per alcuni è inferno per altri è paradiso.

Krupp rabbrividì. – Se siamo nel Kali Yuga, che senso ha vivere o lottare?

– Tu sei uno che ama la lotta, commissario?

– Solo uno che si interroga sulle cose.

– Durante il Kali Yuga gli uomini vengono divorati dalla dea senza nemmeno rendersene conto. Gli innocenti diventano mostri, i guerrieri si trasformano in codardi, i re in ladri. I saggi si suicidano perché sanno che nulla può fermare l'onda di morte della dea. I pazzi, invece, fanno surf sul Kali Yuga.

– Saranno i pazzi a salvarsi, quindi?

– Non illuderti. Fare surf sul Kali Yuga è solo rimandare l'inevitabile e rendere la dea, – Vivian socchiuse le palpebre, – ancora più feroce.

Lo sguardo della statuetta era identico a quello di Marlene Wieser.

Vivian indicò il bicchiere. – Vuoi?

– Sono in servizio.

– E se non intendessi soltanto la vodka?

– È no anche per quello.

Vivian bevve quanto restava nel bicchiere e si rannicchiò, come una gatta, in grembo a Krupp. Il suo corpo era pieno, maturo.

Caldo.

Proibito.

– Vivian...

– Ti presenti in piena notte, non vuoi scoparmi e mi lasci bere da sola. Il minimo che tu possa fare è scaldarmi.

Da quanto Krupp non toccava una donna? C'era stata Brigitte, tempo prima. Di Brigitte ricordava il modo in cui sospirava quando la penetrava. E le fossette agli angoli del sorriso. Si erano lasciati all'inizio della scuola superiore di polizia. Poi ce n'erano state altre, poche. Le ricordava a malapena.

Guardò i tre occhi della dea.

Pensò: fare surf sul Kali Yuga.

Vivian si accorse della sua erezione e iniziò a muovere i fianchi, lenta.

– Non vuoi dirmi perché sei qui?

Krupp non pensò al contatto con il corpo caldo di Vivian.

Non pensò all'erezione che si stava facendo dolorosa.
Pensò: mandare un messaggio.
Pensò: fare surf sul Kali Yuga.
– Tu conosci molte persone, – disse.
– Tu no?
– Non quella che mi serve.
Vivian non faceva neppure più finta che il suo fosse un movimento casuale.
– Vieni da me, – sussurrò, roca, – perché hai bisogno di qualcuno che conosce le fogne?
– Non ho altra scelta.
– Suona bene.
– Ho bisogno di parlare con qualcuno che non esiste. In fretta.
Vivian gli schiacciò il seno contro il petto.
Gli sfiorò l'orecchio con le labbra.
– È sempre così, no? Quando vuoi qualcosa, lo vuoi subito.
Krupp fissò la divinità con i tre occhi. Vivian aveva il respiro accelerato. Krupp era a un passo dall'esplosione. Un misto di: piacere, dolore, ira, vergogna.
– Per favore, Vivian.
La donna gli prese la mano e se la portò alle labbra.
Erano morbide.
– Vivian…
La prostituta gli morsicò il polpastrello, con forza. Aveva denti piccoli e affilati. Poi, con quella sua risata da Janis Joplin, raccolse una goccia del suo sangue e la sfregò sulla statua della dea.
– Tu vuoi sapere del cieco, vero?

24 marzo 1992, martedì
– notte –

La leggenda diceva che tutta la roba che passava per Bolzano veniva testata da un garante. Un tossico in grado di elencare con la precisione di un chimico ogni tipo di ingrediente che si sparava in vena, inalava, succhiava o ingeriva.

Lo chiamavano: il cieco.

La maggior parte degli sbirri pensava che il cieco non esistesse, ma Krupp sapeva che non era solo una favola perché, per puro caso, l'aveva sentito riferire da uno dei pezzi grossi della Narcotici al commissario capo Levada. *Col cazzo che è cieco*, aveva giurato, *quel tizio ci vede meglio di te e me messi insieme*.

Secondo Vivian il cieco viveva all'Hotel Felix, in piazza Mazzini. – Si chiama Nico. È un tipo molto spirituale.

Krupp non dovette nemmeno mostrare il tesserino. Il portiere dell'Hotel Felix lo vide entrare e si irrigidì. Quando Krupp chiese di Nico lanciò un'occhiata e Krupp captò del movimento alle sue spalle. Un piccoletto, col nasone e scuro di pelle, annuì.

Il portiere disse: – Terzo piano.

L'ascensore puzzava di spumante spacciato per champagne e solitudine. Le porte si aprirono e un tizio, codino e zigomi sporgenti, era lì ad aspettarlo. Krupp aprì l'impermeabile e gli mostrò la Beretta. – Vuoi farmi perdere tempo?

Mezzanotte e sette minuti: la ferita sul polpastrello pulsava al ritmo del battito cardiaco.

Il cieco era seduto su una poltrona piena di bruciature. La stanza era colma di immondizia. Confezioni di cibo, una flebo vuota appesa a un trespolo di metallo, due televisori appoggiati sulla moquette, un giradischi con un'impressionante collezione di 45 giri. Odore di medicinali, marijuana e incenso. Indossava una vestaglia e occhiali come quelli di Bono Vox. Era biondo, barba lunga e incolta, emaciato.

Krupp gli si sedette di fronte, sicuro che nel bagno alla sua destra ci fosse qualcuno pronto a intervenire.

– Nico, – esordì, – come quello dei Velvet Underground. Pare che al Chelsea Hotel, a New York, abiti un cieco che conosce tutte le droghe del mondo. Una citazione o sono al cospetto dell'uomo in persona?

– Sostanze che aprono la mente, – lo corresse il tossico. – Carburante per viaggiatori curiosi.

– Roba che ti manda all'altro mondo. Quanto ti resta?

– Prima si usa l'incavo dei gomiti, poi lo spazio fra le dita dei piedi. Poi qualsiasi posto in cui infilare un ago va bene, ma dopo un po' devi farti un lifting perché le vene non reggono più. E qui il viaggiatore curioso tocca i limiti della scienza moderna. Esistono solo tre tipi di plastica per rifarti le vene. E tutte e tre, dopo un po', vengono rigettate dal corpo.

Nico sorrise.

– Io sono al terzo.

– E l'idea di morire in un posto di merda come questo com'è?

– Ho visto la morte, una volta. La Dmt fa di queste cose. La migliore conversazione della mia vita. Mi ha suggerito una vita di fuga: banane. Ho i reni a puttane e sono in dialisi. Sa cosa è vietato per chi è nelle mie condizioni? Il potassio. Uccide il cuore.

Nico batté le mani.

– *Bum*, e sei dall'altra parte.

Krupp si aggiustò la cravatta. – Bello show, possiamo parlare di affari?

– Coca? Amfetamina? Lei mi dà l'impressione di avere poco tempo per dormire.

– Cosa te lo fa pensare?

– Non sta cercando quel viaggiatore triste che ha perso la via?

– Quel viaggiatore triste ha ucciso due donne.

– Non vedo un nesso con la mia persona.

– So per certo che da qualche parte c'è un tossico o uno spacciatore che ha visto qualcosa.

Nico si sfilò gli occhiali, incredulo. – Non conosco tutti i tossici della città, commissario.

– Una delle due vittime faceva uso di Prozac. Un mercato ristretto. Voglio i nomi.

– È uno scherzo?

– Sai benissimo cosa succede se decido di mandare i viaggiatori curiosi in astinenza.

Il cieco scoppiò a ridere. – Non esiste.

Krupp si alzò. – Hai tre ore. O ti lascio a secco.

Nico raggiunse lo stereo, fece scorrere il dito sulla collezione di dischi, ne sfilò uno e lo appoggiò su un piatto. Sitar e voce malinconica.

Venus in Furs.

Krupp sentì qualcuno sghignazzare dietro la porta del bagno.

Nico alzò il volume dello stereo e iniziò a ballare, schioccando le dita a ritmo.

Shiny, shiny…

Krupp pensò: non è questione di pubbliche relazioni.

E iniziò il conto alla rovescia.

Il countdown terminò alle quattro del mattino: Levada non portava la cravatta ed era furente.

– Si può sapere cosa ti è saltato in mente?

– Sto cercando di risolvere un duplice omicidio.

Il commissario capo chiuse la porta dell'ufficio con una manata.

– Sai chi è l'ispettore Martinelli della Narcotici?

– Non era il tizio alla reception e nemmeno il fighetto col codino. Il nasone dalla pelle scura?

– Martinelli ci ha messo anni a farsi amico il cieco.

Krupp finse di cascare dalle nuvole. – Nico il cieco è un informatore?

– Come l'hai scoperto?

– O era un informatore o aveva la stanza piena di cimici. In ogni caso la Narcotici si sarebbe incazzata. Direi che ha funzionato.

– Posso sapere perché l'hai fatto?

– Sto aspettando di conoscere la rete dello spaccio della zona Dodiciville da gennaio. Sto aspettando la lista dei fornitori di psicofarmaci e dei clienti segnalati, indovini?

– Sono, – disse Levada battendo il pugno sulla scrivania, – informazioni riservate.

Krupp allargò le braccia. – È il motivo per cui ho deciso di cercarle da solo.

– Correndo il rischio di far saltare un'importante operazione della Narcotici?

– Io sono quello che non riceve nemmeno i promemoria per le conferenze stampa.

Levada fremette. – Nico ci passa informazioni sui grossi carichi.

– I grossi carichi portano a grossi encomi.

– Sono quelli che colpiscono dove fa più male, Luther.

– Là fuori c'è un tossico che ha visto l'assassino adescare Lorena e Marlene. E, se la Narcotici non collabora, quello stronzo continuerà a uccidere.

– Sai cosa sembri?

– Uno che non ha intenzione di lasciare che altre poverette vengano macellate per strada.

– Disperato, – lo corresse Levada. – Se non sai come portare avanti un'indagine su uno stronzo che ammazza delle troie è un problema nostro, non della Narcotici.

– *Nostro?*

– È a me che devi riferire.

– Dei suoi preziosi consigli ho una collezione intera. Sono i testimoni che mi mancano.

– E allora cercali.

– Con i mastini che passano le ore a lamentarsi degli straordinari? Con il numero verde che intasa le divise di false segnalazioni? Oppure con il tempo che perdo a controllare che nessuno vada a divertirsi nella Cella X?

– Non è un problema della Narcotici.

– Lo è, – ringhiò Krupp. – Nico è solo l'inizio, commissario capo. Finché non tireranno fuori i nomi gli farò saltare ogni singola copertura. Posso...

Levada se la rise. – *Cosa*, Luther? Tu, la sovrintendente culo basso e chi? I mastini obbediscono a me, non a te. Io li ho creati quando tu avevi ancora il moccio al naso. Io li ho scelti uno per uno, li ho svezzati, gli ho insegnato il mestiere. Fanno quello che dico quando lo dico e nel modo esatto in cui gli ordino di farlo. E sai perché? Perché mi rispettano.

– Sono animali che si divertono a picchiare tossici e barboni. – Krupp fece un verso di disgusto. – E lei è quello che li lascia fare.

– Hai mai provato a guadagnarti la loro fiducia?

– E se facessi intervenire Manfredi? Scommetto che la Cella X gli...

– Manfredi? È solo un arrampicatore, appena capirà che sei un peso morto ti scaricherà per fare carriera. L'unica persona di cui puoi fidarti sono io, mettitelo in testa.

– Un peso morto?

– Rispetta le gerarchie, – fece Levada, – nuota insieme agli altri, non fare lo schizzinoso e vedrai che i mastini rispetteranno anche te.

– Sono indegni di portare una divisa.

– Devi imparare a essere realista.

– È per questo che siamo qui. Perché, per una volta, invece che rispettare la fila sono stato realista. Ho il suo rispetto, commissario capo?

– Luther, ragiona. Quante ne ha uccise il tuo uomo? Due? Quante pensi che ne ucciderà prima di fare un passo falso? Una? Cinque? Dieci?

– Le sembra accettabile?

Levada lo gelò. – Quante ne ammazza l'eroina, commissario?

Krupp ammutolì.

La *mano de Dios* drizzò la schiena, puntandogli l'indice contro. – Non ti azzardare mai più a fare una cosa del genere. Il caso è tuo, ma da adesso in poi, esigo che prima di prendere qualsiasi decisione chieda consiglio a Lopez. Non è una richiesta.

Se ne andò sbattendo la porta.

Krupp pensò: Kali Yuga.

Quante ne ammazza l'eroina, commissario?

Con un gesto rabbioso aprì l'album con la copertina rossa, quello delle Polaroid di Costantini. Arianna aveva aggiunto dei post-it. Nomi, indirizzi. L'ispettrice capo Lici era una che non mollava. Doveva esserci lei seduta su quella poltrona, non lui.

Per la prima volta da che aveva indossato la divisa, il commissario si chiese se Andreas Krupp non avesse avuto ragione: l'uomo sbagliato nel posto sbagliato. Con una vita sbagliata.

Lo Junkers diceva: sei e dieci.

Niente identikit, niente prove, niente testimoni. Solo l'album con la copertina rossa, ma *lui* non aveva mai toccato quelle donne. Indagare su di loro era una mossa da disperati. Ed era pericoloso. Se la notizia della sua esistenza fosse diventata di dominio pubblico l'esplosione sarebbe stata immane.

Il mondo era pieno di *lui* che aspettavano solo una scusa per scatenare infiniti Kali Yuga domestici. *Quante ne ammazza l'eroina, commissario?* Un'enormità. E altrettante ne uccidevano mariti, fidanzati, ex. Nella migliore delle ipotesi da quell'album sarebbero scaturiti: dolore, isolamento, insulti, cuori spezzati, dignità calpestate, pettegolezzi usati come arma da offesa, valigie fatte nel cuore della notte. Nella peggiore: suicidi, alcol usato come medicina per curare la vergogna. E violenza. Krupp poteva vederla: il marito devoto che mandava in frantumi le costole di *Sue Ellen*, il fidanzato che prendeva a pugni la faccia costellata di lentiggini di *Ilona*, il fratello di *Cindy* che bramava il suo sangue per chissà quale incestuoso senso dell'onore, il vicino di *Nancy* che si sentiva autorizzato a prendere con la forza ciò che fino ad allora aveva desiderato senza sapere come ottenere.

Marzo si concluse con la Polaroid di *Linda* che, mentre scimmiottava una posa alla Marilyn, gli diceva: *Gli uomini sono solo degli stomaci, e noi donne siamo soltanto del cibo. Ci mangiano con grande voracità, e quando sono pieni, ci vomitano.*

Aprile: avanti veloce

Aprile si porta via tredici overdosi, sei suicidi, due morti per futili motivi. L'espressione "futili motivi" lascia Milla perplesso: quali sono i buoni motivi per ammazzare qualcuno? Ci pensa e si gratta le cicatrici sulle nocche. Spala ghiaia e aggiunge spine a quello che scrive. Anche se sono solo tossici morti su una panchina: deve fare male. Jo scambia le spine per orsacchiotti e dice: bravo campione.

Marlene viene seppellita a porte chiuse. Krupp manda due uomini a fotografare i curiosi. Deve chiedere il permesso a faccia da ratto Lopez. I mastini non gli rivolgono la parola. I briefing diventano monologhi. Manfredi dice: non posso farci niente. L'operazione Minotauro continua, ma a ranghi ridotti all'osso.

Vengono aperti sportelli di aiuto per tossici e prostitute. Milla segue la vicenda e le proteste contro l'iniziativa: soldi buttati, *quelli* non hanno alcuna intenzione di smettere, perché i bravi cittadini devono sempre aprire il portafogli per aiutare *quella* gente?

Una partita di droga tagliata male: quattro overdosi in tre giorni. La Narcotici fa il suo dovere. Gli spacciatori vengono presi: i soliti noti. Il dottor Falkenbach si fa intervistare dai giornali. Elargisce consigli a madri e padri preoccupati. Il numero verde vomita bile. Il tizio di *I Fought the Law* non si è ancora stufato. Levada compie tre arresti per l'attentato alla baraccopoli lungo l'Isarco. Naziskin che hanno pensato bene di fare i fenomeni al bar. Uno di loro è il figlio di un mastino.

Due giorni dopo i presunti attentatori vengono prosciolti: non sono stati loro. Non ha importanza: la notizia del rilascio è un trafiletto che non leggerà nessuno. L'attentato è già stato dimenticato e perdonato. Levada chiede a Krupp se ha bisogno di un po' di ferie. Krupp rifiuta.

Aprile finisce con il commissario che convoca Arianna, le mostra l'album delle Polaroid e dice: dobbiamo iniziare a parlare con queste donne.

È un uomo disperato.

Deve accettarlo.

Maggio: avanti veloce

Maggio è Krupp che osserva la commessa riporre barattoli sugli scaffali. La commessa ha un nome, un cognome, un indirizzo, due figli, un marito e una cicatrice dovuta a una appendicectomia. Krupp sa della cicatrice anche se la donna indossa la divisa del supermercato. Krupp sa che è una fan di *Dallas*: nell'album delle Polaroid si fa chiamare *Sue Ellen*. La commessa si accorge del suo sguardo insistente e si allarma. Krupp le fa un sorriso e prende una confezione di sottaceti: non volevo spaventarla. *Sue Ellen* sparisce in fretta. Krupp esce dal supermercato, entra in macchina e ripete ad Arianna la verità che Arianna già conosce: interrogarle non ha alcun senso, lui non è tipo da lasciare numeri di telefono. Ciononostante: continuano. Due giorni dopo Krupp intercetta *Sue Ellen* di ritorno dal lavoro. *Sue Ellen* piange, lo prega di non dire niente a nessuno. Non conosce i nomi dei clienti, sa solo che si vergogna.

Il 23 maggio il giudice Falcone viene ucciso.

Jo resta chiuso tutto il giorno nel suo ufficio.

Le giostre tornano in città. Autoscontri, clown, tiri a segno, pop-corn e bambini che strillano. Iris porta Milla sulla ruota panoramica. Milla soffre di vertigini: Iris passa il tempo sulla ruota tenendogli la mano perché ha paura che svenga e Milla paga per un secondo giro. Sulle nocche non ci sono più segni. Però, per un attimo, Milla le sente bruciare come se avesse spine conficcate nella carne. Quel dolore fantasma è catartico. Iris e Milla tornano nel seminterrato e fanno l'amore per la prima volta.

Da quel giorno, ogni sera, Milla ascolta *My Funny Valentine*. Ogni volta si addormenta felice.

Maggio finisce con: overdosi, suicidi. Ghiaia.

Giugno: avanti veloce

Una prostituta viene aggredita: IL KILLER DELLE LUCCIOLE È TORNATO?

La prostituta si è salvata scappando in mezzo al traffico: nessuno l'ha soccorsa. Lorena e Marlene tornano in prima pagina. Lorena con quel suo sorriso dolce, Marlene maledicendo il mondo. Tommy il ribelle si fa offrire un hot dog. È dimagrito e ha un taglio sul sopracciglio: un amico non era così amico come Tommy pensava. Milla gli chiede dell'aggressione. Tommy scuote la testa e dice: non è lui. Tommy il ribelle vede passare Heidi e anche Heidi si fa offrire un hot dog. Heidi si gratta la testa come avesse i pidocchi e dice: no che non è lui. Milla vuole sapere come fanno a esserne certi.

Hai notato che è ancora viva?

Milla accompagna Jo alla conferenza stampa della polizia. Krupp dice: non è lui. Levada è assente. A Milla, Krupp fa pena. La prostituta dà una descrizione dell'aggressore e i primi tre numeri della targa dell'automobile su cui viaggiava. I mastini lo ammanettano nel giro di poche ore. Krupp aveva ragione: non è lui. Levada si becca gli applausi. Jo si fa beffe di Krupp in prima pagina.

Milla scrive degli sportelli di aiuto ai tossici che si sono rivelati un buco nell'acqua: pochi si fidano ad andarci. Milla scrive delle proteste: soldi buttati. *Quelli* e *quelle* vogliono soltanto affondare, perché sprecare soldi invece che lasciarglielo fare? Milla scopre il motivo del fiasco: agli sportelli vengono richieste carte d'identità e codici fiscali. Heidi ha un'overdose. Tommy dice: si riprenderà.

Karli telefona a Krupp per invitarlo a pranzo. Per vedere i nipoti, dice. Krupp accetta ma poi non si presenta. Resta in ufficio a studiare i fascicoli di Lorena e Marlene. Da qualche parte deve esserci un indizio. Se c'è, il commissario non lo trova. Il giorno dopo invia una bottiglia di vino a Karli insieme a un biglietto di scuse. Karli dice: sei impegnato, capisco. Krupp avrebbe preferito una sfuriata. Milla chiede a Iris: quando mi farai vedere dove vivi? Iris sorride e il mistero rimane.

Giugno finisce con Krupp che parla con la maestra d'asilo che si fa chiamare *Kelly*. Lei gli racconta dei debiti, del marito che ha perso il posto e: la prego, non dica niente a nessuno. Krupp chiede dei clienti. Ce n'erano di violenti? La donna dice: *la prego*. Ce n'erano di cattivi? La donna dice: *la prego*. Krupp promette discrezione. La donna dice: non è questione di discrezione. La donna dice: non voglio pensarci. La donna si mette in ginocchio.

Dice: così mi uccide.

Luglio: avanti veloce

Luglio porta calore. Afa. Milla dice: finalmente. Le pale dei ventilatori arrancano. I bolzanini arrancano. Ogni mattina Krupp si sveglia col cuore in gola e una certezza: la prossima volta è oggi. Non succede mai. Ogni notte Krupp si addormenta e chiede all'assassino di Lorena e Marlene: cosa stai facendo?

L'autopsia dice che il tizio ripescato a Verona con le mutandine di pizzo addosso non si è suicidato. Il fascicolo sulla sua morte torna a Bolzano. Levada lo scarica ai carabinieri. Il fascicolo muore ancora prima di essere aperto e Jo non manda nemmeno Milla a caccia di orsacchiotti: un pervertito in meno.

Nel tempo libero, Arianna continua a cercare le donne dell'album. Krupp le incontra e ogni volta dice: basta. Poi ricomincia. Krupp trova sempre una scusa per non andare sulla tomba di suo padre. Il questore Comi gli chiede se ha bisogno di qualche giorno, giungono voci sul suo stato di salute. Krupp dice: il caso è suo ed è determinato a risolverlo. Comi casca dalle nuvole e chiede: di quale caso sta parlando, commissario?

Krupp continua ad andare da Manfredi elemosinando più uomini. L'ufficio di Jakob è l'unico senza condizionatore. La dice lunga su quanto conti all'interno del tribunale. D'altronde è nato in un paese il cui motto dovrebbe essere: fine gavetta, mai.

Poi arriva il:

12 luglio 1992, domenica

Alle sei e cinque Milla parcheggiò in piazza Vittoria. Proseguì a passo svelto in direzione dell'area giochi, fino a una specie di anfiteatro scavato nel terreno, profondo quattro metri, con un diametro di circa trenta e circondato da un muretto a secco. I bambini di Bolzano chiamavano quel posto: la casa di Pippo.

Pippo era un orso appartenuto a un circo andato in fallimento e qualche assessore era riuscito a convincere il consiglio comunale a offrirgli un rifugio e salvarlo dalla soppressione.

Si chiamava Pippo perché *Arriva Pippo!*, durante la Seconda guerra mondiale, significava che bisognava nascondersi nel bunker antiaerei. Un modo per esorcizzare i brutti ricordi.

Milla aveva il magone.

C'erano due jeep dei vigili del fuoco, un Ducato sporco di fango e una camionetta dei carabinieri parcheggiata di traverso.

Un uomo in tuta da lavoro, in disparte, singhiozzava senza ritegno. I carabinieri parlavano con gli operai della giardineria. Vigili del fuoco trasportavano cinghie da sollevamento dentro il fossato.

Uno di essi aveva le mani macchiate di sangue.

Milla scattò una foto.

Il magone divenne: nausea.

– "Voce delle Alpi", che è successo?

Uno dei giardinieri, con la pelle come quella di un Apache, esplose. – Qualche stronzo ha provato a ucciderla. Hanno scavalcato il recinto, le hanno rotto delle bottiglie in testa, le hanno... Sta perdendo tanto di quel sangue che... *Vigliacchi.*

L'Apache chiuse gli occhi, incapace di proseguire.

– Pippo è un'orsa?

Fu uno dei carabinieri a rispondere, furibondo. – È una femmina, sì. È diabetica, è vecchia ed è anche cieca. Ma li prendiamo quei figli di puttana, puoi scriverlo. Gliela faremo pagare.

La crudeltà non è un fiume sotterraneo, scrisse Milla, tornato in redazione, *è ormai sotto gli occhi di tutti, ma ne siamo talmente assuefatti che ce ne rendiamo conto solo quando raggiunge il parossismo. E Pippo, la femmina di orso bruno che tutti amiamo, ha pagato il prezzo della nostra desensibilizzazione. L'uomo l'ha strappata al suo mondo, l'ha costretta a vivere per il suo divertimento facendole dimenticare, con la frusta e la catena, cosa significhi essere liberi. Adesso, vecchia e debole, è diventata oggetto di un nuovo modo di concepire lo svago...*

Jo lo approvò con un cenno. Prese la fiaschetta di cognac e gliela tese.

– Fanculo, campione. Fanculo a te, fanculo a me e fanculo a tutti.

16 luglio 1992, giovedì
– pomeriggio –

Da quattro giorni Krupp seguiva la cronaca di Milla riguardo all'attacco ai danni dell'orsa. Odiava lui e tutti quelli che leggevano i suoi articoli, compresi gli sbirri che ne discutevano in questura.

Per l'orsa si erano presentate decine di persone. *Testimoni*. Insonni, ragazzi che tiravano l'alba saltando da un locale all'altro, persino qualche tossico. La cattura dei due aggressori era nell'aria. Nel frattempo Marlene e Lorena restavano: insetti.

Alle diciotto e quaranta vide la donna infilare le chiavi nel portone. Alta, bionda. Reggeva le buste della spesa. Il commissario lasciò da parte la copia della "Voce delle Alpi", le diede il tempo di salire le scale e uscì dalla Thema divorato dalla rabbia.

Rabbia per la task force ridotta a niente. Rabbia per l'impotenza di Manfredi, che lo incoraggiava a tenere duro. Rabbia per il modo in cui i mastini lo guardavano. Rabbia per il silenzio della Narcotici. Rabbia per le occhiaie di Arianna che faceva i doppi turni pur di portare avanti l'operazione Minotauro.

Senza qualificarsi si fece aprire da uno dei vicini. Salì le scale saltando i gradini a due a due. Bussò. La donna tolse la catena alla porta solo dopo che le ebbe passato il tesserino. Da come lo studiò era chiaro che non era la prima volta che ne vedeva uno.

Lo condusse in cucina, le buste della spesa erano ancora

sul tavolo. – Mirko se ne è andato, – disse, con un leggero accento dell'Est, – due mesi fa. Tre, per la precisione. Non so dove sia.

Si chiamava Natalia Terenkhova, era nata a Kharkov, Ucraina, e secondo le ricerche di Arianna aveva ventinove anni. Krupp gliene avrebbe dati una decina in più perché il suo viso recava i segni di una vita passata in contromano. Natalia Terenkhova, alias *Linda*, era una delle Polaroid dell'album con la copertina rossa, ma rispetto alle altre donne rappresentava un'eccezione: per qualche tempo aveva lavorato al Red.

– Mirko De Rossi? Suo marito?

– Siamo ancora legalmente sposati, ma non abita qui e non saprei dove cercarlo.

– Se ne è andato per via delle Polaroid?

– Quali Polaroid?

– Non sono qui per il suo ex, sono qui per Linda.

La donna dovette sedersi.

– Mirko sapeva delle foto. E di tutto il resto. Non gli importava. Se ne è andato perché sono rimasta incinta. Ho abortito. – Natalia alzò gli occhi pieni di lacrime su di lui. – Ma lui non è tornato.

Krupp non lasciò che la pietà dirigesse le sue emozioni.

Non poteva permetterselo.

– Come è finita nel giro?

– Lavoravo al Red. Ero una ballerina ma non facevo... certe cose. Mirko mi ha aiutata con il permesso di soggiorno, ci siamo innamorati, avevamo bisogno di soldi.

– Costantini non la pagava a sufficienza?

– Non erano per me.

– Di cosa si faceva suo marito?

– Cocaina e belle macchine. Sono stata una stupida, lo so.

– Perché non al Red?

– Sono troppo vecchia per Zeno. Le Polaroid funzionavano meglio. E adesso che Mirko se ne è andato non posso più sbarazzarmi di Linda.

– Che significa che Mirko l'ha "aiutata" con il permesso di soggiorno?

– Sono nei guai?
– No. Ha la mia parola. Non ci siamo mai incrociati e lei non mi ha mai visto.
– Mirko lavora per Costantini. In teoria il suo ruolo è quello di gestire il personale del Red. Trovare nuove ballerine, decidere i turni, far arrivare le special guest, i baristi e i buttafuori.
– In realtà?
– In realtà Zeno lo paga perché ha un amico...
– Un amico, – concluse Krupp sentendo le tempie battere a un ritmo forsennato, – che lavora in questura.
Rabbia.
Rabbia.
Rabbia.

16 luglio 1992, giovedì
– notte –

Alle ventuno e trenta, Krupp si chiuse nell'ufficio passaporti, sezione Immigrazione, a quell'ora vuoto. I condizionatori erano spenti e l'aria era pesante. A largo Palatucci i computer erano ancora un miraggio: non sarebbe stato un lavoro breve.

Cercò nello schedario il nome di Natalia Terenkhova. Controllò timbri e date. Come la donna aveva ammesso, il permesso di soggiorno a lei intestato non aveva motivo di esistere.

Il nome dello sbirro che aveva firmato i documenti coincideva con quello dell'amico di Mirko De Rossi che Natalia Terenkhova *alias* Linda gli aveva confidato. Stefano Calvi, viceispettore.

Mastino.

Alle ventidue e quaranta aveva controllato buona parte delle pratiche sbrigate da Calvi nei dodici mesi precedenti. Per restringere il campo aveva verificato solo nomi femminili con date di nascita recenti perché a Costantini le ragazze piacevano giovani.

Alle ventidue e quarantacinque, madido di sudore, con i nominativi segnati sul taccuino, si diresse verso gli uffici della Buoncostume.

Salendo le scale incrociò Lombardi.

– Ha sentito, commissario? Li hanno presi.

Krupp si limitò a fissarlo.

Lombardi trattenne uno sbadiglio e sorrise. – I due stronzi che hanno picchiato l'orso.

Krupp proseguì oltre.

Chiuse a chiave la porta dell'ufficio della Buoncostume e si mise al lavoro. All'una e mezza aveva finito. Almeno il dieci per cento delle donne cui Calvi aveva fatto avere permessi di soggiorno illegali era schedato per adescamento. Nessuna sorpresa: quasi tutte erano state segnalate in relazione al Red.

Il viceispettore Calvi, pensò il commissario, era nella merda. Gli avrebbe messo le manette ai polsi lui stesso, davanti a tutti.

L'avrebbe...

Arrivò lo sconforto.

I mastini ragionavano come un branco. Colpirne uno era colpirli tutti. Arrestare Calvi significava dire addio a quel minimo di collaborazione che i mastini gli avevano accordato e, da solo, non sarebbe mai riuscito a prendere il Killer delle Lucciole.

Devi imparare a essere realista.

Krupp pensò: fai surf sul Kali Yuga.

Pensò: se vuoi mettere i mastini al guinzaglio devi chiederti cosa farebbe Levada.

Pensò: Levada è un maestro nell'arte di nascondere i propri scheletri negli armadi altrui.

Con Nico il cieco aveva tentato l'assalto frontale e aveva fallito. Doveva cambiare strategia. Usare la stessa medicina di Levada.

– Cosa fa un vecchio mastino in mezzo a mastini assetati di sangue?

Alzò il telefono.

Alle tre Krupp parcheggiò all'incrocio fra via Galvani e via Volta. Quella parte di Bolzano sembrava una zona smilitarizzata. C'erano progetti grandiosi in ballo. Centri commerciali, studi high-tech. Soldi a palate e benessere in arrivo come un treno merci a tutta velocità. Il treno non era ancora in vista, ma i suoi ingranaggi avevano già iniziato a mietere vittime. Lo scheletro di un tossico si muoveva sorreggendosi al muro dell'acciaieria: il fantasma del Natale futuro.

Alle tre e venti sentì bussare al finestrino.

– Che faccia da zombie, – ridacchiò Jo.

Krupp lo fece entrare e gli allungò una busta.

Jo non la prese.

– Che ne dice se prima iniziamo a farci i grattini a vicenda, commissario?

– Non siamo amici.

– È per come faccio il mio lavoro o non ti piace il mio look?

– Zeno Costantini.

Jo si accese una sigaretta. – Costantini è una notizia da pagina vaffanculo. Non ci sono prove che sapesse che la ragazza fosse minorenne. Il suo avvocato è Grandi, hai presente? Artiglieria pesante. Mi hai buttato giù dal letto per una stronzata del genere?

– Un bravo reporter potrebbe partire da questa busta e scoprire che il signor Costantini ha un rodato sistema per fornire permessi di soggiorno fasulli alle ragazze del suo locale. Un bravo reporter potrebbe scoprire il nome dello sbirro che firma quei documenti. Gli basterebbe accettare un suggerimento.

– In onore dei buoni rapporti fra carta stampata e forze dell'ordine?

– Dei buoni rapporti fra noi due.

Gli occhi di Jo brillarono. – Ecco i grattini. Ci voleva tanto?

Gli sfilò la busta dalle mani. La aprì.

Lasciò andare un colpo di tosse.

– Stefano Calvi. Mi prendi per il culo, Krupp? Io non mi metto a fare la guerra a Levada per un paio di permessi di soggiorno.

– Ti credevo più furbo.

Jo aprì il finestrino della Thema blu e gettò il mozzicone. – Lo dicono in tanti. Sputa il rospo o buonanotte e grazie per la compagnia.

Krupp si era aspettato una reazione del genere. – Se consegno questa roba al pm verrà fuori il mio nome e i mastini morderanno il guinzaglio. Non posso permettermelo. Mi servono. Se un coraggioso reporter, invece, lo pubblicasse sul suo quotidiano, riceverebbe gloria e applausi. Soprattutto se non inzaccherera il nome di Levada e aspetterà che sia il giovane commissario a scegliere il momento in cui muovere le pedine.

Jo sbuffò. – Ho smesso di seguirti quando hai iniziato a far sembrare tutto molto facile.

– Vuoi sapere come è andata?

– È una buona storia?

– Il bravo reporter è un uomo e, come tutti gli uomini, ha bisogno di svagarsi un po'. Così va al Red e conosce una ragazza.

– L'incipit è fiacco, ma con l'arrivo della ragazza mi acchiappi un bel po' di lettori.

– La ragazza si lascia sfuggire qualcosa che non deve. Il bravo reporter scava e scopre la connessione fra Stefano Calvi e Zeno Costantini, ma scopre anche un particolare che potrebbe metterlo nei guai. La ragazza con cui è stato era minorenne.

– Questa la conosco. So come va a finire. Il bravo reporter se la fa sotto e insabbia tutto. Che ci vuoi fare? Non è un mondo semplice.

– Il bravo reporter non è nato ieri. Sa che se ha scoperto l'intreccio fra il Red e la questura significa che ci può arrivare chiunque. E questo è un problema perché adesso ci è dentro anche lui. Così il bravo reporter va dall'unica persona che può farlo uscire pulito, il suo caro amico commissario capo Levada che...

– E se Levada, – lo interruppe Jo, – mangia la foglia?

Krupp si concesse una risata.

– Certo che mangerà la foglia. Penserà che il bravo reporter ha alzato le mani sulla ragazza o che l'ha mandata in overdose, ma cosa ci guadagnerebbe a indagare? E poi Levada avrà altro per la testa perché Stefano Calvi è legato a tutta la sua carriera e non solo la *mano de Dios* non può permettersi di essere accostato a uno sbirro corrotto, ma deve anche trovare un modo indolore per metterlo in panchina senza farsi notare.

– Ovvero, – fece Jo seguendo il ragionamento, – far cadere la testa di Calvi senza agitare troppo i mastini perché non sono pochi quelli che hanno qualcosa da nascondere. E l'unico modo per tenere buone le truppe sarà lasciare il lavoro sporco a un sottoposto che i mastini detestano comunque. Indoviniamo chi?

– A quel punto starà a me portare avanti la partita.

– Stai progettando un'insurrezione, Krupp? – Il capocronista della "Voce delle Alpi" sorrise. – No, tu non vuoi un'insurrezione. Tu vuoi un regicidio. Hai in mente una carognata che avrebbe reso orgoglioso il Levada dei vecchi tempi, lo sai?

Krupp gli piantò gli occhi in faccia. – La domanda è: tu da che parte del coltello vuoi stare?

Jo sfilò una sigaretta dal pacchetto e l'accese, pensoso. – Potrei raccontare del nostro incontro a Levada. Non ci hai pensato?

– In cambio dei soliti avanzi?

Una nuvoletta di fumo seguita da un colpo di tosse. – Sai chi è che ha avuto un'idea simile alla tua? Bruto. Nel marzo del 44 avanti Cristo.

Krupp citò Shakespeare. – *Cadi, allora, Cesare.*

– Spero tu sappia che Bruto alla fine si è suicidato.

– Bruto aveva fatto male i conti. Se vuoi uccidere Cesare, devi prima rubargli le legioni. La tua risposta?

– Prima o poi i dinosauri devono estinguersi. Quando la vuoi pubblicata?

– Te lo farò sapere al momento giusto.

Jo annuì e aprì la portiera.

– Toglimi una curiosità, – disse, – cos'è che ti ha fatto cambiare idea?

– Su cosa?

– Non è questione di pubbliche relazioni, ricordi?

Luglio *non* finì con:

20 luglio 1992, lunedì: ore 1.59

11, puoi ripetere? Cambio.
Minotauro 2 non è in postazione. Ripeto:
Minotauro 2 non è in postazione. Cambio.

11, che significa non è in post…
Cazzo, muovi il culo!

11, specifica la situazione. Cambio.
Se dico che Minotauro 2 non c'è significa
che non c'è, non la troviamo, servono…
dai l'allarme!

ARIANNA

Non c'è giusto, non c'è sbagliato,
conta solo l'opinione della gente.

Jeffrey Goines,
L'esercito delle 12 scimmie

20 luglio 1992, lunedì
– notte –

Due e trentuno, ventidue gradi. L'umidità trasformava la luce in colla. Falene e pipistrelli si rincorrevano attorno ai lampioni. Piazza Dodiciville era bloccata da volanti e auto civetta.

I cerchioni della Thema blu urtarono il cordolo del marciapiede sprizzando scintille. Krupp lasciò il motore acceso.

Due mastini, pallidi come cenci, fecero in tempo a uscire da un'Alfa che il commissario riversò loro addosso tutta la propria collera.

– Dove cazzo eravate? – sbraitò.

Persino i curiosi alle finestre si ritrassero.

– Non è colpa loro, – li difese Lopez, che puzzava di adrenalina e panico. – Minotauro 2 ha dato il segnale all'una e mezza, ma ha mancato quello successivo. I ragazzi non l'hanno trovata e hanno dato l'allarme. Tutto secondo protocollo.

Krupp inspirò l'aria della notte e fu come scartavetrare i polmoni.

– Voglio un porta-a-porta, – ordinò, – rastrellate. Qualcuno deve aver visto. Qualcuno...

Ebbe un déjà-vu: *...deve aver sentito.*

– La troveremo, – fece Lopez.

Cadavere, pensò Krupp. La troveremo: cadavere. Coltellate multiple. Squarcio alla gola.

Tutto.

Secondo.

Protocollo.

Lopez indicò due prostitute, sedute sui gradini all'ingresso di un bar, la serranda chiusa. – Stavo per interrogarle, vuole...

Krupp attraversò la piazza a lunghe falcate. Non provava dolore. Non ancora. Ne avvertiva la presenza, però. Incombeva.

Le ragazze, una alta e una bassa, erano fatte. Quella alta mormorava qualcosa di incomprensibile. L'altra, ridacchiava grattandosi l'incavo del gomito. Krupp mostrò una foto di Arianna.

– Dov'è?

– Magari ha incontrato il principe azzurro.

Altro déjà-vu: nessuno aveva visto, nessuno aveva sentito.

Scaricò un pugno alla saracinesca del bar. Divise e mastini si voltarono, allarmati. Uno dei mastini aveva già la mano sulla Beretta.

– Commissario?

Un vecchio, camicia fuori dai pantaloni e capelli arruffati, sbucò da uno dei condomini. Uno dei mastini tentò di fermarlo, ma l'uomo diede uno strattone e alzò la voce per farsi sentire.

– State cercando la ragazza con la borsa piena di spille, vero? La rossa con la frangia.

Il mastino si fece da parte.

– Soffro di insonnia. Mi stavo preparando una camomilla. Non serve a niente ma almeno fa passare il tempo. Lì c'è la mia cucina. – Indicò una delle finestre. – Mentre aspettavo che l'acqua bollisse ho guardato giù. L'ho vista salire su una macchina.

– Che modello? Ricorda la targa?

– Una Fiat. Una Tipo, o una Punto. Rossa, credo. La macchina si è fermata e la ragazza si è avvicinata, sa come fanno, no? Poi è entrata. Ho pensato che era strano perché lei non l'avevo mai vista salire su un'auto. A parte quelle che usate voi.

Krupp si irrigidì.

– Io vedo un sacco di tv, commissario. Mi è sembrato ovvio che in giro ci fossero, sa, delle agenti sotto copertura. Per la faccenda del Killer delle Lucciole, immagino. Lei era una delle vostre?

– Sì, – disse Krupp.

– Ma la Fiat rossa, no.

Operazione Minotauro.

Massima segretezza. Massima sicurezza.

– Ha visto il conducente? Sa darci una descrizione?

– Mi spiace.

– C'erano altre ragazze? A parte quelle due? Tossici, spacciatori? Passanti?

Il vecchio scrollò la testa. – Quelle due non erano qui, non so dove le abbiano pescate. Ce n'era una, laggiù, ma era bionda e magra da far spavento. La vostra collega è in pericolo, commissario?

Alle due e quarantasette arrivò Levada. Aveva gli occhi cerchiati e la cravatta annodata male. – Avete trovato dei testimoni?

Le prostitute dicevano: non ero lì. Le prostitute dicevano: non so niente. I tossici dicevano: lasciami in pace, non ero lì, che volete da me? Il porta-a-porta diceva: stavo dormendo, vi accorgete soltanto adesso che questo posto è ridotto a uno schifo?

Alle tre e tre minuti ci fu del trambusto. Mastini e divise si infilavano nelle vetture, vociando.

La *mano de Dios* si precipitò verso di lui. – L'hanno trovata.

Krupp pensò: hanno chiamato Levada. Non hanno chiamato *me*.

– È viva?

– È in uno scantinato, – fu la risposta. – Punta la pistola contro chiunque si avvicini.

Quando Krupp arrivò in via Pascoli l'orologio di suo padre segnava le tre e dodici. Il mastino che aveva rintracciato Arianna, il sovrintendente Gallo, occhiali e stivali da cowboy, fece rapporto.

– C'è un cancello, basso. Dà su un cortile, mi sembrava un buon posto per nascondersi o per nascondere un, ecco, corpo. C'era una porta, aperta. Il locale caldaie. Mi è sembrato strano, ci sono stati parecchi furti in zona. Ho puntato la torcia e ho visto una figura in un angolo. Ho pensato a una tossica per via, sa, dell'abbigliamento.

– Sicuro sia lei?

– Si è qualificata.

– È ferita?

– Non lo so. Ho fatto in tempo a vederla che mi ha rivolto la pistola contro e ha detto "Ti ammazzo, stronzo". – Gallo si corresse. – "*Vi* ammazzo, stronzo", poi ho sentito il meccanismo della sicura che veniva liberato.

– Che altro?

– Ha pronunciato il suo nome.

Krupp non perse altro tempo. La porta della caldaia era in lamiera. La maniglia era coperta di nastro adesivo. Bastò una spinta.

– Arianna? Sono io.

Krupp chiamò ancora.

E ancora.

Quindi: – Luther…

C'era qualcosa nella voce della sovrintendente capo Lici che gli fece tornare in mente il sogno in cui Marlene l'aveva aggredito.

Krupp attese, combattendo contro l'impulso di entrare.

– Sei ferita?

Un respiro, roco, animalesco.

Forse era un: sì.

Un passo, due. Gli occhi di Krupp ci misero un po' ad abituarsi all'oscurità. Arianna era rannicchiata in un angolo, e sopra la sua testa, come un sudario, pendeva una gigantesca ragnatela.

– Ho visto Sergio, – sussurrò la sovrintendente capo.

– *Sergio Giuliani*?

– No, il mio Sergio. Siamo stati sposati sette anni. Guida un'Alfa Sud Sprint. Mi ha guardata, sai? Ma non mi ha riconosciuto. Ha scelto una più giovane. La conosco. Si chiama

Caterina. È bella. È davvero bella. Non posso dargli torto. E comunque…

Un suono che Krupp faticò a riconoscere: una risata.

– ...gli sono sempre piaciute le bionde.

Krupp si inoltrò nel buio.

L'odore era lo stesso della Cella X.

– Pensavo che saremmo tornati insieme. Prima o poi. Che stupida, vero? Il grande amore. Arianna e Sergio, Sergio e Arianna. Nonostante… tante cose. Tutti hanno bisogno di un armadio in cui vivere, giusto?

– Io non…

– Ho combinato un casino, Luther. Immagini cosa diranno i mastini?

– Un bel niente.

Era una bugia.

Krupp avanzò.

Metà del viso di Arianna era coperto di rosso.

– È tuo quel sangue?

La sovrintendente capo Lici si portò i polpastrelli davanti agli occhi. – Il sangue, il…

– Ti ha colpita?

Arianna sgranò gli occhi.

Poi: gridò.

– Vi ammazzo tutti! Vi ammazzo tutti! Tutti!

La Beretta saettava a destra e a sinistra.

Arianna gliela puntò contro. Dritta al petto.

Gemette. – Devo andare all'ospedale. Forse lo faceva anche quando stavamo insieme.

Krupp pensò: Sergio con l'Alfa Sud, le prostitute, il sangue. *Hiv.*

Provò pena, angoscia. Dolore.

– Ci andiamo insieme, – disse, con dolcezza.

La Beretta si abbassò.

– Niente è sotto controllo quando sei fuori dall'armadio, vero, Luther?

Il senso di quelle parole gli sfuggì, tuttavia Krupp rispose.

– Quasi mai lo è.

– Mi ha detto che aveva delle informazioni. Su Lorena e

Marlene. Mi aveva riconosciuta, sapeva chi ero. Sono salita sulla sua auto. Ho visto il martello quando era troppo tardi, ma ho pensato che me la sarei cavata perché sono addestrata e...

Arianna stava per avere un'altra crisi.

Doveva tenerla ancorata alla realtà.

– Ricordi il modello?

Funzionò.

– Fiat. Rossa. – Arianna si lasciò sfuggire una risatina. – Sai una cosa? Lui mi ha preso per i capelli e io ho pensato: me lo merito, perché stare con me è come camminare vicino ai cavi dell'alta tensione e...

Krupp si accovacciò. – Posso avere la tua pistola?

Arianna gliela tese.

Krupp inserì la sicura e la fece sparire.

– Dimmi una cosa, – bisbigliò la sovrintendente capo Lici, – perché vuoi prenderlo?

– È il nostro lavoro.

– Io volevo far vedere ai porci, a tutti quei porci lì fuori che sono come loro.

– Tu non sei come loro. Sei meglio.

Arianna tirò su col naso. – Ho pensato che il mio funerale sarebbe stato di una noia mortale.

Krupp non riuscì a trattenere le lacrime.

Riuscì però a camuffarle.

– Con Levada, – disse, – che ti affibbia un'onorificenza alla memoria e faccia da ratto che piagnucola "Facevamo i pigiama party, bevevamo tè alla cannella e ci scambiavamo i vestiti. Come farò senza la mia amichetta del cuore?". Così mi toccherebbe passargli i Kleenex e accompagnarlo in bagno a mettersi a posto il trucco. Sai che ti dico? Non puoi farmi questo.

Arianna gli si aggrappò al collo. – Direi proprio di no.

Krupp ricambiò l'abbraccio.

– Chi? – sussurrò il commissario sentendo il sangue della donna sulla pelle. – Chi è stato a farti male? Chi è l'uomo sulla Fiat rossa?

La risposta fu: – Cupido.

Krupp bruciava semafori al volante della Thema blu. I lampioni erano strisciate sul parabrezza che ferivano gli occhi. Sbraitava alla radio anche se sapeva che i giornalisti intercettavano le comunicazioni dei radiomobili. Non gliene fregava un cazzo.

L'obiettivo era Giacomo Buratti, il biondino convinto che Lorena fosse innamorata di lui. *"Tu mi hai chiesto aiuto ma io non l'ho capito. Ti amerò per sempre e per sempre saremo insieme in PARADISO."* Cupido non era il Killer e Krupp l'aveva rimesso in libertà, ma Cupido era fuori di testa e aveva aggredito Arianna.

Cupido: non avrebbe più fatto male a nessuno.

Buratti aveva due domicili conosciuti. Quello della madre che gli aveva fatto da alibi e una palazzina in viale Druso. Krupp aveva mandato mastini e divise a entrambi gli indirizzi.

Si era diretto a quello di viale Druso.

Ci arrivò alle tre e quarantasette, subito dopo l'auto guidata da Ayrton Senna. L'appartamento era al terzo piano di un condominio che dava su una corte interna contornata da siepi. Dall'interno provenivano delle urla. Krupp riconobbe la voce.

Cupido aveva perso il controllo.

Ayrton Senna era attaccato al citofono.

– Polizia, aprite!

Altre volanti: sirene, lampeggianti, stridere di copertoni e voci concitate. Volti sbucarono dai balconi, allarmati. Qualcuno aprì.

Ayrton Senna spalancò il portone e Krupp lo scavalcò salendo i gradini a due a due.

Arrivato al secondo piano estrasse la Beretta, bocca di fuoco al soffitto.

Buratti urlava e urlava.

Krupp superò gli ultimi gradini e lo vide: sul pianerottolo della sua abitazione, la numero quattordici, sguardo allucinato e martello stretto in pugno. Sbraitava frasi sconnesse che Krupp non registrò: la porta era a prova di sfondamento, se Cupido l'avesse chiusa ci sarebbe voluto un carrarmato per buttarla giù.

Fu: puro istinto.
Durò: tre secondi.
Uno: Krupp ci si schiantò con tutto il suo peso travolgendo Cupido che rinculò contro la blindatura colpendola e sprizzando goccioline magenta dal viso. Le urla divennero rantoli.
Due: il sangue di Buratti finì addosso al commissario mescolandosi a quello di Arianna. Il pensiero lo fece impazzire.
Tre: il dolore.
La spalla di Krupp esplose. Il commissario cadde e si aggrappò alla pistola, ma Buratti non colse l'attimo per sfilargliela.
Non lo colse neppure per spaccargli il cranio con il martello.
– Non doveva farlo, – gridò, – è colpa sua.
Gettò a terra l'attrezzo e Krupp lo vide sparire dietro una porta a vetri. L'addestramento gli suggerì la mossa successiva: il soggetto non poteva fuggire, bisognava aspettare i rinforzi e prenderlo con le buone. L'olfatto gli ordinò di *fuggire*.
C'era odore di metano.
– Fuori di qui! Fuori! Chiamate i pompieri, fate chiudere il gas. Sbrigatevi.
I mastini indietreggiarono pestandosi i piedi l'un l'altro. Solo Ayrton Senna restò al suo posto, Beretta in perfetta posizione di tiro.
Krupp intravide la sagoma di Buratti al di là del vetro smerigliato. Quattro, cinque metri di distanza. Poteva sparare. Farla finita. Aprendo il gas Cupido si era tramutato in un pericolo che autorizzava all'uso legittimo della forza. Anche: letale.
Krupp non sparò.
Appoggiò i polpastrelli al vetro e spinse.
Cupido, i capelli scarmigliati, respiro affannato e occhi come monete, era vicino ai fornelli con un accendino in mano. Quando Krupp gli puntò l'arma contro, gridò: – È colpa sua. Non doveva!
– Non doveva cosa?

– Fingere di essere lei!

I capelli biondo ciliegia, la frangia folta: Arianna era andata a caccia del Minotauro vestendosi come Lorena Haller. *Far vedere ai porci, tutti quei porci lì fuori che sono come loro.*

Krupp pensò: uso letale della forza.

Suonava: bene.

Controllò il respiro.

Rilassò i muscoli del collo.

– Potrei spararti. Nessuno mi condannerebbe.

Buratti avvicinò l'accendino al piano di cottura.

L'adrenalina nelle vene di Krupp disse: scappa.

La rabbia: ruggì.

La voce gli uscì: calma. – Sai quanto ci vuole per riempire una stanza di gas?

Buratti sussultò.

Krupp non ne aveva idea, in realtà.

– Se l'è cercata, – piagnucolò Cupido, la metà inferiore del viso imbrattata di sangue, lacrime e sudore, – non è colpa mia.

Krupp aveva un fischio all'orecchio. Acufene. Doveva aver battuto la testa. Sentì il dito sul grilletto scivolare. Sarebbe stato: facile. Poco meno di tre chili di pressione e il colpo sarebbe partito.

Impossibile mancare il bersaglio da quella distanza.

– Guardami, – disse Krupp.

L'acufene divenne uno strillo. Lo strillo erano le voci di: Marlene, Lorena, Arianna. L'acufene diceva: uccidilo, uccidilo, *uccidilo.*

– Vuoi morire?

Buratti annuì.

Krupp tolse la sicura.

Ringhiò: – *Vuoi morire?*

Buratti tremò.

Pianse.

Disse: – *No.*

Krupp abbassò la pistola, gli strappò di mano l'accendino e lo gettò lontano.

– Giù, – ordinò, appoggiandogli due dita sulla spalla. – E metti le mani sulla testa.

Buratti obbedì.

Krupp lo ammanettò. Chiuse il gas.

Ayrton Senna spalancò le finestre. Braccia afferrarono Buratti: i mastini, pallidi. Krupp inserì la sicura e rinfoderò la Beretta.

Si aggiustò gli occhiali.

Inspirò.

Ayrton Senna lo stava fissando e i mastini lo guardavano nella stessa maniera: *il commissario Krupp ha le palle. L'avresti detto?*

Krupp indicò Buratti. – Non toccatelo. Lui è roba mia, chiaro?

I mastini annuirono.

I mastini uggiolarono.

Krupp aveva imparato la lingua dei mastini.

Il viaggio verso l'ospedale fu una corsa fuori fuoco. Ayrton Senna azzardava sorpassi che sfidavano la legge di gravità. Krupp assaporava l'aria della notte dal finestrino spalancato. Sapeva di ferro, sangue e fiele. Non provava stanchezza anche se era consapevole di essere sfinito. Allo stesso modo non sentiva più dolore, anche se la spalla doveva essere slogata o forse peggio.

La signorina Lici, gli disse l'addetto all'entrata, era ricoverata al terzo piano. Krupp condivise il viaggio in ascensore con una dottoressa troppo presa dalle cartelle per notare il sangue sui suoi vestiti. Il corridoio del terzo piano era sgombro.

Krupp controllò lo Junkers di suo padre. La cassa era graffiata, le lancette segnavano le quattro e trenta. Arianna non era sola, c'era Vivian con lei e Vivian le stava stringendo la mano.

Arianna aveva la metà destra del viso bendata, l'occhio libero era chiuso.

– Quella camicia ti sta uno schifo, – disse Vivian.

– Chi ti ha informata?
– Lo sai. Le ragazze.
Krupp pensò: hanno avvertito lei.
Non hanno avvertito noi.
Non hanno avvertito: *me*.
– I medici?
– Non ho visto nessuno.
Arianna riconobbe la sua voce e lottò contro i sedativi.

Sembrava sua madre. Era morta quando lui e Karli erano piccoli. Aveva pochi ricordi di lei, il più vivido era ambientato in una stanza come quella. L'ultima volta che l'aveva vista anche sua madre si sforzava di aprire gli occhi. Sotto morfina gli sorrideva mentre sbiadiva come una foto esposta alla luce. Ogni tanto Krupp si chiedeva cosa sarebbe successo se fosse sopravvissuta.

Su una sedia c'erano gli abiti con cui Arianna era arrivata al San Maurizio. Fuseaux neri, scarpe da ginnastica di tela, maglietta grigia, una mantellina rossa molto simile a quella sull'asfalto del distributore della Mobil. Krupp si chiese perché non l'avesse notato prima. La sovrintendente capo Lici non voleva perdere tempo con il labirinto: voleva attirare il Minotauro *fuori* dal labirinto. Le accarezzò la guancia.

Gli tremavano le dita.
– Hai preso il Minotauro sbagliato.
Arianna capì "Minotauro" e si agitò.
Krupp le si avvicinò all'orecchio. – Ma l'hai preso.
Arianna si quietò.
Krupp si rivolse a Vivian.
– Voglio i nomi delle ragazze che ti hanno avvertita.
– No.

Krupp prese delle banconote e gliele gettò addosso. – Quanto vuoi per dirmeli?

Vivian si asciugò una lacrima. – Vaffanculo.

Il dolore arrivò subito dopo. Mancava un minuto allo scoccare delle cinque e all'improvviso il mondo divenne un rogo di proporzioni apocalittiche. Fu dolore ma anche: chiarezza.

Krupp non era pronto per tutta quella luce.

Trovò un bagno e ci entrò. Ansimando come un animale ferito si piegò sul lavandino e si pulì dal sangue e dal sudore. Gelo nelle ossa, gelo nelle vene. Si guardò allo specchio e non si riconobbe.

Pensò: Lorena, Marlene, Arianna.

Pensò: hai imparato la lingua dei mastini.

Pensò: fai surf sul Kali Yuga.

La sua immagine riflessa disse: – È una questione di pubbliche relazioni.

Non era nemmeno l'alba eppure il cortile della questura era gremito.

Rigido, Krupp scese dalla Thema blu guidata da Ayrton Senna. La fasciatura lo costringeva a muoversi come un vecchio. Il medico del pronto soccorso gli aveva prescritto degli antidolorifici. La confezione era in tasca, ma Krupp non l'aveva toccata.

Doveva restare lucido.

Attese che i giornalisti si zittissero.

– Poco fa abbiamo arrestato un uomo, sospettato di essere l'autore dell'aggressione ai danni di una nostra collega, attualmente ricoverata al San Maurizio. Non si tratta del cosiddetto, – l'acufene lo costrinse a una smorfia, – Killer delle Lucciole.

Levada si fece largo fra i presenti.

Si affiancò a Krupp e aspettò i flash dei fotografi.

– Il commissario Krupp è rimasto coinvolto in uno scontro che avrebbe potuto risultare fatale per lui, per l'aggressore e per molti altri innocenti. Come vedete, le ferite riportate non gli stanno impedendo di andare avanti con il suo lavoro. L'uomo attualmente in custodia era intenzionato a suicidarsi facendo esplodere l'appartamento in cui viveva. Il commissario ha impedito il peggio e tratto in arresto il soggetto, badando all'incolumità dell'aggressore tanto quanto della propria.

Levada si guardò attorno.
Alzò la voce.
– Perché è così che facciamo noi.
Tese la mano a Krupp.
Infine, la *mano de Dios* disse: – Penso di parlare a nome di tutti, Luther, se dico che siamo orgogliosi e grati per il tuo esempio.
I mastini applaudirono. I giornalisti applaudirono. Il trambusto li accompagnò fin dentro il numero 1 di largo Palatucci.
Arrivati alla zona interdetta al pubblico, Levada costrinse Krupp a fermarsi.
– Hai i coglioni, ma quello stronzo avresti dovuto bucarlo da parte a parte.
– Ma non è così che facciamo noi, giusto?
Levada non si accorse del sarcasmo. – Come sta la sovrintendente capo Lici?
– Fisicamente, – rispose Krupp, – se la caverà.
– E psicologicamente?
– L'avevamo già fermato, Buratti era uno dei sospettati per l'omicidio di Lorena. Lombardi gli aveva dato un soprannome: Cupido.
– Te ne stai facendo una colpa?
– Avrei dovuto oppormi con più fermezza all'operazione Minotauro.
Levada non ebbe il tempo di ribattere. Manfredi, trafelato, li raggiunse. – Luther... Come stai? E Arianna?
– Prognosi riservata, ma i dottori non hanno riscontrato danni permanenti.
– Cos'è andato storto?
Krupp avrebbe voluto dire: tutto.
– Il tizio che ha lasciato la lettera sulla tomba di Lorena ha riconosciuto Arianna e le ha detto di avere delle informazioni. Purtroppo era molto più pericoloso di quanto avessimo giudicato.
– Dov'è adesso?
Levada strinse il bicipite di Krupp: – Stanza 121, l'ispettore capo Lopez l'ha preso in custodia. Per il momento Bu-

ratti non ha richiesto la presenza di un legale ed è stato già visitato da un medico. A parte qualche lieve escoriazione sta bene.

Manfredi aggrottò la fronte. – Stanza 121?

– Nei sotterranei. Vista la particolarità del caso e il numero dei sospettati abbiamo sgomberato spazi per velocizzare le procedure.

– Andiamo a interrogarlo?

– In assenza dell'avvocato sarebbe meglio se lei non ci fosse.

Manfredi si fece guardingo.

– Cerchiamo di guadagnare tempo, – spiegò Levada con quella sua voce da incantatore di serpenti. – Krupp è riuscito a convincere Buratti a non farsi esplodere, ha creato un canale di comunicazione. Sfruttiamolo per preparare il terreno. Al momento giusto chiameremo un avvocato e toccherà a lei. Una confessione spontanea e pronta per il processo.

– Abbiamo, – fece Manfredi, indeciso, – un certificato medico che attesti le condizioni del soggetto?

– È nel mio ufficio, – fece Levada. – Luther, hai qualche obiezione?

Krupp pensò: Lorena, Marlene, Arianna. Ayrton Senna e i mastini che lo guardavano con: rispetto. Stefano Calvi e il pugnale pronto a conficcarsi fra le scapole di Levada. Krupp pensò: a suo padre.

La stessa chiarezza che l'aveva colpito in ospedale lo fulminò.

Il Killer delle Lucciole aveva usato Lorena e Marlene per il proprio bisogno di controllo. Cupido aveva usato Lorena per illudersi di non essere ciò che era: un folle. Manfredi stava usando Lorena, Marlene e Arianna per scalare le vette della procura. La sovrintendente capo Lici aveva usato i cadaveri di Lorena e Marlene per dimostrare che poteva essere un mastino come gli altri. Giuliani aveva usato Lorena per procurarsi la merda da buttarsi in vena. Gufler aveva usato Marlene per il proprio divertimento e Costantini faceva lo stesso con le ragazze del Red. La politica usava quei cadaveri per attirare consenso e far dimenticare tangenti, cupidigia e omertà. Vivian e le prostitute di zona Dodiciville usavano i cadaveri di Lorena e Marlene per proteggere clienti e spacciatori e continuare a vivere nella miseria. I giornalisti usavano Lorena e Marlene per creare dibattito e il dibattito stava usando quei cadaveri per: non temere le ombre della notte perché le ombre della notte dicono che chi cade, chi muore, chi soffre, chi perde ha *sempre* torto.

Tutti giravano attorno ai cadaveri di Lorena e Marlene come: iene.

Un girotondo ululante che si allargava all'infinito.

Anche lui stava usando Natalia Terenkhova per pugnalare Cesare? Anche lui stava usando Lorena e Marlene per dimostrare al fantasma di suo padre quanto si sbagliasse e ai mastini che un segugio da cibo in scatola poteva metterli al guinzaglio?

Anche lui faceva parte del girotondo?

Krupp pensò: no.

Lui stava facendo surf sul Kali Yuga e dalla sommità di quell'onda di morte e distruzione era l'unico a poter scorgere la verità che il girotondo delle iene celava. La verità era che il Killer delle Lucciole se ne andava in giro con il parabrezza e il sedile sporchi di sangue e nessuno se ne accorgeva. La verità era Lorena Haller, con la mantellina rossa e i fuseaux alle caviglie. La verità era: Marlene Wieser rabbiosa anche da morta.

E Arianna, persa nel labirinto.

No.

Lui stava facendo surf sul Kali Yuga per detronizzare la *mano de Dios*, chiudere la Cella X, mettere fine al girotondo delle iene.

Guardò Levada negli occhi.

Disse: – Mi sembra una buona idea.

Una telecamera a nastro inquadrava Cupido, seduto al centro della stanza. Aveva il naso coperto da una fasciatura e non era ammanettato.

Il commissario capo aveva messo in conto la possibile ribellione di Krupp. Se avesse portato Manfredi laggiù, il pm non avrebbe visto nulla di compromettente: quale Metodo Levada?

Lopez spense la telecamera, si avvicinò a Buratti e gli mostrò le manette.

Cupido si agitò: – Voglio un avvocato.

– Ti farebbe comodo, in effetti.

– È un mio diritto.

L'ispettore capo afferrò il polso sinistro del prigioniero, lo imprigionò nel metallo e lo torse dietro alla schiena. Lo stesso fece con la destra. – Purtroppo io non sono qui e il commissario nemmeno. Anzi. Sai una cosa buffa? Neanche tu sei qui.

Krupp afferrò il tubo di gomma. Buratti vide l'espressione sul suo viso e i suoi occhi si fecero enormi. Krupp pensò: tutta questa luce.

– Non volevo farle del male, – balbettò Cupido.

Krupp pensò: tutta questa luce *è sbagliata*.

Premette il tubo contro il petto di Cupido. – Sei uscito in cerca di compagnia perché ti sentivi solo, ma nessuno esce portandosi dietro un martello.

– Credevo fosse Lorena, – farfugliò il prigioniero. – Pensavo fosse un brutto sogno, pensavo fosse tornata per me. Lei mi ha sorriso. Pensavo che. Di nuovo. Come. Prima. *Lorena...*

Krupp colpì Buratti allo stomaco, con forza. Si stupì di quanto fosse facile.

Pensò: questione di pubbliche relazioni.

Giacomo Buratti si catapultò in avanti. Le manette gli impedirono di cadere.

– Sei uscito per uccidere?

– No, no, no, no...

Anche Lorena aveva detto: no, no, no, no?

Anche Marlene aveva detto: no, no, no, no?

Krupp colpì.

Buratti vomitò. Uno schizzo finì sulle scarpe del commissario.

Lopez scoppiò a ridere. – Prossima volta un passo indietro *Herr Kommissar*.

Krupp ricominciò: – Sei uscito, cercavi compagnia, hai preso il martello.

– Non l'ho preso, – farfugliò Cupido. – Era nel bagagliaio.

Krupp *non* colpì.

Sbalordito: adesso è difficile non farlo.

– Sei uscito, cercavi compagnia, hai preso la macchina, il martello era nel portabagagli. Sei andato in piazza Dodiciville e l'hai vista.

– Aveva la mantellina rossa allacciata in vita, aveva i capelli tagliati come i suoi, mi ha fatto arrabbiare, è stata colpa sua.

Il tubo flessibile si schiantò sul plesso solare. Krupp fece un passo indietro e pensò: nessuna delle ragazze ha chiamato il 113.

Non provò odio. Non provò rabbia.

Solo: gelo.

Afferrò Cupido per il bavero, lo schiaffeggiò, due, tre, quattro volte.

– L'ho vista, – tartagliò Buratti, – sono andato avanti, ho parcheggiato, ho preso il martello, l'ho nascosto sotto al sedile, sono tornato alla piazza, mi ha riconosciuto e lei... è salita.

Krupp caricò il pugno.

Lopez lo fermò: – Mai in faccia, commissario. Sono solo rogne.

Krupp gli scoccò un'occhiata feroce.

Lopez ammutolì.

Buratti gemette. – Non l'ho costretta, è salita lei.

– Prosegui.

– Le ho detto che avevo delle novità. Lei aveva la mano nella borsetta, sapevo che aveva la pistola ma non avevo paura perché stavo parlando con... con *Lorena*. Ho detto che era bella. Che l'amavo. Lei mi ha detto: sei impazzito? Mi sono arrabbiato.

– E l'hai colpita.

Gli occhi di Cupido si riempirono di terrore.
– No.
Krupp sollevò il tubo di gomma. – No?
– Ha provato a scappare. *Poi*, l'ho colpita.
Krupp lo squadrò.
Annuì.
– E adesso vuoi confessare. Vuoi dirci tutto, è così?
Muco e lacrime sul viso di Cupido. – Sono uscito, volevo compagnia, ho visto. Ho visto... Cosa ho visto?
– La nostra collega. Ricomincia.
– Sono uscito, volevo compagnia, ho visto la vostra collega. Era vestita come. – Cupido guardò Lopez, guardò Krupp. – Non ricordo com'era vestita.
– Era vestita come la signorina Haller di cui mi ero invaghito. Ricomincia.
– Sono uscito, volevo compagnia, ho visto la vostra collega, era vestita come la signorina Haller di cui ero, – un lampo di sfida, – *innamorato*.
Krupp colpì. Lopez diede un calcio alla sedia. Krupp colpì ancora e ancora più forte. Buratti schiumò, le pupille che roteavano come quelle di un animale impazzito. Lopez colpì allo stomaco.
Krupp sollevò la mano: basta così.
Lopez sputò a terra.
Krupp contò fino a dieci.
– Ricomincia.
Cupido teneva lo sguardo fisso, nel vuoto. – Sono uscito, volevo compagnia, ho visto la vostra collega, era vestita come la signorina Haller di cui mi ero invaghito e ho provato rabbia, ho parcheggiato poco distante, ho preso il martello, l'ho nascosto sotto al sedile, ho caricato la vostra collega, abbiamo parlato un po' e lei mi ha riconosciuto, aveva la borsetta aperta, e c'era... E...
Buratti si fermò. Zuppo di sudore.
I suoi occhi chiesero conferma.
La ottennero.
– Stai andando bene.
Sul viso di Cupido, Krupp lesse: gratitudine.

– Volevo colpirla in faccia, cancellargliela, perché non era la sua faccia, aveva la frangetta come quella della... della signorina Haller di cui ero invaghito, ma la vostra collega è riuscita ad aprire la portiera e l'ho presa solo di striscio, l'ho afferrata per i capelli, lei... lei... la vostra collega ha detto: smettila Sergio e...

Krupp gridò: – Cosa ha detto?

– Ha detto: smettila Sergio, ha detto così. Ti prego, smettila Sergio! Sergio! Sergio!

Il mio Sergio. Siamo stati sposati sette anni. Ha un'Alfa Sud Sprint. Gli sono sempre piaciute le bionde. Il grande amore. Che stupida, vero? Krupp scagliò il tubo flessibile a terra. Dovette appoggiarsi alla parete. Lopez prese il suo posto.

Avvicinò una bottiglietta d'acqua alle labbra di Cupido. – Adesso vuoi l'avvocato.

– Lo voglio?

– Lo vuoi.

– Voglio l'avvocato.

– Sai cosa dirgli?

Cupido si preparò a ricevere il colpo: – No.

Lopez non perse il sorriso. – All'avvocato dirai: ho dato di matto. E mi scuso con l'ispettore capo Lopez. L'ispettore capo Lopez era stato così gentile da lasciarti le mani libere e tu come l'hai ripagato?

– Ho dato di matto. Ho aggredito l'ispettore capo Lopez.

– E mi scuso con lui.

– Non so cosa mi sia preso.

– Ripeti.

– Ho aggredito l'ispettore capo Lopez perché ho dato di matto e mi scuso con lui. Non so cosa mi sia preso.

– Come si dice?

Cupido sussultò.

Lopez sorrise. – Grazie. Ispettore. Capo.

– Grazie. Ispettore. Capo.

Lopez indicò Krupp: – E?

– Grazie. Signor. Commissario.

Krupp boccheggiava.

Nella sua testa Marlene strillava: *mi ha colpita al petto, mi ha colpita allo stomaco, rapido, rapido, rapido. Il* DOLORE *mi ha fatto piegare in avanti.* LUI *mi ha colpita alla schiena: rapido, rapido, rapido. Ho detto: ti prego.* LUI *mi ha afferrato i capelli,* LUI *ha tirato, lui è* FORTE, *ho sentito la lama sul collo e allora ti ho visto, ti ho visto mentre lo rincorrevi e non lo prendevi, e* LUI *ha tagliato e ho provato rabbia e rabbia e...*

Nella sua testa Lorena strillava: *mi stavo togliendo i fuseaux anche se faceva freddo e lui aveva il riscaldamento al massimo, ma faceva freddo e l'ho visto tirare fuori il coltello e ho detto: cosa stai facendo? E sono state le mie ultime parole, perché lui ha piantato il coltello nel mio stomaco e non sono riuscita nemmeno a urlare e ha colpito ancora e ancora e io mi sono piegata perché faceva* MALE *e* LUI *mi ha colpito alla schiena e io ho provato a fermarlo, ho alzato la mano ma lui ha tagliato anche quella e si vedeva l'osso e ho pensato: mi sta uccidendo e non mi sembrava possibile, poi mi ha afferrata per i capelli i miei bellissimi capelli biondo ciliegia e mi ha tagliato la gola e mi ha buttata via come* IMMONDIZIA *ma io ho sorriso, ho sorriso mentre morivo perché sapevo che tu saresti venuto da me e...*

Krupp capì di aver imparato la lingua dei morti.

Fece in tempo a piegarsi in avanti.

Vomitò bile.

Lopez gli porse una salvietta.

– Le sono cresciute le palle, commissario.

Krupp pensò: parlo la lingua dei morti, parlo la lingua di Lopez.

Faccia da ratto prese in custodia Buratti e lo trascinò fuori dalla Cella X. Krupp aspettò che la porta si chiudesse. Iniziò a piangere.

L'acufene diventò un grido colmo di indignazione. Lorena e Marlene lo accusavano: *perché piangi? Perché piangi? Perché* TU *stai piangendo?*

Non hai il diritto di piangere.

Il Kali Yuga urlava: prendili tutti.

20 luglio 1992, lunedì
– mattina –

Alle sette e cinquanta Krupp fece il suo ingresso nella sala briefing. Si era cambiato, ma l'odore della 121 gli ammorbava le narici.

I mastini lo guardavano: come uno di loro.

Krupp provò vergogna.

La cancellò.

– Buratti non è il nostro uomo. Ricontrollate i fascicoli, tutti i fascicoli.

Nessuno commentò.

– Ricontrollate i verbali, tutti i verbali.

Non ci furono lamentele, non ci furono proteste.

– I clienti delle prostitute, i tossici, gli spacciatori. Usate le liste. Fate casino. Prendete i clienti schedati e interrogateli davanti alle mogli, ai colleghi, ai figli. Interrogate i tossici e fate credere agli altri che sono confidenti. Se, – disse Krupp parlando finalmente una lingua che i mastini potevano capire, – la Narcotici ha da ridire, fregatevene. Voglio la città in astinenza.

Krupp pensò: l'astinenza è l'unica lingua che i tossici conoscono.

L'ispettore capo Lopez alzò la mano. – Dove portiamo i sospetti, commissario?

– Se sono promettenti, Cella X.

I mastini scodinzolarono.

– Ci sarà un bel po' di traffico.

– Ricordatevi di far rispettare la fila.

I mastini risero.

Alle undici, Krupp diede la buona notizia ai giornalisti.

– I medici del San Maurizio sono fiduciosi, la sovrintendente capo Lici non ha subìto danni a lungo termine. Risponde alle cure e si riprenderà. Speriamo di rivederla presto in servizio. L'aggressore, Giacomo Buratti, era stato interrogato in relazione all'omicidio di Lorena Haller offrendo un alibi rivelatosi attendibile. Per questo motivo posso affermare che Giacomo Buratti non è l'assassino di Lorena Haller e Marlene Wieser.

Una giornalista approfittò della sua pausa per una domanda.

– Come mai la sovrintendente capo Lici si trovava in piazza Dodiciville in piena notte? Si tratta forse di un'operazione sotto copertura?

– Non posso fornire commenti in tal senso.

La giornalista non protestò.

Krupp continuò: – Buratti ha confessato l'aggressione al pm Manfredi fornendo dettagli che ne confermano la colpevolezza.

Pensò: è una questione di pubbliche relazioni.

Si sforzò di sorridere.

– Domande?

– L'uomo soffre di turbe mentali?

– Non sono un esperto, ma credo di no, altrimenti gli avremmo offerto un paio di pasticcini e lo avremmo affidato ai servizi sociali.

Risate.

Krupp immaginò i mastini che in quel preciso istante rastrellavano, sfondavano porte, umiliavano e pestavano: non provò nulla.

Sorridere gli riuscì più semplice.

– Commissario, – chiese Jo, con tono grave, – come sta?

– Niente che un'aspirina non possa guarire.

Le sue parole furono accolte da un boato.

Jo alzò il pollice: benvenuto fra noi, commissario.

Il proprietario del ristorante aveva sempre una saletta riservata per Levada. La *mano de Dios* si era fatto portare una porzione di roastbeef, Krupp un'insalata. Levada era al terzo calice di vino rosso.

– Ho bisogno di un favore, Luther, – disse, provando a versare il Lagrein nel bicchiere di Krupp.

Krupp glielo impedì. – Analgesici.

– È una faccenda delicata, – fece Levada. – Jo ha messo le mani su una storia che non mi piace e piacerà ancora meno a te. Ha beccato uno dei nostri a firmare permessi di soggiorno falsi.

Krupp fece una smorfia. Il cuore a mille.

Idi di marzo.

– Prende soldi da Zeno Costantini, – Levada gli puntò la forchetta contro, – nientemeno.

– Perché non l'ho letto sul giornale?

La forchetta sparì nella bocca del commissario capo. – Jo l'ha scoperto tramite una delle ragazze del Red. Una minorenne. Dice che lei non gliel'aveva detto. Quante volte l'hai sentito?

– Qual è il favore?

Levada spostò il peso del corpo e da una tasca tirò fuori un pezzo di carta.

C'era scritto: *S. Calvi.*

Gli occhi del commissario capo si fecero attenti. – Lo voglio in panchina finché Jo non pubblicherà la notizia. Cerchiamo di tenere la cosa fra di noi.

Krupp sminuzzò il foglio e lasciò cadere i coriandoli nel piatto. – Questo stronzo fa parte della task force. E ce l'ha voluto Lopez. Che se la sbrighi lui.

– Lopez non ne ha l'autorità. Lo sai. Escludi Calvi dalle indagini. So che gli uomini non sono mai abbastanza, ma non possiamo fare altrimenti. Lo capisci, no?

– Con tutto il rispetto, perché non può gestirla lei questa rogna?

La forchetta rimase ferma a mezz'aria.

Levada scoppiò a ridere.

– Il mio nome deve restarne fuori. Mi sembra ovvio.

– Posso fare a meno di un infame, ma il pm che segue il processo Costantini si incazzerà a morte quando leggerà la notizia. Jo è sotto controllo, ma gli altri? Cercheranno di tirare su un polverone.

– Il pm? Non fare l'ingenuo, Luther, quelli non sono mai dalla nostra parte. Vuoi sapere come la vedo io? Che se quel pm avesse fatto il suo lavoro come si deve noi non saremmo qui a discutere di quell'idiota di Calvi. Sarebbe un problema suo, non nostro.

– Posso mettere Calvi in panchina, – fece Krupp, fingendosi dubbioso, – posso rispondere alle domande dei giornalisti quando Jo pubblicherà l'articolo, posso fare in modo che il suo nome, commissario capo, non venga mai pronunciato apertamente, però...

– Fagli avere un permesso, – lo interruppe Levada, infastidito da tutta quella reticenza, – oppure inchiodalo a una scrivania del cazzo. A Calvi manca tanto così dalla pensione.

– Agli uomini non piacerà. Se metto Calvi in panchina, con o senza una spiegazione, passeranno più tempo a guardarsi le spalle che a fare il loro lavoro. Lo sappiamo entrambi, non tutti i mastini hanno la coscienza pulita e in questo momento ho bisogno che siano concentrati sulle indagini. Senza distrazioni.

– I ragazzi ti adorano, soprattutto dopo, – una breve pausa, – quello che hai fatto.

– Il punto è un altro. Lopez ha voluto Calvi nella task force perché lei ha voluto Calvi nella task force perché, immagino, Calvi era stufo di stare all'ufficio passaporti e voleva...

– Un po' di azione prima di mettere le pantofole, esatto. Ancora non vedo il problema.

– I mastini vedranno che *io* sto buttando fuori dalla task force un uomo che *lei* ha voluto in squadra. Questo è il problema.

Levada si accese una sigaretta.

Lo squadrò.

– Cosa proponi?

– I mastini saranno tranquilli solo se sarà la *mano de Dios* a spiegargli il perché di queste mosse. Al resto, a Calvi, al pm, ai giornalisti, penserò io.

– A proposito di Costantini. Come mai hai fatto quel blitz?

– Ho avuto una soffiata. Marlene Wieser lo aveva incontrato per un posto di lavoro.

– Non bastava convocarlo?

– Con Lopez che passa informazioni alla stampa? Ho preferito mostrare i muscoli come…

– ...manovra diversiva. – Levada si sfregò i baffi. – Molto astuto, ma non tenermi mai più all'oscuro di quello che stai facendo. Per la questione dei permessi di soggiorno, affare fatto. Occupati della stampa, del pm e di Calvi. Ai mastini penserò io.

Krupp pensò: *Cadi, allora, Cesare.*

Levada aveva creato i mastini. Aveva inventato delle leggi non scritte per tenerli al guinzaglio. Poi aveva fatto l'errore di tutti i Cesare di questo mondo: credere a ciò che gli suggeriva lo specchio e sentirsi invincibili, amati, al di sopra di qualsiasi regola.

Levada avrebbe *parlato* ai mastini. Levada avrebbe *spiegato.* Non si chiedeva cosa i mastini avrebbero *visto.* Krupp lo sapeva.

I mastini avrebbero visto il commissario capo Levada, la *mano de Dios,* che si macchiava del peggiore dei peccati: scusarsi.

Solo i deboli lo facevano.

Che fine fa un *vecchio* mastino fra mastini assetati di sangue?

Krupp si aggiustò la cravatta. – Jo ha detto quando pubblicherà la storia?

Levada fece tintinnare il bicchiere contro quello pieno di acqua di Krupp.

– Farà come sempre. Diffonderà la versione che noi gli faremo avere quando ci sarà qualche grosso titolo a distrarre l'attenzione.

– E tutti vissero felici e contenti.

20 luglio 1992, lunedì
– pomeriggio –

Nonostante gli sforzi l'ufficio di Milla puzzava ancora di varechina. Iris gli aveva regalato una *Maranta Leuconeura* assicurandogli che la pianta avrebbe assorbito il cattivo odore, ma al momento l'unica cosa che la *Maranta Leuconeura* era riuscita a fare era stata sentirsi appioppare un soprannome da parte di Jo: "la piantina carina e beghina". A Jo non sfuggiva mai niente, la *Maranta* aveva foglie di forma ovale che, sì, da sbronzo, forse, potevano sembrare mani in preghiera.

Le mani, invece, della donna alla sua scrivania, erano molto curate. Qualcuno l'aveva dirottata da lui mentre era intento a sgranocchiare una mela ascoltando *Smells Like Teen Spirit* col walkman. C'era qualcosa nella voce di Kurt Cobain che attraeva e metteva a disagio allo stesso tempo. Milla la trovava fenomenale.

A Iris, invece, faceva paura.

La donna si chiamava Julia Prinoth, lavorava a Bolzano come infermiera in una clinica privata e viveva nel paese di Renon, sull'altopiano. Era agitata, ma si sforzava di non farlo trasparire.

– Ricorda quando c'è stato quell'acquazzone? Avevo superato Collalbo, in macchina, quando ho visto una persona sul ciglio della strada. Faceva autostop. Era...

Julia dovette fermarsi.

– Un bell'acquazzone, sì, – la incoraggiò Milla.

Lei gli sorrise, grata. – Una donna, vecchia. Alta, curva. Molto curva. Ho accostato per farla salire, mi faceva pena, e lei mi ha chiesto se poteva sedersi dietro. Faticavo a sentirla. Non per via del traffico o della pioggia. Aveva una voce strana, come…

– Rauca?

– Gracchiante. Quando mi ha parlato era in piedi e per me era impossibile vederla in faccia, capisce? Mi è sembrato strano che volesse sedersi dietro, ma ho pensato, gli anziani, si sa come sono fatti. Così lei ha aperto lo sportello, ha appoggiato la borsa e io...

L'agitazione tracimò.

L'infermiera si deterse il sudore. – Mi sto coprendo di ridicolo. Lo so. Anche i carabinieri mi hanno guardato come fossi una pazza. Però… potrebbe incontrare altre persone. Potrebbe…

– Non sono qui per giudicarla.

Julia ridusse la voce a un sussurro. – Quando ha messo la borsa sul sedile posteriore le ho visto le mani. Erano robuste, pelose. Grandi. Maschili.

Milla sentì una scossa. – Ne è certa?

– Erano le mani di un uomo. Forte, grande. Ho avuto paura e sono fuggita, ma prima di arrivare a Bolzano mi sono dovuta fermare perché la portiera era chiusa male e stavo tremando così tanto che avrei fatto un incidente. E solo allora mi sono resa conto che la borsa era ancora sul sedile.

Il cuore di Milla perse un battito. – L'ha aperta?

L'infermiera annuì con forza. – Dentro c'era della corda. E un coltello. Un coltello enorme.

Krupp aveva intercettato Calvi nei corridoi, aveva aspettato che ci fosse più pubblico possibile e gli aveva dato il benservito.

– Levada lo sa?

– Indovina?

Calvi gli aveva riso in faccia, poi era salito al terzo piano.

Levada non si era fatto trovare.

Calvi aveva mangiato la foglia e se ne era andato: schiumando rabbia.

Un'ora dopo la *mano de Dios* aveva convocato i mastini più anziani. Dieci minuti, non di più. Quando erano usciti i mastini avevano più domande che risposte. Da quando Levada agiva come un infame? Da quando gli erano cadute le palle? Da quando non faceva un turno di notte? Da quando non sfondava una porta o prendeva a calci un tossico? E, soprattutto: da quando preferiva la compagnia dei politici e dei ruffiani alla loro?

Erano confusi.

E quindi: arrabbiati.

Krupp lo sapeva perché gliel'aveva confidato Ayrton Senna. C'era nervosismo nell'aria, aveva detto. L'imboscata ad Arianna. La faccenda di Calvi. Levada. Era roba pesante da digerire.

– Levada è solo un vecchio, – era stata la replica di Krupp. – Puoi insegnargli qualche trucco nuovo?

Poi aveva convocato una riunione a porte chiuse. C'erano Lombardi, Bellini, Gallo, Ayrton Senna. Niente divise. I mastini avevano bisogno di sfogarsi e Krupp era pronto ad accontentarli.

– Ho una questione in sospeso. Mi servono dei volontari.

Nessuno si tirò indietro.

Alle quattordici e ventidue la Lancia Thema blu di Krupp, seguita da due volanti, arrivò all'Hotel Felix.

Il tizio col nasone fu subito abbrancato da Bellini. Lo trascinò via di malo modo, senza prestare troppa attenzione agli spigoli.

Krupp, Lombardi e Ayrton Senna riempirono l'ascensore. Krupp guardò i due mastini riflessi nello specchio graffiato e sorrise.

– Il tizio col nasone è della Narcotici.

Lombardi e Ayrton Senna se la risero. – Sai che incazzatura.

Terzo piano.

Lombardi diede un colpo alla porta della stanza di Nico. – Servizio in camera.

– È aperto.

Nico il cieco era in ginocchio sulla moquette coperta di

immondizia. Mani dietro alla nuca, jeans, maglietta, scarpe da ginnastica e occhi a palla.

– Voglio un avvocato.

– Per chi ci hai preso?

Accanto allo stereo c'era una telecamera. La spia rossa diceva che era in funzione.

– Sono in condizioni di salute precarie a causa delle mie patologie, – scandì il tossico, – ma non presento lividi o escoriazioni. Mi consegno alle forze dell'ordine nella persona del commissario Krupp e dei suoi colleghi senza opporre resistenza. Per dovere di trasparenza dichiaro che la telecamera è collegata all'ufficio del mio avvocato dottor Grandi.

– Guarda che i buoni siamo noi, Nico.

Da vero gentleman, Lombardi lo aiutò ad alzarsi.

Quando il cieco passò accanto a Krupp disse: – Qualcuno ti ha fatto un vudù, commissario.

Jo e Milla erano appoggiati alla Renault 5, quattro frecce accese, piazza Mazzini, Hotel Felix.

– Una vecchia alta e curva in mezzo alla tempesta, – fece Jo, beffardo, – cos'è? Bram Stoker?

– Era sincera e...

Jo schioccò le dita. – Hop! Hop! Hop!

Krupp stava uscendo dall'hotel. Un bestione pelato col tesserino della polizia a tracolla teneva sotto braccio una specie di rottame umano.

La Nikon di Milla iniziò a mitragliare.

– Chi è quello?

– Si chiama Nico. Nico qualcosa, – rispose Jo, all'improvviso serio.

– Krupp sta facendo un altro favore alla Narcotici?

– Perché lo dici?

– Quel tizio sta sull'enciclopedia alla voce "tossicodipendente", ma non l'ho mai incontrato in giro e, visto il dispiegamento di mezzi, immagino sia uno che spaccia parecchio.

Krupp si infilò nella Thema blu che partì a razzo, seguito dalle due volanti.

– Il nostro amico commissario, – fece Jo, – sta imparando il gioco. Hai visto? Il figlio di buona donna si è messo in posa.

Era vero.

Poco prima di far salire Nico sull'Alfa, Krupp gli si era affiancato e si era fermato per una manciata di secondi. Abbastanza da permettere a Milla di scattare la foto che, non c'erano dubbi, il direttore avrebbe scelto per l'edizione di domani.

– Il ragazzo si sta svegliando. Sa che più il suo nome sarà sinonimo di arresti, meno sarà facile per Levada offrirlo in pasto al pubblico.

– Dai per scontato che Krupp non prenderà il Killer delle Lucciole.

– L'hai visto? È disperato. Ha dichiarato guerra al mondo e di solito il mondo non reagisce bene. Ma anche Levada ha iniziato così. Io c'ero.

– Non la fai un po' troppo tragica?

Jo gli scoccò un'occhiataccia e riprese il discorso sull'autostoppista da brividi. – Così sei andato dai carabinieri. Per via della vecchia curva sotto la pioggia. Controllo delle fonti. Dieci e lode.

– In realtà è bastata una telefonata. Hai presente la borsa con la corda e il coltello?

– Il grosso-grosso coltello?

– L'infermiera trova la borsa sul sedile posteriore della sua auto quando, bada bene, ormai è al sicuro. Vede la corda, vede il coltello e cosa fa? La butta in un dirupo. Poi va dai carabinieri e quando i carabinieri le chiedono dove l'avesse gettata…

– Non ricordo, ero tanto spaventata, – cinguettò Jo, con la voce in falsetto. – Sai come si chiama la vecchia?

– Ma mi ascolti quando parlo? Non c'era nessuna vecchia.

– In un certo senso c'era, – fece Jo, sornione. – Ed è vecchia sul serio. Ha qualche migliaio di anni.

– Fra tutte le cazzate, Jo, questa…

– Sai cos'è un *genius loci*? No, non lo sai perché sei un maestrino del cazzo che non legge Virgilio.

Mila ripose la borsa della Nikon sui sedili posteriori della Renault 5. – Una specie di divinità locale. Guarda che l'ho studiato il latino.

– Come no, campione, come no? Qui da noi il *genius loci* si chiama *Perchta*. È una divinità precristiana e preromana. Si mangia i neonati, taglia la gola ai gattini e non rilascia fattura.

– Non fa ridere.

– È un fatto, campione. Ogni volta che succede qualcosa di brutto le persone la vedono. Vatti a rileggere i vecchi giornali. C'era la guerra? La Perchta ha cercato di rubare un bambino. C'erano le bombe dei Bas? Qualcuno ha visto la Perchta girare nei boschi.

– Non ci casco.

– Ti sto solo dicendo che certe faccende non finiscono mai. Ti conviene capirlo, come dovrebbe capirlo Krupp. E questo, – Jo sbadigliò con ostentazione, – ci riporta al nostro meschino lavoro.

– Ghiaia?

– L'aggressione alla sovrintendente capo Lici. Voglio che tu vada a parlare con le prostitute della zona. Chi la conosce, che tipo è. Un bel ritratto umano. È il tuo forte.

– Non avevi detto che l'operazione sotto copertura dovevamo tenerla per noi?

– Ti ho detto di scrivere operazione sotto copertura?

– Suggerire, – si corresse Milla, – non affermare. Vuoi un passaggio in redazione? Devo prima sviluppare le foto.

Jo si deterse il sudore dalle tempie. – Sai quanti bar ci sono da qui alla "Voce delle Alpi"?

– No.

– Entro stasera te lo farò sapere.

Margit aveva accettato di parlare a patto che Milla le offrisse da bere.

– Lei era simpatica. Sul serio.

– La sovrintendente capo Lici?

– Sai che è maleducazione rispondere a una domanda con un'altra domanda? Certo che sto parlando della poliziotta.

– Sapevate che era una poliziotta?

Margit gli puntò un dito contro, divertita. – Ecco che lo rifai. No, non ci ha fatto vedere la pistola o il distintivo, come nei film. Mica era scema. Però si capiva. E adesso mi chiederai...

Milla sorrise.

– Come?

Margit non era la solita prostituta strafatta di eroina. Si faceva, gliel'aveva detto lei, ma non era ancora diventata uno zombie.

– Era aprile, ero in piazza Dodiciville. A un certo punto una macchina si ferma proprio davanti a lei. – Margit bevve un altro sorso di birra. – Sei mai stato con una di noi?

Milla avvampò. – No, certo che no.

– Il signor perfettino, eh?

– Ho una fidanzata.

– E chi non ce l'ha?

– Insomma, – fece Milla, – un tizio vede la poliziotta e accosta.

– Lei si china per far vedere la mercanzia, come al solito, e gli chiede se ha abbastanza soldi. – Margit fece tintinnare le unghie contro il bicchiere vuoto. – Facciamo un altro giro, tesoro?

Milla alzò la mano. Il cameriere fece una smorfia. Forse conosceva Margit e non voleva prostitute nel suo locale o forse con quel caldo non gli andava di lavorare. Margit comunque non proseguì finché il bicchiere non fu sostituito da uno pieno.

– Lui le chiede quanto vuole e lei spara cinquecentomila.

Milla fischiò.

– Una bella cifra.

– Sai che sei carino? Fai tenerezza. Sei ingenuo. È la stessa cosa che ho detto a lei. Alla poliziotta. Guarda che cinquecentomila lire sono poche.

– Sono più della metà del mio stipendio.
– Cinquecentomila non sono niente per certa gente.
– Che gente?
Un'Alfa 75 marrone si fermò a poca distanza dall'ombrellone con la scritta Campari sotto cui Milla e Margit erano seduti.
Un viso squadrato si sporse dall'auto.
– Ciao Margit, il giovanotto ti sta infastidendo?
Margit si alzò di scatto. – Devo andare.
Il tizio mostrò il tesserino a Milla.
Lo sventolò divertito.
– Ci saluti Jo, mi raccomando.

Il condizionatore era rotto. Il ventilatore cercava di attenuare la calura, con l'unico risultato di far volare gli appunti dappertutto.
– Non so come scriverla.
– Vedo, – borbottò Jo, sprofondato nella poltrona.
– C'erano la metà delle ragazze in giro. Forse meno.
– Sei diventato un esperto?
Milla gli fece notare l'ovvio.
– È da gennaio che mi mandi in giro a intervistarle.
– E tutte dicono, – fece Jo sfogliando la bozza dell'articolo zeppa di cancellature, – che la sovrintendente capo Lici era una a posto.
– Gentile, simpatica, generosa. "Non sembrava una poliziotta." Direi che non c'è complimento migliore.
Fu il turno di Jo di ribadire l'ovvio. – Ma nessuna di loro ha chiamato gli sbirri quando è sparita. Non è che ti stai affezionando a quelle ragazze? Lo sai che venderebbero la madre per una dose.
– Tu lo faresti per uno scoop.
– Solo perché sono più saggio di te. Cos'è la storia del maniaco dei coltelli?
Milla si agitò sulla sedia. – Me l'ha raccontata Heidi, ma ho una mezza conferma anche da un'altra ragazza, Margit. Ha a che fare con l'operazione sotto copertura. Il protocol-

lo prevedeva che se un cliente si avvicinava a un'agente, lei doveva alzare il prezzo per evitare di farsi smascherare. Cinquecentomila lire.

– Nemmeno Naomi Campbell, cazzo.

– Per Margit era una cifra troppo bassa.

– Non scherziamo, campione.

Milla si scompigliò i capelli arruffati. – Lo so, ho fatto anche io quella faccia. Ma, ascoltami. Secondo Heidi c'è in giro un tizio che si diverte con i coltelli. Paga, e paga molto più di cinquecentomila lire, per farsi tagliare dalle ragazze.

– Dici sul serio?

Era la prima volta che Milla riusciva a stupire Jo.

Una parte di lui si concesse di gongolare.

– *Hematolagnia*, – spiegò. – Una specie di feticismo del sangue. Esiste sul serio. Ho controllato in biblioteca. Roba da film dell'orrore.

Jo si fece aria con la camicia. – Ti hanno preso per il culo. Non possiamo pubblicarlo. Un tizio che paga fior di quattrini per farsi tagliuzzare? Metà dei lettori non ci crederebbe e con la crisi che c'è, l'altra metà andrebbe a cercarlo per tirare su due soldi.

Milla pensò a Lorena Haller. La storia della vendetta per via dell'Aids.

– Voci di strada dicono che?

– Voci di strada un cazzo. E ancora non ho capito perché non riesci a scrivermi questo benedetto articolo. Hai le fonti, hai i fatti, hai gli orsacchiotti sulla poliziotta e il direttore ti ha concesso macchina da scrivere, inchiostro e carta. Ti sono cadute le dita?

– Sai cos'è che mi manda fuori di testa?

Jo ghignò: – La ragazza dei fiori?

– Oggi sono stato fermato quattro volte. Quattro. Sbirri. Un'Alfa 75 marrone. Saltava fuori ogni volta che iniziavo a parlare con qualcuno. Sempre la stessa macchina, non è strano?

– Ti sei visto allo specchio? Sei troppo magro. La ragazza dei fiori sa cucinare? Se non lo sa fare lasciala perdere, a un certo punto capisci che il sesso è sopravvalutato. Il cibo.

Ecco il segreto per una relazione duratura. Io lo so, nessuna delle mie tre ex mogli sapeva farlo.

– Gli sbirri mi hanno detto di salutarti.

Jo scoppiò a ridere. – Pasturare. Funziona.

– Che diavolo sta succedendo?

– Sei un reporter, dillo tu a me.

– Metà delle ragazze sono sparite, i tossici sono più incarogniti del solito, non li trovi nei soliti posti e sembrano tutti sull'orlo dell'astinenza. Gli sbirri continuano a fermare loro, le ragazze e me. La paranoia è la mia migliore amica, l'hai detto tu. Qui non è questione di mettersi in posa per una fotografia, Krupp sta facendo altro. Non pensi che meriti un approfondimento?

– Krupp è un ragazzo sveglio, – fece Jo, – e inizio a pensare che anche tu lo sia. Quindi...

Milla sospirò.

– Elimino la faccenda dell'*Hematolagnia*, del "ci saluti, Jo" e ti scodello quattromila battute di ghiaia priva di ambizione.

– Facciamo quattromila e duecento. E mettici...

Cuore.

20 luglio 1992, lunedì
– notte –

L'aria nel cortile del numero 1 di largo Palatucci sapeva di smog e sudore. Il medico chiese il permesso di portare il fermato in ospedale. Stava bene, ma c'era bisogno di qualche esame per averne la certezza.

– Abbiamo dovuto sedarlo, – disse.

– Capisco.

– Era molto agitato.

– Sì.

– Ha detto di essere stato picchiato.

– Non lo dicono tutti?

– Era pieno di lividi, commissario.

Krupp lo guardò dritto negli occhi. – Avete dovuto sedarlo, non è così?

Il medico tentennò.

Si schiarì la voce.

Disse: – Cosa devo scrivere sul rapporto?

Krupp sorrise.

Firmò le carte.

– La verità.

L'ambulanza sparì.

Krupp controllò l'orologio di suo padre e si accorse che era fermo alle sei e undici minuti: il momento in cui era entrato nella Cella X.

Le sei e undici minuti era anche l'orario in cui Andreas Krupp aveva esalato il suo ultimo respiro, all'alba del Natale 1991.

Aggiustò il cinturino e tornò in ufficio.

30 luglio 1992, giovedì
– mattina –

La 126 ce la metteva tutta, ma stentava ad arrivare agli ottanta chilometri orari. Iris guidava con entrambe le mani sul volante. Destinazione: sconosciuta. A Milla era bastata la domanda: ti fidi?

Usciti dall'A22 all'altezza di Rovereto imboccarono una serie di strade secondarie. Iris sembrava conoscere il percorso a memoria.

Dopo un paio d'ore raggiunsero quello che a Milla parve un villaggio medievale in mezzo al bosco con tanto di mura di cinta. Le mura erano coperte di edera profumata e il bosco sapeva di resina.

Iris spense il motore e gli porse una foto.

– Dario.

Un ragazzo che stringeva fra le mani un sax, naso aquilino, occhi scuri e capelli corvini. Indossava un maglione a collo alto e un chiodo di pelle. Il viso, accaldato, era raggiante.

Dietro di lui uno specchio da bar e dal riflesso si riusciva a intuire l'autore dello scatto: guance scavate e un'infinità di rughe.

– Chi è Dario? – chiese Milla restituendo l'istantanea.

– *Rosa Banskiae Lutea*. Mi hai chiesto perché non ti invito mai a casa mia. Avresti visto le sue cose e non ero pronta a raccontare.

– Non devi, se non vuoi.

– Ti ho detto di mio padre. L'incidente in montagna.

– Quando eri bambina.

– Mia madre ebbe un crollo nervoso. Fu ricoverata. Per me lei era la signora che raccontava le favole cambiandole a modo suo. I tre porcellini non avevano pagato le rate del mutuo e così la strega gli regalava una mela avvelenata.

– Quanti anni avevi?

– Quando papà è morto, sei. Quando mamma è uscita dalla clinica, dieci. Poi è arrivata la leucemia. È passata dalla clinica all'ospedale e da lì...

– Dario è tuo fratello?

Iris sorrise. – Ci somigliamo?

– Anche.

– È così che fai?

Milla batté le palpebre. – Faccio... cosa?

– Quando intervisti le persone. Fai questa faccia qui?

– Non sei, – farfugliò Milla, preso in contropiede, – non sei lavoro.

– Dario aveva sedici anni quando papà è morto. Io sono quella uscita dall'uovo di Pasqua quando nessuno se l'aspettava. È stato lui a crescermi. Lui e mia nonna.

Quando Iris piangeva le iridi diventavano più chiare. Come se le lacrime le scolorissero.

– Dario è un musicista. È stato lui a insegnarmi ad amare il jazz. Quando ha scoperto che Chet Baker viveva a Roma ha venduto la moto ed è partito. Aveva lavorato duro per comprarla, ma non ci ha pensato due volte. Quando l'ha incontrato, Chet l'ha invitato a suonare con lui. Te lo immagini?

– Darei un braccio per incontrare Oriana Fallaci. Mi accontenterei di farle la punta alle matite.

Iris stemperò le lacrime con un sorriso. – Ti prenderebbe a calci nel culo per un paio d'ore solo per farti contento.

– Le migliori due ore della mia vita.

– Da quando aveva sedici anni Dario ha dovuto farmi da padre.

Milla provò a mettersi nei panni del fratello di Iris. Cercarsi un lavoro in fretta, dover mettere in secondo piano la passione della sua vita, la musica, per assumersi una responsabilità per cui nessun sedicenne poteva essere pronto.

– Un giorno, – sussurrò la ragazza dei fiori, – l'ho trovato con un ago nel braccio. Era morto. Lo salvarono con il Narcan. Non mi ero resa conto che si facesse. Ha avuto altre due overdosi prima di chiedere aiuto. Non è stato facile. Stava bene per un po', poi ricominciava. Nonna è morta e con i soldi dell'eredità abbiamo trovato questo posto. La classica ultima possibilità.

– Come se la sta cavando?

Iris indicò le mura che ronzavano di api. – Ti va di conoscerlo?

Prima c'era stato l'incontro con Levada.

Il commissario capo gli aveva chiesto dei mastini. Aveva notato che qualcosa non andava. Krupp l'aveva blandito: devono solo digerire la faccenda di Calvi. La risposta, vaga, era stata giudicata soddisfacente. La *mano de Dios* aveva altro per la testa: sulla scrivania c'era l'invito a un ricevimento. Carta costosa, lettere dorate.

Krupp aveva riconosciuto lo stemma: *Rosengarten Club*. Suo padre ne aveva fatto parte. Un manipolo di ricchi stronzi che per dormire sonni tranquilli aveva inventato l'espressione "isola felice". E chi osava pensare che lo status quo andasse cambiato poteva anche andare a impiccarsi a un albero, come Giuda.

Evidentemente anche Levada, come i Rosengarten, subiva il fascino dell'oro: i poveri confondevano sempre la ricchezza con il potere.

Era stato suo padre a spiegarglielo.

Quando si era congedato dal commissario capo il suo nuovo orologio segnava le undici e cinquantadue. Aveva deciso di non aggiustare lo Junkers, ma non riusciva a separarsene e continuava a tenerlo al polso. Quello nuovo, da tasca, lo teneva nella giacca.

A quel punto: Lopez.

– Questa la deve vedere.

Faccia da ratto sembrava su di giri.

Krupp lo seguì fino alla sala di controllo. Era stipata di

mastini. Gallo, Ayrton Senna, Bellini. C'erano anche un paio di divise.

Allegri come i partecipanti di una festa studentesca.

Lopez indicò il monitor che inquadrava l'interno della stanza tre: Lombardi, una donna e quello che non poteva che essere un avvocato.

– Una prostituta si presenta e dice di avere informazioni sul tizio annegato nell'Adige, ricorda? Quello con le mutandine di pizzo. I colleghi la fanno aspettare, ma quando lei vede Lombardi, lo riconosce per via di una faccenda di quando il viceispettore era all'Anticrimine, gli dice: devo confessare un omicidio.

Krupp scrutò il viso della donna. Non gli sembrava un'assassina. Ma, pensò, nemmeno lui sembrava uno che picchiava i detenuti.

Scacciò il pensiero.

– E Lombardi?

Ayrton Senna soffocò una risata.

Lopez si sfregò il pizzetto. – Manda le divise a fare accertamenti. Viene fuori che il defunto era un depravato di prima scelta. E guardi che noi ce ne intendiamo. Lombardi pensa: vuoi vedere che ci siamo levati dalle scatole la storia del Killer delle Lucciole?

– Impossibile. I tempi non tornano.

– Esatto, mutandine di pizzo era già a mollo nell'Adige quando il Killer delle Lucciole ha ucciso Marlene Wieser, ma Lombardi era troppo preso dal momento.

– Il tizio era schedato?

– Favoreggiamento della prostituzione.

– Quindi è stato interrogato in relazione all'omicidio Haller?

– No.

Krupp li squadrò tutti, duro. – Bel lavoro del cazzo.

I mastini non protestarono.

– Così, – proseguì faccia da ratto, – Lombardi scopre che mutandine di pizzo chiedeva alle ragazze di sgozzare una gallina e di versargli addosso il sangue. Pagava bene. Quattrocentomila lire. A proposito, lei ha fatto mettere agli atti che la gallina la forniva lui. La teneva nel portabagagli. Se lo immagina? Così quel genio di Lombardi le chiede, ma perché l'hai...

Lopez tossì.

– ...perché l'hai ucciso?

Ayrton Senna diede un pugno al muro, rosso in viso.

– Quattrocentomila sono una bella somma. E poi...

Bellini quasi si strozzò cercando di trattenere l'ilarità.

– ...Poi, tutto serio, le dice... – fece Lopez, incapace di contenere le risate, – non si uccide la gallina dalle uova d'oro, no?

Le pareti della sala controllo tremarono.

I mastini ulularono fino alle lacrime.

Krupp, invece, stanco, guardò la donna intenta a firmare la deposizione.

– Cosa ha risposto?

– Prego?

– Lei. Cosa ha risposto?

– Che le ha attaccato l'Aids. Solo che è una balla, commissario. Il referto autoptico dice che mutandine di pizzo non era sieropositivo. Quella tizia è solo una fuori di testa. D'altronde...

I mastini, in coro: *non si uccide la gallina dalle uova d'oro.*

Fu una bella giornata.

C'era poco del ragazzo con il sax, nell'uomo che li attendeva nel giardino della clinica. I capelli erano ingrigiti e la stempiatura lo faceva sembrare più vecchio. Aveva perso parecchi denti. Gli occhi però non erano come quelli dei tossici che Milla era abituato a bazzicare. Dario era pulito, e si vedeva.

Fecero una passeggiata nei boschi e un picnic sulle rive di un laghetto in cui Iris infilò i piedi, imprecando per quanto fosse gelido.

Tornarono indietro poco prima dell'ora di cena, cui i visitatori, per regolamento, non erano ammessi. Il tramonto, spiegò Dario, rendeva nostalgici e la presenza di famigliari poteva turbare chi non aveva la fortuna di avere una sorella come la sua.

Prima del congedo Iris dovette assentarsi. C'erano delle scartoffie in segreteria che l'aspettavano.

– Iris è la mia tutrice legale, – spiegò Dario, a gambe incrociate sul prato. – Ce l'ha consigliato un avvocato. Almeno finché sono qui, poi...

Con le mani mimò un paio di ali che spiccavano il volo.

– Immagino che questo sia il momento, – scherzò Milla, – in cui mi minacci di morte nel caso dovessi spezzare il cuore di Iris.

– Sei il primo che mi fa conoscere. Non credo ce ne sia bisogno. Iris è una che sa cosa vuole. – Dario gli porse un pacchetto di sigarette. – Qui siamo incoraggiati a fumare. Non più di dieci al giorno, ma c'è un fiorente mercato nero. Vuoi?

– No grazie.

Dario si accese la Marlboro. – Sai che Iris mi legge al telefono tutti i tuoi pezzi? Qui i giornali non entrano. Alle volte non vale la pena ricordare che là fuori c'è un mondo. Mi piace come scrivi. – Dario schioccò le dita. – Hai del jazz nelle vene. C'è ritmo.

– Non so nemmeno accordare una chitarra. – Milla lanciò un'occhiata nella direzione in cui Iris era sparita. – E a dire il vero il jazz mi fa addormentare. Non è la mia cosa. Senza offesa.

– Il grande architetto lassù ci regala solo un talento. Sto facendo un corso, musicoterapia. Per i malati di Alzheimer. Pare che la musica riesca a risvegliare qualcosa. I medici dicono nel loro cervello, io credo sia l'anima, ma a ognuno il suo.

– Non ti piacerebbe tornare a suonare? Mettere su una band, magari. Non ci sono musicisti qui?

– Quanti ne vuoi. – Dario fissò la punta incandescente della sigaretta. – Ma ormai è tanto che non mi esercito e penso sia meglio così.

Non era lavoro, ma la domanda gli uscì ugualmente. – Perché?

– Ti piace scrivere?
– Certo.
– Ricordi la prima volta che hai scritto qualcosa di decente?
Milla lo ricordava.
– Lo stesso è la musica. Però devi starci attento. Hai mai scritto qualcosa su Iris?
– Soltanto, – fece Milla, imbarazzato, – dei biglietti. Piccoli pensieri. Non glieli ho mai dati perché fanno schifo. Temo che la poesia sia fuori dalla mia portata.
– Sei più tipo da cronaca?
Milla si prese un attimo per riflettere.
– Mi piace pensare che i miei articoli siano frammenti di un mosaico più grande.
– 39100 nell'anno del Signore 1992?
– Questa te la rubo.
– Io ho scritto la mia musica mentre ero innamorato dell'eroina e, quando ci siamo lasciati, l'eroina se l'è portata via. Se ricominciassi a comporre...
– Potrebbe tornare.
– Non scrivere di Iris. Così, se un giorno dovessi decidere di mollare la penna non perderesti anche lei. – Dario si interruppe, sorridendo. – Ed ecco la nostra ragazza in tutto il suo splendore.

Luglio finì con Iris e Milla che facevano l'amore cullati da Chet Baker.

Agosto, invece, iniziò la notte del 6, con una chiamata al 118:

6 agosto 1992, giovedì: ore 0.32

118, come posso aiutarla?
C'è stato un incidente, quella ragazza, Gesù...

Signore, come si chiama?
Non lo so, è piena di sangue, è morta,
come faccio a saperlo?

Signore, le sto chiedendo il suo nome.
Mi chiamo Markus Gruber, sono...

Respiri, signor Gruber.
...il custode della funivia del Colle,
la ragazza è qui, sulla strada...
L'ha investita un pirata. Mi hanno chiamato
due... non so come si chiamano.

Chi altro è coinvolto nell'incidente,
signor Gruber?
Lei è... oddio... fate in fretta, per favore.

PATRIZIA

Alles klar Herr Kommissar?

Falco, *Der Kommissar*

6 agosto 1992, giovedì
– notte –

Krupp spalancò gli occhi. Letto sbagliato, stanza sbagliata. L'odore alle narici portava con sé un turbinio di sensazioni. Alcune piacevoli, altre molto simili al rimorso.

A svegliarlo doveva essere stata una bolla d'aria in una tubatura o il rombo del motore di un'auto di passaggio, non di certo l'orologio di suo padre: era morto. Valeva tanto per Andreas Krupp quanto per lo Junkers dalla cassa graffiata.

Dalle imposte filtrava luce artificiale e il fatto che il sole non fosse ancora sorto, stranamente, placò il suo smarrimento. Inforcò gli occhiali e si sollevò a sedere, schiena appoggiata alla testata del letto, nuca a contatto con il fresco della parete.

Come accadeva da mesi, il suo primo pensiero cosciente fu: la prossima volta è oggi.

Pregò che fosse così.

Pregò che *non* fosse così.

Il giorno precedente Karli l'aveva invitato a passare del tempo insieme per un pranzo in famiglia e magari una visita al cimitero. Krupp aveva imbastito una bugia ricordandosi di essere cordiale e suo fratello aveva ricambiato la gentilezza fingendo di credergli. Quella telefonata era uno dei motivi per cui era lì.

Non l'unico, però.

Krupp non sarebbe mai riuscito a mentire a sé stesso fino a quel punto.

Lei era a pancia in giù, il braccio sotto il cuscino, il viso rivolto verso di lui, le labbra leggermente schiuse. Se stava dormendo Krupp avrebbe voluto essere nel suo sogno. Non l'aveva mai vista così serena. In caso contrario, avrebbe dovuto spaventarsi, somigliava fin troppo a un predatore in agguato.

Non avevano fatto l'amore. Il loro era stato un accoppiamento animalesco, ferino. Si erano fatti del male a vicenda e Krupp non aveva mai provato un simile abbandono. Al culmine dell'orgasmo aveva pensato alla Cella X e aveva gridato. Lei aveva riso e gli aveva conficcato le unghie nel petto, spillando sangue.

Krupp guardò la schiena della donna e immaginò costellazioni a unire i nei. Stentò a riconoscere ciò che stava provando. Somigliava a una tregua. Le tregue, però, erano destinate a essere infrante.

Così accadde.

Bussarono e Krupp sapeva che solo gli sbirri lo facevano in quella maniera. Lo sapeva anche lei che scivolò fuori dal letto trascinando con sé il lenzuolo.

– Faccio io, – mormorò, – aspetta qui.

Krupp pensò: letto sbagliato, stanza sbagliata, casa sbagliata. Donna sbagliata.

Vivian.

Udì la porta aprirsi, poi la voce di Ayrton Senna.

– Levati dai coglioni, troia.

Vivian non protestò e questo mise Krupp in allarme.

Il mastino entrò nella stanza sbagliata della casa sbagliata e disse: – Ha fatto un errore.

Ayrton Senna diede gas e iniziò il resoconto. – Markus Gruber, quarantasette anni, nessun precedente. È il custode della funivia che va al Colle.

Tutti conoscevano quel posto. Si vedeva Bolzano dall'alto. Non un granché come panorama, ma almeno si saliva di quota e d'estate si poteva godere di un po' di frescura. Dopo l'imbrunire diventava una delle mete preferite dalle coppiette.

– Gruber chiama il 118 e dice che un pirata della strada

ha ammazzato una ragazza. Il 118 ci gira la segnalazione, volante e ambulanza arrivano in contemporanea. – Ayrton Senna azzardò un'occhiata al commissario. – La ragazza è stata accoltellata.

– Tossica? Prostituta?

– Nella borsa aveva una siringa da insulina, un cucchiaino e un accendino. Niente preservativi e niente documenti. Forse li teneva nel portafogli.

– Che manca.

– Al momento.

– Cronologia, – scandì Krupp.

– La chiamata arriva alle zero e trentadue, ambulanza e volante sono sul luogo del delitto in dodici minuti. Trovano Gruber e due testimoni. Gabriel e Linda qualcosa. La donna è incinta. A casa non riuscivano a dormire per via del caldo e hanno deciso di farsi un giro. All'inizio della salita per il Colle hanno visto un'auto procedere in direzione contraria. Correva, dicono. Una berlina, una Seat Ibiza.

Il cuore di Krupp iniziò a prendere a pugni la cassa toracica. – Sono sicuri?

– Dicono di esserne certi.

– Quando l'hanno incrociata?

– Pochi minuti prima di trovare il cadavere.

– Colore? Targa?

– Niente targa. Rossa, probabilmente. Vedono la ragazza morta, fanno retromarcia e si fermano alla casa del custode della funivia per chiedere soccorso. Ha senso, è la prima abitazione che si incontra quando si torna verso Bolzano. Gruber pensa a uno scherzo, esce, vede il cadavere e chiama il 118.

Krupp pensò: Seat Ibiza rossa.

Ayrton Senna scalò la marcia, prese una curva e si schiarì la voce. – Appena mi hanno avvertito ho cercato di contattarla, ma non l'ho trovata. Mi sono permesso di interpellare Manfredi, il dottor Egger e la Scientifica. Spero di aver fatto bene.

Niente Levada, notò Krupp.

– Accelera.

All'una e tredici raggiunsero la zona delimitata. L'unica

illuminazione proveniva dalle torce delle divise, dai lampeggianti e dalla luna.

L'odore del bosco dava il voltastomaco.

I tecnici della Scientifica fotografavano, catalogavano e imbustavano. Manfredi ancora non c'era, Egger si passava le mani sul viso. Provò a dire qualcosa, ma il commissario lo zittì con un gesto brusco.

Prima i corpi, poi i volti.

Krupp si fece consegnare una torcia e iniziò a scandagliare l'oscurità. La strada per il Colle era tortuosa, e quel tratto non faceva eccezione. Il cadavere era sotto il guard-rail, appena prima della curva. Niente schizzi surali e radiali. Troppo poco sangue.

Krupp pensò: l'ha uccisa in macchina.

Seat Ibiza rossa.

La ragazza era sul metro e cinquanta per nemmeno cinquanta chili di peso. Esile. Come Lorena, come Marlene. Maglietta a maniche corte, aderente. Che fosse bianca lo si intuiva dai pochi centimetri che non erano zuppi di sangue. Minigonna, cintura di cuoio con una fibbia dorata a forma di O. Sandali aperti. Si era passata lo smalto sulle unghie. Sulla parte destra del collo c'era uno squarcio slabbrato e l'orecchio era tagliato in due.

Arrivato a quindici Krupp smise di contare le ferite.

Erano ovunque: tronco, gambe, braccia.

Si accovacciò per osservare i tagli sugli arti superiori. Quelli sul dorso delle mani dicevano: lei ha chiuso i pugni, ha serrato le braccia, si è difesa. Questo poteva spiegare l'accanimento. La ragazza senza nome aveva lottato e lui l'aveva punita con quella tempesta di coltellate. Tronco. Braccia. Gambe.

La sua: furia.

La luce della torcia tremava.

Krupp controllò il respiro: prima i corpi, poi i volti.

La vittima aveva capelli lunghi, neri, mossi. Le ciocche erano incrostate di sangue. Occhi grandi, carnagione scura, ambrata. Era giovane, non poteva avere più di vent'anni. Ciglia lunghe, la bocca a forma di cuore. Non sembrava una tossica.

Come Lorena.
Come Marlene.
Krupp immaginò di pulire il sangue e cancellare lo squarcio al lato del viso e pensò: sì, sei bella.
Come Lorena.
Come Marlene.
Si alzò, visualizzando la dinamica del delitto: lui non ha la faccia di uno pericoloso oppure lei ha troppo bisogno di una dose. Decidono di andare al Colle per allontanarsi dalla canicola, ma mentre stanno salendo lui dice o fa qualcosa di sbagliato oppure è lei a vedere qualcosa che la mette in allarme. Vuole scendere, lui cerca di convincerla, lei protesta ma lui non cede, e a quel punto lei capisce di essere in pericolo, lotta e...
Il volto di Krupp si contrasse. La torcia elettrica sciabolò dal cadavere alla salita, dalla salita al guard-rail fino alla curva a gomito.
Di nuovo al cadavere.
Non tornava.
– Tu vedi segni di frenate recenti? – chiese.
– Zero, – rispose Ayrton Senna.
– Quindi il tentativo di ribellione da parte della vittima non è avvenuto su questo tratto di strada. L'avrebbe costretto a una frenata.
Greco era d'accordo: – Ed è impossibile che si siano fermati qui per consumare un rapporto sessuale. C'è a malapena spazio per fare manovra.
Non restava che una possibilità.
– L'ha aggredita in macchina, – disse Krupp, – ma la macchina era altrove.
– Dopodiché, – fece Ayrton Senna, perplesso, – ha guidato portandosi dietro un cadavere?
Egger impedì a Krupp di rispondere. – Era ancora viva. Forse si sarebbe potuta salvare. Quando l'hanno trovata stava agonizzando.
Ayrton Senna si accese una sigaretta.
Krupp si aggrappò all'adrenalina.
Pensò: Seat Ibiza rossa.

– Che altro ci può dire, dottore?

Egger deglutì a vuoto. – Coltellate multiple.

Krupp si spazientì, – Lama corta? Lunga? Un serramanico o un doppio filo?

– È un'arma bianca, ma non riesco a capire di cosa si tratta.

Il patologo parlava al rallentatore, stordito.

– *Dottore?*

– I tagli sono... particolari. Non riesco. Non riesco a capire.

Egger era sotto shock e Krupp lo lasciò al proprio tormento.

Guardò la curva a gomito, il guard-rail, le sterpaglie. Bolzano che dormiva avvolta da un alone di luci al sodio e pipistrelli in caccia. Lui era lì fuori, da qualche parte. *Seat Ibiza rossa.*

Ayrton Senna indicò il cadavere. – D'accordo. L'assassino credeva fosse morta e invece lei era ancora viva. La questione non cambia. Lui non fa così. Lui le uccide e le scarica. Subito, senza portarsele dietro. Perché non l'ha lasciata dove l'ha aggredita?

Krupp pensò: controllo.

La risposta era nelle ferite sulle mani della vittima. Lui era brutale, veloce, determinato e molto più forte di lei, ma con la sua ribellione gli aveva fatto perdere la testa. L'aveva fatto precipitare, pensò mentre Manfredi scendeva da una Mercedes, nel Kali Yuga.

Inspirò e nell'aria avvertì l'odore della *sua* paura.

– Prepara la macchina, – ordinò.

Ayrton Senna per poco non finì contro il pm.

Manfredi osservò il cadavere e strinse la mano a Krupp.

– È lui?

Un cenno affermativo.

– Cos'hai in mente di fare?

Era una domanda che richiedeva troppe risposte e Krupp non aveva tempo da perdere.

– Prendere il figlio di puttana.

Mastini e divise videro la Thema blu superare la barriera automatica della questura all'una e tredici, Lopez trafelato farsi incontro a Krupp e subito dopo il commissario chiudersi nella sala interrogatori numero uno. C'era una donna ad attenderlo.

Si diceva: una testimone.

Il viceispettore Greco disse loro di convocare tutti gli uomini disponibili e di radunarsi nella sala riunioni, pronti all'azione. Mastini e divise si precipitarono a occupare le sedie scomode, impazienti di scendere in strada, annusare piste e mordere, mordere, *mordere*. L'aria si saturò di fumo e imprecazioni.

Il commissario arrivò all'una e quarantanove trovando la sala briefing trasformata in una gigantesca bolla di calore, testosterone e odio compresso. Si sedette, pronto a riferire agli uomini che *non* avevano preso l'assassino di Lorena Haller e che *non* avevano preso l'assassino di Marlene Wieser che, quella notte, avrebbero azzannato il Killer delle Lucciole alla gola.

A ogni costo.

– Attorno a mezzanotte Margherita Tosi e Gabriel Fonti stavano procedendo lungo la strada per il Colle dei Signori quando hanno incrociato una Seat Ibiza probabilmente di colore rosso che viaggiava a velocità sostenuta in direzione a loro contraria. Subito dopo hanno avvistato un corpo sotto il guard-rail.

I mastini fiutarono l'odore del cadavere.

I mastini pensarono: Seat Ibiza rossa.

– Hanno chiesto aiuto a Markus Gruber, custode della funivia. Gruber ha chiesto l'intervento di un'ambulanza definendo la vittima frutto di pirateria stradale. Questo ci ha dato un certo vantaggio. Sul posto sono arrivati due colleghi della Mobile. La vittima non era stata investita, ma accoltellata.

I mastini pensarono: *lui*.

I mastini pensarono: Seat Ibiza rossa.

– Si tratta di una donna dall'età apparente di vent'anni. Probabile tossicodipendente. Il dottor Egger ha dichiarato che la morte è stata causata da coltellate multiple. Nessuno schizzo radiale o surale presente sulla scena del crimine.

Krupp fremette.

I mastini fremettero con lui.

– La particolarità del luogo e la modalità con cui il cadavere è stato rinvenuto ci fanno pensare che l'assassino non l'abbia uccisa lungo la strada per il Colle, ma che vi si sia recato per sbarazzarsi del corpo. Tuttavia, l'analisi della scena è di importanza secondaria rispetto a ciò che sto per comunicarvi.

Occhi come quelli dei lupi.

– Teresa Magnani, ventisette anni, tossicodipendente, prostituta che solitamente esercita in via del Macello nella zona compresa fra i Mercati Generali e il night club Red, si è presentata in questura e ha dichiarato quanto sto per leggervi.

Ho sentito un grido. Non di una lite, un grido tremendo. Ho pensato che stessero facendo del male a qualcuno. Il grido era un grido di donna. Ho temuto un'aggressione a una collega visto che due giorni fa è avvenuta una rapina ai danni di una di noi.

Krupp sollevò il viso dal dattiloscritto. – Risulta. L'uomo è attualmente agli arresti.

Ho avuto paura e ho chiesto al cliente con cui mi stavo appartando di andare a vedere cosa stesse succedendo. Il grido proveniva da un parcheggio fra gli alberi vicino al garage Mille Miglia. Lo conosco bene perché è un posto che noi prostitute utilizziamo per svolgere le nostre attività. Il cliente ha acconsentito ad accompagnarmi perché ero molto preoccupata e ci trovavamo a breve di-

stanza. Abbiamo visto una Seat Ibiza di colore rosso uscire a tutta velocità. Non ho saputo riconoscere chi la stava guidando né potrei fornire una descrizione in tal senso.

– Teresa Magnani, – fece Krupp fissandoli uno a uno, – ha detto di ricordare che la Seat Ibiza rossa era targata Bolzano e che una delle cifre era un quattro.

I mastini pensavano: BZ4.

I mastini pensavano: Seat Ibiza rossa.

I mastini pensavano: *lo prendiamo.*

Krupp sollevò la mano.

– Non dimentichiamoci che si tratta di una tossicodipendente. Teniamo a mente la targa, ma non facciamoci troppo affidamento.

Tornò alla dichiarazione.

Insieme al mio accompagnatore sono entrata nel parcheggio da cui la vettura sopraddetta era fuoriuscita. Ho chiamato chiedendo se qualcuno avesse bisogno di immediato soccorso, ma non ho ottenuto risposta. Camminando ho visto delle tracce di sangue sul ghiaino. Ne sono certa perché ho chiamato il mio accompagnatore e lui, aiutandosi con la fiamma di un accendino, ha confermato che si trattava di sangue. Abbiamo subito pensato al cosiddetto Killer delle Lucciole.

– I carabinieri hanno trovato tracce ematiche e uno specchietto retrovisore destro compatibile con quello di una Seat Ibiza rossa. È evidente che la vittima, prima di soccombere, abbia lottato al punto da danneggiare l'auto su cui si trovava. Questo significa che l'assassino potrebbe essere ferito.

Krupp lasciò che i mastini vedessero: lui la colpisce, lei

reagisce. Reagisce: con forza. E finalmente lui che prova: una paura fottuta.

I mastini pensarono: tracce di lotta, graffi, lividi, tagli.

Pensarono: ha pescato la troia sbagliata.

Pensarono: Seat Ibiza rossa.

Lo prendiamo.

Lo prendiamo.

Lo prendiamo.

I mastini erano scariche di adrenalina sotto forma di sbirro.

Krupp scostò il microfono e ringhiò: – Bolzano è dichiarata ufficiosamente zona interdetta.

I mastini pensarono: costruiamo delle mura del cazzo.

I mastini pensarono: costruiamo delle mura del cazzo attorno alla città del cazzo.

– I carabinieri stanno già istituendo dei posti di blocco ai confini comunali. Nessuno entra e nessuno esce senza essere visto, fermato, controllato. Lui si muove a bordo di una Seat Ibiza rossa o un modello simile, mancante dello specchietto retrovisore destro, sedile del passeggero e parabrezza imbrattati di sangue.

I mastini pensavano: costruiamo delle mura del cazzo, chiudiamo i portoni del cazzo e *prendiamo* il bastardo del cazzo.

– Voglio posti di blocco. Voglio auto civetta e volanti. Voglio rapporti ogni quindici minuti. Le volanti le voglio a sirene spiegate. Lui deve sapere che gli stiamo dando la caccia. Ha avuto paura? Non mi basta. Lo voglio *terrorizzato.* E lo voglio vivo. Lo voglio senza un graffio. Io voglio un: fine pena mai.

I mastini pensavano: ergastolo.

I mastini pensavano: crepa in prigione.

I mastini pensavano: pisceremo sulla tua tomba.

Ayrton Senna, in prima fila, coperto di sudore, Lombardi che masticava il filtro di una sigaretta spenta, Lopez che si faceva scrocchiare le dita, Gallo, Bellini. I mastini non avevano più una faccia. Erano diventati un unico gigantesco volto feroce.

Seat Ibiza rossa.
Seat Ibiza rossa.
Seat Ibiza rossa.
Krupp non mollò il guinzaglio con: buon lavoro, signori.
Krupp sbraitò. – Portatemi il bastardo!

La giovane donna si guardò attorno, spaurita: un fuscello in jeans e maglietta cremisi con una borsa di plastica colorata, stretta al petto come per proteggersi da quel Purgatorio al neon.
Per favore. Mi scusi. Con chi posso.
Senta.
Per.
Favore.
Nessuno la guardava, nessuno la ascoltava. Un incubo.
Per l'ennesima volta un agente in divisa le intimò di aspettare il suo turno. Non vedeva che era un casino?
– Per favore.
– Le dispiace?
C'era una porta antipanico, alla sua destra, che conduceva alla zona riservata della questura. I vetri di plexiglass non erano abbastanza sporchi da impedirle di vedere un uomo, alto, biondo, occhiali da vista, giacca sgualcita e cravatta allentata. La giovane donna lo riconobbe dai telegiornali e non ci pensò due volte.
– *Commissario!*
Krupp la riconobbe all'istante: l'aveva già vista. Buttata a terra, al margine della strada per il Colle, infilata sotto il guard-rail. L'aveva vista con il lobo dell'orecchio strappato, gli occhi pieni di rassegnazione, ferite di arma da taglio multiple, maglietta bianca aderente, minigonna, siringa da insulina nella borsa.
L'aveva già vista: morta.
La giovane donna gli si aggrappò al braccio.
– Sono io il cadavere? Mi riconosce?
L'addolorata.
L'innocente.

L'irata.

– Sono io la ragazza uccisa?

Krupp pensò: Kali Yuga.

Non era la fine dei tempi, la resurrezione dei morti era ancora di là da venire.

La giovane donna si chiamava Elena Zanni. Era bella: bocca a forma di cuore, capelli neri, carnagione ambrata, diciannove anni. Era diplomata come insegnante d'asilo e aveva una gemella.

– Patrizia non è cattiva. Sta solo passando un brutto momento. Fa uso di eroina. Alle volte. Poca. Sa quanto mamma e papà soffrano, ci sta male, ma è davvero un brutto periodo.

– La situazione finanziaria di sua sorella, – chiese Manfredi, – come la descriverebbe?

– Ha sempre bisogno di soldi, ma non è una di quelle. Fa dei lavoretti, part time.

– Ha detto, – fece Krupp, – di averla vista al Cactus, in piazza Domenicani.

– Erano le ventidue e trenta, forse le ventitré. Ci sono andata per un compleanno. In realtà era solo una scusa per passare del tempo insieme a una vecchia compagnia di amici. Siamo rimasti in contatto ma non ci vediamo quanto vorremmo.

Elena Zanni aveva la tendenza a divagare.

Krupp non glielo permise.

– L'ha incontrata all'interno della discoteca o all'esterno?

– Fuori. Sono uscita per fumare una sigaretta, dentro c'era troppo baccano. L'ho invitata a unirsi a noi.

– Era sola?

– Sì. Mi ha detto che stava aspettando un amico e che non aveva voglia di ballare.

– Le ha detto il nome dell'amico?

– No.

– Ricorda come era vestita?

– Minigonna, maglietta bianca. Era una delle mie, ci scambiamo spesso i vestiti. Aveva anche la cintura che le abbiamo regalato a Natale. La fibbia è a forma di O.

Manfredi fissò i mocassini a punta che portava ai piedi. Greco si accese una sigaretta. Krupp si alzò per spalancare la finestra. Aprì il minifrigo e porse a Elena una bottiglietta. Lei non si fece pregare.

Quando si fu dissetata, proseguì. – Ci siamo date appuntamento per tornare a casa insieme. All'una. In via del Macello. Patrizia non ha la macchina.

– Come mai in via del Macello?

– Non lo so, è stata Patrizia a dirmi di aspettarla in via del Macello. A me andava bene. Sono stata io a insistere per tornare a casa insieme, lei non voleva. Patrizia non vuole mai disturbare nessuno. A mezzanotte e quaranta ero già lì, in auto. In anticipo, ma non mi è mai pesato dover aspettare. Ascoltavo la radio. All'una mia sorella non è arrivata, sono passati altri dieci minuti, poi venti. Ho iniziato a preoccuparmi perché Patrizia è sempre stata molto puntuale. Perché Patrizia…

S'interruppe.

– Perché Patrizia, – fece Krupp, – non è tipo da creare disturbo. Ha tenuto la radio accesa tutto il tempo?

– Sì.

– Che auto guida?

– La Renault 19 di mio padre.

– Condizionatore acceso?

– Fa caldo. Perché me lo chiede?

Perché spiegava come mai Elena Zanni non avesse sentito il grido di sua sorella né quello della prostituta che aveva visto la Seat Ibiza rossa fuggire a tutta velocità.

– Poi cos'è accaduto?

– Dicono che i gemelli siano in qualche modo collegati. Non so se sia vero, ma appena ho visto la camionetta dei carabinieri ho pensato a Patrizia e le sono andata dietro. È stato più forte di me. Ho pensato che le fosse successo qualcosa di brutto. Non in generale, non a qualche sconosciuto, ma a lei.

Elena Zanni si portò il pugno al petto.
– Alla mia famiglia.
Krupp glielo lesse in faccia: il crollo era imminente.
– Abbiamo quasi finito. Coraggio.
– Mi sono fermata davanti a quel locale, il Red. Era chiuso, ma c'erano delle ragazze davanti. Prostitute. Ho chiesto cos'era successo e loro mi hanno detto che era stato il Killer delle Lucciole. Hanno detto: ha ucciso una di noi. Mi sono sentita sollevata. Ho pensato: se è stato il Killer delle Lucciole posso stare tranquilla. Patrizia è solo in ritardo. Patrizia non è una di quelle.
Nei suoi occhi Krupp vide lo stesso senso di rassegnazione che aveva scorto sul viso della gemella. Disse: – Per lui, sono tutte *una di quelle*.
Alle tre e trentasette Elena Zanni iniziò a urlare.

L'orologio di suo padre era fermo alle sei e dieci, quello da tasca segnava le tre e quarantanove. Ayrton Senna attendeva ordini.
– Finché la sovrintendente capo Lici non riprenderà servizio sarai tu il mio aiutante sul campo. Lo vuoi il posto?
– Certo.
– Ho bisogno di sapere se posso fidarmi di te.
Il viceispettore Greco non era un idiota e gli diede l'unica risposta sensata.
– Mi metta alla prova.
– Probabilmente lui ha un garage o qualcosa di simile e sono passate quattro ore dall'omicidio. Domattina manderemo uomini a controllare carrozzerie, officine e sfasciacarrozze, ma è l'adesso che conta. Dobbiamo prendere in considerazione l'eventualità che sia riuscito a nascondersi. Non sappiamo dove abiti, non sappiamo che faccia abbia. Solo la sua auto è riconoscibile.
– Cosa suggerisce?
Facciamo surf sul Kali Yuga.
– Voglio uomini nei parcheggi sotterranei, nei garage e in

tutti i posti in cui è possibile accedere senza un mandato di Manfredi. Occhi e orecchie aperti.

– D'accordo.

Il telefono riprese a squillare.

Krupp alzò la cornetta e la fece ricadere.

Lo squillo si interruppe.

– E voglio uomini nei posti in cui è possibile accedere anche se non abbiamo un mandato. La cosa ti disturba?

Ayrton Senna non batté ciglio. – Ha dei nominativi?

– Lombardi e Gallo sono a posto?

– Garantisco.

– Se conosci qualche divisa in gamba, prendine un paio. Non Masi.

– Ho un paio di ragazzi dell'Antirapine che fanno al caso nostro. Discreti, in gamba.

– Affidabili?

– E sono dei veri assi nelle effrazioni.

– Digli di cambiarsi, devono essere in borghese. In ogni caso, non usare gente... – Krupp cercò le parole adatte, – ...della vecchia guardia.

– Il mondo è cambiato.

– Lo stesso vale per Lopez. Soprattutto per Lopez.

– Mi è chiaro, commissario.

– Niente comunicazioni radio. Se gli uomini vedono qualcosa di strano si devono limitare a cancellare i segni del loro passaggio e passare la palla.

– Mi vuole in strada o qui?

– Sei il loro referente. Stai attaccato al telefono.

– Ricevuto. – Il mastino si mosse a disagio. – Se cercasse di fuggire o se opponesse resistenza?

– Al sospetto non deve essere torto un capello. È tassativo.

– Non succederà.

Ayrton Senna si alzò.

– Greco? Questa notte... come hai fatto a trovarmi?

Intendeva: a casa di Vivian.

– Due divise l'hanno vista nei pressi di piazza del Municipio, – fece Ayrton Senna, – quando hanno saputo del cadavere hanno contattato Lopez. Lopez l'ha detto a me.

– Questa è la balla che ti ha rifilato Lopez. La verità?
– È una mia supposizione. Credo che la signorina Pickmann e Lopez si conoscano. Professionalmente parlando.
– Un'informatrice?
– So che si incontrano. Immagino lo sia.
Vivian era una donna intelligente. Sapeva di aver bisogno di uno sbirro a cui chiedere un ombrello in caso di pioggia. Notizie in cambio di protezione. Non c'era nemmeno da domandarselo: di certo Lopez chiedeva anche altro per la sua collaborazione.
Krupp si stupì nel rendersi conto di non provare nulla.
– Grazie.
Ayrton Senna uscì. Il telefono ricominciò a trillare. Krupp interruppe la comunicazione e fece un numero. Il capitano dei carabinieri si aspettava una sua chiamata e rispose al secondo squillo.
Krupp andò dritto al punto. – Hai uomini da prestarmi?
– Muscoli o investigatori?
– Secchioni che sanno tenere la bocca chiusa. Mandali alla motorizzazione. Ho bisogno di nominativi e indirizzi di tutti i possessori di Seat Ibiza e automobili simili.
– Manfredi che dice?
La replica di Krupp fu: silenzio.
Il capitano sospirò. – Non prometto nulla.
Niente saluti.
Krupp pensò: è una questione di pubbliche relazioni.
Iniziò a rispondere alle telefonate.
Parlò col sindaco, con il presidente della provincia autonoma, con il questore, con il vicepresidente della Regione. Centellinò le informazioni fingendo di concedere loro una confidenza che non provava: abbiamo un sospetto, indizi concreti, meglio non entrare nello specifico, lo stiamo braccando.
Ogni quindici minuti uno sbirro faceva rapporto.
Niente.
Niente.
Niente.

Alle quattro e cinquantadue Levada entrò nel suo ufficio. Non bussò perché la *mano de Dios* non doveva bussare. Krupp sapeva del suo arrivo. Gliel'aveva riferito Jo, al telefono. Insieme a molte altre cose.

Cesare si rifiutava di morire.

Era ora di piantargli un paletto nel cuore.

Levada tirò fuori il pacchetto di sigarette. – Ne vuoi una? No, dimenticavo che non fumi. Avresti potuto avvertirmi. Come mai non l'hai fatto?

– Altre priorità.

– Che tipo di priorità?

– Prenderlo.

Levada fece scattare l'accendino. – Non hai risposto alla domanda di un superiore.

– Il caso non è suo. È più chiaro così?

– Ti vedo teso.

– Sono sempre teso quando sto perdendo tempo.

Levada esalò una nuvoletta di fumo. – Ci sono i giornalisti. Devi parlargli.

– Ho da catturare un serial killer.

– Che stai dicendo, Krupp? Lui è già a casa, sotto le coperte. Se la dorme. L'hai perso. La cosa più intelligente da fare adesso è parlare con…

– Mi ha telefonato Serafini, "Voce delle Alpi".

Levada divenne una maschera.

– Mi ha detto che lei, – proseguì Krupp, – è stato così gentile da regalargli uno scoop. "Krupp abbandona il caso del Killer delle Lucciole." È davvero ridotto così male, commissario capo?

– Hai dimostrato una volta di troppo la tua incompetenza.

– Quel titolo domani non ci sarà.

– Lo vedremo.

– I mastini non le hanno fatto rapporto, commissario capo. E Jo ha chiamato me. Cosa significa?

La *mano de Dios* ghignò. – Tu sei solo un figlio di papà, Luther. Sei cresciuto in un mondo che non è il mio. Tu non sai cosa posso farti.

– So che ha delle mire, che le è stato promesso un hobby per la pensione. La presidenza di una fondazione? Una commissione di vigilanza su qualcosa di assolutamente inutile?

Levada impallidì.

Una commissione, pensò Krupp.

Ci aveva preso.

Suo padre sarebbe stato fiero di lui.

Krupp pensò: vaffanculo.

– Sono bei soldi, si viaggia, si ricevono applausi. Se fossi curioso mi basterebbe fare due chiacchiere con mio fratello. L'altro figlio di papà, quello che porta avanti la tradizione dei Krupp: accumulare denaro, conoscenze e potere. Ci sono un sacco di persone ai piani alti che sono ancora in debito con mio padre.

Krupp si aggiustò gli occhiali.

– Non l'ha mai conosciuto, vero? No, lei non era abbastanza importante per uno come lui. Veniamo da mondi diversi, ma chi l'ha detto che il suo è più sporco del mio?

– Cazzate.

– I suoi progetti per il futuro non mi interessano e non ho nessuna obiezione in tal senso. Non mi metterò di traverso. Sarebbe scorretto. A patto che lei capisca che il suo tempo è finito, si dimentichi della *mano de Dios* e lasci fare a me.

– Torna con i piedi per terra, ragazzo, – Levada schiacciò la sigaretta a terra. – Da questo momento l'indagine sul Killer è mia. E voglio una tua lettera di dimissioni.

– Significa che ho il tempo di farmi due chiacchiere con i ragazzi dei giornali?

– Silenzio stampa fino a nuovo ordine.

– Una chiacchiera informale, – Krupp sorrise, – come mi ha insegnato lei, commissario capo. Per farli sentire importanti.

– Stai superando il limite, – tuonò Levada.

– Spiegherò loro che il commissario capo dorme col telefono staccato, motivo per cui non sono riuscito a chiedere i suoi preziosi consigli. Dirò che ormai nessuno dei suoi uomini si fida più di lui, che nessuno è andato a buttarlo giù dal letto perché, alla fin fine, il commissario capo è a un passo dalla pensione e in questa operazione servono nervi saldi e gambe giovani.

– Sei fuori di testa.

– Questo è soggettivo. I numeri invece dicono che lei è a capo di una questura che ha una percentuale di arresti da Terzo Mondo.

Levada strinse i pugni, rosso in viso.

Krupp l'aveva messo all'angolo.

Che fine fa un vecchio mastino davanti a un segugio assetato di sangue?

– Spiegherò loro che ha avocato a sé l'indagine, senza alcun motivo se non il suo ego smisurato. La stessa cosa dovrò riferirla al pm Manfredi e alla procura che, ne sono certo, avrà tutto l'interesse ad aprire un fascicolo per vederci chiaro.

– Il questore...

– Comi? È un pavido. Come i suoi amici in consiglio provinciale. Quando sui giornali ci sarà scritto che lei ha estromesso il tenutario dell'indagine su uno dei crimini più eclatanti degli ultimi anni mentre era impegnato nella caccia di un serial killer sabotandone di fatto la cattura, scoprirà quanto siano fragili certi legami umani.

– Tirerò fuori la faccenda di Calvi, – lo sfidò Levada, – c'è la tua firma sui documenti. Sei tu che hai insabbiato. Basterà poco per far credere che eri un colluso.

– Ho solo obbedito a un suo ordine, signor commissario capo.

– E chi ti crederà?

– Non crederanno nemmeno ai mastini quando utilizzeranno la stessa formula nel momento in cui Manfredi inizierà a chiedersi cosa significhi l'espressione "Metodo Levada"?

– Manfredi non è *niente*.

– Sbagliato. Manfredi è un arrampicatore, l'ha detto lei. Pensi che figurone: il giovane pm che fa pulizia a largo Palatucci. C'è da costruirsi una carriera coi fiocchi. Faccia un favore a sé stesso, se ne stia in panchina. Io prendo il bastardo, la ringrazio pubblicamente per il supporto e lei potrà andarsene in pensione con tutti gli onori. Sono certo che non si annoierà.

– Pensi di poter insegnare questo gioco *a me*?

Voleva essere una minaccia.

Suonò come una resa.

– Fuori dal mio ufficio.

Erano le sei e trentadue, Arianna si era svegliata alle cinque e aveva cominciato il conto alla rovescia per lo Zoloft. Odiava quelle pillole, ma ne aveva bisogno. Come sempre: *per adesso*.

Era sudata, ma non per il caldo. Anche quella notte aveva sognato Sergio. Il *suo* Sergio. Sergio che guidava un'Alfa Sud rossa. Che andava a mignotte. Che le diceva che stare con lei era come camminare vicino ai cavi dell'alta tensione. Che non sarebbe mai riuscita a fare la poliziotta per davvero perché le donne polizotto erano sbirri a metà e lei non ne valeva nemmeno un quarto. Che parlava di lei in terza persona anche quando era presente. Lo stesso Sergio che Arianna, sentendosi un'ipocrita, vedeva in tutte quelle donne che, nel suo ufficio alla Buoncostume, negavano l'evidenza. Donne che sbattevano contro gli spigoli, che erano sbadate e sbadatamente cadevano dalle scale. Lo vedeva negli occhiali da sole anche quando pioveva o nelle maglie a maniche lunghe in piena estate.

Conosceva quei lividi.

Gli schiaffi.

I pugni.

Gli spintoni.

Sergio che l'aveva fatta vivere in un armadio fatto di umiliazione e disperazione. Sergio che l'aveva convinta che nessuno al mondo l'avrebbe voluta, facendole provare una solitudine cui, come aveva pensato il giorno in cui aveva trovato la forza per uscire da quell'inferno, solo la Beretta avrebbe posto fine.

Ogni notte, da che Cupido l'aveva aggredita, Arianna

rivedeva quel momento. La bocca di fuoco della pistola che la invitava a smettere di soffrire. La mano che tremava. Il dito pronto a schiacciare il grilletto. L'urlo con cui aveva detto: no.

Bussarono e Arianna fece appena in tempo a scacciare le lacrime.

– L'infermiera mi ha detto che avevi bisogno di questi.

Krupp le tese un minuscolo vassoio: un bicchiere d'acqua e la sua pillola.

Arianna arrossì. – Siediti, ti prego.

Krupp afferrò una sedia e, mentre Arianna inghiottiva lo psicofarmaco, vi si accomodò.

– C'è movimento in giro, – disse la sovrintendente capo.

Krupp indicò la finestra smerigliata. – Lo vedi da qui?

– Non sai che ambulanze e volanti hanno sirene diverse?

– Sono passato per un saluto, non per lavoro. Come stai?

Arianna si aggiustò la frangia. Vide Krupp irrigidirsi e intuì i suoi pensieri: Lorena Haller, ventiquattro anni, ventiquattro coltellate. Ricordò di averla trovata una buona idea. Proprio come sposare Sergio. O illudersi che, prima o poi, con pazienza e amore, sarebbe cambiato. Pregò che la pillola facesse effetto.

– Il test Hiv, – disse, – è okay. I medici tengono ancora d'occhio la commozione cerebrale, ma i mal di testa sono passati. Non si sbilanciano sul ritorno in servizio. Mangio roba insipida, mi addormento davanti alla tv, spettegolo con le infermiere. Non una vacanza memorabile, signor commissario.

– Tu vuoi tornare?

– Altre domande stupide?

– No, e sono felice per il test.

– Anche io. Però continui ad aprire e chiudere le mani. Lo sai che quando sei nervoso hai bisogno di qualcosa a cui aggrapparti? Oppure ti aggiusti il nodo della cravatta. E scommetto la paga di un mese che sei appena stato in obitorio.

– Per via dell'odore?

– Per via degli occhi. Che sta succedendo?

Krupp fece per sfiorarsi la cravatta e lasciò ricadere la mano. – Ha ucciso una ragazza. Tossicodipendente, probabile prostituta. Diciannove anni, ventisei coltellate. Patrizia ha lottato. Abbiamo dei testimoni. Lui guida una Seat Ibiza rossa.

Arianna si sforzò: Seat Ibiza rossa. I dettagli dell'operazione Minotauro erano avvolti dalla nebbia. Lo psichiatra le aveva spiegato: è normale, ci vuole pazienza, niente è per sempre.

– Non mi dice nulla. Patrizia è la vittima?

– Patrizia Zanni. Le volanti sono per lui. Posti di blocco, pattuglie, auto civetta ovunque. E mastini nei parcheggi sotterranei e nei garage.

– Il confine sottile fra legale e illegale. Posso farti una domanda?

Krupp la intuì. – Levada è in panchina.

– I mastini come l'hanno presa?

– Basta saper parlare la loro lingua.

Krupp era diverso. Una parte di Arianna non se ne stupì. Un'altra: ne fu terrorizzata.

– Che stai facendo, Luther?

– Il necessario.

Nella solitudine della stanza troppo bianca e troppo luminosa, la sovrintendente capo Lici capì che Krupp aveva deciso di costruire un armadio a misura di mastino e poi ci si era chiuso dentro.

Si chiese se conoscesse il prezzo di quella scelta.

– Cosa ha detto Egger?

– Non è riuscito a identificare l'arma del delitto. La lama è dentellata e la ferita più profonda, di diciotto centimetri, ha sfiorato un polmone. Dissanguamento progressivo interno.

Arianna si lasciò sfuggire un gemito. – Quanto è durata l'agonia?

– Almeno mezz'ora.

Veloce, brutale, determinato.

Forte.

– Questa volta, – fece Krupp, – ha abbandonato il corpo in un posto diverso da quello in cui si erano appartati, vicino al Garage Mille Miglia. Secondo il rapporto dei carabinieri Patrizia è riuscita ad aprire la portiera. Ce l'aveva quasi fatta. E ha lottato come una furia. Hanno trovato uno specchietto compatibile a terra, rotto. Il bastardo non l'ha nemmeno recuperato. Lui…

– L'uomo che uccide per ottenere controllo ha perso il controllo.

– E adesso noi, – fece il commissario, con quegli occhi bui e terribili che Arianna non gli aveva mai visto, – lo faremo impazzire di terrore.

6 agosto 1992, giovedì
– mattina –

Via Volta era un rettilineo che tagliava la zona industriale di Bolzano. La volante era appostata poco prima del cavalcavia, dove la strada disegnava una T e chi avesse cercato di forzare il blocco avrebbe dovuto scegliere se rallentare o schiantarsi contro il pilone che sorreggeva i binari della ferrovia.

L'agente scelto Villa, capelli scuri tagliati alla maniera dei militari, in piedi sul bordo della carreggiata guardò l'assistente Fabbri, capelli rossi e occhi azzurri, terminare la comunicazione con la sala operativa e sfregarsi le mani sul viso, sfinito.

Villa, altrettanto stanco, tornò a studiare le auto di passaggio e la vide: Seat Ibiza rossa.

L'agente scelto strinse le palpebre, sollevò la paletta segnaletica, fece segno di accostare e si accorse che alla Seat Ibiza rossa mancava lo specchietto laterale destro. Pensò: merda.

Senza voltarsi cercò di richiamare l'attenzione del collega.

– Ehi.

Fabbri non lo sentì, ma lo vide agitare la paletta. Tuttavia, una campana per il riciclaggio del vetro gli impedì di accorgersi della Seat Ibiza rossa in avvicinamento e così, anziché affiancarsi a Villa, si limitò a sporgere la testa dal finestrino dell'Alfa.

– Cosa?

La sua voce si perse fra i gas di scarico.
Centocinquanta metri.
Alla Seat Ibiza rossa non mancava solo lo specchietto. Aveva anche il parabrezza incrinato in maniera insolita: come se qualcuno l'avesse preso a calci dall'interno. Villa provò: gelo.
Pensò: se non si ferma, gli sparo.
Pensò: e vaffanculo a Krupp.
La Seat mise la freccia.
Ottanta metri.
L'assistente Fabbri, inquieto, aprì la portiera della volante e raggiunse la carreggiata nel momento esatto in cui la Seat si arrestò, permettendo a entrambe le divise di accorgersi che il sedile del passeggero della vettura era privo di imbottitura.
Fabbri aprì la fondina e appoggiò le dita sulla Beretta. Villa infilò la paletta nello stivale e mosse il primo passo. Fabbri sgranò gli occhi e alzò la voce fin quasi a gridare: – Spenga il motore.
Per Villa fu come uno schiaffo. Un colpo di acceleratore e l'uomo alla guida della Seat Ibiza rossa avrebbe potuto ridurlo a: *La presente vale come partecipazione diretta e ringraziamento*.
Il conducente obbedì.
La targa della Seat Ibiza rossa era: BZ 446047. L'agente scelto Villa la lesse e seppe che non l'avrebbe mai dimenticata.
Superando il muso della vettura non guardò il conducente o il sedile privo di imbottitura, il parabrezza o il moncone dello specchietto. Guardò soltanto le mani dell'uomo appoggiate al volante.
Pensava: una mossa e gli sparo, una mossa e.
Il conducente della Seat abbassò il finestrino.
Villa si concentrò sulla procedura.
Voce ferma e tranquilla.
Tono assertivo.
– Patente e libretto, per cortesia.
Si chinò e vide il sospetto già piegato sul cruscotto.

Quel tizio era *grosso*. Uno e novanta. Minimo cento chili di peso. Dal finestrino arrivò una zaffata di varechina e all'agente scelto Villa parve di udire il maledetto ritornello del commissario Krupp: lui se ne va in giro col sedile del passeggero e il parabrezza sporchi di sangue e nessuno se ne accorge?

Villa aggiunse: poi pulisce tutto con la varechina.

Figlio di troia.

Il sospetto gli tese i documenti, racchiusi in una teca con il logo di una compagnia assicurativa e l'agente scelto notò che sulle braccia che sporgevano dalla polo azzurra c'erano segni di unghiate.

Recenti.

Profonde.

– Come si è procurato quelle ferite?

Voce ferma e tranquilla.

Tono assertivo.

– È stata una gatta. Mi ha graffiato.

A quel punto, finalmente, Villa si azzardò a guardarlo in viso. Baffi folti alla Zapata, occhi scuri, capelli appiccicati alla fronte, più chiari rispetto ai baffi. Un graffio anche sul collo. Il labbro inferiore pendeva leggermente verso sinistra.

Villa sbatté le palpebre.

Pensò: togli i baffi, cinquanta chili e altrettanti centimetri. Il labbro inferiore pendente verso sinistra era sempre lo stesso.

Pensò: non è possibile.

Pensò: cazzo.

Scuola media Ugo Foscolo. Seconda D.

Con voce meno ferma, meno tranquilla e meno assertiva disse: – Ti ricordi di me, Lucio?

Dalla parte opposta della vettura, l'assistente Fabbri ne approfittò per scartare di lato alla ricerca di una traiettoria pulita per la nove millimetri e, mentre Villa riconosceva il suo vecchio compagno di classe, scorse le tracce sullo sportello del passeggero della Seat Ibiza che lo mandarono fuori di testa.

Sul verbale le avrebbe definite "sospette" perché "spaventose" non apparteneva al vocabolario di largo Palatucci.

Erano: gli inequivocabili segni verticali e irregolari di un liquido trascinato verso il basso dalla forza di gravità. Denso. Scuro.

Sangue.

Lucio Sartori si rivolse all'agente scelto Villa.

– Ci conosciamo?

Villa appoggiò patente e libretto sul tettuccio dell'auto e fece cenno al collega di prenderli, senza staccare lo sguardo dal viso dell'uomo con i baffi il quale, si accorse, stava fissando con insistenza il traffico alle sue spalle. L'agente scelto pensò: vuole scappare.

Pensò: se ci prova gli punto la Beretta alla testa.

E poi sono cazzi suoi.

– Eravamo nella classe della professoressa Viganò, – disse, con una buona imitazione di un tono allegro, – te la ricordi?

– No.

– Eri una forza in porta.

– Mi mettevate in porta perché ero grasso.

Villa lanciò un'occhiata all'assistente Fabbri: immobile. Che diavolo gli era preso? Picchiettò sul tettuccio della Seat per richiamare la sua attenzione, ma Fabbri non mosse un muscolo.

Qualcosa non andava.

Tono fermo e tranquillo. – Ti va di sgranchirti le gambe, Lucio?

Lucio Sartori, lo sguardo ancora rivolto alla strada, non rispose.

Villa pensò: non ti azzardare.

– Ci vuole sempre un po' per i controlli. Ci facciamo una sigaretta?

Sartori aprì lo portello, uscì.

– Non fumo.

Era alto.

Era grosso.

– Com'è, – fece Villa, – che sai distinguere una gatta da un gatto?

– Non volevi fumare?

Lucio Sartori lo guardò negli occhi. Era la prima volta che lo faceva e Villa sentì: freddo.

Lasciò perdere le sigarette.

– Da soli porta sfortuna, lo sapevi?

– Signore, – gracchiò Fabbri, la voce di chi sta lottando contro il panico. – Le dispiace se diamo un'occhiata al portabagagli?

– Mi ha graffiato, – sussurrò Sartori.

Villa guardò Fabbri.

Fabbri aveva estratto la Beretta, dito sul grilletto.

Sartori mormorò: – Che stronza.

L'agente scelto Villa non avrebbe mai dimenticato la targa della Seat Ibiza rossa e mai sarebbe riuscito a dare un nome all'espressione che si dipinse sul viso del collega quando l'assistente Fabbri guardò dentro il bagagliaio e vide i jeans, la maglietta e l'imbottitura del sedile arrotolati e zuppi di sangue.

Trovare le parole per descrivere il verso che sfuggì dalle labbra del collega quando Fabbri vide la carta d'identità di Patrizia Zanni attaccata con il nastro adesivo al rivestimento interno del baule, invece, era *inutile*: non erano ancora state inventate.

Due minuti alle sette.

Lucio Sartori avvicinò i polsi e li offrì all'agente scelto Villa.

In piedi, davanti alla finestra.

Da lassù Krupp guardò l'Alfa 155 arrivare a sirene spiegate e lo spiazzo antistante la questura diventare una bolgia. Divise e mastini sgomitavano per vedere che faccia avesse il figlio di puttana che aveva ucciso Lorena, Marlene e Patrizia.

Alle sette e undici minuti la sirena interruppe il suo grido, la volante si arrestò, i due sbirri alla guida scesero. Calò il silenzio.

Fabbri aprì lo sportello posteriore. *Lui* indossava pantaloni corti color argilla. Mocassini. Villa gli appoggiò la mano sulla testa, per impedirgli di sbattere. Capelli scuri. Spalle larghe coperte da una polo azzurra. Baffi folti. Mani dietro la schiena.

L'uomo si guardò attorno. Sembrava sorpreso.

Krupp pensò: *lui*.

Il Killer delle Lucciole.

Villa e Fabbri consegnarono il prigioniero al sovrintendente Gallo e all'ispettore capo Lopez, che lo scortarono all'interno della questura.

Krupp strinse i pugni.

Pensò: Lorena, Marlene, Patrizia.

Uscì dall'ufficio e scese le scale. Senza fretta. Fu letteralmente investito da un muro di rumore: una bolgia al quadrato.

Fabbri e Villa erano circondati da divise e mastini. Fabbri aveva lo sguardo vuoto, Villa stava raccontando: *niente da segnalare, niente da segnalare, niente da segnalare*. Poi la Seat rossa... Si accorse della presenza di Krupp e si liberò dalle strette di mano.

– Lo conosco. Lo conoscevo, – si corresse, l'alito che sapeva di rancido, – eravamo a scuola insieme. Lo mettevamo sempre in porta perché era grasso. Non lo era davvero, ma da ragazzini si è tutti cattivi.

Krupp gli appoggiò la mano sulla spalla. Villa stava tremando.

– Sei stato in gamba.

Una risatina isterica. – Otto mesi, e il bastardo è un bestione con i baffi alla Zapata e i pantaloni corti. I pantaloni corti, ci crede?

– Ha detto qualcosa lungo il tragitto?

– Non una parola.

– Ottimo lavoro. Tutti e due. Dillo al collega.

– Commissario... lui...

L'agente scelto Villa si avvicinò di un passo. Abbassò la voce.

– Usa la varechina, commissario, – mormorò, incapace di trattenere le lacrime. – Per pulire il sangue. Lui. Quell'odore. Dio santo. Ho paura che non se ne andrà mai. Ho paura che...

– Non sei tu, – lo interruppe Krupp, – quello che deve avere paura.

Villa annuì, fece per andarsene. Si bloccò. Tornò sui propri passi.

L'abbracciò.

Nessuno ebbe da ridire.

Tutti: capivano.

Krupp raggiunse la scalinata, salì un paio di gradini, si fermò e si girò verso mastini e divise.

– Adesso arriva la parte più difficile.

Mastini e divise annuirono.

– Adesso dobbiamo inchiodarlo.

Mastini e divise annuirono.

– Non voglio cazzate.

Di nuovo: mastini e divise fecero "sì" con la testa.

Krupp sorrise e tutti sorrisero con lui. Krupp si riempì i polmoni e persino le fondamenta del numero 1 di largo Palatucci si gonfiarono.

Krupp tuonò: – *Abbiamo preso il bastardo!*

Il terremoto che squassò la questura gridava:

KRUPP!

KRUPP!

KRUPP!

Il commissario entrò nella sala controllo. C'erano troppi sbirri, tutti con gli occhi puntati al monitor che inquadrava la stanza interrogatori numero due: Lucio Sartori, solo, ammanettato, seduto al tavolo, capo chino. Non sembrava nervoso.

– Fuori.

Restarono Lopez e il tecnico.

– Ha chiesto qualcosa?

– Niente.

Krupp si diresse alla macchinetta del caffè, inserì le monete e, mentre il distributore erogava la bevanda, si lisciò la cravatta.

Alle sette e cinquantatré entrò nella sala interrogatori numero due.

– È già zuccherato, spero non le piaccia amaro.

– Avrei preferito una Coca Cola, ma va bene così. – Sartori mostrò i polsi. – Sono necessarie?

– Certo che no.

Krupp lo liberò dall'acciaio. Sartori aprì e chiuse i pugni, quei grossi pugni da assassino, per rimettere in moto la circolazione.

Krupp infilò le manette in tasca. – Sa chi sono?

– L'ho vista in tv.

Krupp si sedette.

– Sono il commissario Luther Krupp, polizia di Stato.

Sartori indicò la telecamera. – Lo dice per quella?

– È la prassi.

– Capisco. Grazie.

– Il caffè si fredda.

– Fa lo stesso.

– Non ha ancora richiesto la presenza di un avvocato. Posso chiederle come mai?

– Ci penserà mio padre a chiamarne uno, conosce molte persone.

Sartori sollevò lo sguardo dal tavolo e si guardò attorno. – Non è come nei film.

Krupp si chiese quante volte l'uomo di fronte a lui avesse immaginato quel momento.

– No, non lo è.

– Vuole interrogarmi?

– Sono qui per informarla dei suoi diritti e fare il punto della situazione.

Sartori indicò i graffi. – Non mi chiede di questi?

– Non deve dirmi niente se non vuole. Desidera telefonare a suo padre o preferisce che lo faccia io?

– A quest'ora, al cento per cento non lo trova. Lui e mia madre sono in vacanza, al mare. Il numero dell'hotel non lo ricordo, mi spiace. Ma l'ho scritto su un biglietto, è nel portafogli. Bisognerebbe anche avvertire l'ospedale, se non le dispiace.

Una voragine nel petto di Krupp. – Ha bisogno di cure mediche?

Sartori si sfregò i baffi. – Alle otto e trenta ho appuntamento per la radioterapia al Santa Chiara di Trento. Stavo andando lì quando mi hanno fermato. Devo avvertire che non potrò esserci.

Krupp pensò: radioterapia. Vide: Andreas Krupp, uno e novanta, viso scolpito con l'accetta, ridotto a un lombrico nel letto di morte.

Si aggiustò il cinturino dell'orologio.

– Ci pensiamo noi. Posso sapere come mai la radioterapia?

– A giugno mi è stato asportato un testicolo a causa di un seminoma.

Krupp lasciò la sala interrogatori ed entrò in quella di controllo.

Lopez e il tecnico erano cinerei.

– Portategli una bottiglietta di acqua, – ordinò Krupp. – E una Coca Cola. Fate un salto al bar e prendete qualche cornetto. Non parlategli. Se chiede qualcosa, ditegli che avete bisogno di consultarvi con me. Se deve andare in bagno, usate la procedura per i detenuti pericolosi. Se chiede dell'avvocato o del padre gli fate fare la chiamata e lo riportate indietro. Fate in modo che nessuno gli parli, lo tocchi o gli si avvicini. Levada compreso.

Faccia da ratto non commentò.

Krupp afferrò il telefono e compose il numero di Manfredi.

– È vero? – chiese il pm quando udì la sua voce.

– Ho bisogno del permesso per far esaminare l'auto alla Scientifica.

– Nessun problema.

– E voglio controllare il suo appartamento. Adesso.

– Ti farò avere le scartoffie necessarie. Sta collaborando?

– Non senza di te.

Manfredi lasciò andare una risata, sollievo puro. – Considerami già arrivato.

– Non senza di me.

– Vuoi prima perquisire la casa?
– E bisogna avvertire l'ospedale. Il Santa Chiara, non il San Maurizio. Sartori aveva una sessione di radioterapia alle otto e trenta. Dobbiamo procurarci le cartelle cliniche. Potrebbe essere, – Krupp digrignò i denti, – incompatibile con la carcerazione.
– Ha un avvocato?
– Ha detto che sarà il padre a cercarlo. Dice che i genitori sono in vacanza. Se è vero, bisogna prelevarli. Sei d'accordo?
– Che impressione ti ha fatto?
Krupp esitò.
Per quanto si sforzasse, anche se l'aveva appena visto, non riusciva nemmeno a ricordarne il volto.
Baffi folti, e poi?
– Non lo so.
Conclusa la chiamata andò all'ufficio confische, si fece consegnare gli oggetti personali di Sartori, comprese le chiavi di casa. Esaminò il portafogli. Il biglietto su cui erano segnati l'albergo e il numero di telefono era piegato in quattro. Notò che Sartori aveva una calligrafia particolare e che le banconote erano ordinate per valore. Due biglietti da mille lire, uno da cinquemila, due da diecimila, uno da cinquantamila.
Pensò: controllo.
Uscendo incontrò Levada.
– Ti stavo cercando, Luther. A quanto pare ce l'hai fatta.
– Il merito è anche della sua fiducia, commissario capo.
Krupp pensò: Lorena, Marlene, Patrizia. Una faccia come tante, uno che non sembra pericoloso. Lo sembrava? No, per niente.
Baffi, occhi scuri.
E poi?
– Adesso è tempo di fare una conferenza stampa. I giornalisti sono già tutti qui fuori.
Krupp lo gelò: – No.
– Non posso usare gli idranti per disperderli.

– Ha un tumore.

La *mano de Dios* batté le palpebre. – Vaffanculo. Se crepa prima del processo ci risolverà un mucchio di problemi. Rilassati, da adesso in poi sarà una passeggiata.

– Decido io quando rilassarmi. Quando parlare ai giornalisti. O quando *lei* potrà farlo.

Superò il corridoio. Ayrton Senna si staccò dal gruppo dei mastini e gli si affiancò. Krupp indicò la porta con il maniglione antipanico rosso. Il vociare dei giornalisti arrivava fin lì.

– Fammi strada, prepara la macchina. – Si guardò attorno e alzò la voce. – Lombardi? Voglio due volanti dietro di me, manda la Scientifica in via Visitazione 72. E già che ci sei avverti anche i carabinieri, bisogna mostrarsi generosi con gli sconfitti.

Lombardi e i mastini scoppiarono a ridere.

Parlare la loro lingua ormai gli riusciva facile.

Quando Ayrton Senna spalancò la porta, qualcuno alzò il volume al massimo. *È vero che l'ha preso? È il Killer delle Lucciole? Possiamo avere una foto del figlio di puttana? Ha confessato, commissario?*

Il mastino si fece largo a spintoni.

Krupp gli andò dietro.

Commissario? Ha qualcosa che vorrebbe dire ai parenti delle vittime? È vero che si tratta di un immigrato? L'assassino ha detto qualcosa? Commissario? Che cosa si prova ad aver preso il Killer delle Lucciole? Commissario? Signor commissario?

– Krupp! – La voce di Jo, stentorea. – La città può smettere di farsela sotto?

Erano arrivati all'aria aperta. Ayrton Senna scattò verso la Thema.

Krupp si rivolse ai giornalisti.

– Abbiamo un individuo in stato di fermo. Si tratta della persona sospettata per l'omicidio della donna avvenuto questa notte.

Ancora Jo: – Dicci qualcosa che non sappiamo già, commissario!

Krupp sentì i freni della Thema stridere.
– Maggiori dettagli alla conferenza stampa.
I flash divennero un Capodanno accecante.
– A che ora?
Krupp spalancò la portiera dell'auto. – Non adesso.
Ayrton Senna partì a razzo.
I giornalisti arretrarono per non essere investiti.
– Ma vaffanculo, Krupp! – fece Jo, ridendo.

Via Visitazione 72. Caseggiati anni Sessanta, di un giallo spento, costruiti per essere funzionali e basta. La Thema blu fu raggiunta da due volanti a sirene spiegate, una Tempra nera, il furgone della Scientifica e due pattuglie dei carabinieri. Dalla Tempra sbucò il viceispettore Lombardi che iniziò a sbraitare ordini: nessuno entra, nessuno esce. Il messo del tribunale con il mandato di perquisizione arrivò qualche minuto dopo, e solo allora Krupp si diresse all'entrata del civico 72. I tecnici della Scientifica erano già pronti. Lombardi tenne il portone spalancato. Krupp infilò i guanti di lattice.

Primo piano.

La targhetta diceva: SARTORI.

Lo zerbino era color paglia. Krupp fece attenzione a non calpestarlo, lo indicò e i tecnici lo imbustarono. Krupp suonò, come da procedura. Niente. Sartori non aveva mentito. Lo tenne a mente.

Tre mandate e la porta si aprì.

– Aspettate qui. Greco, con me.

I tecnici appoggiarono le valigie di alluminio a terra, senza fiatare. Come loro anche Ayrton Senna aveva il viso di un colorito grigiastro. Tutti stavano pensando: il Killer delle Lucciole abita con mamma e papà. Ayrton Senna chiuse la porta.

– Controlla il bagno.

In cucina la moka era smontata e messa ad asciugare su uno straccio. Sulle mensole: contenitori di varie dimensioni e forme, una piccola radio a batterie. Avvitato alla parete: un crocifisso.

Un tavolo con una cassapanca a forma di L, due sedie imbottite. Sul tavolo era dispiegata una tovaglia dai bordi ricamati, e in un angolo c'era un cestino di vimini con del pane integrale.

Nella cassapanca c'erano sacchetti della spesa piegati a triangolo, un rotolo di carta stagnola, un bauletto per piccoli lavori di cucito.

Sul davanzale: una pianta di basilico. La terra nel vaso era umida. Krupp immaginò la madre di Sartori raccomandarsi prima di partire per le ferie.

Il lavello era vuoto.

Nei mobili: tazzine, piatti, una brocca, pentole. Uno spremiagrumi. Confezioni di pasta, riso. Passata di pomodoro. Niente roba precotta. Nei cassetti: tovaglioli stirati con cura, stracci puliti, zollette di zucchero in confezioni singole. Una calcolatrice tascabile. Scontrini, un bloc-notes, un'agenda telefonica, buoni sconto del Despar e dell'A&O, penne biro, un evidenziatore.

Forchette. Cucchiai. Cucchiaini. Mestoli.

Krupp avvertì una scossa.

Controllò di nuovo.

Forchette.

Cucchiai.

Cucchiaini.

Mestoli.

Guardò l'orologio di suo padre. Le sei e dieci. L'altro segnava le otto e cinquantadue.

Pensò: mancano i coltelli.

Chiamò Ayrton Senna.

– Il bagno?

– Nulla di sospetto.

– Hai visto coltelli in giro?

Greco sgranò gli occhi. – No.

La casa dei Sartori era composta da una cucina, una camera matrimoniale, il bagno, il soggiorno con la tv. Lucio non possedeva una stanza propria. Il divano era apribile, il Killer delle Lucciole dormiva lì. Krupp pensò: hai mai avuto incubi?

Tre armadi.

Nel primo: porcellane da quattro soldi, un souvenir di Parigi a forma di Tour Eiffel, una trapunta con la targhetta di una lavanderia. Coperte. Lenzuola, matrimoniali e non. Una cassetta degli attrezzi, piccola, ma ben fornita e ordinatissima.

Nel secondo: una scatola da scarpe piena di riviste pornografiche e un quaderno con un *collage* di seni, natiche e cazzi eretti. Poi: riviste di meccanica, un cappello da sci, alcuni *paperback*, altri quaderni, la custodia larga e impolverata di un trenino giocattolo.

Krupp sfogliò i quaderni:

2200 sigarette per pap
6500 panino e CC
25.000 benzina
7000 fiori per mam

Lucio Sartori non teneva un diario, ma liste di conti.

Terzo e ultimo armadio: odore di lavanda. Pantaloni, maglioni, jeans, camicie. Biancheria intima. Due giacconi invernali chiusi nella plastica.

Krupp li sfiorò pensando: uno di questi lo avevi addosso quando hai ucciso Lorena. Meno sette gradi. Faceva freddo. Forse anche quando hai ucciso Marlene. Faceva freddo anche il 21 marzo.

La stanza da letto dei genitori di Lucio Sartori era avvolta nell'oscurità. Greco accese la luce.

Il letto matrimoniale. Uno specchio con un santino di san Rocco. Una fotografia incorniciata su un comodino raffigurava una donna minuta, le mani in grembo come non sapesse dove metterle. Accanto, un uomo dalla carnagione scura, più alto, capelli neri, labbra tirate, sguardo severo. Anna e Gaetano Sartori.

Il guardaroba occupava un'intera parete. Abiti maschili e abiti femminili. La maggior parte scuri e protetti dal cellophane. Dal riflesso sullo specchio il commissario vide una scatola di legno poggiata alla sommità dell'armadio: *stonava*.

Superò il corridoio, aprì la porta e chiamò il supervisore della Scientifica. – Macchina fotografica e kit per le impronte, per favore.

La scatola era di legno, solida, con un lucchetto a tenerla chiusa. Non pesava molto.

– Foto e impronte.

Il tecnico obbedì.

– Due serie, – disse, una volta concluso il lavoro.

Krupp pensò: due, *non* tre.

Saggiò il lucchetto. – Ha un tronchese?

Ayrton Senna mostrò un grimaldello. – Ci penso io.

L'aprì e scattò all'indietro.

– *Cazzo*.

All'interno della scatola c'erano quattro coltelli a serramanico, un coltello Opinel, un coltello con la lama di quindici centimetri e il manico di legno, un coltello tipo sopravvivenza con il manico di gomma, lama di venti centimetri inserita in un fodero di plastica rigido, un coltello a scatto, nero e con il bottone color acciaio, un coltello da caccia con un cervo inciso sulla lama. Avvolti in una busta da freezer c'erano i coltelli da tavola, legati da un doppio elastico.

Chi di voi ha ucciso Lorena?

Chi di voi ha ucciso Marlene?

Chi di voi ha ucciso Patrizia?

I coltelli non risposero.

– Fate entrare il resto della squadra.

I tecnici sciamarono nell'appartamento e il commissario si mise alla finestra della cucina a osservare le auto che rallentavano davanti alle volanti e i giornalisti che intervistavano i vicini.

Pensava: *due* serie di impronte digitali in una casa abitata da *tre* persone.

Pensava: se mamma e papà dicono che non deve toccare la scatola dei coltelli, Lucio non la tocca.

– Commissario?

Era il responsabile tecnico. C'era una nota di urgenza nella sua voce. Urgenza e paura.

Fra le mani stringeva un album di fotografie.

– L'abbiamo trovato nel comodino del padre.

Aprì l'album e gli mostrò un articolo ingiallito dal tempo. Krupp riconobbe i vecchi caratteri tipografici della "Voce delle Alpi".

Il titolo era:

QUINDICENNE SEVIZIATA E UCCISA IN CASA

La data: 4 gennaio 1985.

Alle nove e trentasette Ayrton Senna mise in moto la Thema blu e tagliò il cordone di sicurezza dei carabinieri. Guidava come un foglio rosa. Rivoli di sudore gli colavano lungo il viso.

Un semaforo. Due.

Poi:

– Sapevano. – La voce del viceispettore Greco suonava stridula. – Perché i coltelli erano in quella scatola? Perché quel ritaglio? Perché la cucina senza coltelli? Perché *sapevano*. Cazzo, commissario, hanno nascosto i coltelli prima di partire per le vacanze.

Krupp pensava: quindicenne seviziata in casa. Il 4 gennaio era stata data la notizia, l'omicidio risaliva al giorno precedente: 3 gennaio 1985. All'epoca Lucio Sartori aveva diciotto anni.

L'acufene lo fece sobbalzare: il grido di Lorena, Marlene, Patrizia.

Urlavano: *la data.*

– Che giorno è?

Ayrton Senna, confuso, lo guardò dallo specchietto retrovisore.

– Che giorno è *oggi*? – ripeté il commissario, brusco.

– Il 6 agosto.

Lo stomaco di Krupp ebbe uno spasimo.

Un dolore lancinante.

Di tante fiamme tutta risplendea l'ottava bolgia…

– Oggi è il suo compleanno, – disse. – 6 agosto. Oggi è il compleanno di Lucio Sartori.

– Ha festeggiato, – mormorò il mastino al volante. – E il suo regalo è stata quella…

La Thema blu scartò di lato, tagliando la strada a un taxi. Ayrton Senna spalancò la portiera in tempo per non vomitarsi addosso.

L'ufficio del commissario capo Levada era identico a quello di Krupp, stessa pianta rettangolare, stesso panorama dalla finestra.

Le pareti erano ingombre di fotografie: Levada che stringeva la mano a pezzi grossi della politica, dell'economia e dello sport.

Erano le dieci e la temperatura aveva già superato i trenta gradi. Il piazzale del numero 1 di largo Palatucci era ancora ingombro di giornalisti. Krupp aveva dovuto farsi largo a forza di spintoni.

Il commissario capo stava fumando. Guardò Krupp e Manfredi.

– Cosa posso fare per voi?

– È una faccenda delicata.

Manfredi sembrò non trovare le parole adatte per proseguire.

Le trovò Krupp. – Sono appena tornato dall'abitazione di Lucio Sartori.

Appoggiò la fotocopia dell'articolo della "Voce delle Alpi" sulla scrivania.

Levada non la degnò di uno sguardo.

Diffidente, soffiò una nuvoletta di fumo.

– Le indagini sono tue, Luther. Stai facendo un ottimo lavoro. L'hai preso.

– Io sì, – fece Krupp, feroce, – lei no. 3 gennaio 1985. Giulia Nicoletti.

La *mano de Dios* schiacciò la sigaretta in un posacenere a forma di cigno, inforcò un paio di occhiali da lettura e sollevò la copia dell'articolo. C'erano due foto, in cima. La prima era troppo scura. Ci voleva un po' per capire che ritraeva un lago di sangue in un corridoio. La seconda: una ragazzina sorridente, gli occhi ingenui e belli rivolti a un futuro che non avrebbero mai visto.

Il viso di Levada si accartocciò. – Giulia...

Bolzano sconvolta e incredula di fronte a un nuovo, terribile delitto

QUINDICENNE SEVIZIATA E UCCISA IN CASA

L'assassino le ha tagliato la gola con un coltello

L'agguato mortale è stato teso a Giulia Nicoletti, studentessa delle magistrali, nella sua stessa abitazione al sesto piano di un condominio di via Visitazione - la ragazza è stata trovata seminuda e ferita in varie parti del corpo. Forse il bruto si è fatto aprire la porta con una scusa oppure era già entrato quando la giovane è tornata a casa.

di J. Serafini

È un fatto terribile, da incubo, proprio perché privo di un movente. Uno di quegli episodi da brivido della serie L'ispettore Derrick *che la televisione manda in onda nel tardo pomeriggio. Quattro giorni fa c'era di scena proprio un bruto che uccideva studentesse dopo averle pedinate.*

Si tratta in ogni caso dell'ennesimo oscuro delitto che ha per teatro Bolzano con l'aggiunta di una coincidenza altrettanto significativa. L'arma usa-

ta dall'assassino è ancora una volta un coltello.

– Nel 1985, Lucio Sartori, – sputò Krupp, – proprio come oggi, abitava insieme ai genitori al numero 72 di via Visitazione. Giulia Nicoletti al 30. Non sono nemmeno cinquecento metri.

Levada si tormentò le mani. Lo stesso sguardo dei sopravvissuti agli incidenti stradali.

Krupp non provò alcuna pena.

– Quella bambina, – biascicava la *mano de Dios*. – Quella povera, povera...

Si sfilò gli occhiali da lettura.

– L'ha confessato?

– Non ancora, – si affrettò a dire Manfredi, cercando di arginare la rabbia di Krupp. – Con il commissario siamo d'accordo nel tenere la scoperta per noi. Forse Sartori non sa che possiamo collegarlo a questo omicidio e vogliamo usarlo per...

– Potrebbe non essere stato lui, – fece Levada, quasi strozzandosi, – forse era una sua fantasia. Forse è stato leggendo di Giulia che ha iniziato ad avere certe fissazioni, forse...

Krupp lo interruppe, sprezzante. – Non può essere così cieco.

Levada si appoggiò allo schienale della poltrona.

– Come pensate di procedere?

– Dopo sette anni, – rispose Manfredi, – è impossibile trovare qualcosa che possa collegare il sospettato a questo omicidio. L'unico modo è farlo confessare. Sono certo che il commissario Krupp possa costruire un rapporto di fiducia con Sartori, indurlo ad aprirsi e a raccontarci di Giulia Nicoletti.

– Non c'era niente su quella scena del delitto, – mormorò. – Avevo dei sospettati, uno in particolare. Aveva il profilo giusto. Misi sotto i mastini, turni doppi, tripli. Abbiamo fatto tutto quello...

Sussultò.

– Pensa che dovrei telefonare ai genitori di Giulia?
Manfredi si schiarì la voce. – Preferiamo che la cosa non trapeli.
– Sono persone discrete. Hanno il diritto di sapere.
– No, – azzannò Krupp. – L'indagine è mia, ricorda? Considerato l'omicidio di Giulia Nicoletti, Sartori potrebbe aver ucciso altre volte prima di Lorena Haller. Dovremo controllare tutti i vecchi casi. Dal 1980 a oggi. Di omicidi irrisolti ce ne sono stati parecchi. Non ci serve la pressione della stampa e dei parenti. Bocca chiusa. Chiaro, commissario?
Levada si arrese, stremato. – Anch'io ero un bravo poliziotto, Luther. Credimi.
Krupp pensò: Lorena, Marlene, Patrizia.
Giulia.
E quante altre?
Quante?
– Poi cos'è successo?
Levada accarezzò la foto di Giulia Nicoletti. – Lo capirai da solo.

Manfredi accavallò le gambe e passò le dita sulla piega del pantalone. Krupp appoggiò il dossier della Scientifica sul tavolino rivestito di formica della sala colloqui numero due, si aggiustò la cravatta e salutò con un cenno l'avvocato Santin.
Santin era un professionista di cinquantacinque anni. Non era uno dei grossi nomi del foro bolzanino e Krupp si era chiesto come mai avesse accettato di patrocinare un serial killer. Forse voleva sfruttare l'occasione per fare il salto di qualità oppure per senso del dovere. Esisteva anche quello, gli aveva fatto notare Manfredi. In ogni caso, aveva proseguito il pm, la sua presenza poteva rivelarsi un vantaggio. Santin non aveva mai affrontato un caso così complesso.
Sartori ostentava indifferenza. Aveva ventisei anni, ma sembrava averne una decina di più.
– Abbiamo avvertito l'ospedale, a Trento, – esordì

Krupp. – Non si deve preoccupare per le cure, il tribunale è già attivo per non interrompere la radioterapia.

– Vorrei parlare con i miei genitori.

– L'ho fatto io, – disse Manfredi, – mi sono assicurato che stessero bene. Sono preoccupati, ma in buona salute.

– Quando potrò vederli?

– Presto, – fece Krupp. – Sono già in viaggio. Ha bisogno di qualcosa prima di cominciare?

Sartori appoggiò le mani sul tavolino. – Cosa significa "presto"?

– Farò in modo che possa incontrarli a breve, compatibilmente con i tempi delle indagini. Ha la mia parola.

L'uomo che aveva ucciso Lorena Haller con ventiquattro coltellate, che aveva ucciso Marlene Wieser con quattordici coltellate, che aveva ucciso Patrizia Zanni con ventisei coltellate e che, forse, aveva pugnalato Giulia Nicoletti ventisei volte, sembrò stupito dalla gentilezza con cui il commissario gli si era rivolto.

– Possiamo parlare di questa notte, signor Sartori?

– Siamo qui per questo.

Krupp aprì la cartella della Scientifica. – Conosce Patrizia Zanni?

– Non so chi sia.

Krupp mostrò la foto della ragazza. Era un ingrandimento della carta d'identità, non una segnaletica. Né alla Mobile né alla Buoncostume c'era un fascicolo a suo nome. Come per Lucio Sartori. Il Killer delle Lucciole non era su nessuna dannata lista.

– La riconosce?

– Forse. Non ricordo.

– Non posso fare a meno di notare che ha dei graffi sulle braccia. Posso chiederle come se li è procurati?

Sartori indicò il segno sul collo. – Anche questo?

– Sì.

– Non ricordo.

– All'agente scelto Villa ha detto che è stata una gatta. Ha detto "gatta" e non "gatto". Immagino sia difficile distinguere un gatto femmina da uno maschio.

– Chi è l'agente scelto Villa?
– Uno dei poliziotti che l'hanno arrestata.
Sartori si sfregò i baffi, meditabondo. – Quello con i capelli scuri, sì. Ha detto che eravamo in classe insieme. Dovrei chiedere a mia madre. Lei ha un'ottima memoria. Io non ricordo.
– L'agente scelto Villa o il modo in cui si è procurato i graffi?
– Se l'agente scelto Villa ha detto che andavamo a scuola insieme perché dovrebbe mentire? Al novantanove per cento dice la verità. I graffi, non lo so, forse una gatta selvatica.
– E dove l'ha incontrata questa gatta selvatica?
– Questa notte sono stato a Monticolo. Ai laghi. Forse lì. Non ricordo bene.
I laghi di Monticolo erano pochi chilometri a sud del capoluogo. Ci si arrivava in una ventina di minuti, aggirando Castel Firmiano, la fortezza che incombeva sulla periferia della città.
Krupp pensò: volanti, posti di blocco, mastini in caccia con il sangue agli occhi. Ma *lui* era già fuori dal perimetro di Bolzano.
– Ha mai frequentato delle prostitute?
– Quattro o cinque volte. Però non credo che sia questo che vuole sapere, commissario.
Sartori voleva guidare l'interrogatorio. Tenere sotto controllo la situazione.
– Sarò diretto, allora. Ha ucciso lei Patrizia Zanni?
– Immagino di sì.
L'avvocato Santin si grattò l'orecchio, con forza. Sartori rimase impassibile.
Krupp annuì.
– In effetti sarebbe difficile spiegare altrimenti la presenza del sangue di Patrizia Zanni nella sua auto e sull'imbottitura del sedile del passeggero nascosta nel baule. Per non parlare della carta d'identità. Ventisei coltellate sono tante, signor Sartori.
Nessuna reazione.

– Come le avrà spiegato il suo avvocato, non c'è bisogno di una confessione. Abbiamo tutte le prove che ci servono. La procura è soddisfatta. Però ci sono dei dettagli che vorrei approfondire. Credo possa capire. Siamo entrambi persone precise.

Sartori si appoggiò allo schienale, le mani distese sulle cosce. Quando la sua spalla sfiorò quella dell'avvocato, Santin si fece da parte.

– Cosa glielo fa pensare?

– I suoi oggetti personali. Il modo in cui appunta le spese o il biglietto su cui ha scritto l'indirizzo dei suoi genitori. I miei collaboratori hanno parlato con il suo datore di lavoro. Mai un'assenza, mai un reclamo, niente rogne. Le piace fare il lattoniere?

Il titolare aveva riferito che Sartori era uno che amava stare per i fatti suoi e che si arrabbiava se qualcuno gli faceva notare un errore. Non in maniera violenta, aveva tenuto a precisare. Piuttosto metteva il broncio, come un adolescente.

A verbale:

Mai avrei pensato che Lucio potesse essere il Killer delle Lucciole. Siete davvero sicuri che sia lui?

La sua segretaria, l'unica donna dell'azienda, invece, sospettava che Sartori fosse l'uomo che le faceva telefonate oscene.

Krupp aveva chiesto i tabulati della Sip.

– Operaio specializzato, – lo corresse Sartori, – non lattoniere. Un lattoniere è un manovale qualsiasi, chiunque lo potrebbe fare. Io mi occupo di meccanica di precisione. Non è un lavoro per tutti.

– Dicono che se qualche apparecchiatura fa i capricci lei sia la persona giusta per rimetterla in riga.

Sartori sembrò compiaciuto. – È un buon lavoro. Me l'ha trovato mio padre.

– Anche lui è uno preciso?

– Molto. Non pignolo. Preciso.
– Allora vediamo se riesco a essere altrettanto preciso nella mia ricostruzione. Le dispiace?
– Prego.
– Attorno alle undici e quaranta lei ha fatto salire Patrizia sulla sua auto. Probabilmente vi siete incontrati in via del Macello, o forse in piazza Verdi, non alla discoteca Cactus perché ho fatto controllare le telecamere di sicurezza. Patrizia ha suggerito di appartarvi nei pressi del Garage Mille Miglia. Prima di consumare il rapporto, però, avete lottato. Durante la colluttazione la ragazza ha colpito il parabrezza, crepandolo, e ha rotto lo specchietto laterale. Ha persino spalancato la portiera, ma lei è riuscito a impedirle la fuga. Quindi, l'ha uccisa. – Krupp mostrò il referto dell'autopsia. – Rettifico: lei ha *creduto* di averla uccisa, perché Patrizia è morta mezz'ora dopo.
Sartori lo fissava.
Occhi vuoti. Distanti.
– A quel punto si è diretto lungo la strada che porta al Colle. Immagino che la sua intenzione fosse quella di lasciare Patrizia in cima, dove è più facile occultare un corpo fra la boscaglia ma, quasi subito, si è reso conto che avrebbe rischiato di incontrare testimoni. Si è liberato del corpo e ha fatto retromarcia. Per quanto riguarda l'arma del delitto, il patologo afferma di non poterla identificare, ma un'idea me la sono fatta. È il dettaglio su cui vorrei ci potessimo confrontare.
Era tempo di mostrare al Killer delle Lucciole chi, all'interno della sala interrogatori numero due, aveva il controllo.
– Sono convinto che lei abbia utilizzato un coltello da pane.
Sartori non commentò.
Però si fece attento.
– A casa sua non ce ne sono, ma ho notato del pane affettato in un cestino di vimini sul tavolo della cucina. Non del tipo già a pezzi che si compra al supermercato, piuttosto una di quelle pagnotte grandi che si acquistano sfuse. I coltelli da pane hanno la lama lunga e le ferite sul corpo di Patrizia ci

dicono che quella che lei ha usato per colpirla era di diciotto centimetri. Quei coltelli hanno la lama seghettata, proprio come le ferite rinvenute sul cadavere. In effetti non sono per niente taglienti e sono molto sottili, il che li rende difficili da affilare, ma lei è un uomo forte e penso che, affilato o meno, un coltello nelle sue mani sia comunque potenzialmente mortale.

Inoltre: era l'unico tipo di coltello che il padre di Sartori avrebbe potuto giudicare inutilizzabile per *certi* scopi. L'unico, perciò, che non avesse bisogno della scatola col lucchetto.

Tre persone, ma: *due* serie di impronte. Lucio non disobbedisce mai a mamma e papà. Però: le regole si possono aggirare.

Sartori sembrava colpito. Forse, si accorse con orrore Krupp, divertito.

– Possiamo darci del tu, commissario?

– A me sta bene. Ho ragione sul coltello da pane, Lucio?

– L'ho gettato nell'Isarco. È solo uno sprazzo, un flash, ma ricordo la lama che spariva nella corrente. Era un coltello da pane, sì.

Krupp serrò le mascelle. – È difficile da affilare?

– Impossibile. Ci sono altri dettagli che non ti tornano?

– La carta d'identità di Patrizia. Perché l'hai presa?

Per la prima volta Lucio Sartori sembrò a disagio. – È tutto molto confuso. Non so che ore fossero quando ho incontrato la signorina Zanni. E lei non mi ha detto il suo nome. – Si fermò, meditabondo. – Posso sapere qual è il tuo nome di battesimo?

– Luther.

– Luther, se tu dici che l'ho incontrata alle undici e quaranta io non posso né confermare né smentire. Penso però che sia una stima attendibile. Ottanta per cento. Ricordo che ci siamo fermati in quel parcheggio di via del Macello e che faceva caldo. Mi sono abbassato i pantaloni e Patrizia ha visto che mi mancava un testicolo.

Sartori sembrò restio a proseguire.

– Per via, – lo incalzò Krupp, – del seminoma.

– Mi ha detto che non aveva mai visto un uomo con un testicolo solo. Mi ha detto che ero un mezzo uomo. Mi ha fatto arrabbiare. Le ho detto che è una disgrazia che capita a tante persone e che non avrebbe dovuto scherzarci sopra, ma lei ha iniziato a ridere e a prendermi in giro ancora di più. Quella stronza…

Krupp pensò alle parole di Elena Zanni. A Patrizia che non voleva essere di disturbo per nessuno. L'idea che avesse dileggiato quell'omone era semplicemente assurda. Sartori gli stava rifilando un sacco di cazzate, ma erano bugie che sarebbero state del tutto ininfluenti in un'aula di tribunale. Le prove fisiche erano schiaccianti. Così si lisciò la cravatta e lo indusse a proseguire.

– Ti sei arrabbiato?

– Sì, ero arrabbiato. Ma non l'ho uccisa.

– Spero tu non voglia ritrattare, Lucio.

Sartori puntò l'indice sul tavolino. – Voglio solo che tu sappia come sono andate le cose.

C'era qualcosa di forzato nel modo in cui Lucio Sartori parlava. Meccanico. Krupp aveva imparato la lingua dei mastini e la lingua dei morti. Cercò di capire se poteva farlo anche con quella del Killer delle Lucciole.

– Al cento per cento?

– Per quello che riesco a ricordare.

– Allora spiegami perché dici di non averla uccisa.

– Non è stato un omicidio perché mi sono difeso. È stata lei ad aggredirmi.

Uno e novanta per un quintale di peso, contro uno e cinquanta per cinquanta chili.

Krupp pensò: figlio di puttana.

Disse: – Raccontami.

– Continuava a prendermi in giro e ho capito che non sarei riuscito ad avere un rapporto sessuale. Non mi va di fare sesso con persone che non mi piacciono. Così mi sono tirato su i pantaloni e le ho detto di andarsene. Lei ha dato di matto. Ha detto che dovevo pagarla lo stesso, ma io, – Sartori tirò il mento in fuori, risoluto, – mi sono rifiutato. Era una questione di principio.

Krupp provò: disgusto, odio, orrore.
Sartori indicò il collo, le braccia. – È come impazzita.
– Così ti sei difeso.
– Se l'è cercata.
Se l'è cercata.
Krupp si sforzò di non guardare le mani del Killer delle Lucciole.
– Ricordi altro?
Sartori poggiò l'indice al labbro sporgente e piegato verso sinistra. – Il coltello che finiva in acqua. Poi, a casa, mi sono fatto un caffè ma non l'ho bevuto. Ero molto agitato, non mi piace litigare con le persone, non è nel mio carattere. Ricordo di essermi cambiato. Sono tornato in cortile, ho infilato gli abiti sporchi nel bagagliaio dell'auto insieme all'imbottitura dal sedile e ho pensato che fra parabrezza e specchietto avrei speso un bel po' di soldi, forse anche un milione perché i carrozzieri sono tutti dei ladri. Dal primo all'ultimo.
– E questo ti ha innervosito ancora di più.
Sartori diede una manata al tavolino, come a dire: noi due ci capiamo.
Krupp provò: nausea.
– Non sopporto la gente che vuole fregarti, ho dei principi molto saldi. Era tardi e ho pensato che tanto valeva restare sveglio, perché avevo in programma la radioterapia e non volevo far aspettare i dottori. Ho guidato un po' per rilassarmi. Ricordo i laghi di Monticolo. Era fresco e penso di essermi appisolato. Poi sono tornato a Bolzano per raggiungere l'autostrada.
– Ci sono tracce di varechina, nella tua auto. Ricordi quando hai cercato di lavarla?
– Purtroppo no. Black out.
– Quindi non sai perché hai preso la carta di identità di Patrizia o perché l'hai incollata nel bagagliaio.
– Spero che questo non sia un problema per il tuo lavoro.
Era sincero, pensò Krupp, sbalordito.
Spaventosamente sincero.
– No, non lo è.

– Adesso cosa succederà? – chiese Sartori.

– Ti porteranno in carcere. Non devi preoccuparti degli altri detenuti, starai in isolamento per un po'. È la prassi. Nel frattempo cercherò di farti incontrare i tuoi genitori. Il prima possibile.

– Te ne sarei grato.

– Mi hai raccontato tutta la verità, Lucio?

– Sì.

– Ricordi perché avevi con te il coltello da pane?

– Non di preciso, ma posso immaginarlo.

Krupp cercò di capire cosa ci fosse nello sguardo dell'uomo, ma non ce la fece.

– Dimmi.

– Difesa personale, – spiegò Sartori. – C'è brutta gente in giro. Purtroppo Bolzano non è più quella di quando ero bambino.

– E sei certo di non aver fatto altre cazzate, prima di Patrizia?

– Al novantanove per cento.

Sartori allungò la mano. Krupp gliela strinse.

La sentì viscida di sangue.

6 agosto 1992, giovedì
– pomeriggio –

Milla non andava al bar Imperia perché pagare quattromilacinquecento lire per un toast insipido era un affronto, ma Jo gli aveva detto di fare poche storie e Milla l'aveva assecondato. La temperatura sfiorava i trentacinque gradi e i due erano gli unici avventori ai tavolini esterni.

Quando il duomo batté l'una, il capocronista indicò a Milla il panino che il giovane reporter doveva costringersi a mandare giù.

– Vedi di sbrigarti.

– Non ho appetito.

– Ce l'hai ancora con me?

– Tu che dici?

– Allora sputa il rospo, litighiamo, facciamo pace e andiamo alla conferenza stampa. Manca poco.

– Avresti dovuto telefonarmi.

– Perché?

– Perché volevo esserci, ecco perché.

Jo, Colucci, Rizzi, persino il direttore avevano trascorso la notte ad ascoltare il CB che intercettava le volanti, poi si erano precipitati a largo Palatucci per festeggiare la cattura del killer. A nessuno di loro era passato per la mente di chiamarlo.

Era: *veramente* da stronzi.

– Mi servi così, – fece Jo, schioccando le dita, – sveglio. Cazzuto. Aggressivo. Pronto a far mordere la polvere alla concorrenza. Ma il capocronista sono io. Pace fatta, campione?

– Sarei potuto andare a caccia. Avrei potuto fotografarlo. Lui. Oppure la macchina. Non l'avresti voluta la sua foto in prima?

– Tutta la notte in cerca del Killer delle Lucciole? Sei scemo o cosa?

– Cosa.

– Ti butto giù dal letto. Ti dico: "Campione, vai a procurati una foto del maniaco che ammazza quelle tizie". Cosa avresti fatto?

– Seat Ibiza rossa, – ribatté Milla, astioso. – Quante vuoi che ce ne siano?

– Sono ammirato dalla tua stupidità. – Jo attirò l'attenzione del cameriere, piazzò due banconote sul tavolino e scolò la birra. – La ragazza è stata uccisa attorno alla mezzanotte e gli sbirri si sono mossi quasi subito, ma il Killer delle Lucciole è stato arrestato attorno alle sei e mezza. Ora: quante possibilità ci sono che abbia passato la notte a guidare come niente fosse?

– È così che l'hanno preso: stava guidando come niente fosse.

– E quante possibilità c'erano che *tu* venissi fermato a un posto di blocco?

Milla fece spallucce. – Documenti, grazie e ci saluti Jo.

– Sbirri incazzati e mastini con i nervi a fior di pelle. Proprio non ci arrivi, campione? Florian Lambacher. Te lo ricordi?

Milla trasalì.

Florian Lambacher era un ragazzo di Appiano che, in aprile, tornando da una festa con alcuni amici, alticcio, era incappato in un posto di blocco dei carabinieri. Non si era fermato e i due cowboy in divisa l'avevano falciato con le mitragliette.

Così: su due piedi.

– Adesso puoi ringraziarmi. Perché ti ho evitato di finire all'obitorio e perché la telefonata al padre di Patrizia Zanni l'ho fatta io. Tu hai il cuore troppo tenero.

– Che ha detto?

– Lo leggerai sul giornale di domani. Siamo in ritardo.

Milla e Jo tagliarono la piazza, superarono via Dante e mostrarono il tesserino alla guardia della questura. Era l'una e un quarto.

La sala stampa era stipata, Milla non aveva mai visto tanti giornalisti tutti insieme. Riconobbe Tagliaferro, che finse di non accorgersi del suo saluto, altri volti della concorrenza, e un sacco di sconosciuti con tesserini dai nomi altisonanti. "Repubblica", "Corriere della Sera", "l'Unità", "la Stampa". C'erano addirittura testate straniere. "Die Presse", "Der Standard", "Süddeutsche Zeitung". Il numero di telecamere era impressionante.

All'una e venti un poliziotto in divisa appoggiò dietro la scrivania una bacheca coperta da un foglio. All'una e trenta fecero il loro ingresso il commissario Krupp, il pm Manfredi, il comandante della legione carabinieri e un mastino, zazzera bionda e basettoni, che Milla aveva già visto ma di cui non ricordava il nome.

– Manca Levada, – sussurrò a Jo.

– È indisposto. Se ci credi.

– Il biondo, chi è?

– Luca Greco, viceispettore. Chiudi la bocca.

Toccò a Manfredi ringraziare i giornalisti per "la presenza", il comandante della legione carabinieri per "l'indispensabile supporto", il commissario capo Levada, assente a causa di un banale malanno, per "l'inossidabile fiducia", il questore Comi per "gli inestimabili suggerimenti operativi" e la cittadinanza intera che aveva "dato dimostrazione di altissimo senso civico e altrettanto spirito di collaborazione".

Fu Krupp ad arrivare al dunque.

A un suo cenno l'agente in divisa sollevò la carta dalla bacheca, mettendo in mostra l'ingrandimento di una segnaletica.

La Nikon scattò.

Il Killer delle Lucciole aveva i baffi, occhi e capelli scuri. Il labbro che pendeva verso sinistra.

– Alle sette di questa mattina, in via Volta, una volante della squadra Mobile ha intercettato una Seat Ibiza rossa, alla cui guida c'era Lucio Sartori, ventisei anni, incensurato.

Krupp indicò il viso del Killer delle Lucciole.

La Nikon non si perse il gesto.

– L'uomo, originario di Bolzano, ha ammesso il delitto Zanni fornendo particolari che confermano l'autenticità della sua dichiarazione.

Un giornalista in camicia a maniche corte chiese: – Ha detto perché l'ha fatto, commissario?

– Ha detto che se l'è cercata. Vogliamo credergli?

Milla non riusciva a staccare gli occhi dalla foto segnaletica: Roby il pazzo con i baffi che diceva *Se l'è cercata*.

– Il reo confesso, – proseguì Manfredi che, al contrario di Krupp, appariva rilassato e, nonostante l'aria stanca, soddisfatto, – ha dichiarato di aver avuto un black out, di ricordare solo i momenti precedenti all'omicidio e sprazzi di quelli successivi.

– Pensa, – chiese una voce, – che si appellerà all'infermità mentale?

– Io stesso ho fatto richiesta per una perizia psichiatrica. Immagino che la difesa farà altrettanto.

Un tizio si avvicinò a Jo e Milla dovette appiattirsi contro la parete per farlo passare. Il tizio mormorò all'orecchio del capocronista, che lo ringraziò e scarabocchiò qualcosa su un bloc-notes.

Milla gli lanciò un'occhiata interrogativa.

Jo mimò un: "pasturare". Strappò la pagina e la piegò in quattro.

Una giornalista chiese: – Può affermare ufficialmente che Sartori è il Killer delle Lucciole?

Manfredi sorrise, sornione. – Stiamo indagando in tal senso. Adesso, se volete scusarci…

Krupp, Manfredi, il comandante della legione e Ayrton Senna si alzarono, accecati dai flash.

– Pensate ce ne siano state altre prima di Lorena Haller?

Non ci fu nessuna risposta.

Jo avanzò di un passo e gridò: – Krupp, che effetto ti ha fatto quel tizio?

– Sinceramente, Jo?
– Come sempre, commissario.
Il commissario si abbassò verso il microfono.
– Nessuno.
Milla pensò: è così.
Roby il pazzo con i baffi non trasmetteva alcuna emozione. Non paura, non rabbia.
Nulla.
Jo gli diede di gomito e gli passò il foglietto piegato in quattro, Milla lo aprì e la prima parola che lesse fu: *omicidio*.
Il capocronista gli fece l'occhiolino.
– La vita continua, campione.

Erano le diciotto e venti quando Milla tornò in redazione con ancora in tasca il biglietto di Jo: *"Omicidio. Maso Stocker, Cornedo. Foto, 4800 battute"*. Alle diciotto e quarantacinque consegnò il pezzo. Jo lo lesse, lo mise da parte e lo guardò di sbieco.
– Fammi capire. Hermann è entrato nella stalla e ha iniziato a far fuori le mucche.
– Con un'ascia, – confermò Milla.
– E quando è arrivata la vecchia…
– Frau Maria. Aveva settantuno anni e…
– ...Per lui era come una seconda madre. Orsacchiotti e violini.
– L'ha uccisa.
Jo si accese una sigaretta. – Tu ce l'hai ancora con me per la storia di Sartori e vuoi farmi finire nei guai con il direttore.
– Acqua passata.
Jo indicò il dattiloscritto. – Quindi l'ha detto sul serio?
Milla buttò giù l'ultimo goccio di Fanta, ormai tiepida. Gli zuccheri non erano riusciti a sollevargli il morale: ottocento lire buttate.
– Già.
– I carabinieri lo stavano portando fuori, Hermann ha alzato gli occhi e ti ha sorriso?

Milla sollevò la foto. – Lo vedi anche tu, no? Sembrava un bambino a Natale. È schizofrenico. Non lo so per certo, gli psichiatri non hanno accettato di parlarmi, ma due testimoni mi hanno detto che sentiva le voci. A quanto pare è uno dei sintomi.

– Sei andato in biblioteca?

Milla schiacciò la lattina di Fanta. – Già.

– E oggi Hermann il bimbo felice non ha preso le pillole.

– Diceva che gli facevano venire mal di testa. Non ha mai dato segni di aggressività.

– Ed è vero?

– Nessuno ne ha fatto cenno, quindi direi che è un'informazione attendibile.

– I carabinieri lo ammanettano, lo portano fuori, lui ti vede, sorride, tu scatti la foto e lui ti dice: "Era il Diavolo. Aveva le corna"?

– E...

Jo si alzò in piedi, ridacchiando. – Ti ha dato il titolo della "Voce" di domani. Non il centrale, ovviamente. Quello è per Sartori.

– Ho bisogno di vedere Iris, – scappò detto a Milla. – Ti dispiace se me ne vado?

– Fai sul serio con quella ragazza, campione?

– Buona serata, Jo.

– Prima di andare, guarda qui.

La bozza della prima pagina della "Voce" di venerdì 7 agosto.

La foto di Patrizia Zanni.

La foto di Lucio Sartori.

MASSACRATA A COLTELLATE

Ma stavolta scoperto subito l'assassino:
è un giovane di 26 anni

Milla non faticò a immaginare cosa il capocronista avrebbe aggiunto sotto l'apertura sul Killer delle Lucciole:

la foto di Hermann, quella di Frau Maria e la frase che il giovane gli aveva rivolto, sorridendo con un'innocenza che dava la nausea:

ADESSO IL DIAVOLO NON C'È PIÙ.

GIULIA, AIDA, MIRELLA

What will you do when you get lonely?
Eric Clapton, *Layla*

7 agosto 1992, venerdì

Nel bagagliaio della Seat Ibiza rossa targata BZ 446047 era stato trovato un cordino da arrampicata dal diametro di sei millimetri con, recitava una nota giunta poco dopo mezzanotte dalle viscere del San Maurizio: probabili macchie ematiche.

Le analisi di laboratorio richiedevano tempi biblici, ma Egger era certo che le scanalature fossero compatibili con la ferita al collo di Marlene Wieser. Commissario e pm avevano deciso di attendere gli accertamenti completi prima di usare quell'informazione contro Sartori, però, chiusi nell'ufficio di Krupp, avevano festeggiato con un caffè, un sorriso e una pacca sulle spalle.

Dopodiché avevano ripreso a litigare.

Buona parte della notte fra il 6 e il 7 agosto se n'era andata così: discutendo sull'opportunità o meno di interrogare i genitori del Killer.

Secondo Manfredi, Anna e Gaetano Sartori, in quanto consanguinei e, quindi, non imputabili, erano uno spreco di tempo. Meglio usare quelle energie per inchiodare Sartori all'omicidio Nicoletti.

Krupp era del parere opposto. – È proprio per Giulia che devi lasciarmi parlare con loro. Non troveremo mai prove fisiche, è passato troppo tempo. Ci serve una confessione, piena e spontanea. Lucio ha ventisei anni e un lavoro, un buon lavoro visti i suoi estratti conto, ma vive ancora con i genitori. Dorme sul divano e...

– E allora?
– Hai sentito quante volte ha menzionato il padre durante i nostri colloqui? Vogliamo parlare dei coltelli nella scatola o del ritaglio della "Voce delle Alpi" nel comodino? Non ti dice niente tutto questo? Quei due sono la chiave per capire come ragiona Lucio. Lasciameli incontrare e ti prometto che avrai la tua confessione
Alle sei del mattino, Manfredi cedette.
Alle quattordici e dieci, il primo a parlare nella sala colloqui numero due fu Gaetano Sartori, settant'anni, capelli scuri, zigomi sporgenti, fisico da quarantenne. Il suo viso non tradiva alcuna emozione, se non diffidenza venata di disprezzo.
Al suo fianco, l'avvocato Santin.
– Quando potrò vedere mio figlio?
– Molto presto, – lo blandì Krupp.
– Quand'è che io e mia moglie potremo tornare a casa?
– Non appena la Scientifica avrà finito i rilievi. Ci vorrà qualche giorno. Ci parli di Lucio, per favore.
Il "per favore" fece brillare gli occhi del settantenne. – Cosa vuole sapere?
– Che tipo è?
– Un gran lavoratore. Un ragazzo timido. Un po' impacciato. Anche con le ragazze. Anna, mia moglie, dice che è ancora giovane per certe cose, ma io alla sua età ero già sposato.
Gaetano Sartori accavallò le gambe e tacque. Krupp ne fu stupito. Di solito, durante incontri di quel tipo, i genitori non facevano che elencare giustificazioni. Era un modo per scendere a patti con il proprio fallimento, ma Gaetano Sartori non era così.
Lui era…
Un uomo, pensò il commissario, che non è abituato a essere contraddetto e che ha sempre tutto sotto controllo. Preciso, non pignolo. E se qualcosa non va come dice lui: lo mette in una scatola, chiude il lucchetto e lo nasconde in cima a un armadio.
Che non se ne parli più.

– Nessun problema? – chiese.
– Mai.
Quando la faccia di Sartori era finita in tv, due ragazze si erano presentate in questura dicendo di averlo segnalato una decina di mesi prima per esibizionismo. Non era seguita una denuncia perché non erano state in grado di portare prove a conferma dell'accusa. Per questo, avevano riferito, stavano risparmiando per comprare una telecamera, coglierlo sul fatto e consegnare i nastri a chi di dovere. Ayrton Senna aveva controllato: risultava.
– Suo figlio è stato visto mentre si masturbava davanti alla finestra.
– Pettegolezzi.
– Però è stata fatta una segnalazione.
– Una segnalazione o una denuncia?
Mento proteso, occhi strizzati.
Lo stesso linguaggio non verbale del figlio quando aveva raccontato di essersi rifiutato di pagare la prestazione non consumata a Patrizia Zanni.
Una questione di principio.
– Una segnalazione. Ma perché qualcuno avrebbe dovuto segnalare suo figlio se non c'era nulla di vero? Si rischia una querela.
Gaetano Sartori sembrò sul punto di esplodere. – Perché dobbiamo parlare di queste sciocchezze?
– Ci aiuta a capire il quadro generale.
L'ira repressa rimase lì.
Labbra strette.
Occhi a fessura.
– Invidia. Ci sono molte persone invidiose nella nostra palazzina. Io sono il caposcala e mi tocca richiamare gli inquilini ai loro doveri. C'è chi non chiude il portone a chiave la sera, chi lascia le biciclette dove non dovrebbe o fa finta di dimenticare il proprio turno di pulizie. Ce l'hanno con me.
– Io non sarei invidioso, mi sembra che lei si sia addossato un compito faticoso.
– Sono invidiosi perché devono fare ciò che dico.

– Lei è un uomo molto ligio alle regole.
– È una domanda?
– No. Mi parli dei coltelli.

L'avvocato Santin fece per intromettersi, ma Gaetano Sartori lo zittì con un gesto deciso.

– Lucio ha iniziato a fare collezione da bambino, gli piacevano. Ma ho preferito tenerli io perché non diventasse una mania.

– Suo figlio ha confessato l'omicidio di Patrizia Zanni. Ha mai pensato che potesse essere un assassino?

– Mai.

Non una parola su Giulia Nicoletti.

10 agosto 1992, lunedì

Il carcere di Bolzano puzzava di marcio. Era un bastione asburgico costruito più di un secolo prima. Dalle finestre delle celle si potevano vedere le passeggiate del Talvera con le ragazze che prendevano il sole e i bambini che rincorrevano i cani. D'inverno era gelido e d'estate diventava un forno. C'erano zecche, scabbia endemica e il doppio dei detenuti previsti.

Lucio Sartori indossava jeans e maglietta. Non aveva la cintura e ai piedi portava ciabatte da mare: nessuno voleva che si suicidasse. I medici del Santa Chiara di Trento avevano rassicurato la procura: Lucio aveva superato la malattia.

L'avvocato Santin si asciugava il sudore dalla fronte. Manfredi si teneva in disparte. Krupp allungò la mano verso il serial killer.

– Come stai, Lucio?

– Bene al settanta per cento. Vorrei vedere i miei genitori.

– La situazione è delicata. Ho parlato con tuo padre. E non devi preoccuparti per tua mamma.

– L'avvocato mi ha detto che ha avuto un malore.

– Pressione bassa. L'agitazione, ma soprattutto il caldo.

– Ne ha sempre sofferto.

Krupp aprì la cartella dell'omicidio al distributore della Mobil e mostrò la fotografia della vittima. Gli occhi da gatta, la frangetta gonfia.

Quel sorriso.
– Vorrei che parlassimo di Lorena, l'hai mai vista?
– Sui giornali.
– Era una prostituta. L'hai mai frequentata?
– Mai.
Krupp tirò fuori due buste. Nella prima c'era la fotocopia di una delle pagine dei quaderni trovati nell'armadio di via Visitazione 72.
– Questa è tua?
– Sì.
– Guarda.
Dalla seconda busta Krupp estrasse un'altra fotocopia, ma prima di mostrarla la lesse ad alta voce: – *Mi dispiace ma quello che ho fatto doveva essere fatto e tu lo sapevi. Ciao Lorena.*
Avvicinò le due fotocopie.
La scrittura era identica.
Krupp ci era arrivato la notte precedente. Stava dormendo, un rumore l'aveva svegliato e l'idea era già lì. Non aveva aspettato l'alba e si era precipitato in questura: non si era sbagliato. Il perito convocato da Manfredi aveva confermato.
– Questo biglietto, – fece Krupp, – è stato trovato accanto alla tomba di Lorena Haller, quindici giorni dopo il funerale. Era vicino a un mazzo di garofani. In fondo c'è anche una firma. *"L. L."*
Krupp pensò: i garofani costano meno delle rose.
Lucciole.
Insetti.
Perché sprecare soldi?
– È la tua calligrafia, Lucio.
– Sembra di sì.
Krupp aprì un fascicolo, della Scientifica.
– Una delle tue giacche invernali presenta una macchia di sangue che i lavaggi non sono riusciti a cancellare. Secondo i nostri tecnici è compatibile con il sangue di Lorena Haller. Via Renon. 7 gennaio.
Alzò la foto di Lorena.

Aggiunse: – Faceva freddo.

Sartori unì i polpastrelli, avvicinandoli al labbro sporgente.

Disse: – Mi ha provocato. Ha detto che ero un frocio. Le ho detto che non erano cose da dire e che anche gli omosessuali sono persone. Lei ha dato di matto, mi ha colpito.

Krupp sentì il gelo invadergli le ossa.

– Ti sei difeso?

Sartori annuì. – Se l'è cercata.

– Puoi darmi qualche particolare in più?

– Ho un black out. Ricordo di averla fatta salire in macchina, di aver parcheggiato a quel distributore. Non c'era nessuno e il lampione non funzionava. Ricordo gli insulti, naturalmente. E la ragazza che mi colpiva. Poi niente, mi spiace.

Krupp appoggiò sul tavolo le foto dei coltelli trovati nell'appartamento di via Visitazione.

– Quale di questi?

Sartori non esitò: un serramanico. Lama di diciassette centimetri, larghezza tre. Corrispondente al referto autoptico del dottor Simoni.

– Hai avuto un black out, perciò devo chiedertelo, Lucio: quanto sei certo di essere stato tu?

– Al novantanove per cento. Ricordo il coltello e le mani sporche di sangue. A casa. Dopo.

– I tuoi genitori dormivano?

– Vanno a letto presto.

– Non li ha svegliati la lavatrice?

– Quale lavatrice? – chiese Sartori, perplesso.

Krupp pensò: non sei stato tu.

Disse: – Sei tornato a casa e hai messo la giacca e i vestiti in lavatrice. Per via del sangue.

– Non ricordo.

Krupp pensò: perché non sei stato tu.

– Non ricordi nemmeno perché hai messo il biglietto sulla tomba?

– Mi sembrava giusto.

– E la firma? Perché "L. L."?

Sartori si sfregò i baffi, imbarazzato. – Forza dell'abitudine. Stavo per mettere il mio nome, ma mi sono fermato. Ho aggiunto un'altra "L" per confondere le acque, non mi andava di riscrivere tutto e sprecare carta. C'è altro che posso fare per te, Luther?

Lucciole.

Insetti.

Krupp si alzò e gli tese la mano.

– Grazie.

Sartori rispose alla sua stretta.

Krupp sentì il sangue viscido e, nella sua testa, Lorena iniziò a strillare: *mi stavo togliendo i fuseaux anche se faceva freddo e lui aveva il riscaldamento al massimo, ma faceva freddo e l'ho visto tirare fuori il coltello e ho detto: cosa stai facendo? E sono state le mie ultime parole, perché lui ha piantato il coltello nel mio stomaco e non sono riuscita nemmeno a urlare e ha colpito ancora e ancora e io mi sono piegata perché faceva* MALE *e* LUI *mi ha colpito alla schiena e io ho provato a fermarlo, ho alzato la mano ma lui ha tagliato anche quella e si vedeva l'osso e ho pensato: mi sta uccidendo e non mi sembrava possibile, poi mi ha afferrata per i capelli i miei bellissimi capelli biondo ciliegia e mi ha tagliato la gola e mi ha buttata via come* IMMONDIZIA *ma io ho sorriso, ho sorriso mentre morivo perché sapevo che tu saresti venuto da me e…*

18 agosto 1992, martedì

Karli si presentò senza avvisare. Con lui c'erano Stefania, Nives e Lorenzo, che lo scrutava da dietro un pacco infiocchettato. Karli sorreggeva quattro pizze e una vaschetta gelato formato maxi. Krupp si era dimenticato del proprio compleanno.

Fu una serata piacevole.

Suo fratello parlò delle vacanze che la famiglia aveva appena passato sul Mar Rosso e Lorenzo raccontò allo zio dei pesci che aveva visto facendo snorkeling, riempiendolo di nozioni strampalate che nessuno aveva il coraggio di correggere. Nives, invece, era rimasta estasiata dalle tartarughe marine. Aveva gli stessi occhi della nonna. Stessa forma e colore.

Ogni volta che l'ombra di Andreas Krupp si allungava sull'appartamento all'ultimo piano di viale Duca d'Aosta, Stefania interveniva scacciando il malumore. Era una donna affascinante su cui persino il padre di Luther e Karli non aveva mai avuto da ridire.

Laureata con lode in economia, sapeva padroneggiare i segreti della Borsa come pochi. Da quando Karli aveva imposto la sua presenza ai vertici dell'azienda, la ricchezza della famiglia Krupp era decuplicata. Il brokeraggio non era mai andato meglio.

Krupp l'ammirava, ma soprattutto gli piaceva vedere come, in sua presenza, Karli sembrasse un'altra persona. Forse addirittura felice.

Se lo meritava.

Verso le undici i due bambini si appisolarono e Karli, complice un paio di birre, tirò fuori il discorso di Lucio Sartori. Era curioso. Stefania aveva protestato, ma Luther l'aveva rassicurata.

Non c'era niente di male, parlarne era okay.

– A patto che non vi aspettiate dettagli trucidi.

– Dio, no, – esclamò Stefania, sollevata.

Karli, invece, sembrò rammaricato.

Krupp non fece altro che riassumere ciò che i giornali avevano già pubblicato nei giorni precedenti, cercando di non esternare il carico di angoscia che il contatto con Sartori scatenava.

– Avevano i coltelli chiusi in una scatola? Cristo, Luther. I genitori?

– Il padre è un pezzo di legno. Non si piega e non si spezza.

– E la madre? – chiese Stefania. – Non posso immaginare...

– L'ho incontrata questa mattina. È una donna minuta, si chiama Anna. Ingobbita. Fragile.

A.S.: *Era un bambino timido, goffo, mai dato problemi.*

– Va spesso in chiesa. Non ha mai lavorato. Come provenisse da un'altra epoca.

L.K.: *È a conoscenza del fatto che Lucio è stato segnalato alle forze dell'ordine perché si masturbava alla finestra?*

A.S.: *Mio marito ha detto che non dovevo credere a quelle scemenze, che era solo la gente invidiosa.*

L.K.: *Di cosa?*

A.S.: *Mio marito aveva un buon lavoro e adesso ha una buona pensione. Ab-*

biamo un figlio sano, una bella macchina.

– Pensi che, insomma, la picchiasse? Il padre, intendo. Magari picchiava entrambi?

Krupp giocherellò con il cucchiaino sporco di gelato. – Non lo so.

L.K.: Sapeva della collezione di coltelli di suo figlio?

A.S.: Ognuno ha le sue piccole manie.

L.K.: Lucio ci ha confessato l'assassinio di Lorena Haller, la sua giacca invernale aveva una macchia di sangue, l'ha trovata la Scientifica. È lei che lava le cose di suo figlio?

A.S.: Sì, ma Lucio è sempre un po' sbadato, si butta addosso il caffè, il tè.

L.K.: Quindi ha visto delle macchie sospette sui suoi indumenti.

A.S.: Può essere, ma sono cose private di mio figlio, da bambino gli usciva spesso sangue dal naso. Mio marito dice che ormai è adulto e ha diritto a una vita intima.

– Così l'avete incastrato per due omicidi. E quella ragazza a Campodazzo?

– Marlene Wieser, abbiamo degli elementi, ma un conto sono le indagini, un altro i processi. Jakob, il pm, vuole l'ergastolo e io sono d'accordo, ma per arrivarci serve molta cautela.

L.K.: Sappiamo che Lucio, nel dicembre 1991, è stato in vacanza a Valles, a sciare. La sua prima vacanza da solo a venticinque anni?

A.S.: Non è come sembra. Lucio ha sempre voluto che andassimo in vacanza insieme, è un bravo ragazzo che tiene ai suoi genitori.

– Pensi sia stato lui a ucciderla?

L.K.: Perché suo marito teneva i coltelli chiusi a chiave?
A.S.: Mio marito è uno che sa quello che fa.

– Al cento per cento.

20 agosto 1992, giovedì

Il temporale squassava le finestre dell'ufficio come volesse abbatterle. Manfredi camminava avanti e indietro, nervoso.

– Lo sposteremo finché non ci avrà detto tutto.

– Vuoi fargli cambiare carcere ogni tre settimane? – ribatté Krupp, altrettanto inviperito. – Puoi farlo, ma sarà deleterio.

– I genitori sono il suo punto debole, me l'hai fatto capire tu. Teniamolo lontano da loro e cederà.

– Lucio confessa solo quando lo metto all'angolo. Fa sempre così: nega, io gli mostro le prove e arrivano i vuoti di memoria, gli espongo la ricostruzione dei fatti e, all'improvviso, i black out scompaiono. Di sua volontà non ha mai ammesso nulla perché ancora non mi sono guadagnato la sua fiducia.

– Usiamo l'articolo di giornale. Facciamogli credere che sospettiamo suo padre per l'omicidio Nicoletti. Mettiamolo sotto pressione.

Krupp si aggiustò il cinturino dello Junkers. – Lucio mangerà la foglia, si chiuderà a riccio e noi non sapremo mai niente.

I due si fissarono in cagnesco per qualche secondo, poi Manfredi scoppiò a ridere. – Mi spieghi perché porti al polso un orologio fermo?

Krupp sorrise di rimando. – È una stupidaggine.

Tanto bastò per far tornare la calma.

Manfredi si armò di penna e taccuino.

– Da chi vuoi partire?

– Giulia Nicoletti, quindici anni, uccisa il 3 gennaio 1985. Le indagini erano dell'allora commissario Levada. Compagni di classe e amici furono interrogati per ore, il padre fu torchiato anche se al momento del delitto si trovava in vacanza con la nuova compagna. La madre, con cui Giulia viveva dopo il divorzio dei genitori, fu passata ai raggi X: niente. La vittima aveva una vita regolare. Fra compiti e attività extrascolastiche l'unico momento in cui si trovava a casa da sola era la mezz'ora compresa fra le quindici e le quindici e trenta. Cioè quando lui l'ha uccisa. E Giulia, secondo i testimoni, non avrebbe mai aperto a uno sconosciuto. Però, osserva questa...

Krupp allungò una foto scattata sulla scena del delitto: un obiettivo fotografico con la lente crepata. – Il padre di Giulia aveva l'hobby della fotografia e quindi a Levada è sembrato logico che a casa della figlia ci fosse un aggeggio del genere. Il fatto che, come vedi, sia rotto era compatibile con il contesto della scena del delitto in cui c'erano tracce di una breve colluttazione.

– Così l'ha catalogato e non ci ha pensato più. Avrebbe dovuto?

– Né Giulia né sua madre possedevano macchine fotografiche.

– È importante?

Krupp mostrò le istantanee degli oggetti rinvenuti in via Visitazione 72. – Questa macchina fotografica appartiene a Lucio. Ci sono solo le sue impronte. Nell'album del padre ci sono le foto di una vacanza a Parigi che i Sartori hanno fatto un anno prima della morte di Giulia. Tutte scattate da questo apparecchio.

Manfredi trasecolò. – Lo zoom trovato sulla scena del delitto è compatibile?

– Come molti altri modelli simili, però... – Krupp spalancò una mappa cittadina. – Il padre di Giulia comprava pellicole e attrezzature in questo esercizio in via Milano. Ci andava anche dopo il divorzio perché così aveva una scusa per vedere la figlia e, infatti, spesso Giulia lo accompagnava. Come vedi è comodo da raggiungere sia partendo da via Visitazione 30 che dal civico 72, casa Sartori, dove abbiamo trovato degli scontrini che confermano il collegamento. Sono recenti, ma ci dicono che...

– Pensi che Lucio abbia incontrato Giulia nella rivendita di via Milano?

– Spiega perché la vittima ha aperto la porta al suo assassino. In quel negozio Giulia si sentiva al sicuro. Ci andava col padre, cosa sarebbe mai potuto succederle? E sai come funziona quando due persone hanno lo stesso hobby, no? Il padre di Giulia e Lucio magari scambiavano due parole quando si incontravano. Perciò, per Giulia, quel ragazzone grande e grosso era un conoscente del padre, non un tizio di cui diffidare. Sapeva chi era e probabilmente ci aveva anche parlato. Buongiorno e buonasera, niente di che, ma Lucio potrebbe aver scambiato della semplice buona educazione per qualcosa di più. A questo punto è facile ipotizzare che abbia iniziato a seguirla e che abbia capito che dalle quindici fino alle quindici e trenta Giulia era sempre in casa da sola, indifesa.

Manfredi impallidì.

– Ha usato l'obiettivo come pretesto per farsi aprire.

Ventisei coltellate.

La mente di Krupp gli mostrò Lucio Sartori afferrare Giulia per la spalla, ma il commissario scosse la testa. Con forza. Non ce la faceva. Non voleva vedere di nuovo quella scena, l'aveva fatto fin troppe volte mentre studiava gli incartamenti. Era: troppo.

La immaginò adulta, invece, come se Sartori non fosse stato altro che un brutto sogno, seduta in riva a un ruscello mentre cantava la stessa melodia con cui sua madre lo cullava quando era malato.

– Luther?

Krupp sbatté le palpebre.

Giulia gli sorrise, si trasformò in una farfalla e volò via.

Libera.

In pace.

Per sempre.

Krupp si schiarì la gola. – Alle tre e venti la vittima ricevette una telefonata da una compagna di scuola, Elena Tutzer. Riferì che Giulia le era sembrata un po' nervosa. Sbrigativa, disse. Pensò che la madre l'avesse sgridata per la bolletta o qualcosa del genere. Secondo i tabulati della Sip la chiamata è durata poco più di due minuti. Però adesso sappiamo che Giulia non era nervosa per la bolletta, ma perché non era in casa da sola. E quando si è resa conto che mancava poco al ritorno della madre, ha cercato di far andare via Sartori.

– Così lui si è sentito rifiutato e ha dovuto riprendere il controllo della situazione. *Se l'è cercata.* Lo dirà anche per Giulia?

Krupp non rispose.

Manfredi sorrise. – L'hai inchiodato. Perché hai aspettato a dirmelo?

– Non l'ho inchiodato. Non ci sono impronte sullo zoom. Gli scontrini? Sono recenti. Ma anche se fossero dell'85, pensi che un giudice li accetterebbe? Non abbiamo nessuna prova fisica che dimostri che Lucio sia mai entrato in quell'appartamento. In tribunale le mie saranno bollate come speculazioni, perciò…

L'entusiasmo del pm svanì. – …bisogna farlo confessare.

Krupp aprì un secondo faldone.

– Aida Valle. 20 luglio 1984. Insegnante fiorentina, incensurata. Era a Brunico in vacanza, sola. Il marito era rimasto in Toscana. Venti coltellate. L'hanno trovata su un sentiero non distante dall'albergo in cui alloggiava. Ho parlato con il maresciallo Bruno, è stato lui a seguire l'indagine sul campo. Non ho avuto tempo di approfondire, ma dovrei risentirlo in questi giorni. È in pensione da un po', ma ricorda tutto perfettamente.

– La dinamica?

Krupp mostrò le foto del cadavere. – Aida Valle esce dall'albergo alle diciotto. Un'ora dopo un'infermiera chiama il 118. Parla di una donna, morente a causa di un'emorragia, che le ha riferito di essere stata accoltellata da un uomo. Di più la poveretta non è riuscita a raccontare. La vittima era buttata in mezzo ai cespugli, ai margini del bosco, a poca distanza dal sentiero.

– L'assassino avrebbe potuto appostarsi. Quindi, forse, ne conosceva il tragitto.

– È il motivo per cui è un caso sospetto. Stessa modalità usata da Sartori con Giulia: pedinamento e coltellate multiple. Secondo i testimoni Aida Valle faceva quel percorso ogni giorno sempre alla stessa ora.

– L'infermiera ha visto qualcuno aggirarsi nelle vicinanze o...

– Non è stata lei la prima a trovarla. Verso le diciotto e trenta, cioè, secondo il patologo, pochi minuti dopo l'aggressione, due suore videro una donna coperta di sangue, fra i cespugli. Era ancora viva, chiedeva aiuto e loro sono scappate.

Manfredi sussultò. – Stai scherzando?

– Al maresciallo dissero che temevano fosse un'ubriaca o una tossica che voleva rapinarle. Bruno ci ha messo parecchio a cavar loro la verità, erano piuttosto reticenti. Vuoi sapere cosa c'è di peggio? Che mentre tornavano al convento, dopo aver visto la vittima agonizzante, hanno incrociato l'infermiera che procedeva in direzione contraria. E non le hanno detto nulla.

– Cazzo...

– Le indagini furono un casino. La stampa, e parlo sia delle testate locali che di quelle nazionali, ci si buttò a capofitto perché nel 1984 si era nel pieno della psicosi Mostro di Firenze. Aida Valle era di Firenze e i giornali ci ricamarono sopra. Falsi avvistamenti, maniaci in cerca di gloria e tutto il resto. Bruno mi ha fatto avere un ritaglio della "Voce delle Alpi" a firma Jo Serafini. Il titolo era: "Il Mostro di Firenze in vacanza in Pusteria".

Manfredi sospirò. – Le piste?

– Il marito, anche se si trovava in Toscana e la vittima aveva detto di essere stata aggredita da *un uomo*, termine generico, quindi uno sconosciuto. Bruno e la procura chiesero di sentirlo, ma gli investigatori della task force del

Mostro di Firenze lo blindarono per capire se fosse lui il serial killer che stavano cercando. Si pensò a un killer a pagamento, ma il marito non aveva sufficiente disponibilità economica. Ci furono anche voci riguardo al fatto che Aida Valle si prostituisse.

– Era vero?

– No, – fu la risposta, secca, di Krupp. – Comunque, alla fine, prevalse la pista della rapina andata male. E quindi calò il sipario.

Manfredi cambiò pagina del taccuino, rabbioso. – Ultimo caso?

Altro faldone.

Grondava sangue non meno dei precedenti.

– Mirella Gatti, quarantadue anni, diciannove coltellate. Uccisa a Bolzano il 26 giugno 1985.

– Cinque mesi dopo Giulia Nicoletti e undici dopo l'omicidio di Aida Valle. Una serie in rapida successione, come per Lorena, Marlene e Patrizia, – notò il pm. – Il titolare delle indagini?

– Levada.

– Che c'è fra di voi? Quando siete nella stessa stanza è come là fuori. Tuoni e saette.

– Abbiamo approcci diversi al nostro mestiere.

– Ma per fortuna, – fece Manfredi con un sorrisetto, – la *mano de Dios* andrà in pensione a breve.

Krupp non abboccò. Fece scivolare verso il pm la foto della vittima. Mirella Gatti era una bella donna, labbra carnose, occhi profondi. Il suo sguardo era un misto di sfrontatezza e seduzione. La prima volta che Krupp l'aveva vista aveva pensato a Vivian.

– Mirella Gatti non era una prostituta di strada. Possedeva due appartamenti. Quello in cui viveva, in viale Europa, e un altro, più piccolo, dove riceveva i clienti, in via Brennero, zona Dodiciville. Era un'ex insegnante di matematica e si faceva di eroina.

– Non sembra.

– Probabilmente, all'epoca dei fatti, era ancora in grado di tenere a bada la scimmia. Levada interrogò un bel po' di gente, ma a parte un paio di pettegolezzi, nessuno sapeva che facesse la vita o che si bucasse. Tutti l'hanno descritta come una donna molto intelligente.

– Lo era?

– Di sicuro sapeva come amministrare le proprie entrate e come lavorare in sicurezza.

Krupp mostrò una foto della scena del crimine. Il corpo, nudo, di Mirella Gatti era riverso su un letto matrimoniale, a pancia in giù.

Indicò al pm un particolare, sul comodino, a poca distanza dalla mano sinistra del cadavere. – Aveva collegato questo interruttore al sistema di allarme antincendio del palazzo. Le sarebbe bastato premerlo per mettere in fuga un eventuale assalitore.

– Ma il 26 giugno dell'85 non l'ha fatto.

– No. Diciannove coltellate. Sulla scena trovarono un'impronta insanguinata, su una parete. Ho chiesto alla Scientifica di compararla con quelle di Sartori. Mi hanno detto che è parziale e che è impossibile riuscire ad avere un riscontro. Cioè la stessa cosa che sette anni fa dissero a Levada.

Manfredi si agitò sulla poltroncina. – Magari non è stato lui. Sartori aveva diciotto anni, forse in quel periodo...

– Ho controllato. Era a Bolzano. È partito per la leva obbligatoria nel luglio di quell'anno. Levada seguì due piste. Quella della droga si arenò quasi subito. Arrestò i due spacciatori che rifornivano Mirella, ma per l'omicidio ne uscirono puliti. Li ho cercati. Sono morti tutti e due. L'altra pista, passionale, portava a un ex fidanzato di origine siciliana, anche lui insegnante.

– Perché lui?

– Mirella non aveva schiacciato il tasto antipanico e nei pressi del letto fu trovato un preservativo spiegato ma non utilizzato. Inoltre la morte era avvenuta fra le venti e le venti e trenta di un mercoledì e Mirella non riceveva mai il mercoledì. Perciò...

– Levada pensò a un ex amante che le chiede un incontro. Lei gli apre, perché si fida, accetta il rapporto, forse per romanticismo o forse per lavoro, ma le cose non vanno come lui si era aspettato e perde la testa. Che fine ha fatto l'ex fidanzato?

– Era pulito e una volta concluse le indagini sparì dall'Alto Adige. Non credo che rintracciarlo possa aiutarci in qualche modo.

– Perché sei convinto che sia stato Lucio. Qual è la tua ipotesi?

– Non un ex amante, come aveva pensato Levada, ma un cliente di cui Mirella si fidava. Uno che non riesce a concludere il rapporto, che si fa prendere dalla vergogna, che si libera del preservativo e poi...

– *Se l'è cercata.*

– No, – fece Krupp. – Poi si riveste ed esce dall'appartamento. Magari resta sul pianerottolo, oppure scende in strada con l'intenzione di tornare a casa, ma non lo fa o non ci riesce. Perché deve sfogare la rabbia, riprendere il controllo uccidendo chi gli ha fatto provare quella vergogna. Così torna da lei, magari le offre del denaro per un secondo tentativo, e Mirella cos'ha da perdere? Lo fa entrare, si spoglia di nuovo, ma lui, questa volta, ha altro in mente.

Manfredi si grattò la tempia. – Se non fosse che so con chi sto parlando direi che stai viaggiando un po' troppo con la fantasia. Perché pensi che sia stato Sartori? E perché questa ricostruzione? Non è un po' troppo macchinosa? Lui esce, torna indietro, lei...

– Mirella Gatti, come molte sue colleghe, teneva un diario su cui segnava i nomi dei clienti. Levada cercò di contattarli, ma le persone usano sempre degli pseudonimi quando vanno dalle prostitute, perciò i suoi tentativi fallirono. Ora, hai presente il biglietto lasciato da Sartori sulla tomba di Lorena Haller? *"L. L."*?

– Ci ha detto che stava per firmare col suo vero nome. Forza dell'abitudine.

Krupp mostrò a Manfredi una pagina dell'agenda di Mirella Gatti. – 26 giugno, il giorno dell'omicidio. Guarda l'ultima nota.

"Lucio andato via."

1° settembre 1992, martedì

Un minuto alla mezzanotte, Vivian gli allungò il bicchiere e Krupp lo portò alle labbra. La vodka aveva lo stesso sapore aspro della donna sbagliata.

– Non ti ho mai visto bere alcolici.

– È stata una giornata dura. Conoscevi Mirella Gatti?

Vivian si fece guardinga. – Stiamo lavorando?

– Vale per tutti e due, no?

– Non essere sgradevole. Lo so cosa stai facendo.

Krupp la invidiò, lui non ne aveva idea.

– La conoscevi?

Vivian gli si accoccolò sul fianco. La stanza profumava di lei, di Gauloises, incenso e bugie a buon mercato. Di fronte al suo silenzio, capitolò.

– L'ho incontrata di persona forse tre volte. Pensi che sia stato Sartori a ucciderla?

– Tutti dicevano che fosse una donna molto intelligente. Si bucava, ma teneva a bada l'eroina. Però non riesco a inquadrarla.

– Non so molto. Aveva iniziato a farsi mentre insegnava, piuttosto tardi rispetto alla maggior parte delle ragazze. E se vuoi la mia opinione non credo sia stato per l'eroina che avesse iniziato a prostituirsi.

– No?

– C'era qualcosa in lei di ammaliante. Ti sarebbe piaciuta. Sapeva essere una brava conversatrice, colta. Ma mi ha anche dato l'idea di essere avida.

– Di denaro?

– Di che altro? È brutto parlare male dei morti, ma il denaro non le bastava mai.

– Prostituirsi non è un modo semplice per fare i soldi.

– Ma è rapido, signor commissario.

Krupp appoggiò il bicchiere sul comodino e si sottrasse alle carezze della donna. – Devo tornare al lavoro.

– A quest'ora?

Krupp cominciò a rivestirsi.

– E mi lasci così? – protestò lei.

– Vivian...

La prostituta sorrise. Voleva solo punzecchiarlo, non trattenerlo.

– Ho letto che avete un sacco di testimoni.

– Davvero?

– Lo dice la "Voce delle Alpi".

– Alex Milla o Jo Serafini? – chiese Krupp.

– Non ricordo mai i nomi dei giornalisti, chi è che lo fa?

– Se lo sapessero ci resterebbero male. I giornalisti hanno bisogno di sentirsi importanti.

– Quello più giovane. Lo smilzo con la Nikon. Va in giro a intervistare le ragazze. Heidi, – ridacchiò Vivian, – si è presa una mezza cotta. Dice che se lo farebbe anche gratis.

Krupp infilò la camicia nei pantaloni. – Quegli articoli sono spazzatura. Secondo loro siamo sommersi da prostitute che dicono di aver visto Sartori, di averlo conosciuto, di averci parlato.

– Non è così?

Krupp le lanciò un'occhiata di sbieco. – Lo sai.

Vivian si alzò dal letto e gli aggiustò il nodo della cravatta. – Non hai pensato che forse le ragazze ancora non si fidano di voi?

– Perché dovrebbero? – scattò Krupp. – In fondo abbiamo solo catturato il tizio che si divertiva a farle a pezzi.

– Ci sono i mostri che usano un coltello e i mostri che lo fanno più lentamente, con una siringa. Sono i peggiori. E sai perché? Perché sono invisibili, ce li hai nella testa e non dormono mai.

Krupp pensò: *Quante ne ha uccise il tuo uomo? Due? Quante pensi che ne ucciderà prima di fare un passo falso? Una? Cinque? Dieci?*

Quante ne ammazza l'eroina?

Vivian gli passò le dita sul colletto della camicia. – È vero che l'avete trasferito?

– Carcere di Padova.

– Fai avanti e indietro per interrogarlo?

– Vivian...

– L'hai detto tu che stiamo lavorando.

Krupp le sfiorò il viso con un bacio, avvertendo il desiderio di avvilupparlo come una fiamma e, allo stesso tempo, sentendosi in colpa. – Non farà più male a nessuno.

– Con l'infermità mentale...

Krupp sorrise e da come Vivian si ritrasse capì che non doveva essere stato un bello spettacolo.

Pensò: è quello che succede a fare surf sul Kali Yuga.

– Non ci sarà nessuna infermità mentale. Sarà un ergastolo. Deve solo arrivare vivo al processo.

– Il tumore è tornato?

– Ha tentato il suicidio, – rispose Krupp, secco. – Oggi.

Ed era: colpa sua.

Non era riuscito a far cambiare idea a Manfredi. Dal 6 agosto Lucio Sartori non aveva ancora incontrato i genitori. Il tentativo di suicidio era la diretta conseguenza della decisione del pm. Ed era anche il motivo per cui Krupp aveva accettato la vodka che Vivian gli aveva offerto. Più tutto il resto.

Vivian lo baciò, con passione.

– Stai attento.

– Perché?

Vivian recitò: – *Om Kali mahakali kalike parameshwari sarva ananda kare devi narayani namostute.*

– Cosa significa?

– Che non si scherza con la dea, commissario.

10 settembre 1992, giovedì

Lo psichiatra si era dimostrato restio a farla tornare in servizio, così Arianna aveva cercato l'intervento di Krupp, che aveva scritto una lettera ufficiale: la sovrintendente capo Lici sarebbe stata reintegrata unicamente come supporto alle indagini. Orario ridotto, permessi per le sessioni terapeutiche e ritiro dal servizio qualora il dottor Boscolo l'avesse richiesto.

Lo psichiatra aveva ceduto, ma a patto che Arianna continuasse con lo Zoloft. Lei aveva accettato: ne aveva bisogno tanto quanto di rimettersi la divisa. Inoltre: niente era per sempre.

Non valeva solo per lei.

Krupp era cambiato e il numero 1 di largo Palatucci stava cambiando pelle insieme a lui. L'invisibile gerarchia fra i mastini, ad esempio, era saltata. Lopez non si faceva vedere e il viceispettore Lombardi aveva preso il suo posto come punto di riferimento alla Mobile. Gallo era passato dall'Antirapine all'Anticrimine. Bellini era sparito dai radar, come Calvi.

Levada stava chiuso in ufficio: entrava alle nove del mattino e alle sedici e trenta era già a casa. Non parlava con nessuno.

Sergio, il suo Sergio, le aveva scritto una lettera. Arianna aveva passato la notte a tenerla fra le mani. Alle prime luci dell'alba l'aveva bruciata nel lavandino della cucina, senza averla aperta. Quando lo scarico si era portato via la cenere e gli ultimi frammenti anneriti, Arianna aveva pensato: mai, mai, mai più.

Mai più: debole.

Mai più: disorientata.

Mai più: ferita.

Mai più: armadi.

Poi, come sempre quando una nuova vita inizia, aveva pianto.

– È bello rivederti.

Era la prima volta dal reintegro che si trovava da sola con Krupp.

– Grazie, Luther.

Il commissario sembrò voler aggiungere qualcosa, ma non lo fece.

Arianna era appena tornata da Valles, val Pusteria, a un'ora e mezza di macchina da Bolzano. Una località famosa per le piste da sci e gli alberghi a un prezzo ragionevole per la media altoatesina. Aveva con sé delle ricevute e le mostrò al commissario.

– Lucio Sartori è stato ospite dell'Hotel Adler, dal 10 al 17 dicembre 1991. È una gestione famigliare, ho parlato con i proprietari. Entrambi lo ricordano. Un ragazzone con i baffi che stava sempre sulle sue.

– Lo ricordano per via dei giornali?

Gli occhi di Arianna si illuminarono. – Per via di Marlene. Li hanno visti insieme, in una pizzeria di fronte all'hotel. Non sono gli unici. Il figlio dei proprietari li ha incontrati in discoteca. Parlavano. Ha detto che sembravano andare d'accordo.

– Quindi Marlene conosceva Sartori, – fece Krupp, asciutto.

Arianna si era aspettata una reazione diversa. – Non sembri contento.

Krupp si massaggiò le tempie. – Hai fatto un ottimo lavoro, sono informazioni preziose, ma Manfredi mi sta addosso. Pensa di poterlo inchiodare con quello che abbiamo e lo vuole fare in diretta tv. Il processo sarà registrato e poi mandato in onda. Credo sia il primo in Italia.

– Quanto tempo ci rimane?
– Poco.
– Per quanto riguarda gli altri delitti?
Krupp la guardò negli occhi e sorrise. – Mi mancavi.
Di nuovo sembrò voler aggiungere qualcosa, ma di nuovo non lo fece.
Arianna pensò: è ancora lì, nell'armadio. Ci si è chiuso dentro.
Si chiese se mai ne sarebbe uscito.
Le vennero i brividi.
– Ho deciso di escludere Aida Valle, – annunciò Krupp. – Ne ho discusso con il maresciallo che seguì le indagini dell'84 e nemmeno lui è convinto. Lucio Sartori non era a Brunico in quel periodo, né con la famiglia né da solo. Aveva diciassette anni e non aveva ancora la patente. Anche il dottor Egger concorda.
– Le ferite non coincidono?
– È stato molto titubante. Un po' per via di Manfredi, ma anche perché, come ha detto, l'autopsia del 1984 è stata eseguita con modalità diverse rispetto a quelle moderne.
– Perciò Giulia è stata la prima?
– Penso di sì.
– E Mirella Gatti?
– Io... – Krupp si scompigliò i capelli. – Ho bisogno di più *tempo*. Manfredi non è Levada, è in gamba, aperto, ma ha fretta. Ha deciso che è il momento di fargli confessare la morte di Giulia.
Arianna si morsicò l'interno delle guance. – Pensi di riuscirci?
– Andrò a parlargli il 22.

22 settembre 1992, martedì

Dal nulla: il carcere di Bollate, un edificio moderno, squadrato e livido come una lapide. Filo spinato e secondini nervosi.

Oltre agli agenti della Penitenziaria, insieme al Killer delle Lucciole c'era l'avvocato Santin. Lucio era pallido, testa china, dimagrito.

Niente cintura, niente lacci.

– Mi hanno detto che sei stato male.

– Lucio non è stato male, – esclamò Santin, acido. – Lucio ha tentato il suicidio. È chiaro che le sue condizioni mentali ed emotive sono incompatibili con la carcerazione.

L'informativa del giorno precedente aveva parlato di un serio tentativo di suicidio, ma a Bollate il direttore del carcere aveva spiegato che Sartori si era limitato a svitare una lampadina e a graffiarsi i polsi. Manfredi si era fatto una risata, Krupp aveva pensato: anche per Lucio è questione di pubbliche relazioni.

– Sto facendo di tutto, – disse, – per farti incontrare i tuoi genitori.

– Mio padre è un pensionato. Non può permettersi di viaggiare fin qui. E se continuate a cambiarmi di carcere i miei genitori non hanno il tempo di organizzarsi. Lo so, – Sartori scoccò un'occhiata di sbieco al pm che, come sempre, se ne stava in disparte, – non sei tu che decidi queste cose, Luther. Non te ne faccio una colpa.

– Ho saputo che sei stato a colloquio con gli psichiatri.

– Sì.
– Ti consiglio di continuare a farlo.
– Non credo nella psichiatria.
Krupp sorrise. – Nemmeno io, ma il fatto che tu sia collaborativo al cento per cento può aiutarmi a dare una mano a te e ai tuoi genitori. A convincere chi di dovere a farteli incontrare.
Era sottinteso: Manfredi.
Sartori sembrò soddisfatto. – Non ci avevo pensato. Grazie per la dritta. Possiamo cominciare?
Incrociò le braccia sul petto.
Krupp mostrò l'album trovato nel comodino di suo padre.
Lo aprì.
– Hai scattato tu le foto della Tour Eiffel?
– Non sono bravo come vorrei.
– Com'era Parigi?
– A mia madre è piaciuta. Ha detto che era romantica. Io e mio padre invece abbiamo pensato fosse decisamente troppo cara. Come si può vivere in una città in cui il cibo costa così tanto?
Banalità, pensò Krupp. Non c'era altro che uscisse dalla bocca del Killer delle Lucciole. Chiacchiere. Lucio Sartori era la brutta copia di un essere umano che cercava di passare inosservato scimmiottando parole e azioni di chi gli stava intorno.
Una camera d'eco.
– Nell'album, – Krupp gli mostrò la fotocopia del vecchio articolo della "Voce delle Alpi", – abbiamo trovato anche questo. Hai idea del motivo per cui tuo padre abbia conservato questo articolo?
Sartori guardò il viso di Giulia Nicoletti.
Non un'emozione.
Non una risposta.
Una seconda immagine, scattata dalla Scientifica il 3 gennaio 1985. Il corpo di Giulia, riverso a terra. Trucidata. Non c'era un'altra parola per definire ciò che il Killer delle Lucciole aveva fatto a quella ragazzina pur di spegnerle il sorriso.

– Giulia non faceva mai entrare sconosciuti, ma ha aperto la porta al suo aggressore. Fra le tre e venti e le tre e trenta ha dato le spalle all'assassino, forse per scappare, e lui l'ha colpita con un serramanico. Doveva essere una persona fisicamente molto forte perché nei punti in cui Giulia è stata colpita il patologo ha trovato delle microfratture. Ventisei coltellate.

Sartori si lisciò i baffi.

Ancora silenzio.

Krupp pensò: perdonatemi per ciò che devo fare.

Disse: – Ritengo che Giulia abbia in qualche modo *provocato*...

Lorena gridò.

Marlene strepitò.

Patrizia strillò.

Giulia urlò.

– ...il suo assassino. Magari lui era invaghito, forse anche innamorato, e le ha confessato i propri sentimenti, ma Giulia era troppo giovane per capire quanto coraggio serva per parlare d'amore. Forse ha riso, magari per imbarazzo. Oppure l'ha addirittura aggredito verbalmente. L'ha preso in giro. Così l'assassino...

Krupp pensò: abbiate pietà di me.

Lorena gridò.

Marlene strepitò.

Patrizia strillò.

Giulia urlò: *ero sola a casa, dovevo fare i compiti, matematica, latino, il tema di italiano, fuori c'era la neve e avevo freddo, lui ha suonato il campanello, era alto e aveva i baffi e io avevo solo quindici anni, come potevo capire che non dovevo fidarmi di quello che per me era un uomo che andava d'accordo con mio padre quando lo vedevo al negozio? L'ho fatto entrare perché faceva freddo ed Elena mi ha chiesto dei compiti, ma non avevo tempo di risponderle, dovevo mandarlo via, ma lui non voleva andarsene e ha tirato fuori quel coltello e io ho cercato di scappare, ma lui mi ha preso, mi ha preso da dietro, mi ha colpita e ho sentito freddo e...*

– ...si è difeso.

Gli occhi di Sartori: vuoti.

Krupp mostrò l'immagine dell'obiettivo rotto. – Fu trovato sulla scena del crimine ed è compatibile con la macchina con cui hai scattato le foto di Parigi, nel 1984. Il padre di Giulia frequentava un negozio di articoli fotografici in via Milano. So che ci vai anche tu, ci sono degli scontrini che ce lo confermano. Giulia viveva con la madre perché i suoi erano divorziati, ma la madre di Giulia non ha mai avuto l'hobby della fotografia e...

– ...e nemmeno Giulia.

Krupp strinse il bordo del tavolo che lo separava dal killer.

– È andata così, Lucio?

– Lei...

Le nocche di Krupp si fecero bianche.

Sartori si tormentò i baffi.

– ...se l'è cercata. Mi ha insultato. Mi ha provocato. Avevo un coltello con me. L'ho colpita. Ma non ricordo quante volte. Tu dici ventisei?

– L'ha scritto il patologo.

– Allora al cento per cento non racconta balle.

– Sei stato tu, Lucio?

– All'ottanta per cento.

– Un black out?

Sartori annuì.

Krupp pensò: fai surf sul Kali Yuga.

Incrociò le braccia sul petto, meditabondo.

Guardò il soffitto.

– Lucio, – disse, fingendosi rammaricato, alla fine di quella lunga pausa, – questa non è una vera ammissione di colpevolezza.

Alle sue spalle, Manfredi emise un verso di sorpresa.

Sartori studiò il viso del commissario, perplesso. – Che intendi?

– Perdonami, ma è il mio mestiere, devo essere...

– Devi essere preciso.

– Vedi... – fece il commissario. – Non penso che tu mi stia mentendo. Il punto è che chiunque potrebbe raccontarmi quello che mi hai appena detto. È roba che si può leggere sui vecchi giornali e purtroppo ci sono delle persone che vogliono mettersi in mostra. Mitomani che amano attribuirsi delitti che non hanno commesso.

Sartori si accigliò. – Non sono una di quelle persone.

– Lo so, ma in tribunale quello che penso io non conterà nulla. Io ti credo e credo anche che tu sia dispiaciuto per quello che è successo a Giulia.

Krupp pensò: dammi un appiglio, fammi credere che sei un essere umano.

Mostra rimorso.

Almeno per Giulia.

Per favore.

Era solo una bambina.

Negli occhi di Sartori: nulla.

– Ti servono dei dettagli?

– Qualcosa che nessuno oltre all'assassino può sapere.

– E Giulia, – lo corresse il Killer delle Lucciole. – L'assassino e Giulia.

Krupp si attaccò al pulsante del citofono finché Levada non rispose. Erano le ventitré e ventidue minuti. Krupp aveva il fiato corto.

Levada era solo. La visita l'aveva colto mentre era assopito: voce impastata e movimenti lenti. Con un cenno lo fece entrare e lo condusse nel salottino. La tv trasmetteva un programma sportivo a volume azzerato. Levada la spense, si versò una dose abbondante di amaro e gli chiese se voleva fargli compagnia.

Krupp rifiutò.

– Oggi ho avuto un colloquio con Lucio Sartori, al carcere di Bollate.

– Giulia?

– L'ha confessato.

Levada guardò il bicchiere.

Lo svuotò in un colpo solo.

– Ha fornito dettagli precisi, – continuò Krupp. – L'arma del delitto. Un coltello a serramanico. Ricorda?

Krupp aprì la cartellina del caso Nicoletti. Andò a colpo sicuro. Una fotografia: l'entrata del civico 30 di via Visitazione. Ai bordi del marciapiede la neve annerita dallo smog, il portone del condominio, spalancato. In un angolo, Levada intento a parlare con Lopez, entrambi più giovani di sette anni.

– Vede alla sua sinistra? Il bidone?

Levada guardò.

Krupp fu: implacabile.

– Sartori ha gettato il coltello nel bidone dell'immondizia davanti alla palazzina. *Quel* bidone, commissario capo. L'arma era sporca di sangue e Lucio non indossava guanti quando ha ucciso Giulia.

Levada scartò all'indietro.

Krupp: non si fermò.

– Nessuno ha controllato quel maledetto bidone del cazzo. Nessuno.

Levada iniziò a tremare.

Krupp: martellò.

Furioso.

– Dopo Giulia, Lucio Sartori ha ucciso Mirella, dopo Mirella ha ucciso Lorena e dopo Lorena ha ucciso Marlene e poi Patrizia.

Krupp ansimava come un cane feroce.

La *mano de Dios* era: sconfitta e dolore.

– Domani, – disse, – farò domanda di prepensionamento e mi metterò in aspettativa. Perciò, questo è un addio. Le auguro un buon lavoro, commissario Krupp. Adesso, la prego, mi lasci solo.

23 settembre 1992, mercoledì

G.S.: Il ritaglio di giornale è mio, non di mio figlio.
L.K.: Lucio ha ammesso di averla uccisa.
G.S.: Lucio si sbaglia. Sta male. Ha tentato il suicidio. È provato.
L.K.: Ha fornito informazioni che solo l'assassino poteva conoscere.
G.S.: Allora cosa vuole da me?
L.K.: Perché ha tenuto quell'articolo?
G.S.: Lo trovavo interessante.
L.K.: La morte di una quindicenne?
G.S.: Forse mi interessava l'articolo stampato sul retro.
L.K.: È parziale e lei è una persona molto precisa.
G.S.: Glielo ripeto, commissario. Cosa vuole da me?
L.K.: Quando Giulia è stata uccisa, ha notato comportamenti strani da parte di Lucio?
G.S.: Mio figlio non ha mai avuto comportamenti strani.
L.K.: Ha mai pensato che fosse stato lui a ucciderla?
G.S.: Mai.
L.K.: Ne è certo?
G.S.: Al cento per cento.

23 settembre 1992, mercoledì

L.K.: *Era a conoscenza del fatto che suo marito avesse conservato questo ritaglio di giornale nel vostro album delle fotografie?*
A.S.: *No.*
L.K.: *Non le sembra strano che l'abbia tenuto?*
A.S.: *Sono cose di mio marito. Come la macchina o la soffitta. Ognuno ha i suoi spazi e io non mi impiccio.*
L.K.: *Lucio ha confessato di aver ucciso Giulia Nicoletti. La ragazza di cui si parla in questo articolo.*
A.S.: *…*
L.K.: *Aveva quindici anni.*
A.S.: *…*
L.K.: *Ricorda se Lucio ha mai parlato in casa di questo omicidio?*
A.S.: *…*
L.K.: *Può essere che ne abbiate discusso? Magari mentre guardavate il telegiornale?*
A.S.: *Lucio è stato molto colpito da quell'avvenimento. I telegiornali lo facevano stare male.*
L.K.: *E voi cosa avete fatto?*
A.S.: *Cambiavamo canale.*

13 ottobre 1992, martedì

M.N.: Mi chiamo Marika Novena, sono nata il 7 aprile 1960, a Bolzano.
L.K.: Come mai ha insistito per parlarmi di persona?
M.N.: Lei è quello che l'ha preso.
L.K.: Di chi stiamo parlando?
M.N.: Sartori. Il Killer delle Lucciole.
L.K.: Ha delle informazioni?
M.N.: Quelle che ho detto al giornale.
L.K.: Lei conosceva Sartori?
M.N.: Mi pagava per portarsi via le mie mutandine.
L.K.: È una richiesta strana o ci sono altri clienti che hanno questo tipo di feticismo?
M.N.: Non è la richiesta. È il modo. Faceva paura.
L.K.: L'ha minacciata?
M.N.: No.
L.K.: Aggredita?
M.N.: No, mai. Era una sensazione.
L.K.: Purtroppo le sensazioni non hanno alcun valore in tribunale.
M.N.: Sono quindici anni che faccio questo mestiere. Sono stata rapinata, picchiata, violentata. Mi creda, ho avuto a che fare con uomini di

tutti i tipi, ma come Sartori non ne ho mai visti.

L.K.: È certa che si trattasse di lui?

M.N.: È venuto più di una volta. Certo che è lui. Inoltre ricordo perfettamente la sua auto e la targa.

L.K.: Dove esercita, abitualmente?

M.N.: Piazza Verdi.

L.K.: Sono passati più di due mesi dall'arresto, perché si è presentata solo oggi?

M.N.: Una questione di coscienza.

L.K.: Ma prima ha pensato bene di riferire ai giornali.

M.N.: Sta mettendo in dubbio la mia buona fede?

L.K.: Sto cercando di capire.

M.N.: Non volevo espormi. Poi quel giornalista...

L.K.: Alex Milla?

M.N.: Ha detto che la mia era una delle poche testimonianze credibili con cui ha avuto a che fare. Ha detto che era importante che mi rivolgessi alle forze dell'ordine. Mi ha convinta.

L.K.: Gli manderò una scatola di cioccolatini, allora.

19 ottobre 1992, lunedì

Manfredi aveva un nuovo ufficio. La finestra dava sul Rosengarten. Con l'autunno che riempiva le montagne di colori persino Krupp si prese un momento per ammirarne la bellezza.

C'era qualcosa che sfuggiva in quelle guglie.

Forse l'eternità.

Mi chiamo Mauro Giannini, nato il 17 luglio 1970. Sono attualmente in cura per la mia tossicodipendenza, in attesa di scontare una pena per detenzione e spaccio di sostanze stupefacenti. Nello specifico alle prostitute e ai tossicodipendenti di piazza Verdi, a Bolzano.

Il giorno 21 marzo 1992 dichiaro di aver visto Sartori Lucio in compagnia della signorina Wieser Marlene, in piazza Verdi, alle ore cinque e trenta del mattino. I due stavano parlando accanto alla Citroën su cui poi la signorina Wieser Marlene e il signor Sartori Lucio sono saliti.

L'auto è partita circa cinque minuti dopo in direzione nord, verso via Renon e quindi verso la statale 12. Ho riconosciuto la ragazza perché l'avevo prece-

dentemente notata durante le mie attività illecite. Non le ho mai parlato e non mi ha mai chiesto una cessione di sostanze stupefacenti, ma la trovavo graziosa e sono rimasto molto colpito dal suo omicidio. Sartori Lucio l'ho riconosciuto successivamente per via delle fotografie sui giornali. Mi sono rivolto alle forze dell'ordine solo adesso perché preso da grande sconforto interiore e desiderio di riabilitazione di fronte alla legge e alla società.

Il pm appoggiò la dichiarazione sulla scrivania, sorridendo. – L'hai interrogato tu?

– Lombardi. Io ho troppa carne al fuoco, Greco è a un corso di aggiornamento e Arianna l'ho messa a lavorare sull'omicidio Gatti.

– Novità su quel fronte?

– Secondo Egger la mano è la stessa. E, se è stato Sartori, sono certo che Arianna troverà qualcosa per inchiodarlo.

– Quanto in fretta?

Krupp si aggiustò gli occhiali. – C'è bisogno di...

Manfredi scacciò una mosca invisibile. – Hai ragione. A Mirella Gatti penseremo poi. Al momento, invece, a mio parere, abbiamo abbastanza elementi per fargli confessare il delitto Wieser.

– *Jakob...*

– Questo Giannini l'ha visto con la vittima poco prima dell'omicidio e i tizi dell'albergo li hanno visti insieme, a dicembre. Il collegamento è evidente ed è compatibile con la ricostruzione: Marlene ha accettato un passaggio da Sartori perché lo conosceva.

– Sartori guidava una Seat Ibiza, non una Citroën.

– Non tutti riescono a distinguere marca e modello delle auto. E poi c'è Egger. Il cordino è compatibile con i segni sul collo di Marlene e le ferite sul suo corpo indicano lo stesso *modus operandi* riscontrato sulle vittime già accertate: odio feticistico nei confronti delle donne. Corrisponde anche con la testimonianza della prostituta, la Novena. Sartori è un feticista ed ecco perché ha portato via la carta d'identità della Zanni.

– Sono arrivati gli esami sulle tracce ematiche del cordino?

– Niente di ufficiale, al laboratorio ci stanno mettendo un secolo, ma Egger è sicuro che sia sangue. E sappiamo tutti e due a chi appartiene: Marlene Wieser. Che aspettiamo a interrogarlo?

– Quando avremo il referto andremo all'attacco.

– Stai cadendo nella sua trappola, Luther. Parole tue: Sartori confessa solo quello che noi già sappiamo. Di suo, aggiunge qualche dettaglio del tutto ininfluente. Sai cosa penso? Lucio non sta confessando, quello stronzo si sta vantando.

Krupp si stropicciò le palpebre.

– Che dicono gli psichiatri?

Manfredi si fece una risata. – Ho due perizie. Una giura che Lucio Sartori sia capace di intendere e di volere, l'altra afferma l'opposto. Entrambe, però, concordano sul fatto che Sartori è e resterà per sempre un pericolo. Sai che l'Fbi mi ha contattato per avere informazioni sul nostro caso? Per il loro database, a Quantico. Ti parlo da amico, è tempo di lasciare andare il caso.

– Che significa "lasciarlo andare"? – sbottò Krupp, irritato.

Manfredi addolcì il tono della voce.

– Gli hai dato la caccia per otto mesi e avevi tutti contro, da Levada ai mastini. Per non parlare dei giornali. Ma hai retto alla pressione e l'hai preso. Però, adesso, tu vuoi l'impossibile.

– Voglio solo essere certo che confessi.

Il pm scosse la testa. – Tu vuoi *capire* perché Sartori ha ucciso tutte quelle donne.

– Tu no?

Un sorriso.

– No, Luther. Io so che non ci riuscirò mai. Perché io, proprio come te, non sono un sociopatico.

5 novembre 1992, giovedì

Carcere di Bolzano. L'odore che saliva dalle cucine dava il voltastomaco. Avevano restituito i lacci delle scarpe al Killer delle Lucciole. Secondo gli psichiatri il soggetto non era più a rischio suicidio.

– Li hai trovati bene?

– Mamma è invecchiata, hanno problemi finanziari. I processi costano molto.

– Ti vedo meglio, però.

– Papà ha tutto sotto controllo. Se non ci fosse lui, mamma non reggerebbe. Si può fare qualcosa per i giornalisti? – chiese Lucio, speranzoso. – Inseguono mamma anche al supermercato. Non può nemmeno fare la spesa in pace. Ha settant'anni.

– Posso provarci, ma non prometto nulla.

Sartori lanciò un'occhiata a Manfredi, seduto in disparte. – Quando faremo il processo?

– Dipende da lei, – fu il commento del pm.

Sartori tornò a rivolgersi al commissario. – Ho confessato. Cosa serve di più?

Krupp si strinse nelle spalle.

– È questione di dettagli.

– Possiamo parlarne in privato?

Intendeva: senza Manfredi fra le scatole.

– Mi spiace, ma è impossibile. Regolamenti.

– Tu e io ci capiamo. Altri in questa stanza no.

– Riguardo a cosa ci capiamo, Lucio?

Il Killer delle Lucciole indicò prima sé stesso e poi il commissario. – Che ci vuole fiducia.

– Sono d'accordo. Infatti sono qui per chiederti se hai altro da raccontarmi.

– No.

Krupp passò i polpastrelli sul fascicolo di Marlene. – Fra l'omicidio di Lorena Haller e quello di Patrizia Zanni hai avuto qualche black out?

Sartori sembrò divertito. – Mi stai chiedendo se ricordo di non ricordare?

Anche Krupp si sforzò di sorridere. – Te lo chiedo perché nella tua auto abbiamo trovato un cordino da arrampicata, diametro sei millimetri. Tu non fai sport. Sapresti dirmi perché ne hai uno?

Sartori volse lo sguardo alla finestra.

– Lo tengo nel bagagliaio. Non si sa mai. È utile per agganciare i pacchi. O gli sci, non sono uno sportivo, ma mi piace sciare.

– Bisogna sempre essere pronti a tutto.

Lucio alzò il pollice. – Cento per cento.

Krupp mostrò a Sartori la segnaletica di Marlene Wieser, diciannove anni, quattordici coltellate. Era la foto con la pettinatura dark e gli occhi strafottenti. L'aveva scelta apposta.

– L'hai mai vista?

– Non la conosco, mi spiace.

– Sicuro? Nemmeno sui giornali?

– Non li leggo quasi mai, – rispose Sartori. – Dicono solo bugie. Come i politici. È stata uccisa?

– C'è chi dice di averla vista insieme a te. A dicembre, a Valles. Hai fatto una vacanza lì.

– Non ricordo.

– Non ricordi la vacanza?

– Non ricordo di averla incontrata.

– Ti hanno visto insieme a lei in un ristorante e in una discoteca. Stavate parlando.

– In discoteca? Ti stai sbagliando, Luther. Non mi piacciono le discoteche.

– Non ti piace ballare o è per via della musica?
– Troppa confusione, – tagliò corto Sartori.
– Potrebbe essere che l'hai dimenticata? Un black out.
Sartori puntò l'indice sul tavolo, mento in fuori, occhi cupi. – Il black out riguarda i momenti in cui ho ucciso, non prima e non dopo. Sono stato più che preciso su questo punto.
Krupp mostrò al Killer delle Lucciole un primissimo piano del collo di Marlene. I segni di strangolamento sotto lo squarcio alla gola.
Studiò la sua reazione.
Non ci fu.
– Il cordino trovato nella tua auto è compatibile con questo segno di strangolamento sul corpo della vittima.
– Se ne possono comprare ovunque di identici.
– Ho anche un testimone che ti ha visto parlare con lei attorno alle cinque e mezza del 21 marzo. Poco prima dell'omicidio.
– A quell'ora dormo. Hai chiesto ai miei genitori?
– Come ti avrà già spiegato l'avvocato Santin la loro testimonianza non ha valore.
Mento proteso, occhi strizzati.
– Lo trovo ingiusto.
Una questione di principio.
– Sono i tuoi genitori, Lucio. Ti vogliono bene. Nessuno crederebbe alle loro parole.
– I miei genitori sono brave persone. Non mentirebbero mai alla polizia.
– L'avvocato Santin ha facoltà di convocarli in aula, ma non voglio mentirti. Tutti penseranno che ti stanno proteggendo. Sarebbe ovvio, no?
Sartori si lisciò i baffi, indeciso.
Annuì.
– Ha senso.
Krupp pensò: *adesso.*
– Inoltre, abbiamo un riscontro della Scientifica. Sul cordino ci sono tracce di sangue.
Lucio lo fissò a lungo.

Poi scosse la testa. – Impossibile.

– Il sangue è compatibile con quello di Marlene Wieser. – Krupp sollevò la foto che la ritraeva. – Sei sicuro di non averla mai vista?

Sartori giocherellò con un filo pendente del maglione che aveva indosso. – Stai bluffando. Tu non fai così, Luther. Non mi hai mostrato le prove. Lo fai sempre. Dov'è il referto della Scientifica? Quello che dice che il sangue del cordino e quello di questa ragazza sono compatibili? È lì dentro? Se ce l'hai fammelo vedere.

Krupp si irrigidì.

– Lucio...

Santin si fece avanti. – Forse non sono stato informato dalla procura, ma non ho ricevuto alcun incartamento riguardante le tracce ematiche del cordino. È una grave mancanza.

Sartori incrociò le braccia, scuro in volto e disse:

L.S.: Non sopporto chi si prende gioco di me.

L.K.: Lucio.

L.S.: Per lei, commissario Krupp, sono il signor Sartori.

16 novembre 1992, lunedì

L.S.: Non gliela stringo la mano. Se lo scordi. Lei ha cercato di fregarmi, commissario.

L.K.: Perché dovrei farlo?

L.S.: Non c'è sangue sul cordino.

L.K.: I laboratori non lo escludono. Dicono che potrebbe essere sangue, ma...

L.S.: Oppure dell'erba. L'avvocato mi ha mostrato i referti. Lei mi vuole incastrare.

L.K.: Non ne vedo il motivo.

L.S.: Perché siete degli incompetenti e io sono chiuso qua dentro. Volete appiopparmi tutti i delitti che non siete stati in grado di risolvere. Le ho detto di aver ucciso Lorena Haller, Patrizia Zanni e Giulia Nicoletti, perché non dovrei dirle che ho ucciso anche Marlene Wieser?

L.K.: Forse l'hai dimenticato.

L.S.: Lo escludo.

L.K.: Io invece sono certo che tu l'abbia uccisa. E sono certo che tu abbia ucciso anche un'altra pro-

stituta. Mirella Gatti. La conoscevi, Lucio?

L.S.: *Preferisco mantenere una certa distanza, commissario. Mi pare di averglielo già detto. Non mi fido di lei.*

L.K.: *D'accordo. Signor Sartori, conosceva Mirella Gatti?*

L.S.: *Mai vista.*

L.K.: *È stata assassinata nel 1985, pochi mesi dopo Giulia Nicoletti. Stesso modus operandi. Coltellate multiple impresse con grande forza. Lo stesso di Lorena, Patrizia e Marlene.*

L.S.: *Non sono stato io.*

L.K.: *Questa è l'agenda dove Mirella Gatti segnava i suoi appuntamenti. "Lucio andato via."*

L.S.: *Quando è stata uccisa?*

L.K.: *Giugno 1985.*

L.S.: *Facevo il militare. L'esercito è preciso, sapranno dirvi dove mi trovavo a ogni ora del giorno e della notte.*

L.K.: *La devo correggere. Lei è partito in luglio. Ho anche parlato con i suoi ex commilitoni. Dicono che lei raccontava, o forse dovrei dire si vantava, di avere una relazione con una donna più grande. Mirella Gatti aveva quarantadue anni.*

L.S.: *Non ricordo.*

L.K.: *Una relazione finita male. Burrascosa.*

L.S.: *Non ricordo quell'episodio in particolare.*

L.K.: Diceva che la relazione era finita per colpa dei genitori di lei.

L.S.: Forse l'ho detto, forse no.

L.K.: Mirella è stata accoltellata diciannove volte.

L.S.: Non sono stato io.

L.K.: Sulla scena del delitto fu trovata un'impronta, sul muro. Impressa nel sangue.

L.S.: Confrontatele con le mie, che aspettate?

L.K.: L'abbiamo fatto.

L.S.: Scommetto che ci è rimasto male.

L.K.: La Scientifica non dice che non sono le sue. Solo che è impossibile un confronto. Perché mi prendi in giro, Lucio?

L.S.: …

L.K.: Hai paura della verità?

L.S.: …

L.K.: Lucio?

L.S.: Non abbiamo più nulla da dirci, commissario.

5 dicembre 1992, sabato

Tre del pomeriggio. La neve, per il momento, era solo sulle cime delle montagne intorno a Bolzano o sui dépliant dei turisti.

Jakob gli aveva chiesto di raggiungerlo in una delle sale riservate dell'Hotel Laurin. Mobili rococò, poltroncine di velluto, lampadari pretenziosi, specchi e quadri incorniciati d'oro.

Il pm lo aspettava con una bottiglia di champagne in fresco e, non appena lo vide, versò il Dom Pérignon in due flûte di cristallo.

Uno lo tenne per sé e l'altro glielo tese.

– Ho fissato la data del processo, – annunciò, raggiante. – Non fare quella faccia, bevi. Sarà ergastolo.

– Quanto ne sei sicuro?

– Io ho avuto fiducia in te, adesso devi restituirmi il favore.

Krupp alzò il calice e lo svuotò.

– Cosa si prova? – chiese Manfredi, rabboccandoglielo.

– Stanchezza.

Il pm scoppiò a ridere. – Ho parlato con i piani alti. Ti ho proposto per un encomio.

– Ne servirebbero altri due.

Per poco Manfredi non si strozzò con lo champagne. – Hai saltato la parte in cui prima fai il ritroso e poi mi ringrazi in modo solenne.

– Te l'ho detto, sono stanco.

– Uno è per la sovrintendente capo Lici e l'altro?
– Viceispettore Greco.
– Non è il mastino che chiamano Ayrton Senna?
– Si è rivelato un ottimo elemento e ha dato il suo contributo alla risoluzione del caso.
Manfredi accavallò le gambe. – Come poliziotto sei un asso, ma come avvocato faresti pena. Sputa il rospo. E prima che provi a mentirmi di nuovo, sappi che ho notato quello che stai facendo in questura. Come la vogliamo chiamare? "Riorganizzazione del personale"? "Redistribuzione delle risorse"?
– "Spezzare la routine."
Jakob sorrise. – Fai il difficile? D'accordo, vediamo se ci arrivo da solo. Greco è in aspettativa per motivi di studio. Potrei pensare che tu lo stia indirizzando sul percorso giusto per fare carriera. E un encomio sarebbe una spinta mica da poco.
Krupp non commentò.
– Calvi, – proseguì il pm, – dopo una lunga vacanza, ha fatto domanda di trasferimento all'archivio della polizia di Stato, a Roma. È difficile non pensare al casino del Red. La stampa non ci è andata giù pesante con quella storia, ma solo perché è sempre bene mantenere buoni rapporti con le forze dell'ordine.
– Sono stupito della sua richiesta quanto te.
Manfredi continuò, divertito. – Lopez, invece, è misteriosamente *desaparecido*. C'è chi giura di non averlo più visto in strada da mesi. Ha scoperto una vocazione per le scartoffie?
– Forse è soltanto stufo. Non è più un ragazzino.
Manfredi si versò il terzo bicchiere e riempì quello del commissario. – Fammi compagnia, dobbiamo festeggiare. E torniamo a noi.
– Lici e Greco.
– Giusto, Arianna. Chi più di lei? Un encomio potrebbe portarla a diventare, con il dovuto tempo, capo della Buoncostume. Mentre il viceispettore Greco… – Manfredi si grattò la barba, lasciata incolta ad arte. – Lo vogliamo a capo della Mobile?

– Non sono Levada, non decido nulla.

Manfredi appoggiò lo champagne sul tavolino. – Voglio sapere cos'hai in mente. E basta cazzate, non siamo abbastanza sbronzi.

– Sartori ha ucciso cinque vittime in sette anni. Dall'ottantacinque a oggi, quante ne ha fatte l'eroina?

– Troppe.

– Hai guardato le statistiche della Narcotici?

– Ce l'hai ancora con loro?

– Non è una questione personale.

– Quello che hai in mente è ambizioso. E non semplice.

– Non è ambizione, – fece Krupp. – Bisogna afferrare l'occasione. Tu e io possiamo farlo. I tempi sono maturi, le cose stanno cambiando. Non me ne faccio niente di Greco alla Mobile. Mi serve alla Narcotici. È il momento di fare piazza pulita, Jakob.

– E Arianna?

– Presto il Parlamento toglierà il divieto per le agenti di assumere incarichi di polizia giudiziaria. Quando succederà io voglio che sia la prima donna a capo di un reparto della Mobile.

Gli occhi di Manfredi erano lame di rasoio.

– Io non mi occupo di droga, lo sai.

– Prima di gennaio non avevo mai avuto a che fare con un serial killer. E tu?

– Resta il fatto che la Narcotici ha impiegato anni a infiltrarsi, conoscere la mappa dello spaccio e tenere sotto controllo la situazione.

Krupp s'infervorò. – Ti sembra sotto controllo?

– È quello che dicono loro.

– Ma qual è lo scopo, Jakob? Bloccare qualche carico ogni tanto?

– Stiamo parlando di quintali di eroina.

– Una goccia nel mare.

– E nel frattempo, – fece Manfredi, – le persone muoiono. È questo il punto, giusto?

– Lorena, Marlene, Patrizia, Mirella... sarebbero morte anche se non avessero incontrato Sartori. Solo Giulia si sarebbe salvata. *Forse*. Perché vista la quantità di eroina che circola per le strade non possiamo esserne certi al cento per cento.

Krupp si morsicò le labbra: *cento per cento*.

Si chiese quanto tempo gli sarebbe servito per togliersi dalla testa la lingua di Sartori. Forse, come per la lingua dei morti e quella dei mastini, gli sarebbe rimasta dentro per sempre.

Pensò: Kali Yuga.

Disse: – C'è un altro killer là fuori. E se non lo fermiamo noi, non lo farà nessuno.

Andreas Krupp aveva comprato quel lotto quando alla madre di Luther e Karli era stato diagnosticato lo stesso tipo di tumore che, anni dopo, avrebbe ucciso anche lui. Due lapidi appaiate in un cimitero cinto da una staccionata scurita dalle intemperie, con una chiesetta dal tetto spiovente, in val d'Ultimo, dove i Krupp nascevano e morivano dall'alba dei tempi.

Karli aveva portato dei fiori. "Per mamma," aveva detto, quasi volesse giustificarsi.

Quando Krupp gli aveva telefonato per chiedergli di accompagnarlo, Karli non era riuscito a nascondere lo stupore. Adesso, in piedi e con le mani in tasca, sembrava assorto.

Forse stava pregando.

Luther e Karli erano stati educati ad apprezzare le sottigliezze della religione, ma non a crederci perché per Andreas Krupp la religione era solo un modo di amministrare il potere e Krupp si chiese se suo fratello avesse abbracciato una fede.

Non ne avevano mai parlato.

Non avevano mai parlato di molte cose.

– Mi ha portato al larice, – disse, spezzando il silenzio.

Karli sussultò.

– Quando gli hanno detto che il tumore l'avrebbe ammazzato, – spiegò Luther, lo sguardo sulla lapide del padre, – mi ha chiesto di accompagnarlo per una passeggiata. Sai come faceva, no?

Karli non rispose.

Stava trattenendo il fiato.

– Abbiamo camminato in silenzio. Non abbiamo mai avuto molto da dirci, e quel giorno mi chiedevo cosa avesse in mente. Rimarginare ferite che sanguinavano da anni? Sarebbe stato stupido. Pregarmi di tornare sulla mia decisione?

– Non era quel tipo di persona.

– No, non lo era. Mi portò al larice, quello del Diavolo...

Era una leggenda della valle. Uno dei tre larici millenari per cui la zona era famosa recava i segni dell'impatto di un fulmine, e il mito narrava che la saetta fosse stata scagliata da Dio per colpire il diavolo intento a danzare proprio attorno a quell'albero.

– ...Aveva uno zaino e dentro c'era un'ascia.

Karli si voltò verso di lui, sconcertato.

– Tu, – fece Krupp, – lo sai cos'è un uomo?

– Forse no.

– Pensi di esserlo?

– Questo è il genere di domanda che faceva nostro padre.

– Infatti. E io non seppi cosa rispondergli. Mi disse che nessuno sapeva di essere un uomo finché non era costretto a fare qualcosa che andava contro tutto ciò in cui credeva.

– Mi sembra quasi di sentirlo.

Luther sorrise. – Mi indicò il larice e disse, fammi vedere se sei un uomo. Abbattilo.

– Cazzo.

Era raro sentire suo fratello minore imprecare.

– Gli risposi che era un reato, che quel larice era un monumento vivente, che era vecchio quando Cesare era stato assassinato e che se avesse provato a sfiorarlo l'avrei arrestato.

– E adesso mi sembra di sentire te.

– Inizio a pensare che avesse ragione. Che scopri quanto vali solo quando sei costretto a farti del male.

– Perché qualcuno dovrebbe arrivare a quel punto?

Krupp si sfilò lo Junkers dal polso. – Credo che nostro padre mi stesse parlando di sacrificio. Ho la tentazione di pensare che fosse il suo modo per scusarsi, ma temo non sia così. Leggi.

Suo fratello afferrò l'orologio, con delicatezza. Sul retro della cassa Andreas Krupp aveva fatto incidere una scritta, in caratteri latini.

– *Numero deus impare gaudet*, – fece Karli, – la divinità si compiace del numero dispari. Virgilio, se non ricordo male.

– Ottima memoria.

– Tu sei sempre stato il suo numero dispari.

– No, – fece Krupp riappropriandosi dello Junkers che segnava ancora le sei e dieci di un giorno maledetto, – da oggi non più.

Si inginocchiò e iniziò a scavare nella neve.

Karli tentennò. Poi si accucciò e aiutò il fratello. La terra era dura per il gelo e quando ebbero finito avevano le mani graffiate e rosse. Stavano sorridendo, però. Quasi fossero tornati bambini.

Oppure come se, per qualche minuto, Andreas Krupp li avesse riuniti.

Krupp infilò l'orologio nella buca profonda una trentina di centimetri, lo ricoprì di terra, poi di neve e infine ci batté sopra il piede.

– Cosa abbiamo seppellito? – chiese Karli.

– Una donna che si chiama Vivian. Nostro padre. Un numero dispari, il 121. E Lucio Sartori.

– Credo che papà sarebbe fiero di te.

– Tu, – chiese Krupp, senza avere il coraggio di guardarlo negli occhi, – sei fiero di me?

Karli lo abbracciò e a Luther vennero in mente tutte le volte che avrebbe voluto fare altrettanto e se l'era proibito. Cercò di concentrarli tutti in quel momento.

Pensò: futuro.

Aveva il sapore della libertà.

1994

In nome del popolo italiano

17 aprile 1994, domenica

La Renault 5 arrancò in via Visitazione. Alla luce dei lampioni l'asfalto brillava. L'umidità era a livelli di guardia. Alle ventitré e quattro, dopo aver girovagato in cerca di un posto, Milla parcheggiò in divieto di sosta: a quell'ora i vigili urbani non lavoravano.

Al numero 72 arrivò a piedi, quasi correndo. Al telefono Jo gli aveva detto: su-bi-to. Raggiunto il cortile, vide il capocronista sbracciarsi. Alle sue spalle, strette fra i palazzi color argilla, c'erano un'ambulanza, due pattuglie, una Dedra grigia e facce della concorrenza fra cui quella, immusonita, di Tagliaferro.

– Karma, – ridacchiò Jo, allegro.

Quando si accorse che Milla non riusciva ad afferrare l'ironia della situazione, indicò il primo piano della palazzina. Sul balcone c'era un poliziotto. Baffi, aria da stronzo, maniche di camicia.

Fumava.

– Il bastardo ha aspettato che la moglie andasse a messa.

– Quale bastardo? – chiese Milla, confuso. – Lo sbirro?

– Via Visitazione 72. Ti dice niente?

Nella mente di Milla una scintilla si perse nel buio.

– No.

Jo si accese un'MS, occhieggiò la sua espressione stranita e infilò l'accendino in tasca.

– La moglie andava alla messa della sera perché la mattina c'era troppa gente. Il bastardo ha aspettato che si levasse di torno, è salito in soffitta e si è appeso a una trave. Dieci a uno che la corda era già lì. E sai perché lo so? Perché era un tipo preciso.

Jo non riuscì a trattenere le risate.

Aggiunse: – Preciso, non *pignolo*.

Parecchie teste si voltarono attirati dagli schiamazzi del capocronista. Lo sbirro con i baffi tornò all'interno dell'appartamento. Lo sghignazzo di Jo si trasformò in una serie di colpi di tosse e Milla cercò di recuperare il quadro generale.

– Mi mancano i fatti.

– Il padre, campione. Il padre di Sartori. Si è impiccato.

Milla ebbe un brivido.

Pensò: via Visitazione 72.

Pensò: il Killer delle Lucciole.

– Hanno fatto uno speciale in tv, – spiegò Jo. – Il mostro di Bolzano, il Killer delle Lucciole. Dalla morte di come si chiamava fino all'ergastolo. L'hai visto? No, non l'hai visto.

– Si chiamava Lorena Haller.

– La ragazza dei fiori è una cattiva compagnia. Ti sta rammollendo, non sei più sul pezzo.

– Ieri sera stavo spalando ghiaia, – gli ricordò Milla.

– Mi sa che il bastardo non ha retto.

– Alla vergogna?

– Non parlerei di rimorso. Certe cose non le puoi smacchiare in lavatrice, no?

Jo intendeva: letteralmente. Le voci su ciò che Krupp aveva trovato nell'appartamento al primo piano del civico 72 si sprecavano. Parecchie, gli aveva confidato il capocronista, erano vere. Quasi tutte in realtà. Scatola dei coltelli compresa.

– Come la scriveresti, campione?

Era una domanda trabocchetto.

Milla non ci cascò.

– Il pezzo forte non è l'articolo, è l'editoriale.

Jo gli fece segno di continuare.

– Tragedia trasformata in show televisivo, – fece Milla, d'un fiato, – scandalo, etica giornalistica, i confini del diritto di cronaca. Il piacere perverso di rimestare nel torbido o il sacrosanto dovere di raccontare al pubblico quanto accaduto?

Jo si batté il pugno sul cuore. – Siamo tutti fan dell'articolo 21 della Costituzione. Finale?

Milla fece spallucce. – I valori di una volta, società di merda.

– Segue dibattito. Titolo?

– Quello che scriverei io o quello che scriveresti tu?

– Tu che dici?

– Fine pena, – sospirò Milla, – mai.

PARTE SECONDA: IL DUBBIO

L'orrore di certi fatti va interpretato, non messo in piazza in modo così crudo, disumano. [...] E se dovessero accadere ancora fatti del genere nella nostra provincia forse sarebbe meglio non ridimensionare l'atrocità, non tacere, ma dedicare uno spazio vuoto.

Lettera firmata, "Alto Adige", 10 gennaio 1985

1995

LISA

Promise you, have been true
Let me take a ride, cut yourself
Want some help, please myself.

Nirvana, *Polly*

17 settembre 1995, domenica

Ventuno e quaranta, nove gradi. Aveva appena smesso di piovere. Caligine a smorzare i lampioni e traffico scarso. Lisa indossava una giacca in pelle dell'Harley-Davidson e una sciarpa di lana. Sotto la sciarpa, il ciondolo a forma di elefantino.

Pensava: tutto questo freddo è sbagliato.

La sciarpa era gialla e rossa, a righe. Faceva a pugni con la giacca piena di graffi, ma gliel'aveva regalata Johnny e Johnny l'aveva rubata in un bar: per lei. E questo significava più di qualcosa.

Il ciondolo gliel'aveva messo al collo una zingara che leggeva il futuro: per proteggerla dal Verme. La zingara faceva paura, ma l'elefantino sorrideva e Lisa aveva bisogno di un po' di fortuna.

La giacca dell'Harley, invece, le ricordava il tempo lontano in cui gli uomini erano pronti a prostrarsi ai suoi piedi. Era quello che accadeva alla vecchia Lisa, non alla nuova.

La vecchia Lisa era una coniglietta da paginone centrale di "Playboy". Occhi limpidi, capelli di seta e coppe di champagne al posto dei seni. La nuova Lisa era intrappolata in un corpo sfatto, senza denti, occhi come buchi, capelli stopposi e addome gonfio da donna incinta anche se non lo era davvero. Ma forse la zingara non aveva mentito e il ciondolo funzionava sul serio: il tumore alle ovaie non era maligno.

La vecchia Lisa era: il futuro è mio. La nuova: sognava

un mondo in Vhs. Premi un tasto e sei nel passato. Premi un tasto e sei nel futuro.

Avanti veloce.

Indietro veloce.

Tutto, pur di non affrontare l'atrocità del presente.

La vecchia Lisa amava il karaoke, la nuova Lisa faceva finta che i lampioni fossero riflettori e si metteva ad abbaiare alla luna. Cantava per tenersi compagnia, per sfogare quella cosa senza nome che sentiva dentro o per spiccare il volo senza bisogno di un ago nella carne perché, per Lisa, le canzoni erano: ali.

Ma era settembre e non era solo il freddo a essere sbagliato.

Era sbagliato anche che Johnny fosse morto. L'avevano trovato il giorno prima, sabato, su una panchina. Una partita tagliata male. Quella di sabato era stata una notte piena di luci cattive: ambulanze, polizia, carabinieri. Lisa l'aveva passata da fatta, ignara, mentre tre tossici morivano e altri cinque venivano salvati dal Narcan. Lisa aveva passato la domenica a tremare, a cantare e a pensare a Johnny che non avrebbe più rubato alcunché. Poi era tornata in strada.

Avanti veloce.

Indietro veloce.

Crocifissa al presente.

Viale Trento, nove gradi. Aveva appena finito di piovere. Lisa si aggrappò al lampione e iniziò a girarci intorno, cantando. Alle ventuno e cinquanta l'auto diede un colpo di clacson, il cielo smise di girare, Lisa barcollò, si aggiustò la sciarpa al collo, entrò in macchina, guardò lo smilzo al volante e pensò: se solo il Killer delle Lucciole mi avesse uccisa. Strattonò la portiera e pensò: se solo il mondo fosse una Vhs.

Premi un tasto e torni indietro.

Premi un tasto e sei nel futuro.

La Renault 5 partì.

Lisa pensò: avanti veloce. Lisa pensò: indietro veloce.

1994: indietro veloce

Aprile: trentadue arresti ed è solo l'inizio. La conferenza stampa è epica. Nella foto sulla "Voce delle Alpi", Krupp è: Achille redivivo. Alle spalle del commissario: tre segnaletiche truci. I nomi sono: Pietro Traini, Salvatore Grico e Agostino De Luca. La trinità a capo del cosiddetto clan dei calabresi. Per anni hanno gestito il traffico di eroina, il riciclaggio, l'usura e il Lido di Bolzano. Quest'ultimo, legalmente: chi può giocare al ribasso con gente che è gravata da un eccesso di liquidità? Il commento di Jo spiazza Milla: *bellum omnium contra omnes*, la natura non accetta vuoti di potere. Ci divertiremo, campione. "Stai dicendo che Krupp non doveva ingabbiarli?" La risposta è: ti sto solo invitando a riflettere sulla caducità delle vittorie umane.

Lodi per Krupp e lodi per Manfredi. Jo inizia a chiamarli Batman e Robin. Un giorno Batman è Krupp, il giorno dopo gli tocca il costume da Robin. Batman e Robin sono ospiti d'onore al Rosengarten Club. Manfredi indossa uno smoking e la sua accompagnatrice è la donna più bella della serata. Krupp indossa uno smoking e stringe più mani di quante ne abbia mai strette in vita sua. Pensa: è questione di pubbliche relazioni.

Poi torna a casa e si immerge nelle vecchie registrazioni del numero verde. Ne ha fatto delle copie: per non dimenticare.

La geografia del crimine cambia. Lo spaccio si sposta dalla zona della Stazione a via Resia. Via Resia era l'ultima sponda per i disperati del buco e adesso sono tutti disperati.

Bellum omnium contra omnes. Gli spacciatori tagliano la roba fino a farla diventare veleno: se non ti piace, sei libero di cercarla altrove.

Se ne trovi.

Krupp continua a martellare le strade: gestori di pub, gestori di discoteche, ristoranti, proprietari di appartamenti usati come garanzia per i grossi ordinativi di droga perché, come tutti, anche i criminali credono nell'economia del mattone. Il tribunale assolve due imputati pizzicati a scambiarsi una dose di eroina con un bacio: non è spaccio. Jo appende l'articolo accanto a un ritratto di Publio Virgilio Marone: *"omnia vincit amor"*. Qualcuno disegna un cazzo enorme sulla faccia di Publio Virgilio Marone e Jo dà di matto. Milla non ha tempo da dedicare alla poesia: scopre una cooperativa di tossici. Fanno colletta per andare a Verona a rifornirsi e vengono presi ogni volta. Jo li chiama: i bolscevichi del buco.

Lucio Sartori viene spostato definitivamente nel carcere di massima sicurezza di Bollate: nemmeno un trafiletto. L'ex viceispettore Greco, detto Ayrton Senna, ora ispettore capo, diventa coordinatore della Narcotici. Non se ne accorge nessuno. L'ispettore capo Lopez non è più in strada. Chi se ne accorge: festeggia.

Un tizio si spara davanti alla casa della fidanzata. A occuparsi del caso non è Krupp, ma la neo viceispettrice Arianna Lici. Il tizio si è ucciso perché lei l'aveva lasciato: Romeo e Giulietta zombie a metà, come la scriveresti, campione?

A giugno Arianna dice addio al dottor Boscolo e prova lo stesso sollievo con cui a fine '92 si era sbarazzata dello Zoloft. A largo Palatucci le hanno affibbiato un soprannome: *femmina alfa*. Arianna finge di non sapere perché. Tommy il ribelle si è volatilizzato. Il processo Costantini arriva a sentenza: prosciolto. Il proprietario del Red riceve un'ammenda per irregolarità nel bilancio a cui seguirà un "più approfondito esame da parte della guardia di finanza". Jo ride: Costantini è finito.

Dario invita Iris e Milla per una pizza. I sospetti di Iris si rivelano fondati: Dario ha una ragazza. Si chiama Romina. Si sono conosciuti sul lavoro, musicoterapia per malati di Alzheimer. Dario è felice, perciò Iris è felice e quindi: Milla è felice.

Il *bellum omnium contra omnes* deflagra.

Il costo della roba sale in maniera inversamente proporzionale alla qualità del prodotto. Il numero delle prostitute aumenta. Ci sono accoltellamenti anche fra di loro. Primo pomeriggio, folla e: un ventisettenne violenta una ragazza di sedici anni. La ragazza fornisce un indizio: scorpioni sulle braccia. Scorpioni sulle braccia viene arrestato mentre beve una Coca a un chiosco in pieno centro. Quando i mastini gli mettono le manette casca dalle nuvole. Scorpioni sulle braccia non è nemmeno il primo stupratore dell'anno 1994. Sembra ci sia un'epidemia. Tommy il ribelle, invece, non era svanito: è morto e risorto grazie al Narcan. Tornato in strada dice: succede.

Milla prende fiato e: che ne pensi se andiamo a vivere insieme? La ragazza dei fiori ha le stelle negli occhi. La logica suggerirebbe: nella casa di Iris. Il cuore impone: un nuovo inizio.

Ottobre, novembre e dicembre lo passano così: a spulciare fra gli annunci e rendersi conto che i prezzi degli immobili sono una roba da attico con vista su Central Park, e gli affitti irraggiungibili.

Dicembre ha il suo momento di gloria con la tradizionale conta dei suicidi natalizi e le conseguenti relative scommesse in redazione. Rullo di tamburi: il 1994 riuscirà a battere il 1993?

L'Anno del Signore MCMXCIV muore soffocato dai festeggiamenti proprio mentre Iris e Milla fanno l'amore sul divano del seminterrato, i fuochi d'artificio illuminano il cielo, l'aria del 39100 Bolzano si riempie di un puzzo acre da guerra civile e:

Buon 1995!

1995: indietro veloce

Milla, Iris e gli appartamenti: o fanno schifo o non se li possono permettere. Quando si presenta agli incontri Milla indossa la cravatta. La qualifica di giornalista mette tutti sulla difensiva.

Gennaio è il freddo che ammazza i barboni ma non c'è bisogno di costruire un centro per offrire cibo e calore. I motivi: nebulosi.

Milla e la cronaca che galoppa e galoppa. Incidenti, overdosi, tentati omicidi. La provincia autonoma preme sull'Istat: bisogna rivedere i parametri per il calcolo delle città più vivibili, Bolzano è troppo in basso nella classifica. È evidente: se non vuoi cambiare lo status quo, modifica i parametri e il sole splenderà. Milla si decide a sostituire la frizione della Renault anche se, dice il meccanico, la frizione è l'ultimo dei problemi.

Febbraio finisce con Iris che gli stampa un bacio sulla guancia: forse ha trovato qualcosa di carino. Qualcosa di carino non è la casa dei sogni, ma l'affitto è *quasi* ragionevole. A Milla piace che a Iris piaccia la casa e che la casa abbia la porta blindata. Il problema è quel: *quasi*. Il quasi lo risolve Dario. Lui e Romina andranno a vivere nell'appartamento ereditato dalla nonna pagando a Iris un affitto simbolico: Dario non suona più il jazz, ma non ha dimenticato come far palpitare i cuori.

Dopo il sesso, il tizio si riveste e le lascia una banconota sul comodino. Cinquantamila lire. Poi, preoccupato, chiede: bastano? Arianna dice: sì. Lui se ne va. Arianna forse urla, forse piange. All'alba indossa la divisa e torna: la femmina alfa. La femmina alfa non urla e non piange. La femmina alfa ha un: compito.

Aprile è un funerale: bandierine buddhiste e un mucchio di persone. Alcuni fra i presenti sembrano sbalorditi: Nico il cieco non era immortale? Jo ha istruito Milla: Nico il cieco viene da una famiglia piena di soldi, alberghi e conti correnti in tre paesi diversi. Alla fine della cerimonia le campane tibetane suonano *Hells Bells* e Nico il cieco si fa la sua ultima risata.

Le overdosi aumentano. L'eroina arriva a duecentomila lire a buco. Prostitute nigeriane e senegalesi iniziano a battere in via Resia. Le prostitute della Stazione e di zona Dodiciville tirano fuori i coltelli. Scorre il sangue. Nigeriane e senegalesi scompaiono.

A maggio, il trasloco non è una faticaccia: è Disneyland. Milla e la prima notte nella casa nuova: talmente stupito da non riuscire a dormire. Guarda Iris e pensa: è davvero qui. *Con me.*

La casa nuova ha una stanza in più. Iris non lo dice. Milla non lo dice. Non oggi, non domani, ma: quella stanza è la stanza dei bambini. Milla guarda la stanza in più e pensa: padre.

Poi scoppia a ridere.

Giugno è: costruirsi una routine con Iris. Fare la spesa *per due*. Preparare i pasti *per due*. Non buttare tutto insieme nella lavatrice, osservare la ragazza dei fiori mentre fa quelle piccole cose che gli erano nascoste: la pulizia del viso quando torna dal lavoro, il modo in cui abbina mutande e reggiseni nei cassetti, i libri che riesce a leggere contemporaneamente, il modo in cui muove i piedi quando lui dice qualcosa di carino, la coperta quando guardano la tv perché Iris ha sempre freddo.

Qualcuno spiffera a Milla che Heidi non è scomparsa. È da qualche parte a disintossicarsi. Milla e Tommy festeggiano. Poi Tommy torna in cerca di una dose. Al direttore non interessa più la ghiaia strappalacrime di Milla: c'è bisogno di ottimismo. Milla si guarda attorno e vede: disoccupazione, omicidi, overdosi, alcolismo, suicidi. All'alcolismo pensa la provincia: vietata la vendita di alcolici dopo le ventuno. La popolazione applaude il pugno di ferro e ingurgita in meno ore la stessa quantità di alcol di prima. Quando si dice: il genio semplifica.

L'ottimismo latita e Milla chiede lumi. Jo spiega: il boss intende che devi puntare sulla rabbia sociale perché la rabbia sociale crea dibattito, il dibattito alza le tirature e questo, campione, rende il direttore molto ottimista. Tutto come prima, ma senza gli orsacchiotti, capito? Il cerchio, finalmente, si chiude.

La viceispettrice Lici cavalca i fulmini e diventa la neo ispettrice Lici. A fine giugno arresta gli uomini che gestivano un giro di prostituzione che Jo battezza: *mignotte-à-porter*. Il capocronista lo spiega a Milla così: c'è un album con la copertina rossa, dentro ci sono le foto di commesse, casalinghe, insegnanti, operaie, insomma-hai-capito, tu le scegli, chiami una segreteria telefonica e nel giro di un quarto d'ora ti metti d'accordo con le varie *Natasha*, *Nancy*, *Kelly* e *Victoria*. Come il Postal Market, ma più rapido. La similitudine è calzante ma non finisce sulla "Voce delle Alpi". A gestire il giro: un certo Mirko De Rossi. Le copie dell'album vengono incenerite.

Tutte.

Krupp racconta dell'album al Rosengarten Club. Dice: è nostro dovere fare qualcosa. Il Rosengarten Club annuisce. Manfredi dice: stai diventando più bravo di me a parlare in pubblico. Manfredi è uno scapolo impenitente e sono tante le donne che lo corteggiano. Krupp passa più tempo con Karli. Giocare con i nipoti lo fa sentire un uomo migliore. Poi torna in trincea.

Martella.

Martella.

Martella.

Una donna pugnala il marito che, sulla lettiga del pronto soccorso, implora Krupp di non incarcerarla. Spiega: la moglie ha iniziato a fare strani discorsi paranoici, gli strani discorsi paranoici sono diventati nastro adesivo alle finestre e pannelli a oscurare la vista. Lui chiede aiuto a chi di dovere e la risposta è standard: riempia l'apposito modulo. La donna finisce internata. L'uomo resta solo nella casa dalle finestre senza sole.

Non segue dibattito.

Agosto. Il sovrintendente Gallo ha la mano pesante: lo spacciatore gli ha riso in faccia e non era giornata. Non è la prima volta che la femmina alfa è costretta a scendere nella stanza 121 perché è nella Cella X che si è guadagnata quel soprannome, è lì che ha *capito*, è lì che Arianna è *rinata*, ma è la prima in cui perde il controllo: Gallo ha fatto un casino. L'ispettrice Lici lo schiaffeggia, trasforma quelli del 118 nella scimmietta saggia, poi va alla festa di compleanno di Krupp. Arianna è: il mastino che siede alla destra di Krupp. E il mastino alla destra di Krupp ha un solo compito: proteggerlo da tutto e da tutti.

Anche: da sé stesso.

A ogni costo.

Milla incontra Marion Haller di notte, agli angoli delle strade, nei bar. Milla: non ha cuore di avvicinarla. Lorena, Marlene, Patrizia, Giulia e Mirella vivono solo negli incubi di poche persone.

Krupp, ad esempio.

L'ultima volta che si sono visti, Vivian gli ha regalato una statua a quattro braccia così piccola che sta nel palmo della mano. Krupp ha nascosto Kali nel cassetto della scrivania e ha pregato la dea di dimenticarsi di lui: *Om Kali mahakali kalike parameshwari...*

Arriva:

Sabato 16 settembre 1995, l'ennesima partita di eroina tagliata male compie una strage. Ayrton Senna arresta i responsabili in tre ore. La sua foto va dritta in prima pagina. È in giacca e cravatta perché i mastini hanno adeguato il look a quello di Krupp. È Iris a farlo notare a Milla e Milla pensa: i mastini di Krupp.

Cui segue:

Domenica 17 settembre 1995. Ha appena smesso di piovere e Krupp è seduto nella sala da pranzo dell'Hotel Città. Un pezzo grosso del Partito racconta agli stronzi del Rosengarten Club quanto la città deve al commissario e quanto sia importante il progetto di una casa rifugio per donne maltrattate che il commissario è lì per illustrare. Mentre il pezzo grosso del Partito parla, Krupp pensa a una scritta che qualcuno ha tracciato sul muro esterno della questura:

TOSSICI CREPATE!

Krupp riceve gli applausi e pensa: è questione di pubbliche relazioni. Mentre lo pensa, Milla trova Lisa che canta sotto un lampione e la fa salire sulla Renault 5.

Ma:

Il 1995 *non* finisce il 23 ottobre, lunedì, con la denuncia della scomparsa di: Lisa Kofler, che un tempo somigliava a una coniglietta di "Playboy", tossicodipendente, prostituta, giacca dell'Harley-Davidson, sciarpa a righe e ciondolo a forma di elefantino.

Agli sbirri di largo Palatucci, l'esorcista dice: uccisa.

23 ottobre 1995, lunedì

Il vecchio ritaglio stropicciato recitava:

CI STANNO AMMAZZANDO

Racconto-denuncia di un'ex drogata

Di ALEX MILLA

Un mazzo di fiori e un pacchetto di sigarette. È quanto resta di Johnny Messina, 38 anni, originario di Braies ma residente da tempo a Bolzano, ucciso nella notte fra sabato e domenica da un'overdose nei giardini della stazione. L'ennesimo tossicodipendente che i paramedici della Croce Rossa non sono riusciti a salvare.
In mezzo ai fiori c'è anche un biglietto di addio, di Lisa, la sua amica del cuore.
Lisa ha 32 anni e quando ci fa vedere le sue foto "di quando era giovane", come se a 32 anni la sua vita fosse già agli sgoccioli, non possiamo che confermare le sue parole "Ero bella, vero?".
Bella Lisa lo era davvero, ma oggi, purtroppo, la sua bellezza è solo un ricor-

do. Per colpa dell'eroina. La "merda", come la chiama Lisa senza mezzi termini. Lisa è arrabbiata. Con noi giornalisti che, a suo dire, non facciamo niente per sensibilizzare la popolazione, con la città che si rifiuta di capire che c'è un problema enorme, destinato a crescere ancora di più, e con gli spacciatori.

"A Johnny volevo bene," dice, "è stato ucciso dalla merda che gira sulla piazza di Bolzano. Il mercato della droga oggi lo gestiscono gli extracomunitari, tunisini e marocchini: sono loro a venderti la droga. Ci ammazzeranno tutti con quella robaccia. Ci sono sempre: spacciano qui nei giardini della stazione o lungo le passeggiate di via Genova, ma se vuoi essere sicura di trovarli, basta andare giù in via Resia. Per un grammo di eroina ti chiedono duecentomila lire, prendere o lasciare. Per guadagnare di più ci mettono dentro ogni porcheria, anche stricnina, il veleno per topi. Poi il tossico sta male, ma non gliene frega niente a nessuno. Anzi, sai cosa dice la gente: è morto un drogato? Meglio, uno di meno."

Johnny Messina non è stato l'unico a morire sabato sera, a Bolzano, carabinieri e polizia stanno indagando, ma non si fanno illusioni. Hanno arrestato chi ha venduto le dosi tagliate male, ma sanno di non poter arginare un fenomeno che, come dice Lisa, è ormai fuori controllo.

"Basta venire qui la sera per capirlo da soli. Ci sono sempre almeno trenta o

quaranta ragazze che si prostituiscono e sono tutte tossiche. Io ho smesso, dopo che tre mesi fa ho rischiato di finire all'altro mondo, ma non è facile. Spero di riuscirci. Certe volte mi verrebbe voglia di farla finita, perché questa vita mi fa schifo, ma forse mi manca il coraggio per uccidermi davvero. Non lo so. Ho iniziato a farmi anni fa, quando ero..."

L'assistente Masi l'accartocciò, lo buttò in mezzo agli oggetti personali di Lisa Kofler e ragliò: – Questi stronzi sono sempre lì a piangersi addosso. Gliel'ho infilato io l'ago nel braccio?

Lombardi sentì il sangue ribollire. – Quella è una cazzo di prova.

Masi stirò il ritaglio di giornale e sfogò la sua irritazione con un: – Meglio?

Lombardi non lo degnò di una risposta. Scartò una Brooklyn e prese a masticarla. Smettere di fumare era stato un vero inferno, ma niente in confronto al dover lavorare con quell'idiota.

– E tu? – abbaiò. – Dov'è che ci siamo già visti noi due?

Il giovane maghrebino sussultò. – Padre Giuseppe mi ha chiesto di aiutarvi.

Il viceispettore fece schioccare la lingua. – Mi dai la lista dei tuoi precedenti o andiamo a fare un controllo in questura, biondo?

– Furto, – sussurrò il maghrebino, – avevo...

– Avevi fame, lo so. È un mondo difficile. – Lombardi indicò la valigia da cui Masi stava estraendo paccottiglia e miseria. – La conoscevi?

– Padre Giuseppe...

– Padre Giuseppe fa il suo mestiere. Salva anime, scaccia il demonio e racconta cazzate alla polizia. Tu invece sai che non è il caso di prenderci per i fondelli. Rispondi, biondo. La conoscevi?

– Di vista, ma Lisa era sempre fatta, aveva quel problema ai denti e quando parlava non si capiva mai niente. Johnny, invece, lui era…

– Vuoi davvero sapere dove ti infilerei uno che si chiama Johnny?

– Viceispettore? – lo interruppe Masi. – Guardi qui.

Lombardi ci mise un po' a decifrare la calligrafia di Lisa. Quando terminò la lettura, digrignò i denti: – Biondo? Portami il frate. Adesso.

Padre Giuseppe non vestiva da frate, ma puzzava di sacrestia lontano un miglio. Lombardi non aveva nulla contro i preti, però quelli che si dannavano per aiutare negri, tossici e puttane dimenticandosi delle brave persone che da quegli agnellini venivano rapinate, violentate e ammazzate proprio non li digeriva. Nella sua personale versione della Bibbia c'era scritto: *Caino un cazzo.*

– Perché ci ha mentito, padre? – il viceispettore gli mostrò il foglio che Masi aveva trovato fra le cose di Lisa. – Questa è una lettera. Conferma?

– Inizia con "Caro Johnny". Penso che la sua deduzione sia corretta.

Lombardi gli si avvicinò di un passo, minaccioso. Con la coda dell'occhio vide il muso nero mettersi a tremare. Pensò: bravo ragazzo.

– Dice che Lisa voleva ammazzarsi.

– Non sta a me spiegarle il motivo per cui Lisa non era quasi mai in sé, viceispettore.

– "Non ce la faccio più a vivere." "La vita non ha senso." "Voglio morire." Cos'altro avrebbe dovuto scrivere quella stronza?

– Moderi il linguaggio.

– Non lo modero. E ringrazi il suo superiore nell'alto dei cieli se non la denuncio.

– Con quale accusa?

– Procurato allarme e intralcio alla giustizia, – qualsiasi pm si sarebbe fatto beffe di una sparata del genere, ma più il domenicano si mostrava impassibile, più Lombardi si faceva aggressivo, – Lisa Kofler è maggiorenne, così lei ha inventato la cazzata dell'omicidio per costringerci a cercarla prima del dovuto. Lei sapeva di questa lettera e ha fatto finta di niente. Scommetto che per evitare guai con la Narcotici controlla borse, zaini e marsupi di tutti quelli che entrano qui dentro. O lo fa perché si eccita ad annusare le mutande dei tossici e delle troie?

Lo sguardo di padre Giuseppe diceva: io so chi sei.

Quello di Lombardi rispondeva: sai anche quanto me ne frega?

– Nessuno tocca gli oggetti personali dei nostri ospiti. E se lei conoscesse Lisa come la conosco io, saprebbe che quella lettera...

Lombardi indicò la valigia e sbraitò: – Assistente capo Masi, sequestri questa merda che ho un cazzo di rapporto da battere entro stasera.

L'ennesimo, inutile, cazzo di rapporto.

26 ottobre 1995, giovedì
– mattina –

Erano le nove e trenta. Chi l'aveva progettata assicurava che la chiesa avesse la forma di una nave. Milla vedeva solo pareti storte di cemento, candele e vetrate strobo scosse dal vento. Fuori faceva freddo, ma dentro era decisamente peggio.

Mani giunte e tutto il resto, Milla guardava la bara di Elizabeth Torcher, prostituta, eroinomane, *Hanno ucciso la bambina*, in preda ai rimorsi: avrebbe dovuto comprarle più rose.

Odiava i funerali. Soprattutto quelli dei tossici.

Come la scriveresti, campione?

Ecatombe.

Fra i banchi, oltre a Milla, ai genitori di Elizabeth e a tre ragazze infreddolite c'era Tommy il ribelle che si sfregava le guance, fissava Milla, tirava su col naso, e tornava a rovinarsi la faccia.

Tommy era in caduta libera. Continuava a cercarlo per spillargli soldi in cambio di soffiate che andavano oltre il delirante, ma Milla non gliene faceva una colpa. I tossici erano tossici ed era inutile prendersela con una scimmia solo perché si stava dondolando da un ramo. Però: era roba da straziarti il cuore.

Jo l'aveva mandato nella chiesa a forma di nave perché voleva Vivian Pickmann, l'ex prostituta della taglia sul Killer delle Lucciole. *Ex* anche se, a detta di Jo, prostitute, tossici e giornalisti restavano sempre pronti a vendersi per un pugno di mosche. La storia del Killer delle Lucciole era morta e sepolta, ma Miss *fammela seducente come la fiamma del peccato* non aveva mai aperto bocca con la stampa e chi l'aveva avvicinata aveva scoperto che aveva unghie affilate. Per Jo, mistero e palle quadrate significavano: alleluia. Bonus non disprezzabile: si vociferava fosse stata l'amante segreta di Krupp.

Come resistere?

Il piano del capocronista della "Voce delle Alpi" era semplice. Vivian conosceva Elizabeth. Anzi: Vivian Pickmann *voleva bene* a Elizabeth Torcher. Non poteva mancare al funerale e il funerale avrebbe potuto renderla lacrimevole. Magari scioglierle la lingua.

Lanciamo i dadi e vediamo che succede.

Quando il prete mandò tutti in pace, Milla schivò i cenni di Tommy, si voltò e: la vide. Silenziosa come un fantasma, Vivian Pickmann era entrata nella chiesa a forma di nave e, silenziosa come un fantasma: la porta già si stava chiudendo alle sue spalle.

Milla arraffò la borsa con la Nikon, ma Tommy gli fece perdere l'attimo. Il tossico incespicò, urtò la panca e gli franò addosso.

I genitori di Elizabeth guardarono Milla, guardarono Tommy e videro due "amici" di Elizabeth troppo magri e con l'espressione colpevole.

Milla sentì il loro odio arrivare in vampe incandescenti.

– Ci sono delle persone, – farfugliò il tossico, – che devi incontrare.

– Non adesso.

– È importante.

– Tommy…

– *Per. Favore.*

Milla sospirò. – Di chi stiamo parlando?

L'originalità era uno sfizio che il quartiere non aveva tempo di concedersi, perciò il bar prendeva il nome dalla via su cui si affacciava e tanto doveva bastare. All'interno, sedute a un tavolo, c'erano due donne, in attesa. Una sembrava ciò che era, una tossica. L'altra indossava una giacca a vento rossa e trasformò il sangue di Milla in ghiaccio. – È bello rivederti, Alex, – sorrise Marion Haller, prima di aggiungere: – Lei è Christine.

Christine stava piangendo.

Milla: avrebbe voluto farlo.

La madre di Lorena Haller, ventiquattro anni, ventiquattro coltellate, *no Nana sola*, lo guardò con occhi così limpidi da fargli venire il magone e gli mostrò un ritaglio della "Voce delle Alpi".

– Tu la conoscevi, – disse, – Lisa. Siamo qui per lei.

Milla finse di non ricordarsi dell'articolo. Aveva bisogno di guadagnare tempo.

...questa vita mi fa schifo, ma forse mi manca il coraggio per uccidermi davvero. Non lo so. Ho iniziato a farmi anni fa, quando ero sposata con un tossico. Per un po' ho resistito, poi ci sono cascata.

Mai pensato di tagliare per sempre con questa vita disperata e tornare a casa?
Tante volte, ma non saprei davvero come fare. Vivo come posso, ho una roulotte a ponte Sant'Antonio. A una come me non c'è nessuno disposto ad affittare una casa.

Però c'è sempre la possibilità di andare in comunità.
Andrei subito, se fosse possibile. La verità è che bisogna aspettare circa tre anni, prima che ti prendano. Spero di riuscirci con il metadone, ma non mi faccio illusioni. Basta poco per ricascarci.

E intanto?
Batto. Che altro vuoi che faccia? Lavoro sulla strada. Se penso a quello che faccio mi viene da vomitare, ma non c'è altro per me. E adesso che Johnny non c'è più, mi sento ancora più sola. L'unica cosa che voglio fare è bere forte e riempirmi di pillole. La mia è una vita a cui non puoi abituarti, devi solo trovare un modo per non pensarci.

Volevi bene a Johnny?
Era bello ridere insieme a lui. Ti basta come risposta?

L'articolo finiva così, con il punto interrogativo. Jo l'aveva definito un cliché da svendita dell'usato e Milla aveva ribattuto che i cliché erano diventati cliché perché funzionavano: ogni tanto il discepolo riusciva a zittire il maestro.

Adesso, però, quel finale aperto suonava: *sbagliato.*

– Che è successo a Lisa?

– L'ha uccisa lui, Erik, – singhiozzò Christine. – È morta, ma a nessuno importa.

Alla radio Cobain gracchiava di una certa Polly che voleva un cracker. Kurt si era sparato il 5 aprile del 1994 ed era stato trovato l'8. Tre giorni a marcire in solitudine. Era un fatto: un tossico era un tossico e moriva da tossico anche quando aveva un talento così.

– Di solito non vieni a sapere questo genere di notizie al bar, – fece Milla, perplesso, – non se fai il mio mestiere. Chi è Erik?

Christine agitò le mani. – Lui... lei...

Nient'altro. Affondò il viso in un fazzoletto, scossa dai singhiozzi, e fu la donna con la giacca a vento rossa a fare un po' di ordine.

– Christine ha incontrato Lisa in stazione, domenica pomeriggio. Poco prima delle sei, Lisa le ha detto di avere un appuntamento con uno dei suoi clienti fissi, le ha chiesto di guardarle le spalle e, naturalmente, Christine, come vedi, è stata di parola.

Su un biglietto sgualcito la tossica aveva segnato una targa seguita da un nome, Erik, e un modello di auto: Opel Kadett, grigio scuro.

"Erik" era sottolineato tre volte.

Con: rabbia.

– Lisa aveva promesso che sarebbe tornata entro un'ora, ma non l'ha fatto. Christine si è spaventata e ha chiesto il mio aiuto. Sapevo che Lisa frequentava il centro di padre Giuseppe, so che lo conosci...

Milla l'aveva intervistato un paio di volte. Occhi chiari. Un domenicano. Un esorcista. Tornò un ricordo: *adesso il diavolo non c'è più.*

Pensò: soffoco.

– ...Ma Lisa non era nemmeno lì e anche padre Giuseppe si è preoccupato. Abbiamo fatto domande in giro, tutta la notte, ma nessuno ha più visto o sentito Lisa dopo le diciotto di domenica sera. Così, lunedì mattina, padre Giuseppe ha sporto denuncia. Per omicidio, di modo da costringere i poliziotti a cercarla subito.

– Hanno trovato qualcosa?

– Hanno chiuso il caso in tre ore. Hanno trovato una lettera che Lisa aveva indirizzato a Johnny e hanno deciso che si è suicidata.

La scrittura contorta di Lisa diceva:

Caro Johnny,
caro, caro, caro Johnny. Lo dicevi che non saresti venuto al mio funerale così io non sono venuta al tuo. Chi la fa l'aspetti. Mi hai lasciata sola nella merda, sei contento? Non sono arrabbiata con te e tanto lo sai che ci vedremo presto. Non fare lo stronzo e aspettami che da morta sarò molto sexy!!!!
La vita non aveva senso quando stavamo insieme, adesso ne ha ancora meno. Caro, caro, caro Johnny ogni giorno mi sveglio e ci rimango male. Ho solo in

mente la merda e la merda mi tiene in vita. Non è un vomito?
Io voglio morire ma la merda non me lo lascia fare. Prima almeno c'eri tu. Non ce la faccio più a vivere e ci sono tanti modi per farla finita.
Hai uno spacciatore da suggerirmi?
Hahaha, lo so, fa ridere solo perché fa schifo.
Un po' ti amo,
Lis

– Per i poliziotti, – continuò la madre di Lorena, – non ci sono abbastanza elementi per un'indagine. Però questo Erik è l'ultima persona ad aver visto Lisa. Ed è un tipo strano. Un vecchio. Solo le ragazze più disperate accettano di andare con lui. Forse davvero non c'entra niente con la sparizione di Lisa, ma...

Marion Haller appoggiò sul tavolino una foto di Lisa. Era la vecchia Lisa, la coniglietta di "Playboy" con il ciondolo a forma di elefantino. Lisa l'aveva addosso anche quando Milla l'aveva intervistata. Sciarpa a righe, giacca dell'Harley e ciondolo: nient'altro accomunava la bionda da sballo della foto a quella che Milla aveva fatto salire sulla Renault 5, in settembre.

Alla radio Jovanotti dispensava pensiero positivo.

Milla lo trovò osceno.

– ...ma, credimi Alex, Lisa non era tipo da uccidersi.

Milla pensò: *un po' ti amo.*

Si agitò sulla sedia.

Disse: – Non so se sono la persona giusta. La polizia...

Marion Haller sussultò.

Christine diede una manata al tavolo. – La polizia?

Milla arrossì.

Foto, lettera e biglietto finirono nella borsa della Nikon.

Marion Haller gli sfiorò la guancia con un bacio che bruciò come l'Inferno. – Sì, a Lorena saresti piaciuto. Sei davvero un bravo ragazzo.

Era un commiato. Con delicatezza, la donna con la giacca a vento rossa prese Christine sotto braccio e, insieme, uscirono dal locale.

Quando anche Tommy il ribelle fece per andarsene, Milla glielo impedì.

Era incazzato.

– Quella donna non ha sofferto abbastanza?

Tommy sembrò sorpreso. – Conoscevi Lisa, ci hai parlato. Tu non fai, per dire, roba da supermercato, ricordi? Non vuoi sapere che le è successo?

– Quella ragazza si è ammazzata. Fine della storia. Ho passato due ore con lei e ho capito metà delle cose che diceva. Il metadone? Era una balla, non ci ho creduto nemmeno un secondo. Lisa voleva solo soldi per andare a comprarsi l'eroina.

– Lo sai com'è.

– Hai idea di quante volte mi ha detto che voleva suicidarsi? Che senza Johnny non ce la faceva? Non dovevi mettermi in mezzo.

Gli occhi di Tommy erano un pozzo di disperazione, paranoia e *fame*. Di eroina. Di calore. Di qualcosa a cui aggrapparsi. – Ma a te importa. Ti importa, no? E l'hai visto. Tu sai.

– Che cosa, Tommy? – fece Milla, irritato. – *Cosa* so?

– Che là fuori ci sono uomini cattivi.

Milla si afflosciò.

Scosse la testa.

– È solo ghiaia, Tommy.

Con un sorriso mesto, il tossico si alzò e quando passò accanto alla barista lei si turò il naso e spalancò una finestra. Alla radio Bruce Springsteen cantava delle strade di Philadelphia.

La strada che, poco dopo, accolse Milla era: via Resia, Bolzano, 39100, Alto Adige-Südtirol, dove gli autobus erano in orario, le Elizabeth Torcher morivano come mosche, le Lisa Kofler decidevano di averne abbastanza, le Marion Haller cercavano di resuscitare i morti e i Tommy cianciavano di uomini cattivi per riuscire a dare un senso alle loro vite sprecate.

26 ottobre 1995, giovedì
– notte –

Prima se ne andò la sua camicia: ottima notizia e ottimo incipit. Dopo un po' toccò al tubino nero di lei e il panorama si fece decisamente più interessante. Quando, però, senza una parola, la ragazza dei fiori si staccò da lui, Milla e l'erezione di Milla ne furono così stupiti da non riuscire nemmeno a protestare.

Iris zittì Chet Baker e tornò sul divano, sedendosi a gambe incrociate. Indossava calzettoni al ginocchio color arcobaleno. Milla li adorava.

– Cos'hai? – gli chiese la ragazza dei fiori.

– *Avevo*. Avevo fra le mani uno splendido esemplare di...

Iris ridacchiò e indossò la camicia di Milla. Se con quella mossa pensava di distoglierlo dalla tentazione doveva aver seguito il catechismo sbagliato.

– Guarda che prima sputi il rospo, prima possiamo ricominciare, – disse lei, spingendosi i capelli indietro. – Te lo leggo negli occhi, c'è qualcosa che ti assilla.

– "Assillare" è un verbo impegnativo.

– Anche "andare in bianco" lo è. E siccome vale per entrambi, vedi di sbrigarti.

– Sul serio?

Iris alzò gli occhi al cielo. – Ecco una cosa che le mamme dovrebbero spiegare ai propri figli. Anche alle donne piace scopare. Un sacco.

A Milla venne voglia di baciarle la punta del naso, ma non lo fece. Conosceva quell'espressione. Meglio buttare fuori tutto.

– Ricordi Lisa? La ragazza che ho intervistato quando c'è stata quella serie di overdosi il mese scorso? Pare sia scomparsa. Ho incontrato Marion Haller e una certa Christine, una sua amica. L'ha vista salire su una macchina e da allora se ne sono perse le tracce. C'è di mezzo la questura, hanno trovato un biglietto suicida.

Milla pensò: *un po' ti amo*.

Faceva: male.

– È ghiaia, ma loro pensano sia stata uccisa.

– E stiamo parlando di Marion Haller. Cos'hai in mano?

– Una targa, un soprannome, una foto e un sacco di speculazioni.

Iris si esibì in una convincente imitazione di Jo. – E sai che ci facciamo noi con le speculazioni, campione?

La borsa della Nikon era poco distante e Milla mostrò a Iris la fotografia di Lisa.

– Era bella, – fece lei.

– Un tempo, sicuramente. Ma io l'ho incontrata. Se c'era una candidata al suicidio, quella era Lisa. Era ridotta male.

– È come per Miles Davis, allora.

Milla le indirizzò un'occhiata interrogativa. – Che c'entra Miles Davis?

– Non ti piace.

– Oppure sono solo troppo in basso nella catena evolutiva per poterlo apprezzare.

– E Chet?

– Chet è okay. Ho passato l'esame?

– Sai che differenza c'è fra Miles e Chet?

Un sorriso storto.

– Mi stai accusando di essere razzista?

– Miles vuole un biglietto di sola andata per una destinazione sconosciuta, Chet invece vuole guidare il treno. Ma sai quand'è che dà il meglio di sé? Quando smette di importunare il macchinista e si lascia andare. Indovina a chi somigli?

– Miles non mi piace, – replicò Milla, – perché mi fa venire sonno. Con tutto il rispetto.

– Tu non vuoi farti trasportare dalla musica perché hai

paura di perdere il controllo. – Iris allargò le braccia. – Come tutti i maschi. Compreso Chet.

– Apprezzo l'arguzia, ma non capisco cosa c'entrino Miles Davis e Chet Baker con Lisa.

– Non sei spaventato dall'idea che Lisa sia stata uccisa, a te spaventa scoprire che Lisa abbia deciso di farla finita.

– Iris...

– Ti spaventa l'idea che la sua storia sia davvero soltanto ghiaia. Perché hai paura che se Lorena, Marlene e Patrizia non avessero incontrato Sartori, prima o poi sarebbero diventate come Lisa. Tossiche all'ultimo stadio pronte a buttarsi da un ponte. E lo stesso vale per Margit o Heidi. Non ce la fai a pensare a loro come ghiaia.

– Che c'è di male ad avere un po' di speranza?

Il grigio degli occhi di Iris si scurì. – Non pensi di essere ingiusto?

Fu come se l'avesse schiaffeggiato.

– Non è speranza, – proseguì la ragazza dei fiori. – È controllo. Non sopporti che le loro storie sfuggano al tuo controllo. Non dirmi che non ci hai mai pensato. Tutti quelli che hanno avuto a che fare con quelle ragazze hanno sempre cercato di tenerle al guinzaglio. Clienti, fidanzati, spacciatori, sbirri. Vuoi unirti alla lista?

Milla dovette distogliere lo sguardo. – No, è ovvio.

– Allora perché non provi a fare un po' di jazz?

– Non ne verrà niente di buono, – mormorò Milla.

– Per Lisa o per te?

Milla ammutolì.

Iris gli appoggiò una mano sul petto e lo lasciò a fissare il soffitto.

Poi, quando sentì il battito del cuore chetarsi, lo solleticò con i capelli e disse: – Adesso, se non hai nulla in contrario, dovremmo iniziare a parlare *di te* che procuri *a me* un orgasmo da favola.

27 ottobre 1995, venerdì

Un po' ti amo.

C'era un modo più triste per chiudere una lettera?

Alle sei e quaranta Iris era andata al lavoro, alle sette Milla aveva infilato la cassetta di *Smash* degli Offspring nello stereo e la chitarra di Kevin Wasserman gli aveva dato la forza di mettersi in movimento. Alle nove e dieci era entrato negli uffici del P.R.A. Ne era uscito, mezz'ora dopo, con le generalità di "Erik".

Secondo il Pubblico Registro Automobilistico il suo vero nome era Roland Roth, cinquantuno anni, domiciliato a Ponte Gardena, un paesino a una ventina di chilometri a nord di Bolzano. Alla voce "professione" c'era scritto: bracciante agricolo.

Guidava una Opel Kadett del 1983, grigio scura.

Christine non si era sbagliata.

Milla aveva segnato tutto su un quadernone rosso, nuovo di zecca, ed era filato in redazione. Jo non era nei paraggi e Milla ne aveva approfittato per darsi da fare. Una voce preregistrata della Sip gli aveva comunicato che Roland Roth alias Erik non pagava le bollette: la linea telefonica era inattiva.

In Alto Adige c'erano parecchi Roth, ma nessun Roland, però Ponte Gardena contava sì e no duecento abitanti e sul documento del P.R.A. era segnato un indirizzo. Milla pensò che gli sarebbe bastato chiamare il nuovo utente oppure disturbare qualche vicino: dove non arrivava la fortuna, arrivava l'ostinazione. O così, fra le altre cose, lo esortava il Vangelo di Jo.

Trovò via, numero civico.

Controllò sull'elenco.

Pensò: è uno scherzo?

Il domicilio di Roland Roth corrispondeva al recapito di un albergo a quattro stelle, l'Hotel Steinbock. Ci vollero parecchi giri di telefonate per chiarire la situazione e ottenere un incontro con il proprietario della struttura, Hans Moser, che gli diede appuntamento a Brunico alla sede dell'Alps Assicurazioni.

Milla ci parcheggiò di fronte alle sedici di un pomeriggio uggioso, un occhio a un tascabile di Hunter S. Thompson e uno alla porta della palazzina. Alle sedici e venti un uomo allampanato e con una giacca di loden addosso uscì dagli uffici guardandosi intorno. Milla lasciò la Renault 5, lo raggiunse e si presentò.

Moser accese una Diana blu. – Perché vuole sapere di Roland?

Milla mentì.

Spudoratamente.

– Un collega, Colucci, sta indagando su una serie di tangenti. Fra le altre cose è venuto fuori che un importante albergo, non posso dirle quale, sorge su un terreno che fu sottratto in maniera fraudolenta a quello che potrebbe essere il nonno del signor Roth. Da un punto di vista giornalistico la storia è intrigante, ma da un punto di vista legale è un casino. Per questo spero di poter contare sulla sua discrezione. È una situazione delicata.

Gli occhi di Moser si ridussero a fessure. – L'hotel è nella zona del Renon?

– Perché me lo chiede?

– La famiglia di Roland viene da quelle parti.

Milla gli fece l'occhiolino. – Non posso dirle nulla.

Moser si prese qualche secondo per riflettere. L'aria portava odore di pioggia. Forse di neve. Freddo del cazzo in arrivo.

– Gliene verrà qualcosa di buono?

– Dipende, – rispose Milla. – Non vorrei creare false aspettative.

– La sua storia è talmente assurda che potrebbe anche essere vera. Non sta cercando di truffare Roland, vero?

Milla gli mostrò il tesserino della “Voce delle Alpi”. – Solo una storia da approfondire. Mi pare di capire che ci tiene al signor Roth, siete amici?

– Quel poveretto non ha amici. Gli do una mano ogni tanto, gli procuro del lavoro. Anch’io ho passato un brutto periodo. Succede. Se non avessi incontrato una brava persona, adesso chissà dove sarei. In un certo senso sto restituendo il favore.

– Che genere di compiti svolge il signor Roth?

– Aiuta a pulire il sottobosco, spacca la legna, spala la neve, e quando è stagione dà una mano con le vigne. Non solo sulle mie proprietà, tutti sanno che Roland non si tira indietro se c’è da sudare.

– Ha detto che la famiglia del signor Roth è originaria del Renon.

– È il settimo di sette fratelli. I suoi avevano un allevamento di maiali. Gente dura con pochi soldi. Ma la famiglia non vuole saperne di lui. Hanno tagliato ogni contatto.

– Come mai?

Milla conosceva quello sguardo.

Hans Moser non voleva rogne.

– Stiamo solo chiacchierando, – lo incoraggiò.

– Alle volte beve troppo. Non ha una vita convenzionale, e non si prende cura di sé stesso come dovrebbe. Abita in un fienile, nel bosco. È mio e non è un granché, ma a lui piace. Gli permetto di viverci dopo che ha dovuto lasciare la sua vecchia casa, nel 1985 o giù di lì.

– È sposato? Ha figli?

– Le donne non vanno con quelli come lui.

Milla azzardò: – Si arrangia pagando?

Moser gettò la sigaretta a terra e spense il mozzicone con il tacco della scarpa. – È una delle sue brutte abitudini, sì. Ha certe fissazioni… È capace di non mangiare per una settimana pur di acquistare tessere telefoniche. Le usa per chiamare agenzie matrimoniali e numeri erotici. Lei sa cos'è la solitudine, signor Milla?

Il tono con cui pronunciò quella domanda era un: tempo scaduto.

Milla tentennò.

Poi mandò al diavolo la storia di copertura.

– Sa se Roth si accompagnava a una certa Lisa? Bionda, non una bellezza. – Pensò: fammela *brutale*, campione. – Senza denti e con la pancia come se fosse incinta.

– Stiamo sempre parlando dell'eredità?

– Lisa Kofler è scomparsa. L'ultima persona che l'ha vista è Roth. Io la sto cercando.

Moser si fece paonazzo.

– Roland è solo un povero diavolo. Si ammazza di alcol e va a puttane, ma è incapace di fare del male. Abbia un po' di pietà e lo lasci in pace.

29 ottobre 1995, domenica

Il Kampill si trovava nella parte nord di Bolzano: era una piastra rovente, tavolini claudicanti e carne di prima scelta. Di domenica, e per di più a quell'ora del primo pomeriggio, la clientela era scarsa.

Davanti a Milla, cavalcioni su una panca, Heidi. Grembiule stretto in vita, maglione a strisce nere e rosa, jeans e scarpe da ginnastica. Aveva lo sguardo stanco di chi aveva ancora davanti a sé parecchie ore di lavoro e un passato con cui fare i conti, ma i suoi occhi erano nitidi come la primavera. Heidi ce l'aveva fatta.

Ne era fuori.

Milla stava divorando un hamburger king size dopo aver passato la domenica mattina a spalare ghiaia per Jo, fingendo di non rendersi conto di quanto il capocronista fosse ubriaco.

Vedere Heidi ripulita aveva migliorato il suo umore.

– Hai saputo di Lisa?

Heidi sfiorò il posacenere della Forst con la punta della sigaretta. – Non è una visita di cortesia?

Milla si diede un colpo al petto, per non strozzarsi. – Heidi, sei una favola. Ti trattano bene?

– Sei un cretino, – sorrise la ragazza. – Arrivo a casa che non mi reggo in piedi, ma per ora il boss non mi ha messo ai turni serali, per cui sì, mi trattano da vera principessa. Lisa quale?

– Kofler. La bionda con la giacca dell'Harley e il ciondolo a forma di elefantino.

– La ragazza di Johnny. – Heidi si incupì. – Overdose?

– È scomparsa. I poliziotti dicono si sia suicidata, c'è una lettera che sembra dargli ragione, ma qualcuno crede sia stata uccisa.

Heidi spense la sigaretta fumata a metà. – Uccisa? Lisa? Perché?

Troppe domande cui Milla non aveva una risposta. Si pulì con un tovagliolo e ingollò una sorsata di Coca che gli fece pizzicare il naso. – Io non penso, Heidi, io seguo i fatti, e i fatti dicono che l'ultima volta che Lisa è stata vista è salita su una Opel Kadett grigia, guidata da un certo Roland Roth. Detto Erik.

Milla glielo lesse negli occhi: Heidi stava combattendo con la tentazione di piantarlo in asso. Ripensare alle notti passate in strada doveva essere straziante. Milla non avrebbe voluto rivolgersi a lei, ma le altre ragazze che aveva avvicinato non gli erano state d'aiuto.

– È un tizio strano, – mormorò Heidi. – Non ci sono mai stata, mi faceva ribrezzo. Puzzava. E poi è un vecchio. Non sono mai stata con i vecchi.

– Ha cinquantun anni. Non è così vecchio.

– L'hai mai visto?

– No. – Poi si corresse. – Non ancora.

– Sembra un settantenne. Sei sicuro che abbia cinquantun anni?

– Più che sicuro. Che tipo è?

Heidi si sfregò le braccia. – Non è un violento, se è questo che intendi. E non credo sia uno di quelli che chiede prestazioni particolari, non ne avrebbe i soldi. È un poveraccio. Uno di quelli che si innamora, sai? Ti propone di sposarti. Una volta l'ho visto caricare Lisa. Le aveva portato dei fiori, dei tulipani. Mi ha fatto venire i brividi. Li aveva avvolti nella carta di giornale e quando li ho visti ho pensato che li avesse rubati al cimitero. Non so perché. Immagino li avesse strappati da un'aiuola.

– Credi sia pericoloso?

Heidi si tormentò una ciocca di capelli. – Lisa diceva che pagava e non faceva storie, ma che non bisognava farlo arrabbiare.

– L'aveva picchiata?

– Ci sono, sai, dei limiti.

– Anche per Lisa?

– Forse.

– Da quando non la vedi?

– Da parecchio. Ho tagliato i ponti con il passato. Era l'unico modo per farcela. Ma immagino che la morte di Johnny non l'abbia...

Una voce fece sobbalzare entrambi. – Heidi?

Il proprietario del Kampill mostrava l'orologio. Heidi si alzò, Milla fece lo stesso. Pagò lasciando una mancia abbondante.

Disse: – Lo sai che sono orgoglioso di te, vero?

Heidi gli schioccò un bacio sulla guancia.

– Lo so.

A Milla venne in mente un'ultima domanda. – Questo Erik. Sai dove si muove?

– Dove incontra le ragazze? Alla stazione o in zona Dodiciville, come tutti. Però so che alle volte portava Lisa al Zum Pfau. Le offriva il pranzo o qualcosa da bere.

– Aspetta, – fece Milla, – al Zum Pfau? Quello sulla statale 12?

– Dicono abiti lì in giro. – Heidi si rassettò il grembiule. – Torna a trovarmi ogni tanto, okay?

– Promesso.

Erano le tredici e ventinove, ma anche se la temperatura stava scendendo a picco, non poteva essere *davvero* così freddo.

Zum Pfau. Statale 12.

Milla pensò: Marlene Wieser, scarpe rosa e Roby il pazzo.

Milla pensò: *ho ucciso io la mia bambina?*

Il numero 1 di largo Palatucci era in un momento di bonaccia. Divise chiacchieravano bevendo caffè da bicchierini di plastica, Masi aspettava chissà chi a braccia conserte e una donna, sulla quarantina, camminava avanti e indietro controllando l'orologio in maniera ossessiva. Niente che lo riguardasse.

L'ispettore capo Lopez entrò nell'area riservata. Salendo le scale incrociò Lombardi e Lombardi, come sempre, fece finta di non vederlo.

Lopez pensò: non oggi.

– Il capo c'è? – chiese.

– Non è di buon umore.

– Rogne?

Lombardi fece spallucce. – Lo sai.

E sparì.

Lopez pensò: vigliacco.

Aveva passato gli ultimi tre anni incatenato a una scrivania. Nessuno, fra divise e mastini, gli aveva rivolto una parola più del necessario. Krupp l'aveva messo in gabbia e la femmina alfa controllava che non gli fosse concessa nemmeno un'ora d'aria.

Forse pensavano di spezzarlo.

Illusi.

L'ispettrice Lici occupava il vecchio ufficio della *mano de Dios*, all'ultimo piano della questura. Quando Lopez ci arrivò dovette fermarsi per riprendere fiato.

Cazzo.

Entrò senza bussare.

La Lici stava consultando alcuni fascicoli dalla copertina rossa. Ufficialmente apparteneva alla Buoncostume, ma Lopez sapeva che le informazioni, prima di arrivare a Krupp, venivano tutte attentamente vagliate dalla *femmina alfa*. Si diceva anche che appena a Roma si fossero sbrigati a modificare i regolamenti sarebbe stata la prima donna a comandare un'unità della Mobile. Lopez faceva il tifo per lei: quella stronza avrebbe capito cosa significasse fare il poliziotto *sul serio*.

L'ispettrice non alzò nemmeno la testa dagli incartamenti.

Femmina alfa del cazzo.

– Ho bisogno di vedere Krupp.

– Può dire a me.

A Lopez venne da ridere. Negli ultimi tempi gli riusciva facile trovare comica qualsiasi cosa. Era dimagrito di dieci chili e il suo solito sorriso beffardo sembrò il ghigno di un teschio.

– Si tratta di una faccenda personale.

– Non in orario di servizio.

Lopez si deterse il velo di sudore dalla fronte. – L'uomo che un tempo lavorava in questo ufficio aveva molti difetti. Non sarò io a negarlo. Soprattutto negli ultimi anni si era lasciato andare. Era evidente. Ma sapeva ancora quando chiudere la bocca e ascoltare.

– La porta, – sibilò la femmina alfa, – si ricordi di chiuderla.

Lopez pensò: vaffanculo.

Appoggiò sulla scrivania un certificato medico.

– Tumore ai dotti biliari. I medici mi hanno dato dieci mesi, un anno al massimo. Cinque mesi fa. A breve sarò incapace di... – Lopez scosse la testa: incredibile come l'idea della morte rendesse tutto più semplice. – Sto per crepare. Che altro c'è da dire?

Sul viso della Lici, nessuna emozione.

– E perché non è in aspettativa?

A Lopez la risposta piacque: se Levada non l'avesse sottovalutata, la Lici sarebbe stata un grande mastino. Anche questo lo fece sorridere.

– Presenterò la domanda al più presto. Così non dovrete più vedere la mia faccia.

– Dovrei dire che mi dispiace.

– Non sono qui per la sua compassione. Le ho riferito delle mie condizioni perché ho bisogno di parlare con il commissario. Con una certa urgenza, come può immaginare.

La Lici lo squadrò da capo a piedi. La pelle giallastra. Gli abiti che gli pendevano addosso. La patina di sudore che non andava mai via.

Morto che cammina.

– No, – fu la risposta.

– Sta pensando a Carbone?

Nel febbraio del 1993, un agente della Penitenziaria in servizio al carcere di Bolzano, Antonio Carbone, aveva esploso due caricatori addosso ai colleghi del turno mattutino. Infine aveva rivolto l'arma di ordinanza contro sé stesso e si era ucciso.

– Le assicuro, – fece Lopez, – che non sono il tipo.

– Il massimo che posso concederle è di riferire al commissario.

L'ispettore capo Lopez non aveva messo in conto di doverla implorare, ma non aveva nemmeno messo in conto di dover morire così presto. E l'orgoglio, ormai, non gli apparteneva più. La morte aveva anche questo vantaggio: eliminava il superfluo.

Drizzò la schiena.

– Vorrei un turno. Possibilmente di notte. Anche solo un pattugliamento di routine.

– Se lo scordi.

Lopez lottò e perse.

Gli occhi gli si riempirono di aghi.

– La strada è tutta la mia vita. Sto per morire. Tutto quello che mi rimane è questa divisa. Mi conceda…

– La sua richiesta di aspettativa, – fece Arianna, – sarà accettata nel più breve tempo possibile. Si ricomponga e torni ai suoi compiti.

Lopez si alzò.

– Le farò avere un posto in prima fila per il mio funerale, – disse.

– Sono commossa.

Lopez ingoiò le lacrime. – Parli a Krupp. Le chiedo solo un…

– Chiuda la porta.

Il Zum Pfau era una bettola con una fila di erogatori di benzina e gasolio, inverni incisi nelle crepe dell'asfalto e un'insegna che era uno schiaffo al buon gusto. Milla parcheggiò la Renault 5 nello spiazzo antistante alle tredici e cinquantasette.

A malincuore nascose la Nikon sotto il sedile. Sentirne il peso lo rassicurava, ma il Zum Pfau era frequentato da due categorie di persone, abituali e saltuari, ed entrambe detestavano i giornalisti quanto i poliziotti. Entrò, si accomodò su uno sgabello, ordinò una birra di cui non aveva voglia a un barbuto che ne aveva altrettanta di servirgliela e cercò di escogitare un modo per attaccare bottone. Non ce ne fu bisogno.

Il barbuto aveva occhio.

– Non sei uno sbirro, ma stai cercando qualcuno.

– Il tizio che mi ha rifatto la fiancata.

– A quel catorcio? La Renault 5?

– Quel catorcio non è mio, okay? Me l'hanno prestato perché il *mio* catorcio, una BMW che mi è costata un occhio della testa, è finita dal carrozziere per colpa di un tizio che guida un'Opel Kadett, vecchio modello. Grigio scura. Certi amici mi hanno detto che sembra un vecchio e che lo si vede da queste parti in compagnia di donnine non proprio eleganti.

– Certi amici dovrebbero farsi i fatti propri.

Milla piazzò una banconota da ventimila accanto alla bottiglia di birra.

– Ho anche la targa, se ti interessa.

Il barbuto fece sparire il denaro. – Donnine allegre e un vecchio con una Kadett?

– Sbronzo marcio e con un odore che si sente a metri di distanza.

– Erik.

– Erik come?

Il barbuto alzò la voce, guardando un punto alle spalle di Milla. – Markus? Il mio amico qui ha un affare da proporti.

Markus, magro e con una giacca da boscaiolo, si sedette sul trespolo accanto a quello di Milla.

Il barbuto gli piazzò una birra in mano. – Il ragazzo ha bisogno di sapere di Erik. Tu sei suo amico, no?

– *Lui* dice di essere mio amico. Si chiama Roland Roth. Che ha combinato?

Milla glielo spiegò in due parole e giacca da boscaiolo rise fino alle lacrime. – Puzzava come un maiale ed era sbronzo marcio? Cazzo, è proprio Erik. Dovresti vederlo quando viene qui con le troie. Si tira delle arie come se dovessimo morire di invidia per i rottami che si porta dietro. Tossiche, sfatte e non più pulite di lui. Una volta ci ha portato anche quella vedova. Come si chiamava?

– Meyr. Sieglinde Meyr, – fece il barbuto, che non riusciva a controllare le risate, – le aveva promesso di portarla a pranzo fuori. Lei si aspettava un ristorante e si era messa tutta in ghingheri. Immagini la sua faccia quando è entrata qui?

– Sicuri che non fosse una lucciola? – chiese Milla registrando ogni parola di quel dialogo.

– Impossibile, – fece Markus, – Roland ci aveva fatto una testa così per giorni. Diceva che dovevano sposarsi, per questo mi ricordo il nome. Sieglinde qui, Sieglinde lì. L'aveva conosciuta attraverso un'agenzia di quelle che mettono gli annunci sui giornali.

– Viene qui spesso?

– Sì, ma non è uno che parla molto. Solo quando ha qualcosa di cui vuole vantarsi, altrimenti si compra le sue schede telefoniche e se ne va. Fuori, sul retro, ci sono delle cabine. Passa le ore a fare... – Un verso di disgusto. – Non lo so e non voglio saperlo.

– E com'è finita con la vedova?

– L'ha mollato, ovvio. Che altro? Per due o forse tre settimane non si è fatto vedere. Poi è tornato. E noi: Roland, come sta la tua signora? E lui: quale signora? Lasciatemi in pace, stronzi. Capito il tipo?

Milla buttò giù quanto restava della birra. – Vi devo ringraziare. Adesso però devo andare al P.R.A. a trovare il recapito di questo gentiluomo e fargli sputare i soldi per la mia carrozzeria.

– Non lo troverai e resterai a becco asciutto, – profetizzò Markus. – Prima di tutto, non ha una lira. Secondo: sai chi è Hans Moser?

– Mai sentito.

– È un tizio parecchio protettivo nei confronti di Roland. Uno con un sacco di quattrini. Lascia che Roland abiti in un vecchio fienile di sua proprietà, nel bosco, qui vicino. Niente acqua corrente, niente elettricità. Quel disgraziato vive come un animale.

Markus diede una pacca sulla coscia di Milla e si alzò.

– Però posso farti vedere dove abita. Offri tu, giusto?

La temperatura all'esterno si era fatta rigida.

Ci vollero pochi minuti perché Markus gli facesse cenno di parcheggiare nella piazzola di sosta lungo la statale 12. Al contrario di quanto accaduto tre anni prima, Milla non mancò l'entrata.

Scesi dalla Renault, raggiunsero la casa cantoniera in disuso.

Markus indicò un abete con la punta spezzata oltre la barriera. – Ottocento metri in linea d'aria. Il fienile di Roland è là dietro. Per arrivarci però non puoi volare, perciò: hai una penna?

Milla ce l'aveva. Ma niente carta. Il quadernone era rimasto nella borsa della Nikon. Markus fu lesto a disegnargli sulla pelle una mappa. Improvvisata, ma più che decente. – Ti sudano le mani.

– Sono un tipo caloroso.

– E con la lingua svelta. – Markus gli restituì la penna e indicò la Renault. – Non andarci con quella o ci lascerai il semiasse.

Milla non riuscì più a trattenersi.

Disse: – Qui non è dove hanno ucciso quella ragazza?

Giacca da boscaiolo sorrise. – Non so chi sei, amico mio, ma so che se non vuoi che Roland sappia che hai fatto domande su di lui ti conviene farmi felice. E non azzardarti a fare il taccagno.

Milla disse addio a un'altra banconota e già che c'era pensò di approfittarne. – Hai mai visto Roland insieme a una bionda? Senza denti, pancia come se fosse incinta. Si chiama Lisa Kofler.

– Una specie di zombie, sì. E siccome mi sei simpatico, ti faccio un regalo. Gli sbirri l'avevano interrogato. Roland.

Per la ragazza accoltellata nel '92. Hanno interrogato tutti al Zum Pfau, compreso il sottoscritto. Roland l'hanno portato in questura perché è segnalato come uno che va a mignotte.

Milla pensò: respira, respira, respira.

Non gli riuscì un granché.

– Non hanno trovato niente su di lui?

– Ti sei perso un dettaglio. Marlene Wieser l'ha ammazzata Sartori, non Roth.

31 ottobre 1995, martedì

Otto e cinquantanove, tredici gradi. L'ispettrice Lici vide la Thema blu di Krupp accostare ai margini della piazza. Si sbarazzò di Lombardi, sfilò gli occhiali da sole e chiuse la zip del giubbino.

I tecnici della Scientifica si fecero da parte. Il galoppino di Jo Serafini, il ragazzino allergico ai barbieri, sparò un flash per immortalare Krupp mentre si avvicinava a quanto restava di Alice Schwarz: una chiazza bruna sul selciato. Si chiamava Milla.

Milla *qualcosa*.

Arianna odiava non ricordare i nomi. Scacciò l'irritazione e ingoiò un antidolorifico. Si era svegliata con una fitta atroce che si diramava dal collo alle spalle. Il dottor Boscolo le aveva spiegato che si trattava di un riflesso psicosomatico: era il modo in cui il suo corpo sfogava la tensione. Bella merda.

Accese una Lucky Strike.

Krupp indossava il solito completo giacca e cravatta con l'impermeabile color crema. La cravatta aveva la stessa tonalità del velo di stanchezza sotto i suoi occhi, il commissario la infilò nel taschino della camicia, pizzicò il tessuto dei pantaloni e si abbassò per scrutare il sangue da vicino.

Arianna sapeva che nella sua mente Alice Schwarz era lì, davanti a lui. Krupp stava misurando distanze, confrontando ciò che i suoi occhi vedevano con i rapporti preliminari, cercava concordanze e falle. *Immaginava*. Lo diceva sempre ai nuovi arrivati. È l'immaginazione l'arma del poliziotto, non la pistola. Ma questo non significava che non controllasse personalmente i punteggi al poligono di ogni sbirro di largo Palatucci.

Krupp si spostò alla seconda chiazza di sangue, a tre metri dalla precedente. Gli occhi del commissario si soffermarono sugli schizzi radiali e su quelli surali. A pochi metri da lui, berciando e saltellando, un gruppo di passeri cercava di spaventare un corvo sul frontone del palazzo della provincia.

Ogni tanto il corvo li scherniva.

Terminata l'ispezione, il commissario la raggiunse.

– Non avevi smesso?

Arianna guardò la sigaretta e disse: – In realtà non ho mai cominciato.

– Chi è arrivato per primo?

– Una pattuglia era davanti alla stazione. Agenti D'Ambrosio e Melani. Tutto da manuale. Hanno chiamato il 118 e la centrale. Il primo mastino sulla scena è stato Lombardi.

– Quanto tempo per cristallizzare?

– Otto minuti.

Krupp annuì, soddisfatto, – Che idea ti sei fatta?

Arianna indicò l'accesso al palazzo del consiglio provinciale. – Piras la stava aspettando in quell'angolo laggiù. Ha fumato tre sigarette, abbiamo trovato i filtri per terra, ed è compatibile con quanto ci ha riferito il ragazzo del bar di fronte.

– Il figlio di puttana la stava aspettando.

La femmina alfa annuì. – Per andare al lavoro Alice Schwarz usa l'autobus e l'autista l'ha vista scendere alle otto e quindici. Alle otto e diciassette Piras ha agito. Oltre al ragazzo del bar, abbiamo altri due testimoni. Uno l'ha descritto come "concentrato", l'altro "determinato". La vittima non si è accorta dell'agguato perché stava dando una scorsa al giornale. Lui le ha sparato tre colpi. Due in rapida successione…

– …quando lei era ancora in piedi, il terzo quando era

a terra. Poi ha rivolto l'arma contro se stesso e ha fatto fuoco.

– Al cuore.

– Precedenti?

– Cinque anni per faccende di droga. Ayrton Senna ti farà avere il fascicolo al più presto.

– Cos'hanno in comune un'impiegata provinciale e uno spacciatore?

Quella era la parte che Arianna non riusciva a digerire.

– Una relazione sentimentale. Piuttosto fugace. Lei l'ha lasciato quando ha scoperto che razza di farabutto era, ma lui ha continuato a tormentarla. Ci sono sette ordinanze restrittive nei suoi confronti. Definiscono Piras un soggetto violento e pericoloso. Poi è finito dentro e Alice Schwarz ha abbassato la guardia.

– Quando è uscito di prigione?

– Due settimane fa.

Krupp si aggiustò gli occhiali. – Sappiamo dove ha preso la pistola?

– Ci ho messo Lombardi.

– I medici?

– Non sono ottimisti. Quella bambina...

Krupp aprì e chiuse le mani. – *Quale* bambina?

– La Schwarz ha una figlia. Un anno e mezzo. Piras diceva che era sua.

– Piras era in galera quando la bambina è stata concepita, o sbaglio?

Arianna si massaggiò il collo. – E quand'è che uno così bada a certi dettagli?

Jo si mise a giocherellare con le foglie della *Maranta Leuconeura*, la piantina carina e beghina. Milla gli mostrò le foto appena sviluppate, ma il capocronista non le degnò di uno sguardo.

– Io ti avevo avvertito. Prima di suonare il rock bisogna imparare il blues.

Milla cascò dalle nuvole. – Non ti seguo.

– La ragazza dei fiori. Ti ha lasciato, vero? Non posso darle torto, ma devi fartene una ragione.

– Non ci siamo lasciati.

Jo tirò fuori il pacchetto di sigarette. – Alla tua età se non è il cuore è il portafogli. È un trucco per avere un aumento?

Milla piazzò un posacenere sulla scrivania. Odiava quando Jo gli riempiva l'ufficio di schifezze.

– Sarebbe il benvenuto, ma non c'è niente che non va. Davvero.

– Cazzate. Un bel delitto passionale tipo la bella e la bestia e tu non ci metti nemmeno un po' di entusiasmo? Dove sono i violini?

Milla ripensò alla chiazza di sangue di Alice Schwarz. A quella di Guido Piras. Ai paramedici che scuotevano la testa, già sconfitti. Ai passeri che non si volevano arrendere all'evidenza.

E al corvo, lassù, trionfante.

– *Titolo*, – fece Jo disegnando caratteri cubitali nell'aria, – "Cronaca di una morte annunciata".

– *Titolo*, – ribatté Milla, – "Tragedia evitabile".

Jo si portò le mani dietro alla nuca facendo schioccare le vertebre.

– Hai visto Krupp? Incazzato come pochi. Secondo me andreste d'accordo. Vivete tutti e due nel mondo delle favole. Però non me la racconti giusta. Hai qualcosa che ti frulla per la testa. Ti conosco.

Milla fu lì per lì per vuotare il sacco. Raccontargli di Lisa, di Roth, ma sapeva come Jo avrebbe commentato: dove sono i fatti, campione?

Infilò un foglio nella Olivetti.

– Come lo vuoi l'articolo?

– Quello lo scrivo io. Da te voglio un decalogo. Roba importante. Tipo i dieci comandamenti. Ma non montarti la testa, non sei Mosè. Un decalogo antiviolenza a uso e consumo delle lettrici della "Voce delle Alpi". Sono un bel po'. Accetti suggerimenti?

Milla si appoggiò allo schienale della poltrona. – Sono tutto orecchi, maestro.

– Prendi appunti. Primo: tira le tende e, barra, o abbassa le tapparelle quando c'è buio, ma lascia filtrare un po' di luce per far capire che l'appartamento non è vuoto...

Milla lo guardò di sbieco. – Non mi freghi.

– No?

– Questa non è farina del tuo sacco.

Jo ghignò appoggiando un paio di fogli dattiloscritti sulla scrivania. C'era lo stemma del Comune. Scudo bianco, rosso, e di nuovo bianco con una stella a sei punte al centro. Dorata, nientemeno.

– Voilà, campione. Tecnicamente si chiama marchetta. Ma noi, – puntualizzò il capocronista, – lo chiamiamo: *"Voce delle Alpi" per il sociale.* Rendiamo il mondo un posto migliore.

Milla diede una scorsa al documento.

– Resti agli atti che è una stronzata.

– Sei una donna? Che ne sai di cosa hanno paura le donne?

Milla lesse il punto sette. – "Le donne più a rischio non sono affatto le più belle, ma quelle che si presentano indifese o volgari", aperta parentesi, "potenziali prede a buon mercato", chiusa parentesi.

– E allora?

– Chi ha scritto 'sta roba? L'ayatollah Khomeini?

– Le donne del consiglio comunale. All'unanimità. Destra, sinistra, centro. Ci sarà una conferenza stampa, oggi pomeriggio.

– "Quando sei sola sull'autobus siedi sempre vicino al conducente." Puoi sentirti al sicuro solo se c'è un maschio al tuo fianco. Sul serio, Jo?

– Non è così?

– Perché allora non proponiamo di mettere un cartellino al collo alle concittadine? Proprietà di Tal dei Tali, possessore di pene e testicoli, si prega di non importunare.

– In Afghanistan dicono funzioni alla grande, – borbottò Jo. – E adesso spala la ghiaia e smettila di frignare. Quattromila battute.

Milla incrociò le braccia.

– Niente firma.
– Come siamo sensibili, campione.
– Niente firma o vado in sciopero.
Jo diede un colpetto alla scrivania. – Affare fatto.
Milla controllò la spaziatura e iniziò a battere sui tasti, rischiando di farli esplodere.

"Donne, unitevi contro la violenza!": decisamente inconsueto non solo il contenuto, ma anche il tipo di idea scaturito in questi giorni dal consiglio comunale.
Si tratta di un'iniziativa che va ad affiancarsi a un'altra recente richiesta: le colonnine antistupro collegate con la centrale del pronto intervento da installare nelle zone più a rischio...

2 novembre 1995, giovedì

A giudicare dall'espressione, anche Krupp doveva essere infastidito. Forse per il suo stesso motivo: quel sole splendente nel giorno dei morti era una beffa. Arianna pensò: tutta questa luce...

C'era stato un momento, nelle settimane successive alla cattura di Lucio Sartori, quando Arianna ancora faceva il conto alla rovescia per la dose di Zoloft, in cui aveva creduto di essersi innamorata di lui. La parola giusta per descrivere ciò che aveva provato era "infatuazione". L'altra, come aveva capito: shock.

L'infatuazione era passata, lo shock se ne era andato portandosi via lo Zoloft insieme al dottor Boscolo, eppure Arianna si era resa conto che ancora non riusciva a guardare il commissario come aveva fatto prima dell'aggressione di Cupido.

La confusione era terminata nel dicembre 1992.

Per caso Arianna si era ritrovata nei sotterranei del numero 1 di largo Palatucci e li aveva sentiti. I tonfi della Cella X. Quella che Krupp era convinto di aver consegnato alla storia. La sua prima reazione, quando aveva visto l'assistente Masi e l'agente Fabris con il tubo flessibile fra le mani, era stata: paura.

Per Krupp. Per sé stessa. Per tutti. Un terrore mille volte peggiore di quando Sergio le si avventava contro, insultandola.

Quel giorno fu Arianna a entrare nella stanza 121, ma fu

la femmina alfa a uscirne, consapevole di quale sarebbe stato il suo compito negli anni a venire. Tutto stava in una parola: sacrificio.

Krupp aveva deciso di rinchiudersi in un armadio per parlare la lingua dei mastini. Aveva accettato di diventare il prigioniero di un'idea che altri gli avevano costruito attorno.

L'eroe.

L'uomo che aveva arrestato il Killer delle Lucciole, quello che si accingeva a decapitare il clan dei calabresi e liberare la città dalla morsa dell'eroina: lo specchio in cui tutti vedevano riflessa la propria parte migliore. Un compito immane, mostruoso.

Lei lo sapeva.

Lei sapeva cosa significasse vivere chiusi in un armadio. Senz'aria. Senza luce. Ma Krupp, al contrario suo, aveva *scelto* di chiudersi in quell'armadio e per continuare a essere ciò che si era imposto di diventare, per continuare a scindere il bianco dal nero brandendo la spada della giustizia, Krupp doveva credere che il prezzo che stava pagando valesse la prigionia.

Per farlo aveva bisogno di aiuto.

Aveva bisogno di qualcuno che sapesse cosa significava vivere in quel modo. Qualcuno che gli facesse da custode. Che lo proteggesse. Un mastino di una razza mai vista prima. Un mastino che gli impedisse di uscire da quel maledetto armadio.

La femmina alfa.

Arianna pensò: questa cazzo di luce è *sbagliata*.

Smorzando un colpo di tosse uscì allo scoperto, facendo abbastanza rumore da attirare l'attenzione del commissario.

– Sapevo di trovarti qui, – disse.

Ogni anno Krupp visitava la tomba delle vittime di Sartori lasciando Lorena per ultima, come se, con lei, stesse cercando di chiudere il cerchio di una storia con cui ancora non riusciva a venire a patti.

– Sono un uomo abitudinario.

– E noioso.

– Non hai idea quanto.
– Alice Schwarz, – annunciò l'ispettrice Lici, – è morta.
Tre colpi a bruciapelo: i medici del San Maurizio erano stati chiari sin dal primo istante, a meno di un miracolo per la donna era finita.
– Un altro killer...
– Piras non farà più male a nessuno. È morto anche lui, mezz'ora fa. Forse abbiamo una pista su chi gli ha venduto l'arma del delitto.
Krupp non la stava ascoltando.
Guardava la foto di Lorena, sulla lapide.
– C'è stato Sartori, – mormorava, – c'è l'eroina, c'è questa... *cosa*. Come la fermiamo? Tu lo sai, Lorena?
Arianna guardò la lapide di Lorena Haller, ventiquattro anni, ventiquattro coltellate.
Sentì: gelo.
Lorena, sorridente, non rispose.

Uscita dal cimitero di San Paolo, pochi chilometri da Bolzano in direzione del tramonto, Sieglinde Meyr si sedette su una panchina, a godersi il tepore della giornata. L'anziana donna vestiva di scuro e aveva il capo coperto da un fazzoletto candido perché secondo la vecchia tradizione sudtirolese il colore del lutto non era il nero, ma quello della neve.
Era stato facile trovarla: il cognome Meyr non era diffuso come la variante "Mair" o "Maier" e Sieglinde era un nome ancora meno comune.
Quando si accorse della sua presenza, la donna gli fece cenno di avvicinarsi. Milla la raggiunse, il quadernone rosso sotto braccio e le Lumberjack che scricchiolavano sul ghiaino.
– Lei è il giornalista, vero? Si sieda. Non bisogna mai sprecare un po' di sole.
Milla si sentì una carogna, ma questo non gli impedì di mitragliare: – La ringrazio per aver accettato di incontrarmi, ma devo confessarle che non si tratta di un articolo sulla

storia del suo maso di famiglia. Me ne scuso e voglio anche assicurarle che ciò che ci diremo resterà strettamente confidenziale.

Prese fiato.

– In realtà vorrei mi parlasse di Roland Roth. So che lo conosce.

Sieglinde Meyr si alzò, di scatto.

– Arrivederci.

Milla aveva immaginato una reazione del genere. – C'è una persona scomparsa che potrebbe essere morta. Una prostituta. Lisa Kofler. L'ultima volta che è stata vista era con Roth. L'ha caricata in stazione, a Bolzano. Con le ragazze usa un altro nome.

La signora Meyr si voltò. Niente più imbarazzo, niente più rabbia. Solo tristezza.

– Erik.

Tornò a sedersi. – Le ha fatto qualcosa di brutto?

– Lo crede possibile?

– No.

Milla aprì il quadernone.

– Ho saputo che vi siete conosciuti tramite un'agenzia matrimoniale.

– Volevo solo un po' di compagnia. Non l'amore. L'amore l'avevo già perso.

– Capisco.

– Davvero?

Milla pensò a Iris. – No, però, mi creda, a me interessa Roth, non la sua vita privata.

Sieglinde si slacciò il fazzoletto dalla testa, lo piegò e lo infilò nella borsa in bilico sulle ginocchia ossute. Aveva i capelli raccolti in una treccia arrotolata. – Roland è un gran lavoratore. E a modo suo è romantico. Mi portava i fiori. Andavamo a fare lunghe passeggiate, sul Renon. La sua famiglia è di quelle parti.

– Li ha conosciuti?

– No. Lui ne parlava con rispetto, ma loro l'avevano abbandonato. Ne soffriva anche se diceva che non era così. Mi raccontava di quando era bambino, dei maiali, delle scorribande... Un giorno Roland disse che voleva sposarmi, ma io risposi di no. Da allora non ci siamo più frequentati.

Negli occhi della vedova, Milla lesse anche altro.

– Cos'è successo?

La signora Meyr dovette prendersi una pausa.

– Quel giorno... mi ha spinta. Era *arrabbiato*. Non sembrava più in sé. Mi ha rivolto delle parole orribili. Eravamo al santuario, a Pietralba, avevo preparato dei panini, poi Roland aveva voluto fare una passeggiata, verso la gola del Bletterbach. E lì...

– Roland l'ha spinta perché ha rifiutato la sua proposta di matrimonio?

Sieglinde Meyr si morsicò le labbra. – Ho sbattuto la testa sulla radice di un abete. È uscito un po' di sangue. Mi sono spaventata. Lui era terrorizzato. Stava male, si vedeva. Gli ho chiesto di riportarmi a casa, gli ho detto che non volevo più vederlo e così è stato.

– Sapeva delle prostitute?

Un sospiro. – Disse che lo faceva perché si sentiva solo.

– Mi hanno detto che Roth è un originale. E che non tiene alla propria igiene.

– Roland vive in una catapecchia nel bosco. Come potrebbe tenersi pulito? Fa quel che può, si lava nel torrente e se lei conoscesse la povertà non farebbe queste domande. Grazie a Dio esistono persone come il signor Moser. Roland abitava a Colma, ma non riusciva a pagare l'affitto e l'hanno buttato fuori casa. Non fosse stato per il buon cuore del signor Moser chissà cosa...

– Roth abitava a Colma?

– Fino al 1985.

Milla pensò: quanto crediamo alle coincidenze, campione?

3 novembre 1995, venerdì

Quindici e tredici. Milla presentò l'apposito modulo. L'impiegato del tribunale, occhiali tondi e aria da Nosferatu, gli diede una scorsa e chiese: – Sentenza o incartamenti completi?

Milla fu colto alla sprovvista.

– Non...

– Ogni fotocopia sono trecento lire, la sentenza fanno centomila. Spicciolo più, spicciolo meno.

– Gli incartamenti completi?

– Ho bisogno di una calcolatrice.

Gli incartamenti del processo Sartori/Haller, Sartori/Wieser, Sartori/Zanni, Sartori/Nicoletti e Sartori/Gatti lo costrinsero a fare più volte avanti e indietro dalla copisteria del tribunale alla Renault 5. Complice la chiusura imminente, e un bel po' di curiosità, Nosferatu si offrì di dargli una mano.

– Lei è un giornalista? – chiese, quando ebbero ultimato il lavoro.

– In confidenza, – mentì Milla, – sto pensando di scrivere un libro.

Nosferatu si ritrasse, orripilato.

– Fossi in lei ci ripenserei.

Milla chiuse il bagagliaio. – Magari lo farò.

– Trovo l'idea di raccontare quella storia molto, davvero molto poco opportuna.

– Significa che non vuole finire nei ringraziamenti?

– Giulio Visentini. Con la “s”, non Vicentini. Sono in tanti a sbagliarsi.

Visentini rise, Milla rise.

Tornò a casa.

Raccontò di Nosferatu a Iris.

Rise anche lei.

Milla studiò i fascicoli.

Ridere smise di essere anche solo un’opzione.

Fu: panico.

6 novembre 1995, lunedì

La segretaria non si accorse di quanto Milla fosse fuori di testa e lo fece accomodare in sala d'aspetto. A mezzogiorno il dottor Simoni lo invitò a entrare nello studio. Milla si alzò e le vertigini lo fecero incespicare. In redazione si era dato malato e non era proprio una bugia. In ogni caso, quello era il posto giusto per lui.

– Alex Milla. – Si presentò. – Vorrei mi dicesse che sono un idiota.

Simoni abbozzò una risata.

Milla: no.

Tirò fuori dalla borsa della Nikon il quadernone rosso. Era zeppo di appunti, cancellature, tratti rabbiosi, punti di domanda. Non più carta e inchiostro, ma specchio del buio in cui era precipitato.

In soli *tre* maledetti giorni.

Partì a razzo, mangiandosi le parole. – L'esame che ha eseguito sul cadavere di Marlene Wieser, il 21 marzo 1992, parla di ferita da scannamento. L'autopsia successiva, eseguita dal dottor Egger, di sgozzamento. Ho chiesto in giro. Medici, veterinari, macellai. Concordano. Scannamento e sgozzamento sono due cose diverse. Lo scannamento è un gesto che richiede esperienza. Marlene Wieser è stata sgozzata o scannata?

Simoni spalancò gli occhi, sbalordito. – Per quale morboso motivo me lo sta chiedendo?

– Perché Sartori ha confessato tre dei cinque omicidi

che gli sono stati attribuiti. Giulia Nicoletti, Lorena Haller e Patrizia Zanni. Tutte e tre sono state accoltellate e sgozzate. Non scannate. Con Marlene Wieser, Sartori è stato... fortunato?

– Non mi piace quello che sta insinuando.

– Non sto insinuando nulla, mi creda. Dottor Simoni, io la sto implorando di dimostrarmi che sono in errore. Perché niente nell'omicidio Wieser ha senso. E non parlo solo delle ferite.

Da tre giorni il mondo intorno a Milla era come quel quadro di Munch. Un urlo incessante di colori da malato mentale.

L'unico modo per farlo smettere di vorticare era trovare risposte.

Milla non prese nemmeno fiato.

– Lucio Sartori è stato visto in compagnia di Marlene, mesi prima dell'omicidio, a Valles, mentre era in vacanza. Significava che i due si conoscevano e che, quindi, Marlene sarebbe stata propensa ad appartarsi con lui, sia per un'eventuale prestazione sessuale che per un semplice autostop.

– Fin qui, nulla di nuovo. O sbaglio?

– *Però* i teste che hanno dichiarato che Sartori conosceva Marlene sono parenti. Genitori e figlio. Quindi la loro testimonianza potrebbe essere stata influenzata dalla reciproca conoscenza.

– Non significa che...

– Hanno riferito di aver visto Sartori parlare con Marlene in pizzeria e in una discoteca. Ma abbiamo altri testimoni, fra cui alcuni commilitoni che hanno svolto il servizio militare con lui, che hanno dichiarato che quel bastardo detestava i luoghi affollati e che non è mai stato visto in discoteca. Lui stesso ha affermato più volte che non gli piacciono gli ambienti affollati.

Le guance di Simoni si fecero di porpora. – Non ha pensato che stesse mentendo?

Milla si deterse il sudore dalla fronte. – Certo che l'ho pensato, ma perché crediamo ad alcuni testimoni e ad altri no?

– Perché la corte li ha ritenuti più attendibili. Un conto è ricordare quanto avvenuto nel dicembre del 1991, un conto nel 1985.

– Attendibili come la signora Elsa Wieser? Abbiamo una sua dichiarazione secondo cui aveva sentito la figlia chiacchierare al telefono con un uomo. Parlavano di...

Il dottor Simoni ricordava quel particolare, emerso durante il processo.

– Parlavano di cani.

– E siccome Marlene amava gli animali e Sartori, da bambino, aveva posseduto un cane a cui era stato molto affezionato, la corte ha accettato l'assunto secondo cui Marlene stesse parlando con il suo futuro assassino. Ma era davvero Lucio Sartori l'uomo al telefono? Ne avremmo la certezza se avessimo i tabulati che indicano che la telefonata proveniva dall'appartamento di via Visitazione 72 o, almeno, dal luogo in cui Sartori lavorava. Ma i tabulati della Sip non ci sono.

– Esistono le cabine telefoniche.

– Perciò si tratta di una chiamata da un telefono pubblico fatta da una generica voce maschile. E poi c'è la dinamica del delitto. C'è un buco di tre ore da quando Marlene ha bussato alla porta di casa a quando venne ritrovata lungo la statale 12, poco distante dall'uscita per...

Ottocento metri in linea d'aria.

Abitava a Colma, ma...

Solo le ragazze più disperate accettano di andare con lui...

Mi ha spinta. È uscito un po' di sangue.

L'hanno portato in questura...

Erik è uno che *si arrrrabbia.*

– ...Campodazzo. Al processo, il commissario Krupp e il pm Manfredi hanno portato la dichiarazione di un testimone che dice di aver visto Sartori insieme a Marlene in piazza Verdi a Bolzano, nemmeno un'ora prima della morte che lei e il dottor Egger, questa volta in maniera unanime, avete fissato attorno alle sei del mattino.

– Marlene, – disse Simoni, – ha fatto autostop fino a Bolzano, ha girato per un paio d'ore e poi verso le cinque e trenta ha incontrato Sartori. Dov'è il problema?

– *Presumiamo*, – lo corresse Milla, – che Marlene abbia fatto l'autostop fino a Bolzano. Non è mai stato rintracciato chi le ha dato il passaggio e non c'è nessuno che l'abbia incrociata in quelle due ore di buco. Inoltre, – Milla estrasse la fotocopia del verbale, – il teste di piazza Verdi, lo spacciatore, ha dichiarato di aver visto Sartori e Marlene salire su una Citroën. *Una Citroën*. Sartori guidava una...

Opel Kadett.

Grigio scura.

– Una Seat Ibiza rossa, – fece Simoni, – ma come ha detto Manfredi durante il dibattimento, un conto è saper riconoscere marca e modello di un'auto, cosa che non tutti sanno fare, un altro è riconoscere il viso di una persona, non crede anche lei?

Milla emise un verso di disgusto.

– Sa quante volte sono stato in piazza Verdi, dottore? Centinaia. Il mio mestiere è intervistare drogati, puttane e spacciatori. Ho decine di foto scattate a quell'ora, in quel punto e in quel periodo dell'anno. Tutte mai pubblicate. E sa perché? La luce. Fa schifo. Perciò, come possiamo essere certi che il testimone possa aver riconosciuto Sartori e Marlene con quell'illuminazione?

Simoni si infilò una pastiglia fra le labbra.

– Questa si chiama illazione.

– Anche l'arma del delitto è un'illazione? Il coltello con cui è stata uccisa Marlene è a doppio filo, sottile. È l'arma con cui tradizionalmente si scannano i maiali e...

È il settimo di sette fratelli.

Gente dura con pochi soldi.

I suoi avevano un allevamento di maiali.

– Lei non è in sé, signor Milla.

Era vero. Ma non aveva importanza.

Doveva buttare fuori tutto.

Perciò: – Lorena Haller, 7 gennaio 1992. Sartori la fa salire in macchina, trova un posto appartato, l'accoltella, si sbarazza del cadavere e torna a casa. Patrizia Zanni, 6 agosto 1992. Sartori fa salire la ragazza in auto, la porta in un posto tranquillo, lei reagisce, lui va nel panico e la scarica sulla strada che porta al Colle. Egger scrive: stesso *modus operandi*. Lei è d'accordo?

– Naturalmente.

– E come lo spiega il tentativo di strangolamento su Marlene? Un cambio di *modus operandi*?

– La mia pazienza ha un limite, – lo avvertì Simoni.

Milla: se ne fregò.

– Sartori porta Marlene in un luogo tranquillo, cerca di strangolarla con un cordino su cui non sono state rinvenute tracce di Dna umano e che si è rivelato impossibile dimostrare fosse compatibile con i segni trovati sul collo della vittima, poi… il cordino si rompe? Ha mai provato a spezzare uno di quegli affari?

Simoni si spazientì. – Al processo il cordino non è stato ammesso come prova e non ha niente a che fare con la sentenza. E non serve ipotizzare una rottura. Magari la vittima si è divincolata, a Sartori è mancata la presa e l'ha uccisa con il coltello.

– C'erano segni di lotta?

– No. Ma c'è anche la possibilità che Sartori, vedendo che la vittima ci stava mettendo troppo a morire, abbia deciso di cambiare arma. Lucio Sartori è un sadico, non se lo dimentichi.

Milla s'infervorò. – Le coltellate inflitte da Sartori sono sempre descritte sottolineandone la forza d'impatto, non la precisione. Quello stronzo è un bisonte, per ammazzare non ha bisogno di essere anche preciso. Erano tutte ragazze come…

Iris, a terra, mentre Roby il pazzo urla: *Se l'è cercata! Se l'è cercata! Se l'è cercata!*

– …Erano tutte ragazze minute. E i tempi, dottore? Non tornano. Marlene muore alle sei del mattino e alle sei e quaranta Sartori era già al lavoro, lo sappiamo perché ha timbrato il cartellino. In quaranta minuti è tornato a Bolzano, si è lavato, si è cambiato, ha lavato l'auto ed è andato a lavorare?

– Sono state fatte delle perizie. I tempi tornano.

– Per un soffio.

– Sta dicendo che non so fare il mio lavoro?

– Sto dicendo che lei l'ha fatto fin troppo bene. Ma voglio che mi guardi negli occhi e mi dica che accetta la ricostruzione del dottor Egger. Egger era *certo* che il cordino trovato nella macchina di Sartori fosse compatibile con i segni sul collo di Marlene, ma non è mai riuscito nemmeno a determinare se fosse sintetico o di canapa o di qualche altro materiale. Il dottor Egger era *sicuro* che le tracce ritrovate sul cordino nel bagagliaio dell'auto di Sartori fossero sangue umano, invece le analisi dicono che si trattava di erba. Egger *non* ha capito che tipo di arma aveva utilizzato Sartori su Patrizia Zanni finché Sartori l'ha confessato. Inoltre, dottor Simoni, Egger è uno psichiatra? Io leggo i documenti firmati da Egger e trovo: "*modus operandi*", trovo: "odio feticistico nei confronti delle donne". Termini psichiatrici. Che ci fanno nei fascicoli di un patologo?

Simoni intrecciò le dita sulla scrivania.

– Egger è uno stimato professionista di grande esperienza.

– Davvero? Quanti serial killer ha visto nella sua carriera, dottor Simoni? Ed Egger?

Simoni gli indicò la porta.

Un gesto lento.

Stanco.

– Non mi costringa a chiamare la polizia.

Milla uscì pensando alla sentenza dell'8 marzo 1994. Il trionfo di Krupp e Manfredi. La tesi dell'accusa accettata in pieno: in un luogo così piccolo, con una popolazione così ristretta e nello stesso arco di tempo, non potevano esistere due individui che uccidessero la stessa tipologia di vittime con la stessa modalità di azione. Quattro ergastoli e trent'anni di reclusione.

Milla entrò nella Renault 5 e iniziò a piangere.

Pensava: Opel Kadett grigio scuro.

8 novembre 1995, mercoledì

Milla sentì la chiave nella serratura: la ragazza dei fiori di ritorno dalla serra. La “stanza in più” era un campo di battaglia. Fotografie, fotocopie, appunti, una montagna di libri e ritagli di giornale. Il quadernone rosso era triplicato di volume.

Erano le diciotto e sette, fuori era buio pesto e Iris profumava di terra grassa. Si era tolta gli scarponi e indossava calzini con le stelle. Anche lei aveva gli occhi stanchi.

– Novità?

– Ha telefonato Jo. Ha detto che sono licenziato.

Iris gli poggiò un bacio sulla fronte e si sfilò la giacca. – Non sembri preoccupato.

– Penso sia una buona notizia. Il fatto che abbia telefonato, intendo.

– Escludiamo la gentilezza e l’interesse per la tua salute?

– Non sarebbe da lui. Ma, – Milla si scompigliò la massa di capelli disordinati, – se avesse anche il minimo sentore di ciò che sto facendo avrebbe preso a calci la porta fino a buttarla giù. E questo significa che il dottor Simoni non ha chiamato nessuno.

– Perché…

– …Perché anche lui ha qualche dubbio.

Iris uscì dalla stanza e Milla sentì la sua voce alzarsi per sovrastare lo scroscio del rubinetto. – Ce l’hai fatta a incontrare l’avvocato?

L’avvocato Fontanari: cinquantasette anni, lugubre come un funerale. – Ha detto che Egger è un idiota.

Iris fece capolino nella stanza, in mutandine e reggiseno. – Testuali parole?

– Un uomo si presenta dal proprio medico di base, ha difficoltà di minzione, la vescica dolorante. Il medico gli prescrive degli esami...

Iris sparì con un: – Lasciami mettere qualcosa addosso. Tu continua.

– ...L'urologo dell'ospedale consegna il referto all'uomo che ha sempre più difficoltà a urinare e resta sveglio di notte a causa dei crampi. L'urologo dice che servono altri accertamenti e indica quali. L'uomo li fa e continua a stare sempre peggio.

Iris tornò, jeans scampanati e felpa multicolore. – Finisce male, vero?

– Muore. La famiglia fa causa all'urologo e la perizia del tribunale è affidata a Egger, il quale non ha dubbi. Il paziente è morto per il tumore alla vescica che gli esami avevano evidenziato, ma afferma anche che l'urologo non ha colpe perché la diagnosi doveva essere comunicata dal medico di base, non da lui.

Iris sgranò gli occhi. – Aspetta. L'urologo aveva visto il tumore, sapeva quanto era grave, non ha detto niente e per Egger era innocente?

– Sai qual è la cosa che fa imbestialire Fontanari?

Iris si sfregò le palpebre. – Che Egger ha fatto delle speculazioni che esulano dalle sue competenze di patologo. Come per Marlene.

– Per non parlare, – Milla saltò un paio di pagine sul quadernone e trovò il punto che stava cercando, – della volta in cui Egger ha dichiarato che non bisognava togliere la potestà alla madre che aveva ridotto il proprio figlio a livelli di denutrizione inimmaginabili perché, cito: "A detta dei paesani è una brava donna".

La rabbia di Milla era esplosiva.

Quella di Iris: gelida.

– Okay, – fece la ragazza dei fiori, – adesso sappiamo perché la procura non affida più perizie al dottor Egger. Chi hai ancora da incontrare?

10 novembre 1995, venerdì

L'ex assistente Barbieri era un bell'uomo. Pizzetto alla moda e carisma a palate. Nel 1988 aveva abbandonato la divisa per mettere a frutto un diploma da geometra e coltivare la sua passione per la scultura. Milla e Barbieri si erano conosciuti nel 1993 per quest'ultimo motivo, a una mostra. Il primo ci era andato per spalare ghiaia, il secondo perché una delle sue opere aveva ricevuto un premio. Avevano fatto comunella perché Milla si stava annoiando e l'ex poliziotto era l'unico fra i presenti a conoscere la differenza fra arte, hobby ed egocentrismo.

Barbieri gli offrì del brandy.

Milla chiese dell'acqua. Era già troppo su di giri.

Conclusi i convenevoli il padrone di casa esordì con una domanda.

– I vicini avvertirono tv e giornali e solo in seguito il 113, oppure fu la centrale a fare casino? – L'ex poliziotto si strinse nelle spalle. – Nessuno lo saprà mai, immagino, ma resta il fatto che i primi a entrare nell'appartamento di Giulia furono i giornalisti. Trovammo le impronte di quei bastardi praticamente ovunque. Caos a cui si sommò subito la faccenda di Massini.

Milla controllò il quadernone: niente.

– Mai sentito.

– Levada ordina un porta-a-porta e quando i ragazzi arrivano da Stefano Massini, che abita un piano sopra quello di Giulia, lui dice di non poter aprire. Le divise gli chiedono perché e lui risponde che ha paura che il gatto scappi. Ed ecco che Stefano Massini diventa il numero due sulla lista dei sospettati.

– Scherzi?

– Massini è una delle tante cose che non troverai scritta da nessun parte. Soffriva di depressione e c'era una pila così di certificati medici ad attestarlo, ma per Levada erano stronzate. Tenne Massini sotto pressione per due anni, fino al 1987, quando quel disgraziato si è buttato dal balcone. – Barbieri buttò giù il brandy e si alzò per prepararsene un altro. – Pensi che la *mano de Dios* abbia a che fare con il suo suicidio?

Milla sentì un nodo allo stomaco.

– Chi c'era al primo posto della lista dei sospettati?

L'ex poliziotto guardò in controluce il brandy. – La madre di Giulia. Ma i tempi non tornavano, non c'era movente, non c'erano testimoni, niente. Levada la mise comunque sotto torchio. E intendo che ci andò giù pesante. Le mostrava le foto della scena e lei sveniva. Levada diceva: è una messinscena. E appena lei si riprendeva, continuava a torchiarla. Dieci ore il primo giorno. Dieci ore il secondo. Dieci ore il terzo. Lei era incinta. Riesci a immaginarlo? Anche i giornalisti fecero la loro parte. Naturalmente fu Levada a imbeccarli, voleva che tutti in città pensassero che quella povera donna fosse una specie di Medea.

Milla poteva immaginare il ragionamento della *mano de Dios*. – Per metterla sotto pressione anche fuori dalla questura.

– E funzionò alla grande, sai? La madre di Giulia iniziò a ricevere minacce, insulti. C'era uno stronzo... non riuscimmo mai a capire chi fosse, che le mandava una lettera minatoria al mese. Per sette anni. Fino al 1992. Ma a quel punto io mi ero rifatto una vita.

– Ma perché Levada...

– Il problema di Levada, – si infiammò Barbieri, – era la visione a tunnel e l'ego smisurato. L'ego lo spingeva a credere che la sua visione a tunnel fosse l'occhio di Dio e ovviamente la visione a tunnel gli faceva vedere solo quello che lui voleva vedere.

Milla rimpianse di non aver accettato il brandy.

– E Mirella Gatti?

– Cristo, – sbottò l'ex poliziotto, – lo ricordo come fosse ieri. Riceveva in appartamento e aveva installato sul comodino un pulsante collegato all'impianto antincendio. Se qualcuno l'avesse aggredita le sarebbe bastato schiacciare quel pulsante e...

Schioccò le dita.

– Ma non l'ha fatto. – Milla non ebbe bisogno di controllare gli appunti. – Era nuda. Niente segni di effrazione. Conosceva chi è entrato. Colpita alla schiena da un coltello e da un paio di forbici. Mani diverse. Ma Sartori non è ambidestro. Armi assenti sulla scena del crimine. L'assassino si è lavato ed è uscito.

Barbieri annuì. – E c'era la famosa agendina. "Lucio andato via." Quella che ha inchiodato il Killer delle Lucciole.

Milla mugugnò.

Barbieri lo fissò, incuriosito. – Non sembri convinto.

Milla non lo era.

Per niente, in effetti.

– Ce n'erano altri di "Lucio" su quelle pagine. Due settimane prima, ad esempio, un'annotazione diceva "Lucio gamba rotta", ma Sartori non ha mai subìto fratture. Eppure la scritta "Lucio andato via", al processo, è stata ammessa come prova, tutte le altre, no. Come te lo spieghi?

– Sono un ex sbirro, non un ex giudice. Però all'epoca anche Levada pensò che l'assassino fosse lo stesso dell'omicidio Nicoletti. Solo che, non potendo incolpare la madre di Giulia anche per l'uccisione di Mirella, perché Medea uccideva i figli e non le prostitute, concentrò tutte le energie su Massini.

– Visione a tunnel. Nessun'altra pista?

Un sorriso da Stregatto. – La storia della cartomante.

– Nei fascicoli non c'è nessuna...

– Sei mesi dopo la morte di Mirella, una veggente di Verona si presentò da Levada. Durante una visione aveva visto l'arma del delitto nascosta in una cassapanca in fiamme. Ayrton Senna, cioè Luca Greco, si ricordò che poche settimane dopo l'omicidio, la casa dell'ex fidanzato di Mirella era andata a fuoco e che l'incendio era partito proprio dalla cucina. Levada gli fece la pelle solo per aver osato sollevare la questione visto che era stato lui a interrogare quel tizio e a scagionarlo: era stato Stefano Massini a ucciderla. Quindi, discorso chiuso. Anche se, nel frattempo, Ayrton Senna aveva raccolto delle testimonianze che descrivevano quel tizio, come dire...

– Violento?

– *Aggressivo*. E c'era anche il fatto che Mirella aveva in affitto un appartamento a Verona dove faceva, se ci credi, la cartomante con tanto di annunci sui quotidiani. Riceveva un giorno solo a settimana...

– Il mercoledì.

– E mercoledì era anche il 26 giugno 1985. Questo avvalorava la tesi secondo cui la vittima aveva un appuntamento con il suo assassino, giusto? Ma secondo Ayrton Senna diceva anche altro. Che la veggente conosceva Mirella e che Mirella le avesse confidato qualcosa riguardo all'ex fidanzato. Magari che aveva paura di lui. Lo spettacolo della visione mistica era solo un modo per indirizzarci senza finire nei guai. Però...

– Però?

Barbieri alzò le mani in segno di resa. – I giudici hanno detto che è stato Sartori a uccidere Mirella Gatti. E io voglio dormire tranquillo.

– Sartori non l'ha confessato, – fece Milla, cupo. – E non ha mai ammesso nemmeno l'omicidio di Marlene Wieser.

– Sugli omicidi del '92 so quello che ho letto sui giornali, ma è evidente che Sartori confessava soltanto quando Krupp gli sbatteva in faccia delle prove schiaccianti.

Milla lo sapeva.

Ma sapeva anche che non era proprio così.

– Per Lorena Haller c'era il sangue sui vestiti. Per Patrizia Zanni molto di più. Per Giulia Nicoletti solo i ritagli di giornale, eppure Sartori ha confessato anche il suo omicidio. Non definirei un vecchio articolo una prova schiacciante.

– Non hai pensato che forse ai suoi occhi lo era?

– È un forse bello grande.
Barbieri finì il brandy e si alzò. – Io non voglio sapere a cosa stai lavorando, ma se posso darti un consiglio, cerca di non restarci sotto. Ricordati della visione a tunnel.
– Non te l'ho mai chiesto, – fece Milla, – ma perché hai lasciato la polizia?
Barbieri gli rivolse un'occhiata divertita. – Per la Cella X, ecco perché. Il Metodo Levàda. Mai sentito?
– No.
– Comprensibile. La Cella X non esiste. Chi sarebbe così stupido da dare un nome a un luogo in cui avvengono abusi nei confronti dei fermati? Sarebbe come metterci la firma. E Levada non è uno stupido. È un pluridecorato servitore dello Stato che non avvallerebbe mai certi metodi da Gestapo. Non esiste, non è mai esistito e mai esisterà un Metodo Levada o una Cella X. È solo una leggenda urbana.
Milla pensò: Cella X.
Milla immaginò: prigioni cambogiane, filo spinato jugoslavo, oscuri scantinati nei palazzi del Kgb, *black sites* della Cia, uomini incappucciati che fanno irruzione in piena notte e...
Sorrise.
Barbieri lo stava prendendo in giro.
– Non a Bolzano. Impossibile.
– Le stesse parole che io e altri colleghi abbiamo pronunciato in tribunale nel 1988, quando Silvano Benedetti ha provato a infangare il buon nome di quella brava persona che è l'ispettore capo Lopez. Per fortuna il giudice non diede peso alle sue farneticazioni. D'altronde chi crede alle parole di un tossico? Tu? Io?
Milla pensò: Lopez. Faccia da ratto. Lopez e le ragazze che si facevano piccole quando lo vedevano. Lopez e i tossici che sparivano.
Metodo Levada. Cella X. Bolzano, 39100.
Milla: sbiancò.
Barbieri gli batté la mano sulla spalla. – Non agitarti, sono solo un geometra che finge di fare lo scultore. E magari non regge più l'alcol. Tutto qui.

11 novembre 1995, sabato
– pomeriggio –

Quindici e venti. Dalle campagne si alzavano volute acri, i contadini bruciavano le stoppie e la luce aveva una tinta strana, medievale. Il Rosengarten, sullo sfondo, brillava come un diamante. Era bellissimo, ma Milla non sapeva cosa farsene. Raggiunse la palazzina di via Ortles e controllò i citofoni.

Quarto piano, interno quattordici.

Silvano Benedetti aveva capelli lunghi, barba riccia e indossava una t-shirt a maniche corte. Era scalzo. – Sei l'amico di Margit?

Milla gli mostrò le banconote.

Il tossico lo fece entrare, liberò una sedia di paglia, zittì la tv e si lasciò cadere su un divano cigolante. L'appartamento era: immondizia a strati e refurtiva. Accanto al telecomando c'erano accendino, siringa, un cucchiaino storto col fondo annerito, polvere dall'aspetto sinistro e un limone mezzo schiacciato.

Quando Benedetti ebbe finito di prepararsi la dose, premette lo stantuffo per far uscire bolle d'aria e minuscole goccioline.

– Ti spiace?

Milla gliela sfilò dalle dita. – Cella X. Metodo Levada.

Benedetti sbuffò.

Aveva una quindicina di anni più di Milla, ma sembrava suo nonno. Margit gli aveva raccontato che era sopravvissuto a cinque overdosi, che aveva una lista così di malattie ma che ancora reggeva. In effetti, nonostante l'aspetto, sembrava lucido.

– Perché dovrei saperne qualcosa?

– Sei l'unico che l'ha denunciato.

Benedetti si sfregò la barba. – E guarda cosa ci ho guadagnato.

– Secondo me hai dimostrato di avere fegato. Tu che dici?

Il tossico ci rifletté.

Gonfiò il petto.

– Diciamo, – disse, – che loro ti hanno preso. Non importa se hai qualcosa in tasca o se li hai solo guardati storto, va bene? Ti prendono e ti portano nello scantinato, in una cella che puzza di merda di topo.

– Loro, chi?

– Sbirri, mastini. Loro.

– Loro, okay. Poi che succede?

– Loro sono la legge e tu devi fare il bravo bambino. Ti portano in quella merda di cella e dici che vuoi un avvocato, no?

– È un tuo diritto, certo.

– Come no? Nel tuo mondo, è un diritto. Nel mio, loro se la ridono e ti lasciano lì da solo. Al buio. Tu aspetti e ti incazzi e aspetti ancora e siccome non hai niente da fare ti metti a *pensare*.

Benedetti si toccò la tempia con l'indice.

– E inizi a fartela sotto. Perché ti viene in mente che avrebbero dovuto registrarti, ma non l'hanno fatto. Perciò nessuno sa che sei lì, in quel buco di merda. E sai cosa significa? Che sei diventato proprietà privata.

C'era un orologio, alla parete, a forma di gatto Felix. Muoveva la coda e gli occhi scandendo i secondi. Silvano Benedetti aveva lo stesso sguardo di quell'affare da film horror.

– Quando arrivano, dopo ore, spalancano la porta e ti dicono che è tutto risolto, solo uno sbaglio, puoi tornare a casa e amici come prima. Tu gli credi. Cazzo se gli credi, perché non vedi l'ora di uscire. Così loro aspettano che tu sia pronto ad andartene e a quel punto ti riempiono di botte. Usano guanti e un tubo di gomma. Sono bravi a farlo, lasciano pochi segni.

– Però li lasciano.

– E allora?

– Esiste il pronto soccorso. Esistono i referti medici.

Il tossico sembrò intristito dall'ingenuità di Milla.

– Il fermato ha opposto resistenza. Il fermato è accidentalmente caduto dalle scale. Se tu fossi uno del 118 andresti in cerca di rogne o terresti la bocca chiusa?

Milla ammutolì.

– Loro, – proseguì il tossico, – ti fanno dire quello che vogliono. Hai ucciso Kennedy? Sì, sono stato io. Ti sei scopato la regina Elisabetta? Certo, ho un testimone: Kennedy.

Benedetti rise e batté le mani. Gli mancavano gli incisivi.

– Lopez è il peggiore di tutti. È un sadico. Il sangue glielo fa venire duro. Cella X, Metodo Levada. Adesso sai.

– Perché, – gracchiò Milla, – non l'ho sentito prima di oggi?

Benedetti lo fissò in tralice. – Ascolti mai quello che dici?

– Krupp, – lo incalzò Milla, – sa della Cella X?

– Forse. È un po', – sghignazzò, – che non frequento il giro. Sono un cittadino onesto.

Benedetti si passò la lingua sulle labbra.

Occhi puntati sulla siringa.

– Abbiamo finito? – chiese.

– Quasi. Lisa Kofler. La conosci? Si prostituisce e si fa di eroina.

Benedetti scosse la testa.

– Roland Roth?

– Spaccia?

– Si fa chiamare Erik. Guida una Opel Kadett grigio scura. Sembra un vecchio. Va con le prostitute messe peggio.

– Non è il mio campo, bello. Che ne dici, ci salutiamo?

Benedetti allungò la mano.

Milla fu costretto a cedergli la siringa.

Il metallo penetrò la carne.

Il veleno entrò in circolo.

Milla si alzò.

Gli occhi del tossico sprofondarono nel nulla.

– Là fuori, – mormorò Benedetti, – è pieno di uomini cattivi.

Iniziò a ridere.

– E tu non puoi farci niente. Non ci puoi *proooprio* fare niente.

11 novembre 1995, sabato
– sera –

Chino sulla scrivania dell'ufficio della cronaca nera, Colucci, evidenziatore alla mano, stava sottolineando alcuni documenti. Si era fatto crescere le basette. Lo stile anni Sessanta stava tornando di moda anche fra gli uomini. Milla gli puntò l'indice contro.

– Fuori. Dobbiamo parlare. Jo e io. Da soli.

Jo e Colucci si scambiarono un'occhiata. Il giornalista della politica recuperò la giacca e se ne andò, un punto di domanda sul viso.

Milla chiuse la porta.

– Si può sapere cosa ti è preso? – fece Jo.

– Non oggi, – tagliò corto Milla, sedendosi sulla poltrona di fronte al capocronista della "Voce delle Alpi", furibondo. – Oggi sono io quello che fa le domande. E pretendo delle risposte.

Piazzò il quadernone rosso davanti a sé e iniziò a snocciolare informazioni. La Cella X. Le incongruenze dei casi Wieser e Gatti. La fama di Egger. *Sgozzamento* e *scannamento*. Il cordino da cinque o sei millimetri di diametro. Il *modus operandi* che non tornava. Il caos delle indagini. Tutto tranne: Roland Roth.

Prima doveva capire da che parte stesse Jo.

– Manfredi si è giocato il processo sull'infermità mentale. All'epoca non si parlava d'altro. Quante pagine ci abbiamo riempito? E sai perché l'ha fatto? Per confondere le acque. Perché su due dei cinque omicidi, non c'erano che blandi indizi. Egger…

– Tu sei uno spalatore di ghiaia ed Egger è uno che ha diecimila lauree. Dici che si è messo a fare lo psichiatra? Che doveva limitarsi a fare il suo lavoro? Tu, invece, che stai facendo?

– Io, – ribatté Milla, – sto mettendo in fila i fatti. E i fatti non tornano.

– Tu hai costruito un teorema e adesso vuoi che i pezzi si incastrino.

– Visione a tunnel? Come Levada con l'omicidio Nicoletti?

Il capocronista spalancò la finestra. Era buio. La tramontana aveva spazzato le nubi.

– Gli sbirri, – disse Jo, – lavorano in maniera approssimativa perché la *realtà* è approssimativa. Nella realtà non torna quasi mai niente. Esistono le coincidenze. Esistono i testimoni che ricordano a metà. Esistono sbirri che hanno sonno o che sono incazzati perché i figli hanno preso un brutto voto a scuola.

Jo bussò contro il muro.

– Lo senti? Questa è la realtà. Lucio Sartori ha ucciso quelle poverette e, per quanto faccia schifo, quelle ragazze non torneranno in vita. Perciò, vaffanculo a Sartori. Tu stai pensando che Krupp gli abbia piazzato sul groppone un po' dei casi irrisolti di Levada per mettere la *mano de Dios* a cuccia una volta per tutte. Complimenti. Ti sei infognato in una visione a tunnel da medaglia d'oro, campione.

– Cazzate.

– Vedi solo quello che vuoi vedere. La prostituta di Trento, Federica Tezzele. Uccisa il giorno dopo Lorena Haller. Mai trovato l'assassino. Perché non indaghi su quella? E la turista dell'84? Con le suore che cristianamente se la sono data a gambe invece di prestarle soccorso? Perché non indaghi anche su di lei?

– Mi stai facendo la predica? – lo interruppe Milla. – Proprio tu? Cella X, Jo. Da quanto sapevi della sua esistenza? Non l'hai mai denunciata. Sei un burattino di Levada. Lo sei sempre stato.

– Supponiamo sia così. Immaginiamo che sia possibile fare il nostro lavoro, qui, nel 39100, oggi, senza essere pappa e ciccia con chi comanda in questura. Accetto la tua accusa e rilancio. Dimmi. Cosa sai di Levada?

– So che esistono un Metodo Levada e una Cella X. Che il Metodo Levada è usato sistematicamente da chissà quanti anni. Che è una bestialità. Che è inumano.

– Dove sono le prove? Prove concrete, non chiacchiere di strada?

– Posso trovarle.

Una risata.

– Un commissario di polizia che picchia i fermati? Buona fortuna, campione. Tu dici che Levada avrebbe potuto arrestare Sartori già nel 1985 e l'ha detto anche Krupp, giusto? Un applauso a entrambi. Molto bravi a giudicare col senno di poi.

– Levada, – ringhiò Milla, – ha spinto al suicidio un poveraccio solo perché non aveva aperto la porta ai suoi scagnozzi. Un tizio che soffriva di depressione. Ha interrogato per giorni una donna incinta a cui avevano appena ucciso la figlia. E il coltello di Sartori era nel di bidone davanti casa. Non è senno di poi, Jo, è il cazzo di manuale.

– Forse avrebbe trovato l'arma e forse su quell'arma la Scientifica avrebbe rilevato le impronte di Sartori. D'accordo. Ma Lucio Sartori era schedato? Non lo era. Quindi non sarebbe servito a niente. Sai cosa c'è di reale nel tuo scenario?

– Giulia.

Jo gli puntò l'indice contro, le vene del collo in rilievo. – L'hai mai vista una bambina di quindici anni fatta a pezzi? Io c'ero, ragazzino. Io c'ero. Sai che Levada è divorziato? Sua moglie l'ha lasciato nel 1986, perché Levada era fuori di testa. La moglie di un poliziotto, campione, non una tizia qualsiasi. Una che aveva già condiviso con lui un bel po' di merda. Sai cosa significa questo?

Jo cercò di calmarsi.

Non ci riuscì.

Alzò la voce.

– Quante volte hai incrociato Marion Haller per strada?

Le hai chiesto cosa ha provato quando ha visto Sartori in manette? E la famiglia Wieser? Hai mai conosciuto la disperazione di doversi affidare a un esaltato religioso che se la tira da psicologo e non avere la possibilità di capire che si tratta di un ciarlatano? Pensi mai al rimorso di non averle aperto la porta quella notte? Te lo ricordi? Al processo tutte le famiglie delle vittime avevano degli avvocati di parte civile tranne loro e sai perché? Perché non avevano una lira e si vergognavano a chiedere aiuto. *Loro* si vergognavano, non Sartori. Lo capisci questo?

Milla fece per aprire la bocca, ma il capocronista abbatté il pugno sulla scrivania.

– Manfredi e Krupp hanno costruito il processo sulle perizie psichiatriche per confondere le acque? Regola numero uno: segue dibattito. *Segue dibattito*, maledizione. Non ti ho insegnato niente? Le prove, gli indizi, non creano dibattito. Le perizie psichiatriche sì. La gente discute. La gente si indigna. Sartori è matto oppure no? Sartori finirà in galera o se la caverà? Questo conta: il dibattito. Manfredi e Krupp hanno usato l'opinione pubblica per fare pressioni sulla corte e l'hanno fatto per liberarci da quel cazzo di incubo una volta per tutte.

Jo si afflosciò, esausto. – Te lo chiedo solo una volta, Alex. Perché so che questo mestiere ce l'hai nel sangue e so che un giorno sarai tu lo stronzo seduto dietro questa scrivania. Cos'hai in mano?

Milla sentì le lacrime pizzicargli gli occhi.

Era la prima volta che Jo lo chiamava per nome.

– Lascia perdere.

– Ti stai rovinando la vita.

Milla non rispose.

Uscì.

Alle sue spalle Jo sbraitò. – Li vuoi dei figli con Iris oppure continuerai a inseguire chiacchiere finché la ragazza dei fiori non si stuferà? E cosa farai quando sarai solo come un cane? Cosa farai quando ti guarderai allo specchio e vedrai una faccia uguale alla mia, stupido idiota? Lo sai cosa significa essere soli? Lo sai?

11 novembre 1995, sabato
– notte –

Lo squillo del telefono interruppe Raffaele-forse-Emanuele mentre si accingeva a farle *il discorso*. Ne esistevano tre tipi e Arianna li conosceva a memoria tutti e tre. Il primo recitava: "devo dirti che", cui seguivano informazioni frammentarie riguardo a mogli e/o fidanzate, ma a Raffaele-forse-Emanuele mancavano i tic del fedifrago e siccome, altrettanto evidentemente, Raffaele-forse-Emanuele non era tipo da relazione esclusiva, il discorso: "sono stato bene, perché non iniziamo a: vederci più spesso, fare sul serio, restringere le nostre opzioni" era da scartare. Non restava che la terza ipotesi.

Raffaele-forse-Emanuele voleva essere rassicurato sulla propria virilità.

– Zitto.

Le lancette al trizio della sveglia sul comodino segnavano le ventitré e ventisei.

Alzò la cornetta.

– Lici.

La telefonata era disturbata. – Indovina?

Non era la comunicazione a essere disturbata. Era il suo interlocutore a essere ubriaco.

Arianna si accigliò.

La voce impastata le dettò un indirizzo, lei se lo fece ripetere e l'altro chiuse la chiamata.

– Devi andartene, – disse.

Raffaele-forse-Emanuele si alzò, indolente. – Non sono mai stato con una poliziotta.

– Esperienza che non ripeterai, non preoccuparti.

Raffaele-forse-Emanuele si rivestì in fretta e quando fece per uscire Arianna gli lanciò un richiamo.

– Aspetta: come hai detto che ti chiami?

– Vaffanculo.

Arianna infilò la Beretta fra jeans e maglione. – D'accordo, ma Raffaele vaffanculo o Emanuele vaffanculo?

– Daniele.

Quindici minuti dopo, l'ispettrice Lici parcheggiò l'Opel Corsa in via Pacinotti, a duecento metri dall'incrocio con via Volta, a ridosso degli stabilimenti dell'Iveco.

L'attesa durò poco: arrivarono i fari, poi i cerchioni della Golf GTD sfregarono contro il marciapiede, infine il capocronista della "Voce delle Alpi" uscì dalla vettura porgendole una bottiglietta di cognac.

– Un goccio?

– Non è la mia idea di sabato sera, Jo.

– Parli come uno di loro.

– Loro chi?

– I mastini, – fece Jo. – Ma tu non sei come loro.

– Mi hai fatto venire qui per questo?

– Paesaggio postindustriale e buona compagnia. Cosa puoi chiedere di meglio?

Arianna gli diede le spalle. – Buonanotte.

Jo le afferrò il braccio e Arianna fu un fulmine. Gli torse il polso dietro alla schiena e lo costrinse in ginocchio. La bottiglietta di cognac si schiantò sull'asfalto.

– Non si fa così, – si lamentò il giornalista, – hai la metà dei miei anni. Dov'è finito il rispetto?

– Sabato sera al San Maurizio, come lo vedi?

– Milla.

Arianna lasciò la presa. – Il tuo leccapiedi?

Jo si massaggiò la spalla dolorante. – Non fare l'errore di sottovalutarlo.

– Che ha combinato?

– Cosa avete combinato voi, non lui. Lui fa il suo mestiere. E lo fa bene. – Sul viso di Jo si dipinse un sorriso che Arianna non gli aveva mai visto. Cos'era? Compiacimento?

Affetto? – Ha imparato dal migliore. Sa della Cella X, sa del Metodo Levada e sta rovistando nelle carte del processo Sartori. Dice che non ci sono prove sulla morte di Marlene Wieser e Mirella Gatti. Fa un sacco di domande.

– Sartori si è beccato quattro ergastoli. Quattro. Mi segui? La Cella X e il Metodo Levada sono acqua passata. Storia.

Jo ammiccò. – Sicura?

La femmina alfa si avvicinò di un passo. – Hai dei dubbi?

Ancora quel ghigno fastidioso. – Non sei una di loro.

A provocazione si rispondeva sempre con una provocazione.

Perciò: – Significa che non ti faccio paura?

– Al contrario, *mademoiselle*, – fece Jo, – mi fai più paura tu di tutto il branco messo insieme.

12 novembre 1995, domenica
– mattina –

Sulla targa di ottone alla porta dello studio qualcuno aveva inciso: MUORI.

Le tapparelle erano chiuse e l'avvocato Santin non le aprì. Non si sarebbero trattenuti a lungo. Rispetto all'ultima volta che Milla l'aveva incrociato, l'8 marzo del 1994, si era fatto crescere i baffi.

– So che il processo Sartori le ha dato qualche grattacapo.

– Vuole che le faccia vedere le lettere minatorie? Vuole sapere quante volte ho dovuto cambiare numero di telefono? Oppure vuole che le parli degli amici che si sono volatilizzati? Uno non sa cosa sono le pressioni finché non ci si ritrova dentro.

– Da parte della stampa e del pubblico?

– E procura. Non c'era giorno che Manfredi non mi telefonasse, a ogni ora. Niente di illegale, è bene che accusa e difesa comunichino fra loro, però io sapevo cosa stava facendo.

– Farla sentire sotto assedio.

– Era un processo, ma sembrava un incontro di boxe.

– Ho letto gli incartamenti, – disse Milla, – e penso che lei abbia fatto il massimo possibile. Soprattutto tenendo presente la situazione che si trovava ad affrontare.

L'avvocato unì i polpastrelli. – Così arriviamo al motivo del nostro appuntamento. Ha la lettera?

Milla e Iris avevano impiegato tutta la notte per scriverla.

– Quanto è certo della ricostruzione della procura, avvocato?

Santin sembrò stupito dalla domanda. – Prego?

– Lei ha difeso Sartori, – spiegò Milla, – e sapeva che era colpevole. Se non altro dell'omicidio Zanni e di quello di Lorena Haller. Krupp trovò le prove per entrambi i casi il giorno stesso della cattura. So che tutti hanno diritto a una difesa, ma...

– No, aspetti. A quanto pare le sfugge il nocciolo della questione. Se io mi fossi seduto in tribunale e avessi detto: il mio cliente è colpevole e non ho alcuna obiezione a ciò che l'accusa dirà, tutti sarebbero stati contenti. Pacche sulle spalle, caffè offerti da perfetti sconosciuti e articoli lusinghieri sui giornali.

– Come per Krupp e Manfredi.

Santin si lisciò i baffi. – Questo perché si crede che l'accusa stia dalla parte della vittima, mentre la difesa vuole farla fare franca ai colpevoli.

– Non è così?

– Noi difensori stiamo dalla parte delle vittime, signor Milla. Le vittime hanno diritto alla verità e la verità arriva solo quando la difesa costringe l'accusa a portare tonnellate di prove a favore della propria tesi in modo da eliminare ogni dubbio su chi ha fatto cosa, come e quando. È la difesa a garantire la verità, non l'accusa.

Milla non ci aveva mai pensato.

– Lei vuole sapere, – fece l'avvocato, – se sono d'accordo con le conclusioni della procura? Certo che sono d'accordo. Krupp e Manfredi hanno fatto un lavoro encomiabile.

– Nessun dubbio?

– Sartori è un mostro. Ha letto le perizie dei tre psichiatri chiamati a testimoniare?

– Una, – recitò Milla, – lo dava per totalmente incapace, un'altra totalmente capace, la terza semi-infermo.

Segue dibattito.

– Ma tutte e tre concordano sulla pericolosità sociale di Sartori. Sa cos'è la Wais?

Milla l'aveva vista negli incartamenti. – Un test psicologico.

– Non sono un esperto, ma alcune risposte di Sartori mi

hanno fatto venire i brividi. Alla richiesta di dare una definizione alla parola “tasse”, Sartori rispose “perché hanno sempre bisogno di soldi”. Alla parola “lingua”, disse “rinfacciare qualcosa a qualcuno”, e alla voce “lode/punizione” la sua risposta fu “regole di vita”. Le sue opinioni erano di una banalità sconcertante, la ripetizione di chiacchiere ascoltate in giro. Sartori è un uomo completamente vuoto.

– Un uomo vuoto che uccide.

Santin lo corresse: – Un uomo vuoto *a cui piace* uccidere. E adesso mi dia quella lettera. Ho da fare.

Milla gliela porse.

– Si tratta di una specie di intervista. Ci metterà poco a rispondere. Le sarei grato se…

Santin gliela strappò di mano.

Disgustato.

– Esca di qui.

12 novembre 1995, domenica
– pomeriggio –

Arianna era appostata nella Fiat Uno bianca, all'incrocio fra via Parma e via Sassari.

Erano le tre, era freddo, ma il sole cercava di fare del suo meglio per rendere la giornata piacevole e i tavolini esterni del bar erano pieni.

Accanto ad Arianna, Lombardi masticava chewing gum e scrutava i passanti. Avvicinò il walkie talkie alle labbra e premette il tasto rosso.

– Tredici, lo riconosci quello con i pantaloni rosa?

Tredici, cioè la Seat blu parcheggiata a ridosso dei bidoni dalla parte opposta dell'incrocio, rispose con uno sghignazzo.

– Il caro Jean-F.

Arianna puntò il maghrebino che fumava aspettando il verde al semaforo, ignaro di essere al centro dell'attenzione di quattro sbirri annoiati. Era ingrassato. E sì, indossava pantaloni rosa.

– Jean-François Naimi, – disse.

– Sembra allegro, – fece Lombardi, – guarda come sculetta.

Tredici si unì alla sua risata.

– Piantatela, – ordinò Arianna, massaggiandosi la cervicale.

– Dodici chiude, – borbottò Lombardi.

– È già fuori?

– Capita, – fu la risposta, – però è una storia a lieto fine come piacciono a noi, ispettrice. Ricorda Claudia Perathoner? La donna che aveva una relazione con Jean-F. il culo mentre lui la tradiva con quella pazza di Elena Carpi? Stanno ancora insieme. Con la Perathoner, intendo. Li ho visti con i miei occhi, tubavano come colombe.

Krupp avrebbe detto: *Amor, ch'a nullo amato amar perdona.*

Arianna pensò: basta non faccia la fine di Alice Schwarz.

Il collo le faceva un male del diavolo.

Colpa di Jo, ovviamente.

– Mi sono rotta. Io vado.

L'obiettivo dell'appostamento era Michele Romanini, ventitré anni, uno e settanta, stella mal tatuata sul polso sinistro. Informatori avevano avvertito Lombardi che Romanini, tramite un gruppo di albanesi cui Ayrton Senna faceva la posta da quasi un anno, oltre alla solita eroina aveva iniziato a vendere pistole. Una delle quali era finita tra le mani di Piras.

Arianna scrutò l'interno del locale. Un flipper circondato da ragazzini vocianti, pensionati, due televisori sintonizzati su due diversi programmi, un juke-box vecchio stile, coppiette e chiacchiere. Romanini era seduto in disparte tirandosela da Scarface.

Arianna pensò: teppistello del cazzo.

Gli si sedette davanti e non parlò finché il cameriere non le ebbe portato una Corona. Si sbarazzò della fetta di limone e accese una Lucky Strike.

– Chi mi dice che non sei uno sbirro?

– E chi mi dice che non sei una poliziotta?

Arianna buttò giù un sorso di birra. – Non c'è troppa gente?

Romanini si rassettò i capelli.

– Hai i soldi?

Arianna mostrò allo spacciatore un romanzo di Ken Follett. – Qui dentro.

Sotto il tavolo c'era una busta di carta, Romanini la spinse verso l'ispettrice Lici.

Il peso era quello giusto.

Il teppistello arraffò il libro e controllò il denaro.
– È stato un piacere.
– Aspetta, – lo fermò lei, – la fiducia non è il mio forte.
L'imbecille aveva infiocchettato la scatola con la pistola. Forse pensava di essere spiritoso. L'ispettrice Lici sciolse il nastro e sbirciò. Un revolver.
Il suo viso si illuminò. – Sei un tesoro.
Il sorriso era quello che riservava ai Raffaele-forse-Emanuele.
Due minuti dopo, Scarface singhiozzava sui sedili posteriori della Uno bianca, i clienti del bar applaudivano, i mastini se la godevano e Arianna pensò che era tempo di filarsela.
In tasca aveva la copia delle chiavi della biblioteca civica. Un'amica che ci lavorava le doveva un favore. Arianna voleva saperne di più su Milla *qualcosa*, il pupillo di Jo. Il capocronista della "Voce delle Alpi" l'aveva ammonita: non fare l'errore di sottovalutarlo e l'ultima volta che l'ispettrice Lici aveva commesso quel genere di errore era il 20 luglio 1992.
Non sarebbe più accaduto.
Inghiottì un analgesico.

12 novembre 1995, domenica
– notte –

A chiamarle stelle veniva da ridere. Erano minuscoli vagiti luminosi stretti tra le fauci del buio cosmico. L'alfa e l'omega avevano quel colore: un nero infinito dentro un nero ancora più grande.

James A. Lovell Jr., John L. Swigert e Fred W. Haise Jr. si trovavano a trecentotrentamila chilometri dal piccolo pallino blu: casa. Il pallino blu era l'unico in cui crescessero i fiori. Era piccolo, era indifeso. Non era stato spazzato via dall'alfa e dall'omega soltanto perché il buio non si curava della sua esistenza.

Haise aveva appena concluso il controllo dei sistemi del Lem, Lovell stava riponendo la telecamera, Swigert ricevette istruzioni dal Capcom. Bisognava modificare l'assetto della navetta di qualche grado: la cometa C/1969 Y1 avrebbe regalato immagini spettacolari e anche la Nasa aveva bisogno di inserzionisti.

Novantacinque secondi dopo, il barattolo di alluminio in cui i tre erano rinchiusi e che rappresentava senza ombra di dubbio l'apice dei duecentomila anni di storia umana, iniziò a scuotersi.

Le luci sfarfallarono.

Il buio cosmico iniziò a premere sugli oblò.

Tom Hanks andò in primissimo piano e pronunciò la battuta che sarebbe rimasta negli annali del cinema: – Houston? Abbiamo un problema.

Tre secondi dopo, alle ventitré e diciassette minuti, Iris

schizzò fuori dal cinema Capitol, la mano premuta sulla bocca e, subito dopo, Milla la raggiunse. Pallido, confuso, spaventato.

Iris si teneva in piedi puntando le mani al muro, con i passanti di via Dottor Streiter che la fissavano disgustati: la solita tossica.

Milla le appoggiò la giacca sulle spalle ma Iris si divincolò facendola scivolare a terra. Aveva i capelli attaccati alla fronte, il grigio degli occhi venato di panico. Sudava e tremava come avesse la febbre.

– È buio, – ansimò, – è tutto buio. È tutto...

– Iris...

– Buio, Alex. È come in quel cazzo di film.

– Calmati...

– Lorena Haller, – iniziò a scandire la ragazza dei fiori, iperventilando, – biglietto, *modus operandi*, confessione. Patrizia Zanni: praticamente in flagranza e confessione. Giulia Nicoletti: confessione. Perché avrebbe dovuto confessare qualcosa che non ha fatto? Per farsi bello? Per aumentare il body-count? No, perché altrimenti avrebbe confessato anche gli omicidi Wieser e Gatti. Ma non l'ha fatto. Non l'ha fatto, giusto?

– Torniamo a casa, – fece Milla, con dolcezza, – va bene?

Iris non si mosse.

– Hai dato la lettera all'avvocato. Sartori magari la sta leggendo adesso, in questo momento...

– Torniamo a casa, – ripeté Milla, abbracciandola, – sbarazziamoci di quelle scartoffie. Dimentichiamoci tutto, va bene?

La ragazza dei fiori gli si aggrappò addosso, disperata. – Non stiamo facendo niente di male. Ma stiamo dando ragione a un serial killer. E questo rende tutto così...

A Milla si spezzò il cuore.

– ...buio.

No Iris sola.

– Troviamo un modo per uscire dal buio, Alex?

Milla pensò: ne esiste uno solo.

13 novembre 1995, lunedì

C'erano sette gradi, ma camminare in salita lo teneva al caldo: i brividi, quindi, non erano causati dal freddo. Eppure non c'era nulla di realmente inquietante in quel paesaggio. Faggi, betulle, roverelle e abeti lasciavano spazio a brevi terrazzamenti coltivati a vite. In primavera doveva essere bellissimo. In inverno, brullo e senza neve, era solo un po' triste.

Continuare a ripeterselo, però, non placava la paura.

La stradina era ripida e le Lumberjack scivolavano sullo sterrato sdrucciolevole. Alla sua destra, dopo qualche metro, il declivio cadeva a strapiombo. Sotto lo strapiombo: le acque gelide dell'Isarco, il traffico incessante dell'A22 e quello della statale 12.

Alle quindici e tredici, le roverelle si aprirono e Milla scorse il fienile in cui abitava Roland Roth.

Il tetto era parzialmente sprofondato e, a giudicare dal colore delle travi, doveva essere stata colpa di un incendio. La malta era crepata, le finestre erano cieche e prive di infissi, sbarrate con lamiere e teli. Intorno al rudere cariato, un Maelström di rifiuti da cui proveniva il miasma che costrinse Milla a boccheggiare: biciclette a pezzi, mobili gonfi di pioggia, elettrodomestici recuperati in qualche discarica. Vestiti stesi su una rete di fortuna, lenzuola, coperte. Ferraglia. Più in fondo, una Golf bianca senza pneumatici e un Ape con la vernice verde caduta a fiocchi. L'Opel Kadett grigio scuro era parcheggiata al limitare della radura, vicino a un melo con i rami ritorti. La targa era quella che Christine aveva annotato il 22 ottobre.

Erik.

Sottolineato tre volte.

Milla spostò la tracolla della borsa con la Nikon da una spalla all'altra e uscì dalla macchia. Pensò: è come camminare su un cadavere.

Pochi passi e arrivò la voce.

– Ohi.

Pantaloni di velluto, lisi. Camicia a scacchi, spessa e macchiata. Braccia forti. Capelli radi e grigi, fronte alta e rughe profonde, basette lunghe. Roland Roth non aveva espressione, ma bottoni bui al posto degli occhi. E: sì, sembrava un vecchio.

– Ohi? – ripeté l'uomo.

Milla pensò: tutti i sorrisi che hai fatto, tutti i sorrisi di circostanza, quelli che hai tirato fuori durante le interviste mentre cercavi di convincere un tossico a vuotare il sacco o un testimone a confessarsi erano solo prove per questo momento.

– Il signor Roland Roth? – fece, allegro, aggrappandosi alla storiella che aveva escogitato insieme a Iris. – Mi chiamo Alex, sono un amico del signor Moser. Hans.

L'uomo puzzava di alcol, sudore e sporcizia.

I piccoli bottoni bui erano pieni di diffidenza.

– Il signor Moser mi ha detto che lei potrebbe aiutarmi.

Roth tirò fuori un fazzoletto lercio dalla tasca dei pantaloni e si asciugò le mani.

– Un lavoro?

– Quasi. Il mio capo ha un negozio di antiquariato. In città. Il mio compito è cercare oggetti antichi da vendere ai turisti. Il signor Moser dice che lei ne possiede parecchi.

– I turisti, – fece Roth, guardingo, – pagano bene?

– Non ne ha idea.

I suoi occhi incrociarono quelli di Roth. Nel buio c'era qualcosa. Uno scintillio. *Dietro* allo scintillio Milla colse un movimento, rapido. Qualcosa che non voleva e non doveva essere visto.

Iris avrebbe detto: l'alfa e l'omega.

D'istinto, Milla ritrasse lo sguardo.

– I soldi sono sempre utili, – fece l'uomo, offrendogli la mano.

Milla si costrinse a contare i passi. Al quinto sentì la stretta unta di Roth. Una tenaglia. Se avesse voluto gli avrebbe staccato la testa dal collo senza nemmeno doversi sforzare più di tanto.

– Cosa comprano?

Milla cercò di concentrarsi. – Quadri, stampe. Ma soprattutto oggetti di uso comune. Stoviglie, pentole. Mobiletti fatti a mano. Ma i soldi veri si fanno con gli attrezzi. I ricchi ne vanno matti. Quelli di una volta. Roncole, falci. Persino coltelli.

– Cosa se ne fanno?

Ancora un sorriso. – Dicono siano eleganti.

– Sono degli idioti, vero?

– Motivo in più per spennarli.

Roth scoppiò a ridere. Aveva denti sfibrati e labbra sottili. Gli diede le spalle e s'incamminò verso la porta del fienile. Era storta e serrata con un cordino del tipo che si usa per i portapacchi delle auto. Cinque o sei millimetri di diametro.

Milla pensò: Marlene Wieser, diciannove anni, quattordici coltellate, scarpe rosa e...

Dovette chinare la testa per non sbatterla contro l'architrave. Dell'interno del fienile colse solo sprazzi, perché le pupille faticavano ad abituarsi alla penombra in cui era avvolto.

Vide: travi coperte di muffa e muschio, ragnatele dal soffitto gonfio di umidità, mobili sbilenchi pieni di chiazze, il pavimento ingombro di barattoli e stracci. La tana di un animale selvatico.

Roth disse: – Aspetta. Serve luce.

Scomparve nell'angolo del fienile, ingoiato dal buio.

Milla pensò: soffoco.

Pensò: aria.

Arretrò di un passo, incespicò su qualcosa che emise

un fruscio simile al sibilo di una vipera e i suoi occhi incontrarono quelli, sgranati e strafatti, di una bionda, nuda, piegata in avanti e dal seno che non poteva non essere artificiale. Un uomo di colore, lucido di sudore, era intento a penetrarla mentre una bruna a gambe divaricate assisteva alla scena vestita soltanto con una collana di perle grosse come noci. Sia la bionda che la bruna avevano la bocca spalancata.

Il pavimento del fienile era ricoperto di giornali pornografici.

Roth accese una lanternina a batterie.

Milla sbatté le palpebre. La luce sciabolò da destra a sinistra.

– C'è qualcosa che ti interessa?

Pentole e padelle agganciate a rozze mensole proiettavano ombre di impiccati. Una stufa, incrostata e piena di ammaccature. Un bidone roso dalla ruggine. Sul bidone uno specchio di forma rettangolare e un rasoio a mano libera. Era ruggine o sangue quello che ne macchiava la lama? I cordini da cinque o sei millimetri erano ovunque, sospesi come festoni. Da alcuni pendevano dei coltelli. Ce n'erano di tutte le dimensioni.

I coltelli dicevano: Alex Milla, ventiquattro anni, uno e settantadue per nemmeno sessanta chili di peso, spalatore di ghiaia alla corte della "Voce delle Alpi", coltellate multiple, gola recisa.

Se l'è cercata.

Per un attimo a Milla parve di udire la bionda sul pavimento ansimare. Poi capì. Non era la bionda a emettere quel verso: era lui.

Serrò la bocca rischiando di tranciarsi la lingua.

– Quei coltelli, – chiese, – sono antichi?

– Ai turisti piacciono le cose che tagliano?

– Sono gente strana.

Roth appoggiò la lanterna a terra. – Sei un turista anche tu, allora. Sei strano, lo sai?

– È il mondo che è diventato strano. Io faccio solo del mio meglio.

– Sì, è strano. – Roth allargò le braccia, indicando la stanza. – Qui una volta sai quanti ci vivevano? Famiglie intere. Bambini dappertutto. Ridevano, giocavano.

Uno dei coltelli era a doppio filo. Lama stretta. Dieci o dodici centimetri.

Ho ucciso io la mia bambina?

Ho ucciso io…

– E adesso, guarda. – Roland Roth alias Erik infilò le mani in tasca, meditabondo. – Non c'è più niente. Ma si sta meglio qui che in città. Sì, è meglio qui che in città.

Gli occhi di Roth incontrarono i suoi. Milla entrò in quei bottoni bui, sentì lo scintillio che faceva lo stesso con la sua anima, lordandola, e pensò: *il diavolo torna sempre*. Disgustato, interruppe il contatto, spostò lo sguardo e vide: l'oggetto insignificante che trasformò nausea e paura in puro terrore.

L'alfa e l'omega.

Il cuore del buio.

Sopra la stufa, accanto a una Madonnina con le mani in preghiera c'era una fototessera, la fototessera ritraeva una donna con i capelli dal taglio maschile, occhiali dalle lenti affumicate, ma Milla non si chiese chi fosse perché, vicino alla fototessera, c'era l'oggetto insignificante che gli riempì la bocca di ferro.

Pensò: *un po' ti amo*.

Pensò: fatti.

Prove.

Non urlò. *Non* fuggì. All'improvviso scoprì che oltre il terrore c'era una strana calma. Forse era l'accettazione che non sarebbe uscito vivo da lì, o forse era l'anticamera della follia che lo accoglieva a braccia spalancate. In ogni caso smise di tremare.

Pensò: come fa il saggio a rubare la luna?

Fai quello che ti riesce meglio, campione. Fai l'idiota.

Milla indicò la foto e sorrise.

– Sua moglie?

– Non ho moglie, – rispose Roth. – Lei è una vecchia amica. Se ne è andata anni fa. La foto non è in vendita.

– In realtà mi interessa di più la statua. Le dispiace se la fotografo? Ai turisti piacciono le cose religiose.

Roth si sfregò il mento con l'unghia del pollice.

Milla aprì la borsa della Nikon. Tirò fuori la macchina fotografica: mettici cuore, campione.

A stento trattenne le risate.

Roth si incupì.

Milla sfilò il tappo dalla Nikon. Gli cadde a terra.

Houston? Abbiamo un problema.

Non lo raccolse.

Milla pensò: orsacchiotti.

Gli sfuggì un singhiozzo.

Pregò di non scoppiare a ridere. Pregò che la luce della lanterna fosse sufficiente. Pregò che Roland Roth non gli aprisse la gola con il coltello a doppio filo di quelli che si usavano per i maiali, lama stretta di dieci o dodici centimetri.

Pensò: Alex Milla, ventiquattro anni, uno e settantadue per sessanta chili di peso, spalatore di ghiaia, ma di ghiaia *deluxe*, coltellate multiple.

Il dottor Egger avrebbe scritto: scannamento o sgozzamento?

Inquadrò la Madonnina, la fototessera della donna con i capelli corti, allargò lo zoom fino a comprendere l'oggetto insignificante fatto della stessa sostanza degli incubi: un ciondolo a forma di elefantino.

Quel ciondolo a forma di elefantino.

Giacca dell'Harley-Davidson, sciarpa a righe.

Lisa.

Un po' ti amo.

Scattò.

La chiesa dell'Ordine teutonico di via Weggenstein era piccola, poco illuminata e quasi sempre vuota. I vessilli alle pareti, come gli stemmi, per l'ispettore capo Lopez erano privi di significato. Le glorie degli uomini delle epoche passate erano una barzelletta. Si nasceva, ci si illudeva di avere un ruolo in un piano più ampio e poi si crepava. Il resto erano soltanto titoli di coda.

C'era qualcuno che li leggeva?

Lopez era seduto in fondo alla navata, testa china, mano destra a premere sotto il costato. Non si trovava lì in cerca di conforto. Era lì per il silenzio. Il silenzio gli aveva sempre fatto paura, ma il tumore aveva ribaltato tutto. Da un giorno all'altro era diventato parte fondamentale delle sue giornate. Ci stava bene, come una coperta durante una giornata fredda. Meglio di una donna. Meglio dei colpi ovattati dai guanti nella Cella X. Perché nel silenzio tutto diventava leggero. Privo di importanza.

Durava poco, però.

Una volta in strada voci e rumori tornavano ad aggredirlo e con essi la paura di morire, di aver sprecato la sua vita. Il terrore di non poter più sentire la scossa che nessuna droga e nessuna donna erano mai riusciti a fargli provare: il brivido della caccia.

Il suono dei passi lo fece accigliare. Era raro che qualcuno entrasse nella chiesa dell'Ordine teutonico. Quei passi, inoltre, erano decisi e veloci. D'istinto portò la mano al cappotto, pronto a estrarre la Beretta. C'era gente in giro che avrebbe volentieri approfittato della sua condizione per una rivincita.

– A cuccia, – lo blandì l'ispettrice Lici.

La femmina alfa gli si sedette accanto e gli passò un dossier.

– Non sapevo fosse credente, ispettore capo.

– Cos'è?

– La sua richiesta di aspettativa, firmata e autorizzata. A partire da oggi.

Una voragine si aprì nel petto di Lopez. – Non può farmi questo.

– Posso fare questo e altro, ispettore capo, non si illuda. Ma non sono qui per litigare. Sono qui perché ho bisogno di lei.

– Per cosa?

– Le sto dando la possibilità di tornare a fare il mastino.

– Arianna gli scoccò un'occhiata. – Un'ultima volta. Apra il fascicolo.

C'erano delle fotocopie della "Voce delle Alpi". Alcune annotazioni scritte nella calligrafia ordinata della Lici e una fotografia. Lopez non dimenticava mai una faccia. O un nome.

– Alex Milla.

– Secondo Jo sta mettendo il naso nel processo Sartori.

– C'è qualcosa che non so?

– Voglio che lei lo tenga d'occhio. Ho trascritto tutte le informazioni di cui ha bisogno.

– Tenerlo d'occhio non significa niente.

Arianna si sgranchì collo e schiena. – Secondo Jo, il ragazzino ha talento. Sono d'accordo. Ho letto i suoi articoli. Quelli importanti, almeno. Jo mi ha detto che sa della Cella X e del Metodo.

Il sarcasmo di Lopez rimbombò fra le pareti centenarie della chiesetta. – Il ragazzo ha scoperto l'acqua calda. Vuole pubblicare qualcosa? Si beccherà una querela e Jo lo coprirà di fango.

– Ispettore capo, – lo redarguì Arianna, – lei non sta ascoltando. Milla è come i tizi che hanno costruito questo posto. Un crociato. Se si sta muovendo significa che ha qualcosa in mano. E io voglio sapere cosa.

– Prima che lo sappia Krupp, intende.

Lopez non era un idiota.

La femmina alfa non commentò.

– Nato come mastino di Levada, – ghignò faccia da ratto, – morto come mastino di Lici. Come le suona?

Arianna si alzò.

Lopez le afferrò il polso.

Aveva gli occhi velati di lacrime.

– Grazie, – disse.

Era stata lei a escogitare il piano. Aveva controllato l'orario dell'alba e del tramonto di modo che Alex arrivasse al fienile in pieno sole. Era stata lei a scartare l'idea di rompere il salvadanaio e acquistare un paio di telefoni cellulari perché in val d'Isarco la copertura era scarsa e fare affidamento su una tecnologia instabile non era un'idea furba. Ed era sempre stata lei a prendere la decisione più difficile: dire ad Alex che sarebbe dovuto andare al fienile da solo. Perché era necessario che qualcuno fosse pronto a far intervenire Jo, Jo e non la questura, perché Jo sapeva come farsi ascoltare, ma soprattutto: perché lei rappresentava la preda ideale per gente come Sartori e Roth.

Iris aveva pensato a tutto.

Anche al fatto che non potevano rivolgersi a Krupp. Perché Iris conosceva sia gli incartamenti Sartori che la storia di Lisa Kofler, e sapeva che la lettera indirizzata al fidanzato morto era mille volte più convincente dell'idea che Roth fosse un serial killer sfuggito alla più imponente caccia all'uomo mai messa in atto in regione.

Krupp gli avrebbe riso in faccia.

Inoltre: Cella X. Metodo Levada. Krupp portava avanti la tradizione?

Milla pensava che Krupp fosse pulito, Iris meno.

La ragazza dei fiori aveva calcolato *tutto*.

Tranne l'attesa.

L'aveva divorata.

Poi, alle diciassette e sei minuti, al telefono, la voce di Milla. – Arrivo.

Nient'altro.

La bolla di tensione era esplosa e Iris era scoppiata a piangere.

Alle diciassette e quarantadue vide la Renault 5 posteggiare e il cadavere di Milla uscirne barcollando. Alex si spogliò sul pianerottolo davanti all'appartamento. Le chiese di prendere un sacco dell'immondizia e ci ficcò i vestiti dentro. Entrò in casa e si infilò nella vasca da bagno. Acqua calda al massimo.

Iris si sbarazzò degli abiti ed entrò con lui.

L'odore del sapone faceva girare la testa.

– Non ce lo siamo mai chiesti, – sussurrò Milla. – Non ci siamo mai chiesti cosa ha pensato.

– Chi?

– Sartori. Quando ha aperto il giornale. Il 22 marzo. Ha letto... – Milla prese a sfregarsi i capelli, come volesse strapparli. – Com'era? Com'era quel maledetto titolo?

"Voce delle Alpi", 22 marzo 1992, domenica.

– *Un'altra vittima*, – recitò Iris, afferrandogli i polsi e costringendolo a fermarsi.

– Sartori ha guardato le foto di Marlene e sai cos'ha visto? Una ragazza minuta, bella, vulnerabile. Perfetta per uno come lui. Ha letto gli articoli e tutto corrispondeva. Le coltellate multiple, il luogo appartato, la ferocia. Solo che non ricordava di averla uccisa.

Milla iniziò a ridacchiare.

Iris rabbrividì.

Milla riuscì a proseguire solo quando quel cachinno si spense.

– Forse all'inizio ha cercato di lottare, di negare, ma Lucio Sartori è un uomo vuoto, è il riflesso di ciò che lo circonda, e la morte di Marlene faceva leva sulla sua peggiore paura.

– La perdita di controllo.

– E a quel punto anche la logica gli ha suggerito che doveva essere stato lui. Come poteva esserci in giro qualcuno che uccideva il suo stesso tipo di vittima, con le sue stesse modalità, nello stesso lasso di tempo e in un territorio così piccolo?

Iris trasecolò. – Come hanno pensato i giudici, al processo.

Tornò il cachinno.

Isterico, terribile.

Impiegò troppo tempo a scemare.

– Poi... – mormorò Milla, piegandosi verso di lei. – C'è stata l'operazione per il tumore, la terapia. Tutta roba che ti fa sentire impotente, in balia della volontà di altri più forti di te. Ancora una volta il controllo gli sfuggiva e così, per rimettere a posto la realtà, Sartori ha reagito come ha sempre fatto. Uccidendo.

– Ma Patrizia Zanni si è ribellata e la realtà gli ha sbattuto in faccia che niente è mai davvero sotto controllo. Si è fatto prendere dal panico e l'hanno preso.

Milla annuì con forza. – Ricordi cosa c'era nel portabagagli della sua auto?

– La carta d'identità di Patrizia, – rispose Iris, sconvolta. – L'ha tenuta con sé perché aveva bisogno di una prova, fisica, concreta, che gli ricordasse ciò che aveva fatto.

– Krupp e Manfredi sono convinti di aver messo Sartori sotto pressione fino al punto di farlo esplodere, ma in realtà è stato Roth a farlo. Uccidendo Marlene.

– Te l'ha detto lui? – chiese Iris, – Roth ha confessato?

Milla l'afferrò per le spalle, gli occhi folli, enormi. – È un animale. Sta in quel posto, c'è un odore... Ha bottoni al posto degli occhi.

– Bottoni?

– Bui. Scintillano.

Iris non provò nemmeno a immaginarlo.

– Cosa ti ha detto?

– Ho visto, Iris. *Ho visto.* E ho scattato delle fotografie. Fatti, non teorie. Ho i fatti. Ha una specie di altare, sulla stufa, e c'era un ciondolo. Un elefantino. L'elefantino di Lisa. È il suo, l'ho riconosciuto. Roth l'ha tenuto come un...

– Souvenir.

– E c'era una foto. Una donna. Una tossica, ci puoi scommettere. Si vedeva. Roth mi ha detto che era una vecchia amica. Ma chi regala una fototessera come ricordo?

– Un altro souvenir?

La voce di Milla fu un soffio.

– Una cartolina dallo spazio, Iris. Dal buio dietro la luna...

– Dobbiamo andare da Krupp.

Un fremito sul viso di Milla.

Gli occhi gli si fecero incandescenti.

– Quella fototessera, quella donna, – ringhiò. – Voglio il suo nome. Se è una tossica e conosce Roth, è possibile che sia anche una prostituta. Voglio scoprire se è scomparsa. Mi bastano poche domande in giro. So come fare. Poi andrò da Krupp e noi...

La voce gli si ruppe.

Milla scoppiò a piangere e Iris lo cullò.

– …ci libereremo di questa storia.

Solo quando l'acqua della vasca divenne tiepida, Alex trovò il coraggio di guardarla.

– Puoi dirmelo, per favore?

Iris gli prese il viso fra le mani. – Ti amo, Alex.

FRIDA

Dig a shallow grave
And I'll lay me down

The Smiths, *Suffer Little Children*

14 novembre 1995, martedì
– mattina –

Tommy gli aveva promesso che si sarebbe fatto vedere entro le undici. Era quasi mezzogiorno e Milla non aveva ancora ricevuto un segno da parte sua. Era nervoso. Irrequieto. Aveva passato la notte parlando con Iris, bevendo tanto caffè che gli tremavano le mani. Ma se avesse dormito sarebbe stato peggio.

– Scoop?

Rizzi era appoggiato al termosifone a ridosso di una delle vetrate che davano su via Dante.

– Sta arrivando il tuo fidanzatino, – disse, indicando l'esterno, – e pare abbia portato un'amica. Non so quale perversa attività abbiate in mente, ma ricordati che hai da coprire la conferenza stampa, diciassette spaccate, largo Palatucci, Jo ha detto...

– Non mi interessa cosa ha detto Jo.

Pochi minuti dopo Milla chiuse la porta dell'ufficio alle spalle del tossico e della sua accompagnatrice. La donna si sedette e gli chiese il permesso di fumare. Si chiamava Irene Lunelli, aveva occhi espressivi incorniciati da occhiali dalla montatura dorata e indossava un giaccone bianco. Al contrario di Tommy il ribelle non era fatta e non sembrava una tossica.

Fumava Dunhill.

Milla pensò: le somiglia.

Milla pensò: cartoline dallo spazio.

– Sono un'infermiera. Lavoro a Merano. È da un po' che

Tommy e io ci conosciamo. Invece lei è Veronica, – disse la donna, una volta accesa la sigaretta e mostrando la foto di una bambina sorridente, – non è mia figlia. È di Frida. Veronica ha quasi cinque anni.

Irene affiancò a quella di Veronica una seconda foto, scattata in una cabina automatica. Capelli corti, aria da dura, naso piccolo e sguardo nascosto da lenti spesse. La stessa foto del fienile.

Milla si morsicò le labbra.

Pensò: anche Veronica le somiglia.

Il racconto che uscì dalle labbra di Irene Lunelli, Milla l'aveva già sentito un milione di volte: Frida aveva cominciato come tante altre, incontrando l'uomo sbagliato che l'aveva indotta ad amare le sostanze sbagliate e a passare le notti in strada. L'uomo sbagliato era sparito e l'eroina, invece, era rimasta.

– Frida sapeva di non essere una bellezza e sapeva che l'eroina la stava facendo invecchiare in fretta. Aveva sempre meno clienti e il pensiero del denaro la ossessionava. Nel 1990 ha conosciuto il padre di Veronica. Fu lui a introdurla nel giro dello spaccio. Lo so, è orribile e sicuramente si possono dire tante cose su mia sorella, ma non che fosse stupida o che non volesse bene alla bambina. A modo suo, era una brava madre. Vorrei che lo tenesse a mente, d'accordo?

– Non sono qui per giudicare.

Forse Irene gli credette, forse no.

Forse: non le importava un granché.

In ogni caso, Milla era sincero.

– Il 31 luglio 1992, Frida e un certo Stefano Zago furono arrestati. Zago era un socio, non un fidanzato. Frida aveva ancora qualche cliente come prostituita, habitué per garantirsi entrate sicure, ma è per la droga che le hanno messo le manette.

– Quanta?

– Fornivano dieci grammi di eroina a settimana a una complice che si occupava della vendita al dettaglio. Una certa Maria Reitner che li ha traditi in cambio di uno sconto di pena. Non che sia servito, – aggiunse, – visto che è ancora dentro.

Tommy borbottò qualcosa di indecifrabile.

– Il 5 ottobre 1992, – continuò Irene Lunelli, – Frida e Zago sono stati scarcerati in attesa di giudizio. La sentenza era prevista per il marzo dell'anno successivo e l'avvocato le disse di non illudersi perché la pena sarebbe stata pesante.

– Quanto?

– Sei anni.

– Come reagì sua sorella?

– Aveva dei risparmi su cui la polizia non era riuscita a mettere le mani, e ricominciò a prostituirsi mentre cercava nuovi contatti nel giro dello spaccio. Voleva ricominciare tutto come prima. Poi…

Irene Lunelli dovette fermarsi.

Milla pensò: Roland Roth.

Mormorò: – È scomparsa?

Irene annuì.

– Il 1° marzo 1993, Frida e io avevamo un appuntamento. Doveva darmi dei soldi per Veronica. Non si è presentata. Dopo quarantotto ore ho sporto denuncia, ma i poliziotti hanno pensato che fosse fuggita. Il 12 marzo ci fu l'udienza.

– L'avvocato aveva ragione?

– Condannata in contumacia a sei anni e un'ammenda di quaranta milioni. In più all'ex Vives, – la *quarta* baraccopoli di Bolzano: algerini, marocchini, rom, – dove Frida aveva degli agganci per via dell'eroina, qualcuno disse che mia sorella aveva progettato una fuga.

Tommy scosse la testa.

Milla imprecò.

– E la polizia ha ritenuto l'informazione attendibile?

– Comodo, vero?

– Ha provato a parlare con il complice di sua sorella? O con la donna che l'ha tradita?

– Zago? Se sapesse qualcosa l'avrebbe detto. Per accorciare la pena, se non altro. E lo stesso vale per quella Giuda. Perciò… Frida è morta. Era una prostituta, una spacciatrice, una poco di buono, ma non avrebbe mai abbandonato Veronica.

Consegnò a Milla un'agendina.

Nera e piccola.

Milla provò l'impulso di gettarla lontano.

– Dentro ci sono i clienti di Frida. Segnava le targhe, per sicurezza. I poliziotti l'hanno fotocopiata e me l'hanno restituita. Credo non l'abbiano neppure aperta. Ci sono anche i nomi di alcuni tossici che si rifornivano da lei ma ormai sono quasi tutti…

– Morti, – fece Tommy, – noialtri siamo come i cani, un anno ne vale quattro. O sono sette?

Milla digrignò i denti.

Alle narici gli arrivò una zaffata dell'odore nauseabondo del fienile di Roth.

Indicò l'agendina.

– Posso tenerla?

La risposta era scontata: – Siamo qui per questo.

Tommy il ribelle appoggiò la mano sulla spalla di Irene, l'accompagnò alla porta e sparì insieme a lei, lasciando Milla da solo.

Milla dovette aspettare qualche minuto prima di trovare il coraggio di aprire il taccuino di Frida Lunelli, prostituta, spacciatrice, madre, occhiali con le lenti affumicate, capelli corti, *scomparsa*.

In una delle prime pagine c'era scritto:

Kadett grigia
ERIK

Al posto del barbuto, al bancone del Zum Pfau, c'era un tizio segaligno, iridi chiare e mento affilato. Markus giacca da boscaiolo arrivò alle quindici e un minuto, e per attirare la sua attenzione a Milla bastò sventolare una banconota da cinquantamila.

– Buongiorno a te, – fece Markus, infilandosela nel taschino della camicia, – a cosa devo il piacere?

Milla appoggiò sul tavolino la fototessera di Frida Lunelli.

– L'hai mai vista in compagnia di Roland?
– Frida, giusto?
– Quand'è l'ultima volta che l'hai incrociata?
– La gente va e viene, come faccio a saperlo?
Milla lo inchiodò con lo sguardo. – L'ultima volta che è passata da queste parti era il febbraio o forse il marzo del 1993...
Giacca da boscaiolo alzò gli occhi al soffitto. – Sono passati due...
–... ed era insieme a Roth.
Markus impallidì. Gli restituì la banconota.
Si alzò facendo cadere la sedia.
– Non voglio averci niente a che fare.
Era un: sì.

Milla percorse la statale 12 a velocità folle. Arrivò alla redazione della "Voce delle Alpi" che erano le quindici e trentasette.
Chiuse a chiave la porta dell'ufficio e prese a battere sui tasti della Olivetti. Buttò fuori tutto. Lisa. Frida. Roth. Marlene. Sartori. Egger. Simoni. Krupp. Il 1985, il 1992 e il 1995. *Tutto*. Alle sedici e ventuno aveva riempito settanta pagine a spaziatura singola, gli facevano male i polpastrelli e gli occhi lacrimavano. Sulla scrivania la *Maranta Leuconeura* pregava e Milla pregò con lei. Pregò: *sul serio*. Lo fece fino alle sedici e quarantotto quando inserì il dattiloscritto in una busta formato maxi, la sigillò con il nastro adesivo e con un pennarello scrisse: ALL'ATTENZIONE DEL COMMISSARIO L. KRUPP.
Uscì.

Al numero 1 di largo Palatucci c'erano i soliti giornalisti, Lombardi a metà della scalinata intento a parlottare con l'assistente capo Masi e un paio di divise che confrontavano degli appunti.
La sala stampa era ancora chiusa.

Milla adocchiò Tagliaferro, seduto in disparte, e gli si avvicinò.
– Sai se Krupp ci sarà?
– Le buone maniere sono passate di moda?
– Non fare lo stronzo.
Tagliaferro lo guardò, sorpreso. – Penso di sì. Che diavolo hai?
Milla sentì un po' della tensione sciogliersi.
– Niente. Sai perché siamo qui?
– Un giro di albanesi che smerciava eroina e armi. L'ispettrice Lici ha beccato un tizio, domenica. E quello ha vuotato il sacco.
Con la coda dell'occhio Milla vide Lombardi sussurrare qualcosa all'orecchio di Masi e l'assistente capo voltarsi nella sua direzione.
Palpebre socchiuse, espressione: cattiva.
Tagliaferro si accorse dell'elettricità che all'improvviso si era messa a friggere l'aria, e chinò il capo fingendosi intento a scrivere al cellulare.
– Che hai combinato? – borbottò.
Milla non fece in tempo a rispondere.
Voce ferma e tranquilla.
Tono assertivo.
– Documenti, prego.
Milla allungò tesserino e carta d'identità.
L'assistente capo Masi non fece nemmeno finta di controllarli. – Temo che il suo accredito stampa sia scaduto, signor Milla.
– E io temo ci sia un equivoco.
Tagliaferro si dileguò.
Masi sorrise.
Voce ferma e tranquilla.
Tono assertivo.
– Ne deve parlare con il suo direttore. La prego di uscire.
Milla si guardò attorno. Tutti gli occhi erano puntati su di lui. Lombardi lo fissava a braccia conserte. Le divise erano pronte a intervenire, pugni sui fianchi e nervi tesi. Dall'alto della scalinata l'ispettrice Lici studiava la scena. Milla non riuscì

a decifrare la sua espressione. Strinse la borsa con la Nikon e disse: – Ho bisogno di parlare con il commissario Krupp.

– Come privato cittadino, – fece Masi, – se ha qualcosa da denunciare, le consiglio di mettersi in fila.

– È una questione della massima importanza.

La risposta fu un classico del numero 1 di largo Palatucci.

Ghigno strafottente e: – Non lo sono tutte?

– Si tratta di lavoro.

– Rinnovi il suo accredito e prenda appuntamento. Sono certo che il commissario sarà lieto di incontrarla.

Milla guardò Lombardi.

Guardò l'ispettrice Lici.

Fece per andarsene.

Pensò: a Marion Haller, a Irene Lunelli, a Lisa, a Frida, a Marlene con le scarpe rosa, scannata e non sgozzata, a Tommy il ribelle che non la smetteva di sfregarsi le guance e viveva sette anni in uno, a Heidi che ne era uscita, a Margit che non smetteva di ricascarci e che ogni volta che la incontrava somigliava un po' di più a Lisa.

O a Frida.

Pensò a: Veronica che non avrebbe mai potuto sorridere a sua madre.

La rabbia *tracimò*.

– È incompetenza la vostra o è solo che non ve ne frega un cazzo?

Masi si fece minaccioso. – Si dia una calmata. Oppure…

Milla si rivolse all'ispettrice Lici. – Krupp lo sa cosa succede qui dentro?

Alla femmina alfa bastò alzare il mento.

Lombardi: scattò.

Afferrò il gomito di Masi. – Lasci andare il signor Milla, è solo un po' nervoso. A tutti può capitare un giornata storta, giusto ragazzo?

Milla pensò: *bellum omnium contra omnes.*

– E la vostra, – sibilò, – non è nemmeno cominciata.

Alle diciannove la temperatura era scesa a due gradi. Milla, seduto sul marciapiede dietro una rastrelliera per biciclette, fissava l'insegna del salone di bellezza: una scritta elegante che recitava: *Vivian*.

Le due collaboratrici dell'ex prostituta, una bionda appariscente e una mora dall'aria simpatica, se ne andarono alle diciannove e trenta, il tempo di rassettare, fare i conti e salutare la proprietaria con uno sfarfallio di baci civettuoli.

Diciannove e quarantaquattro: Vivian fu l'ultima a uscire.

Milla sbucò dall'ombra. – Devo parlare con Krupp. A largo Palatucci non sono il benvenuto. Ho bisogno di saltare la fila.

– Auguri.

– Ci sono due prostitute scomparse e a nessuno importa. Forse sono morte. Frida Lunelli e Lisa Kofler. Lei è la mia unica speranza per...

– E tu sei il tipo capace di farmi perdere tutta la serata, vero?

– Anche la notte, se necessario.

– Se la metti così, – miagolò la donna, – seguimi, ti prego. Almeno staremo al caldo.

Entrarono.

Vivian lo fece accomodare su una poltrona, accese le luci e si sfilò la giacca. Indossava un abito fasciante e si muoveva su tacchi vertiginosi. Si sedette su un divanetto, accavallò le gambe, distese le braccia lungo lo schienale, le dita a giocherellare con le foglie di un ficus che avrebbe ottenuto l'approvazione di Iris. Infine, un sorriso malizioso che diceva: *piaciuto lo show?*

– Ci conosciamo?

– Non ci siamo mai presentati. Sono un giornalista. Alex Milla.

Vivian si diede un buffetto alla chioma. – E quanto tempo vuoi farmi perdere ancora?

– Frida Lunelli è scomparsa nel marzo del 1993, gli sbirri dicono sia latitante, ma non ha alcun senso. Lisa Kofler è svanita quest'anno, il 22 ottobre. È salita sull'Opel Kadett di un certo Erik e non è più stata vista. La polizia parla di suicidio. Le conosceva?

– Il suicidio è uno dei rischi della professione.
Milla mostrò le foto delle due scomparse.
Vivian si sfilò le scarpe. – I tacchi sono una maledizione. Come te la cavi con i massaggi, ragazzino?
Milla, suo malgrado, arrossì.
Vivian aveva una risata roca, bassa.
– Ho bisogno di parlare con Krupp, – ripeté ancora una volta Milla, – ma non mi interessano i vostri affari personali. Non sarei venuto da lei se avessi potuto fare altrimenti, mi creda.
– Sai quanti uomini mi hanno detto la stessa cosa?
Un muro.
Milla lasciò perdere la forma di cortesia.
Fremeva di rabbia. E indignazione.
– Non pensavo fossi così.
– Non lasciarmi sulle spine.
– Tu sei quella che ha sfidato un serial killer in diretta televisiva.
– Volevo solo che lo prendessero.
– Sei andata in tv a dire "Sono una puttana e non me ne frega un cazzo di quello che pensate".
Una smorfia di disappunto sul viso dell'ex prostituta. – Non essere volgare, per favore. Sei troppo giovane. Fai la figura del pulcino che arruffa le penne. E lascia che ti dia un consiglio. Alle ragazzine piacciono i tenebrosi che parlano per enigmi, le donne vogliono qualcuno che abbia il coraggio di essere diretto.
– Ti prendevi cura di Lorena Haller. Hai pianto quando è morta. Ti ho vista. E ti ho vista al funerale di Elizabeth Torcher, volevi bene anche a lei. Heidi mi ha parlato di te, con affetto. Lo stesso Marion Haller. A te importa delle ragazze.
– Sei bravo a giudicare. Quanti anni hai? Venti?
– Non attacca.
– Forse no, – fece Vivian, – ma tu hai bisogno di me.
– Sbagli, – puntualizzò Milla, duro. – Lisa e Frida hanno bisogno di Krupp.
Vivian incrociò le braccia sul petto. – Vuoi Krupp? Allo-

ra dimmi la verità. Dimmi quello che pensi davvero. Quello che hanno sempre pensato tutti. Quello che avete scritto sui giornali per settimane. Devi dirmi che Lorena, Marlene, Patrizia, Mirella e Giulia non erano davvero delle vittime perché battevano.

Milla alzò la voce. – Giulia non batteva. Aveva quindici anni, cazzo.

Vivian gli rivolse un sorriso trionfante. – Hai proprio ragione. I benpensanti fanno davvero schifo.

Milla decise di cacciare il fuoco con il fuoco. – Dimmi dove posso trovare Krupp.

– Sei un vero duro. Sai una cosa? Penso che vi intenderete a meraviglia.

Milla la guardò raggiungere la porta. Dietro ai vetri c'erano due poliziotti in divisa. Uno con i baffi e uno con il naso aquilino.

Guanti neri, di cuoio, e pugni stretti.

Vivian indicò Milla e disse: – Gli ho detto che siamo chiusi, ma mi ha costretta a farlo entrare.

Braccia sbirresche afferrarono Milla. Braccia sbirresche lo costrinsero ad alzarsi.

Vivian si avvicinò alla pianta di ficus e gli mostrò un interruttore nascosto dalle foglie. Milla pensò al fascicolo Sartori/Gatti: il pulsante d'allarme.

Vivian gli fece l'occhiolino.

Milla pensò: cazzo.

Disse: – Sono un giornalista.

– Bravo, – rispose uno dei due poliziotti.

L'altro gli infilò le manette.

L'interno dell'Alfa puzzava. Velocità sostenuta ma niente sirene e niente lampeggianti. La città attorno era quella che Milla conosceva a memoria, eppure, allo stesso tempo, era un paesaggio alieno.

– Devo parlare con Krupp.

– Certo.

– Devo parlargli adesso.

– Certo.
– È una questione della massima importanza.
Il poliziotto alla guida gli scoccò un'occhiata infastidita attraverso lo specchietto retrovisore e diede uno strattone al volante. L'Alfa sbandò, Milla perse l'equilibrio e picchiò la testa contro il finestrino.
Voce ferma e tranquilla.
Tono assertivo.
– Certo.

Arrivati a destinazione, lo sbirro col naso aquilino lo trascinò fuori dalla pattuglia afferrandolo per la nuca, mentre quello con i baffi faceva strada all'interno della questura. Varcata la doppia porta con il maniglione antipanico raggiunsero una sala spoglia, dove lo sbirro col naso aquilino lo schiacciò contro un bancone di formica ricoperto di moduli e chiazze indefinite. Un terzo sbirro, occhiaie scure, niente giacca, maniche arrotolate e cravatta slacciata, lo perquisì fischiettando. I tre sbirri risero del portachiavi a forma di margherita che Iris gli aveva regalato per Natale. Lo sbirro in maniche di camicia sollevò la busta con la scritta ALL'ATTENZIONE DEL COMMISSARIO L. KRUPP. La sventolò tenendola fra indice e pollice.
Milla pensò: merda.
– Voglio...
Lo sbirro con i baffi gli pizzicò la guancia. – Non provarci, Pinocchio.
La camera di sicurezza era una gabbia con sbarre mangiate dall'usura, luce al neon e pareti di cemento. C'era odore di piscio, varechina, vomito e sudore. I tossici che la stavano occupando alzarono la testa. Tutti tranne quello con un livido sullo zigomo che fissava il nulla, incapace di trattenere i tremori.
Uno dei tossici lo riconobbe.
– Ehi Milla, – fece, tutto allegro, – come te la passi?
– Voglio un avvocato, – disse Milla, rivolgendosi allo sbirro con i baffi, – *subito*.

Persino il tizio in astinenza sbuffò una risata.

Il tossico che l'aveva riconosciuto ammiccò. – Prima volta?

La porta della cella di sicurezza sferragliò, Milla si sedette e pensò a Silvano Benedetti.

Pensò: Cella X.

Pensò: Krupp non è Levada.

Pensò: non c'è più la Cella X.

Pensò: forse non c'è mai stata.

Forse.

Mani fra i capelli e: non sta succedendo davvero.

Un minuto divenne un'ora, un'era geologica o forse una frazione di secondo. La camera di sicurezza si riempiva e si svuotava. Tossici e ubriaconi arrivavano urlando, piangendo, minacciando o facendo i gradassi. Se qualcuno provava a mollare qualche calcio, gli sbirri gliene facevano passare la voglia.

Ogni volta Milla chiudeva gli occhi e pensava: non sta succedendo davvero.

A un certo punto il tossico che l'aveva riconosciuto fu sollevato di peso e prima di sparire disse: – Quello lo conosco, è mio amico. Trattatelo bene, è uno importante.

– Ah sì? E perché?

– Scrive sui giornali.

– Gli chiederemo un autografo.

Milla apriva e chiudeva le mani.

Respirava.

E basta.

Poi: – Alza il culo.

Ce l'avevano con lui.

Due sbirri lo afferrarono per le ascelle e lo costrinsero a seguirli. Non erano quelli della volante e non si diressero verso gli uffici. Quando arrivarono all'imboccatura di una rampa di scale che scendeva verso il seminterrato, Milla sentì la vescica gonfiarsi.

Puntò i talloni contro il pavimento.

– Voglio un avvocato.

– Perché? Hai qualcosa da nascondere?

– È un mio diritto.

Uno degli sbirri gli diede un colpetto dietro al ginocchio. Le gambe si piegarono.

– Certo.

La stanza 121 era in fondo al corridoio. Piccola, soffocante. C'erano una scrivania addossata alla parete e, al centro, una sedia. Sulla scrivania qualcuno aveva lasciato un paio di guanti di pelle, neri, e un tubo flessibile, di quelli da giardinaggio. Non era vuota.

L'ispettore capo Lopez, braccia conserte, lo stava aspettando. Sorrideva.

Lopez è il peggiore di tutti.

Il sangue glielo fa venire duro.

I poliziotti gli liberarono i polsi, ma il sollievo durò il tempo di costringerlo seduto per poi ammanettarlo di nuovo con le braccia ritorte dietro allo schienale della sedia. La vescica diede uno strattone.

– Devo usare un bagno.

– Dopo.

– Voglio un avvocato.

– Come dici tu.

La voce di Milla si fece stridula. – È un mio diritto, stronzi.

Lopez gli diede un buffetto. – Non iniziare a divertirti senza di noi.

Spensero la luce. La porta si chiuse.

Milla, al buio, pensò: come la scriveresti, campione?

Facile.

Vivian chiama gli sbirri, gli sbirri vedono la busta, gli sbirri chiamano Krupp, Krupp riceve la busta, Krupp legge il dossier e: capisce di essere nella merda. Così chiama Lopez e chiama Lopez perché il Metodo Levada è diventato il Metodo Krupp: prigioni cambogiane, filo spinato jugoslavo, oscuri scantinati nei palazzi del Kgb, *black-sites* della Cia, Cella X e niente orsacchiotti.

Milla pensò: 39100.

Pensò: Metodo Krupp.

Pensò: vogliono solo spaventarmi.

Trasalì.
Pensò: non mi hanno preso le generalità.
Sei diventato proprietà privata.
Come diceva la pubblicità di quel film, campione?
Nella Cella X nessuno può sentirti gridare?

15 novembre 1995, mercoledì
– notte –

Un'ora o forse un secolo dopo, la porta della 121 tornò ad aprirsi e Lopez entrò accompagnato da due sbirri. Quello in divisa non aveva nome, mentre il poliziotto in borghese era Masi. Aveva lo sguardo da: abbiamo una faccenda in sospeso noi due.

L'alito di Lopez aveva lo stesso odore del fienile di Roth.

– Hai detto che volevi l'avvocato?

La vescica gli inviava fitte strazianti, e dai polsi alle punta delle dita Milla non sentiva più niente. Pensò: adesso mi faranno *male*.

Cercò di nascondere il tremito della voce. – Ho bisogno di usare il bagno.

– Mi sa che te la devi tenere, – commentò Masi.

– Anche l'avvocato non serve, – disse Lopez piantandosi davanti a lui, mani sui fianchi.

Mani e: guanti.

Occhi negli occhi.

Milla pensò: *uomini cattivi. Là fuori*.

– Non ti serve l'avvocato, – mormorò, amichevole, l'ispettore capo con la faccia da ratto, – perché è stato tutto un equivoco. Sei libero come l'aria.

Le manette affermavano il contrario.

Milla inghiottì bile. – Non posso…

Risate.

– Il ragazzo è sveglio, – fece Lopez.

Afferrò il tubo flessibile, lo soppesò e uscì dalla sua visuale. Milla trattenne il respiro. Incassò la testa e si preparò a ricevere il colpo.

Invece: l'acciaio smise di mordere. Un milione di aghi si irradiarono lungo le braccia. Lopez gli fece dondolare le manette davanti al viso. Le manette puzzavano di metallo e sudore.

A Milla ricordò l'odore del sangue.

– Visto? Di che hai paura?

Lopez gli scompigliò i capelli. Lo prese per le ascelle e lo aiutò ad alzarsi.

Milla barcollò, ma non cadde.

Masi gli fece un applauso.

Lopez gli aggiustò il bomber e lo fece voltare verso l'uscita.

I due sbirri erano ai lati della porta.

Aperta.

...spalancano la porta e ti dicono che è tutto risolto, solo uno sbaglio, puoi tornare a casa e amici come prima. Aspettano che tu sia pronto ad andartene e...

Milla incespicò. Per non cadere dovette aggrapparsi alla sedia. Lopez fu un fulmine. Colpì la sedia con un calcio e Milla finì a quattro zampe.

Masi fece: – Bau, bau.

Rise solo lui.

A Milla scappò un singhiozzo.

Il fermato ha opposto resistenza.

Il fermato è accidentalmente caduto dalle scale.

Lopez disse: – Hai intenzione di restare qui?

Lo sbirro alla porta lanciava in aria un mazzo di chiavi, lo prendeva al volo e sorrideva. – Non dirmi che ti sei affezionato a questo cesso di posto.

Lopez gli diede un buffetto sulla nuca.

Uomini cattivi.

E tu non puoi farci niente.

Non ci puoi proooooprio *fare niente.*

– Che ti prende?

A quattro zampe Milla guardò verso l'alto.

Masi trovava la battuta spassosa per cui la ripeté: – Bau, bau.

Milla pensò: adesso mi faranno male.
– Alzati.
Milla ci riuscì.
Uomini cattivi.
E tu non puoi farci niente.
Non ci puoi prooooprio *fare niente.*
Lopez lo afferrò per la nuca e lo portò di fronte alla parete.
– Voglio farti vedere una cosa.
Era una macchia di sangue o solo umidità?
Odore di calce. Odore di merda di ratto.
– *Guarda.*
Milla guardò.
– Cosa vedi?
– Niente.
Lopez gli spinse la testa contro la parete. – Guarda meglio.
Fronte contro il cemento. Era umida.
Milla inghiottì le lacrime.
– Cosa vedi?
– Niente.
Faccia da ratto sospirò.
– Tu Masi, cosa ci vedi?
– Uno stronzo con le dita spezzate, ispettore capo.
Milla scattò.
Troppo lento.
Lopez gli afferrò il polso destro, Masi il sinistro. Il terzo sbirro gli tenne premuta la fronte contro la parete. Milla si sentì soffocare.
Mani a pugno.
Pensava: *no, no, no.*
– Le dita. Fammele vedere.
Milla si divincolò.
Lopez gli appoggiò il tubo flessibile contro il fianco. All'altezza dei reni.
Milla pensò: il Metodo Levada prevede di non lasciare segni.
– Non fare lo stronzo, Milla.

Milla smise di opporre resistenza. Aprì le mani.

Lopez gli sfiorò le dita con il tubo flessibile.

Milla pensò: *questo porcellino è andato al mercato, quest'altro porcellino...*

– Una volta, – fece Lopez, – ho visto un servizio al tg. Parlava di un tizio. Una specie di freak che dipingeva con la bocca.

Le gambe di Milla cedettero.

Masi lo sorresse.

– Se cadi ti fai male. Mani aperte, non barare.

...è andato in questura, quest'altro porcellino mangiò merda e manette...

– Ho pensato, – fece Lopez, – che quel tizio aveva le palle.

Il tubo flessibile lambì l'indice. Poi il medio.

Milla pensò: *questo porcellino finì dietro la luna...*

Scosse la testa.

Pensò: non sta succedendo davvero.

Lopez urlò: – *Come cazzo fai a scrivere se ti rompo le mani, stronzo?*

Schiantò il tubo contro la parete. Il boato fu: una deflagrazione.

Milla andò a terra. Di schianto.

La vescica: cedette.

Odore di calce, piscio. Il suo piscio.

Masi cominciò a ridere.

Milla uggiolò.

Lopez lo afferrò per i capelli costringendolo a guardarlo in faccia. Il viso a pochi millimetri dal suo. Pupille strette. Denti come zanne.

Sussurrò: – Tu non ce le hai le palle di quel tizio.

Lo strattonò.

Milla: in piedi.

Lopez indicò la macchia scura sui suoi pantaloni. – Guarda come ti sei ridotto.

Faccia da ratto puntò il dito verso la porta.

Gridò: – *Non abbiamo tutta la notte, cazzo.*

Milla mosse un passo.

E Masi lo bloccò.
– Non ti hanno insegnato le buone maniere?
Milla iniziò a piangere.
– L'ispettore capo ti ha aiutato, – fece Masi, – come si risponde?
Milla mormorò: – Grazie.
Lopez si portò due dita all'orecchio: – Grazie, e poi?
Milla guardò Lopez. Poi Masi.
Come cazzo fai a scrivere se ti rompo le mani, stronzo?
Sgranò gli occhi, terrorizzato.
– Non...
– Grazie, e poi?
Tu non ce le hai le palle di quel tizio.
– Non lo so...
Lopez alzò gli occhi al cielo, – Se ti rompo le mani, che succede? Ti fai imboccare da quella troia della tua fidanzatina? La giardiniera ti pulirà il culo per il resto della tua vita? Rispondi, cazzo!
L'ultimo porcellino, infine: strillò.
– *No Milla solo.*
Milla si portò le mani alle orecchie e urlò ancora: – *No Milla solo.*
Gli sbirri si sbellicarono dalle risate.
Lopez sputò a terra.
– Assistente capo, – fece, – insegna le buone maniere al nostro ospite.
Masi cantilenò: – Grazie. Ispettore. Capo.
Milla lo guardò: con gratitudine.
No Milla solo.
– Grazie. Ispettore. Capo.
Una spinta verso la porta. Il corridoio. Le scale, a ritroso. La stanza con lo sbirro in maniche di camicia che gli gettò la borsa con la Nikon.
La borsa finì sul pavimento e Milla sentì il rumore di qualcosa che si rompeva.
Lo sbirro disse: – Ops.
Lopez: – *Vattene.*
Milla scappò. 39100 era finita da qualche parte nello spa-

zio. L'alfa e l'omega l'avevano ingoiata. *E lui non poteva proooprio farci niente.* Rise. Pianse. Camminò e quando finì le lacrime si ricordò.

Spalancò la borsa della Nikon.

La busta gialla era stata aperta.

15 novembre 1995, mercoledì
– mattina –

Alle otto e dodici la temperatura sfiorava lo zero, l'aria aveva ancora il sapore della notte, l'asfalto luccicava di brina e Masi uscì dalla questura dirigendosi a passo svelto verso di lui. Lombardi capì che non sarebbe riuscito a evitarlo e soffocò uno sbadiglio. Aveva passato la notte a litigare con l'insonnia e non era pronto per stronzate da occhi rossi e labbra tirate.

– Vatti a cercare un altro babysitter, – disse, – non è giornata.

– La Lici ci vuole nel suo ufficio.

– Adesso? Perché?

Masi balbettò un: – Non lo so.

Lombardi lo afferrò per il bicipite. – Fai uno sforzo.

– Forse...

– Forse?

– Ieri sera, – tartagliò quella caricatura di mastino che era Masi, – c'è stata una chiamata. Un sistema d'allarme silenzioso in un salone di bellezza. Due ragazzi della Mobile hanno portato qui quel giornalista. Il galoppino di Jo, sai, Serafini. Alex Milla. Quello che la Lici ha detto di tenere lontano da Krupp.

Lombardi moriva dalla voglia di prenderlo a schiaffi. – Che avete combinato?

– Non gli abbiamo fatto *niente*, – si difese l'assistente capo, divincolandosi dalla presa, – è stata la tizia a chiamare. Quella che andava a letto con Krupp, te la ricordi?

Bionda, da sballo.

Pericolosa.

– Vivian Pickmann.

– Non so come si chiami. Lopez ci ha ordinato di portarlo giù, nello scantinato. – Masi vide le vene gonfiarsi sul collo del viceispettore e la voce gli si fece stridula. – Non gli abbiamo torto un capello. Lopez voleva solo fargli prendere un po' di paura.

Lopez non era una buona notizia. Vivian Pickmann era una delle sue fonti e l'ispettore capo non aveva mai fatto mistero sul fatto che ogni tanto se la ripassava. Ma Lopez era acqua passata. Krupp l'aveva inchiodato alla scrivania quando aveva rivoltato largo Palatucci fra il '92 e il '93. Che stava succedendo?

Lombardi infilò una Brooklyn in bocca e non perse altro tempo con gli squittii dell'assistente capo Masi. Entrò nell'edificio tozzo della questura, salì la rampa di scale sentendo il finto mastino ansimargli alle spalle e bussò alla porta che, un tempo, portava al *sancta sanctorum* della *mano de Dios*.

L'ispettrice Lici, la femmina alfa, aveva la schiena rivolta alla finestra. Fumava. Lombardi aspirò a pieni polmoni: quella roba gli mancava. Seduto davanti alla scrivania c'era il cadavere dell'ispettore capo Lopez. In giro si diceva stesse morendo. Forse le voci erano corrette, ma in quel momento Lopez era il figlio di puttana di sempre. Estasiato e pronto ad azzannare.

– Lisa Kofler, – fece la femmina alfa, indicando un fascicolo dalla copertina rossa. – Voglio un rapporto, viceispettore. E lei, Masi, intervenga se qualcosa non le torna.

Il sorriso denti e nicotina dell'ispettore capo Lopez diceva: siete nella merda, ragazzi.

– Una prostituta scomparsa. Tossicodipendente. Padre Giuseppe, il domenicano, ha sporto denuncia.

Lopez si passò la lingua sulle labbra. – Per omicidio, non scomparsa.

– *Il frate*, – sottolineò Lombardi, bellicoso, – ha parlato di omicidio, ma l'ultima volta che ho controllato gli sbirri siamo noi. Sta a noi decidere se è omicidio, scomparsa o…

– Lopez? – fece Arianna. – Non mi faccia perdere tempo. Lombardi? Prosegua.

– Come da procedura, – fece il viceispettore cercando di trattenere l'ira, – abbiamo eseguito i controlli. Mobile, Buoncostume e Narcotici. Sono anni che la Kofler si fa e altrettanti che si prostituisce. Taccheggio. Niente spaccio. Siamo andati a parlare con alcune colleghe e conoscenti. Il fidanzato della scomparsa è morto di recente. Overdose. Johnny qualcosa. Tu te lo ricordi?

– Johnny Messina, – si precipitò a dire l'assistente capo Masi, pallido come un fantasma, – trentotto anni. Furto con destrezza. Due anni fa ha aggredito il personale del 118. Era in astinenza. In seguito la denuncia è stata ritirata. Nient'altro.

La femmina alfa taceva.

Lombardi si aggiustò la cravatta. – Da quando Messina è morto, la Kofler ha dichiarato, più volte e a più testimoni, di volerla fare finita. Fra i suoi oggetti personali abbiamo trovato una lettera d'addio. Immagino l'abbia letta, ispettrice.

Arianna spense la sigaretta fumata a metà. – Padre Giuseppe ha affermato che la Kofler aveva appuntamento con un cliente il giorno della scomparsa e che dopo quell'incontro nessuno l'ha più vista. Ha segnalato marca dell'auto e numero di targa.

– Opel Kadett grigio scuro, – ricordò Lombardi, – appartiene a un tizio, un certo… Roth? Sì, Roland Roth. Masi ha controllato il fascicolo della Buoncostume.

– Un puttaniere che vive come un barbone. – Gli fece eco l'assistente capo.

– Ci avete parlato?

Lombardi azzardò un sogghigno. – Ispettrice…

– *Ci avete parlato?*

– Abbiamo passato il nominativo alle divise della Mobile.

– Quindi non l'avete convocato come persona informata dei fatti.

– Mi prende in giro? – esplose Lombardi. – Abbiamo una lettera d'addio che combacia con quanto riferito dai testimoni. Abbiamo una tossica che non vede l'ora di levarsi di torno con il cadavere del fidanzato ancora caldo a darle la giusta motivazione. Padre Giuseppe? Padre Giuseppe vive in un mondo di pecorelle in cui i lupi siamo noi. Perché mi costringe a sprecare fiato per queste cazzate?

– Avete archiviato il caso?

– Certo che no, – fu la risposta, – Lisa Kofler è ufficialmente scomparsa. Abbiamo diramato un'informativa alla Mobile, alla Narcotici e alla Buoncostume. I ragazzi hanno la descrizione, hanno le foto, sanno con chi bazzicava e da chi si riforniva. Se non si è ammazzata la troveranno. Se dovessero pizzicare Roth con qualche prostituta, come è possibile visti i precedenti, avranno un motivo per chiedergli della Kofler. Come da prassi. Ma è tempo buttato, ispettrice. Prima o poi troveranno quella stronza nell'Adige o in un fosso.

La femmina alfa si sedette alla scrivania e si fece scivolare un paio di pasticche sul palmo della mano. – Date massima priorità alle ricerche, – ordinò, – e tornate ai vostri compiti. Anche lei, Lopez.

A Lombardi non piacque essere liquidato come una divisa qualsiasi. O come quel coniglio di Masi, con la mano già sulla maniglia della porta.

– C'è qualcosa che dobbiamo sapere, ispettrice? Lisa Kofler ha a che fare con quel giornalista?

L'ispettrice Lici gettò indietro la testa e ingoiò le compresse. – No.

– Posso sapere perché Alex Milla è persona non grata?

Fu Lopez a rispondergli.

– Non c'è nessun Alex Milla, viceispettore, – disse, alzandosi. – Non hai sentito l'ispettrice?

Lombardi si morsicò la lingua. Quando Lopez gli passò vicino sentì l'odore della morte.

Lombardi pensò: uno stronzo in meno.

17 novembre 1995, venerdì

La notte fra il 14 e il 15 novembre era stata infame. Iris aveva trovato la casa vuota e si era detta: sta lavorando, arriverà presto. Alex non era tornato alle ventuno e nemmeno alle ventidue. Un presentimento si era messo a scavare la mente della ragazza dei fiori, una sensazione di pericolo che la soffocava.

Alle ventidue e dieci minuti aveva acceso lo stereo pregando che le armonie di Miles Davis l'aiutassero a sopportare l'attesa.

Sketches of Spain era caduto nel vuoto.

Alle ventidue e ventinove aveva chiamato la redazione. Alex non era lì. Alle diciassette, le avevano detto, avrebbe dovuto coprire una conferenza stampa, in questura, ma non era tornato per scrivere il pezzo. Voleva lasciare un messaggio?

Alle ventitré e trenta aveva spento lo stereo e si era precipitata nella stanza in più, scartabellando fra gli appunti di Milla. Nel corso della sua vita Iris aveva dovuto affrontare drammi che le sue coetanee potevano solo immaginare. Non era abituata a lasciarsi andare agli isterismi. Tuttavia era quello che stava facendo. Lo sapeva. Solo che non poteva farci niente.

A mezzanotte e un minuto aveva trovato l'agendina su cui Alex segnava i numeri di telefono. A mezzanotte e tre aveva composto quello dell'ufficio di Jo: niente. A mezzanotte e cinque aveva provato il numero di casa del capocronista della "Voce delle Alpi".

Ancora: niente.

Fra mezzanotte e l'una aveva composto il 113 due volte e due volte aveva agganciato prima che qualcuno potesse rispondere. All'una e trenta, incapace di restare ferma, aveva deciso di presentarsi di persona nella tana del leone: largo Palatucci numero 1. All'una e trentacinque era entrata in macchina e all'una e trentasei era arrivata la Renault 5.

Milla puzzava di piscio e aveva gli occhi vuoti.

Le disse: – Sono stato nello spazio. Dietro la luna.

E scoppiò a ridere.

Alle tre di quella notte infinita, Alex era riuscito a raccogliere abbastanza energie per raccontarle quanto accaduto.

Cella X.

Grazie. Ispettore. Capo.

No Milla solo.

Finalmente aveva pianto e Iris aveva pianto con lui.

Nei tre giorni successivi Milla non aveva fatto altro che camminare e domandare. 15, 16, 17 novembre: ogni palazzo, strada, vicolo, androne, baracca, roulotte, piazza, bar e giardinetto. Tossici, prostitute, spacciatori, alcolizzati, barboni, taccheggiatori, portieri d'albergo, baristi, camerieri, netturbini, autisti di taxi e gente fuori di testa. Sempre le stesse domande e sempre la stessa risposta: se Krupp stava muovendo le truppe nessuno se ne stava accorgendo. 15, 16, 17 novembre.

Tre giorni: insopportabili.

Iris aveva pensato: Alex si è perso nel labirinto.

Aveva ragione.

Fu per questo che lo costrinse, nel tardo pomeriggio del 17, a seguirla nel suo personale angolo di paradiso, la parte riservata della serra di "Fiori Marilisa Blumen". Avrebbe voluto aspettare ancora qualche mese per mostrargli il suo piccolo miracolo, ma era proprio di un miracolo che Alex aveva bisogno.

Adesso, non domani.

Perciò, alle diciotto e ventidue: Milla sgranò gli occhi e, per un attimo, le sembrò il solito Alex di sempre.

– Davvero? – disse.

Sbalordito, ammirato e: felice.

Iris quasi pianse nel vedere quell'espressione.

Il miracolo: la *Rosa Banskiae Lutea* mostrava orgogliosa una spina. Era minuscola e Milla ci passò il pollice sopra. Pungeva.

Accolse il dolore con una risata incredula.

– È…

– Sì.

Iris era riuscita a disfare ciò che l'ottusa vanità dell'uomo aveva plasmato secoli prima. La *Rosa Banskiae Lutea* era tornata a essere ciò che la natura aveva creato. Una rosa che non mentiva più.

Erano le diciannove e quarantasette quando Milla, uscito dal labirinto, sussurrò la domanda che da tre giorni gli impediva di dormire. – Vuoi arrenderti?

Iris non rispose.

Rosa Banskiae Lutea.

Alex doveva: sanguinare.

– Non c'è altro che possa fare, – tartagliò Milla, – Krupp ha in mano tutto. Sa cosa è successo. Conosce i dettagli. Se non gli importa, io non so… Davvero. Non lo so. Siamo soli, Iris.

La ragazza dei fiori gli asciugò le lacrime con il palmo della mano. La sua pelle sapeva di terra grassa e primavera.

– Non siamo soli.

– In due, – rispose Milla, – siamo troppo pochi.

Un sorriso, tenero, negli occhi grandi e grigi della ragazza dei fiori. – Ci sono Giulia, Mirella, Lorena, Marlene. Ci sono Lisa, Frida…

Un singhiozzo: – Le ho deluse.

– C'è un modo per costringere Krupp a muoversi, – fece Iris, accarezzando la spina della *Rosa Banskiae Lutea*, – ma sarà dura.

– Quale?

Iris non smise di sorridere, ma il grigio si fece acciaio.

– Regola numero uno, campione.

20 novembre 1995, lunedì

Il corriere teneva il casco agganciato al gomito. Prima di afferrare l'involucro che gli stava porgendo, il commissario tentennò.

– *Numero deus impare gaudet.*

Il ragazzo spostò il peso da un piede all'altro. – Prego?

– La divinità si compiace del numero dispari.

Poi Krupp sorrise, imbarazzato, e il fattorino si sforzò di fare altrettanto.

Krupp gli lasciò una mancia generosa, chiuse la porta a doppia mandata, si sedette in cucina e soppesò il pacchetto, indeciso se aprirlo o buttarlo direttamente nella pattumiera e dimenticarsene.

Al telefono Karli gli aveva spiegato che era stato un animale selvatico. Non uno qualsiasi: un lupo. Alle sue perplessità, Karli aveva ribattuto che alcuni contadini giuravano di averli visti, anche se era da fine Ottocento che in Alto Adige non si vedevano lupi. Ma, se i *Bauer* dei masi più antichi raccontavano di orme e ululati, bisognava credergli. Certe lotte erano eterne come il sole e la luna e restavano nel sangue.

Per Karli aveva senso, ma a Karli erano sempre piaciute le favole.

Krupp invece pensava da sbirro e sapeva che i lupi avevano la memoria lunga. Ricordavano il morso del ferro, il ringhio dei cani da caccia e il terrore della polvere da sparo. Se avessero deciso di sfidare l'eterno nemico l'avrebbero fatto solo perché spinti dalla fame. Perciò avrebbero attaccato le greggi, non se la sarebbero presa con i morti. A Karli, però, non l'aveva detto. Aveva persino finto di condividere il suo divertimento.

L'ennesimo scherzo di Andreas Krupp, giusto?

Si concesse una birra.

Gli tornarono in mente le leggende della valle. Il diavolo che danzava attorno ai larici millenari. Lo immaginò, ma la sua mente non gli suggerì corna e zoccoli. Lo immaginò con quattro braccia, il corpo blu e una lingua rossa e smisurata. Il diavolo era una donna che profumava di Gauloises e ballava in mezzo ai fulmini scandendo una nenia che Krupp pensava di aver dimenticato.

Si rese conto che stava solo perdendo tempo.

Di cosa aveva paura?

Scartò l'involucro e l'aprì.

All'interno, accuratamente imballato, c'era l'orologio di suo padre. Lo Junkers. Karli l'aveva ripulito e aveva cambiato la batteria. Le lancette segnavano le ventuno e tredici minuti. Preciso al secondo.

Krupp lo agganciò al polso.

Numero deus impare gaudet.

Pensò: quale divinità ama i numeri dispari? E: Virgilio conosceva Kali? La sua risposta fu una risposta da sbirro: forse sì. C'erano due testimoni a rendere credibile quell'ipotesi. A detta di Dante e Andreas Krupp, Publio Virgilio Marone aveva dimestichezza con ogni angolo dell'Inferno.

Perciò...

Lo squillo del telefonino lo strappò da quei pensieri.

Afferrò il Motorola e pigiò il tasto verde.

Arianna disse: – Accendi la televisione.

21 novembre 1995, martedì
– mattina –

Una lucciola manca da una quarantina di giorni

DOV'È LISA?

Salita sull'auto con un cliente, è sparita

Di J.S.

Dov'è finita Lisa? Una giovane "lucciola", che frequentava con altre colleghe la zona di via Garibaldi e piazza Stazione, è misteriosamente scomparsa da una quarantina di giorni.
Non si conosce l'età della donna, né il suo cognome, non si sa se - come molte delle sue compagne che frequentano quella zona - facesse uso di sostanze stupefacenti. Non se ne conosce neppure l'indirizzo.
Si sa soltanto, e sempre solo per sentito dire, che era solita accompagnarsi a clienti occasionali, salendo in macchina con uno di loro, allontanandosi per poi tornare, al termine della sua prestazione, sul marciapiede della sua zona.

Una sera - così alcune testimonianze - Lisa sarebbe salita su un'autovettura in compagnia di un cliente e non è più tornata. Era il 22 ottobre scorso.
Una tossicodipendente che a quanto pare si trovava in quella zona, chissà perché, ha pensato bene di annotare il numero di targa della vettura. Aveva forse avuto qualche dubbio? Aveva notato qualcosa di sospetto? Non si sa.
A quanto pare alle forze dell'ordine sarebbe stata presentata una denuncia per la scomparsa della donna, forse dalle sue stesse compagne, forse da parte dei familiari, ammesso che ve ne siano. Secondo indiscrezioni, però, da allora sembra che nulla si sia mosso. Della vicenda si è occupata, ieri sera, la nota trasmissione televisiva...

Lombardi accese la Marlboro e aspirò a pieni polmoni. La prima sigaretta dopo seicentotrentuno giorni di astinenza.

Cazzo. Era proprio *buona.*

L'ispettore capo Luca Greco, nervi a fior di pelle, si sfregò le basette, parecchio ingrigite dall'ultima volta in cui i due avevano condiviso un appostamento, poi diede una manata al volante.

– È tuo questo catorcio? Solo i giapponesi gay guidano le Nissan. Dove hai messo la bandiera arcobaleno?

– Ho sempre sospettato che Masi avesse qualcosa di strano. A proposito, lo sai che hai detto "gay"? Baci tua madre con quella bocca?

– Questo schifo è di Masi? – chiese Ayrton Senna, incredulo. – Come l'hai convinto a prestartela?

– Nello stesso modo in cui tu hai convinto tua moglie a sposarti.

– Carisma e avvenenza?

– Ipnosi e circonvenzione di incapace.

Erano le nove e trenta e sia Lombardi che Greco sapevano che anche se splendeva il sole stava piovendo merda. Per questo, come avevano sempre fatto all'epoca della *mano de Dios*, bruciavano l'inquietudine a forza di battute, recriminazioni e frecciatine.

Ayrton Senna sbuffò. – Non bastavano due divise?

– Krupp non si fida.

– Di chi?

– Del mondo intero.

– Di noi, sì?

Lombardi fece spallucce. – Dovresti chiederlo a lui.

– Puro stile Levada.

Il viceispettore si stirò la cravatta, gettando il mozzicone della Marlboro fuori dal finestrino. – È diverso, lo sai.

– Prima o poi tutti diventano paranoici.

– Non è paranoia, – rispose Lombardi, lo sguardo fisso sull'ufficio postale, – sta succedendo qualcosa. Era dal '92 che non vedevo Krupp così incazzato.

– Io vorrei solo sapere, – sospirò Ayrton Senna, – perché mi trovo di prima mattina a fare un appostamento come una divisa qualsiasi. Vedi? Non cambia mai niente.

– Non ti piace la compagnia?

– Come mai Krupp è incazzato con la femmina alfa?

– Non vuole nemmeno che si avvicini al suo ufficio. Ha dato ordine di tenerla lontana.

– Hanno pensato a un consulente matrimoniale?

– Lancerò la proposta.

Ayrton Senna non riusciva a trovare pace. – Che diavolo ci facciamo qui? Ho la scrivania piena di informative. Albanesi che si sono messi in testa di spacciare crack, gente che taglia l'eroina con Dio solo sa cosa. Vogliamo parlare delle gang di motociclisti? *Hells Angels* e *Bandidos* che se le danno di santa ragione vendendo metanfetamine e io…

– Gang di motociclisti?

– Guarda che è roba che l'Interpol sta seguendo da anni. Dicono che a nord siano una potenza. Norvegia, Svezia, Germania e Austria. Droga, prostituzione, armi.

– E sono arrivati fin qui?

– Già, e invece io sto aspettando un come cazzo si chiama dentro un Gay Pride su ruote.

Suo malgrado Lombardi scoppiò a ridere. – Sai che mi sono mancate le tue stronzate, compare?

Pagina trentadue diceva:

...fonte riferisce che Roland Roth sia stato interrogato riguardo all'omicidio di Marlene Wieser.

Il fascicolo dell'interrogatorio del 1992 non è allegato agli incartamenti del processo Sartori, quindi non sono in grado di riferirne i dettagli.

L'assenza di tale colloquio può significare tre cose.

Primo: la fonte mi ha mentito. Tendo a escludere questa eventualità perché il resto di quanto mi ha raccontato è stato confermato al 100% da successivi controlli. È da sottolineare (riguardo all'interrogatorio di R.R. da parte delle forze dell'ordine all'epoca dell'omicidio Wieser), che la fonte me ne ha parlato di sua volontà e senza domanda diretta da parte mia (non ne ero a conoscenza).

Personalmente ritengo che la fonte non abbia nulla da guadagnare o da perdere da un'eventuale bugia.

Secondo: nel 1992 non c'era alcun motivo per credere che Roland Roth avesse a che fare con la morte della ragazza di

Colma, nessuna evidenza, nessun testimone, nessun sospetto. Probabilmente R.R. è stato "pescato" da qualche lista della Buoncostume insieme a centinaia di altre possibili persone informate dei fatti. E che, quindi, mi sto sbagliando.

Terzo: che le indagini riguardo alla morte di Marlene Wieser siano state eseguite esattamente come quelle riguardo alla morte di Giulia Nicoletti e Mirella Gatti nel 1985. Definirle lacunose e dilettantesche è...

Krupp aveva controllato.

La fonte di Milla non aveva mentito.

Roland Roth era stato interrogato il 23 marzo 1992. Aveva negato sia di conoscere la vittima che di aver passato la notte in cerca di compagnia: era rimasto a dormire nel fienile e alle sei del mattino stava ancora dormendo, aveva detto. E siccome dal suo fascicolo della Buoncostume non era emerso alcun collegamento con la ragazza uccisa, siccome nessuna delle prostitute l'aveva segnalato come pericoloso o violento e nessun testimone l'aveva visto insieme a Marlene Wieser, né nel marzo del 1992 né in precedenza, non c'era stato alcun motivo per dubitare delle sue parole.

Il telefono iniziò a squillare nel momento in cui Arianna, capelli raccolti in una coda di cavallo e Beretta in vista, varcò la porta del suo ufficio seguita dagli sguardi di scuse della divisa che Krupp aveva piazzato a garantire la propria solitudine.

L'ispettrice Lici era furibonda. Krupp ignorò il telefono e controllò l'orologio di suo padre. Undici e quarantasette minuti.

– Ti rendi conto, – disse la femmina alfa, – che è tutta la mattina che cerco di parlarti?

Krupp sollevò il dossier di Milla. – Sei in ritardo di quanto? Una settimana? Due?

Arianna chiuse la porta.
Il trillo del telefono cessò.
– Non dirmi che credi a quel buffone?
– Abbiamo due prostitute scomparse.
– E allora? Le prostitute scompaiono. Lo sai. Alcune non le troviamo mai, ma non significa che siano state uccise. Scappano. Muoiono di overdose chissà dove e finiscono in freezer per anni perché non hanno documenti addosso. Qualcuna riesce persino a rifarsi una vita.
– Lisa Kofler è scomparsa dopo essere salita sulla macchina di questo Roth. Abbiamo il modello, la targa e il nome. Perché nessuno è andato a interrogarlo?
– Dove sono gli elementi che fanno pensare a un omicidio? – ribatté Arianna, altrettanto dura.
Il telefono ricominciò a squillare. Krupp sollevò la cornetta e la sbatté con forza sulla base, interrompendo la comunicazione. – Anche Frida Lunelli ha scritto una lettera di addio?
Arianna aveva controllato i documenti riguardo alla spacciatrice scomparsa non appena ricevuto il dattiloscritto di Milla.
– Non è scomparsa. Frida Lunelli è latitante. I suoi clienti alla baraccopoli dell'ex Vives hanno detto che aveva delle conoscenze in Nord Africa.
– Così si sono tolti la polizia dalle scatole.
Arianna incrociò le braccia sul petto. – Frida Lunelli deve scontare…
Krupp afferrò un fascicolo dell'Anticrimine e lo gettò all'ispettrice, che lo prese al volo. La carta era ingiallita e puzzava di polvere.
– Nel settembre del 1991 Frida Lunelli è stata interrogata dall'Anticrimine. Un cliente l'aveva accusata di averle estorto quattrocentomila lire. Una specie di truffa. In seguito la denuncia è stata ritirata e il fascicolo è rimasto in archivio.
– E allora?
– Guarda il nome del cliente.
Arianna lo lesse e sbiancò.

– Frida Lunelli, – fece Krupp, gelido, – aveva convinto Roland Roth che si sarebbero sposati. Gli aveva chiesto quattrocentomila lire per ripagare i debiti e smettere di battere. Quando Roth ha capito di essere stato ingannato, l'ha denunciata. Ti ricorda qualcuno?

Cupido.

– Perché, – continuò Krupp, – non avete controllato i fascicoli?

– Perché, – fece Arianna, senza riuscire a trattenere il tremito della voce, – l'archivio è uno schifo. Non è centralizzato. Le pratiche si perdono e… *cazzo.* Sul dossier di Roth alla Buoncostume non c'è alcun riferimento a questa denuncia. Lombardi e Masi stavano cercando Lisa Kofler, non Frida Lunelli.

Krupp colpì la scrivania con un pugno.

Doveva sfogare: rabbia, disgusto, delusione.

Paura.

– Frida Lunelli, – gridò, – ha una figlia. Frida Lunelli è scomparsa da due anni! Non voglio scuse, *maledizione!* Di Frida Lunelli tu non ne sapevi niente, la Buoncostume non ne sapeva niente, la Mobile nemmeno, l'Anticrimine e la Narcotici hanno altro a cui pensare e io, *io*, non ne sapevo niente. Niente di Frida Lunelli, niente di Lisa Kofler e niente di Roland Roth. Ma un giornalista del cazzo scopre tutto questo schifo in meno di un mese?

– Milla *dice* di aver scoperto qualcosa. Quelle pagine sono la trama di un film, non un'inchiesta né tantomeno un'indagine. Milla parla di fonti, ma non ci sono nomi. Milla parla di fatti, ma io ho letto date e riferimenti nebulosi. Dove sono i riscontri?

Krupp si sedette.

Ferito.

– È quello che dovrei chiedere io a te, Arianna.

– Non c'erano motivi per mandare qualcuno da Roth. Manfredi non avrebbe mai dato il…

– *Me ne sbatto di Manfredi!* – urlò Krupp. – Ti rendi conto che ho saputo di Lisa Kofler dalla televisione? Che se non fosse stato per quel dannato programma, tu mi avresti tenuto nascosta questa faccenda per... per quanto Arianna? Per quanto?

– In tv hanno parlato della sparizione di una prostituta, e le prostitute...

– L'hai già detto. Le prostitute scompaiono. Milla dice di avere delle fotografie scattate all'interno della baracca di Roth. Dice di aver visto la fototessera di Frida Lunelli sulla stufa di questo tizio. E dice di aver visto anche il ciondolo della Kofler.

Arianna sgranò gli occhi. Impallidì. – Non crederai davvero che Roth abbia ucciso Marlene Wieser? Anche solo ventilare l'idea potrebbe...

Krupp si massaggiò la fronte con la punta delle dita. – Io so solo che mi hai mentito.

Arianna rispose senza riflettere. – L'ho fatto per te. Non c'era e non c'è alcun motivo per sospettare che quanto scritto lì sopra sia vero. Milla può giocare a fare il cowboy, invece noi dobbiamo seguire le regole.

– Che significa che l'hai fatto per me?

Arianna pensò: perché sono la femmina alfa.

– Davvero credi che Roth abbia ucciso Marlene Wieser? Rispondimi, Luther, ti prego. Devo sentirtelo dire.

Krupp si scoprì inorridito.

– Cosa stai facendo, Arianna?

– Ti sto proteggendo. Da quelli là fuori, dai mastini. Da tutti. Tu sei quello che ha preso il Killer delle Lucciole. Tu sei quello che ha mandato in galera il clan dei calabresi. Non possiamo permetterci che questo stronzo di giornalista sporchi tutto.

Krupp pensò: Kali Yuga. Fine dei tempi. Gli innocenti diventano mostri, i guerrieri si trasformano in codardi, i re in ladri.

E i poliziotti?

Krupp indicò il telefono che aveva appena ripreso a squillare. – Sai chi è? Manfredi. Vuoi aiutarmi? Tienilo lontano da qui.

– Devi pensare alle conseguenze di quello che stai per fare. Se...

Krupp la fulminò con lo sguardo.
Pensò: cosa diventavano i poliziotti?
– L'ho già fatto, – disse, asciutto. – I carabinieri di zona ci hanno riferito che ogni martedì Roth va all'ufficio postale di Ponte Gardena. Ho mandato Lombardi e Ayrton Senna a prelevarlo.
– Con quale accusa?
Krupp pensò: diventano mastini, animali.
Pensò: bestie feroci.
– Il commissario capo Levada, – mormorò Krupp, scuotendo la testa, – aveva bisogno di un Lopez, non io. Io avevo bisogno di te, Arianna. C'è altro che mi stai nascondendo?
Quell'ammissione, e il tono con cui il commissario lo pronunciò, fu per la femmina alfa come una fucilata. Ma la aiutò a mentire.
– No.

21 novembre 1995, martedì
– pomeriggio –

Lombardi fumava davanti alla finestra spalancata, nell'atrio della zona interdetta al pubblico. Vide Krupp avvicinarsi, diede un'ultima disperata boccata e si liberò della sigaretta.

– Dov'è Greco?

– Tornato alla Narcotici. Riunione urgente. Chiedo scusa per il fumo, – rispose Lombardi infilandosi una Brooklyn in bocca. – Quel Roth puzza come una carcassa. Ti rimane nelle narici.

– Ha opposto resistenza?

Lombardi rabbrividì. – Se mi avesse toccato avrei dato di matto.

– Ha detto qualcosa?

– Il solito. Quando ha capito che non attaccava ha smesso di insistere.

– Ha chiesto un avvocato?

– Per ora no. Solo di un certo Moser. Hans Moser. Dice che è un amico importante.

Krupp ricordò le pagine di Milla.

– Sala colloqui tre?

Lombardi la indicò con un gesto di stizza. – Quando avrà finito dovremo chiamare una squadra di sanificatori. Se quel tizio dovesse trasformarsi in uno scarafaggio non mi stupirei neanche un po'.

– Resta nei paraggi. Non permettere a nessuno di disturbarmi. Soprattutto Manfredi.

– E per quanto riguarda la Lici?

– Nemmeno lei. – Krupp fece per aggiungere qualcosa, ma si interruppe e chiese: – Ti sembra uno violento?

Lombardi si passò la lingua sulle gengive.

– Massima trasparenza, commissario?

– Sono stato io a farti leggere la storia di Milla, perciò non farti pregare. Parlami.

Lombardi si guardò la punta delle scarpe. – Sembra innocuo, una specie di barbone. Ha un modo strano di parlare, come fosse mezzo scemo, ma secondo me è una recita. Forse il ragazzino del giornale non ha tutti i torti. C'è qualcosa di inquietante in quel tizio.

Krupp raggiunse la sala colloqui numero tre, si stirò la cravatta, afferrò la bottiglietta d'acqua che una divisa gli stava porgendo, aggiustò il fascicolo di Lisa Kofler sotto braccio e controllò l'orologio di suo padre. Sedici e tre minuti.

Spalancò la porta e l'odore lo aggredì.

Lombardi non aveva esagerato.

– Sono il commissario Luther Krupp, – si presentò scostando la sedia dal tavolino di metallo, – lei è il signor Roland Roth?

– Roland, sì.

La spia della telecamera brillava.

L'uomo, che aveva cinquantuno anni ma sembrava averne venti in più, indossava una giacca di lana logora, un maglione altrettanto consumato e pantaloni di velluto di quelli che i contadini usano per lavorare nei campi. Non era tanto diverso dai vecchi *Bauer* che il sabato mattina scendevano a valle per vendere ortaggi, speck e frutta fresca al mercato di piazza Vittoria.

A parte gli occhi.

Bui.

Roland Roth aveva occhi come bottoni: l'aveva scritto Milla nel suo dossier.

– La informo, – fece Krupp, appoggiando un fascicolo sul tavolino e allungando l'acqua verso Roth, – che siamo qui per un semplice colloquio informale. Gradisce da bere?

– No, grazie.

Tuttavia Roth afferrò la bottiglietta e se la avvicinò.

Per dopo, pensò Krupp.

– Può interrompere il nostro colloquio in ogni momento. I miei uomini saranno lieti di riportarla a Ponte Gardena, dove è stato prelevato, o al suo domicilio. Come preferisce. Prassi mi impone di chiederle se desidera avvertire un avvocato, come suo diritto.

Roth mosse la testa. – Hans ne conosce parecchi. Hans Moser.

Krupp sorrise.

Pensò: fallo sentire a suo agio.

– Il suo albergo è il migliore di tutta la provincia, – disse.

Roth sembrò felice di avere una conoscenza in comune. – È una brava persona.

– Lei lavora?

Roth indicò il fascicolo, sornione. – Non c'è scritto lì?

– Queste sono vecchie scartoffie della Buoncostume. Le informazioni non sono aggiornate. Dice che lei è un bracciante agricolo. È ancora così?

– Faccio quello che trovo. – Roth gli mostrò le mani. Grandi, callose, forti. – Sono bravo a usare queste.

Sotto le unghie c'era uno strato di sporcizia.

– Ha un'idea del perché l'ho fatta venire qui?

Roth mise in mostra denti piccoli e scheggiati. – Per le puttane, penso.

Sorrideva, ma i suoi occhi erano gelidi.

No, si corresse Krupp. Non gelidi.

Diffidenti.

– Frequenta ancora prostitute?

– Sono molto solo.

Krupp mostrò la foto segnaletica della Kofler. – La conosce?

Le labbra di Roth si strinsero.

– È successo qualcosa a Lisa?

Lombardi aveva ragione. Roth non era scemo nemmeno la metà di quanto voleva far credere.

– Quindi vi conoscete?

– È una vecchia amica.

– Da quanto la frequenta?
Roth si grattò la fronte. – Forse tre anni.
– Per motivi professionali?
– All'inizio sì, ma poi abbiamo fatto amicizia. Ci vogliamo bene. Andiamo a fare delle passeggiate o a cena fuori.
– Sa che la stiamo cercando? Le colleghe sono preoccupate. Non la vedono da un po'. Ne hanno parlato alla televisione.
Roth sembrò sorpreso.
Krupp pensò: ovvio, non ha la tv.
– A quanto sappiamo, – disse il commissario, – lei è l'ultima persona ad averla incontrata.
– Non è vero.
– Le nostre fonti dicono che Lisa è salita sulla sua Opel Kadett, la sera del 22 ottobre. Si sbagliano?
– *Questo*, – rispose Roth, – è vero. Ho visto Lisa proprio quel giorno. Dovevamo salutarci. Lisa doveva partire.
Krupp appoggiò le mani al bordo del tavolo e iniziò a stringere.
– Mi spieghi, la prego.
– Lisa ha un fidanzato. Non so il suo nome. Non l'ho mai visto. Lisa mi ha detto che doveva partire con lui, per questo ci siamo visti.
– Per dirvi addio?
Roth batté l'indice sul tavolino. – Ci vogliamo bene.
Krupp aveva la nausea.
Non solo per l'odore.
– Mi faccia capire. Lei è sceso a Bolzano per prendere Lisa. Quindi avevate un appuntamento?
– In stazione, sì. Alle diciotto, più o meno.
– Poi siete andati a casa sua, a Campodazzo. Fin qui è corretto?
– Sì, – fu la risposta, – abbiamo fatto l'amore un'ultima volta. Per dirci addio.
– Perché Lisa doveva andare con il fidanzato… Dove? Sarebbe di grande aiuto se sapesse dirci dove era diretta.
– In America.
Il viso di Roth non lasciava trasparire alcuna emozione.

Sembrava addirittura sincero. Non fosse stato che stava raccontando un'assurdità.

– Stati Uniti d'America?

– Proprio così.

– D'accordo. Stati Uniti. Poi cosa avete fatto? L'ha riportata a Bolzano?

– L'ho accompagnata al Zum Pfau.

– Perché non direttamente a Bolzano? Doveva fare benzina?

– Perché, – spiegò Roth, – al Zum Pfau Lisa aveva appuntamento con il suo fidanzato.

– Che lei non ha visto.

– Logico. Sono andato via prima.

– Ricorda che ore erano?

– Le otto di sera.

Le mani di Krupp lasciarono la presa. I polsi gli dolevano.

Decise di cambiare strategia.

– Lisa era una tossicodipendente. Lo sa, vero?

– Sì.

– L'ha mai vista mentre faceva uso di stupefacenti?

– La lasciavo fare. Non sono affari miei.

– Sa anche che aveva un tumore benigno alle ovaie.

Roth annuì con foga. – Infatti doveva andare in America per operarsi.

– Il viaggio per l'America è costoso.

– Il suo fidanzato ce li ha, i soldi. Lisa è andata in America per operarsi e per smetterla con la droga. Lì hanno delle cure migliori.

Krupp giocherellò qualche secondo con la fotografia della prostituta scomparsa.

– E come faccio a sapere che non mi sta mentendo, signor Roth?

– Perché, – rispose Roth con un sorriso, – ho due testimoni. Quando ho portato Lisa al Zum Pfau ho incontrato due amici. Mi hanno visto con lei e hanno visto anche che sono andato via subito dopo. Forse loro hanno incontrato il fidanzato di Lisa.

– Avete parlato o li ha visti solo di sfuggita?
– Mi hanno fatto i complimenti. Lo ricordo bene.
– Complimenti per cosa?
– Perché ero con una bella ragazza come Lisa.
Lisa Kofler aveva un tumore benigno che la faceva sembrare incinta, aveva perso i denti e andava con gente come Roth solo perché non aveva altro modo per procurarsi l'eroina.
Una bella ragazza.
– Questi amici hanno un nome?
– Markus Gamper e Stefan Unterweger. Sono sempre al Zum Pfau. Stefan ci lavora.
Roth incrociò le braccia. La sua espressione diceva: scacco matto.
– Mi bastano venti minuti per controllare, – fece Krupp.
Roth si alzò. – Allora io ho finito.
– Signor Roth, non…
Troppo tardi.
Roth spalancò la porta della sala colloqui numero tre. – L'ha detto lei, commissario. Posso interrompere quando voglio e io adesso ho da fare.
Manfredi fu un fulmine. Entrò nella stanza, piazzò una mano sulla spalla di Krupp dicendo: – Molto bene signor Roth. Grazie della sua collaborazione. Uno dei nostri uomini la riporterà a Ponte Gardena oppure al suo domicilio.
Una divisa fece strada a Roth verso l'uscita.
– Sei… – sibilò Krupp, – impazzito? Ti bevi queste stronzate?
– Con quale accusa, – fece il pm, – pensi di trattenerlo? Se vuole andarsene, se ne va. Chiaro?
L'orologio di suo padre segnava le diciassette e ventidue minuti.
Fuori era buio.
Dentro: era peggio.
– Dobbiamo parlare, Luther. Adesso. In privato.

Milla restò in attesa fino alle diciotto e nove minuti, quando Rizzi gli fece sapere che Jo gli voleva parlare. Rizzi aveva l'espressione di uno che si aspettava guai grossi. Fra i giornalisti della "Voce delle Alpi" circolavano scommesse su quando Milla e Jo se le sarebbero date. – Cerca di non fare cazzate, Scoop.

Borsa della Nikon in spalla, Milla attraverso la redazione a lunghe falcate. Poteva quasi sentire la lettera che aveva ricevuto poche ore prima ticchettare come una bomba a orologeria.

Jo aveva lasciato la porta aperta.

– L'hanno lasciato andare, – disse Milla. – Roth. Libero come l'aria.

Gli occhi del capocronista si spostarono dallo schermo del Packard Bell al suo viso.

Spremette due aspirine sul palmo della mano. – Cosa ti aspettavi?

– Non provarci.

Jo indicò il plico di copie del resoconto di Milla. Erano sgualcite, sottolineate, piene di punti di domanda e commenti a bordo pagina.

Con un colpo di tosse, si accese una sigaretta. – È un ottimo lavoro, ma non possiamo pubblicarlo. Non così e non di certo domani. Bisogna andarci cauti, servono altri controlli. Ne parlerò con il direttore. Lo convincerò. Mi farò dare una squadra. Gente in gamba. Colucci ha un mucchio di agganci e a Rizzi tornare alla nera potrebbe addirittura piacere. Magari aggiungiamo un paio di spalatori di ghiaia per le ricerche d'archivio. Che ne dici?

Milla provò l'impulso di sbattergli la lettera sul grugno e godersi lo spettacolo di Jo costretto a ingoiare la sua boria. Però, come aveva detto Iris: l'effetto di una bomba sta nel tempismo, non nella sua potenza.

– Adesso, – si limitò a commentare, – siamo diventati un "noi"?

– Sai che succederà un minuto dopo la pubblicazione di questa storia?

– Che finiremo in tribunale. Hai qualcosa da nascondere?

Jo non abboccò. – Tu scrivi di avere due fonti. Perciò:

scenario A. Nello scenario A le tue fonti si presentano in tribunale e dicono di aver visto o di essere stati sottoposti a... tortura? Pestaggi? Violenza psicologica? Il giudice fa il giudice e chiede prove oggettive. Referti medici, cose così. Esistono?

– È passato troppo tempo. E al 118...

– Lo scenario A, quindi, termina con le due fonti costrette a pagare una multa per diffamazione e la "Voce delle Alpi", per averle pubblicate, altrettanto. Scenario B. Il giudice vuole i nomi delle fonti, tu fai l'eroe e dici che vuoi proteggerle. A quel punto, il giudice potrà legittimamente ipotizzare che i tuoi informatori siano reali quanto la fata Turchina. Non solo ti beccherai l'ammenda per diffamazione e calunnia, ma avrai anche la carriera rovinata. Le azioni hanno conseguenze. Quasi mai piacevoli.

– E le loro azioni? E Lisa? E Frida? E Marlene?

– Noi non pubblicheremo *niente* che possa mettere in dubbio la sentenza Sartori.

– Fammi scrivere solo di Roth, allora.

Jo gli allungò un articolo. – Già fatto.

Milla non aveva bisogno di leggerlo.

– Dopo la trasmissione tv, – recitò, sarcastico, – un uomo è stato portato in questura. Non sappiamo il nome e non sappiamo perché. Voci di corridoio ci spingono a ipotizzare che possa avere a che fare con la sparizione di Lisa. La chiami ancora soltanto Lisa o svelerai che si chiamava Lisa Kofler? Dopo un colloquio informativo, l'uomo è stato rilasciato. Niente su Frida. Quanto ci sono andato vicino?

– Ho aggiunto stralci della tua intervista di settembre.

– Titolo?

– "Cos'è successo a Lisa?"

Milla lasciò andare una risata di scherno. – Non segue dibattito.

– Aspettiamo le mosse di Krupp. Mi dicono che c'è stata una discussione piuttosto vivace nel suo ufficio. C'erano Krupp, la Lici e Manfredi. La situazione potrebbe...

– L'imputato sveli l'identità delle fonti oppure sarò costretto a condannarlo per calunnia.

Jo si accigliò. – Lombardi. Krupp. Greco. Lici. E l'ispettore capo Lopez.

– Sei passato da essere il burattino di Levada a quello di Krupp a una velocità impressionante.

– Lopez, – aggiunse Jo, – ti sta addosso. Non è un caso se l'hai incontrato.

Milla fremette.

Strinse i pugni e si conficcò le unghie nella carne.

No Milla solo.

– *Incontrato?*

– Ti hanno picchiato? Dove sono i lividi? Sei andato al pronto soccorso? Fammi vedere i referti.

– Vaffanculo, Jo.

– Lopez ti ha mandato un messaggio: stai al tuo posto.

– Lopez non conta *niente*. È Krupp che gli ha ordinato di mandarmi quel messaggio. Perché sa che ho ragione.

– Lopez, – fece Jo, asciutto, – te lo ha messo alle costole l'ispettrice Lici, non Krupp.

– È la stessa cosa.

– Sbagli. E non sai che Lopez sta morendo. Ha un tumore. È disperato.

– Dovrei avere paura?

– Se questa storia non ti mette addosso una paura del diavolo, allora sei davvero un idiota, campione.

Paura.

Milla aveva avuto paura nel 1992. Aveva avuto paura ogni volta che si infilava in un vicolo a intervistare qualche tossico. Aveva avuto paura per Iris, per Heidi, per Margit e per Tommy il ribelle. Aveva avuto paura nel fienile di Roth. Era quasi morto di terrore quando gli sbirri si erano divertiti con lui nella Cella X. Ma la busta sgualcita che ticchettava come un bomba gli diceva che era arrivato il momento di passare quella paura a qualcun altro.

A Krupp. A Manfredi. A Roth.

Forse, persino a Jo.

21 novembre 1995, martedì
– notte –

Il ronzio del citofono lo colse di sorpresa. L'orologio di suo padre segnava le ventitré e tredici minuti. Era appena tornato dalla questura e aveva bisogno di una doccia e di un pasto caldo, la discussione con Manfredi e Arianna l'aveva prosciugato.

Il citofono suonò una seconda volta e Krupp si costrinse a rispondere. Una voce proveniente dal passato gli chiese qualche minuto.

Krupp acconsentì.

Non avrebbe potuto fare altrimenti.

La *mano de Dios* sbucò dall'ascensore, squadrandolo. Indossava un abito grigio con una cravatta a tinta unita, rossa. Più rughe dell'ultima volta che si erano incrociati, ma lo stesso sguardo divertito di quando lo lasciava in panchina a masticare fiele.

L'ex commissario capo si guardò attorno annuendo fra sé e sé. – Spartano, di buon gusto. Mi piace. Niente donne, vedo.

– È la mia vita sentimentale l'oggetto della sua visita?

– Sono venuto in pace. Mi pare di capire che sei nei guai. Un consiglio da chi ci è già passato potrebbe essere utile.

– Ha ancora delle amicizie in questura?

– Mi basta avere occhi per vedere. Sono vecchio, ma non decrepito. Un giorno scoprirai che si rimane sbirri fino alla fine. Ci vuole poco per capire certe cose. Soprattutto quelle che non finiscono nei manuali, credimi.

– E cosa sa dirmi riguardo ai consigli indesiderati?

Levada accavallò le gambe e lo guardò con condiscendenza. Déjà-vu: il maledetto 1992 non voleva saperne di morire.

– Sequestro di persona, – spiegò la *mano de Dios*, – nel caso specifico l'ipotesi di sequestro di persona è un'accusa abbastanza generica e tuttavia calzante per non essere rigettata dalla procura, dato che Roland Roth è l'ultima persona vista in compagnia di Lisa Kofler. Inoltre, il sequestro di persona sottintende che la vittima possa essere in pericolo di vita immediato. Così, oltre che lavorarti Roth in sala interrogatori potrai mandare i mastini e la Scientifica a ficcare il naso nella sua tana.

Ancora quella smorfia compiaciuta: Levada non aveva ancora finito. – Oppure i tuoi due testimoni hanno davvero confermato l'esistenza del fantomatico fidanzato pieno di soldi che doveva portare la vittima niente meno che in America?

– Chi gliel'ha detto?

Levada sorrise.

I suoi occhi restarono gelidi.

– Lopez. Chi altri?

– È in congedo per malattia.

– Non sei curioso di sapere chi lo sta usando per controllarti?

Krupp sentì lo stomaco inviargli una fitta. – Grazie per il suggerimento, ma credo che Manfredi e io useremo vie meno ambigue. Adesso, se vuole scusarmi...

Il sorriso da carogna di Levada si ampliò. – Non fare l'anima candida, commissario. E, per favore, concedimi ancora qualche minuto. Da persona civile. Da quando sono in pensione, ho un sacco di tempo per dedicarmi ai libri. Hai mai letto Giulio Cesare? Ogni volta che parla di un suo nemico non fa altro che esaltarlo. Un genio militare, un valoroso guerriero, un abile stratega…

Per un attimo la figura di Levada si confuse con quella di suo padre. La poltrona era diversa, l'odore nella stanza anche, ma il tono con cui la *mano de Dios* si stava esprimendo era identico.

Usare i morti per spiegare i vivi.
Krupp lo detestava.
– Un banale trucco di marketing, – disse, infastidito, – più il nemico è forte più lui diventa invincibile agli occhi del lettore.
Ovvero: questione di pubbliche relazioni.
– Nel mio caso, – ammise Levada, – non si è trattato di marketing. Tu e Manfredi siete stati formidabili. Tanto di cappello. Avete preso il Killer delle Lucciole, eliminato il clan dei calabresi, vi siete sbarazzati della vecchia guardia, avete messo nei punti chiave gli uomini più…
– Adatti?
– *Manovrabili*, – lo corresse Levada mettendosi a contare sulle dita. – La Lici, che pende dalle tue labbra dal primo momento in cui l'hai fatta entrare nella task force del '92. Lombardi, che ha fiuto ma è totalmente privo di talento per la politica. Ayrton Senna, che è un malato di adrenalina e venderebbe sua madre per un po' di azione. In gamba, duro, ma senza ambizioni.
– Mi sta rimproverando qualcosa?
– Sto solo dicendo che mi sembra strano che nel caso di Roth, tu e Manfredi non riusciate a ottenere gli stessi strabilianti risultati. Manfredi non ti ha detto del sequestro di persona? È un trucco da matricola, avrebbe dovuto suggerirtelo.
– Dove vuole arrivare?
– Al caso Sartori. Avete scelto i periti giusti, siete riusciti a estorcere le confessioni senza la Cella X e al processo avete creato una cortina fumogena perfetta.
– La Cella X, – grugnì Krupp, disgustato, – è storia antica…
– Sei davvero sicuro che nessuno la stia ancora usando?
– …e il dottor Egger è un perito di fama. Nessuno ha estorto un bel niente a Sartori. Nella mia questura non c'è bisogno di cortine fumogene, commissario capo.
– Sul serio? Quante volte Sartori ha incontrato la sua famiglia prima del processo? Quante volte l'avete spostato da un carcere all'altro? Pensi davvero che non conosca questi giochetti?

Krupp digrignò i denti.
– L'ho messo di fronte alle prove. Prove schiaccianti.
– Per tutti e cinque i casi?
– Ergastolo, – tagliò corto Krupp. – Glielo devo ricordare?
Levada si aggiustò i polsini della camicia. – Eri bravo con gli interrogatori. Cosa significa quando un sospettato si chiude a riccio?
Krupp si alzò.
– La nostra chiacchierata finisce qui.
– Che farai quando troverai i corpi delle due puttane morte, Luther?
– Quello che si fa sempre.
– Mi correggo. Cosa farai quando su quei cadaveri troverai ferite da taglio? Soprattutto se, Dio non voglia, dovessero esserci segni di *scannamento*?
– Il necessario.
– Anche riaprire il processo Sartori?
Krupp non rispose.
Levada gli si avvicinò.
Gli occhi: raggianti.
– Adesso dimmi, – scandì, – come ci si sente a essere diventato il cattivo?

22 novembre 1995, mercoledì
– mattina –

Lucciola scomparsa, il mistero continua

COS'È SUCCESSO A LISA?

Riserbo sull'identità dell'uomo interrogato in questura

Di J.S.

Cos'è successo a Lisa? La prostituta e tossicodipendente è stata vista salire su una vettura domenica 22 ottobre e da allora se ne sono perse le tracce. Il suo caso, salito alla ribalta dopo che una trasmissione televisiva ne ha sottolineato le incongruenze e i punti oscuri, sembrerebbe, forse, destinato a una svolta.

Un uomo, sulla cui identità la questura mantiene il massimo riserbo, pare sia stato interrogato a lungo dal commissario Krupp e dal pm Manfredi. Un colloquio cui, però, non è seguito un arresto.

Gli inquirenti sono risaliti a lui grazie alle indicazioni di una tossicodi-

pendente che in quella domenica di ottobre, forse presagendo qualcosa, forse notando un comportamento insolito o forse solo per intuito, trascrisse la targa dell'auto che ha accostato Lisa in piazza Stazione? Oppure si tratta di un testimone che potrebbe aiutare le forze dell'ordine a dipanare quello che, sempre di più, si profila come un mistero dalle tinte sinistre?
Potrebbe essere un'ipotesi sensata visto che la donna scomparsa si procurava il denaro per l'eroina prostituendosi e, quindi, sarebbe lecito supporre che il "testimone" ascoltato a largo Palatucci sia un cliente cui è stato garantito l'anonimato. Si tratta comunque, è bene ribadirlo, di illazioni senza conferma ufficiale.
Di Lisa però, oggi possiamo fornire qualcosa di più di un generico ritratto. Grazie a una fonte interna al commissariato abbiamo scoperto che "Lisa" è "Lisa Kofler", la prostituta tossicodipendente che Alex Milla, corrispondente del nostro quotidiano, intervistò la sera del 17 settembre, a meno di un mese dalla scomparsa. Abbiamo perciò la possibilità di ascoltare la voce della donna scomparsa ripercorrendo i tratti salienti dell'intervista pubblicata sulle nostre pagine il 18 settembre 1995.

"Ci sono sempre almeno trenta o quaranta ragazze che si prostituiscono e sono tutte tossiche. Io ho smesso, dopo che tre mesi fa ho rischiato di finire all'altro mondo, ma non è facile. Spe-

ro di riuscirci. Certe volte mi verrebbe voglia di farla finita, perché questa vita mi fa schifo, ma forse mi manca il coraggio per uccidermi davvero..."

L'avvocato Holzer alzò la mano che erano le nove e ventisei, annuendo. Krupp ordinò a Lombardi di accertarsi che in sala controllo tutto funzionasse a dovere. Manfredi chiuse la comunicazione al telefonino, accartocciò il bicchiere di plastica e lo gettò nel cestino stracolmo accanto al distributore del caffè.

L'odore della sala colloqui, nauseante, mozzava il respiro.

Krupp e Manfredi si sedettero uno accanto all'altro.

Roland Roth indossava gli abiti del giorno precedente. Non sembrava spaventato e non sembrava sorpreso, le due reazioni più comuni a quel genere di procedura. In realtà, pensò Krupp, non c'era niente nei suoi occhi se non quello scintillio che aveva imparato a conoscere. Metteva i brividi ed era indecifrabile.

– Vorrei le fosse chiara la gravità dell'imputazione che le è stata notificata, signor Roth.

– Sequestro di persona.

– Molto bene, – Krupp si schiarì la voce. – Sono il commissario Luther Krupp e sto per interrogare il signor Roland Roth, insieme al suo avvocato Franz Holzer e al dottor Manfredi. Ha bisogno di qualcosa, signor Roth? Magari dell'acqua?

Roth scosse la testa.

– Per prima cosa vorrei sapere se conferma quanto mi ha detto riguardo al fidanzato di Lisa Kofler. Esiste?

– Ma non l'ho mai visto, – puntualizzò Roth.

– Conferma anche che i signori Markus Gamper e Stefan Unterweger l'hanno incontrata il giorno 22 ottobre 1995 al Zum Pfau insieme a Lisa Kofler?

– Mi hanno fatto i complimenti.

I mastini ci avevano messo mezz'ora a rintracciare i due

testimoni. Si erano dimostrati collaborativi, addirittura loquaci.

Fra le altre cose avevano spiegato che quel commento era una presa in giro. Solo uno come Roland poteva pavoneggiarsi con un rottame come Lisa al proprio fianco. L'avevano trovato divertente.

– Conferma che erano le otto di sera?

– Più o meno. Sì.

– I signori Gamper e Unterweger l'hanno vista al Zum Pfau attorno alle *diciotto* e venti. Lei arrivava da sud, cioè da Bolzano, e si è fermato per acquistare un paio di birre. Con lei c'era Lisa Kofler, che lei stesso ha affermato di aver incontrato alle diciotto nei pressi della stazione dei treni di Bolzano. Al Zum Pfau ha incontrato Unterweger e Gamper, avete scambiato due battute, poi, sempre insieme alla signorina Kofler, lei è salito sulla sua Opel Kadett ed è ripartito. Da allora i due testimoni non hanno più visto né lei né Lisa. Come lo spiega?

– Mentono, – sibilò Roth. – Vogliono mettermi nei guai.

– Perché?

– Lo chieda a loro.

Krupp sfilò una fotocopia dal fascicolo e la girò verso Roth e il suo avvocato.

Holzer fu lesto a scorrerla.

Roth se ne disinteressò.

– Unterweger, – disse Krupp, – è rimasto al Zum Pfau fino alla chiusura, Gamper invece lavora come operaio in una fabbrica di mobili di Colma. Si occupa della manutenzione e della sicurezza dei macchinari. Questa è la copia del registro degli ingressi. Al punto tredici può vedere la sua firma accanto all'orario di entrata del turno notturno, le diciannove e trenta. A confermare la sua presenza, oltre alla firma, c'è il video di una telecamera a circuito chiuso. Perciò all'ora in cui lei ha dichiarato di aver incontrato Unterweger e Gamper, le otto di sera, Gamper non si trovava al Zum Pfau. Mi ha mentito, signor Roth. Perché?

Roth tirò su col naso.

Stava riflettendo.

Krupp non glielo permise.
– Alle diciassette e ventidue di ieri, – proseguì mantenendo il tono più distaccato e burocratico possibile, – il nostro colloquio si è interrotto. L'assistente capo Masi l'ha riportata a Ponte Gardena, dove lei aveva lasciato la sua automobile.
– Sì, è vero. Lui...
Krupp pensò: vuole controllo.
Non gliene lasciò neppure una briciola.
– Non le sto chiedendo se la mia affermazione è corretta o meno, signor Roth. I miei uomini non mentono. Lei invece l'ha fatto e io sto cercando di capirne il motivo.
– Commissario... – brontolò Holzer.
– Desidera sospendere il colloquio, avvocato? – si intromise Manfredi. – Oppure lei, signor Roth? C'è qualcosa che non va?
– Gradirei che il commissario, – rispose Holzer, – frenasse la sua irruenza.
Manfredi si voltò verso Krupp. – Commissario?
– Quello che volevo chiedere al signor Roth è cosa ha fatto una volta che è stato accompagnato a Ponte Gardena. Posso saperlo?
– Sono tornato a casa.
– E poi?
Roth incrociò le braccia. – Niente.
– Sa che a circa mezzo chilometro in linea d'aria dal fienile dove lei risiede c'è un appezzamento coltivato a vite? Si tratta di una proprietà di un consorzio vinicolo. Ci lavorano tre uomini, profughi albanesi. Hanno riferito ai miei collaboratori che lei, verso le diciannove e trenta di ieri, è uscito dalla proprietà del signor Moser alla guida di un Ape di colore verde.
Roth non rispose.
Holzer guardò il suo assistito, sorpreso.
Krupp pensò: non gliel'ha detto.
– Sono certi che si trattava di lei e del suo Ape perché l'hanno visto molte volte in passato e perché hanno scherzato sul fatto che, – Krupp sollevò la deposizione di uno dei due,

– "Roland sta facendo le pulizie di primavera". In effetti l'Ape su cui lei viaggiava era colmo di oggetti. Al suo ritorno, circa un'ora dopo, i testimoni asseriscono che il mezzo, invece, fosse vuoto. Pulizie di primavera in novembre?

– Forse. Non ricordo.

– Non ricorda quello che ha fatto ieri sera?

L'avvocato Holzer intervenne. – Il mio cliente è un alcolista, commissario. È normale che...

– Ieri sera ho bevuto, – confermò Roth.

Ancora quel sorrisetto.

Krupp si aggiustò l'orologio di suo padre.

Cambiò strategia.

Passò al tu.

– Sai che la Scientifica sta analizzando la tua abitazione, Roland?

Il commissario gli lasciò il tempo di immaginare la scena. Perfetti estranei che mettevano le mani nelle sue cose, toccavano ricordi, rivoltavano il fienile senza andare per il sottile.

Infine mostrò a Roth una fototessera dentro una busta di plastica.

Capelli corti. Occhiali fumé.

– Frida Lunelli, – disse. – La conosci?

Le labbra di Roth si fecero bianche.

– Abbiamo impronte di Frida Lunelli nella tua auto. L'Opel Kadett, ma anche nel rottame della Golf. Sono certo che ne troveranno altre, perciò, per favore, non negarlo.

– Lasciavo che la usasse per drogarsi. Si metteva lì e si faceva le iniezioni.

– Ho anche una denuncia a tuo nome. Hai accusato Frida Lunelli di averti rubato quattrocentomila lire. Settembre del 1991.

– Poi abbiamo fatto pace.

– Mi spieghi com'è andata?

Le narici di Roth si mossero.

Inarcò la schiena.

– Mi aveva detto che era innamorata di me. Io ero innamorato di lei. Le ho chiesto di sposarmi e Frida ha detto di sì. Ma aveva dei debiti per via della droga. Debiti con persone pericolose. Mi sono offerto di aiutarla economicamente.

– Quattrocentomila lire?

– Certo.

– Ma Frida non ha voluto sposarti.

Roth iniziò a dondolarsi sulla sedia. Un ringhio sordo, nella sua voce. – Ha detto che dovevo aspettare. E aspettare. Ma ho aspettato troppo. Ho capito che mi stava prendendo in giro. Non è giusto.

Controllo. Rabbia.

Krupp pensò: che altro?

Ovvio: solitudine.

Annuì, come soprappensiero. – Non si prendono in giro i sentimenti delle persone.

– Esatto, esatto, – s'infervorò Roth.

– Mi hanno detto che spendi molti soldi per comprare tessere telefoniche. Per i numeri erotici?

– Anche, sì, ma soprattutto annunci matrimoniali. Un uomo deve avere una moglie.

– Come vi siete accordati con Frida?

– Mi faceva pena. Le ho detto che poteva ridarmi i soldi un po' per volta.

– Ha saldato il debito?

– Mi faceva lo sconto. Per quando ci vedevamo.

– Che cosa è successo nel marzo 1993?

Roth distolse gli occhi.

Krupp pensò: rabbia, controllo, solitudine.

Era: abbastanza.

Si aggiustò la cravatta, sorrise e colpì.

Con violenza.

– Hai creduto che Frida ti amasse, Roland? Ma chi potrebbe amare uno come te? Un uomo che la sua stessa famiglia ha rinnegato. Che hai fatto ai tuoi fratelli per farli arrabbiare tutti e sei? Hai messo le mani addosso a una delle loro mogli? O tu sei quello che gli altri avrebbero preferito non nascesse?

– Commissario! – protestò Holzer.

Krupp lo ignorò.
– Sette figli sono tanti. Sette bocche da sfamare. Quanti maiali aveva tuo padre? Un uomo solo anche lui. Sei rimasto orfano di madre molto piccolo. Sei l'unico dei tuoi fratelli a non ricordare il suo viso, giusto? È terribile, non credi? Un bambino che cresce senza madre deve sentirsi sempre solo, vero?
– Questo è oltraggioso.
Manfredi si aggiunse alle proteste dell'avvocato Holzer.
– Luther...
Ma Krupp aveva trovato la chiave. A ogni sua parola Roth rimpiccioliva. Le rughe si accentuavano. Gli occhi si velavano.
– Forse i tuoi fratelli non vogliono più vederti perché pensano che sia stato per colpa tua che la loro cara mamma è morta. Forse è addirittura così, chi può saperlo?
– Non è colpa mia, – sussurrò Roth.
C'erano lacrime nella sua voce.
Krupp pensò: Lisa, Frida.
Krupp pensò: fai surf sul Kali Yuga.
Aumentò la pressione. – E nessuna donna ti vuole. Nemmeno le vedove. Sì, so tutto, Roland. Non ci sono segreti qui. Non ci possono essere, lo capisci? La signora Sieglinde Meyr ha rifiutato di sposarti. Anche lei. Però lei è una brava donna, non possiamo darle torto. Ma le puttane? Nemmeno quelle come Frida vogliono saperne di stare con te. Una tossica, una spacciatrice. E Lisa? Anche Lisa era una tossica. Senza denti, che non curava l'igiene. Ma neppure lei ti ha mai amato.
– Non è vero...
Krupp esplose in una risata crudele. – Ti sei visto, Roland? I miei uomini mi hanno obbligato a contattare una ditta di pulizie perché non vogliono sedersi dove ti siedi tu. Puzzi. Non ti lavi da quanto? Quale donna vorrebbe stare in quel porcile in cui vivi, Roland? Quale donna potrebbe innamorarsi di uno come te?
– Io...
– Lisa e Frida ti hanno usato. E per questo... – Krupp

fulminò con gli occhi Holzer che stava per interferire. – Le hai uccise.

– No, Lisa è in America...

Krupp si alzò, facendo cadere la sedia.

Il fracasso fece sussultare Roth.

– L'America? – sghignazzò Krupp. – Lisa va in America con un fidanzato pieno di soldi che nessuno ha mai visto eccetto te? Tutti pensano di essere più furbi di noi, Roland. Ma dimenticano una cosa.

Krupp sorrise.

Un sorriso da *mano de Dios*.

Pensò: noi siamo legione.

Disse: – Noi siamo tanti. Possiamo controllare ogni affermazione, ogni dichiarazione. E più dici bugie, più le menzogne si fanno contorte, più raccogliamo prove da sbatterti in faccia quando andremo a processo. Vuoi sapere cosa è davvero furbo, Roland?

Il viso di Roth si contrasse in una smorfia: era dolore?

Krupp ci sperò.

Roth si sfregò gli occhi con quelle mani grandi e tozze: era rassegnazione?

Krupp sperò anche in quella.

Abbassò la voce e sussurrò. – Collaborare. Dire la verità. Vuoi dirmi la verità?

Roth: crollò.

– Sì.

– Hai ucciso Frida Lunelli?

– Sì.

– Quando?

– Marzo. Non ricordo il giorno.

– L'hai uccisa nel fienile?

– Fuori, lì davanti.

– Puoi dirmi com'è andata?

– Avevo voglia di compagnia, – fece Roth, – sono andato al Zum Pfau, alle cabine. Le ho telefonato. Ci siamo messi d'accordo. Poi sono sceso a Bolzano per incontrarla. In stazione.

– Che ora era?

– Non lo so.
– Era giorno o era notte?
– Giorno.
– Prima o dopo pranzo?
– Subito dopo, credo.
– L'hai portata al fienile e poi?
– Le ho regalato dei fiori e lei mi ha chiesto i soldi. Le ho detto che non ne avevo più di quelli che già le avevo dato. Le ho detto di essere gentile con me, perché io l'avevo sempre trattata bene, ma lei è diventata... pazza. Mi ha aggredito. Ho cercato di fermarla, ma era impossibile.
Krupp indicò la foto della donna con gli occhiali. – Frida era alta un metro e cinquantadue, per circa cinquanta chili di peso. Tu sei un bracciante agricolo. Fai lavori pesanti. Sicuro che non mi stai mentendo?
Roth si fece porpora.
Era: vergogna? Rabbia?
Difficile capirlo.
– Mi ha graffiato la faccia, le braccia. Io mi sono difeso.
– Com'è morta?
– L'ho spinta. – Roth mimò la mossa. – Così. Non volevo ucciderla, solo allontanarla. Ma lei ha battuto la testa su una pietra.
– E il cadavere?
– L'ho buttata nel rio, quello vicino al fienile. Avevo paura. Non era giusto.
Krupp sbatté le palpebre.
– Cosa non era giusto, Roland?
– Finire in galera per una bugiarda. Non avrebbe dovuto prendermi in giro, avrebbe dovuto essere più gentile. Non avrebbe dovuto aggredirmi. Se l'è cercata.
Krupp serrò la mascella.
Se l'è cercata.
– E Lisa, Roland?
– Mi sono difeso.
– Ti ha aggredito?
– Con un rasoio. Un grosso rasoio. Ha cercato di tagliarmi.

– Ci è riuscita?

– Voleva uccidermi, ma non gliel'ho lasciato fare, Lisa...

Krupp chiuse gli occhi.

Non di nuovo, non poteva sopportarlo.

Roth disse: – Se l'è cercata.

Holzer chinò il capo, sconfitto.

Manfredi usò la cravatta per pulirsi le lenti degli occhiali.

Krupp controllò il respiro.

Attese che il silenzio diventasse piombo.

– Non ti credo, – disse. – Secondo me non le hai uccise.

Holzer, Manfredi e lo stesso Roth lo fissarono, sgomenti.

– Sono stato io, – fece Roth.

– È come per la storia dell'America. Mi stai facendo perdere tempo. È una bugia anche questa?

– È la verità.

Krupp allargò le braccia. – Non ci sono le prove, Roland. Come faccio a metterti le manette se non ho le prove? Tu vivi da solo, bevi troppo, tutti dicono che sei uno strano. Come faccio a convincere un giudice che sei un assassino? Hai detto che Lisa ti ha ferito con un rasoio. Fammi vedere i segni, ti dispiace?

– È passato un mese.

Krupp chiuse il fascicolo, stizzito. – Dottor Manfredi? Temo che dovremo sospendere la sessione. Avvocato Holzer, è stato un piacere lavorare con lei. Adesso noi...

– Il cadavere, – esclamò Roth, – vi posso far trovare il cadavere.

– Hai detto, – fece Krupp, esasperato, – che Frida l'hai gettata nel torrente. Vuoi farmi credere che il suo cadavere è ancora lì?

– Non di Frida. Quello di Lisa. L'ho seppellita vicino al fienile. Vi faccio vedere dove.

Il pendio della montagna era: frassini, roverelle, betulle. Qualche masso. Più in alto, i terrazzamenti ormai spogli dei vigneti. Niente insetti perché era novembre inoltrato. E:

niente neve *nonostante* fosse novembre inoltrato. Quattro gradi.

Sbirri, carabinieri, personale della Scientifica, della Mortuaria e del 118 esorcizzavano cattive vibrazioni fumando e camminando nervosamente avanti e indietro in attesa di ordini.

Il carabiniere al posto di blocco riconobbe l'auto del commissario, indicò dove fermarsi e fece il saluto. La Thema blu accostò nel punto in cui l'asfalto finiva e cominciava lo sterrato.

Krupp uscì e Lombardi gli si fece incontro. Indossava la pettorina con la scritta POLIZIA e Krupp notò che aveva la fondina con la Beretta pronta all'estrazione. Come se fosse possibile sparare ai fantasmi.

Lì non c'erano che quelli, ormai.

– Roth sta arrivando?

– Una ventina di minuti, commissario.

– Problemi?

– I giornalisti hanno mangiato la foglia, ma a meno di un colpo di sfortuna non li avremo fra le scatole. Vuole andare al fienile?

Krupp alzò il bavero dell'impermeabile.

– Quanto è lontano?

Lombardi indicò un punto fra la vegetazione. – Una ventina di minuti. Se vuole chiedo una camionetta ai carabinieri.

– Preferisco andare a piedi.

Alle undici e quarantasette arrivò il fetore. A Krupp tornarono in mente le parole del dattiloscritto di Milla. Quando le aveva lette aveva pensato che il giornalista si fosse lasciato trasportare dall'enfasi, invece, l'espressione: "Sembra di camminare su un cadavere" era perfetta. Un minuto dopo, Lombardi e Krupp sbucarono dal fitto di roverelle.

L'aria era immobile e Krupp si prese un minuto per imprimersi nella memoria i dettagli. Il fienile diroccato, il tetto annerito. I rottami. L'erba schiacciata e bruciata dalle gelate notturne su cui i tecnici della Scientifica si muovevano come animali necrofagi intenti a spolpare una gigantesca carogna.

Krupp pensò a via Visitazione 72. Un altro paesaggio, un altro tempo, un altro mostro, ma lo stesso universo estraneo e ostile.

Lo stesso maledetto buio.

Se l'è cercata.

Lo Junkers segnava le undici e cinquantatré.

Oltre lo stormire delle betulle a ridosso dello strapiombo, si udiva il rimbombo cupo del traffico lungo la statale 12 e quello dell'A22. Il rumore era quello delle trombe del Giudizio.

Poco distante il dirigente della Scientifica, che si era sbarazzato di guanti e mascherina, stava bevendo da una bottiglietta d'acqua. Si chiamava Sala. Scriveva rapporti dettagliati e mai prolissi. Uno in gamba. Krupp pensò: preciso, non pignolo.

Al cento per cento.

Scacciò il pensiero, inorridito.

– Cosa avete trovato? – chiese non appena fu a portata d'orecchi.

Sala si sciacquò la bocca e sputò a terra, disgustato.

– Sa perché non ho ancora dato fuoco a tutto, commissario? Perché ho paura delle esalazioni tossiche. Come si fa a vivere così?

Krupp guardò i mucchi di ferraglia arrugginita, i mobili gonfi di umidità, le scatole rigurgitanti pattume. – Non sono uno psichiatra.

Il tecnico gli allungò una mascherina protettiva. – Le conviene metterla.

– Aiuta?

– Solo psicologicamente.

– Ne faccio a meno, – disse Krupp, accettando invece un paio di guanti in lattice.

– Oltre al materiale che le ho fatto avere questa mattina, – spiegò Sala avviandosi verso l'entrata del fienile, – la foto, il ciondolo e tutto il resto, abbiamo l'imbarazzo della scelta. Potremmo restare fino a primavera e continuare a trovare reperti.

– Di che tipo??

– Non ho idea di che razza di animale sia quel Roth, ma se io sapessi di avere la polizia alle calcagna e avessi la possibilità di sbarazzarmi delle prove, non ci penserei due volte a farlo. Sarebbe logico, giusto? Voglio dire: l'ha fatto. Ha preso l'Ape, l'ha riempito di chissà cosa ed è sparito per un'ora. Invece Roth ha lasciato tutto in bella vista. Ciondolo, fototessera, tutto. Abbiamo trovato persino gli occhiali della vittima. Li ho mandati in laboratorio per le impronte, ma non ci sono dubbi. Sono gli stessi che Frida Lunelli indossa nella fototessera. Capisce che intendo? Perché Roth non li ha gettati?

– E chi dice, – mugugnò Lombardi, scuro in volto, – che non abbia buttato anche di peggio?

Sala ammutolì.

Non ci aveva pensato.

Arrivati alla porta del fienile, tornò a indossare guanti e mascherina.

– Attenzione alla testa, – fece, chinandosi per non sbattere contro l'architrave.

Prima di seguirlo Krupp si rivolse al viceispettore Lombardi. – Avvertimi quando arriva Roth.

Il mastino fu lesto ad allontanarsi.

All'interno del fienile la luce era accecante. I fari della Scientifica non lasciavano alcuna ombra. Era tutto chiaro, limpido e alieno. I tecnici si muovevano a scatti, come robot. Indossavano tute e mascherine ma da quel che si riusciva a intuire i loro volti erano verdi di nausea. Parlavano poco, a monosillabi.

– Lì è dove abbiamo trovato il ciondolo di Lisa Kofler, commissario, – fece Sala indicando la stufa, – e la foto di Frida Lunelli. Una specie di altare con tanto di statua della Madonna. Non ho mai visto niente di più raccapricciante. Dicono abbia confessato, è così?

– Sì.

Sala abbassò la voce. – Entrambe?

– Lisa e Frida. Che altro abbiamo?

– Questa è quella che noi chiamiamo "un'orgia di prove". Attorno e dentro alla Golf abbiamo trovato siringhe usate.

Sul sedile posteriore dell'auto c'era una parrucca. Bionda. Al piano di sopra ci sono oggetti per la toilette, spazzolini da denti, pettini. E questi coltelli, commissario? Dio solo sa per cosa li ha usati.

I coltelli pendevano da una serie di cordini di cinque o sei millimetri di diametro. Krupp li sfiorò. Le lame tintinnarono e i tecnici della Scientifica si voltarono, allarmati. Uno dei coltelli era a doppio filo.

Lama stretta.

Sala intercettò lo sguardo del commissario.

– Quelli, – spiegò, – li usavano un tempo per scannare i maiali.

Krupp pensò: cordini, cinque o sei millimetri.

Pensò: lama stretta, doppio filo.

Scannamento, sgozzamento.

Pensò: *no*. Roth le ha spinte, hanno sbattuto la testa. Lisa e Frida sono morte così. Roth non è Sartori. Roth non assomiglia nemmeno lontanamente a Sartori. Diverso tipo di vittima, diverso *modus operandi*. Milla sbaglia. Roth non ha ucciso Marlene.

Nella sua testa una voce troppo simile a quella di Levada rise di gusto.

– Commissario? – lo chiamò Lombardi, facendo capolino dalla porta. – Roth è arrivato.

Krupp pensò: fai surf sul Kali Yuga.

Roland Roth era circondato dalle divise. L'avvocato Holzer era attaccato al telefonino. Manfredi aveva i pantaloni inzaccherati fino al ginocchio. In fondo al gruppo l'ispettrice Lici fingeva di ascoltare quanto Egger le stava dicendo, ma in realtà non faceva altro che cercare il contatto visivo con Krupp.

Il commissario prese Roth sotto braccio. – Mi scuso per i miei uomini. Fanno solo il loro dovere. So che non è bello vedere i propri oggetti personali in mano a degli sconosciuti.

Roth gli indirizzò un sorrisetto enigmatico. – Non c'è

niente che valga qualcosa. Possono rubare quello che vogliono.

– Nessuno vuole rubare niente.

Roth gli mostrò i polsi. – Servono?

Un cenno del commissario e una delle divise liberò le manette.

– Perché hai tenuto il ciondolo di Lisa?

Roth tentennò. – Non lo so.

– Non lo sai o non ricordi?

– Mi sembrava giusto. Non so perché.

– E gli occhiali di Frida?

Roth inspirò a fondo.

– Di là, – disse, indicando il bosco, in direzione dello strapiombo.

Krupp lasciò che fosse Roland a guidare il gruppo. Tre divise e Lombardi lo tenevano d'occhio.

– Jakob? – fece Krupp, rivolgendosi al pm. – Una parola.

Il commissario notò l'occhiata che Manfredi scambiò con Arianna.

Significativa.

– Ho chiesto di convocare il dottor Simoni. Perché non c'è?

– Simoni non fa più consulenze per la procura. Di cosa hai paura, Luther?

– Che Egger combini un casino.

– Sei impazzito? Guarda Roth. Ti sembra uno con cui Marlene Wieser potesse aver voglia di andare?

– Non è questo il punto. Mi preoccupa il teorema della sentenza. Lo sai.

Manfredi gli diede una pacca sulla spalla. – Non abbiamo sbagliato nel 1992 e non sbaglieremo nemmeno oggi. Roth ha confessato. Troviamo i cadaveri e chiudiamo la storia, okay?

Il commissario raggiunse il gruppo di testa, nel fitto del bosco. Gli alberi, scolpiti dal vento che flagellava quel lato del pendio, avevano assunto delle forme curiose. Tentacoli. O forse: artigli.

Roth raggiunse il centro di una radura, e disse: – Qui.

Non c'era nulla che facesse pensare a una sepoltura.

Niente terra smossa, zolle sollevate o segni di scavo.

– Non lo vedete?

Roth indicò la punta di un masso che affiorava dal terreno di una cinquantina di centimetri. Lombardi, che si trovava lì accanto, scartò di lato.

Manfredi ordinò a un paio di divise di procurarsi vanghe e zappe.

– Non servono, – fece Roth. – Basta usare le braccia. Tiratelo su.

Due sbirri si chinarono cercando di capire come smuovere il terreno, ma Arianna li bloccò.

– Commissario? Questa è una scena del crimine. Bisogna evitare contaminazioni.

Krupp sussultò. Arianna aveva ragione. Non ci aveva pensato. Nonostante tutto, pensò, l'ispettrice Lici restava la migliore. Lui, invece, era troppo nervoso. Doveva darsi una calmata.

– Via tutti, – ordinò Manfredi. – Avvocato Holzer, lei naturalmente può restare. Dottor Egger, è pronto per l'ispezione preliminare?

Egger infilò guanti e mascherina.

Le divise, tranne i due agenti pronti a sollevare il macigno, crearono un vuoto di una ventina di metri il cui centro era Roland Roth, braccia conserte e gambe leggermente divaricate.

Stava sorridendo.

Perché?

Krupp si chiese se sarebbe mai riuscito a capirlo.

Poi, se ne valesse la pena.

Infine: se lo volesse davvero.

– Lombardi, – proseguì Manfredi, – chiami Sala e i suoi, ma tenetevi a distanza finché non saremo sicuri di aver trovato il cadavere.

Lombardi sparì nel folto.

Manfredi indicò le due divise in attesa.

– Prego, agenti.

I due si infilarono i guanti di pelle, si chinarono ai lati del pietrone, scavarono un po' ai bordi per migliorare la presa, lo afferrarono e si scambiarono un cenno. Al "tre" il masso non barcollò nemmeno.

Riprovare non servì a nulla.

– Niente, – disse uno dei due indirizzando un'occhiata cattiva a Roth, – non si muove.

Roth scoppiò a ridere. – Io ci sono riuscito da solo. Posso, commissario?

Krupp annuì.

Roth si piegò. Afferrò il masso. Aggiustò la presa, poi lo sollevò come fosse polistirolo e lo gettò di lato. Il masso rotolò per qualche metro. I due poliziotti guardarono Roth che si passava le mani sui pantaloni lasciando strisce di terriccio e scantonarono, pallidi.

– Voi, – li chiamò Arianna, – dite a Sala di stare pronto.

I due sbirri sparirono.

La femmina alfa fu la prima ad avvicinarsi al buco nel terreno. Sgranò gli occhi e si portò la mano alla bocca.

– Cosa le hai fatto? – mormorò.

Roth non rispose.

Krupp non si chiese il motivo della reazione di Arianna. Si chiese perché l'aria non fosse pregna dei miasmi della decomposizione.

Qualcosa non andava.

Guardò.

Capì.

Roth aveva avvolto il cadavere in un telo di plastica, più e più volte. Di Lisa si intuiva solo la sagoma. Mummificata. Come se fosse stata la preda di un ragno gigantesco. Avvolta in un bozzolo e sepolta per essere consumata in un secondo momento.

– Per i vermi, – fece Roth, a bassa voce. – Così non la mangiano.

– Dottor Egger?

Il patologo si aggiustò gli occhiali, si avvicinò alla buca e appoggiò un ginocchio sulla nuda terra.

– Al momento, – disse, – non è possibile identificare la

vittima. Preferirei che il cadavere fosse cristallizzato e trasportato al San Maurizio nelle esatte condizioni in cui è stato dissepolto.

– Per quale motivo? – chiese Krupp.

– Per via degli insetti. Aprire l'involucro potrebbe farci perdere prove preziose. A seconda della quantità e del tipo di larve e pupe, posso datare con precisione il momento del decesso.

– Ma è Lisa, dottore?

Il patologo indicò la fenditura nel terreno. – Si intravede il colore dei capelli, la vittima è bionda. I capelli sono lunghi. Possiamo supporlo quasi con certezza.

Krupp pensò: Lisa.

Krupp pensò: lama a doppio filo.

Krupp pensò: scannamento, sgozzamento.

– Causa del decesso?

Egger si fece rosso in viso. – Le ho detto che non aprirò l'involucro finché non sarò in un luogo protetto.

A Krupp iniziò a girare la testa. Vide Lisa. Vide Frida. Vide Manfredi, Egger, Arianna. Vide Alex Milla. Danzavano attorno ai cadaveri. Un nuovo girotondo delle iene. O forse sempre lo stesso.

– Voglio essere presente.

– Non è prassi.

– La mia non è una richiesta.

– Frida Lunelli, – tagliò corto il pm, – portava i capelli corti ed era mora. Il signor Roth ha dichiarato di aver gettato il suo cadavere nel torrente. Nel 1993. Possiamo mettere a verbale che, con buona probabilità, il cadavere rinvenuto sia quello di Lisa Kofler?

Lisa strillò: *lui mi portava i fiori li strappava dalle aiuole perché è un poveraccio e mi fa schifo ma non potevo dirgli di no, perché è l'eroina che comanda è l'eroina che ti dice cosa devi fare caro caro caro Johnny e lui mi ha portata nel fienile cariato che puzza come la morte e mi ha chiesto di sposarlo perché io sono sola e lui è solo e io ho detto che non potevo sposarlo, gli ho detto che siamo amici e che siamo soli in maniera diversa perché ci sono tante solitudini quante sono le stelle e allora lui ha stretto gli occhi mi ha presa per le spalle con quelle sue mani forti come tenaglie, così forti, e mi ha dato della puttana e…*

– Commissario!

Roth era a terra. Si stringeva il petto, boccheggiando.

– Medico! – urlò Krupp.

22 novembre 1995, mercoledì
– pomeriggio –

Il piantone all'entrata di largo Palatucci guardò il tesserino della "Voce delle Alpi" e lo lasciò passare senza degnarlo di una seconda occhiata. Milla non si illuse. Forse era finito l'embargo, di certo non la guerra. Indossava la cravatta nera, quella dei funerali. Sperava: quello di Krupp, Manfredi ed Egger. Temeva: il proprio. In ogni caso, era una scelta appropriata.

Si impedì di guardare la porta che conduceva agli scantinati. Si impedì di pensare alla Cella X. Per farlo: contò i passi.

Funzionò.

La sala stampa era gremita. Non come ai tempi del Killer delle Lucciole, ma: segue dibattito.

Il servizio tv aveva attirato l'attenzione della nazione e la nazione si aspettava la risoluzione del caso. La troupe della trasmissione di Rai 3 aveva già piazzato le telecamere in posizione strategica.

Jo era seduto in fondo, a ridosso della parete, un fossile che faticava a tenere gli occhi aperti. Uno dei neon al soffitto sfarfallava e Jo continuava a passarsi le dita sulle palpebre. Milla trovò posto lontano da lui e si finse interessato al *bla bla bla* del comunicato che il commissario aveva rifilato agli scribacchini.

Cercò di sciogliere i muscoli del collo. Si sentiva come un pugile in attesa del primo round. Stessa adrenalina. Stessa sensazione di: destino.

Alle diciassette e quarantacinque il gruppo di sbirri fece la sua comparsa. Krupp entrò per ultimo. Prima di lui, il pm Manfredi, l'ispettrice Lici e il viceispettore Lombardi. Lombardi indossava una cravatta rossa, identica a quella di Krupp.

Milla pensò: mastini del cazzo.

Il tecnico della televisione accese la telecamera. Jo si infilò una sigaretta spenta fra le labbra. Krupp si avvicinò al microfono.

– Questa mattina, in località Campodazzo, in seguito alle indagini della squadra Mobile di Bolzano in collaborazione con l'Arma dei carabinieri e con il dottor Manfredi della procura della Repubblica, nei pressi di un fienile è stato rinvenuto il cadavere di Lisa Kofler, trentadue anni, tossicomane e prostituta, scomparsa il 22 ottobre 1995. Per il suo omicidio è in stato di fermo il signor Roland Roth, cinquantuno anni, bracciante agricolo.

Sul telo lucido del proiettore, alle spalle del commissario, comparve il viso di Roth e quello di Lisa di quando Lisa era ancora la coniglietta di "Playboy".

Milla pensò: *un po' ti amo*.

Manfredi giocherellava con una penna. Lombardi aveva lo sguardo assente. L'ispettrice Lici lo stava fissando, enigmatica.

La lettera nella tasca di Milla *bruciava*.

– Il signor Roth, – proseguì Krupp, – è accusato anche di un secondo omicidio, quello di Frida Lunelli.

Il viso di Frida, alle sue spalle.

Alcuni flash.

Krupp si schiarì la voce. – Frida Lunelli è scomparsa nel 1993, probabilmente a marzo. Il signor Roth ha ammesso di averla uccisa durante un litigio e di averne gettato il cadavere nel torrente a poca distanza dal luogo in cui il reo confesso abita.

Uno degli autori del programma Rai alzò la matita e, senza attendere la parola, disse: – Secondo le nostre fonti su Frida Lunelli non era aperto nessun fascicolo. Può spiegarci come sia possibile che...

– Devo correggerla, – fece Manfredi, – Frida Lunelli è ricercata dalla Mobile da due anni.

– Come latitante. Non come possibile vittima di omicidio o persona scomparsa.

Tagliaferro alzò la mano. – Avete trovato anche il suo cadavere, commissario?

Krupp si aggiustò gli occhiali. – Stiamo organizzando una battuta di ricerca insieme agli uomini del soccorso alpino, della protezione civile, dei vigili del fuoco e dei carabinieri. Lo scopo è quello di recuperare il corpo, seguendo le informazioni che Roth ci ha fornito durante la duplice confessione.

– Quanti uomini, Krupp? – chiese Jo. – Quanti uomini per cercare Frida Lunelli?

– Ottanta, ma contiamo di arrivare a un centinaio. Nel 1994 il torrente in cui Roth ha dichiarato di aver gettato il corpo è stato oggetto di un'operazione di messa in sicurezza che ne ha ridefinito pesantemente sia l'alveo che gli argini. All'epoca non furono trovate tracce del cadavere, perché altrimenti ne saremmo stati informati, perciò abbiamo deciso di allargare l'area delle ricerche dall'Alpe di Siusi all'altopiano del Renon. Il signor Roth è un alcolista e potrebbe aver confuso i luoghi.

Milla scosse la testa, incredulo.

In una zona così vasta non avrebbero trovato niente.

Era: cortina fumogena.

Come al processo Sartori.

Krupp si accorse del suo gesto. Lo fulminò con lo sguardo.

Aggiunse: – Lo dobbiamo alla famiglia.

Milla sorrise: che buon cuore, commissario.

– Per quanto riguarda la morte di Lisa Kofler, – chiese Tagliaferro, – ci può dire di più?

– Roth, – rispose Krupp, – l'ha uccisa e seppellita a poca distanza dal luogo in cui vive. Secondo l'imputato si è trattato di un alterco che è degenerato. La sua posizione…

Milla scattò in piedi, inferocito. – E voi ci credete? Davvero ci credete?

– Signor Milla...

Milla alzò i fogli dell'informativa. – Qui c'è scritto che Roth ha litigato con Frida Lunelli e che l'ha "accidentalmente" uccisa. Due anni dopo, Roth ha "accidentalmente" ucciso anche Lisa Kofler. La stessa Lisa Kofler che Roth aveva dichiarato di aver lasciato in compagnia di un fidanzato, pronta per partire verso l'America.

– Difficilmente si ottengono confessioni al primo colloquio, signor Milla. Come lei fa notare, inizialmente Roth ha cercato di confondere le acque. È normale quando si parla di reati di questa gravità. Perciò non capisco il suo punto di vista.

– Due donne, due alterchi, due morti accidentali. Non siamo un po' troppo adulti per credere alle coincidenze?

– Noi sì, – si intromise il viceispettore Lombardi, strafottente, – ma lei, Milla?

Milla non si lasciò intimidire.

– Roth è stato interrogato ieri mattina dopo che lei, viceispettore Lombardi, l'ha fermato all'ufficio postale di Ponte Gardena, è corretto?

– Lo è.

– Poi, un paio di ore dopo, lo stesso Roland Roth è stato rilasciato.

Lombardi si guardò attorno, divertito.

– Mi sta interrogando, signor Milla?

– No, – fu la risposta, – sto facendo il mio lavoro. Faccio domande. Ci sono delle incongruenze nel modo in cui state gestendo l'indagine che non mi lasciano tranquillo.

– Il suo benessere, – scandì Krupp, – ci sta molto a cuore. La prego di porre tutte le domande di cui ha bisogno.

Milla avvampò.

– Come è stata uccisa Lisa Kofler?

– Il dottor Egger deve ancora pronunciarsi.

– Come mai il referto preliminare non è stato divulgato?

Fu Manfredi a rispondere. – Perché non è stato possibile comprendere, in loco, la causa del decesso della donna.

– Niente tagli alla gola?

– Riceverà, – disse Krupp, – lei come i suoi colleghi, i

dettagli riguardo l'autopsia non appena il dottor Egger l'avrà svolta. Speriamo nel più breve tempo possibile. Adesso, se vuole permettere anche ai suoi colleghi di...

– No, – fece Milla, – non voglio. Voglio che lei e il dottor Manfredi rispondiate a un'ultima domanda. È stato Roland Roth a uccidere Marlene Wieser il 21 marzo del 1992?

Il silenzio calò sulla sala stampa come una scure.

Gli occhi di Lombardi dicevano: sei finito.

– Il caso Wieser, – fece Krupp, – è stato chiuso anni fa.

Milla tirò fuori la busta, la aprì e spiegò la lettera che conteneva.

Non servì leggerla, la conosceva a memoria.

Pensò: l'effetto di una bomba sta nel tempismo, non nella sua potenza.

– *Io, sottoscritto Sartori Lucio ho commesso solo tre omicidi e li ho confessati. Gli omicidi Gatti e Wieser li ha commessi una seconda persona potenzialmente più pericolosa di me e mi dichiaro totalmente innocente e continuerò a dichiararmi innocente fino alla morte.*

La sala stampa: esplose.

23 novembre 1995, giovedì
– mattina –

Roland Roth ha confessato

IL FIENILE DELL'ORRORE

Sono state uccise le due donne scomparse

Di J.S.

Alla fine è crollato e ha confessato. Roland Roth, 51 anni, bracciante agricolo originario del Renon, da ieri è in stato di fermo per duplice omicidio. La polizia ha risolto il giallo della scomparsa di ben due donne: Lisa Kofler, 32 anni, prostituta, sparita nel nulla il 22 ottobre; di Frida Lunelli, 31 anni, tossicomane, di cui non si avevano notizie da marzo 1993, poco prima che sulla sua testa fosse spiccato un mandato di cattura come latitante in quanto la donna non si era presentata all'udienza che la vedeva coinvolta con l'accusa di spaccio di sostanze stupefacenti (terminata con una condanna a sei anni di reclusione).
"Facevano sempre così," ha detto Roland Roth al commissario Luther Krupp, "pri-

ma volevano i soldi, per fare l'amore, poi dicevano che di me non ne volevano sapere. Con Lisa abbiamo litigato, lei ha alzato le mani e mi ha colpito con un rasoio. Il suo corpo l'ho sepolto vicino al fienile."
È lì, in mezzo al bosco, sopra l'abitato di Campodazzo che i poliziotti hanno rinvenuto il cadavere. Il corpo di Frida invece non è stato ancora trovato. Roth ha detto che è caduta durante un litigio e che ne ha occultato il corpo nel rio che scorre a poca distanza dal suo fienile.
Subito dopo il ritrovamento del cadavere Roland Roth ha avuto un lieve malore. Niente di grave, affermano i medici del San Maurizio che l'hanno visitato.
Una vicenda agghiacciante che...

Dodici e trentasette.

Krupp non aveva dormito e si vedeva. Era appena tornato da Campodazzo e i vestiti avevano addosso ancora l'odore del bosco.

Arianna appoggiò un caffè sulla scrivania.

Krupp non gliel'aveva chiesto e non lo prese.

– Ho parlato, – disse la femmina alfa, – con il direttore dei lavori. Weber. Mi ha mostrato tutta la documentazione.

Weber era l'ingegnere dell'ufficio idrogeologico della provincia. L'idea di un cadavere nel cantiere in cui aveva trascorso mesi l'aveva riempito di angoscia. Tuttavia, non appena l'ispettrice Lici gli aveva chiesto un incontro, non si era tirato indietro.

Arianna distese la carta topografica che Weber aveva usato per illustrarle i lavori del 1994. Una grossa X segnava l'ubicazione del fienile di Roth. Arianna fece scorrere il dito fino alla linea zigzagante del piccolo torrente.

– Di corsi d'acqua simili ce ne sono parecchi in zona, ma questo è quello che ha sempre creato più problemi. Come vedi, prima di finire nell'Isarco costeggia questo strapiombo.

– Frane?

– Niente di drammatico, ma ce ne sono almeno un paio all'anno, soprattutto nel periodo del disgelo. La zona non è abitata, però il rio porta i detriti fino all'Isarco e l'Isarco non è da sottovalutare. Si rischia l'esondazione. Qui passano sia la statale 12 che l'autostrada. L'autostrada poggia su piloni, per cui non verrebbe interrotta, ma la statale è parecchio trafficata e non molto alta sul letto del fiume. Weber e la sua squadra hanno modificato l'ultimo tratto del flusso per renderlo più regolare e meno pericoloso. In questi tre punti, per la precisione.

Laddove l'indice di Arianna si posava, Krupp poteva vedere i segni con cui Weber aveva tratteggiato il vecchio alveo del torrente.

– Qui, – fece Arianna, indicando il punto in cui il fondo originale del torrente era stato maggiormente modificato, – è dove Roth ci ha detto di aver gettato il corpo di Frida Lunelli. L'ha uccisa ai primi di marzo, periodo di piogge. Anche se è piccolo, il rio ha sufficiente forza cinetica da trascinare un cadavere fino all'Isarco. Da lì può essere finito ovunque. E stiamo parlando di due anni passati in acqua. Secondo me non la troveremo mai.

Era la stessa cosa che aveva riferito a Krupp il capo del soccorso alpino, Helmut Mahler. Più di cento uomini stavano rastrellando la zona, gente esperta, aiutati da tre cani molecolari e un elicottero dei carabinieri. Per Mahler: fatica sprecata.

– Il dottor Egger, – chiese la femmina alfa, – ha effettuato l'autopsia?

– Inizierà fra mezz'ora.

– Posso assistere?

Krupp la inchiodò con lo sguardo. – Perché?

– Voglio esserci.

– Non è un buon motivo.

– Quando Lisa Kofler è scomparsa ho lasciato che fosse

Lombardi a sbrigarsela. È stato un errore, avrei dovuto farlo io. Lo devo a quella poveretta.

Krupp si allentò la cravatta. – Andremo insieme. Ci sarà anche Jakob, ovviamente. Ma voglio essere chiaro. Quale che sia il risultato dell'autopsia, noi agiremo di conseguenza.

Arianna pensò: Sartori.

Arianna provò: panico.

– Qualsiasi?

Krupp aprì il cassetto e tirò fuori una statuina.

Quattro braccia, lingua smisurata.

– Questa, – fece Krupp, – me l'ha regalata una persona speciale. È Kali, una divinità induista. Il suo tempo si chiama Kali Yuga, e il suo tempo è *oggi*. Il Kali Yuga è come uno tsunami che spazza via ogni cosa. Il motivo? La rinascita, se vuoi crederci. Il Kali Yuga è… un'onda di sangue e morte. Inarrestabile. Ma si può provare a farci surf sopra. Pensavo fosse un modo per rallentare la fine. Impedirla, magari. Oppure trovarci un senso. Invece mi sbagliavo. Oggi lo capisco.

Krupp si rigirò la statuina fra i polpastrelli. – Lo scopo è un altro. Imparare la lingua dei morti. Ballare il girotondo delle iene e scoprire che non puoi tirartene fuori. Non puoi fare surf sul Kali Yuga. Non per sempre, Arianna. Kali, alla fine, si prende tutto.

Krupp sorrise.

C'era della dolcezza in quel sorriso.

E disperazione, dietro la dolcezza.

– So cosa stai cercando di fare. – Mormorò. – Con Lopez. Milla, Roth, Marlene. E tutto il resto. So perché lo fai e so perché pensi di essere nel giusto.

Arianna non rispose. Avrebbe preferito che Krupp nascondesse la statuina di Kali. Non riusciva a distogliere lo sguardo.

Gli occhi della dea la facevano sentire nuda.

– Lopez sta ancora addosso a Milla?

– No, – mentì la femmina alfa.

Gli occhi di Krupp si velarono.

– Come immaginavo.

Appoggiò la statuina sulla scrivania e la mandò in pezzi con un pugno.

Arianna pensò: nemmeno Kali sopravvive al Kali Yuga.

– Adesso, – disse il commissario, – è ufficiale. A Roma hanno deciso. È caduto il divieto per le donne di accedere ai ruoli operativi. Ne hai le capacità e so che è quello che hai sempre desiderato.

Krupp si osservò la mano: un frammento di Kali si era infilato nella carne. Una goccia di sangue cadde sulla scrivania.

Arianna sbagliava: alla fine la dea vinceva sempre.

– Potrai comandare un reparto e sarò ben felice di fare quanto in mio potere per aiutarti, – proseguì Krupp, – ma non qui.

Arianna si sentì mancare il fiato.

Lacrime.

Lacrime *cattive*.

– Io... – annaspò.

– Fra venti minuti ti aspetto nel piazzale, – concluse Krupp, osservando il proprio sangue gocciolare sulla scrivania. – Non vorrei che Egger iniziasse senza di noi. Ci sono domande, ispettrice Lici?

Arianna sentì la porta di un gigantesco armadio chiudersi su di lei.

Questa volta: per sempre.

– Nessuna, signor commissario.

Il contadino era stato interrogato
in relazione a quel delitto

L'INCOGNITA WIESER

Dall'autopsia dipende ora la riapertura
dell'inchiesta
Di: A.M.

Roland Roth era stato interrogato in relazione al delitto Wieser. Nella pri-

mavera di tre anni fa il contadino era stato inserito in un elenco del tutto speciale: quello dei clienti delle prostitute di Dodiciville, interrogati in relazione all'uccisione (avvenuta il 21 marzo 1992) della diciannovenne Marlene Wieser, delitto poi attribuito con sentenza ormai definitiva al pluriomicida bolzanino Lucio Sartori, condannato all'ergastolo nel marzo dello scorso anno per cinque omicidi.

Il corpo martoriato della giovane di Colma era stato trovato casualmente alle sei del mattino, al limitare di un piazzale che si affaccia sulla statale 12 all'altezza di Campodazzo. La dinamica: l'assassino aveva prima cercato di strangolare la ragazza con un cordino, poi, non riuscendoci, aveva estratto il coltello e aveva colpito quattordici volte con un primo fendente che aveva, a detta del dottor Egger, sgozzato la vittima.

Nell'agosto del 1992 era stato arrestato Lucio Sartori, che aveva confessato le uccisioni di Patrizia Zanni, Giulia Nicoletti e Lorena Haller, negando pervicacemente di avere ucciso le altre due donne: Mirella Gatti e Marlene Wieser, per l'appunto.

L'uomo aveva protestato con forza la sua innocenza, ma gli inquirenti non gli avevano creduto. Nella sua richiesta di rinvio a giudizio il pm Jakob Manfredi aveva indicato tre elementi fortemente indiziari a carico di Sartori: la modalità del delitto, simile a quella degli omicidi confessati, le dichiarazioni di

alcuni testimoni e la presenza di sangue sul cordino trovato nella Seat Ibiza del giovane carpentiere - prova poi rivelatasi non compatibile.
Durante il processo di primo grado, l'accusa aveva insistito soprattutto sul modus operandi: quella che potrebbe essere definita la firma del delitto, così simile a quelli già confessati da Sartori. A convincere i giudici popolari della Corte d'Assise circa la responsabilità di Sartori in ordine ai due delitti mai confessati (Wieser e Gatti) era stata probabilmente anche la prova logica riassumibile in un teorema: chi, se non Lucio Sartori, poteva aver compiuto delitti così simili fra loro? Possibile che in una provincia così piccola esistesse un altro serial killer che colpiva più o meno allo stesso modo di colui che aveva barbaramente ucciso Lorena Haller, Patrizia Zanni e Giulia Nicoletti?
Nessuno poteva ragionevolmente pensare che in Alto Adige esistesse un secondo omicida seriale.
A questo punto, però, con la cattura di Roland Roth e la lettera di Lucio Sartori (che riportiamo integralmente e in esclusiva sulle pagine del nostro quotidiano) in cui il serial killer insiste sulla propria innocenza e sulla possibilità che Marlene Wieser sia stata uccisa da una "seconda persona potenzialmente più pericolosa di me", tutto può essere messo in discussione.
Sarà probabilmente decisivo l'esito dell'autopsia sul corpo di Lisa Kofler, perché a rigor di logica, se la donna

data per scomparsa e poi rinvenuta cadavere fosse stata uccisa a coltellate, allora il caso Wieser (e quindi anche il caso Gatti, che si basa sullo stesso teorema giudiziario) potrebbe essere riaperto.

23 novembre 1995, giovedì
– pomeriggio –

Il corpo di Lisa Kofler era steso sul tavolo autoptico, il telo di plastica in cui Roth l'aveva avvolto era spalancato come un fiore osceno. Il dottor Egger stava parlando. Krupp, a poca distanza, non riusciva a decifrare le sue parole. Perché: tutto bruciava.

Nella sua testa Marlene strepitava: *mi ha colpita al petto, mi ha colpita allo stomaco, rapido, rapido, rapido.* IL DOLORE *mi ha fatto piegare in avanti.* LUI *mi ha colpita alla schiena: rapido, rapido, rapido. Ho detto: ti prego.* LUI *mi ha afferrato i capelli,* LUI *ha tirato, lui è* FORTE, *ho sentito la lama sul collo e allora ti ho visto, ti ho visto mentre lo rincorrevi e non lo prendevi, e* LUI *ha tagliato e ho provato rabbia e rabbia e…*

Manfredi, braccia conserte, era seduto su uno sgabello di metallo.

Krupp cercò di attirare la sua attenzione con lo sguardo.

Aveva bisogno di aiuto, ma come in un incubo, il suo corpo si rifiutava di obbedirgli. Non poteva fare altro che restare immobile, guardare le labbra del patologo muoversi e ascoltare le voci delle donne uccise.

Lorena strillava: *mi stavo togliendo i fuseaux anche se faceva freddo e lui aveva il riscaldamento al massimo, ma faceva freddo e l'ho visto tirare fuori il coltello e ho detto: cosa stai facendo? E sono state le mie ultime parole, perché lui ha piantato il coltello nel mio stomaco e non sono riuscita nemmeno a urlare e ha colpito ancora e ancora e io mi sono piegata perché faceva* MALE *e* LUI *mi ha colpito alla schiena e io ho provato a fermarlo, ho alzato la mano ma* LUI *ha tagliato anche quella e si vedeva l'osso e ho pensato: mi sta uccidendo e non mi sembrava possibile, poi mi ha afferrata per i capelli i miei bellissimi capelli biondo ciliegia e mi ha tagliato la gola e mi ha buttata via come* IMMONDIZIA *ma io ho sorriso, ho sorriso mentre morivo perché sapevo che tu saresti venuto da me e…*

Nessuno si accorgeva di quello che gli stava succedendo.

Krupp pensò: panico.

Pensarlo non lo aiutò a mettere a tacere le voci.

Giulia urlava: *ero sola a casa, dovevo fare i compiti, matematica, latino, il tema di italiano, fuori c'era la neve e avevo freddo, lui ha suonato il campanello, era alto e aveva i baffi e io avevo solo quindici anni, come potevo capire che non dovevo fidarmi di quello che per me era un uomo che andava d'accordo con mio padre quando lo vedevo al negozio? L'ho fatto entrare perché faceva freddo ed Elena mi ha chiesto dei compiti, ma non avevo tempo di risponderle, dovevo mandarlo via, ma lui non voleva andarsene e ha tirato fuori quel* COLTELLO *e io ho cercato di scappare, ma lui mi ha preso, mi ha preso da dietro, mi ha colpita e ho* SENTITO *freddo e…*

La luce al neon si era fatta solida. Tagliava e sfregava sulla pelle come gli strumenti che Egger aveva maneggiato per dissezionare il cadavere di Lisa Kofler.

Luce, acciaio.

Nel Kali Yuga non c'era differenza.

Patrizia gridava: *l'ho colpito e ho cercato di scappare, l'ho colpito perché mi voleva uccidere, mi voleva fare a* PEZZI *e io non volevo disturbare nessuno, non sono come le altre, volevo solo continuare a respirare ma lui era troppo forte io ho scalciato ho scalciato con tutte le mie forze e* LUI *tagliava e* LUI *tagliava e* LUI *tagliava, tagliava* ME *e poi è arrivato il nero ma non ero morta non riuscivo a morire e…*

Egger indicò qualcosa cercando l'attenzione dei presenti, Manfredi si alzò dallo sgabello e anche Arianna si fece più avanti, solo Krupp restò immobile ascoltando Mirella che tuonava: *avevamo un appuntamento e l'ho lasciato entrare perché mi fidavo e avevo scritto* Lucio andato via *ed ero nuda e indifesa e il letto si è riempito di sangue. Ed era il* MIO *sangue e ho guardato il pulsante antipanico ed era* LONTANO *come il respiro e il cuore si allontanavano e non potevo...*

Frida strillò: *nessuno mi cercava perché sono una puttana che vende merda e la merda ammazza me e ammazza te ma non ammazzava* LUI *che voleva sposarmi ed era solo uno stronzo come tutti gli altri che mi metteva le mani addosso che mi lasciava quell'odore sul corpo dappertutto e dentro finché non avevo anche l'anima che* PUZZAVA *come un cadavere e io non potevo lasciarlo fare perché anche io esisto e lui si è arrabbiato mi ha detto che sono una puttana e...*

Krupp pensò: basta.

Ma non riuscì a sfuggire neppure a Lisa: *lui mi portava i fiori li strappava dalle aiuole perché è un poveraccio e mi fa* SCHIFO *ma non potevo dirgli di no, perché è l'eroina che comanda è l'eroina che ti dice cosa devi fare caro caro caro Johnny e lui mi ha portata nel fienile cariato che puzza come la morte e mi ha chiesto di sposarlo perché io sono sola e* LUI *è solo e io ho detto che non potevo sposarlo, gli ho detto che siamo amici e che siamo soli in maniera diversa perché ci sono tante solitudini quante sono le stelle e allora* LUI *ha stretto gli occhi mi ha presa per le spalle con quelle sue mani forti come tenaglie, così* FORTI, *e mi ha dato della puttana e...*

– Commissario?

Krupp si aggiustò l'orologio di suo padre e fissò Egger.

– Qual è la causa del decesso, dottore?

La *Maranta Leuconeura* era andata. Secondo Iris per colpa di un parassita. Se l'era mangiata dall'interno. Il vaso vuoto metteva tristezza.

Jo si sedette e mostrò il pacchetto di sigarette. – Vi dispiace se me ne accendo una?

Iris spalancò la finestra.

Sedici e quarantuno: buio, traffico scarso, due gradi. La ragazza dei fiori tornò a rannicchiarsi sulla poltroncina dell'ufficio di Milla. L'accendino di Jo sprizzò scintille ma nessuna fiamma.

– Fanculo, – borbottò il capocronista, rimettendo il pacchetto nel taschino della camicia.

Poi sollevò il comunicato stampa.

– Frida Lunelli non avrà mai una tomba. Non hanno trovato niente. Notizia confermata anche dalle mie fonti. Tre, – specificò, di fronte all'espressione diffidente di Milla, – fonti diverse. Gente del soccorso alpino, della questura e dei carabinieri. Le ricerche sono finite. È passato troppo tempo per trovare qualcosa.

– Dopo un solo giorno?

– Continuare sarebbe tempo perso.

Iris indossava pantaloni arcobaleno e un maglione nero a collo alto. Nascose le dita nelle maniche e se le sfregò sulle labbra.

– È arrivato l'esito dell'autopsia di Lisa?

– È tutto scritto qui, – fu la risposta del capocronista, guardandola come se si fosse appena accorto della sua presenza.

Milla tese la mano. – Fammi leggere.

Jo si sfregò la barba. – L'hai preso, campione. Non ti basta? Senza di te, Krupp e Manfredi non sarebbero mai arrivati a Roth.

– Dillo a Lisa e a Frida. O a Marlene. E adesso fammi leggere quel maledetto pezzo di carta.

Il capocronista gli passò il comunicato. – Il dottor Egger ha rilevato una frattura all'altezza della nuca. È quella la causa della morte di Lisa. Non ci sono segni di coltellate. Né alla gola né altrove.

La definizione che Milla lesse nel dattiloscritto fu "frattura da scoppio".

– Tu gli credi?

– Roth l'ha spinta e probabilmente Lisa era fatta. Ha perso l'equilibrio ed è caduta all'indietro, ha sbattuto la testa e per lei è finita.

– *Se l'è cercata*, – mormorò Iris, volgendo lo sguardo alla finestra.

– E l'ha sbattuta dove? – chiese Milla, aggressivo. – Sul terreno? Su una pietra?

– È praticamente impossibile trovare tracce ematiche o

biologiche, all'aperto. Non dopo un mese. Lo capisci anche tu, no?

– In quanti hanno visto il corpo?

– La montagna pullulava di sbirri, per non parlare dei carabinieri e…

– Lisa era avvolta nella plastica. – Fu il commento, asciutto, di Milla.

– Che vuoi dire?

– Significa che chi era al fienile di Roth ha visto un cadavere avvolto nella plastica. Il corpo di Lisa l'hanno visto solo i presenti all'autopsia. Cioè: Krupp, Manfredi, Lici e il dottor Egger.

Milla appallottolò i fogli del comunicato e li gettò. – Questa è immondizia.

Jo passò dallo stupore alla rabbia.

– Non puoi essere così cieco. Hai vinto. Hai dimostrato a Krupp che sei un mastino migliore di lui. Hai dimostrato di essere un mastino migliore di tutti quegli sbruffoni del dannato numero 1 di largo Palatucci messi insieme. Hai uno scoop che ti farà fare carriera. Hai preso un cazzo di serial killer, dovresti...

– Ci vogliono tre vittime, per definirlo così.

– Roth ha ucciso Frida e ha nascosto il corpo, ha ucciso Lisa e ha nascosto il corpo. Niente sensi di colpa, niente pentimento.

– E allora?

– *E allora?* Allora l'avrebbe rifatto. Se non fosse stato per te prima o poi un'altra poveretta sarebbe scomparsa. E poi un'altra e un'altra ancora. E tu, campione, le hai salvate tutte. Non puoi...

– Che mi dici di Marlene, Jo?

– Diverso tipo di vittima, diversi i tempi, diverso modus operandi. Non c'è alcuna correlazione. E non c'è nessuna cospirazione, Alex. – Jo si rivolse alla ragazza di fiori. – Iris, ti prego, fallo ragionare.

– Tutti quelli che hanno visto il cadavere di Lisa, – sibilò lei, con le iridi tramutate in piombo, – hanno parecchio da perdere, non trovi?

Jo guardò Iris.
Poi Milla.
Sul viso di entrambi lesse la medesima determinazione.
Chinò il capo.
– Se noi ti portassimo le prove, le pubblicheresti? – chiese Milla.
– Di cosa stai blaterando?
– Se noi ti portassimo le prove, prove inconfutabili, che Lisa Kofler è stata accoltellata, le pubblicheresti?
– Che significa "inconfutabili"?
– Ti serve un vocabolario, – fece Milla, – *campione*?
Jo si portò le mani al viso.
– Vi rendete conto, – sussurrò, – che state dando ragione a Lucio Sartori?

23 novembre 1995, giovedì
– notte –

Alle ventuno e trentasei il soggetto aveva scostato la tenda. L'appartamento si trovava al secondo piano di una palazzina di via Barletta, l'illuminazione era buona e la visuale garantita dalla finestra ottima. Alle ventuno e cinquanta il soggetto controllò di nuovo. Lo stesso alle ventidue e sedici. Alle ventidue e trentatré minuti la sua fidanzata, quella che lavorava alla serra, uscì portando con sé due sacchi della spazzatura.

Lopez pensò: e io dovrei crederci?

Si preparò all'azione.

La ragazza superò l'angolo e l'ispettore capo non mosse un muscolo. Scandì i secondi seguendo il battito del cuore: rilassato. Al sessanta udì il motore della Renault 5 mettersi in moto.

Lopez uscì dalla zona d'ombra e si avviò verso l'Alfa marrone, poco distante. Nel farlo si portò all'orecchio il telefonino, come stesse facendo rapporto. I fari della Renault si accesero e lui fu lesto ad accucciarsi, fingendo di allacciarsi una scarpa.

La Renault 5 partì.

Lopez pensò: raccontala a un altro.

Sorrise.

L'ultima caccia. Voleva godersela.

Entrò nell'Alfa e si immise nella carreggiata. La Renault girò a destra, su via Bari in direzione di via Alessandria, e Lopez fece altrettanto.

All'incrocio con via Parma, la Renault diede un'improvvisa accelerata e, senza freccia, approfittando del giallo, svoltò a sinistra. Lopez, invece, da bravo cittadino, si fermò al semaforo.

Quei due si credevano più furbi di lui.

Grosso errore.

Anziché mettersi all'inseguimento della Renault 5, faccia da ratto parcheggiò nei pressi di un bar poco distante. Un pedinamento prevedeva sempre un piano B e lì Lopez aveva lasciato una seconda macchina, una Dedra nera della Narcotici.

Si accomodò al posto di guida, regolò lo specchietto laterale e, esattamente come sapeva sarebbe accaduto, meno di dieci minuti dopo, alle ventitré e quarantanove, la 126 color scarafaggio con Milla alla guida sbucò da via Bari: manovra diversiva.

Lopez si scoprì ammirato. In pochi, dopo lo scherzetto della Cella X, avrebbero avuto il fegato di provare a fregarlo. Ma questo non significava che Milla non avrebbe ricevuto ciò che si meritava.

Il motore della Dedra fece le fusa e l'ispettore capo iniziò il *vero* pedinamento: fischiettando.

La 126 si immise nel traffico di via Milano, da via Milano passò a viale Europa, dove Lopez dovette diminuire la distanza.

Milla imboccò via Palermo e quindi viale Druso. Su viale Druso accelerò in direzione del centro storico. Sessanta, poi settanta, infine ottanta chilometri orari. Pensava di seminarlo?

La Dedra non faticava a stare al passo del macinino color scarafaggio. Lopez sentì l'adrenalina rombare e scoppiò a ridere.

Dio poteva anche avergli mandato quel maledetto tumore, Krupp poteva anche averlo rinchiuso in un ufficio e la femmina alfa poteva anche trattarlo come uno zerbino, ma lui era: l'ispettore capo Lopez, primo fra i mastini, braccio destro della *mano de Dios* e nessuno, *nessuno*, sapeva giocare a quel gioco meglio di lui.

Era ora di divertirsi.

Aprì il finestrino e piantò il lampeggiante sul tettuccio della vettura. Accese la sirena.

Milla: diede gas.

Lopez: altrettanto.

Viale Druso s'impennò nel ponte omonimo, sopra il Talvera che scorreva nero nella notte. Oltre il ponte cambiava nome e diventava via Marconi, incrociando: sulla sinistra via Dante, sulla destra il numero 1 di largo Palatucci. Prima, però, s'interrompeva in un semaforo.

La Dedra era così vicina alla 126 che l'ispettore capo Lopez poteva vedere il viso del giornalista riflesso nello specchietto retrovisore.

Lopez ghignò.

Milla gli mostrò il dito medio.

E: inchiodò.

Faccia da ratto schiacciò il freno, invano. Troppa energia cinetica. La Dedra si schiantò contro la 126 che partì in avanti come un razzo, slittando sui pneumatici e vorticando su sé stessa.

Una Panda che proveniva dalla direzione opposta si esibì in un testacoda, riuscendo a schivare solo per un miracolo l'auto di Milla che ondeggiò rischiando di capottarsi, perse un cerchione e schizzò ancora, impazzita, schiava delle leggi della fisica.

Lopez bestemmiò cercando di controllare la derapata della Dedra, più massiccia e affidabile della 126, e riuscì a concludere la manovra a meno di un metro dal tronco di uno dei platani che accompagnavano il viale oltre il ponte, ormai alle loro spalle.

La 126, invece, terminò la propria traiettoria praticamente davanti all'entrata della questura, diede un ultimo scoppio di marmitta e morì. Una divisa stava già accorrendo, imprecando ad alta voce.

Lopez contò fino a tre: niente dolore.

Stava bene.

Anzi. Non stava così bene da anni.

Uscì dall'abitacolo e si diresse verso la 126.

Milla, come un ubriaco, barcollava sulla carreggiata tenendosi stretto il braccio sinistro. Dall'angolatura, pensò Lopez, doveva fare un male cane. Peggio per lui. Puntò l'indice contro la divisa.

– Non un passo.

Lo sbirro si bloccò, interdetto.

– Ragazzino? – cantilenò Lopez. – Ti sei fatto male?

Milla gli si aggrappò alla spalla.

Lopez lo sorresse. – Cosa pensavi di fare, stronzo?

Milla scoppiò a ridere.

Aveva i denti macchiati di sangue.

C'era follia nei suoi occhi quando disse: – Hai perso, Lopez. L'hai capito o vuoi che ti faccia un disegno?

Iris si deterse il sudore dalla fronte, si aggiustò la borsa della Nikon sulla spalla e varcò l'entrata del pronto soccorso. Era quasi vuoto.

Un tossico steso sui sedili di plastica dormiva con la bocca spalancata. Più a sinistra un anziano, con una cartella portadocumenti sulle ginocchia, borbottava fra sé e sé, infastidito.

Il ferito più grave, un tizio steso su una barella, biascicava parole dettate dalla morfina a un infermiere che faceva sì con la testa.

Iris si trovò un angolo riparato e aspettò che la curiosità dei presenti scemasse. Alle ventitré e dieci superò la porta che divideva il pronto soccorso dai reparti e inforcò la prima rampa di scale sulla sinistra. Si adagiò al muro, i sensi in allerta, in attesa.

Nessuno l'aveva seguita.

Era: invisibile.

La camera mortuaria si trovava nel piano interrato. La ragazza dei fiori c'era stata due volte. Per fortuna, in entrambe le occasioni il corpo adagiato sul metallo non era quello di Dario.

Pensò a Milla.

Pregò che tutto stesse procedendo secondo i piani.

Era stata lei a ideare il trucco del doppio cavallo di Troia. Quando l'aveva illustrato ad Alex, lui si era opposto usando tutta la sua veemenza e, più l'aveva fatto, più Iris aveva sentito di amarlo. Perché Alex possedeva ciò di cui la maggior parte delle persone si riempiva la bocca, ma che tutti rifuggivano: passione. Alex era l'uomo più appassionato che conoscesse.

Alex Milla, spalatore di ghiaia e pessimo intenditore di jazz: *splendeva*.

Iris aveva messo a tacere le sue rimostranze spiegandogli il motivo per cui la sua strategia avrebbe funzionato: i mastini consideravano le donne degli oggetti, delle vittime o, al massimo, personaggi secondari per le loro storie. Perciò Lopez non l'avrebbe mai giudicata un pericolo. Avrebbe pedinato Milla, non lei.

Era logico.

Era razionale.

Così, ad Alex non era rimasto che prometterle di farle guadagnare quanto più tempo possibile. Poi l'aveva baciata e Iris si era sforzata di credere che il lampo nei suoi occhi fosse determinazione e non: qualcosa di stupido che sbocciava nella sua mente.

La passione splende, ma splende perché incendia chi la possiede.

Iris raggiunse l'ascensore, varcò le porte di alluminio e pigiò il tasto che portava al piano interrato. Per arrivare a destinazione ci vollero una o due eternità.

Il corridoio scavato sotto il livello del suolo era meno illuminato rispetto al resto dell'ospedale. Iris camminò a passo svelto, gli anfibi che scricchiolavano sulle piastrelle. Alla seconda svolta il passaggio si aprì in una specie di anticamera buia.

La scritta SALA MORTUARIA era illuminata di rosso.

– È chiusa.

La voce la fece sussultare.

La donna con i capelli biondo ciliegia raccolti in una coda di cavallo aveva il viso tirato, lo sguardo stanco. E il calcio di una Beretta che spuntava dalla cintura.

– Sai chi sono?

Iris annuì.

Ispettrice Arianna Lici.

– E tu sei Iris.

La femmina alfa le mostrò un mazzo di chiavi.

– Le porte del Paradiso. O forse del Purgatorio.

Iris fu tentata di strappargliele di mano.

– Mi stavi aspettando?

Le chiavi sparirono nel giubbotto della poliziotta: – O tu o Milla. Uno dei due.

– Lopez lo sa?

– Non l'hai ancora imparato, ragazzina? Gli uomini sono come bambini. Perché togliergli il divertimento di giocare al gatto col topo?

– Io non sto giocando.

La femmina alfa si portò le mani ai fianchi. – Tu e Milla state giocando senza neppure conoscere le regole. È questo il vostro problema.

Nello sguardo di Iris: furia. – Dov'eri quando Lisa è scomparsa? Dov'eri quando la sorella di Frida vi ha implorato di aiutarla? Dov'eri quando Roland Roth ha tagliato la gola a Marlene Wieser?

L'ispettrice Lici scostò una ciocca di capelli mettendo in mostra la cicatrice che le aveva regalato Cupido il 20 luglio 1992. – Impedivo a quelle come te di fare la stessa fine di Lisa. O di Marlene.

La ragazza dei fiori indicò la porta della sala mortuaria. – Lasciami entrare.

– Per quale motivo?

Iris tirò fuori la macchina fotografica.

– Prove.

– I buoni siamo noi.

– Dimostramelo.

La femmina alfa sospirò.

– Alle conseguenze hai pensato?

– Ecco la prima: le tracce di arma da taglio sul corpo di Lisa costringeranno la riapertura del processo Sartori e a quel punto tu, Krupp, Manfredi e tutti gli altri finirete col culo per terra. Detto fra noi, ispettrice Lici, questa è la parte che preferisco.

– Immaginiamo, – fece Arianna, – che Roland Roth abbia davvero tagliato la gola a Lisa Kofler. Nuove prove richiedono un nuovo processo. Ovviamente il teorema per cui Sartori si è beccato gli ergastoli si sbriciolerebbe come un castello di sabbia.

– Dicono sia difficile nuotare nelle fogne. Tu come te la cavi, ispettrice?

– Sempre che lì dentro ci siano le prove che stai cercando.

– Risparmiami la fatica. Eri presente all'autopsia. Lisa Kofler ha la gola tagliata?

La femmina alfa le si avvicinò di un paio di passi. L'odore del suo sudore aveva un che di animalesco, ferino, che spaventò Iris.

Era quello che Dario si portava dietro quando iniziava l'astinenza.

– Frattura alla nuca, – disse l'ispettrice Lici. – Nessun segno di ferite da taglio. Roth non ha mentito. L'ha spinta, è caduta, è morta. Fai due conti, ragazzina. Quanti anni ha Sartori?

Iris sbatté le palpebre, colta alla sprovvista da quella domanda. – Ne aveva ventisei quando è stato arrestato, adesso ne ha ventinove.

– Quando *noi*, – ringhiò la femmina alfa, – l'abbiamo arrestato.

Iris pensò: non indietreggiare.

Non: farle capire che hai paura.

– A norma di legge, – sibilò Arianna, – nel 2012 Sartori potrà chiedere l'allentamento delle misure detentive. Un'uscita ogni tanto, magari un lavoro in semilibertà. È un suo diritto. Ma è impossibile. Con una pena di quattro ergastoli e trent'anni non troverà mai una commissione che glielo permetterà.

La femmina alfa la sfidò a mettere in dubbio le sue parole.

Iris restò in silenzio.

– Ma: se il teorema della sentenza dovesse cadere, se Sartori venisse scagionato dall'accusa di aver ucciso Mirella Gatti e Marlene Wieser, gli verrebbero tolti due ergastoli. Forse di più se il suo avvocato riuscisse a convincere il tribunale che la confessione riguardo alla morte di Giulia Nicoletti è stata ottenuta in maniera fraudolenta. Eventualità decisamente probabile se, come hai detto tu, noi saremmo impegnati a nuotare nelle fogne.

Iris pensò: dove meritate di stare.

Non lo disse.

La voce l'avrebbe tradita.

– Al termine di questa revisione, – proseguì la femmina alfa, – la pericolosità sociale di Lucio Sartori sarebbe ridimensionata e le sue possibilità di uscire per una boccata d'aria diventerebbero una certezza. Quanti anni avrà nel 2012?

– Quarantasei.

– A quarantasei anni sei ancora nel pieno della tua forza fisica. Pensi che vent'anni di carcere possano cambiare la natura di quel bastardo? Sai cosa farà Sartori appena metterà piede fuori dalla cella? Andrà a comprare un coltello. Un bel coltello nuovo di zecca. E una cartolina di ringraziamento. Per i suoi amici di penna.

La risata dell'ispettrice Lici aiutò Iris a trasformare la paura in rabbia.

– Stronzate, – l'aggredì. – E Roth? Quanto si beccherà per l'omicidio di Lisa e Frida? Oppure Frida non conta visto che il suo cadavere non si trova? Roth ha cinquantuno anni. Non potrebbe tornare a uccidere anche lui una volta uscito di prigione?

– Roth vive come un disperato, – la canzonò la femmina alfa, – ha il fegato spappolato dall'alcol. Hai ragione, l'omicidio di Frida verrà archiviato, ma a Manfredi basta quello di Lisa. Dieci anni come minimo. Quando Roth uscirà avrà sessant'anni, forse sessantacinque. L'hai mai visto un barbone a quell'età? Hai idea di come sarà ridotto? Quando Roth tornerà libero non sarà un pericolo per nessuno, Sartori invece...

Un altro passo.

Iris pensò: non azzardarti a indietreggiare.

La femmina alfa la inchiodò con lo sguardo. – Quel figlio di puttana sarà assetato di sangue. Uccidere è nella sua natura. Uccidere e *mentire*. Non puoi essere così ingenua da credere alla sua lettera. Che altro avrebbe dovuto scrivervi? Rimangiarsi quello che ha dichiarato al processo? Gli avete offerto uno spiraglio e lui ci si è buttato. Sartori non ha niente da perdere.

Una pausa.

Fuoco negli occhi. – Ma tu e Milla, sì.

– È una minaccia?

– Rischiate di avere sulla coscienza il sangue delle Lorena, Marlene o Patrizia che fra vent'anni finiranno sulla strada di quel maniaco.

– Mi stai dicendo che state insabbiando tutto perché avete paura di Sartori? E che io dovrei collaborare? – Iris scosse la testa. – Non esiste. Fammi entrare lì dentro.

– E se ti arrestassi?

– Avrei comunque la mia risposta.

Arianna le allungò il mazzo di chiavi. – Niente foto. O così oppure ti metto le manette.

Iris indugiò.

Consegnò la Nikon. Afferrò il mazzo.

Arianna si fece da parte.

Iris inserì la chiave nella serratura della sala mortuaria.

Pensò: *Rosa Banskiae Lutea*.

La porta si aprì senza un rumore.

L'odore dei disinfettanti l'aggredì.

Il buio, anche.

– Non è un bello spettacolo, – disse la femmina alfa. – Lì dentro c'è il Kali Yuga. Sicura di volerlo fare?

Iris accese la luce e varcò la soglia.

24 novembre 1995, venerdì

LA MORTE IN FOTOCOPIA

L'omicida: "Lisa aveva tirato fuori un rasoio perché voleva derubarmi, Frida aveva estratto un punteruolo"

Di: J.S.

Dichiarate concluse le ricerche, rivelatesi infruttuose, del cadavere di Frida Lunelli, è su Roland Roth che si concentra l'attenzione degli inquirenti. Come le ha uccise? Roland Roth si dipinge come un povero diavolo vittima di tutti, e soprattutto di sé stesso. Ogni volta che viene interrogato recita a soggetto. Erano loro, le ragazze, ad averlo minacciato con quelle armi (nella sua ultima dichiarazione agli inquirenti ha parlato di un rasoio e di un punteruolo) che nessuno ha ancora trovato e, probabilmente, mai troverà. Sempre loro, Lisa e Frida, lo hanno deriso, hanno cercato di derubarlo e hanno provocato la sua reazione. La reazione di un contadino che, mentre i poliziotti cercavano di sollevare con grande fatica il macigno sotto cui aveva

seppellito i poveri resti di Lisa, si è lasciato scappare un sorriso.
"Io ci sono riuscito da solo" ha detto ridacchiando, poi…

Il risultato dell'autopsia
chiude alle speculazioni

LESO SOLO IL CRANIO

Causa certa, dinamica no

Di: A.M.

Lisa Kofler è morta per frattura alla base cranica: questo ha stabilito l'autopsia giunta ieri sera dal dottor Egger. Sul corpo della sfortunata prostituta non ci sono segni di arma da taglio (coltellate) o di strangolamento. Sul cadavere non sono state trovate neppure lesioni da difesa, ma ciò non significa che non ci sia stata una colluttazione. Più semplicemente, essendo Roth disarmato, un eventuale diverbio fra i due non può trovare riscontro all'esame necroscopico.
L'anatomopatologo ha specificato: "La causa di morte è chiara, la dinamica resta nel dubbio. La frattura alla base cranica ha comportato anche la fuoriuscita di materiale cerebrale. In gergo si definisce frattura da scoppio provocata dall'impatto molto forte del capo della vittima contro una superficie più ampia e molto solida".
L'esito dell'autopsia quindi sembra com-

patibile con l'ipotesi di una morte in parte accidentale. In altri termini, è possibile che Lisa Kofler sia stata spinta e che abbia battuto il capo contro un sasso. Roth aveva dichiarato di aver litigato con la prostituta, di essere stato minacciato con un rasoio che Lisa aveva con sé, di averle dato una spinta e di averla vista cadere a terra. Possiamo credergli? La procura propende per il "no".
Il dottor Egger ha anche effettuato prelievi di campioni di sangue. Tessuti sui quali verranno svolti gli esami tossicologici, anche se la lunga permanenza del cadavere all'addiaccio ne ha favorito il processo di "mummificazione". Ciò significa che dall'esame del sangue non arriveranno novità sconvolgenti, così come è impossibile stabilire se la vittima abbia avuto rapporto sessuali nelle ore precedenti alla morte.
Si chiude quindi l'ipotesi che legava Roland Roth alla morte di Marlene Wieser, nel marzo del 1992.
Nonostante Sartori professi la sua innocenza riguardo alla morte della giovane di Colma (insieme a quella di Mirella Gatti nel giugno 1985) non c'è alcuna prova che possa mettere in dubbio il lavoro investigativo svolto dal commissario Luther Krupp.
A noi resta il terrore di raccontare le gesta di due mostri che hanno ucciso a distanza di pochi mesi l'uno dall'altro. A noi resta l'orrore che ci spinge a chiederci quale sia il terreno che li ha generati. A noi resta l'amarezza

di dover, per l'ennesima volta, ripetere i nomi di chi non c'è più. Giulia Nicoletti, che voleva solo finire i suoi compiti, Mirella Gatti, che si fidava di chi l'ha uccisa, Lorena Haller, che regalava biscotti alle colleghe, Marlene Wieser, che prendeva a pugni il mondo per capire sé stessa, Patrizia Zanni, che non voleva disturbare nessuno, Frida Lunelli, che non avrebbe mai abbandonato sua figlia, Lisa Kofler, che aveva pudore a dire "ti amo".
Che possano perdonarci tutti.

JO

Per un uomo la donna è l'ora della verità.

Jaques Lacan, *Seminario XVIII*

Oggi

– *E quindi uscimmo a riveder le stelle*, giusto? Sbagliato. Io lo so perché l'ho visto. Mi segui?

– Non proprio.

– Lisa Kofler non presentava ferite da taglio. Su questo Roth non aveva raccontato cazzate. Frattura da scoppio. Ti viene l'emicrania anche solo a pensarci, vero? Egger, Krupp, Manfredi e gli altri non avevano mentito. Marlene Wieser, la ragazza che ce l'aveva col mondo, era stata davvero uccisa da Sartori e la lettera con cui aveva provato a scagionarsi era solo carta straccia.

– Ma?

– Sai cosa vidi quando Milla tornò in redazione per scrivere quell'articolo? Quello che dice "fine" a questa storia? Col braccio ingessato, i vestiti sporchi di sangue e quegli occhi? Ecco: i suoi occhi. Mi danno gli incubi ancora oggi, ci credi?

Il vecchio si protese verso di me, spiritato. – Non c'era sollievo nel suo sguardo. Niente paura o dolore. Non c'era nemmeno rabbia. C'era *delusione*. Milla aveva l'espressione di chi ha capito che la parte più importante della propria vita è finita, e che niente, in futuro, sarebbe mai riuscito a eguagliare quella manciata di giornate da incubo. A ventiquattro anni, Milla pensava che la sua vita fosse bruciata. Perciò: *uscimmo a riveder le stelle?* Stronzate. Una parte di te non esce mai da certi posti.

Il vecchio fece schioccare la lingua.

Poi.

– Milla e Iris si sono sposati il 9 maggio del 1999. Io c'ero. Ospite d'onore. Me lo dovevano, no? È un fatto: sono stato io a farli incontrare.

Il vecchio ragliò una risata che si chiuse in un rantolo soffocato.

Per la terza volta l'infermiere, al di là del vetro, mi lanciò un'occhiata di rimprovero. Avrei dovuto riportarlo dentro, la voce di Jo si era fatta roca in maniera preoccupante, ma ormai mancava poco alla fine del racconto. Lo aiutai a mettere a posto la cannula dell'ossigeno e aspettai che il respiro tornasse regolare.

– Qualche mese dopo, Milla ha tirato fuori la storia della Cella X. Aveva convinto alcuni testimoni a sporgere denuncia. Paramedici, sbirri... Ce ne sono anche di decenti, sai? Il processo finì come puoi immaginare: la Cella X era ed è una leggenda urbana. Sul serio, mai esistita. – Jo si disegnò una croce sul cuore. – Il fatto che ancora oggi le camere di sicurezza del numero 1 di largo Palatucci siano prive di telecamere di sorveglianza non è quel che si dice: portare avanti una tradizione. È solo uno spiacevole disguido. Temporaneo, hai presente?

– Fu querelato?

Il vecchio sospirò.

– Magari l'avessero fatto. La "Voce delle Alpi" si sarebbe beccata un bel po' di pubblicità e Milla sarebbe rimasto in trincea perché lui era come me, un combattente. Sai perché non sono ancora stecchito? Perché la mattina mi alzo e sono già incazzato. E se ti incazzi, la morte se la fa sotto e si tiene alla larga.

Non ci fu bisogno di aiutarlo con l'ossigeno, la risata non ebbe altro effetto che far brillare i suoi occhietti da folletto malizioso. Era difficile accostare quel mucchio d'ossa all'uomo corpulento che era stato il capocronista della "Voce delle Alpi", ma bastava che aprisse bocca ed eccolo lì, in tutto il suo cinismo.

– Milla ha lasciato la redazione. Ha smesso di scrivere. *Adios* e *auf wiedersehen*. Ha aperto un vivaio, fuori regione, roba di fiori. Con Iris, ovviamente. Hanno una bambina. Ho la foto, ogni tanto mi manda due righe. Per fortuna somiglia più a lei che a quella specie di spaventapasseri. L'hanno chiamata Marion.

L'espressione gli si fece vacua, le labbra presero a tremargli. Per un attimo pensai: demenza. Invece Jo diede un pugno al bracciolo della sedia a rotelle e ripeté. – L'hanno chiamata Marion.

– È un nome, – dissi, – pieno di speranza.

– *Speranza*, – sputò Jo, mentre le sue mani artritiche facevano a brandelli l'aria. – Quando la capirete che non esiste una cosa che si chiama speranza? La speranza è una cazzo di barzelletta. Esiste la lotta, esiste la rabbia, esiste l'amore, ma la speranza...

– Ed esiste l'ossessione, – feci, cercando di chetarlo. – Questa è una storia di ossessione.

Jo mi guardò di sbieco. – Lo sai che le storie sono uno specchio, vero? Lo diceva Rizzi, che riposi in pace, e io ci metto la firma, – gracchiò, con quel suo ghignetto. – Ce l'hai una sigaretta?

– Niente sigarette, – risposi, per la millesima volta.

– Peggio per te.

– E Krupp?

– A Krupp è toccato un altro serial killer. Tra il febbraio e il marzo del 1996. Un anno dopo Roth, ci credi? Quel tizio che a Merano si era messo a sparare nemmeno fosse un cecchino in Vietnam. Lo chiamammo "Lo sparatore degli italiani" perché a quanto pare voleva uccidere tutti gli italiani in Alto Adige, li odiava proprio. Però la sua prima vittima è stata un banchiere di Francoforte che si stava godendo una vacanza lungo il Passirio. Tedesco al cento per cento. Che fesso. Tre serial killer nel giro di quattro anni. Che te ne pare dell'isola felice?

Abbozzai una risata solo per farlo contento.

In realtà avevo i brividi.

– È stato nel 2007, – proseguì il vecchio, – che Krupp ha gettato la spugna. Lei si chiamava Sveta. Era una prostituta. La nullità che l'ha ammazzata si chiamava Irwin qualcosa. Uno stronzetto che l'ha accoltellata trentasei volte. Sai dove si trovavano?

La notizia mi era sfuggita, quindi scossi il capo.
– Via del Macello. A pochi metri dal punto in cui Sartori ha ucciso Patrizia Zanni, nel '92. Krupp ci ha messo tre ore per arrestarlo e mezz'ora per farlo confessare. Vediamo se hai un po' di sale in zucca. Secondo te come si è giustificato Irwin la nullità?
All'improvviso mi sentii stanco.
Sfinito.
– *Se l'è cercata.*
– Dieci e lode. Sai cos'è che ha fatto scoppiare Krupp? Un prete, uno di quelli impegnati, molto colto, molto intelligente, una specie di intellettuale da Rosengarten Club, scrisse un appello. Lo pubblicammo sulla "Voce delle Alpi". Cercava fondi per Irwin. Per pagargli un avvocato. La storia della pecorella smarrita.
– E cosa c'era di male?
Il viso del vecchio divenne: feroce.
– Che il cadavere di Sveta è rimasto nel freezer dell'obitorio per più di un anno perché non c'erano i soldi per seppellirla a casa sua. Sono state le altre ragazze a fare una colletta.
– Cazzo.
– Per Krupp fu troppo. Ha appeso la pistola al chiodo ed è tornato in val d'Ultimo. Con i soldi di suo padre ha aperto un albergo e ha scoperto che gli piaceva stare ai fornelli. Non ridere, non scherzo. Il cavaliere dalla lucente armatura si è trasformato in uno chef. Dicono sia bravo. Nel 2017 ha chiamato i vecchi compagni, Manfredi, che oggi è uno dei magistrati più apprezzati in Europa, Arianna, Lombardi, Greco... tutti i sopravvissuti, e ha dato una festa di quelle memorabili.
Jo mi guardò di sottecchi.
Voleva che ci arrivassi da solo.
– Lucio Sartori, – ricordai, – è morto quell'anno. In carcere.
– Mai messo piede fuori. Manfredi aveva fatto un ottimo lavoro. La femmina alfa aveva ragione. Almeno fino a un certo punto, credo.
– Su cosa?
– Sul fatto che quelli come Sartori non cambiano. Ricordi

il Mostro del Circeo? Nel 2004 ha ottenuto la semilibertà. Un lavoro, una casa. Missione compiuta. Reintegrato nella società, giusto? Sbagliato. Nel 2005 ha ucciso altre due donne. E di esempi del genere ne ho una lista lunga così. La domanda non è: perché lo scorpione ha punto la rana o come mai la rana sia stata così ingenua da accettare un passaggio da uno scorpione, ma perché nessuno ha mai le palle di mettersi in mezzo e impedire allo scorpione di fare quel cazzo che gli pare.

– Ha detto, – osservai, guardando il sole lambire la cima della Mendola e chiedendomi quanto tempo rimanesse prima che l'infermiere dichiarasse concluso l'incontro, – che l'ispettrice Lici aveva ragione solo fino a un certo punto. Dov'è che ha sbagliato?

– La lettera di Sartori. Arianna l'ha interpretata come un modo per sfruttare Milla, manipolarlo, far riaprire il processo, mandare all'aria il teorema della sentenza del 1994 e quindi uscire di prigione.

– Anche secondo lei, – feci, interdetto, – era così. Me l'ha appena...

– Perché in parte lo è. Ma più ci penso, meno riesco a togliermi dalla testa l'idea che Lucio Sartori abbia colto quell'occasione per vestire i panni dello scorpione ancora una volta.

– E uccidere? Era in cella, come poteva...

Jo alzò gli occhi al cielo. – Per Sartori uccidere era un mezzo, non un fine, maledizione.

– *Controllo*, – mi corressi. – La lettera di Milla era un modo per esercitare di nuovo il controllo su quelle donne. Riuscire ad avere l'ultima parola sulle loro vite.

– Adesso lo vedi il girotondo delle iene?

Non risposi.

Non avrei saputo cosa dire.

– Sempre nel 2005, – riprese Jo, – il tribunale di Bolzano ha dichiarato il decesso di Frida Lunelli. Qualche anno dopo Irene è diventata ufficialmente la madre di Veronica. È stata Veronica a volerlo. Penso significhi qualcosa. Forse persino qualcosa di bello.

Jo si sfregò gli occhi. Pensai ne avesse abbastanza. Feci per alzarmi dalla panchina su cui ero seduto ormai da ore, ma lui mi bloccò.

– Non te ne andrai prima dei titoli di coda, campione?

All'improvviso provai: freddo.

Campione.

Con chi stava parlando Jo?

Con me o con qualche fantasma?

– Marion Haller?

– Morta. Dicembre 2001. Fino all'ultimo la incontravi per strada. Di notte, mi segui? Giacca rossa, spiccioli, preservativi e aghi. Tutte quelle figlie da aiutare, diceva. Poi, quando scoprì di essere malata, aggiungeva: e così poco tempo per farlo. – Mi fissò con quel suo sguardo da alligatore e aggiunse: – Ti sei chiesto cosa la spingesse?

– È difficile, – dissi, – giudicare. Lutto? Sensi di colpa?

La risposta di Jo mi costrinse a ingoiare amaro, – Tu sei uno di quelli che quando incontra una luce pensa sia un trucco, vero?

Mi schiarii la voce.

– Vivian?

– Alla fine degli anni Novanta ha avuto un crollo nervoso. Ne è uscita come fanno in tanti.

– Psicofarmaci?

– Quasi. Ha trovato una religione. Dicono funzioni.

– Tommy il ribelle?

– All'ennesima resurrezione tramite Narcan ha deciso di smetterla di sfidare la sorte. Oggi ha preso il posto di padre Giuseppe, che è morto nel 2002, e si occupa di tossici. Il 7 gennaio, il 21 marzo e il 6 agosto lo trovi dove una volta c'erano il distributore della Mobil, la piazzola lungo la 12, oppure in via del Macello. Non parla mai di Milla o del 1992. Non che faccia differenza. A quanto pare, sei l'unico a voler ascoltare certe cose. E sai perché? Perché nessuno ha voglia di vedere un vecchio capocronista di nera farsela nelle mutande.

Quando capii cosa intendeva: arrossii. E giudicare dal sorriso compiaciuto, Jo l'aveva fatto di proposito.

– Vuole che l'accompagni dentro?

– Posso raccontare mentre andiamo. Chi manca all'appello?

Spingere la sedia a rotelle sul ghiaino del vialetto era un'impresa.

– Arianna?

– Non si è mai trasferita e quindi non è riuscita a diventare la prima donna a capo di un reparto della Mobile, ma ha un marito, un tizio in gamba, un medico, credo. È passata dal collezionare bellimbusti in palestra a fare corsi di tango. Ha un curriculum di tutto rispetto ed è una poliziotta di quelle come si deve.

Mi sentii sollevato.

– Niente più armadi per lei, – dissi.

– Un bell'happy end, giusto? Allora spiegami perché, il primo sabato del mese, tutti i mesi a partire dal 2005, Arianna prende la macchina e va a trovare Roth.

Fui costretto a fermarmi.

– Scherza?

– Roth è stato scarcerato nel 2005. Ha scontato la sua pena ed è tornato a vivere nella catapecchia nel bosco. Da solo e nell'immondizia, come ha sempre fatto.

Ero allibito.

– Va a trovarlo? Perché?

– Lo domando a te.

– Devo, – balbettai, – rifletterci.

– Fa male pensarci, giusto?

– È così che funziona con la *Rosa Banskiae Lutea*.

Come tentativo di evitare la domanda era patetico, ma Jo non me lo rinfacciò.

Forse era invecchiato davvero.

– Ricordi? La ragazza dei fiori era riuscita a far tornare le spine a quella maledetta rosa. Non solo una, ma tutte. Indovina? Le vendite non sono mai decollate. A chi interessano le spine?

– A me, ad esempio.

Jo mi guardò storto.

– E allora, dimmi, adesso che siamo arrivati agli addii:

che storia vuoi scrivere, campione? Quella di Krupp o quella di Milla? Quella di Lorena, di Marlene e Patrizia o quella di Sartori e Roth? Quella di Giulia o di Mirella? Quella di Levada, forse? Di Arianna? O magari quella di faccia da ratto? Oppure sei così arrogante da pensare di poter raccontare la storia di tutti noi?

– Non so nemmeno se voglio scriverla, in realtà.

– Eccome se lo farai. Ti sei visto allo specchio? Ci sei dentro fino al collo. Questa è la maledetta cronaca del Kali Yuga e tu sei un surfista nato, te lo leggo negli occhi. Credi davvero di poter resistere alla tentazione di cavalcare un'onda del genere?

Eravamo rientrati all'interno della casa di riposo. Pensai: troppi colori. I quadri alle pareti, l'intonaco a tinta unita. La musica di sottofondo. Un'atmosfera di allegria forzata che mi fece pizzicare gli occhi. Non era così che doveva calare il sipario.

Cercai di capire come alleggerire il magone che mi premeva nel petto, ma non ci riuscii.

Così: restai in silenzio.

– Tieni a mente la regola numero uno, campione.

Mi sforzai di sorridere.

– Segue dibattito?

– No, – disse Jo. – Non questa volta.

Mi afferrò il polso e mi chinai.

Sentii il calore del suo corpo. Avvertii il suo respiro.

E vidi qualcosa, nel suo sguardo, che ancora oggi mi perseguita.

– Come disse nostro Signore, – gorgogliò Jo, parlando a me o forse ai fantasmi che ci ballavano intorno, – *quello che vedi, scrivilo.*

Una nota per te che mi leggi

Nelle sentenze, negli atti, nelle testimonianze, nelle perizie, nelle time-line precise al minuto ho trovato la *verità dei fatti*, ma la verità dei fatti trasforma il sangue in diagrammi, i cuori infranti in "fonti attendibili" e le anime in carne da tavolo settorio. La verità dei fatti è come la luce della luna: un riflesso.

Non potevo accontentarmi: sapevo che c'era di più.

Le figure sullo sfondo mi hanno donato: *verosimiglianza*. Ex tossici, ex spacciatori, ex prostitute, ex divise, taxisti, galoppini, voyeur, barellieri, teppisti, collezionisti di pornografia del dolore, portieri d'albergo, amici di amici di amici mi hanno permesso di raccogliere dicerie, statistiche, articoli di quotidiani e riviste scandalistiche, pubblicità di linee erotiche e annunci matrimoniali, teorie del complotto, episodi sconfortanti e aneddoti che mi hanno commosso fino alle lacrime. Molti di loro mi hanno mentito, naturalmente, ma non serbo rancore perché anch'io ho fatto lo stesso con quelli che, ignorando la regola per cui solo i cani di paglia sentono la necessità di ringhiare, hanno cercato di spaventarmi con le loro minacce. La verosimiglianza, tuttavia, non è che il riflesso di un riflesso.

C'era dell'altro. E io lo volevo.

Allo scadere del terzo anno di caccia, quando ero a un niente dal trasformarmi in uno di quei pesci abissali talmente abituati all'oscurità da non farci più caso, ho sognato la ragazza con la mantellina rossa. È impossibile fornire un resoconto efficace di un incubo, ma era di nuovo il 7 gennaio 1992 e io non potevo accettare ciò che sapevo sarebbe successo. Tuttavia, poco prima che riuscissi a raggiungerla, nel sogno, la ragazza con la mantellina rossa scostò il cappuccio, mi sorrise e io mi svegliai con la consapevolezza, nitida e atroce, che per tre lunghi anni avevo inseguito l'impossibile: riportare in vita i morti, sanare le ferite, cancellare le ingiustizie. Capii che la caccia era finita e che l'unico modo per scrivere questa storia era quello degli aedi, degli scaldi e degli sciamani. Lo sappiamo: Achille non è mai esistito, ma nella guerra di Troia (vinta dai difensori e non dagli assedianti) l'inutilità del dolore di Astianatte ci tormenta da secoli. Sappiamo che Grendel non è mai stato partorito e che Beowulf era solo un *berserkr* trasformato in favola del focolare, però, il suo interrogarsi sull'esistenza è presente in tutti noi. Allo stesso modo, le voci del corvo, del cervo e degli alberi possono essere tradotte in richiami d'amore, espressioni di rabbia o refoli di vento, eppure sono ciò di cui abbiamo bisogno per riconoscerci parte di qualcosa di più grande di noi.

Il girotondo delle iene, perciò, è il resoconto di quanto accadde basato sulla verità emersa dai processi e dagli articoli di stampa unita al vudù delle voci di strada, perché è proprio nel punto in cui verità e menzogna si fondono che emerge una realtà così violenta su ciò che siamo e su ciò che siamo disposti a perdere da andare al di là di quel tempo, di quel luogo e di quella vicenda.

Modificare nomi, far interagire protagonisti frutto di fantasia con persone realmente esistite, affiancare la fiction alla cronaca per riempire gli spazi bianchi o crearne di nuovi significa esattamente questo: trasformare il mondo in uno specchio.

Il più antico ed efficace sistema che l'animale uomo conosce per interrogare sé stesso.

Dedicato a loro.

Indice

Sounds of Innate Freedom

Sounds of Innate Freedom: The Indian Texts of Mahāmudrā

Sounds of Innate Freedom: The Indian Texts of Mahāmudrā are historic volumes containing many of the first English translations of classic mahāmudrā literature. The texts and songs in these volumes constitute the large compendium called *The Indian Texts of the Mahāmudrā of Definitive Meaning*, compiled by the Seventh Karmapa, Chötra Gyatso (1456–1539). The collection offers a brilliant window into the richness of the vast ocean of Indian mahāmudrā texts cherished in all Tibetan lineages, particularly in the Kagyü tradition, giving us a clear view of the sources of one of the world's great contemplative traditions. In its modern Tibetan edition, there are six volumes containing seven kinds of texts: the *Anāvilatantra* (as a tantric source of mahāmudrā attributed to the Buddha himself) and its commentary, songs of realization, commentaries on songs of realization and other texts, independent tantric treatises, nontantric treatises, edifying stories, and doxographies (presenting hierarchies of different Buddhist and non-Buddhist philosophical systems). This volume contains the majority of songs of realization, consisting of *dohās* (couplets), *vajragītis* (vajra songs), and *caryāgītis* (conduct songs), all lucidly expressing the inexpressible.

Sounds *of* Innate Freedom

The Indian Texts of Mahāmudrā

Volume Five

Translated and Introduced
by Karl Brunnhölzl

Wisdom

Wisdom Publications
199 Elm Street
Somerville, MA 02144 USA
wisdomexperience.org

Library of Congress Cataloging-in-Publication Data is available.
LCCN 2020021301

ISBN 978-1-61429-635-5 ebook ISBN 978-1-61429-636-2

24 23 22 21 20
5 4 3 2 1

Cover design by Gopa & Ted 2. Interior design by Tony Lulek.

Printed on acid-free paper that meets the guidelines for permanence and durability of the Production Guidelines for Book Longevity of the Council on Library Resources.

Printed in the United States of America.

Publisher's Acknowledgment

The publisher gratefully acknowledges the generous help of the Hershey Family Foundation and the Tsadra Foundation in sponsoring the production of this book.